PERRI O'SHAUGHNESSY

In böser Absicht

Buch

Als Alex Strong, dessen Familie das mondäne »Paradise Ski-Resort« gehört, bei einem Skirennen in den Bergen oberhalb von Lake Tahoe tödlich verunglückt, scheint zunächst alles klar: Alex ist über einen Felsvorsprung geprescht und in die Tiefe gestürzt. Tage später revidiert der Leichenbeschauer jedoch sein Urteil und spricht von Mord. Und die Indizien sprechen ausgerechnet gegen Alex' Bruder Jim, der schnell zum Hauptverdächtigen wird. Jim engagiert Nina Reilly als Anwältin, die nicht wenig erstaunt ist, als sie erfährt, dass ihn sowohl seine Eltern als auch seine Frau für schuldig halten. Alex' Witwe hingegen, eine erfolgreiche Snowboarderin, scheint mehr für Jim als für ihren toten Mann zu empfinden.

Nina schwirrt ohnehin schon der Kopf, da redet ihr auch noch der zuständige Staatsanwalt Collier Hallowell ins Gewissen: Nina müsse auf der Hut sein. Jim sei gefährlich, er werde sich bestimmt an ihr rächen, falls sie den Fall nicht gewinnen sollte. Nina ist von Hallowells Warnung sehr beeindruckt, dennoch gibt sie ihr Mandat nicht ab und vertritt Jim weiterhin, der beteuert, das Opfer eines abgekarteten Spiels zu sein. Aber da steht Nina bereits im Zentrum einer bösen und gefährlichen Geschichte ...

Autorinnen

Perri O'Shaughnessy ist der Künstlername für das Autorinnenduo Pamela und Mary O'Shaughnessy. Mary O'Shaughnessy hat Literatur studiert und als Redakteurin gearbeitet, während Pamela O'Shaughnessy die Harvard Law School absolviert hat und als Anwältin tätig war. Beide Schwestern leben in Kalifornien und schreiben zusammen ihre höchst erfolgreichen Kriminalromane.

Von Perri O'Shaughnessy außerdem bei Goldmann lieferbar:

Mildernde Umstände. Roman (44209)
Zeugin wider Willen. Roman (45241)
Auf Treu und Glauben. Roman (45243)

Perri O'Shaughnessy

In böser Absicht

Roman

Aus dem Amerikanischen von
Astrid Becker und Elvira Willems

GOLDMANN

Die Originalausgabe erschien 1999 unter dem Titel
»Acts of Malice«
bei Delacorte Press, Random House Inc., New York.

Umwelthinweis:
Alle bedruckten Materialien dieses Taschenbuches
sind chlorfrei und umweltschonend.

1. Auflage
Deutsche Erstausgabe Oktober 2003

Published by arrangement with Pamela O'Shaughnessy
and Mary Kathleen O'Shaughnessy.
Dieses Werk wurde vermittelt durch die Literarische
Agentur Thomas Schlück GmbH, 30827 Garbsen
Umschlaggestaltung: Design Team München
Umschlagfoto: Zefa/Masterfile
Satz: deutsch-türkischer fotosatz, Berlin
Druck: Elsnerdruck, Berlin
Titelnummer: 45242
Redaktion: Ilse Wagner
BH · Herstellung: Heidrun Nawrot
Made in Germany
ISBN 3-442-45242-2
www.goldmann-verlag.de

Dem Gedenken Kathleen Miller O'Shaughnessys
und der Familie Miller gewidmet.

(*Auszüge aus* Der Ständige Ausschuss der Rechtsanwaltschaft des Staates Kalifornien über die Verantwortung und das Betragen dieses Berufsstandes
Offizieller Standpunkt Nr. 1996–146)

Ungebührliches Verhalten eines Mandanten gegenüber seinem Anwalt im Rahmen der beruflichen Beziehung zwischen Anwalt und Mandant oder während der Vertretung eines Mandanten fällt unter den Kalifornischen Geschäfts- und Berufskodex, Abschnitt 6068 (e) 1, der Folgendes vorsieht:

Es ist die Pflicht des Anwaltes:

(e) Unverbrüchlich das Vertrauen aufrechtzuerhalten und Geheimnisse seines Mandanten zu wahren, auch bei Gefahr für Leib und Leben.

Prolog

Er tat, als schliefe er noch, obwohl er mitbekam, dass seine Frau das Bett verließ.

Draußen waren Vögel zu hören. Das hieß, dass der nächtliche Schneefall aufgehört hatte. Er überlegte, ob es der Sonne wohl gelungen war, die drohende Wolkendecke der letzten Tage zu durchdringen.

Jim Strong bewegte sich nicht, schlug nicht einmal die Augen auf. Er lauschte den Geräuschen aus dem Badezimmer, Heidis morgendlichem Ritual: Wasser ins Gesicht spritzen, die Zähne putzen, ihr Gesicht im Spiegel ansehen, bis alles wieder an seinem Platz war – ihre Vergangenheit, ihre Gegenwart, ihre Geheimnisse.

Sie verteilte Festiger im Haar und fuhr sich wiederholt mit den Fingern hindurch. Sie quetschte Sunblocker aus der Tube und rieb ihn auf ihre blasse Haut. Jedes Geräusch, ruhig und häuslichen Frieden vortäuschend, spülte eine Welle neuer Wut in ihm hoch. Sie hatte nicht das Recht, sich in irgendeiner Hinsicht sicher zu fühlen. Nicht nach dem, was sie getan hatte.

Er kontrollierte seinen Atem, als sie leise in das halbdunkle Schlafzimmer kam und am Fußende des Betts stehen blieb. Er spürte ihren Blick über sich hinweggleiten und innehalten, um sein Gesicht zu erforschen. Dann wandte sie sich ab. Er beobachtete mit halb geschlossenen Augen, wie sie sich das Schlafshirt über den Kopf zog, sah ihren langen weißen Rücken mit den Wölbungen der Wirbelsäule, ihre festen Waden und zarten Füße, die sie leise und vorsichtig in die Strumpfhose schob.

Sie war unglaublich schön. Nach drei Jahren liebte er sie mehr als je zuvor. Sie hatte so schlicht gewirkt, so ehrlich, genau wie er, stark, eine Sportlerin mit ihrem eigenen Ehrenkodex.

Er hatte immer gedacht, wenn sie mich je betrügt, dann ... aber jetzt, wo sie es getan hatte, wollte er ihr nichts antun. Er wollte nur, dass sie zu ihm zurückkam, dahin, wo sie hingehörte.

Die Skihose glitt wie Satin über ihren Körper. Auf einem Bein balancierend, zog sie ihre dicken Socken an, dann huschte sie, Stiefel und Parka über dem Arm, auf Zehenspitzen aus dem Zimmer.

Er schlug die Augen auf. Mit offenen Augen hörte er besser. Jetzt trank sie gierig ein Glas Milch bis zum letzten Tropfen. Dann stopfte sie ihre Schlüssel in ihre Gürteltasche und zog den Reißverschluss zu, stieß gegen das Aquarium, und jetzt ...

Sie ging.

Draußen auf der Straße kratzte sie Schnee von der Windschutzscheibe. Dann sprang der kalte Motor an. Sie wartete nicht so lange wie sonst, bis er warm war. Sie quälte den Gang rein und fuhr davon.

Er warf die Decke zur Seite und sprang aus dem Bett. Als er den Rollladen hochzog, sah er, was der Sturm gebracht hatte: Sonnenschein, der ihn gleißend hell blendete, mindestens sechzig Zentimeter Neuschnee, locker und trocken.

War sie auf dem Weg zu ihrem Liebhaber? Er betrachtete die schneebeladenen Bäume und wusste zum ersten Mal im Leben nicht, was er tun sollte.

Egal. Es würde ihm schon was einfallen.

In Paradise waren beide Sessellifte in Betrieb, und der Hügel wimmelte vor Skiläufern. Seine Rossignols auf der Schulter, ging Jim an der Wand der Lodge entlang und musterte die Reihen der Skier.

Keine Spur von Heidis K2. Er würde sie erkennen, denn er hatte ihr hundertmal zugesehen, wenn sie sie abends gewachst und an den Bindungen herumhantiert hatte, bis sie perfekt waren. Er ging in das Restaurant der Lodge.

»Heidi gesehen?«, fragte er die Empfangschefin der Tagschicht, die Heidi ähnelte, im Gegensatz zu ihr aber untersetzt und unscheinbar war. Gina Irgendwie hieß sie. Als er sie eingestellt hatte, hatte er ihr gesagt, es gehöre zu ihrem Job, ihn über den Rest der Familie auf dem Laufenden zu halten.

»Nein, Sir.« Das war gut. Er wurde gerne mit Respekt behandelt. Er war der Chef. »Ich glaube, sie war etwa vor einer halben Stunde hier. Sie konnte es nicht erwarten, raus in den Pulverschnee zu kommen.«

»Wer war bei ihr?«

»Ehm, niemand. Ihr Vater ist bereits im Büro hinten, Mr. Strong.«

»Okay.« Er wollte seinen Vater jetzt nicht sehen. »Ist mein Bruder schon aufgekreuzt?«

»Alex und Marianne sind gerade gegangen«, fuhr das Mädchen fort. »Sie hatten Streit. Ich glaube, sie haben sich getrennt.«

»Die ganze Bande ist da«, sagte Jim. Er hob ihr Kinn an. Er wusste, dass sie das nicht mochte, weshalb es ihm umso mehr Spaß machte. Er war wütend, weil sie Heidi ähnelte.

»Toller Tag«, sagte sie mit einem strahlenden, aufgesetzten Lächeln und ging wieder an die Arbeit.

Jim zog die Sonnenbrille gegen das grelle Licht auf und stapfte nach draußen. Wo Heidi wohl sein mochte? Sicher irgendwo abseits der Pisten. Vielleicht irgendwo mit Marianne, die ihr wahrscheinlich wieder zuredete, ihn zu verlassen.

Andererseits war es Marianne gewesen, die ihn als Erste gewarnt hatte, Heidi im Auge zu behalten – ein guter Rat, wie sich rausgestellt hatte. Er hatte sie so lange beobachtet, bis Heidi ihn angeschrien hatte, er solle aufhören, ihr hinterherzuspionieren. Dann hatte er ihr gesagt, dass er es wusste.

Mit diesem halb herausfordernden, halb verängstigten Blick, den er inzwischen so gut kannte, hatte sie es zugegeben. Sie hatte gesagt, dass sie darüber nachdachte, ihn zu verlassen. Sie hatte ihm gesagt, wer es war, und ihm den Boden unter den Füßen weggezogen.

Die Sonne brannte ihm im Gesicht. Er lehnte sich an die Außenwand der Lodge und trug Sonnenmilch auf.

Er konnte einfach Ski laufen, sie vergessen und ein paar Abfahrten machen. Von oben konnte er die meisten Spuren sehen, aber wenn sie abseits der Pisten zwischen den Bäumen unterwegs war, würde er sie nie finden.

Er beschloss, ein paar der mit schwarzen Rauten markierten Pisten zu fahren. Das gab ihr Zeit, ihren Liebhaber zu treffen, wenn sie die Nerven dazu hatte. Früher oder später würde er sie einholen, und dann … würde etwas passieren.

Er fuhr den ganzen Vormittag auf den Expertenhängen. Der Pulverschnee war dermaßen sensationell, dass er Heidi sogar ab und zu vergaß, obwohl ihm seine Wut auf sie wie heißes Blei im Magen brannte.

Er war noch nie in solch jungfräulichem Pulverschnee gefahren. Einmal sah er Marianne, die mit dem Snowboard auf dem Ogre unterwegs war, ihr schwarzes Haar flatterte über roten Skihosen. Er schoss an ihr vorbei und hob einen Stock zum Gruß, aber er bezweifelte, dass sie ihn überhaupt gesehen hatte.

Von Heidi keine Spur. Er vermisste sie, wollte sie bei sich haben.

Später aß er in der Lodge zu Mittag. Während er Gemüsesuppe löffelte, sagte die Empfangschefin, sein Vater sei heute wohl schon gegangen und von Alex oder Heidi habe sie keine Spur gesehen.

Nach dem Essen ging er wieder raus. Er war auf der Jagd. Der Morgen war einem milderen Nachmittag gewichen, auf den Hängen war es noch immer klar, nur wärmer.

Auf weißen Kristallen raste er schwerelos durch Licht und Schatten wie im Sturzflug, dann fuhr er wieder hinauf, um es noch einmal zu tun.

Keine Spur von ihr. Er hatte einen verrückten Einfall. Vielleicht fuhr sie am Steilabbruch. Sie hat oft darüber gesprochen, dachte er, aber durchgezogen hat sie es nie. Vielleicht heute, wo der Schnee so verlockend, die Bedingungen geradezu ideal waren ...

Er fuhr die Bad-Eagle-Piste halb hinunter bis zu einer Lichtung im Wald und schob, als er hineintauchte, wegen der plötzlichen Dunkelheit die Sonnenbrille hoch. Der schmale Bergpfad, dem sie normalerweise folgten, war unter dem Schnee begraben, und er musste höllisch Acht geben, um Bäumen auszuweichen und nicht in eine Rinne zu geraten.

Nach einer Lichtung öffnete sich der Pfad in ein steiles und bewaldetes Gebiet, das nur etwas für Könner war.

Heidi war nicht da, aber Alex hockte im Schnee und hantierte an einer seiner Bindungen herum.

Jim fuhr zu ihm hinüber.

»Was machst du denn hier?«, fragte Alex säuerlich.

»Was ist los? Bist du eingebrochen?«

»Ich finde, eine sitzt nicht richtig. Ich hab heute Morgen eine Stunde an dieser verdammten Bindung rumgemacht, und sie sitzt immer noch nicht richtig. Ich meine, ich kann schon fahren, aber ich hab wirklich erwartet, für das viele Geld, das ich bezahlt habe, würde sie so fest sitzen, dass mein Fuß nicht schreit!«

»Setz dich da hin.« Jim steckte seine Stöcke in den Schnee und ging im Grätenschritt zu Alex hinüber.

»Pass auf. Es ist eine lange Rutsche, und der Abbruch liegt direkt da vorn«, sagte Alex. Er streckte das Bein aus, sodass Jim einen Blick darauf werfen konnte. Der Ski zeigte direkt in den Himmel.

»Ich weiß.« Jim nahm Alex' Stiefel. »Ich kann's nicht hinkriegen, wenn du da sitzt. Heb deinen faulen Arsch hoch und stell dich drauf. Was hast du mit deinem Auge gemacht?« Er half Alex hoch und ließ ihm Zeit, eine ebene Fläche in den Schnee zu treten, um sicher auf den Skiern zu stehen.

»Gene Malavoy ist letzte Nacht rauf zu mir auf den Parkplatz gekommen und auf mich losgegangen. Ich weiß nicht mal, um was es ging. Ich hab ihn abgewehrt, und er lief davon. Weißt du, was er hat?«

»Ich hab ihn gestern gefeuert. Kann mir trotzdem nicht vorstellen, wieso er auf dich losgeht.«

»Ihn gefeuert? Wieso denn das?«

»Lass uns später darüber reden. Tritt jetzt mal aus der Bindung raus. Hast du Heidi gesehen?« Jim zog mit den Zähnen einen Handschuh aus und machte sich an der eisverkrusteten Bindung zu schaffen.

»Sie hat heute frei, nicht?«

»Ja. Sie ist hier oben irgendwo.«

»Vielleicht mit Marianne.«

»Ich hab Marianne gesehen. Auf dem Ogre. Allein.«

»Marianne mag diesen Hang.«

»Fährst du am Steilabbruch lang?«, fragte Jim.

»Ich fahre seitlich dran vorbei«, meinte Alex.

»Ziemlich extreme Abfahrt.«

Alex sah ihn von der Seite an, er war auf eine Herausforderung aus. Er war drei Jahre jünger. Und er hatte nie mit Jim mithalten können. »Das hier ist nur was für Menschen mit Todeswunsch«, sagte er. »Wir sind mal runtergefahren. Weißt du noch? Ich war … dreizehn? Und du sechzehn.«

»Ja, aber damals waren wir verrückt. Ich weiß immer noch nicht, wie du's geschafft hast. Mit dreizehn. Mann, Alex. Du bist damals Ski gefahren wie der Beelzebub persönlich.« Er machte einen Verschluss an Alex' Stiefel zu und bemerkte, dass dieser leicht zusammenzuckte, als der Stiefel sich über seinem Knöchel schloss.

»Du glaubst also nicht, dass ich's noch kann?«, fragte Alex.

»Das hab ich nicht behauptet«, sagte Jim und stand auf, wobei er Acht gab, dass er nicht ins Rutschen kam. »Tu's, wenn du willst. Ich scheiß drauf.«

»Wir könnten's alle beide tun«, sagte Alex und bückte sich, um seine Skihose über den Stiefel zu ziehen. »Geradeaus runter, dann die Kurve in letzter Minute, bevor alles aus ist. Weißt du noch?«

»Träumt jeder Hotdogger von«, stimmte Jim ihm zu.

»Fühlt sich viel fester an. Danke.«

»Kein Problem.«

»Du bist seither hier nicht mehr runter?«

»Ich nicht«, sagte Jim. »Hab wohl 'n paarmal dran gedacht.« Aber das stimmte eigentlich nicht, nicht nachdem Alex mit ihrer Mutter und Kelly nach Colorado gezogen war. »Der Schnee ist richtig. So tiefer Pulverschnee bremst.«

Alex trat in den Schnee, um die Bindungen zu testen. »Und?«

»Warum nicht? Ich fühle mich bescheuert genug, es zu probieren.«

»Dann los.«

Er sah zu, wie Alex methodisch seine Bindung und Stiefelverschlüsse kontrollierte, sah zu, wie er sich das lange Haar aus dem Gesicht strich und hellwach mit brennenden Augen zur Steilkante hinüberschaute. Er erinnerte sich, wie sie das erste Mal auf den Abbruch zugesaust waren, wie sie gerade noch rechtzeitig die Kurve gekriegt hatten, mit tausend Stundenkilometern, und wie durch ein Wunder nicht an einen Baum geknallt waren. Er erinnerte sich an die Angst in Alex' Gesicht und an seine eigene abgrundtiefe Furcht.

Er erinnerte sich auch, wie wütend sein Vater gewesen war, als Alex später damit prahlte. »Du bist der Ältere, Jim. Ich mache dich verantwortlich …«

»Also, machen wir's oder nicht?« Alex klopfte bereits den Schnee von seinen Stöcken und stellte sich auf.

»Ja«, sagte Jim. Er fuhr neben seinem jüngeren Bruder, setzte die Sonnenbrille auf und schaute in den Himmel. Perfekte Bedingungen.

»Wer als Letzter unten ist, ist ein faules Ei«, sagte Alex, genau wie beim ersten Mal.

Und ab ging's. Sie fuhren bis an den Rand, gerieten augenblicklich außer Kontrolle. Der Pulverschnee war so leicht, er bremste sie kaum. In dem knietiefen Schnee schossen sie den Berg hinunter. Jim kämpfte darum, sich auf den Skiern zu halten und zwischen den Bäumen hindurchzukommen. Alex, weiter vorne, lachte wie verrückt.

Nur der Bruchteil der Sekunde, in der er zu Alex hinübergesehen hatte, und fast wäre er gestürzt! Jim flog voraus, gestikulierte wie ein Verrückter, fühlte sich wie ein Verrückter, kreischte vor Lachen in der Stille, hörte die Antwort von Alex' gellendem Lachen weiter unten, wusste, dass es jetzt kam, der letzte Augenblick, der Augenblick, in dem man abbiegen musste, und er konnte sich nicht erinnern, es war ihm auch egal, ob's links oder rechts rum ging, links oder rechts, rechts oder links …

Alex bog nach links ab, also fuhr er nach rechts …

Alex fuhr nach links, aber er rutschte ab, rutschte so schnell, dass er verschwamm. Er glitt seitlich direkt nach unten, schnell, schneller, direkt auf den Abbruch zu. Jim, der sich hart rechts hielt, sah alles, sah, wie Alex die Skier zu spät unter sich zog, in die Hocke ging und hinausschoss.

Hinaus. Alex flog über den Steilabbruch. Lautlos.

Jim glaubte, von unten ein schreckliches Geräusch zu hören. Dann fuhr er über einen herabgefallenen Ast und versuchte, sich daran festzuhalten.

Er sah den Baum. Er raste dagegen …

1

Durch die Bürotür hörte Nina Reilly die sanfte Gitarre und die einschmeichelnde Stimme von Carlos Botelho, der das Paradox der Liebe besang, die in dem Moment verschwindet, in dem man sie findet. Sandy Whitefeather, ihre Sekretärin, hatte einen Spleen für dieses Lied entwickelt und hörte es seit zwei Wochen ununterbrochen. Im Vorzimmer summte Sandy die Melodie mit, wenn man dies monotone Krächzen Summen nennen konnte.

Nach einem langen Vormittag im Gericht hatte Nina gerade eine scharfe Tortilla in Margaritas Mexikanischem Restaurant gegenüber am Lake Tahoe Boulevard zu Mittag gegessen. Auf ihrer gelben Seidenbluse prangte nun ausgerechnet mitten auf der Brust ein Soßenfleck. Aufgrund ihres Körperbaus blieben Männern solche Peinlichkeiten erspart. Zudem trugen sie manchmal auch noch gemusterte Krawatten, die recht nützlich waren, um Heruntertropfendes aufzufangen.

Natürlich war der potenzielle Mandant, der gerade ihr Büro betreten hatte, ein attraktiver Mann, ebenso krawatten- wie fleckenlos. Er hatte den Soßenspritzer auf ihrer Bluse sofort bemerkt und sie überhaupt sehr gründlich gemustert, bevor er sich gesetzt hatte. Nun sah er sich im Büro um, um sich zu orientieren.

Ah, Amor …
Der Rhythmus der Liebe gleicht dem des Meers
auf ewig anbrandend und versiegend

Draußen vor dem Fenster fiel ein leichter, trockener Schnee, von Sonnenstrahlen durchschossen, als eine Bö Wolken über die Sierra in die Hochwüste des Carson-Tals fegte. Es war erst Anfang November, doch schon waren die hohen Gipfel, die um den Lake Tahoe aufragten, schneebedeckt. Auf mehr als zweitausend Metern wirkten sich die kalten Strömungen des Winters schon lange aus, bevor sie die Täler von San Joaquin und die Pazifikküste erreichten.

Die Beine unter dem Tisch ausgestreckt, um den Druck auf den Magen zu verringern, sah sie an ihm vorbei, hinaus auf den beruhigenden Schneefall. Jetzt geht es wieder los, dachte sie, der Wetterwechsel, der neue Fall, der Ärger, der ihr unaufhörlich durch die Tür wehte.

»Wird dir gefallen«, hatte Sandy am Vortag gesagt, als sie ihr die Telefonnotiz gab. Das konnte alles bedeuten: dass Sandy die politischen Ansichten des Mandanten für gut befand, seine Familienbeziehungen oder sein Bankkonto.

Nina hatte Namen, Adresse und Telefonnummer oben auf ihren Block geschrieben: James Strong, Manager der Paradise Lodge, c/o Paradise Ski-Resort, Stateline, Nevada. »Nennen Sie mich Jim«, hatte er gesagt, als er sie taxierte, und die Hand ausgestreckt. Dann hatte er seinen rot-weiß-schwarzen Tommy-Hilfinger-Parka ausgezogen und sich auf einen der Mandantenstühle gesetzt, aber zum Reden schien er noch nicht bereit.

Sie beobachtete, wie er sich im Büro umsah, den Feigenbaum in der sonnigen Ecke betrachtete, das Bild von Bob auf ihrem Schreibtisch, der nicht allzu begeistert aussah, von dem Schulfotografen auf das Foto gebannt worden zu sein, und die gerahmten Zertifikate an der Wand. Nina Reilly, Rechtsanwältin. Juristisches Abschlussexamen am Monterey College. Am Obersten Gericht des Staates Kalifornien als Anwältin zugelassen.

Hart verdiente Urkunden. So hart, dass sie fünf Jahre gebraucht hatte, um das Studiendarlehen zurückzuzahlen.

Die dezente Einrichtung schien ihn zu beruhigen. Manche potenzielle Mandanten hatten es lieber etwas protzig. Sie gingen woanders hin. Das Anwaltsbüro Nina Reilly bestand aus dem Vorzimmer, wo Sandy regierte und die Mandanten warteten, dem Bibliotheks- und Konferenzzimmer eine Tür weiter, wo Kaffee aufgesetzt wurde und eidliche Zeugenaussagen stattfanden, und Ninas kleinem Büro hinten, gerade groß genug für den überdimensionalen Schreibtisch und ein paar orangefarbene Stühle, die sie von ihrer Schwägerin geschenkt bekommen hatte.

Während sich Jim Strong umsah, machte sie sich ein Bild von ihm: blaue Augen, die in seinem Gesicht brannten, braunes Haar, kurz gehalten, kräftiger Nacken, fein gearbeitete Gesichtszüge: ein Draufgänger mit Grips. Leben und Arbeit im Ski-Resort hatten seine Haut gebräunt und seine Schultern gekräftigt. Er war ein paar Jahre jünger als Nina, Ende zwanzig, und trug einen roten Pullover und Jeans.

Seine körperliche Präsenz war erstaunlich. Die Skihäschen mussten ihn lieben.

Aber ihre Augen blieben an seinem Gesichtsausdruck hängen, an den zusammengepressten Lippen, die viel für sich zu behalten schienen, der Furche zwischen seinen buschigen braunen Augenbrauen, dem angespannten Kiefer, seine arbeitenden Wangenmuskeln.

Ein Mann im schlimmsten Dilemma seines Lebens, diagnostizierte sie, als sie aufstand, um die Tür zu schließen, die Sandy einen Spalt offen gelassen hatte.

Langsam verändert sich meine Liebe, sie wird schön
sie sprüht Funken, und ich fange Feuer …

Sie kannte den Namen Strong, denn er tauchte dauernd im *Tahoe Mirror* auf. Paradise lag zu beiden Seiten der Grenze zwischen Nevada und Kalifornien, hatte Pisten in beiden Staaten und war eines der ältesten Unternehmen der Region, einer der Hauptarbeitgeber in Tahoe und eines der wenigen Ski-Resorts, die noch von einer Familie und nicht von einem entfernten Konzern geleitet wurden. Philip Strong, das Familienoberhaupt und Eigentümer des Resorts, saß im Stadtrat, war aufgrund seiner philanthropischen Haltung beliebt und wurde als Gründervater des Skigebiets geehrt.

Das herausragende athletische Können der Familienmitglieder förderte die regelmäßige Berichterstattung. Sie traten in Weltklasse-Ski- und Snowboard-Wettkämpfen an, lieferten sich spannende Kopf-an-Kopf-Rennen und gewannen oft Medaillen. Ihr gutes Aussehen schrie geradezu nach einem großformatigen Foto in der Sonntagsbeilage. Nina vermutete, dass die Familie nichts gegen die Aufmerksamkeit der Medien einzuwenden hatte, weil sie ihrem kleinen Resort zugute kam, das alle Mühe hatte, den Riesen im Geschäft wie Squaw und Heavenly Urlauber abzuwerben.

Aber die letzte Meldung, daran erinnerte sie sich jetzt, war die über eine Tragödie gewesen.

Sie lehnte sich zurück und drehte den Stuhl so, dass sie ihm genau gegenübersaß. Er sah sie an, und sie lächelte.

»Jederzeit«, sagte sie. »Wenn Sie bereit sind.«

»Es war nicht leicht, hierher zu kommen.« Seine Stimme war tiefer und wirkte reifer, als Nina erwartet hatte.

»Kann man wohl sagen. Ich muss jeden Tag hierher kommen.«

Ein letztes Zögern, dann rückte er mit dem Grund seines Besuchs heraus.

»Ich glaube, man wird mich verhaften.«

Sie konnte seine Sonnenmilch riechen. Als Leiter einer Lodge in einem Ski-Resort benutzte er bestimmt ziemlich viel davon. Seine breiten Hände waren wie Holzhämmer, an harte Arbeit gewöhnt, rissig und erdfarben. Offensichtlich verbrachte er mehr Zeit außerhalb der Lodge als darin. Er setzte sich aufrecht hin, als versuche er, auf diese Art Energie zu gewinnen.

»Sie behaupten, ich hätte meinen Bruder getötet.« Er hielt

den Mund einen Moment geöffnet, dann schloss er ihn, grinste verlegen und schüttelte den Kopf. »Entschuldigung. Das klingt wie ein schlechter Witz. Ich soll meinen eigenen Bruder umgebracht haben? Können Sie sich das vorstellen?«

»Alex Strong war Ihr Bruder? Ich habe in der Zeitung gelesen, dass er gestorben ist. Es tut mir sehr Leid.« Die Schlagzeile des *Mirrors* hatte gelautet: »Skichampion stirbt durch Unfall.« Sie hatte keine Zeit gehabt, den Rest zu lesen, aber ein großes Foto hatte dazugehört ... der Mann hatte Jim ähnlich gesehen, das Haar heller und länger, das Gesicht jünger, aber nicht weniger ausdrucksstark.

»Ja. Alex. Erst stirbt er mir weg, und dann das. Es ist die schlimmste Woche meines Lebens. Ich bin fix und fertig. Ich komme nicht klar damit. Ich brauche Hilfe. Ich bin nicht zu bescheuert, um das zu merken.«

Sie gestattete sich etwas Sympathie. Er hatte seinen Bruder verloren. Sie hatte auch einen Bruder. Und sie wusste, was Kummer war: diese lichtlose See, die heranrollte und alles ertränkte.

Die Wahrheit war allerdings, dass fast jeder, der hier durch die Tür trat, ein Unglück erlebt hatte. Darum kamen sie her. Über die Jahre hatte sich Nina gegen den Schmerz anderer wappnen müssen, dafür war sie inzwischen mehr auf ihre praktische Rolle ausgerichtet, wie Abhilfe zu schaffen war.

»Ich will Sie verpflichten. Was brauchen Sie als Vorschuss?«

»Dazu kommen wir noch. Erzählen Sie mir von Ihrem Bruder. Was ist ihm zugestoßen?«

»Es war am letzten Sonntag, ein Skiunfall. Vor acht Tagen. Seitdem habe ich kaum geschlafen. Ich kann immer noch nicht glauben, dass er fort ist.« Er schluckte.

»Wie ist es passiert?«

»Ich war mit ihm zusammen. Wir waren abseits der Piste auf der kalifornischen Seite unterwegs, auf einem Hang mit einem Gefälle von dreißig Prozent. Die Abfahrt war extrem, aber wenn irgendwer sie nehmen konnte, dann Alex. Wir sind den Hang schon unter ganz anderen Wetterbedingungen runter. Wir nennen ihn die Klippe. Du fährst so schnell, als sei der Teufel hinter dir her, dann musst du kurz vor dem Steilabbruch eine scharfe Kurve machen. Alex war vor mir. Ich habe gesehen, wie die Klippe auftauchte, direkt vor uns. Ich bin scharf nach rechts, Alex nach links.«

Nina nickte.

»Wir haben gelacht. Ich fand es wahnsinnig komisch.«

Nina kritzelte etwas auf ihren Block und wartete.

»Alex hat die Kurve nicht gekriegt. Das war alles. Er bekam die Skier nicht rum. Ich weiß nicht, was passiert ist – vielleicht eine vereiste Stelle. Ich habe mich umgedreht und gesehen, wie es passiert ist, wie er weiter versucht hat, eine Kurve zu fahren, und dabei immer näher an den Rand kam. Ich habe nicht mehr auf mich geachtet und erst im letzten Moment gemerkt, dass ich direkt auf einen Baum zufuhr. Ich hab zu scharf abgedreht und bin gestürzt. Nicht schlimm, aber mein linker Ski hat sich gelöst. Dann hab ich den Schnee von der Brille gewischt. Ich war etwa fünfundzwanzig Meter von dem Abbruch entfernt, nicht gerade viel. Aber ich konnte nichts tun, um ihn zu retten. Ich habe gesehen, wie er rüberging.« Er machte eine Pause, atmete schwer und fuhr fort: »Er hat alles richtig gemacht, ist in die Hocke gegangen, hat die Skistöcke hoch genommen, ist aufs Ganze gegangen. Ich glaube, er hat irgendwas gebrüllt, aber ich weiß nicht, was. Ich konnte sein Gesicht nicht sehen, nur den Helm.

Und dann konnte ich ihn nicht mehr sehen.«

Er hörte auf zu reden und griff sich an die Stirn.

»Was ist dann passiert?«, fragte Nina.

»Ich habe einen entsetzlichen dumpfen Aufschlag gehört, und ich glaube, ich habe noch etwas gehört, keinen Schrei, eher ein Grunzen, als würde man ihm die Knochen im Leib zusammenschlagen. So schnell ich konnte, habe ich die Bindung wieder festgemacht und bin zwischen den Bäumen hindurch an der

Klippe entlang zu ihm runtergerast. Ich habe gebrüllt, aber keine Antwort bekommen.

Ich habe ihn etwa zehn Minuten aus den Augen verloren und nicht lange gebraucht, um ihn zu finden. Wenn die Felsen nicht gewesen wären, wäre alles klar gegangen. Er war ein großartiger Skiläufer. Er konnte mit fast allem umgehen. Er hätte sie fast verpasst. Es war einfach nur verdammtes Pech.«

Strong fuhr fort: »Er war auf einem Granitvorsprung gelandet, der aus dem Schnee ragte.« Er machte eine Pause und räusperte sich. »Hätten Sie vielleicht ein Glas Wasser?«

»Selbstverständlich.« Nina drückte auf den Summer. Sandy öffnete die Tür und trieb auf einer Sambawelle herein.

Ich gehe in der Dämmerung los und laufe durch die Stadt
Ein Zauber umfängt mich wie Nebel
Umfängt mich wie Regen, und ich bin hilflos

Bis zu dem Augenblick hatte Nina nur die fröhliche und unbefangene Seite des Songs wahrgenommen, aber die Geschichte, die Strong ihr erzählte, gab den Worten eine Färbung, die ihr vorher nicht aufgefallen war. Nun hörte sie – eingebettet in die zärtliche Stimme und die Gitarrenakkorde, die unentschieden zwischen Moll und Dur schwebten – etwas Neues.

Traurigkeit. Und hinter dem wiegenden Rhythmus ein Ausweichen, ein Geheimnis.

Wie das Geheimnis hinter den Worten des Skiläufers vor ihr.

»Wasser, bitte«, sagte sie, und Sandy verschwand wortlos. Strong wartete, bis ein Plastikbecher vor ihm stand, trank einen Schluck und hob müde den Blick.

»Sie denken, ich hätte ihn getötet«, sagte er noch einmal.

»Wer denkt das?«

»Zwei Kommissare von der South-Lake-Tahoe-Polizei sind gestern hoch nach Paradise gekommen, um mit mir zu sprechen. Sie haben gesagt, sie müssten noch ein paar leere Stellen in ihrem Bericht füllen. Ich denke nicht, dass sie mir geglaubt haben. Da ist irgendwas im Busch.«

»Warum sollten sie Ihnen nicht glauben?« Wieder war die Tür angelehnt, Sandy hörte zu. Na und? Manchmal gab sie ein oder zwei scharfsinnige Kommentare ab, nachdem ein Mandant gegangen war.

»Ich weiß es nicht! Ich kann es mir nicht vorstellen. Es war ein Unfall. Er ist über die Klippe gestürzt, verdammt!«

»Haben Sie ihre Fragen beantwortet?«

Er nickte. »Ich habe ihnen alles gesagt, was mir eingefallen ist. Alex wurde eingeäschert. Die Beisetzung war erst vor drei Tagen. Denen ist es stinkegal, dass ich meinen Bruder verloren habe. Sie haben mir immer wieder dieselben Fragen gestellt – wie lange ich gebraucht habe, um zu den Felsen runterzukommen, in welcher Verfassung Alex war, was ich getan hätte, um ihm zu helfen. Warum ich ihn nicht gerettet hätte, zum Teufel!«

Sie sahen sich an. Seine Augen waren dunkle Tümpel, tief eingesunken in seinen Kopf. Sein Mund zuckte. Furcht lässt Menschen so aussehen. Und in diesem Moment begann Nina, Furcht besser zu verstehen.

Er hatte Angst um sich.

»All diese Fragen. Ich habe ihnen alles gesagt. Wie wir gebrüllt haben, wie wir gelacht haben. Ich hab ein Paar nagelneuer Rossignols ausprobiert ...«

»Haben Sie sich ein Rennen geliefert?«

»Sie wollten mich darauf festnageln, aber das stimmt nicht. Wir haben einfach nur den Pulverschnee genossen und uns amüsiert.«

»Okay.«

»Klar, wir sind beide schnell«, sagte Strong. »Vielleicht zu schnell für den Hang. Das gehört dazu. Das Risiko.«

»Haben Sie ihnen das gesagt?«

»Ja. Ich habe zugegeben, dass wir zu schnell gefahren sind. Aber Sie müssen das verstehen: Auf dem Berg lagen fast fünfzig

Zentimeter Neuschnee. Wir waren bis zu den Knien drin und flogen trotzdem. Alex liebte das Skilaufen im Pulverschnee. Fahren Sie Ski?«

»Ab und an. Ich werde immer mittelmäßig bleiben.«

»Mein Vater hat uns mit drei Jahren auf die Bretter gestellt.«

»Alle?«

»Alex, Kelly und mich. Kelly ist meine jüngere Schwester. Ich bin dreißig. Kelly ist erst fünfundzwanzig. Sie ist die Einzige von uns, die nicht in Paradise arbeitet. Eine dieser ewigen Studenten.«

Nina schrieb das auf.

»Alex war siebenundzwanzig. Natürlich haben wir Paradise geschlossen, und die ganze Mannschaft ist zur Beisetzung gekommen. Meinem Vater geht es gar nicht gut. Er hat Alex geliebt.«

»Philip Strong ist Ihr Vater, stimmt's?«

»Was? O ja.« Strong sah weg, er schien etwas sagen zu wollen, aber dann besann er sich eines Besseren.

»Gab es eine Untersuchung?«

»Nicht, soweit ich weiß. Nur ... eine Autopsie. Der Gerichtsmediziner hat schon nach achtundvierzig Stunden bestätigt, dass es ein Unfall war. Es soll einen Autopsiebericht geben, aber den habe ich nicht gesehen. Ich will ihn auch nicht sehen.«

»Also«, sagte Nina, »vielleicht will die Polizei für ihren Bericht ja nur ein oder zwei Fragen klären. Das haben sie Ihnen gesagt. Warum glauben Sie ihnen nicht, Jim?«

»Weil ich es an ihren Augen erkennen konnte.« Er war davon überzeugt, aber Nina konnte seine Sorgen immer noch nicht nachvollziehen.

Sie sah auf ihren Block und sagte: »Wenn ein Angehöriger stirbt, wirkt alles wie verzerrt. Ihr Bruder ist plötzlich gestorben, deswegen wird man dem Bericht mehr Sorgfalt gewidmet haben. Es ist durchaus möglich, dass die Polizei einfach nur den Fall abschließen wollte.«

Sie ebnete ihm den Weg. Es war an der Zeit, dass er ihr den Rest erzählte, den Teil, vor dem er die meiste Angst hatte. Die Polizei verschwendete ihre Zeit nicht mit offensichtlichen Unfällen.

Genau aufs Stichwort hin sagte er: »Da ist noch was.« Er trank das Wasser aus und zerdrückte den Becher.

»Noch was?«

»Meine Frau Heidi. Sie ist am Tag nach Alex' Tod abgehauen. Ich weiß nicht, wo sie ist.«

»Sie wird seit einer Woche vermisst?«

»Genau.«

»Das ist lang. Hat sie Sie nicht angerufen? Sie haben wirklich keine Ahnung, wo sie sein könnte?«

»Nein. Wir sind seit drei Jahren verheiratet.« Er sagte das zaghaft, als könne er nicht mehr beurteilen, welche Informationen wirklich hilfreich waren.

Hatte er Angst, das Verschwinden seiner Frau würde die Leute davon überzeugen, dass er irgendwie schuldig war? Nina kannte ihn nicht gut genug, um das einzuschätzen. Er würde es ihr auf seine Art mitteilen, und sie musste geduldig sein; die Fakten würden schon noch ans Licht kommen.

Wieder Schweigen. Sie machte eine weitere Notiz und sah ihn erwartungsvoll an.

»Sie ist ein willensstarkes Mädchen.« Unter seiner Sonnenbräune errötete er und sah hinunter auf seine nervös scharrenden Füße. »Heidi hat sie mir auf den Hals gehetzt. Sie …« Er spielte mit seinem Becher, öffnete ihn, zerdrückte ihn wieder. »Am Morgen nach Alex' Tod ist sie zur South-Lake-Tahoe-Polizei gegangen, hat sich dort mit dem Dienst habenden Beamten unterhalten und eine Art schriftlicher Aussage unterschrieben. Die Aussage kenne ich nicht.«

»Woher wissen Sie …«

»Dass sie das getan hat? Die Kommissare, die gestern da waren, haben es mir gesagt. Und außerdem wegen diesem hier. Ich habe es denen nicht gezeigt.« Aus der Tasche seiner Jeans zog Strong eine rosa Haftnotiz, die an seiner Hand klebte, als er sie mit zittrigen Fingern auseinander faltete. Er reichte sie Nina.

Heidi Strongs Handschrift neigte sich nach rechts, ein Zeichen für Extrovertiertheit, wie sich Nina vage erinnerte. Strongs Frau hatte fest aufgedrückt und die erste Zeile in Großbuchstaben geschrieben. ICH WEISS, WAS DU MIT ALEX GEMACHT HAST. Dieser gespenstischen Eröffnung folgten einige kurze Zeilen. Nina überflog sie mit einem Blick.

ICH WEISS, WAS DU MIT ALEX GEMACHT HAST.
Ich gehe fort.
Ich will dich nie wieder sehen. Ich meine es ernst, Jim.
Lass dir bloß nicht einfallen, nach mir zu suchen.

Das war alles. Keine Unterschrift, kein Datum, nur diese Worte, scharf und direkt, ins Papier gedrückt.

»Wow«, sagte Nina. Jede andere Reaktion erschien ihr unpassend. Sie drehte den Zettel um und suchte nach mehr, aber mehr gab es nicht.

»Es klebte an dem Morgen am Toilettendeckel. Ich stand da, noch nicht ganz wach, pinkelte und dachte gerade an Alex. Ich wusste überhaupt nicht, dass irgendwas mit ihr war, und dann sah ich plötzlich diesen Zettel. Ich dachte, ich träume. Aber ich hab nicht geträumt. Ich habe das ganze Haus durchsucht. Sie war tatsächlich weg. Sie hatte unseren großen Koffer, den Kabinenroller und ihr elektronisches Keyboard mitgenommen. Ihre Kleider, ein paar Bücher, CDs, ihren Skianzug – alles, was ihr wirklich am Herzen liegt. Sie hat sogar Freaky mitgenommen.«

»Freaky?«

»Unsere Katze. Sie ist mit dem Wohnmobil losgefahren, einem Tioga. Gerade groß genug für uns beide und ein Kind vielleicht, wenn wir je eines bekommen sollten …« Er kaute auf seinem Daumennagel. »Zuerst habe ich gedacht, sie wird sich wieder einkriegen und merken, dass sie total überreagiert hat. Ich habe gewartet, dass sie wieder nach Hause kommt oder wenigstens anruft. Aber sieben Tage sind vergangen, und ich habe nichts von ihr gehört. Ich habe alle angerufen, die mir eingefallen sind. Marianne …«

»Wer ist Marianne?«

»Alex' Frau. Sie schwört, dass sie nichts weiß. Ich musste es auch meinem Vater sagen, aber ihm ist auch nichts eingefallen. Dann habe ich mit Heidis Freunden von der Skipatrouille gesprochen. Heidi ist Aufseherin in Paradise. Niemand weiß irgendetwas, jedenfalls will niemand irgendwas sagen. Sie ist einfach ohne ein Wort gegangen.«

»Nun, sie hat diese Worte zurückgelassen, Jim. Was glauben Sie, was will sie damit sagen?« Nina hielt den Zettel hoch.

»Offensichtlich gibt sie mir die Schuld an Alex' Tod. Als sie an dem Abend im Boulder-Krankenhaus aufgetaucht ist, war Alex noch im OP. Sie haben versucht, ihn zu retten. Ich wusste, dass er es nicht schaffen würde …« Strong stieß hörbar die Luft aus. »Einen Moment, bitte«, sagte er. Er sprang von seinem Stuhl hoch und ging zu dem Fenster, das auf den Mount Tallac sah, einen der hohen Berge, die Tahoe umringen.

Es hatte aufgehört zu schneien, auf dem Fensterbrett lag nur noch glitzernder, bereits schmelzender Schnee. Strong lehnte sich ans Fenster, und durch die scharfen Sonnenstrahlen, die sich ihren Weg durch die finsteren Wolken, die über der Stadt hingen, gebahnt hatten, konnte Nina das dunkle Braun seiner Wimpern und das Schimmern in seinen Augen sehen, als er hinausstarrte. Sie sah auf den Zettel hinab. Das Sonnenlicht brachte ihn wie einen Laserstrahl zum Leuchten. Es sah aus, als würde er gleich Feuer fangen.

Nebenan sang Botelho:

Freude ist grün wie ein Wald
Der lodert und zu Asche wird und wieder keimt

»Ich weiß nicht, was ich tun soll. Ich liebe Heidi«, sagte Jim zu dem Fenster. »Sie bedeutet mir – alles, wissen Sie? Wer hat ihr diese verrückte Idee eingeflüstert?«

»Die Idee, dass …«

»Ich will es nicht aussprechen. Es ist zu abwegig. Ich muss dauernd denken, dass ich sie für immer verloren habe. Das könnte ich nicht ertragen. Ich muss sie finden.«

Er kam zurück zu Ninas Schreibtisch, auf ihre Seite, und stützte sich darauf, die Hände flach auf der Tischplatte. »Eine unserer Angestellten, eine Frau namens Jessica Sweet, hat mir geraten, zu Ihnen zu gehen. Sie sagt, Sie seien ganz großartig gewesen, als es um eine Verletzung der Privatsphäre ging. Sie hat gesagt, Sie seien ungewöhnlich. Ich könnte Ihnen trauen.«

»Ich erinnere mich an Mrs. Sweet.« Nina rutschte auf ihrem Schreibtischstuhl herum. Er kam ihr zu nah, aber er schien die Unterschreitung der Distanz nicht zu bemerken. Er hatte die Nonchalance eines attraktiven Mannes, der sich in der Gesellschaft von Frauen sehr wohl fühlt. Wieder nahm sie den Geruch der Sonnenmilch auf seiner Haut wahr. Etwas Tropisches und Warmes. Mandeln?

Mit leicht geneigtem Kopf musterte er sie. »Das ist genau das, was ich jetzt brauche. Jemand, der verbindlich ist. Jemand an meiner Seite.«

»Sie haben Recht. Sie brauchen Hilfe. Ich würde gerne versuchen, Ihnen zu helfen.«

»Mir gefällt, dass Sie eine Frau sind. Ich habe ein gutes Gefühl bei Ihnen.« Für den Moment anscheinend zufrieden, ging er zu seinem Stuhl zurück.

»Also, Heidi gibt Ihnen die Schuld am Tod Ihres Bruders«, sagte Nina. Man konnte es ganz unverblümt so ausdrücken.

Wieder das Zucken in seinem Mundwinkel. »Scheint so.«

»Sie haben keine Ahnung, warum?«

»Keine Ahnung.«

»Hatten Sie irgendwelche Eheprobleme?«

»Nur das Übliche.«

Jetzt war sie sich sicher, dass er ihren Fragen auswich. »Wie war der Abend, bevor sie Sie verlassen hat?«

»Wir sind vom Krankenhaus zurückgekommen. Ich war erschöpft. Sie hat nichts gesagt. Kein Wort. Ich dachte, sie stünde unter Schock. Sie kannte Alex genauso lange wie mich. Sie ist nach oben gegangen. Ich habe Tequila getrunken – eine Menge. Danach bin ich ins Bett gekrochen. Sie schlief schon. Ich habe sie geweckt. Wir haben miteinander geredet und ...« Er räusperte sich und überließ es ihr, sich den Rest auszumalen. »Dann war Morgen, und sie war fort.«

Meine Liebste erwidert zärtlich
meine Liebkosungen

»Brasilianische Musik. Marianne hört das den ganzen Tag.« Er trommelte den Rhythmus mit einem Finger auf die Schreibtischplatte. »Wie können Sie dabei nachdenken?« Bevor Nina antworten konnte, hatte Sandy den CD-Spieler ausgestellt. In der darauf folgenden Stille zog er sein Scheckbuch hervor.

»Bitte, finden Sie Heidi«, sagte er. »Und ich will auch, dass Sie dieses Chaos um Alex in Ordnung bringen. Können Sie das?«

Er biss sich auf die Lippen, bevor seine Frage in eine Bitte ausartete, aber sie meinte, die Dringlichkeit in seinen brennenden Augen zu sehen.

Sie rollte ein Stück von ihrem Schreibtisch und von Strong weg. Wollte sie ihn als Mandanten? Sie konnte ihm sagen, dass sie darüber nachdenken musste.

Wenn sie sich darauf einließ, war sie bis zum Hals darin verstrickt.

Sie nahm sich einen Augenblick, um ihre anderen Verpflichtungen zu überdenken und sich zu fragen, wohin die Reise mit Strong wohl gehen würde. Er hätte zu jedem anderen in der Stadt gehen können, zum Beispiel zu dem fiesen Jeff Riesner. Aber er war zu ihr gekommen. Er konnte es sich leisten, und seine Probleme schienen, auch wenn sie ihr im Moment etwas verschwommen vorkamen, doch in ihrem Zuständigkeitsbereich zu liegen.

»Okay«, sagte sie nach einer Weile. »Ich werde mich um eine Kopie von Heidis Aussage bemühen und herausfinden, ob die Polizei die Umstände von Alex' Tod tatsächlich weiter untersucht. Vielleicht weiß die Polizei, wo Heidi ist. Falls ja, werde ich mich dafür einsetzen, dass sie Sie anruft.«

»Klasse«, sagte er. »Ausgezeichnet.« Erleichtert nickte er. »Wie viel wollen Sie als Vorschuss?«

»Zehntausend. Ich veranschlage hundertfünfzig die Stunde. Wenn sich der Fall schnell klärt, bekommen Sie den Rest zurück.«

Er schrieb einen Scheck aus, reichte ihn ihr und sagte: »Sie sind billig. Unser Geschäftsanwalt verlangt zweihundertfünfzig die Stunde.«

»Billig? Das hat mir schon mal jemand gesagt. Und noch ein paar andere Sachen.«

»Sie sind wunderbar. Ich bin sicher, das hat Ihnen auch schon mal jemand gesagt.« Er lächelte sie an.

In dem Lächeln lag keine Leidenschaft, die war wahrscheinlich für Heidi reserviert. Das gefiel Nina. Sie erwiderte das Lächeln und stand auf. »Ich rufe Sie morgen an. In Paradise?«

»Wenn Sie herausfinden, wo Heidi ist, klar, rufen Sie mich dort an. Ansonsten hätte ich es lieber, wenn Sie mich zu Hause anrufen würden. Ich traue meinen Reaktionen nicht, wissen Sie?«

Er stand auch auf, und wieder fiel ihr auf, dass er viel größer war als sie, groß und schlank und gelenkig. Sie sah ihn vor sich, wie er anmutig zwischen hohen Bäumen kurvte, die ebenmäßige Reihe seiner Zähne so weiß wie der Schnee um ihn …

»Jim«, sagte sie.

»Was?«

»Ich sollte Heidis Notiz hier aufbewahren.«

»Warum?«

»Damit sie nicht verloren geht.«

Er zögerte. »Klar«, sagte er. »Ich will sie nur noch bis morgen behalten.« Bevor sie widersprechen konnte, winkte er ihr lässig, und sie hörte die Tür des Vorzimmers zuschlagen.

Sandy kam herein, den Finger an ihre volle Unterlippe gelegt. Sie setzte sich auf den Mandantenstuhl, ein Zeichen, dass sie etwas sagen wollte.

In den zwei Jahren mit Sandy hatte Nina gelernt, ihre Signale zu verstehen. Sandy lächelte selten, und sie lachte fast nie. Sie blieb in jeder Krise gefasst. Aber wenn sie die Arme überkreuzte, die Augenbrauen hochzog oder einem Staubkörnchen am Boden plötzlich ungeteilte Aufmerksamkeit widmete, konnte das Bände sprechen.

Als reine Washoe-Indianerin war Sandy Nachfahrin des Volkes, das sich in der Gegend um Tahoe und dem Carson Valley niedergelassen hatte – lange vor dem Goldrausch, der Kalifornien wohl oder übel zum Staat gemacht hatte. Sandy hielt den Betrieb in Ninas Kanzlei aufrecht.

Manchmal war sie Ninas einzige Stütze.

Inzwischen bearbeitete sie ihre Unterlippe ziemlich heftig, klopfte dagegen, massierte sie, saugte sie ein, ließ sie wieder los. Sie dachte intensiv nach.

Nina hatte es schon vor langer Zeit aufgegeben, in solchen Situationen nur abzuwarten. »Ich hab das mit Alex Strong im *Mirror* gelesen. Hast du es auch gesehen? Die Zeitung hat seinen Tod als Unfall dargestellt«, sagte sie. Sie legte die Füße auf den Tisch, verschränkte die Hände hinterm Kopf und reckte sich. »Ich darf keine Tortillas mehr zu Mittag essen. Ich krieg Magenschmerzen, wenn ich an meinem Schreibtisch hänge.«

Sandys Unterlippe wurde freigegeben. Sie traf sich mit der Oberlippe. Dann sog Sandy die Lippen ein und schob sie wieder vor. Hypnotisiert beobachtete Nina, wie sich Worte formten. »Ein Mandant, der einen Vorschuss zahlt. Das ist mal was anderes. Von der Sorte bräuchten wir mehr. Nach dem letzten Debakel …«

»Ist das alles, was dich beschäftigt?«

Sandy entdeckte etwas enorm Interessantes an der Decke. »In dem Ski-Resort wird richtig viel Knete gemacht. Ist nicht so groß wie Squaw oder Heavenly, aber es zieht Touristen aus dem Ausland an. Franzosen, Deutsche, Japaner, Pauschalurlauber. Ich will ja nur sagen, dass er die in seinem Fall entstehenden Kosten zahlen kann.«

»Ich verderbe dir den Nachmittag nur ungern, aber ich glaube nicht, dass es einen Fall geben wird«, sagte Nina. »Er hat eine schlimme Woche hinter sich, er hat seine Zukunftsperspektive verloren, und er kriegt Panik.«

»Hey! Warte mal 'ne Minute. Wir haben es mit einem Berg zu tun, mach keinen Maulwurfshügel daraus.«

»Ach, ich prüfe das für ihn«, sagte Nina. »Die Cops, die Autopsie – es war ein gewaltsamer Tod, Sandy. Sie müssen vorsichtig sein.«

Inzwischen war Sandy auf Touren gekommen. »Warum gehen Leute aus ihrem warmen Haus in die Eiseskälte, um zu frieren und einen verschneiten Berg runterzurutschen? Es kostet ein Vermögen, und man bricht sich das Bein oder endet mit einer Metallplatte im Kopf.«

Sie bezog sich auf einen ehemaligen Mandanten, einen Touristen, der im Jahr zuvor einen anderen Skiläufer angefahren und sich schwer verletzt hatte. »Wie dieser Kennedy im Osten. Und Sonny Bono, der in den Baum gerast ist. Was macht daran Spaß?«

»Es ist aufregend, Sandy. Und bei der Professionalität, die Jim Strong erreicht hat, ist es richtig aufregend. Die Gefahr gehört dazu. Das zieht starke Charaktere an.«

»Ich krieg schon Adrenalinschübe, wenn ich meine Hypothek abzahlen muss.«

»Für diesen romantischen Unsinn bist du nicht zu haben. Willst du das sagen?«

»Da hast du allerdings Recht.«

Im Vorzimmer war die CD wieder zu hören. »Und was ist mit den Liebesliedern, die du die ganze Woche spielst?«, fragte Nina. »Ich meine, wo wir gerade von Romantik reden. Ich fühl mich schon vom Zuhören einsam. Allmählich träume ich davon, hier eine Hängematte anzubringen und mich mit ein oder zwei Jungs und einer Flasche Rum da reinzulegen.«

Was war das? Sandy wurde doch nicht etwa rot? Nina sah zu, wie Röte über Sandys Nacken kroch und ihre glatten braunen Wangen färbte.

Sandy war knallrot.

»O Sandy«, sagte Nina. »Gibt es etwas, was ich wissen sollte?«

Sandy hievte sich vom Stuhl hoch. »Du hast um drei diese Sondersitzung am Superior Court«, sagte sie über die Schulter und zog die Tür energisch hinter sich zu.

Nina füllte den Einzahlungsbeleg für Strongs Scheck aus, den sie ihrem gähnend leeren Treuhandkonto anvertrauen wollte, sah auf die Uhr, schnappte sich eine Akte und ging hinunter zu ihrem Bronco, der vor dem Starlake Building im Schnee stand.

Die Musik folgte ihr.

Schnee fällt auf meinen Traum
den wir zusammen träumten
Oh, warum kann Glück nicht andauern …

Während der Wagen langsam warm wurde, dachte sie an Jim Strong. Sein Bruder war tot, und seine Frau wurde vermisst. Er hatte sich an Nina um Hilfe gewandt.

Und mir nichts, dir nichts hatte sie seine Last übernommen. Sie waren jetzt Anwältin und Mandant, eine Beziehung, die manchmal enger war als die zwischen Mann und Frau, Bruder und Schwester.

War sie zu schnell eingesprungen? Seine Probleme waren so schwammig …

Hier draußen war alles klar, die Berge konturiert über der Stadt, die tropfenden Pinien, ganze Bataillone von Wolken am frischen blauen Himmel …

Und oben im Büro ein taufrischer, neuer Fall. »Ich weiß, was du mit Alex gemacht hast«, wiederholte Nina halblaut, als der Bronco auf den Boulevard rumpelte.

2

Im Gericht verbannte Nina jeden Gedanken an Jim Strong aus ihrem Kopf.

Liebe den, mit dem du zusammen bist. Eine Lektion, die Rechtsanwälte früh lernen.

Ihre Mandantin wartete mit ihrem Ehemann, Mr. Geiger, in der Halle vor dem großen Gerichtssaal des Superior Court. Mrs. Geiger hatte sich vor achtzehn Monaten bei einem Autounfall, den ein anderer Fahrer verschuldet hatte, Rückenverletzungen zugezogen, aber dessen Versicherungsgesellschaft wollte die Summe, mit der Nina den Schaden beziffert hatte, nicht zahlen.

Das Problem war, dass Mrs. Geiger, eine zarte Dame, die ihren Verletzungen zufolge eigentlich nicht mehr als fünf Kilo tragen durfte, kurz nach dem Unfall von einem Ermittler der Versicherungsgesellschaft gefilmt worden war, wie sie Einkäufe aus dem Auto ins Haus trug, Abfalltüten zur Tonne schleppte und ihren Enkel in ihrem bescheidenen Garten draußen am King's Beach umhertrug, und das alles an einem einzigen verhängnisvollen Nachmittag.

Dieses Video hatte bei der Versicherungsgesellschaft eine derart gerechte Empörung hervorgerufen, dass Ninas Vergleichsangebot nicht nur ohne Gegenangebot abgelehnt worden war, man hatte auch noch bei der Staatsanwaltschaft vorgesprochen. Als Nina vor ein paar Monaten zur eidlichen Zeugenaussage ihrer Mandantin gekommen war, hatte Barbara Banning, die neue stellvertretende Staatsanwältin in Tahoe, neben dem Versicherungsanwalt gesessen, eine makellose Wade über die andere gekreuzt, ganz begierig, einen Betrug aufzuspüren.

Ein paar Monate lang hatte es so ausgesehen, als würde Mrs. Geiger nicht nur ihren Fall verlieren, sondern womöglich auch ihre Freiheit. Das warf ein schlechtes Licht auf Nina, die erhebliche Schadensersatzansprüche gestellt hatte, und es schien auch gegenüber Mrs. Geiger nicht fair zu sein, der der Rücken wirklich wehtat, auch wenn Nina zugeben musste, dass das Video etwas anderes zu beweisen schien.

Nina brauchte frische Munition. Also hatte sie kurz vor Ablauf der Frist zur Einreichung der ärztlichen Gutachten den behandelnden Arzt noch einmal aufgesucht und ihm das Video vorgespielt.

Es gefiel ihm weder, dass sein Urteil in Zweifel gezogen, noch, dass seine Patientin verspottet wurde. Er schaute sich das Video in Zeitlupe an und betrachtete einzelne Standbilder, um Mrs. Geigers Bewegungen im Detail zu studieren. Er zeigte auf verschiedene Einzelbilder und sagte: »Sehen Sie nicht, wie sie hier vor Schmerz das Gesicht verzieht? Und da? Sehen Sie, wie sie versucht, die Bewegung auszugleichen? Sie wird nie mehr schmerzfrei sein. Ich glaube, ich habe etwas übersehen. Sie ist noch viel schlechter dran, als ich dachte.«

Also beantragte Nina in letzter Minute eine weitere eidliche Zeugenaussage dieses Arztes, in der er sich über Hüftgelenksersatz und chronisches Schmerzsyndrom äußerte, die möglicherweise teure chirurgische Eingriffe erforderten. Als er fertig war, hing der gegnerische Anwalt am Telefon und bat seinen Chef, der irgendwo in einem fünfzigstöckigen Bürohochhaus saß, winselnd um einen größeren Verhandlungsspielraum.

Drei Tage vor Prozessbeginn machte der Anwalt ein vernünftiges Angebot, das Nina, an den Fingernägeln kauend, telefonisch ablehnte. Einen endlosen Nachmittag später rief der Anwalt noch einmal an und machte ein mehr als vernünftiges Angebot. Nina schrieb die Zahl auf ein Stück Papier und schob es Mrs. Geiger hin. Diese schrieb: »Akzeptieren! Akzeptieren!«

Doch jetzt, in dem heiklen Augenblick, in dem das Vergleichsangebot vom Gericht bestätigt werden sollte, hatte Mrs. Geigers Ehemann, der bislang kein Interesse an dem Verfahren an den Tag gelegt hatte, beschlossen, sich einzumischen.

»Ich glaube, das ist nicht genug«, sagte Mr. Geiger. »Ich könnte mit diesen Leuten zu einer besseren Einigung kommen.« Er arbeitete bei Harvey's in der Personalabteilung, also kannte er sich wahrscheinlich mit der menschlichen Natur aus, aber wovon er keine Ahnung hatte, war die Tatsache, dass Schadenssachverständige für Versicherungsansprüche keine menschliche Natur besitzen. Sie besitzen Pentiumprozessoren.

»Dann ist es gut, dass ich hier die Anwältin bin, denn wenn es an Ihnen wäre, würden wir morgen vor Gericht gehen. Und das wäre nicht klug. Nichts für ungut«, fügte Nina hinzu.

»Warum verlangen wir nicht noch fünfzig Riesen mehr? Diese verdammten Versicherungsgesellschaften sitzen auf dem ganzen Geld in Amerika.«

»Mr. Geiger, Sie haben den Film gesehen. Jetzt stellen Sie sich vor, was die Versicherungsgesellschaft darüber im Prozess sagen würde. Mrs. Geiger könnte verlieren. Dann würde sie nichts bekommen. Ich glaube nicht, dass Sie dieses Risiko eingehen sollten.« Um sicher zu gehen, dass er sie verstand, ging Nina die ganze Sache noch einmal mit ihm durch, aber er fegte ihren Rat beiseite.

Sie glaubte zu wissen, was Mr. Geigers eigentliches Problem war. Die Tür schloss sich langsam, jeder festgelegte Betrag wirkte im Vergleich zu seinen wild wuchernden Spekulationen armselig. Für Mr. Geiger war der Vergleichsbetrag aus der Luft gegriffen, was er im Grunde auch war, denn Schäden durch Schmerzen und Leiden bezogen sich in solchen Fällen nur ungefähr auf tatsächliche Arztrechnungen. Wenn die Gesellschaft so viel gab, warum dann nicht gleich ein Vermögen?

Vielleicht dachte er auch, wie andere ihrer Mandanten von Zeit zu Zeit, dass seine Schätzung genauso gut war wie die der jungen Frau mit dem langen braunen Haar und dem teuren marineblauen Blazer, die hier vor ihm stand und so schnell auf ihn einredete.

Was er dabei unbeachtet ließ, war die Tatsache, dass Nina in diesem Kampf um jeden einzelnen Dollar gerungen hatte und aus Erfahrung wusste, dass es keinen Vierteldollar, keinen rostigen Cent mehr geben würde.

Mr. Geiger mäkelte an ihr herum, bis sein Vortrag zur Tirade wurde. Er würde seine Meinung sagen, und ihr Job war es, zuzuhören wie ein braves Mädchen und den Handel dann abzuschließen.

Mrs. Geiger sagte kein Wort. Sie wirkte geistesabwesend, klein, kraftlos.

Nina reichte es allmählich. Sie wollte das Beste für ihre Mandantin, und er war ihr im Weg. Sie sollte ihm schmeicheln, ihn besänftigen und versöhnlich stimmen. Es war ihre Pflicht, um Mrs. Geigers willen. Arme, sanfte Mrs. Geiger. Was hatte die wohl zu Hause für ein Leben?

Anwälte, Mandanten und Zeugen spazierten durch die Halle und warfen neugierige Blicke auf die drei, die an der Wand zusammenstanden. Mr. Geiger hörte nicht auf, große Töne zu spucken. Er wollte noch eine Weile auf ihr rumtrampeln, aber dazu hatten sie schlichtweg keine Zeit.

Zum Teufel mit ihm.

»Es ist nicht genug!«, bellte er schon wieder.

Jemand streifte sie, und sie schaute auf und sah in ein Gesicht, das sie lange nicht gesehen hatte.

»Collier!«

»Hallo, Nina.«

Er war mit Barbara Banning auf dem Weg in den Gerichtssaal, die weiterging, ohne Nina eines Blickes zu würdigen. Er blieb stehen und erfasste ihre Situation mit einem Blick.

»Ich ruf dich an«, sagte er und verschwand nach drinnen. Nina schaute auf die Tür, den Mund noch offen.

»Und?«, sagte Mr. Geiger. »Habe ich mich klar ausgedrückt?«

»Okay.«

»Okay?«

»Sie haben gewonnen, Mr. Geiger. Wir lehnen das Angebot vor Gericht ab. Wir beginnen morgen mit dem Prozess. Jetzt gehen wir rein und sagen es dem Richter.«

Schweigen.

Nina drehte sich um und zog die Tür auf. »Nach Ihnen«, sagte sie.

»A ... aber, ich dachte ... meine Frau hätte Sie gebeten, das Angebot anzunehmen. Ich hab doch nur erklärt, dass ich ...«

»Ihnen gefällt meine Arbeit nicht, es ist Ihnen egal, was Ihre Frau über die Sache denkt, Sie finden, wir kommen besser weg, wenn wir's auf einen Prozess ankommen lassen. Also führen wir einen Prozess. Kommen Sie?«

»Ed?«, sagte Mrs. Geiger mit ihrer leisen Stimme.

»Warten Sie eine Minute! Ich bin noch nicht fertig ...«

Mrs. Geiger bäumte sich auf wie ein Pony und schlug heftig mit ihrer winzigen Handtasche nach ihrem Mann.

»Halt's Maul, Ed!«, fuhr sie ihn an. Sie wandte sich an Nina. »Achten Sie nicht auf ihn. Gehen Sie rein und blasen Sie den Prozess ab.«

Genau das taten sie, insgeheim sehr zur Erleichterung von Mr. Geiger, und danach reichte Nina die Papiere im Büro der Justizbeamten auf der anderen Seite der Halle ein. Als sie ihre Botengänge erledigt hatte, waren die Büros der Staatsanwaltschaft geschlossen, und es wurde bereits dunkel. Bob würde zu Hause auf sie warten. Sie schleppte sich in den Bronco, warf die Aktentasche auf den Rücksitz und fuhr den Pioneer Trail hinunter Richtung Kulow Street.

Es wurde unglaublich früh Winter! Wie hoch würde der Schnee dieses Jahr liegen? Sie betrachtete die Schneestangen, die die Straße säumten und etwa zweieinhalb Meter hoch waren. Auf der anderen Seite des Sees, am Denkmal der Donner-Party, standen noch die Baumstümpfe der Bäume, die die Pioniere gefällt hatten, um im Schnee Hütten zu bauen – sie waren fast vier Meter über dem Boden abgesägt.

Also, sie hätte lieber in der Sierra gelebt. Diesen Winter würde sie sich richtig coole Stiefel kaufen.

Der Tag war lang und hektisch gewesen wie die meisten. Sie freute sich wirklich auf ihr friedliches Zuhause. Gedankenblasen schwappten in ihrem Kopf herum – Jim Strongs müde blaue Augen und sein rastloser Körper, Heidi Strongs Nachricht – sie würde sich als Erstes morgen um diesen Autopsiebericht kümmern – und Mr. Geigers Gesicht, als Mrs. Geiger auf ihn eingedroschen hatte – sie hatte sich ein völlig falsches Bild von der Ehe der Geigers gemacht, Mrs. Geiger konnte ganz gut auf sich aufpassen –, und ob wohl noch was im Kühlschrank war, um Abendessen zu machen, und, Junge, Junge, ein Glas kalter *Clos du Bois* wäre wirklich genau das Richtige, sobald sie die Strumpfhose ausgezogen hatte – hoffentlich musste Bob nicht noch Mathehausaufgaben machen …

Und Collier Hallowell arbeitete wieder, als wäre er nie weggewesen, nur eine große vertraute Gestalt in der Halle, so schnell war er vorbeigehuscht. Sie hatte nicht erwartet, ihn je wiederzusehen. Wie lange war das her? Zehn, nein, elf Monate.

Wo war er gewesen? Das letzte Mal, als sie ihn gesehen hatte, kurz bevor er die Stadt verließ, war er so besoffen gewesen, dass sie sich gefragt hatte, ob er je wieder zu sich käme.

»Wo ist mein Junge?«, rief sie, als sie ins Haus stürmte. Alle

Lichter waren an. Keine Spur von Bob – er war wohl mit Hitchcock draußen und machte die Nachbarschaft unsicher. Sie zog sich im Schlafzimmer aus, hängte ihre Kleider über einen Stuhl, zog Jeans und einen neuen Pullover an, ein langes, apfelgrünes Teil, und ging in die Küche, um Abendessen zu machen.

Fünfzehn Minuten später brieten Hackbraten und Reis im Herd. Nina setzte sich im Wohnzimmer vor das Kaminfeuer auf den Teppich, trank ein Glas Wein und sah sich die Sechs-Uhr-Nachrichten an. Plötzlich kamen Bob und Hitchcock mit viel Gebell und Türenknallen hereingestürmt. Hitchcock, mit seinen zwei zusätzlichen Beinen, war zuerst bei ihr. »Guter Hund«, sagte sie und legte ihm die Arme um den flauschigen Hals. Aber er verströmte einen grauenhaft fauligen Gestank, und sie sprang auf, wodurch sie den Hund erschreckte und ihren Wein umstieß.

»Mein Wein! Was ist das für ein Gestank?«, rief sie. »O nein. Mein Pullover!«

»Also, das war so«, sagte Bob dramatisch und streckte die Hände in Richtung Hund aus, ohne ihn jedoch zu berühren. »Er hat in den Sträuchern rumgeschnüffelt. Es war dunkel, ich konnte nicht viel sehen, aber er hat mir nicht gehorcht, also bin ich ihn suchen gegangen. Rate mal, wo ich ihn gefunden habe?«

»Keine Ahnung«, sagte Nina und tupfte den Wein mit einer Serviette auf.

»Du sollst raten!«

»Warum sagst du's mir nicht einfach«, fuhr sie ihn an.

»Ich habe ihn gefunden« – er hielt inne, um die Pointe besonders zu betonen – »wie er sich auf einem toten Eichhörnchen wälzte.«

»Igitt!«, sagte sie. »Schaff ihn raus!« Sie sprang auf, rannte ins Bad und zog sich im Laufen den Pullover über den Kopf. Hitchcock setzte ihr sofort nach, weil er ihr seine Liebe beweisen wollte. Sie änderte abrupt die Richtung, lief nach draußen und sperrte den Hund auf die Veranda.

»Ich hab ihn!«, rief Bob direkt hinter ihr.

»Spritz ihn ab!«

»Aber es ist eisig!«

»Spritz … ihn … mit … dem … Schlauch … ab!«

Von draußen waren menschliche und tierische Jauchzer zu hören, während Nina sich auszog und unter die Dusche ging. Als sie ein paar Minuten später wieder rauskam und sich gerade ein Handtuch um den Kopf wickelte, wurde sie fast von Bob umgerannt, der triefend mit einer fauligen Duftspur im Schlepptau an ihr vorbei ins Bad stürmte. Hitchcock, stinkend wie zuvor, folgte ihm auf dem Fuß.

Nina warf die Handtücher auf den Boden und war schon hinter den beiden ins Bad gerannt, als sie plötzlich zusammenzuckte. Das war nicht die einzige Katastrophe. Unbewusst hatte sie die Minuten verrinnen gespürt; der Hackbraten, der briet und briet, braun wurde, schrumpelte, schwarz wurde …

PIEP! PIEP! PIEP! PIEP!

Sie suchte nach dem schweren orangefarbenen Ohrschützer, den sie benutzte, um sich vom Lärm abzuschotten, aber sie konnte ihn nicht finden. In dem schrecklichen Alarm, zu dem sich jetzt auch noch das Geschrei und Geheul aus dem Bad mit seiner besonderen Akustik gesellte, kletterte sie auf einen Stuhl und versuchte, den Rauchmelder abzuschalten. Lebhaft stand ihr vor Augen, wie ihr Vater, den der Lärm völlig verrückt gemacht hatte, mal einen von der Wand geschossen hatte.

Der Rest des Abends, jedenfalls das, was davon noch übrig war, verlief friedlich. Gegen zehn lag Bob im Bett, die meisten Matheaufgaben waren gemacht.

Wie er selbst, veränderte sich sein Zimmer von Monat zu Monat. Die Skateboard- und Surf-Poster an den Wänden waren von asiatischen und afrikanischen Motiven abgelöst worden: Jackie Chan, der aus einem grünen Regenwald herausgesprungen kam, und ein paar afrikanische Masken vom Flohmarkt. Er hatte sich in einem Importladen sogar ein Moskitonetz gekauft und übers Bett gehängt. Als er sie jetzt durch das milchige Gewebe anlinste, sah er aus wie eine Gestalt aus einem Märchen, ein dreizehnjähriger Junge, dessen Schultern und Gesicht jeden Tag eckiger und männlicher wurden.

»Nacht, Mom.«

»Nacht, Kleiner.«

»Mach dir keine Gedanken wegen des Abendessens, Mom. Ich mag kalte Pizza.«

»Der Pizzabote hatte nicht mal Handschuhe an. Wir können froh sein, dass er bei dem Schnee überhaupt gekommen ist. Hitchcock hat der Hackbraten jedenfalls geschmeckt, also war am Ende doch wohl alles gut. Morgen Abend gehen wir das Eichhörnchen beerdigen, damit Hitchcock das nicht noch mal macht. Warum wälzen sich Hunde eigentlich so gern in Kadavern? Ekelhaft.«

Bob gähnte. »Mom?«

»Ja, Süßer?«

»Ich fliege doch über Thanksgiving nach Wiesbaden zu meinem Dad, oder?«

»Schlaf jetzt, Bob.«

»Du machst doch keinen Rückzieher?«

»Ich hab gesagt, du kannst fliegen, und dabei bleibt's.«

»Wenn du das sagst, klingt es, als würde ich für immer weggehen. Es sind nur drei Wochen. Mom?«

»Komm schon, Bob, es ist spät.« Es fiel ihm schwer, den Tag ausklingen zu lassen. Am liebsten hätte er ihn endlos ausgedehnt, aber Nina war müde. »Was?« Sie versuchte, geduldig zu bleiben. Sie sollte dankbar sein, dass er ihr immer noch alles anvertraute.

»Sagen wir mal, in der Schule wird ein Tanzabend veranstaltet, und ein Mädchen bittet mich, sie zu begleiten.«

»Also«, sagte Nina vorsichtig, »das sind ja große Neuigkeiten.« Sie hatte Mühe, sich die katastrophale Wirkung, die diese Frage auf sie hatte, nicht anmerken zu lassen. »Wie heißt sie?«

»Nicole.« Nicole. Sie hießen alle Ashley oder Nicole oder Ashley Nicole. Eine hitzige dreizehnjährige Verführerin war hinter ihrem armen unschuldigen Bob her, der immer noch ein Kind war, obwohl seine Stimme in letzter Zeit tiefer geworden war und sie auf seinen Wangen weiche Härchen entdeckt hatte, wo eines Tages Koteletten wachsen würden. Nina fuhr sich mit der Hand durchs Haar und überlegte, was sie sagen sollte.

»Mach keine große Sache draus, okay? Ich möchte nur wissen ... wie ich ihr absagen kann. Ich will nicht gemein sein.«

»Du willst nicht?«

»Ich ... ich glaub nicht.«

O Mann. Jetzt saß sie ganz schön in der Patsche.

»Vielleicht solltest du darüber nachdenken. Wenn sie nett ist, solltest du ...«

»Sie mag Hanson. Aber sie kann Skateboard fahren.«

»Hm. Weißt du, was? Lass uns drüber schlafen, okay? Über so was muss man gut nachdenken.«

»Du« – mächtiges Gähnen – »hast meine Frage nicht beantwortet.«

»Allerdings.«

Sie zog die Tür halb zu, so wie er es gerne hatte. Nachdem sie sich die Zähne geputzt hatte, nahm sie noch ein paar wichtige Akten für den nächsten Tag mit nach oben, aber ihr fielen bereits nach der ersten Zeile die Augen zu. Sie würde früh aufstehen und sie dann durcharbeiten.

Als sie sich auf der Matratze ausstreckte, wich die Spannung fast schmerzhaft aus ihrem Rücken und ihren Schultern. Sie dachte über die unglaubliche Sache nach, die Bob erzählt hatte. Er war von einem Mädchen eingeladen worden.

Er würde sich verlieben, Zigarren rauchen, die Republikaner wählen und sie verlassen, und mit einem Wimpernschlag wäre alles vorbei.

Jim Strong glitt auf seinen Skiern durch ihre Träume. Er raste direkt in ihr Wohnzimmer, stieß ihren Wein um und suchte verzweifelt nach Heidi. Er öffnete die Schranktür unter dem Waschbecken im Bad und verschwand in dem geheimen Haus, das nur durch diese Klapptür zugänglich war.

Sie fühlte sich einsam, als er weg war, aber dann erinnerte sie sich daran, dass sie Carlos Botelho heiraten würde, der mit seiner Gitarre erschien und ihr unter Kokospalmen ein Lied sang. Er sang so zärtlich für sie, sie antwortete ihm von ganzem Herzen. Sie wartete darauf, sein Gesicht zu sehen. Sie wusste, dass es herrlich sein würde.

3

»Sie müssen erst mit der Staatsanwaltschaft darüber sprechen«, sagte die Beamtin, die in der Anmeldung der Polizeistation von South Lake Tahoe Dienst hatte. »Wir geben keine Zeugenaussagen an Anwälte heraus, ohne vom Staatsanwalt grünes Licht zu bekommen.«

»Dann lassen Sie mich mit dem Beamten reden, der Mr. Strong letzte Woche befragt hat.«

Die Frau sagte mit einem gelangweilten und gleichzeitig wachsamen Cop-Blick: »Der ist erst Freitag wieder im Dienst.«

»Dann lassen Sie mich mit seinem Vorgesetzten sprechen.«

»Unterwegs. In einem Fall. Sie können ihm eine Nachricht hinterlassen.«

Es war halb neun Uhr morgens, und draußen tobte ein Blizzard. Auf dem Linoleum vor dem Fenster, an dem Nina von der Polizistin abgewimmelt wurde, sammelte sich Schmelzwasser. Nina schrieb eine Nachricht auf ein Formular, markierte sie als dringend und ging zu den Bezirksbüros hinüber, die glücklicherweise direkt hinter dem Innenhof lagen.

Für Tahoe mit seinen rund dreißigtausend Einwohnern hätten die niedrigen Gebäude aus dem roten Holz der Mammutbäume am Johnson Boulevard ausgereicht – das Gefängnis, die Polizeistation, das Gerichtsgebäude und fast alle Bezirksämter –, wären nicht jedes Jahr Millionen von Touristen zu Besuch gekommen. Wenn keine Saison war, wurden in den Ämtern alle Angelegenheiten mit bemerkenswerter Effektivität erledigt. Doch während der beiden Touristenschwemmen, der Ski- und der Sommer-Sonne-See-Saison, konnte man sich kaum einen Weg in die Gebäude bahnen.

Die Skigebiete öffneten eigentlich nicht vor Thanksgiving, doch in Alpine Meadows, Sierra-at-Tahoe, Heavenly und Paradise war schon alles für die Gäste bereit. Die Touristen verstopften mit ihren serienmäßigen Vierrad-Antriebsschlitten die Hauptstraße, stärkten sich in den Restaurants mit Steaks und Pizza und schoben sich auf die Stühle hinter den Blackjack-Tischen. Die Geschäftsleute freuten sich auf einen langen, strengen Winter.

Normalerweise teilte Nina diese Vorfreude, wenn die ersten weißen Flocken herabrieselten. Sie liebte die Feiertage. Aber diesmal war sie zu Thanksgiving nicht mit Bob zusammen. Er wollte nach Deutschland zu seinem Vater. Oder er wollte sich mit Mädchen treffen.

Warum konnte er nicht noch eine Weile Kind bleiben?, fragte sie sich, als sie sich im Eingang des Bezirksamts den Schnee aus dem Haar schüttelte und den Mantel aufknöpfte. Seit sie nach Tahoe gezogen waren, war Bob sowohl ihr Begleiter als auch ihr Kind gewesen, auch wenn sie genau wusste, dass es ungut war, wenn sie all ihre freie Zeit miteinander verbrachten. Sie sollte sich nicht in diese Trauriger-französischer-Film-Stimmung fallen lassen, nur weil er für zwei oder drei Wochen wegfuhr! Sie ermahnte sich, sich zusammenzureißen.

In Wahrheit war sie in dem Kokon ihres Hauses in den Wäldern glücklich, aber alles hing davon ab, dass Bob sich nicht veränderte. Und er konnte gar nicht anders, als sich zu verändern.

Sie klopfte an den Empfangsschalter der Staatsanwaltschaft. »Ich möchte mit dem Zuständigen im Todesfall Alex Strong sprechen.«

Die Frau hinter dem Fenster sah noch härter aus als die Polizistin, eine Wachhündin, die den Eingang zu einem Ort der Macht bewachte. Sie unterzog Ninas staatlichen Anwaltsausweis einer genauen Prüfung, musterte Nina dann von oben bis unten, als hätte sie sie noch nie gesehen, und sagte schließlich: »Eine Minute, bitte.« Das schusssichere Fenster wurde geschlossen, und Nina befand sich in ihrer üblichen Lage als Außenseiterin.

Kaum hatte sie sich auf einen der harten Metallstühle gesetzt, flog die Tür auf. »Du bist früh dran«, sagte Collier Hallowell. Er schien sie umarmen zu wollen, hielt jedoch an sich und reichte ihr die Hand.

Der zerknitterte Anzug und die müden Augen, an die sie sich erinnerte, waren verschwunden. Collier wirkte zehn Jahre jünger. Auch der paranoide Blick der Schlaflosen war verflogen. Er hatte sich einen Bart wachsen lassen, gepflegt und dunkel, der ihm bei seiner Größe und den ernsten grauen Augen gut stand. Lächelnd setzte er sich auf den Stuhl neben sie.

Nina hatte ihn als einen Mann kennen gelernt, der vom Tod seiner Frau so besessen war, dass er nicht davon loskam. Vor einem Jahr war er – trotz all seiner Erfahrung und Klugheit – nach einem schwerwiegenden Fehler mit fast tragischen Folgen aus seinem Beruf in der Staatsanwaltschaft und dem Rennen um das Amt des Bezirksstaatsanwaltes des Countys ausgeschieden.

Schließlich hatte er einfach die Stadt verlassen. In seinem Amt wurde von Beurlaubung gesprochen, aber niemand hatte daran geglaubt, dass er zurückkehren würde. Staatsanwälte, die weglaufen und den Kopf in den Sand stecken, kommen selten zurück. Weder in die Stadt noch in den Beruf. Sie machen ein Restaurant auf oder werden Säufer. Keiner der ehemaligen Anwälte, die Nina kannte, hatte sich je wieder dem Druck ausgesetzt, der sie zerstört hatte.

Collier war von allen Anwälten der Stadt der Einzige gewesen, der sie willkommen geheißen und sich mit ihr angefreundet hatte, als sie vor zwei Jahren ihre Kanzlei im Starlake Building eröffnete. Sie hatte ihn bewundert und gedacht, sie könnte ihm helfen, den Verlust seiner Frau zu verkraften. Und sie war in ihn verliebt gewesen. Sie hatte sich selbst zu ihm nach Hause eingeladen, aber Collier war nicht in der Verfassung gewesen, um irgendetwas mit ihr anzufangen. Sie hatte sich lächerlich gemacht, indem sie einem Mann nachlief, der zur Liebe gar nicht fähig war. Das schmerzte noch immer.

»Wie geht es dir?«, fragte Nina, ebenfalls lächelnd, aber auf der Hut.

»Immer die gleiche Scheiße.« Das hatte er immer gesagt, aber er schien den zynischen Spruch gar nicht ernst zu meinen. »Bin seit anderthalb Wochen zurück. Ich wollte schon bei dir vorbeischauen. Wie geht es dir?«

»Ich lass mich nicht unterkriegen.«

»Immer noch beim Strafrecht, wie ich sehe, sonst wärst du nicht hier.«

»Ich hab's aufgegeben. In so einer kleinen Stadt kannst du nicht eine Kanzlei unterhalten, wenn du kein Strafrecht machst.« Sie war kurz angebunden und sprach mit ihrer Anwältinnen-Stimme, als ob er ein Fremder sei. Er kam ihr auch wirklich so vor. Sie merkte, dass sie ihn aus Selbstschutz abgeschrieben hatte, weil sie nicht erwartet hatte, ihn je wiederzusehen. »Du siehst gut aus«, sagte sie langsam. »Viel besser.«

»Ich hab nichts dafür getan«, meinte Collier. »Die Zeit und die Natur haben ihre Arbeit erledigt.«

»Niemand schien zu wissen, wo du warst.«

»Es wusste tatsächlich niemand etwas. Wir unterhalten uns irgendwann mal drüber.«

»Mr. Hallowell, Leitung drei.« Die Rezeptionistin schwebte

hinter ihrem Fenster wie ein Hubschrauber, der auf die Landeerlaubnis wartet.

»Halten Sie den Anruf noch eine Minute in der Leitung«, antwortete Collier, ohne sie anzusehen. Er steckte eine Hand in die Tasche und legte den anderen Arm locker über Ninas Stuhllehne, als hätte er alle Zeit der Welt und keine Verpflichtungen, als könnte er sich ganz auf Nina konzentrieren.

»Und?«, sagte Nina, als das Schweigen zwischen ihnen zu lasten begann.

»Ich habe viel an dich gedacht«, sagte er. »Aber ich fand, ich hätte kein Recht, mich mit dir in Verbindung zu setzen.«

Das störte sie. Es klang irgendwie falsch. Sie wusste, dass sie ihm nichts bedeutet hatte, warum hätte er also an sie denken sollen? Sie sagte in geschäftlichem Ton: »Hattest du auch nicht.«

Er sah auf seine Hände hinunter. Ihr fiel auf, dass er den Goldring nicht mehr trug, der ihn mit seiner verstorbenen Frau verbunden hatte. Ohne den Ring sah seine Hand nackt und verwundbar aus.

»Sie ist nur noch eine Erinnerung«, sagte er. »Die Erinnerung an eine Erinnerung. Mir ist klar geworden, dass ich genauso gut auch tot sein könnte, so wie ich gelebt habe. Als ich das begriffen hatte, fing ich allmählich an, mich zu erholen. Mir wurde auch klar, dass ich mein Leben weggeworfen habe. Ich hatte Arbeit, und bei dieser Arbeit bin ich gut.«

»Arbeit?«

»Um es mir zurückzuholen«, sagte Collier. »Man kann nach Hause zurückkehren. Hier bin ich, der lebende Beweis. Ich hab eine neue Wohnung mit Blick auf den See. Und der Bezirk hat mir meinen Job wiedergegeben.«

»Eine zweite Chance.«

»Hat mich ganz schön umgehauen. Nach dem, was ich mir geleistet habe, hatte ich das eigentlich nicht verdient.«

»Die haben wahrscheinlich einen Freudentanz aufgeführt, als sie von dir hörten. Du warst der beste Anwalt im ganzen Amt.«

Er lächelte wieder. »Mal sehen, was ich daraus mache.«

»Es ist eine Beamtin aus dem Büro von Richter Flaherty«, sagte die Rezeptionistin und hielt den Hörer hoch. »Was soll ich machen?« Sie hatten die Frau am Fenster vollkommen vergessen.

»Bin in einer Konferenz«, sagte Collier. Dann sah er Nina wieder an. »Du wolltest mich sprechen, aber ich weiß nicht mehr, warum. Ach ja, die Ermittlung Alex Strong. Ich untersuche den Todesfall gerade. Wahrscheinlich sollten wir uns jetzt darüber unterhalten. Wer ist dein Mandant?«

Sie konzentrierte sich wieder auf das Geschäftliche. »Sein Bruder, Jim Strong.«

»Oh. Also ist er losgezogen und hat sich eine Anwältin gesucht.«

Und damit waren sie wieder Fremde, sogar Gegner. Collier zog den Arm von ihrer Lehne zurück.

»Er ist außer sich vor Angst um seine Frau, und er will wissen, warum sich eine Wolke aus Misstrauen über ihm zusammenballt. Der Tod seines Bruders scheint doch ganz offensichtlich ein Unfall zu sein ...«

»Oft sieht es danach aus, jedenfalls am Anfang.«

»Oft?«

»Doc Clauson hat gestern einen revidierten Bericht rübergeschickt. Roxanne kann ihn dir fotokopieren, wenn du ein paar Minuten wartest. Lies ihn. Dann können wir uns morgen weiter unterhalten, wenn du willst.«

»Danke.« Er hätte sie in dieser Sache tagelang hinhalten können, aber so war Collier nie gewesen. Er hatte sich nie geschützt, nie kokettiert, nie diesen für Staatsanwälte typischen hart gesottenen Gesichtsausdruck aufgesetzt. Kurz bevor er fortgegangen war, hatte sie sich manchmal gewünscht, er würde sich besser schützen.

»Tut mir Leid, ich muss wieder rein«, sagte er. »Gibt es noch was?«

»Ich würde auch gerne Heidi Strongs Aussage einsehen. Wie ich gehört habe, weiß man in deinem Büro, wo sie ist. Anscheinend hat sie Jim beschuldigt, Alex getötet zu haben. Er versucht, sie ausfindig zu machen, er will sich mit ihr unterhalten.«

»Ich darf dir ihre Adresse nicht geben. Sie hat Angst vor ihm. Sie hat darum gebeten, ihren Aufenthaltsort vertraulich zu behandeln. Er sollte sich lieber zurückhalten, sonst macht er alles nur noch schlimmer.«

»Hast du schon persönlich mit ihr gesprochen?«

»Noch nicht«, sagte Collier. »Ich springe so schnell durch die Reifen, wie es nur geht, aber wir stehen bei diesem Fall noch ganz am Anfang.«

Das gefiel Nina gar nicht. Aus irgendeinem Grund widmete man dem Tod von Alex Strong plötzlich große Aufmerksamkeit.

»Ich brauche sofort eine Kopie ihrer Aussage«, sagte sie hartnäckig.

»Mr. Hallowell? Miss Banning sucht Sie. Die anderen warten schon in Ihrem Büro.«

»Weißt du, was«, sagte Collier mit einem schnellen Blick auf die Wanduhr. »Ich muss in fünf Minuten im Gericht sein, aber danach sehe ich mir die Aussage durch, schwärze alles, woraus hervorgehen könnte, wo seine Frau sich aufhält und … warum kommst du morgen nicht mit deinem Mandanten vorbei, so gegen elf. Ich würde ihm gerne ein paar Fragen stellen, wenn ich dir die Aussage übergebe. Es dauert nicht lange. Nur etwas Licht in ein paar Unklarheiten bringen.«

»Du meinst, bevor wir überhaupt eine Gelegenheit hatten, die Aussage zu sehen?«

»Ich gebe sie euch, wenn wir uns treffen. Fair oder nicht?«

Nina dachte darüber nach. Er wollte Jim zu der Aussage befragen, bevor dieser Zeit gehabt hatte, sich Antworten zurechtzulegen. Sie konnte das verhindern. Sie würde die Aussage lesen und um zwei Minuten bitten, sich aber zehn Minuten nehmen. Nur um sicherzugehen, dass Jim nicht überrumpelt wurde. Ihn überraschend mit etwas zu konfrontieren war riskant, aber Collier konnte Heidis Aussage eine ganze Weile zurückhalten, wenn sie ihm nicht irgendetwas im Tausch dafür anbot.

Obwohl sich die Augen der Rezeptionistin in seinen Rücken bohrten, strich sich Collier über den Bart, sah Nina an und wartete geduldig ihre Antwort ab.

»Ich werde es mit ihm besprechen und sehen, wie er reagiert«, sagte sie. »Ich ruf dich heute Nachmittag an.«

»Abgemacht.« Noch immer sah er sie mit liebevollen Blicken an. Daran konnte Nina sich nicht erinnern.

Sie meinte, seine gebündelte Energie zu verspüren, die wieder auf die Welt gerichtet war. Seine Augen, seine Haltung, seine Art – alles signalisierte ihr, dass er ihren Anblick interessant fand.

Sie merkte, dass sie ihn anlächelte, stand auf und hängte sich die Aktentasche um. »Ich hoffe, du vergibst mir«, sagte sie. »Aber ich finde es fast schade, dass du zurückgekommen bist. Ich fand schon immer, dass du zu gut bist, um Staatsanwalt zu sein. Ich meine, ich fand, dass die Arbeit nicht gut für dich war.«

Die Rezeptionistin seufzte und gab auf. Dann wandte sie sich wieder ihrem klagenden Telefon zu.

Collier zog die Augenbrauen hoch.

»Eigentlich geht's mich ja nichts an«, fügte Nina eilig hinzu.

»Ich nehme es als Kompliment. Die Arbeit ist für niemanden gut, aber es ist unsere Arbeit.«

Sie wusste nicht, was sie damit anfangen sollte, also sah sie auf die Uhr.

»Wie geht's Paul? Arbeitet ihr noch zusammen?«

»Er ist in Washington. Er hat eine Weile für eine Detektei gearbeitet. Zurzeit hat er einen befristeten Sicherheitsjob im Senatsgebäude, der ständig verlängert wird.«

»Tatsächlich? Ich hätte nie gedacht, dass er zulassen würde, dass eine so große Entfernung zwischen euch ist.«

»Das mit uns hat nicht geklappt«, sagte sie.

»So ein Pech!«

»Tja. Gut, dich zu sehen«, sagte sie. »Du scheinst auferstanden zu sein.«

»Mis ...ter Hallowell«, sagte die Stimme vom Fenster her. »Miss Banning hat gerade zum zweiten Mal angerufen.«

»Bin gleich da.« Er wandte sich wieder Nina zu. »Auferstanden«, sagte er. »Das gefällt mir. Die Mumie wandelt wieder. Vielleicht hat mich eine Zauberin zurückgerufen.«

Sie fuhr durch die weiße Landschaft zum Frühstück ins Horizon Hotel und Kasino. Den Autopsiebericht nahm sie mit rein. Sie eilte an den klackernden einarmigen Banditen und den verhüllten Blackjack-Tischen vorbei und suchte sich eine ruhige Ecke in dem großartig duftenden Café, das für einen Dollar neunundneunzig ein Frühstück servierte, von dem man den ganzen Tag satt war. Da die meisten Kunden deutlich mehr ausgaben, wenn sie auf dem Weg zum Café durch das Kasino gingen, war das Frühstück nur das Lockmittel. Ein vollbärtiger Goldsucher mit einem Sonnenbrand auf der Glatze nippte an einem Drink. Am Tresen hingen ein Cowboy und seine Frau nach einer Partynacht über ihren Kaffeetassen, mager vom Rauchen und mit glasigen Augen wie die Absinthtrinker von Degas.

Zwischen Bissen ihres Rühreis überflog sie den Bericht. Alexander Bradford Strong, siebenundzwanzig Jahre, drei Monate und zwei Tage alt, dessen Uhr für immer angehalten worden war.

Alex Strongs Körper hatte seine menschliche Bedeutung verloren. Er war in der Form eines Autopsieberichts zu einer juristischen Waffe verwandelt worden. Nun würde Nina die Autopsie sezieren, Wort für Wort, auf der Suche nach allem, was nicht so war, wie es sein sollte.

Als sie sich durch die trockene medizinische Terminologie arbeitete, kochte Wut in ihr hoch, Energie, die sie später brauchen würde, um Doc Clauson und das übermächtige System hinter ihm zu schlagen.

Der Bericht war verfasst und zwei Tage später revidiert worden, die Änderung bestand aus einer einzigen, hinten angetackerten Seite. Diese Seite schlug sie auf. Wie sich gleich herausstellte, stand es viel schlimmer, als sie erwartet hatte.

Dann begann sie wieder von vorne. Sie musste sich dazu zwingen, die Seiten von oben nach unten und das Ganze von Anfang bis Ende gründlich durchzulesen.

Ein gut genährter Mann, ein Meter fünfundsiebzig groß und einundachtzig Kilo schwer, muskulös und mit heller, zu Sommersprossen neigender Haut. Alex Strongs Augen waren blau gewesen, sein Haar braun wie das seines Bruders, wie Nina sich erinnerte. Zwei Schneidezähne waren überkront, wahrscheinlich das Resultat eines Skiunfalls.

Als er starb, trug er einen Daunenparka, Skihosen und -stiefel, die sich in seine Knöchel gegraben, Knochenbrüche aber verhindert hatten, einen schwarzen Baumwoll-Rollkragenpulli, seidene Boxershorts, durchgescheuerte Socken, eine silberne Piaget-Armbanduhr und eine goldene Halskette. Ein kleiner Flachmann aus Silber, in dem einmal Cognac transportiert worden war, wurde in einer Tasche seines Parkas gefunden.

Keine Spuren von Erbrochenem in Nasenlöchern oder Mund. Keine äußerlichen Anzeichen einer Krankheit.

Fingerabdrücke und Identifizierungsfotos wurden noch am Unfallort gemacht. Clauson war mit Skiern auf den Berg gestiegen, um sich den Schauplatz genau anzusehen.

Alte Verletzungen. Eine völlig verheilte einfache Fraktur des linken Oberschenkelknochens. Einstichstellen einer Arthroskopie am linken Knie. Eine alte Narbe direkt oberhalb des rechten Ohrs. Ein frisches blaues Auge. Der Körper eines Ski-Asses.

Bei der äußeren Untersuchung waren an der Körperrückseite von Kopf bis Fuß zahlreiche Prellungen, Abschürfungen und Wunden zu erkennen.

Innere Untersuchung. Hinterkopf endodermale Blutung, vereinbar mit einem Sturz auf Felsen. Kein Schädelbruch. Nacken, Atemwege, Urogenitaltrakt ... die meisten Organe unauffällig. Objektträger und toxikologische Proben waren nach dem Wiegen der wesentlichen Organe entnommen worden. Ein Alkoholtest ergab, dass er mehr Alkohol im Blut gehabt hatte als den gesetzlich erlaubten Wert zum Autofahren, aber er war nicht stockbetrunken gewesen.

Eine neue glatte Fraktur des rechten Schienbeins. Bei dem Sturz hatte er sich diesmal das rechte Bein gebrochen.

Clauson hatte sich den Unterleib bis zuletzt aufgehoben. Schwere Prellungen, von einer gewaltigen Wucht herrührend, auf dem oberen vorderen Torso. Über der Leber zwei gebrochene Rippen.

Die Leber war komplett durchtrennt worden.

Nina erinnerte sich, dass die Leber genau in der Körpermitte lag, teilweise von den unteren Rippen geschützt. Aber ... durchgetrennt? Durchtrennt hieß geteilt. Durchtrennt hieß, die Leber war von einer auf sie prallenden Kraft in zwei Teile gerissen worden.

Nina ließ die Gabel sinken und schob, noch immer lesend, den Teller von sich.

Clausons ursprünglicher Befund und seine Schlussfolgerung daraus waren einfach. Der Tod war durch einen Sturz aus etwa fünf Metern Höhe auf Granit eingetreten, bei dem die Leber durchtrennt worden war. Zwei Stunden später war Strong aufgrund schwerer innerer Blutungen in das Bauchfell gestorben.

Auf der letzten Seite fand sich Clausons revidierte Schlussfolgerung. Nach einem zweiten Ausflug zum Ort des Geschehens und einer eingehenden Untersuchung der dortigen Umstände war Clauson von Unfall auf Mord umgeschwenkt.

Nina las diesen Abschnitt mehrfach durch. Vor lauter Aufregung und Ärger verschwammen ihr die Worte vor den Augen. Clauson schrieb so lakonisch, wie er sprach, deswegen dauerte es eine Weile, bis sie begriff, was sein Befund zu bedeuten hatte

Durchtrennt!, dachte sie und las die folgenden drei neuen Aspekte.

Erstens war der Aussage von Heidi Strong, der Ehefrau des einzigen Zeugen des Sturzes, zu entnehmen, dass der Zeuge James Strong erst wenige Wochen zuvor gedroht hatte, den Verstorbenen umzubringen.

Zweitens hatte die nochmalige Untersuchung der Vorderseite des Parkas und der Skihose an den Stellen, die über der tödlichen Verletzung gelegen haben mussten, nicht die kleinsten Spuren eines Zerreißens oder einer sonstigen Beschädigung aufgewiesen. Im Großen und Ganzen ließen die Beschädigung der Kleidung und die Abschürfungen und Prellungen am Subjekt erkennen, dass die Vorderseite des Subjektes nicht mit den Felsen in Kontakt gekommen war, bevor es auf dem Rücken gelandet war.

Allerdings zeigten sich auf dem Rollkragenpulli, der eigentlich unter der Skihose geschützt gewesen sein musste, über der tödlichen Verletzung leichte Risse.

Und drittens meinte Clauson nun, auf die bei der Autopsie gemachten Fotos gestützt, dass sich auf der geprellten Haut über der tödlichen Verletzung eine schwache Musterung erkennen ließ.

Sie las die Schlussfolgerungen. Clauson war zu der Ansicht gelangt, dass etwas Schweres und Stumpfes gegen Alex Strongs Leber gestoßen war, nachdem dieser bereits auf dem Rücken im Schnee lag, lebend und womöglich bei Bewusstsein. Wenn Clauson auch einen Schlag mit einem großen, schweren Stein nicht ausschloss, war er doch der Meinung, dass ein solcher Stein mehr hätte wiegen müssen, als ein Mann heben konnte. Im Umkreis hatte man keinen solchen Stein gefunden.

Dann erging sich Clauson in der Diskussion von etwas, das

Fußpfund hieß, mit dem man Kraft messen konnte. Schließlich kam er zu seiner Folgerung. Seiner Auffassung nach war ein Unbekannter (es konnten auch mehrere gewesen sein) auf Alex Strong getroffen, als er verletzt auf dem Rücken lag, hatte den Parka geöffnet, die Skihose heruntergezogen, war auf seine Körpermitte gesprungen oder hatte eventuell auch nur mit einem Fuß in die Körpermitte getreten, hatte die Hose wieder hochgezogen und den Reißverschluss des Parkas geschlossen, damit es nach einem Unfall aussah.

Angewidert fasste Nina das für sich zusammen, ohne die Übertreibungen. Clauson behauptete, dass Jim Strong auf den Bauch seines verletzten Bruders gesprungen war, auch wenn er Jims Namen nicht nannte. Sie stellte sich vor, wie sie diese brutalen Worte vor Geschworenen aussprach, die Verachtung, mit der sie eine solche Interpretation belegen würde.

Kochend vor Wut trank sie ihren Kaffee. Clauson hatte nichts! Der Parka war über der tödlichen Verletzung nicht zerrissen. Na und? Solche Jacken waren aus einem derart unverwüstlichen Nylongemisch, dass ihnen nichts etwas anhaben konnte, und Nina ging jede Wette ein, dass Alex Strong den besten Parka getragen hatte, den es gab.

Die tödliche Verletzung war vorne. Also war Alex beim Fallen gegen etwas geschlagen. Wie konnte Clauson so sicher sein, dass Alex von der Klippe gesegelt und einfach auf dem Rücken gelandet war. Sie würde selbst auf den Berg steigen. Es würde eine andere Erklärung geben.

Clauson behauptete auch, dass nur jemand in Skistiefeln diese Verletzung herbeigeführt haben konnte, womit er viel zu weit ging. Das war eine Hypothese, keine Folgerung! Und was war mit der schwachen Musterung auf der Haut? Warum war sie ihm nicht aufgefallen, als er den Leichnam das erste Mal untersucht hatte?

Sie würde Ginger Hirabayashi in Sacramento auf die forensischen Aspekte ansetzen. Ginger würde das schon regeln.

Heidis Aussage – Nina wünschte sich, sie hätte sie in der Hand. Offensichtlich war Heidi über irgendetwas außer sich. Herauszufinden, was das war, und sich darauf zu konzentrieren, das würde Nina helfen, Heidis Motive zu deuten, vielleicht auch Zweifel an ihrer Glaubwürdigkeit aufwerfen. Möglicherweise würde sie ihre Aussage auch widerrufen. Sie musste sofort gefunden werden. Was auch immer sie zu Protokoll gegeben hatte, es konnte nicht ausreichen, um einen Mann unter solch nebulösen Umständen zu verurteilen. Bei so einer uneindeutigen Beweislage durfte sich Clauson gar nicht mit den Beschuldigungen einer verärgerten Ehefrau abgeben.

Nina schlug mit der Faust auf die zusammengehefteten Seiten. Clauson war ein gefährlicher Dilettant. Er hatte genug Schaden angerichtet. Diesmal würde sie ihm das Handwerk legen.

Langsam normalisierten sich ihr Herzschlag und ihre Atmung. Sie konnte mit diesem Bericht umgehen. Wenn sie Jim verhafteten, konnte sie den Fall möglicherweise schon in der Vorverhandlung zum Abschluss bringen. Sie hatten nichts außer seitenlangem medizinischem Kauderwelsch, das auch ganz anders interpretiert werden konnte.

Nichts außer Heidi.

Am Himmel ballten sich dunkle klumpige Wolken und drohten mit mehr Schnee. Im Dezember würden sie knietief darin versinken. Auf der Fahrt am Ufer des metallgrauen Sees sah Nina Möwen lustlos im Wind segeln, als fragten sie sich, wohin der Herbst wohl verschwunden war.

Nina erinnerte sich an eine Beschreibung der Donner-Party, die sie einmal gelesen hatte. Die dem Hungertod nahen Menschen hatten Feuer auf dem Schnee gemacht, der die ganze Nacht unter der Hitze getaut war, sodass sie sich am Morgen frierend in einer nassen, fünf Meter tiefen Eisgrube wiedergefunden hatten, unter sich noch mehr Schnee. Die Winter in der

Sierra waren für die Pioniere eine harte Lektion gewesen, aber die ihnen folgenden Geschäftsleute hatten schnell Möglichkeiten gefunden, daraus Profit zu schlagen. Sie hatten die Winter mit Worldcup-Rennen, Yakuzzis, Kasino-Shows und Chalet-Ambiente aufgemotzt, jedenfalls auf der Seite des Sees, die in Nevada lag.

Sandy telefonierte gerade, als Nina wie ein Wirbelwind hereingestürmt kam. Weil niemand auf sie wartete, warf Nina ihre Aktentasche auf einen Mandantenstuhl und trottete den Gang hinunter, um sich die Haare zu bürsten und sich zu beruhigen.

»Das war Mrs. Geiger«, sagte Sandy, als Nina wieder hereinkam. »Sie möchte einen Termin.«

»Wofür? Wir sind doch durch. Alles, was wir jetzt noch tun müssen, ist, auf den Scheck zu warten, die Liquidationen der Ärzte abzuziehen und ihr über den Rest einen Scheck auszustellen. Hat sie irgendwelche Fragen?«

»Nein. Es geht um eine andere Angelegenheit.«

»O nein. Sie hatte aber nicht schon wieder einen Zusammenstoß?«

»So könnte man es nennen«, sagte Sandy, ohne nur im Geringsten die Miene zu verziehen. »Sie will sich scheiden lassen. Sie weiß, dass das Schmerzensgeld ihr persönlicher Besitz ist. Sie sagt, sie will das Geld nehmen und sich aus dem Staub machen.«

»Tatsächlich? Eine Scheidung? Jetzt fühle ich mich schuldig. Ich hätte mir nie träumen lassen, dass sie das tut.«

»Ich soll dir unbedingt sagen, dass du das Beste bist, was ihr im Leben zugestoßen ist.« Sandy übermittelte diese Botschaft mit vollkommen ausdrucksloser Miene.

»Und das Schlimmste, was ihrem Mann zugestoßen ist. Sag ihr, wir haben keine Termine. Lass sie mindestens eine Woche warten, Sandy. Vielleicht überlegt sie es sich. Vielleicht geht es vorbei.«

»Oder sie geht in die Luft.« Sie dachten beide an Mr. Geiger.

Sandy nahm einen Schluck Diätlimo. Sie trank drei oder vier Flaschen von dem Zeug am Tag, was ein Loch in ihr Portemonnaie fressen musste. Und wo waren eigentlich die glasierten Zuckertörtchen geblieben, die sonst immer auf dem Aktenschrank lagen?

Nina sah sich Sandy genau an. Sie hatte Lippenstift aufgetragen, aber das war nicht alles, sie hatte auch eine richtig gute Frisur. Ihr dickes Haar war gerade geschnitten, sodass es voller wirkte und ihr über die Schultern schwang. Sie sah jünger aus, selbst in dem voluminösen Jeanshemd und den Wanderstiefeln.

»Hab mich nur ein bisschen zurechtgemacht«, sagte sie, als sie Ninas Blick bemerkte.

»Willst du mir verraten, was du vorhast?«

»Nein.« Sandy reichte ihr eine Telefonnotiz. »Collier Hallowell. Er möchte sich lieber um fünfzehn Uhr dreißig als am Morgen treffen. Wann ist der denn wieder aufgetaucht?«

»Vor zwei Wochen. Ich bin ihm zufällig über den Weg gelaufen. Er ist wieder bei der Staatsanwaltschaft und macht Strafverfolgung. Er steckt mitten drin.«

»Willst du mich auf den Arm nehmen?«

»Nein.«

»Ich dachte, der sei platt.«

»Ich auch. Aber er scheint darüber hinweg zu sein.«

»Darüber?«

»Seine Frau.«

»Und nun?«

»Was meinst du mit und nun?«

»Das weißt du genau. Ihn.«

»Was ist mit ihm?«

»Können wir mal Klartext reden? Können wir der Frage mal nicht ausweichen?« Sandy drohte mit dem Finger.

»Wenn du es unbedingt wissen willst, und da sich meine privaten Angelegenheiten ganz im Gegensatz zu deinen deinem kritischen Blick offenbar nicht entziehen …«

Sandy blieb ungerührt, ein Eisberg auf einem Drehstuhl.

»Gebranntes Kind scheut das Feuer«, fuhr Nina fort. »Verstanden? Ruf Jim Strong an und bitte ihn, morgen hier vorbeizukommen, bevor wir zur Staatsanwaltschaft gehen. Ich muss mit ihm sprechen. Und ruf Collier an und sag ihm, dass wir um fünfzehn Uhr dreißig bei ihm vorbeikommen.«

»Also verdienen wir uns den Vorschuss. Das ist gut, denn die Miete ist nächste Woche fällig.«

»Lass das mal meine Sorge sein.« Nina ging in ihr Büro und schloss die Tür. Die Musik quoll auf einem tropisch-balsamischen Luftzug unter der Tür durch. Nina atmete tief ein.

4

Gegen drei Uhr hatte der Schnee die letzten Ritzen der Stadt geschlossen und die Wohltätigkeitsläden und Motels auf der kalifornischen Seite mit weiteren sieben Zentimetern Puderzucker verschönt. Bob würde jetzt gleich in den Schulbus steigen und zu Matt und Andrea und den Kindern fahren.

Nina schaute von dem Aktenstapel auf ihrem Tisch auf, warf einen sehnsüchtigen Blick aus dem Fenster und dachte an Schneemänner, Iglus und Schneefestungen. Bob würde erwachsen werden, auch wenn sie das gerne verhindert hätte, aber heute Nachmittag würde er sich mit Troy und Brianna draußen im Garten unter den schneebeladenen Tannen, die Matt so liebte, Schneeballschlachten liefern.

Jim Strong kam früh. Er trug wieder seinen auffälligen Parka, und als er hereinkam, schüttelte er Schnee von den Schultern wie ein Bison und setzte sich. Wo er gegangen war, bildeten sich kleine Pfützen auf dem Teppich.

»Puh! Heiß hier drin!«, sagte er. Er stand auf und zog den Parka aus, und sie dachte daran, dass er laut Autopsiebericht große körperliche Ähnlichkeit mit seinem toten Bruder hatte. Er war ein paar Zentimeter größer als Alex und schwerer, um die neunzig Kilo. Unter dem Parka trug er einen langärmligen weißen Pullover, der so dünn war, dass sie die Umrisse seiner wohlgeformten Brustmuskulatur darunter erkennen konnte.

»Wir haben alle Lifte auf dem ganzen Berg in Betrieb«, erzählte er. »Es ist überall knallvoll. Ich hatte ganz schön Mühe, wegzukommen. Und dann hab ich mich natürlich nicht gerade auf den Termin gefreut.«

Über den Schreibtisch hinweg sah er sie verschlossen und vorwurfsvoll an. Offensichtlich setzte ihm das Ganze ziemlich zu.

»Haben Sie was von Heidi gehört?«, fragte er.

Sie schüttelte den Kopf. Sie deutete auf den Stuhl, aber er reagierte nicht. »Immer noch kein Anruf, noch nicht mal ein Gerücht«, sagte er. Wie beim ersten Treffen schaute er an ihr vorbei auf die Berge. »Ein großartiges Schneejahr«, murmelte er.

»Sie müssen das Wetter immer im Auge behalten.«

»Wie alle in diesem Geschäft. Wir sind davon abhängig.«

»Wie lange arbeiten Sie schon in Paradise?« Nina wollte das wirklich wissen, aber sie wollte ihn auch ein wenig von der bevorstehenden Sitzung ablenken.

»Das Resort ist seit neunzehnhundertfünfunddreißig im Besitz unserer Familie. Wir waren die Pioniere, vor Heavenly oder Squaw. Ich arbeite seit dem Abschluss des Studiums dort. Ich liebe Paradise und hab nie daran gedacht, woanders zu arbeiten. Ich habe auf dem College Geologie und Meteorologie studiert, und dann habe ich jahrelang jeden Morgen die Berge durchkämmt. Ich habe bei der Ski-Patrouille und der Lawinenkontrolle gearbeitet, die Schneetiefen geprüft und Sprengungen durchgeführt.«

»Sprengungen?«

»Um Verwehungen und unsicheres Terrain zu räumen. Um die Hänge zu sichern.«

»Witzig. Darüber hab ich noch nie nachgedacht. Der Schnee türmt sich hier in der Gegend wahrscheinlich unglaublich hoch auf«, sagte Nina.

»Dabei habe ich Heidi kennen gelernt. Sie hat das auch gemacht. Und dann kam Alex aus Colorado zurück und blieb in der Gegend.«

Als er über Heidi sprach, verhärteten sich seine Züge. »Jemand in Paradise muss wissen, wo sie ist. Sie arbeitet dort, seit sie ein Teenager ist. Es ist ihr Leben. Sie haben wirklich überhaupt nichts gehört?« Er versuchte, seine Wut zu unterdrücken, aber in seiner Stimme schwang Bitterkeit.

»Beruhigen Sie sich, Jim.«

»Es ist verdammt hart.«

»Kann ich mir vorstellen.«

»Das Problem ist, dass die Leute irgendwie glauben, ich würde verhaftet werden. Das macht sie nervös. Wissen Sie, was ich meine? Selbstschutz. Sie möchten nicht mit reingezogen werden. Ich kann nur Vermutungen anstellen, aber so kommt's mir vor.«

»Da könnten Sie Recht haben.«

Er steigerte sich mächtig hinein. »Ich schlafe nachts nicht. Schleppe mich durch die Tage. Ich ertrag's nicht, wie die mich alle ansehen. Was, zum Teufel, glauben die, was ich getan habe? Warum muss ich mit dem Staatsanwalt sprechen?«

Der Autopsiebericht lag direkt vor ihr. Wie Heidis Haftnotiz schien er ein inneres Feuer zu bergen.

Manchmal wurden Dokumente lebendig. Sie sagten aber nicht immer, was sie zu bedeuten hatten. Die Sprache konnte sich der Wahrheit nur annähern; dieses Papier mit seinen wissenschaftlichen Anmaßungen war nur in Symbolen verfasst, voller Anspielungen, Andeutungen, Zusammenhänge. Solange sie mit Jim zu tun hatte, würde sie eine feindselige Beziehung dazu haben.

Sie wünschte, sie könnte den Schlag für ihn abfedern, aber es wurde Zeit, dass er begriff, in welcher Lage er sich befand.

»Sie wollen deswegen mit Ihnen reden«, sagte sie und zeigte darauf. »Der Autopsiebericht. Hören Sie mir gut zu, Jim. Der Leichenbeschauer hat seinen Bericht nachträglich dahingehend revidiert, dass Alex' Tod ein Mord war.«

Sein Gesicht wurde leichenblass. »Dann verdächtigen sie mich«, flüsterte er fast. »Ich hab's nicht richtig geglaubt. Sie glauben ... meinen eigenen Bruder ... Sie sagen, dass sie mich wirklich verhaften können ...«

Als sie ihm den Bericht in die Hand drücken wollte, verfinsterte sich seine Miene, und seine Augen wurden schmal. »Nein!«, sagte er und schob ihn zu ihr hinüber. »Ich kann das nicht lesen. Ich will nicht wissen, was sie in seinem Magen gefunden haben, was er zu Mittag gegessen hat! Sagen Sie mir nur, was ich unbedingt wissen muss.«

Also berichtete sie ihm das Wichtigste, wobei sie ihn kaum anzusehen wagte. Um es hinter sich zu bringen, fasste sie das, was sie erfahren hatte, zusammen und erklärte ihm, was sie in Colliers Büro erwartete.

Es musste ihn treffen wie ein endloser Schock. Als hielte sie ihm die ganze Zeit über einen Finger in die Steckdose.

Als sie fertig war, war er still. Sie hätte am liebsten nach seiner Hand gegriffen, aber sie fürchtete, dass er bei der geringsten Berührung aufspringen und rauslaufen würde.

»Hören Sie. Sie sind nicht allein. Ich bin gut, Jim, und ich bin auf Ihrer Seite. Ich bin hier, um Ihnen zu helfen.«

»Die glauben, ich ... ich wäre auf Alex draufgesprungen? Glauben die das wirklich?«

»Der Coroner hier kann seinen Arsch nicht von seinem Skalpell unterscheiden. Er ist meist auf Seiten der Staatsanwaltschaft, und er macht Fehler. Er hätte längst in den Ruhestand gehen sollen.«

»Glauben sie das? Glauben sie das wirklich?«

»Ja. Aber ich sag Ihnen eines. Jetzt wissen wir, was vor sich geht, und können die Sache umdrehen.«

Er griff sich an den Kopf und kippelte auf dem Stuhl vor und zurück. Der Schock schien ihm die Sprache verschlagen zu haben.

Sie konnte es ihm nicht verübeln. Sie stand auf, wandte ihm den Rücken zu und sah aus dem Fenster, um ihm Zeit zu geben, sich zu sammeln. Die Papiere ließ sie auf dem Tisch liegen.

Sie erinnerte sich an ein Gemälde, an das sie seit Collegezeiten nicht mehr gedacht hatte. Darauf war eine merkwürdige, scheußliche, halb lebendige Maschine, die unverständliche Dinge tat. »Der Elefant Celebes« hieß das Bild.

Es erinnerte sie an das System, in das Jim gezwungen worden war. Sie versuchte, ihren Zorn zu unterdrücken, Zorn auf Clauson, der einfach jeden auf dem Kieker hatte, und auf Jims Frau, weil sie Märchen erzählt hatte und dann irgendwohin abgehauen war, wo man sie nicht fand.

»Wo ist Heidi?«, heulte Jim hinter ihr. »Sie muss tierisch wütend gewesen sein, dass sie mir das angetan hat. Warum ist sie so ausgerastet? Ich komme mir vor wie ein verdammter Idiot! Ich dachte, ich kenne sie.«

»Sie haben keine Ahnung, wo sie sein könnte?«

»Ich hab's Ihnen doch gesagt! Überhaupt keine. Spricht nicht gerade für unsere Beziehung, was?« Jetzt sprudelte es nur so aus ihm heraus. »Sie hat sich in den letzten Monaten von mir abgekapselt. Sie hat ihre Freunde, wissen Sie, ihren Job. Sie ist draußen, ich sehe sie nicht oft. Ich arbeite die meiste Zeit von der Lodge aus und kümmere mich darum, dass die Verwaltung reibungslos läuft. Harte Arbeit, und ich hab mich in meinem Leben noch nie so sehr angestrengt wie jetzt.«

»Wem gehört Paradise eigentlich?«, fragte Nina.

»Meinem Vater. Mein Vater ist immer noch der Vorstandsvorsitzende der Paradise-Aktiengesellschaft. Alex und ich sind die stellvertretenden Vorsitzenden.«

»Und was genau macht Heidi?«

»Sie ist für die Ski-Patrouille verantwortlich. Sie arbeitet seit zwölf Jahren am Berg. Sie bildet die Neuen aus, kümmert sich um die großen Notfälle, prüft den Berg nach jedem Schneefall auf Lawinengefahr. Ich hab sie kennen gelernt, als ich anfing, in Paradise zu arbeiten, direkt nach dem College. Sie ist ... sie lacht gerne, geht viel auf Partys, amüsiert sich.«

»Irgendeinen Grund muss es geben, dass sie weggegangen ist«, sagte Nina halb zu sich selbst.

»Als wir im Bett waren ... an dem Tag, an dem Alex gestorben war ...«, sagte Jim leise, »da wollte sie mich nicht. Das hat mich sehr verletzt. Ich hab sie gebraucht.«

»Also«, sagte Nina und strich die Ecken des Autopsieberichts auf ihrem Tisch glatt, »heute Nachmittag erfahren wir mehr. Wir werden folgendermaßen vorgehen: Wir machen einen Handel. Sie gehen rein und unterhalten sich mit Mr. Hallowell. Ich bin bei Ihnen, passe für Sie auf. Dafür bekommen wir ohne viel Zirkus von ihm eine Kopie von Heidis Aussage.«

Sie redete ein paar Minuten lang, sprach über Fragen, bei denen er vorsichtig sein musste, warnte ihn, dass seine Aussage gegen ihn benutzt werden konnte, sorgte dafür, dass seine Geschichte noch die Gleiche war und dass sie sie richtig verstanden hatte. Dann holte sie ihre Jacke, und sie verließen zusammen das Büro. »Warum fahren wir nicht in meinem Auto?«, schlug Nina vor und zeigte auf den treuen weißen Bronco, der nicht weit von der Tür stand.

Auf der kurzen Fahrt sagte Jim kaum ein Wort, er schaute nur aus dem Fenster. Schneepflüge gruben sich durch die Straßen.

Die Empfangsdame wies sie ins Konferenzzimmer, wo sie ein paar Minuten warteten. Die Staatsanwaltschaft bestand aus einem recht großen Hauptraum für die Mitarbeiter, von dem mehrere kleine Zimmer für die Anwälte abgingen, und dem Konferenzraum am anderen Ende.

Zwei uniformierte Polizisten tranken Kaffee und unterhielten sich, als sie mit Jim hereinkam. Zu einem von ihnen sagte Jim: »Alles klar, Charlie?«

»Tut mir Leid wegen Alex«, sagte der Polizist, der Charlie hieß und offensichtlich keine Ahnung hatte, warum Jim hier war. »Schrecklich. Ich hab ihn jedes Jahr beim Slalom gesehen. Er fuhr Ski wie ein Verrückter, aber er war so schnell, dass ich nie im Leben gedacht hätte, er würde so übel abstürzen. Er kannte den Hang wie seine Westen ...«

Collier kam herein, den Arm voller Akten. »Man sieht sich«, sagte Charlie. Die beiden Polizisten gingen raus, und Nina stellte Jim vor. Sie setzten sich. Collier bot ihnen Kaffee an.

Trotz des informellen Treffens war Nina auf der Hut und vergaß nicht einen Augenblick, dass sie sich im feindlichen Lager befanden. Jeder Kontakt mit der Justizbehörde konnte Jim zum Verhängnis werden. Eine unvorsichtige Aussage oder eine kleine Abweichung konnte zu einer Lüge aufgebauscht oder als Schuldbeweis gedeutet werden. So arbeitete der Elefant Celebes.

Collier schien sich unbehaglich zu fühlen. Als er auf dem Weg um den Konferenztisch an ihr vorbeikam, streifte er sie. Sie zerrte an ihrer Jacke, als hätte er versucht, sie wegzureißen.

»Tut mir Leid.«

»Kein Problem.«

Der Kaffee wurde gebracht. Collier grübelte, vermutlich wusste er nicht, wie er anfangen sollte. Vielleicht war es aber auch eine neue Technik der Zeugenbefragung, die sie einem in der Weiterbildung für Staatsanwälte beibrachten. Lass den Zeugen schwitzen – das war's bestimmt.

Sie bemerkte, dass er sie anschaute, während sie versuchte, nicht auf ihn zu achten. Dachte er über sie nach?

»Sollen wir anfangen?«, fragte sie, und ihre Stimme war eine Spur zu hoch.

Das Tonbandgerät fing an zu surren. Collier stellte die Identität der anwesenden Parteien fest und nannte Datum und Uhrzeit.

»Nur der Form halber werde ich Mr. Strong über seine Rechte aufklären«, sagte er und erledigte diese Formalität.

Sie beschloss, so dominant wie möglich aufzutreten. »Wir sind nicht zu einem langen Verhör hier«, sagte sie. »Mr. Strong hat bereits zweimal mit der Polizei gesprochen. Sie wissen alles, was er weiß. Sie haben erwähnt, dass Sie noch ein paar weitere Fragen hätten. Das sollte nicht länger als fünfzehn Minuten beanspruchen. Und bevor wir anfangen, würden wir gerne Heidi Strongs Aussage sehen.«

»Ich weiß wirklich nicht, wie viel Zeit wir brauchen«, sagte Collier, aber er nahm eine Kopie heraus und reichte sie ihr.

Ohne einen Blick darauf zu werfen, sagte Nina: »Wir würden dies gerne in Ruhe lesen«, und sah Collier dabei in die Augen.

»Klar. Ich geh noch 'nen Anruf erledigen.« Er schaltete das Tonbandgerät aus.

»Hier steht ja ein Telefon. Bedienen Sie sich. Wir gehen raus.«

Sie verließen den Raum und gingen an den Sekretärinnen vorbei durch die Tür mit dem Summer.

»Glauben Sie, das Konferenzzimmer ist verwanzt?«, fragte Jim.

»Vielleicht«, sagte Nina. »Man macht 'ne große Show darum, das Tonbandgerät auf dem Tisch auszuschalten, dabei läuft in irgendeinem Schrank ein zweites Band munter weiter. Es ist sein Reich, in dem wir nicht viel Privatsphäre erwarten können.«

»Was ist mit der gesetzlichen Verschwiegenheitspflicht des Anwalt-Mandanten-Verhältnisses?«

»Sorgt dafür, dass vertrauliche Mitteilungen nicht vor Gericht zugelassen sind, was nicht heißt, dass sie nicht zuhören, wo immer es geht.«

»Würden Sie das tun? Ein Gespräch zwischen einem Anwalt und seinem Mandanten in Ihrem Konferenzzimmer belauschen?«

»Nein«, sagte Nina. »Aber jemand anders vielleicht. Ich hab vor nicht allzu langer Zeit schlechte Erfahrungen mit Wanzen gemacht. Bei diesen ethischen Fragen weiß man nie. Wir Anwälte legen ein Examen ab, um zu beweisen, dass wir die Standespflichten der Juristen kennen, aber das wahre Leben hält ethische Dilemmas bereit, die sich die alten Herren in der Prüfungskommission gar nicht vorstellen können.«

Auf der Sonnenseite des Gebäudes fanden sie eine Bank, die etwas abseits stand, wo sie nicht gehört werden konnten. Sie setzten sich so nah nebeneinander, dass Nina den Druck von Jims harten Oberschenkeln spürte. Er schien es nicht zu merken.

Sie lasen die eidesstattliche Aussage:

Ich, Heidi Spottini Strong, erkläre:

1. *Ich bin älter als einundzwanzig und Bürgerin des Staates Kalifornien, County El Dorado. Meine Adresse lautet 1225 Forest Road, South Lake Tahoe. Ich bin mit James Philip Strong verheiratet, der unter der gleichen Adresse wohnt. Ich mache diese Aussage freiwillig.*
2. *Ich mache diese Aussage unter der Bedingung, dass mein gegenwärtiger Aufenthaltsort streng vertraulich behandelt wird. Ich bitte insbesondere darum, dass keine Information bezüglich meines Aufenthaltes an James Strong weitergegeben wird.*

»Das hat jemand anderes geschrieben«, sagte Jim. »Sie würde nie so reden.«

»Sie hat irgendwas in der Art gesagt, und sie haben es in den entsprechenden Jargon gegossen, dann hat sie's unterschrieben«, sagte Nina. »Das ist das Gleiche.«

3. *Am oder um den 5. Oktober kam mein Mann spät von einem Abendessen mit seiner Familie nach Hause. Er schien wütend zu sein und wollte eine ganze Weile nicht mit mir sprechen. Als wir uns fertig machten, um ins Bett zu gehen, hörte ich Lärm im Bad, wo er sich aufhielt. Ich schaute hinein und sah, dass er mit einem Stein, den wir*

als Seifenschale benutzen, den Spiegel an der Tür des Schranks über dem Waschbecken eingeschlagen hatte. Die halbe Scheibe war aus dem Rahmen gefallen. Er hielt sich den Arm und starrte den Rahmen an.

4. *Als ich ihn fragte, was passiert sei, bekam ich keine Antwort. Ich holte einen Besen und kehrte um ihn herum auf, sodass er aus dem Bad gehen konnte, ohne sich die nackten Füße zu zerschneiden. Während ich sauber machte, setzte er sich aufs Bett und rührte sich nicht.*
5. *Nach ein paar Minuten machte ich das Licht aus und legte mich auf meine Seite des Betts. Dann sagte mein Mann: »Das, was er am meisten liebt. Ich zeig's ihm.« Ich fragte ihn, was er damit meine, und er sagte: »Alex ist ein toter Mann.«*
6. *Ich hatte Angst. Dann sagte mein Mann sehr deutlich: »Er wird sterben, weil ich ihn umbringen werde.«*
7. *Ich sagte etwas in der Art, er sei wohl durchgedreht. Er lachte und meinte, ich solle die Klappe halten. Danach legte er sich auf seiner Seite ins Bett und wandte mir den Rücken zu. Ich war so schockiert, dass ich aufstand und auf dem Wohnzimmersofa schlief.*
8. *In den nächsten Tagen fragte ich meinen Mann, was er damit gemeint habe, aber er sagte nichts weiter dazu. Er war geheimnistuerisch und wirkte sehr distanziert.*
9. *Am 23. Oktober, einem Samstag, ging mein Mann zum Skifahren. Ich wusste nicht, dass er vorhatte, mit Alex zusammen zu fahren. Um drei Uhr rief mich Alex' Frau, Marianne Strong, an, um mir zu sagen, es habe einen Unfall gegeben, an dem Alex beteiligt sei. Ich fuhr ins Boulder-Krankenhaus und sah meinen Mann mit Marianne und meinem Schwiegervater, Philip Strong, im Wartezimmer. Er sagte mir, Alex habe beim Skifahren die Kontrolle verloren und sei über einen Steilabbruch gestürzt. Ich glaubte ihm nicht.*

10. *Der Arzt kam und sagte uns, dass Alex im OP gestorben war. Ich verließ das Krankenhaus und fuhr mit meinem Mann nach Hause, aber ich bekam immer mehr Angst. Ich hatte damals das Gefühl, und habe es auch heute, dass mein Mann etwas mit Alex' Tod zu tun hat. Am nächsten Morgen ging ich zur Polizeiwache von South Lake Tahoe und machte diese Aussage. Ich habe mein Heim deswegen verlassen und möchte noch einmal erklären, dass mein Mann nicht berechtigt ist, Informationen über meinen Aufenthaltsort zu erhalten.*

Ich erkläre das Obige für wahr und richtig gemäß den Gesetzen des Staates Kalifornien. Ausgefertigt am 24. Oktober in South Lake Tahoe, County El Dorado, Kalifornien.

Unter der Aussage stand Heidi Strongs Unterschrift, groß und rund und nach rechts geneigt wie bei der Notiz, die sie Jim hinterlassen hatte. Nina rutschte ein Stück von Jim weg und reichte ihm die Kopie. Er las sie mehrmals durch, als hätte er Mühe, sie richtig zu entziffern.

Die Aussage war deutlich, überzeugend und verheerend. Sie war weder vage noch unklar und bot, soweit Nina das sehen konnte, keinen Ansatzpunkt für Fehlinterpretationen, jedenfalls nicht in dieser Fassung.

Jim knüllte das Papier zusammen und schmiss es zu Boden.

»Also«, sagte Nina, die es anschaute und keine Anstalten machte, es aufzuheben, »sie erzählt eine überzeugende Geschichte.«

»So war das nicht. Sie müssen mir glauben. Heidi hat vor ein paar Wochen den Spiegel im Bad zerbrochen, als sie dort sauber machte. An das genaue Datum erinnere ich mich nicht mehr. Sie hat's in die Geschichte eingeflochten. Diese Einzelheit … macht das Ganze so realistisch. Sie glauben das doch nicht, oder?«

»Wir müssen Heidi finden und die Sache klären.«

»Kein Scheiß. Was habe ich Ihnen die ganze Zeit gesagt?«

Nina warf ihm einen langen Blick zu. »Sie versucht, Sie hinter Gitter zu bringen. So viel Hass kommt nicht von ungefähr, Jim.«

»Ich liebe sie«, sagte Jim. »Mir ist, was sie behauptet, egal. Und sie liebt mich. Sie ist durcheinander, das ist alles. Es ... es tut mir Leid. Ich hab immer wieder ihren Zettel gelesen, und ich konnte den Gedanken nicht ertragen, dass jemand anders ihn zu sehen bekommt. Er hat mich gedemütigt. Ich hab ihn zerrissen.«

»Sie haben *was?*« Aber da war noch etwas anderes, etwas sehr viel Wichtigeres, was ihr in den Sinn gekommen war. »Warten Sie mal!«, rief sie.

»Was?«

»Was ist nur mit mir los? Sie können das hier nicht benutzen!«, sagte Nina. »Sie ist Ihre Frau. Sie gibt etwas wieder, was Sie in einem privaten Gespräch mit ihr geäußert haben.«

»Und?«

»Gespräche zwischen Eheleuten sind der Rechtsverfolgung entzogen. Sie sind vertraulich. Was glauben die eigentlich, wer sie sind?«

»Der Rechtsverfolgung *was*? Was meinen Sie damit?«

»Ich meine, dass das da juristisch gesehen Müll ist. Die Wiedergabe ihrer Unterredung ist vor Gericht nicht zulässig.«

Jim war skeptisch. »Wirklich?«, fragte er. »Aber sie kann doch trotzdem gegen mich aussagen, oder?«

»Nein. Da gilt das Gleiche. Sie darf keine Aussage über Privatgespräche zwischen Ihnen beiden machen. Allmählich dämmert es mir. Sobald Sie darüber sprechen, sobald Sie versuchen, es zu erklären, zu widerlegen oder zu leugnen, egal, in dem Moment kann Collier geltend machen, Sie hätten auf dieses Recht verzichtet. Er muss mich für bescheuert halten.« Wütend und erleichtert zugleich sprang sie auf.

»Gut«, sagte sie und kramte in ihrer Handtasche herum.

»Nehmen Sie meine Schlüssel. Setzen Sie sich in den Bronco. Ich bin gleich wieder da.«

»Ich dachte, Sie hätten gesagt … Muss ich da nicht mit rein?«

»Nicht mehr«, sagte Nina. »So lange nicht, bis ich das alles hier besser verstehe. Es ist zu gefährlich für Sie.«

Die Erleichterung war ihm deutlich anzusehen. Er nahm die Schlüssel, biss sich auf die Lippen und sagte: »Danke.«

Sie kehrte allein ins Konferenzzimmer zurück. Collier saß ruhig wartend auf einem der ramponierten Stühle, die um den Tisch standen, und trank immer noch diesen scheußlichen Kaffee. Zum ersten Mal fielen ihr die »Gesucht«-Poster an der billigen Wandverkleidung auf, Frontal- und Profilaufnahmen unrasierter, aber ansonsten ganz normal aussehender junger Männer. Es war, als sei man in einer Außenstelle einer Polizeiwache.

»Das wird nichts, Collier. Ich kann ihn dir heute Nachmittag nicht überlassen«, sagte sie und schaute auf die Poster, um ihn nicht ansehen zu müssen.

»Was? Wo ist er?« Collier erhob sich halb.

»Gegangen.«

»Das werden wir ja gleich sehen.« Er griff nach dem Telefonhörer.

»Denk nach, Collier«, sagte Nina. »Du bist noch nicht so weit, dass du ihn verhaften könntest, sonst hättest du es längst getan. Er steht unter Verdacht, und er wird von seinem Recht zu schweigen Gebrauch machen. Kein Richter und kein Geschworener wird je Heidis Aussage zu Gesicht bekommen, denn er macht ab sofort von dem Aussageverweigerungsrecht zwischen Ehegatten Gebrauch. Was hast du noch? Doc Clauson? Der ist doch nur peinlich!« Sie lehnte sich an den Türrahmen, schloss die Augen und spürte, wie matt sie auf einmal war. Sie hatte einen Aufschub erreicht.

»Du hast versucht, mich reinzulegen«, sagte sie ruhiger. »Sieht dir gar nicht ähnlich.«

»Ich habe nie behauptet, es seien harte Beweise. Du hast darum gebeten, und ich hab's dir gegeben. Du kannst doch nicht erwarten, dass ich einen langen Vortrag über die Zulässigkeit halte? Abgesehen davon glaube ich, dass sie die Wahrheit sagt. Das Mädchen hatte Angst. Der Detective, der die Aussage aufgenommen hat, hat ihr geglaubt.«

»Du wolltest meinen Mandanten hier hereinlocken und austricksen. Und mich auch. Du hast echt Nerven.«

Collier kam um den Tisch herum und stellte sich vor sie. Seine Augen glänzten vor Wut. »Ich versuche nicht, dich auszutricksen«, sagte er. »Ich habe dir die Aussage gegeben, damit du weißt, wen du verteidigst. Du hast genug Erfahrung, um zu sehen, worauf es hinausläuft. Es ist noch nicht zu spät. Noch kannst du aussteigen.«

»Willst du damit sagen, du hast mir die Aussage vor die Füße geworfen, damit ich die Sache fallen lasse? Höre ich richtig?«

Er stemmte rechts und links von ihr die Arme gegen die Wand und nagelte sie so in der Ecke fest.

»Hör auf mich«, sagte er. »Ich tue es, weil ich dir was schulde. Ich versuche, dir zu helfen. Ich wollte es dir vor der Verhaftung vorlegen, damit du den Fall nicht blind übernimmst. Wenn du ihn immer noch vertreten willst, liegt es an dir.«

»Ich will keine Gefälligkeiten! Du gibst mir das Gefühl, eine Zweijährige zu sein! Ist es das, was du in mir siehst?«

»Schrei nicht rum. Wenn du willst, lasse ich dich das nächste Mal deine eigenen Fehler machen …«

Sein Gesicht war keine fünfzehn Zentimeter von ihrem entfernt. Ninas Empörung wich etwas anderem. »Ich gehe jetzt«, sagte sie, als sie das neue Gefühl zwischen ihnen spürte.

»Nein, noch nicht.« Sie wünschte, er würde sich nicht so über sie beugen. Er hatte wunderbare Augen, aber sie brachte es nicht über sich, ihn anzusehen. Er hörte auf zu reden. Keiner rührte sich. Sein Jackett war aus grauem Gabardine, seine Krawatte aus roter Seide. Sie hatte den verrückten Wunsch, sie zu streicheln.

»Collier, beweg dich«, sagte sie mit gesenktem Blick. »Bitte.«

Er beugte sich weiter vor, seine Augen wurden blickleer, und er drückte seine Lippen auf ihren Mund. Sie hatte darauf gewartet. Seine Lippen fühlten sich warm an und weich und genau richtig. Sie ließ zu, dass er sie küsste, ließ ihn spüren, wie sehr sie es wollte, aber sie erwiderte den Kuss nicht. Aller Verantwortung enthoben, stand sie einfach da und ließ es geschehen wie eine Frau.

Es war ein langer Kuss. Ihre Lippen leiteten Botschaften am Rückgrat hinunter, die sie aufwühlten, bis sie zu zittern begann. Ihre Lippen schienen immer heißer zu werden. Er küsste sie, als suchte er etwas, als suchte er sie, nur sie. Er umfasste ihren Kopf und vergrub seine Hand in ihrem Haar. Sie war überrascht, als sie die weichen Stoppeln seines Barts spürte. Das musste erforscht werden. Sie hob die Arme, um sie um seinen Hals zu schlingen …

»Collier?«, sagte Barbara Banning, die untadelige junge Staatsanwältin, die mit verschränkten Armen in der Tür stand. Collier trat einen Schritt zurück und sah sich erschreckt um.

»Wir sehen uns«, sagte Nina mit so viel Würde, wie sie aufbrachte. Sie ging an Barbara mit ihrem sagenhaften Parfüm und ihren verächtlich geschürzten Lippen vorbei, quer durch den Hauptraum, wo die Sekretärinnen arbeiteten, und dann durch die Tür. Sie ging mit erhobenem Haupt, aber im Flur blieb sie stehen, schlug sich die Hand vor den Mund und dachte: Was, zum Teufel, war denn das?

5

Sandy stand auf dem soeben vom Schnee geräumten Parkplatz des Starlake Buildings und sprach mit einem silberhaarigen Ureinwohner in einer Lederjacke. Sandy bekam oft Besuch von

Verwandten und anderen Mitgliedern ihres Stammes. Daran war nichts Ungewöhnliches. Der ramponierte Chevy Cavalier mit den Schneeketten und dem orangefarbenen Wimpel an der Antenne war auch nichts Ungewöhnliches.

Was Nina ungewöhnlich fand, war Sandys Haltung: die Hände in den Hüften, den Kopf zurückgeworfen. Nina wollte ihren Augen kaum trauen, aber es war offensichtlich, dass Sandy lachte. Hinzu kam, dass Sandy trotz des nun wirklich bedrohlichen Wetters ihren üblichen Schutzschild – ihren schweren, karierten, violetten Mantel, den sie jeden Tag sorgfältig an der Garderobe im Büro aufhängte – abgelegt hatte.

Ein paar Schneeflocken tanzten in dem eisigen Wind, die Vorboten eines Schneesturms, der bis in die Nacht andauern sollte. Der Bronco holperte über den gefrorenen Schnee, und Nina parkte auf ihrem Platz am anderen Ende.

»Rufen Sie mich an«, sagte Jim und sprang aus dem Wagen. Er stieg in seinen Lieferwagen, einen neuen Toyota.

Obwohl der Bronco quer über den Parkplatz gut zu sehen war, bemerkten Sandy und ihr Freund ihn nicht. Der Mann reichte Sandy ein kleines Päckchen und lächelte sie an, und dann geschah es: Sandy stellte sich auf die Zehenspitzen und gab dem Typ ein Küsschen auf die Wange.

Sie lächelte noch mal, ein breites, entwaffnendes Lächeln, bei dem sich zeigte, dass sie wunderschöne weiße Zähne hatte.

Dann sah sie Nina.

Jim hatte seinen Truck gestartet und fädelte sich in den Verkehr ein.

Sandys Lächeln erstarb, die Augenbrauen zogen sich zu einem Stirnrunzeln à la Frida Kahlo zusammen, als sie sich umdrehte, um Nina vom Parkplatz ins Gebäude nachzustarren.

Fünf Minuten später kam sie mit ihrem Päckchen herein. Nina, die in ihrem Büro telefonierte, winkte ihr durch die offene Tür zu. »Hmpf«, war die Antwort, als Sandy sich setzte. Sie wandte sich dem Computer zu, auf dem der von Bob installierte Bildschirmschoner zu sehen war, ein Hund, der eine Katze unermüdlich über den Monitor jagte.

»Ehrlich«, sagte Nina, sobald sie aufgelegt hatte. »Ich habe dir nicht nachspioniert.«

»Einige Leute gönnen anderen Leuten nicht eine Minute Privatsphäre.« Sandy drehte ihr nach wie vor den Rücken zu und unterbrach das Tippen nicht für einen einzigen Anschlag. Ihre Armbänder klirrten leise.

»Ich weiß, es geht mich nichts an …«

»Aber du willst es nicht auf sich beruhen lassen …«

»Wer ist der Typ?«

Sandy zog die Schultern hoch. Das war ein Warnzeichen, dass sie sich ärgerte, aber Nina beachtete es nicht.

»Und was ist in dem Päckchen?«

»Er heißt Joseph.«

»Und?«

»Er ist Washoe.«

»Du hast da draußen ziemlich glücklich ausgesehen.«

»Warum sagt du das so vorwurfsvoll? Und jetzt habe ich zu arbeiten. Hast du mich nicht dafür eingestellt?«

Und sie sagte kein einziges Wort mehr.

Nina erledigte ihre Anrufe, war aber in Gedanken bei Sandy, die nun endgültig den Verstand verloren haben musste. Wenn es je eine Frau gegeben hatte, die mit den Männern durch war, dann war es Sandy. Sie sprach nicht mal über ihren Ex, Wishs Vater. Sie war sperrig, eigensinnig, unabhängig und stolz, Eigenschaften, die sich für eine Liebesaffäre nicht gerade gut eigneten. Sandy mit ihrer einfachen Sprache und dem säuerlichen Gesichtsausdruck. Das konnte doch nicht wahr sein!

Und doch schien die Sandy, die jetzt im Vorzimmer das Telefon abnahm, auf eine undefinierbare Weise anders als früher.

War Sandy verliebt? Warum sollte sie sich nicht verlieben? Und warum empfand Nina diese unerklärliche Enttäuschung, diese plötzliche Unsicherheit? Hatte sie, wenn auch unbewusst, vielleicht gemeint, Sandy und sie hätten einen Pakt geschlossen, dass sie mit Männern nichts mehr zu tun hatten? War es das? Fühlte sie sich deswegen verraten?

Sich selbst zu ergründen, kann ernüchternd sein. Nina fand sich lächerlich. Keine Frage, sie war so richtig lächerlich.

Sie spürte noch immer den Druck von Colliers Lippen auf ihrem Mund.

Sie hatte das dringende Bedürfnis, zu erfahren, was Sandy im Schilde führte. War Sandy mit dem Mann da draußen zusammen, oder verstand Nina die Situation völlig falsch?

Der Summer. »Ginger ist dran.« Nina nahm ab und hörte die unbekümmerte Stimme von Ginger Hirabayashi, *der* Expertin in forensischer Pathologie.

»Wie läuft das Geschäft, Nina?«

»Oh, uns geht es super hier oben. Wie geht's dir?«

»Super. Hast du was für mich?«

»Wenn du Zeit hast. Ein Skiunfall, aus dem sie mit aller Macht einen Mord machen wollen. Junger Mann, Skiprofi, der Bruder meines Mandanten. Siebenundzwanzig Jahre alt. Sie sind zusammen Ski gelaufen, abseits der Piste, und der Bruder ist über einen Steilabbruch gesegelt und auf die Felsen darunter gestürzt.«

»Ist Doc Clauson immer noch zuständig da oben?«

»Ja. Er hat seinen ursprünglichen Autopsiebericht revidiert, und mein Mandant steckte plötzlich in Schwierigkeiten. Leider war das nach der Einäscherung. Ginger, hör dir das an: Clauson kommt in seinem Bericht zu dem Schluss, dass der Mann nach dem Sturz gestorben ist, weil jemand in Skistiefeln auf seinem Bauch herumgetrampelt ist. Kannst du das glauben? Das Trauma, oder wie das heißt, hat die Leber durchtrennt.«

»Igitt«, sagte Ginger. »Skistiefel, hm? Hartes, schweres Plastik. Könnten einen Abdruck hinterlassen. Haben sie die Stiefel deines Mandanten?«

»Ich glaube nicht.«

»Sie werden sie bald haben. Dann versuchen sie, die Abdrücke auf der Haut mit den Sohlen abzugleichen.«

»Clauson behauptet, etwas auf der Haut gesehen zu haben, was er ›schwache Musterung‹ nennt, aber nur auf den Fotos, nach der Einäscherung. Glaubst du, ein Muster könnte sich sogar durch Stoff abzeichnen?«

»Ja, klar. Sie könnten sogar die Stiefelsohlen und die Abdrücke auf dem Stoff vergleichen. Haben sie seine Skihose?«

»Ich denke schon, denn die Hose wurde überprüft. Keine Spur in dem Bereich, auch nicht auf dem Parka. Aber ... der Baumwollpullover darunter hatte offensichtlich kleinere Beschädigungen. Ich komme nicht an ihn ran. In dem Bericht wird spekuliert, jemand hätte den Reißverschluss des Parkas geöffnet und dem Opfer die Skihose runtergezogen, bevor er ... Mein Mandant ist noch nicht verhaftet worden.«

»Faszinierend. Also, wo sind sie? Die Stiefel.«

»Tja, ich bin mir nicht sicher. Sie werden im Autopsiebericht nicht erwähnt.«

»Was ist mit deinen grauen Zellen, Mädchen? Gut, dass du mich hast. Wenn sie noch in seinem Schrank rumstehen, kannst du sie mir schicken. Wenn sie zurückgefordert werden, rücke ich sie natürlich raus, aber in der Zwischenzeit könnte ich mir sie ansehen.«

»Gute Idee.«

»Zieh Handschuhe an. Steck sie in eine saubere Tüte.«

»Ich versuche, sie zu bekommen. Und ich schicke dir Clausons Bericht.«

»Fax ihn mir unter derselben Nummer.« Es war eine Nummer in San Francisco. Gingers Büro war in Sacramento.

»Wo bist du, Ginger?«

»In der Stadtmitte, im Bundesgebäude. Ich warte darauf auszusagen, und bin aufgetakelt wie ’ne Vollidiotin, nur um die Geschworenen zu beeindrucken. Hast du die Fotos von der Leiche?«

»Nein, die rücken nichts mehr raus, bevor mein Mandant nicht in Haft ist. Was bald der Fall sein könnte.«

»Voll die Härte.« Ginger erwähnte noch, dass sich ihr Stundensatz erhöht hatte, dann legten sie auf.

»Sandy? Ich brauche einen richtig guten Privatdetektiv.«

»Den hast du vertrieben, erinnerst du dich nicht?«

»Es gibt noch andere als Paul.«

»Nein, gibt es nicht.«

Nina wollte nicht über Paul van Wagoner sprechen. Ärgerlich sagte sie: »Warum bist du so sauer auf mich? Was habe ich denn getan, außer unschuldig auf den Parkplatz des Gebäudes zu fahren, in dem ich arbeite?«

Und dich ohne Visier zu überraschen, dachte sie, aber sie erwartete keine Antwort. »Kannst du dich für mich umhören? Ich brauche jemanden, der schnell Leute findet.«

»Wenn du mich dazu zwingst.«

»Und fax das hier an Ginger. Hier ist die Nummer. Dann sieh mal zu, ob du Jim in Paradise erwischst. Ich muss sofort mit ihm sprechen.«

»Wenn ich auch mal was sagen darf: Ein Philip Strong ist am Telefon.«

»Wer?«

»Der Daddy unseres Mandanten.«

»Oh!« Er war auf der zweiten Leitung.

»Miss Reilly? Mein Name ist Philip Strong. Ich bin Jims Vater.« Für einen Mann, der in den Fünfzigern sein musste, klang er ziemlich jugendlich. Nina stellte sich einen älteren Jim vor, groß und attraktiv, der einen Markenparka trug, das Telefon ans Ohr hielt und dabei die Skiläufer im Auge behielt.

»Wie ich gehört habe, hat Jim sich an Sie gewandt. Ich würde mich gerne mit Ihnen unterhalten.«

»Ich kann mir Ihre Sorgen vorstellen. Leider kann ich mich mit niemandem wirklich über den Fall unterhalten außer mit Jim.«

»Ja, ja. Aber *ich* kann doch mit *Ihnen* sprechen, oder? Ich habe Ihnen etwas zu sagen. Es ist wichtig.«

»Selbstverständlich. Möchten Sie in die Kanzlei kommen?«

»Ich hatte eigentlich gehofft, ich könnte Sie für morgen zum Mittagessen in die Paradise Lodge einladen. Ich verspreche Ihnen, keine Fragen zu stellen.«

»Weiß Jim, dass Sie mich anrufen, Mr. Strong?«

Pause. »Nein, und ich würde es vorziehen, wenn er es nicht erfahren würde«, sagte Strong. »Es könnte sein, dass er nicht will, dass ich mich zum jetzigen Zeitpunkt einschalte. Aber ich finde, ich sollte es tun.«

Nina dachte darüber nach. Wenn es Jim helfen konnte, dann sollte sie hingehen. »In Ordnung«, sagte sie. »Gegen eins?«

»Kommen Sie in mein Büro in der Lodge.«

»Er ist schon ziemlich lange auf der Bildfläche«, sagte Sandy später. Sie schalteten die Lichter aus und wollten gehen. Sandy hatte sich allmählich in ihr gewohntes mürrisches Selbst zurückverwandelt.

»Wer?«

»Phil Strong. Mein Daddy und er waren Freunde. Sie sind zusammen jagen gegangen, als sie jung waren. Einmal haben sie einen Bären erlegt. Auch damals schon illegal, aber nach allem, was ich gehört habe, müssen die beiden ziemlich wild gewesen sein.«

Nina zog den Reißverschluss ihres Parkas zu und nahm ihre Papiere an sich. »Wie lange ist das her?«

»Ach, wer weiß. Dreißig Jahre und ein paar zerquetschte. Die Familie hat das Skigeschäft am See in Gang gebracht. Sie waren schon hier, als die Leute noch Waschbärmützen trugen.«

»Und wo ist dein Vater jetzt?«

»Tot.« Sandy sagte das ohne jegliches Gefühl. »Aber er hat dem Mann nie vergeben, der ihm um ein Haar meine Mutter gestohlen hätte. Das hat mein Daddy gesagt, aber meine Mutter hat gemeint, sie hätte mehr Verstand. Ich habe mich immer gefragt, was denn nun stimmte.«

»Wenn er es getan hätte, wärst du jetzt reich«, flachste Nina.

»In jeder Hinsicht, die wirklich zählt, bin ich reich«, sagte Sandy in ihrer gewohnt strengen Art. Sie gingen zusammen hinaus, und Sandy stieg in ihren uralten Sedan und schlitterte in der Abenddämmerung auf die eisglatte Straße. Nina fand, dass Sandy ausgesprochen glücklich wirkte.

Bob bot an, das Essen zu machen, als sie zu Hause waren. Wahrscheinlich hatte er Hunger und wusste, dass Nina noch eine ganze Weile brauchen würde, um sich bis zu seinen Bedürfnissen vorzuarbeiten. Während sie einen Schnelldurchgang durch die Post machte und das Wohnzimmer aufräumte, klapperte er in der Küche herum, knallte mit den Schranktüren und verkündete dann, ihm schwebe ein bestimmtes Gericht vor, in dem eine Packung Nudeln, mehrere Büchsen Suppe und eine Tüte Tiefkühlbrokkoli zum Einsatz kommen sollten.

Nina war egal, was er kochte, sie war ihm einfach nur dankbar. Sie legte sich ein Lob zurecht und würde es auch aussprechen, ganz gleich, wie es schmeckte. So erzog man ein Kind zum Kochen.

Sie wohnten jetzt schon über ein Jahr in ihrem Holzhaus, und auch wenn sie sich nicht daran erinnern konnte, je irgendwelche Möbel oder ähnliches eingekauft zu haben, war das Haus irgendwie eingerichtet worden, und hier und da sah man einen unverkennbar persönlichen Touch. Ein weicher Teppich lag im Sitzbereich vor dem großen Steinkamin. Fotos von tropischen Pflanzen, vom Ozean und ein paar Kunstdrucke hatten sich irgendwie gerahmt an den Wänden eingefunden.

Die Sonne schien den Großteil des Tages auf den Küchentisch, am Morgen fiel das Licht durch die Fenster in der Dachschräge, und am Nachmittag flutete es durch die große Fensterfront an der Rückseite des Hauses. Der Sonnenschein, die Offenheit und ihr Schlafzimmer unterm Dach waren es, was Nina an ihrem neuen Heim liebte.

Vom Finanziellen einmal abgesehen, lag ihre wesentliche Schwierigkeit als Hausbesitzerin in der Instandhaltung. Ihr Bruder Matt hatte einen Handwerker aufgetrieben, der aus der Gegend stammte. Er hatte Arme wie Popeye und auch ein schielendes Auge, und wenn etwas kaputt ging, kam er irgendwann vorbei und reparierte es wieder, sofern sie daran dachte, ihn anzurufen.

Wenn sie an einem Fall arbeitete, ignorierte sie alles andere. Dann stand sie morgens auf und rannte zur Tür hinaus. Kleiderhaufen aus sauberer und schmutziger, zusammengelegter und verknüllter Wäsche wuchsen langsam aber stetig. Papiere, vor allem Werbebriefe, beanspruchten immer größere Flächen des Küchentresens, bis sie auf den Tisch quollen und zur Seite geschoben werden mussten, damit Nina ihn decken konnte.

Seit kurzem hatte sie einen neuen Kurs eingeschlagen: Egal, wie müde sie abends war, sie zwang sich, sich mindestens fünfzehn Minuten lang dem Versuch zu widmen, etwas Ordnung zu schaffen, bevor sie sich das entscheidende Glas Wein genehmigte.

Heute Abend war sie wirklich erledigt. Sie wollte eigentlich nur ins Bett fallen, und noch fünf Minuten an Collier denken, bevor sie einschlief. Fünfzehn Minuten sang sie vor sich hin, sei nicht faul, auf geht's ...

Sie zog ein Kissen unter einem Stuhl hervor und warf es aufs Sofa. Es fiel wieder herunter. Seufzend hob sie es noch einmal auf. Sie wusste, dass es eine Philosophie über diese immer wiederkehrenden Arbeiten gab, die etwas damit zu tun hatte, im Augenblick zu leben und alles, was man tat, gerne zu tun, aber Hausarbeit hatte sie schon immer gelangweilt. Noch heute konnte sie die Stimme ihrer Mutter hören: »Spute dich, Kind.« Dabei war sie schon vor Jahren gestorben.

Sie bückte sich, um Hitchcocks Sockenfetzen vom Teppich zu zupfen.

»Hey!« Das gedämpfte Rufen und Klopfen an der Tür erleichterte sie ungemein. Ihr Bruder Matt war gekommen, um sie zu stören.

»Ich gehe!«, rief sie.

»Schwesterchen«, sagte er, als sie die Tür öffnete und er sich den Schnee von den Stiefeln klopfte. »Du hast doch eine Schippe, oder?« Er konnte sie über die weißen Holzklötze hinweg, die er auf dem Arm trug, kaum sehen.

Sie schaute an ihm vorbei auf den Schnee auf dem schmalen Pfad zum Haus und auf die eisglatten Stufen.

»O je!«, sagte sie. »Ich wollte das schon längst wegschippen. Bob und ich gehen immer hinten rein, wenn so viel Schnee liegt.«

»Was ist mit anderen Leuten?«, fragte Matt und schleppte seine Last ins Haus.

»Andere Leute? Wen meint er damit?« Nina schloss die Tür vor dem Problem.

»Ich schippe es weg, bevor ich gehe.«

»Nein, nein, Matt. Du musst schon deine eigenen Wege freihalten. Mach dir keine Sorgen, wir kommen schon noch dazu.«

Bob steckte den Kopf aus der Küchentür, um hallo zu sagen. In der Hand hielt er einen Kochlöffel, von dem eine dicke rote Flüssigkeit auf den Boden tropfte.

»Ihr kommt noch dazu? Im Frühling, was, Bob?«, sagte Matt.

»Ich könnte es am Wochenende machen«, sagte Bob, »gegen eine geringfügige Entlohnung.«

»Nette Ausdrucksweise«, sagte Matt tadelnd.

»Ja, was für eine Sprache bringen sie euch in der Schule eigentlich bei?«, fragte Nina.

Bob lachte. »Das stammt aus einer Szene aus *Vergebliche Liebesmüh'*, die wir gerade proben.«

»Wie passend«, sagte Matt und ging hinüber zu dem leeren Metallständer an einer Seite des Kamins. Mit einem lauten Poltern ließ er das Holz fallen, woraufhin eine Staubwolke hochstieg. »Vergebliche Müh, meine ich.«

»Spielst du mit?«, fragte Nina hustend und fächelte sich Luft zu. »Sollen die Eltern sich das Stück ansehen?« Sie fand, dass sie schrecklich falsch klang, so aufgesetzt, aber sich Zeit für Bobs Schulaktivitäten zu nehmen, prinzipiell eigentlich ihre oberste Priorität, endete oft irgendwo auf den unteren Plätzen ihrer Liste.

Bob leckte den Löffel ab. »Nein, wir führen es nur vor der Klasse auf. Wir sollen uns gegenseitig kritisieren. Kann ich dir heute Abend meinen Text aufsagen?«

»Gerne«, sagte sie. »Nach deinem leckeren Essen.«

Er verschwand in der Küche. »Du lässt ihn kochen?«, fragte Matt und ging zur Tür.

»Was es auch sein mag, sag nur Gutes darüber, Matt.« Sie sah auf die Uhr. Die fünfzehn Minuten waren um. Sie hatte es versucht. Sie hatte sich darauf konzentriert. Sie hatte sich zur Eile ermahnt. Sie konnte schließlich nichts dafür, dass Matt gekommen war. Sie setzte sich, schlug die Beine auf dem Couchtisch übereinander und trank einen Schluck Wein, den sie sich schon vor einer Weile eingeschenkt hatte. »Puh, was für ein Tag«, sagte sie. Der Wein schmeckte nach Sommer, nach brasilianischer Musik, nach Colliers Lippen …

Matt drückte sich viel sagend an der Tür herum.

»Mensch, Matt, danke für das Holz. Warum setzt du dich nicht? Ich schau mal, ob wir noch ein Bier haben.«

»Nein«, sagte er. »Ich muss noch was arbeiten.«

Sie nahm die Zeitung vom Tisch. Er drückte sich noch immer herum.

Sie warf die Zeitung auf den Tisch und sagte: »Okay. Sag mir, wohin du gehst und was getan werden muss. Ganz offensichtlich hat es etwas mit mir zu tun.«

»Raus zum Lieferwagen, um deinen Holzvorrat aufzustocken.«

»Wir brauchen wirklich welches.« Sie rieb ihre bloßen Füße aneinander. Sie wollte nicht wieder raus in den Schnee, auch nicht, wenn das viele warme Feuer bedeutete.

»Andrea hat mir erzählt, dass ihr hier fast kein Holz mehr habt. Es ist doch schon Winter, Nina. Du brauchst hier draußen jeden Winter vier Klafter. Wir wohnen nicht in der Stadt. Du kannst nicht einfach den Thermostat hochdrehen und erwarten, dass es warm wird. Manchmal gibt es keinen Strom. Tatsache ist, dass er in jedem Winter ein paarmal ausfällt. Wenn du keinen Strom hast, funktioniert die Zündung für deine Heizung nicht. Dann wird es verdammt kalt. So. Ich habe dir Holz gebracht.« Er warf ihr Handschuhe zu. »Aber wir müssen es unter der Veranda verstauen.«

»Über wie viel sprechen wir hier eigentlich?«

»Ein halbes Klafter.«

»O nein«, sagte Nina. »Nicht heute Abend. Nicht, dass ich nicht dankbar wäre, aber …«

Er zog sie am Arm. »Schön aufstehen. Wo sind deine Stiefel?« Er schnüffelte im vorderen Schrank herum und zog ein Paar hohe Wellingtons hervor. »Ah«, sagte er. »Trüffel.«

Nachdem sie das Holz so gestapelt hatten, dass Matt zufrieden war – weil es nicht an die Hauswand stieß, weil es von der Persenning bedeckt wurde, weil das frischeste Holz zuunterst lag –, willigte Matt ein, mit ihnen zu essen. Bob hatte einen Auflauf aus Tomatensuppe, Käse und Nudeln gemacht, der von Crackern gekrönt wurde. Den Brokkoli hatte er separat zu einem grauen Matsch verkocht, weil Nina auf einem Gemüse bestanden hatte, das er partout nicht in seinem Auflauf haben wollte. Der war, wie Nina annahm, weit von dem entfernt, was Richtlinien zur gesunden Ernährung empfahlen.

Sie aßen alles auf. Dann verschwand Bob in seinem Zimmer, um seine Hausaufgaben zu machen, und hinterließ ein Chaos in der Küche. Nina begann mit dem Aufwischen der inzwischen angetrockneten Flecken auf dem Wohnzimmerboden.

»Nimm etwas Ammoniak«, sagte Matt, der friedlich am Tisch saß.

»Je optimistischer und erfolgreicher du in deinem Geschäft wirst, desto mehr kommandierst du andere herum, Matt.« Im Winter fuhr Matt einen Abschleppwagen, und im Sommer betrieb er ein Parasailing-Unternehmen am See.

Er schenkte ihr ein breites Grinsen.

Sie goss unverdünntes Ammoniak auf die Flecken und zuckte vor dem Geruch zurück. »Ich wünschte, Mom könnte dich so sehen«, fuhr sie fort. Matt war der Engel ihrer Mutter gewesen, und obwohl er schon Anfang dreißig war, strahlte er immer noch eine täuschende jungenhafte Unschuld aus.

Er hatte viel durchgemacht. Während Nina Jura studiert und ein uneheliches Kind bekommen hatte, hatte er seine eigene Revolution ausgerufen, Drogen genommen und sich als Aussteiger versucht. Sie hatte nie herausgefunden, was ihn schließlich wieder in die Spur gebracht hatte. Vielleicht eine der von ihrem Vater finanzierten Wiedereingliederungsmaßnahmen. Vielleicht auch die Androhung einer Gefängnisstrafe.

Vielleicht war er auch einfach nur erwachsen geworden. Jedem stieß das mal zu, mit zwanzig, dreißig oder mit fünfzig. Jetzt lebte er im Vergleich zu Nina ein vorbildliches Leben, ganz hingebungsvoller Vater, prosperierender Geschäfts- und treusorgender Ehemann.

»Wie ich höre, hast du einen neuen Mandanten«, sagte Matt. »Die Strongs sind hier ziemlich prominent. Die Leute tratschen gern über sie, und ich kriege eine Menge Geschichten zu hören.«

»Ach ja?« Sie richtete sich auf, und die Steifheit in ihrem Rücken verhieß ihr schon jetzt, dass sich selbst ihr gut gepolsterter Bürostuhl morgen anfühlen würde wie eine mittelalterliche Folterbank.

»Mir ist da was über Marianne Strong zu Ohren gekommen, die Frau von Alex Strong.«

»Was denn?«

»Das wäre tratschen. Und ich tratsche nicht«, sagte Matt, aber es war zu spät.

»Willst du heute in einem Stück nach Hause kommen?«

»Okay, okay. Sie war mit Jim Strong zusammen, bevor sie Alex geheiratet hat.«

»Ist das alles?«

»Und sie hat Alex geheiratet, nachdem Jim sie wegen Heidi sitzen lassen hat. Das ist alles.«

»Und wo hast du das her?«

»Von einem Skilehrer, der Marianne kennt. Sein Lieferwagen ist gestern von der Straße abgekommen, und ich bin mit dem Abschleppwagen raus. Er ist mit mir gefahren, als ich den Lieferwagen zu einer Tankstelle geschleppt habe, und wir haben uns unterhalten.«

»Hm.« Sie verstaute diese Tatsache im Ablagesystem ihres Gehirns an einem sicheren Platz.

»Wird Jim Strong wegen Mordes angeklagt?«

Nina legte die Geschirrbürste weg, wischte sich die Hände ab und ging zu ihm, um ihn ansehen zu können. »Darüber kann ich nicht sprechen«, sagte sie. »Das weißt du.«

Er schüttelte den Kopf. »Warum musst du Strafrecht machen? Warum kannst du dich nicht mit Testamenten, Erbschaften, Berufungen und solchem Kram beschäftigen? Du könntest gut davon leben, und du hättest mehr Zeit, um das Leben zu genießen. Was reizt dich daran bloß?«

»Du hast mir versprochen, nicht mehr darauf herumzureiten, Matt.«

»Erinnere dich mal dran, was *du* versprochen hast.«

»Richtig. Die Familie bleibt außen vor. Ich hab's nicht vergessen.«

Matt trank seinen Kaffee aus und stand auf. »Bitte bedank dich in meinem Namen bei Bob für das erstaunliche – ich meine außergewöhnliche – Abendessen, ja?«

Sie lachte. »Klar.«

Aber er ging nicht. Er lehnte sich an die Tür. »Ich werde dich nie verstehen, Nina.«

»Ach, hör doch auf. Ich mache es, weil es etwas Reales ist, Matt. Ich weiß nicht, wie ich es sonst erklären kann. Ich bin praktisch veranlagt. Strafrecht ist nicht abstrakt oder indirekt, wie wenn man Papiere entwirft, mit denen Geld verschoben wird. Etwas Wirkliches passiert. Meine Mandanten geraten in eine Krise. Leute verlieren ihre Freiheit oder behalten sie. Dabei kann ich eine ausschlaggebende Rolle spielen.«

»Aber du lässt dich mit Leuten ein, die du vielleicht gar nicht kennen willst, und du tust alles für ihre Rettung. Ich wünschte mir, du könntest einmal meinem Beispiel folgen. Ich habe schon vor langem beschlossen, all meine Energie in das Glück und die Sicherheit meiner Familie zu stecken.«

»Und bis jetzt ist dir das hervorragend gelungen. Wirklich. Manchmal bin ich echt beeindruckt, Matt.«

Er setzte sich die Wollmütze auf und legte die Hand auf den Türknauf.

»Sauberer Themenwechsel.«

»Matt, komm gut nach Hause.« Sie umarmte ihn kurz. Er ging, noch immer kopfschüttelnd, hinaus.

Ein heißes Bad half, aber als sie im Schlafzimmer ihr Nachthemd anzog und Hitchcock ihr die Wassertropfen von den Beinen leckte, spürte sie, wie ihr Rücken steif wurde. Sie ging noch mal ins Badezimmer, um Ibuprofen zu holen.

Endlich. Herrliches, wundervolles Bett. Es war erst Viertel nach neun. Neun, zehn Stunden Schlaf dehnten sich vor ihr aus wie ein Blumenteppich. Sie rollte sich unter der Decke zusammen. Jim, Bob, Sandy, Matt …

Collier.

Mrs. Geiger. Hatte die Einigung wirklich die Ehe gesprengt? War das gut oder schlecht? War sie irgendwie dafür verantwortlich? Sollte sie Mrs. Geiger bei der Scheidung vertreten? Sollte sie sacht durch die Schichten ihres Bewusstseins in einen süßen Frieden sinken …?

Das Telefon auf dem Nachttisch klingelte. Nein, bitte nicht, sie brauchte dringend etwas Schlaf ... Es hörte nicht auf.

Sie streckte eine Hand unter der Decke hervor und nahm den Hörer ab, ohne sich zu bewegen.

»Sie durchsuchen mein Haus!«, sagte Jim Strong. »Die Polizei!«

»Okay, lassen Sie mich nachdenken.« Es tat weh, aber sie zwang ihr müdes Hirn zum Arbeiten. »Haben Sie Ihnen den Durchsuchungsbefehl gezeigt?«

»Ja. Dürfen die so was mitten in der Nacht machen?«

»Wann sind sie aufgekreuzt?«

»Kurz vor neun.« Das war verständlich. Für einen Durchsuchungsbefehl für die Nacht verlangten die Richter viel mehr Papierkram, aber wenn die Durchsuchung eine Minute vor einundzwanzig Uhr begonnen wurde, brauchte man nach kalifornischem Recht nur einen Durchsuchungsbefehl für den Tag. Collier, dachte sie wieder, diesmal allerdings mit ganz anderen Gefühlen als vor wenigen Augenblicken.

»Sie dürfen«, sagte Nina.

»Die nehmen hier alles auseinander!«

»Ich hätte Sie warnen müssen, dass das wahrscheinlich passieren würde. Haben Sie irgendetwas, was Sie nicht haben sollten? Schmuggelware, Waffen?«

»Nein, wir nehmen keine Drogen. Ich habe keine Waffen. Hier ist nichts. Sie tüten meine Skiausrüstung ein.«

»Verdammt!«, sagte sie. »Entschuldigen Sie, Jim. Aber haben sie Ihre Stiefel schon? Die, die Sie getragen haben, als Alex gestorben ist? Das ist wirklich wichtig. Ich hatte Ihnen deswegen in der Lodge eine Nachricht hinterlassen, mich zurückzurufen.«

»Meine Stiefel? Die sind nicht hier.« Als sei jemand in Hörweite, fing er an zu flüstern. »Mein Vater ist im Krankenwagen mitgefahren, und ich bin ihnen im Wagen meines Vaters gefolgt. Ich habe meine Stiefel da drinnen gelassen.«

»Wo sind sie jetzt?«

»Na ja, wahrscheinlich hat mein Vater sie. Ich habe seit dem Tag keine Lust mehr zum Skifahren gehabt. Wahrscheinlich liegen sie immer noch auf dem Rücksitz.«

»Der Wagen steht nicht bei Ihnen?«

»Nein, er wird wohl vor seinem Haus in Marla Bay stehen.« Er machte eine Pause. »Jetzt durchsuchen sie mein Auto.«

Eine schuldbewusste Schadenfreude überkam Nina. Collier würde die Stiefel heute nicht mehr bekommen. Da Marla Bay am See hinter der Staatsgrenze zu Nevada lag, würde die Polizei eine Weile brauchen, um herauszufinden, wo die Stiefel waren, und noch länger würde es dauern, in Nevada einen Durchsuchungsbefehl zu erwirken.

»Dann sind die also hinter meinen Stiefeln her! Das hätte ich mir auch denken können.«

»Jim, hören Sie mir zu. Das geht in Ordnung. Ich beschaffe mir die Stiefel morgen von Ihrem Vater und schicke sie an eine Expertin in Sacramento. Versuchen Sie nicht, sie selbst abzuholen. Sprechen Sie nicht mit Ihrem Vater darüber. Haben Sie mich verstanden?«

»Nicht so ganz.«

»Tun Sie einfach, was ich sage. Okay?«

»Okay.«

»Haben sie Ihnen irgendwelche Fragen gestellt? Das dürfen sie nicht, wenn ich nicht dabei bin.«

»Die reden gar nicht mit mir.«

»Wenn doch, sagen Sie ihnen, dass Sie heute Abend mit mir gesprochen haben und auf Ihrem Recht, zu schweigen, bestehen.« Er musste nicht verhaftet werden, um auf diesem Recht zu bestehen, er musste nur verdächtig sein, und die Durchsuchung heute Abend bestätigte, dass er verdächtigt wurde.

»Okay.«

»Hat die Polizei Sie schon einmal nach den Stiefeln gefragt?«

Sie hörte, wie er schwer ausatmete. »Hm. Nein, ich glaube nicht.«

Jetzt dämmerte ihr, weswegen Collier Jim so dringend noch ein paar Fragen stellen wollte. Er wollte wissen, wo die Stiefel waren.

Die Polizei hatte es vermasselt. Jetzt hatte Jim eine Anwältin, und sie mussten die Stiefel alleine finden. Sie würde sie liebend gerne persönlich in Colliers Büro bringen, sobald sich Ginger an ihnen versucht hatte.

Collier und sie waren in ein raffiniertes und gefährliches Spiel verwickelt. Sie musste raffinierter werden. Sie hätte die Stiefel schon heute abholen sollen. Auf der anderen Seite hätte die Polizei sie in dem Moment suchen müssen, in dem sie einen Mord vermutete.

»Kommen Sie nicht her?«, fragte Jim.

»Sie brauchen mich nicht, Jim. Ich kann die Durchsuchung nicht stoppen. Sagen Sie nichts, dann ist alles in Ordnung.«

»Wer muss das alles aufräumen, wenn die hier fertig sind?«

»Sie, leider. Haben Sie eine Polaroid-Kamera?«

»Ja.«

»Machen Sie Fotos von dem Chaos, wenn die Polizei weg ist, für alle Fälle. Mehr können wir nicht tun.« Wahrscheinlich würde es nichts nützen, aber er würde sich besser fühlen.

»Okay«, sagte Jim wieder. Nina konnte hören, dass im Hintergrund Türen und Schubladen zugeknallt wurden.

»Ich weiß, wie Sie sich fühlen«, sagte sie. »Verletzt. Sie können es nicht fassen, dass eine Horde Polizisten Ihr Haus stürmt und jede auch noch so intime Ecke durchsuchen darf. Aber so ist das System. Wenigstens muss man in unserem Land erst einen Richter finden, der zustimmt. Es tut mir Leid.«

»Ich bin froh, dass Heidi nicht hier ist. Sie würde … ich weiß nicht, was sie tun würde. Sie durchwühlen auch alle Sachen, die sie hier gelassen hat. Vielleicht setze ich mich einfach ins Auto. Ich kann die Standheizung anstellen. Mit dem Auto sind sie ja fertig. Und warte da, bis sie wieder weg sind.«

»Gute Idee. Verlassen Sie nicht das Grundstück. Sagen Sie ihnen, wo Sie sind. Versuchen Sie nicht, sich in irgendeiner Weise durchzusetzen.«

»Nein, bestimmt nicht. Danke für ... ich bin froh, dass ich zu Ihnen gegangen bin. Ohne Ihre Hilfe würde ich das hier nicht durchstehen.«

»Wir sprechen uns morgen.« Sie ließ den Hörer aufs Telefon klappern und sank ins Bett zurück. Ihr schwirrte der Kopf vor Dingen, die zu erledigen waren, tausend Kleinigkeiten und tausend Strategien.

6

Starkes Sonnenlicht, von jungfräulichen Schneefeldern reflektiert, und ein Oval von schmerzendem Blau, das eine gewaltige Verwerfungslinie zwischen den hohen Bergen ausfüllt, hundertzwanzig Kilometer Umfang und dreißig Meter tief: Lake Tahoe.

Mitten durch dieses Oval läuft von Nord nach Süd die Staatsgrenze zwischen Kalifornien und Nevada und teilt den See in zwei Hälften. Aber die Siedler des neunzehnten Jahrhunderts ignorierten solche politischen Feinheiten. Statt ihre Städte am westlichen oder am östlichen Ufer zu bauen, wodurch sie entweder in dem einen oder in dem anderen Staat beheimatet gewesen wären, besiedelten sie das nördliche und das südliche Ufer, sodass die Staatsgrenze die dicht besiedeltsten Gebiete durchschneidet.

Am Südufer ist die Grenze offensichtlich. An der Stelle, wo die kalifornische Stadt South Lake Tahoe auf die Stadt Stateline trifft, die in Nevada liegt, verändern sich bestimmte Dinge: Die Schneepflüge räumen besser, verschlafene Motels werden von glanzvollen Kasino-Hotels abgelöst, und die Party beginnt.

So kam es Nina zumindest vor, als sie über die Staatsgrenze nach Nevada fuhr und vom dichten Freitagmittagsverkehr verschluckt wurde. Wie die Kinder in Kalkutta durstig auf die Straßen rennen, sobald die ersten Tropfen des Monsuns vom Himmel fallen, so strömten die Spieler, Skifahrer, Taschendiebe, Freaks, Ehebrecher und Partygänger in die Stadt, um den frühen Schnee zu feiern.

Einmal angekommen, blieben manche in den Kasinos, andere auf den Hängen. Ein paar blieben in ihren Zimmern. Sie wurden am Morgen zusammen mit leeren Whiskeyflaschen und Pizzaschachteln von Domino's rausgekehrt.

Auf dem Bürgersteig direkt vor ihr pilgerten geblendete Touristen von einem Spielkasino zum nächsten. Die Ortsansässigen sahen neben den modisch-bunten Skiklamotten und den schicken Kopfbedeckungen der Touristen in ihren Westen und Jeans fast schäbig aus.

Im Caesar's, wo Clint Black auftrat, konnte der Parkservice nicht mit der Nachfrage mithalten, sodass sich die Autos bis auf die Straße stauten und den Verkehr blockierten. Neonschriften wie in Las Vegas kündeten im hellen Tageslicht schäbig von den anderen Vergnügungen, von einer Show »Phantasy II« im Horizon und von einem Zirkus im Prize's.

Während der Bronco im dichten Verkehr steckte und mit den anderen Vans darauf wartete, dass sich im Fußgängerstrom eine Lücke auftat, warf Nina einen Blick auf den elfenbeinfarbenen Berg, der zur Rechten an die Stadt grenzte und ebenfalls zu zwei Staaten gehörte. Leuchtende Punkte flitzten die Skihänge von Heavenly hinunter. Am anderen Ende des Bergs, fast in Nevada, glaubte sie die Lodge von Paradise auszumachen.

Alex und Jim waren auf diesem Berg Ski gefahren, diesseits der kalifornischen Grenze.

Zehn Minuten später war sie auf dem Paradise-Parkplatz mit seinen schlammbespritzten Charterbussen. Sie tauschte ihre Hochhackigen gegen ein Paar knöchelhohe Stiefel. Als sie in den Schneematsch auf dem Asphalt trat, knöpfte sie sich den Mantel zu, zog in der kalten Brise den Kopf ein und eilte zur Lodge.

In der eichengetäfelten Eingangshalle mit den Geweihen an der Wand traf sie auf Jessica Sweet, die Buchhalterin von Paradise. Mrs. Sweet sah so gesund und sonnengebräunt aus wie das letzte Mal, als Nina sie gesehen hatte, aber nicht ganz so streitlustig. Sie hatte vor langer Zeit ihre Tochter verloren, und Nina hatte ihr geholfen, herauszufinden, was mit ihr passiert war.

»Dann war er also bei Ihnen«, sagte Mrs. Sweet, ohne Zeit zu vergeuden.

»Vielen Dank, dass Sie mich empfohlen haben.«

»Ich finde, Sie sind die Beste von denen am Ort.«

»Ich tue mein Bestes.«

»Er ist ein netter Kerl. Ein fantastischer Skiläufer. Es ist nicht gut für das Resort, diese vielen Gerüchte.« Dann erklärte sie Nina den Weg zu Philip Strongs Büro.

An den langen Tischen im Selbstbedienungsrestaurant saßen lärmende Familien beim Mittagessen. Tropfende Skier standen an den Wänden aufgereiht. Vor dem Panoramafenster boten die Anfänger auf dem Idiotenhügel den Gästen etwas zu lachen.

In ihren Gerichtsklamotten schob sich Nina formell wie ein Leichenbestatter zwischen den Skifahrern hindurch und ignorierte die Blicke. In der ganzen Stadt gab es wahrscheinlich nur zehn weitere Anzugträger, von denen acht gegenwärtig im Gericht miteinander stritten. Als sie durch den Flur zu Strongs Büro ging, öffnete sich die Tür, und sie hörte einen Mann sagen: »Er ist gerade erst gestorben! Ich möchte nicht darüber reden!«

»Dann verkaufe ich die Anteile an Jim«, antwortete eine heisere weibliche Stimme. Ein Mädchen, dunkel und in Skikleidung, kam herausgestürmt und eilte an Nina vorbei.

Philip Strongs Büro roch nach Zedernholz. Die Stühle waren mit fröhlichem Marimekko-Stoff bezogen. Bücher und Fotografien zierten die Wände. Er kam ihr an die Tür entgegen und schüttelte ihr fest die Hand, ein sehniger Mann in einem hautengen blauen Skianzug. Kein Lächeln. Er war aufgewühlt von dem Gespräch, das war eindeutig. Sie fragte sich, wer die Skifahrerin wohl sein mochte.

Das Erste, was Nina an dem älteren Strong auffiel, war, dass er kahl war. Nicht ganz kahl wie Männer, die damit eine Aussage machten, sondern halb kahl, sodass sich sein dunkles Haar am Hinterkopf kringelte, dann aber plötzlich aufhörte, unfähig, die glatte Kuppel zu erklimmen. Das gab ihm etwas von einem Clown, obwohl sein Gesicht, vor allem um Nase und Mund, zerfurcht, empfindsam und sorgenvoll war.

»Setzen Sie sich.« Er wies auf einen Lederstuhl. Nina setzte sich und stellte die Aktentasche mit der großen leeren Nordstrom's-Plastiktüte auf den Teppich.

»Wo ist Jim heute?«

»In Reno, kümmert sich um Ausrüstung.«

So viel als Einleitung. Vorsichtig wartete Nina darauf, dass Jims Vater seine Haltung und seine Absichten erkennen ließ. Sie spürte, wie hungrig sie war. Eine heiße Suppe wäre jetzt genau das Richtige. Würden sie in der Lodge essen?

Ein Schaukasten an der Wand barst vor Skitrophäen und Fotos. Viele zeigten Philip, aber es gab auch ein paar von Jim und Alex. Der *Mirror* hatte nichts über den Nachtrag zum Autopsiebericht gemeldet. Wenn es so weit war, stünde es wieder auf der ersten Seite. Die Familie war in Tahoe zu bekannt, um allzu viel Privatsphäre erwarten zu können.

»Es tut mir sehr Leid wegen Ihres Sohnes«, sagte Nina.

Er rieb sich mit den Fingerspitzen über die Stirn, und sein Gesicht wurde länger. »Alex? Oder Jim?«, fragte er. Er schaute auf die Fotos, die vor ihm auf dem Tisch standen. »Ich versuche, mich irgendwie zu beschäftigen.« Er zeigte auf das Layout für eine Broschüre, das er an die Wand geheftet hatte. »Paradise – Ski-Paradies!«, verkündete die Überschrift. Auf einer anderen Version daneben hieß es: »In Paradise werden Sie paradiesisch verwöhnt!«

Sie sahen beide aus dem Fenster, als in der Ferne ein Skiläufer über einen Buckel raste, sich in der Luft um hundertachtzig Grad drehte und Zentimeter vor einem Geröllblock landete. Nina hielt die Luft an, bis er geschmeidig vorbeigeflitzt war.

Um das Gespräch in Gang zu bringen, sagte sie: »Ich habe gehört, Sie konnten gleich nach dem Unfall zu Alex.«

»Nicht schnell genug.«

»Sie hätten nichts tun können.«

»Ich hätte mich wenigstens von ihm verabschieden können. Aber er war schon bewusstlos. Mrs. Sweet hat den Anruf am Funkgerät im Selbstbedienungsrestaurant entgegengenommen und mich gerufen. Ich war oben am Ogre, um mir ein mögliches Lawinengebiet anzusehen.«

»Allein?«

»Was interessiert Sie das? Ich habe mich am Fuß des Bergs mit den Leuten von der Ski-Patrouille getroffen und bin mit ihnen zum Steilabbruch aufgestiegen.«

»Klingt, als wären Sie schon mal dort gewesen.«

»Nur ein Mal. Da konnte man eigentlich nicht Ski fahren. Zu gefährlich mit der Felswand mittendrin. Ich hab den Jungen schon vor langer Zeit gesagt, dass sie da wegbleiben sollen, aber es hört ja niemand auf mich. Ist Ihnen das auch schon aufgefallen? Niemand hört zu.«

Das Telefon klingelte, und Strong griff nach dem Hörer. Den Blick auf die Wand gerichtet, sprach er mit monotoner Stimme. Als er auflegte, saß er immer noch da und starrte vor sich hin. Er funktionierte, aber nur gerade so eben.

»Der Anruf betrifft etwas, um das ich mich kümmern muss. Möchten Sie mitkommen?«

»Klar.«

Sie stand von dem gepolsterten Stuhl auf und zog ihren Mantel wieder an. Er setzte eine Baseballmütze auf, zog eine Jacke an und verwandelte sich sofort in einen anderen Menschen, jünger und besser aussehend. In seinen roten Wangen und dem kantigen Kinn konnte sie jetzt Jim in ihm sehen. Jetzt sah er aus wie vierzig, obwohl er sehr viel älter sein musste, wahrscheinlich Ende fünfzig. Sie dachte an Sandys Geschichte über ihre Mutter.

Der Pfad, den sie nahmen, führte zu einem verwitterten Unterstand. Daneben schaukelte ein Doppellift sanft unter seinem Stahlgerüst, dessen Drahtseile sich den Berg hinaufzogen, bis sie außer Sicht waren. Trotz der Sonnenbrille blendete der Schnee. Die Brise hatte zu einem richtigen Wind aufgefrischt.

»Wissen Sie, warum die Leute so gerne Ski fahren?«, fragte Strong, während sie neben ihm herging und Mühe hatte, Schritt zu halten. »Weil es wie Fliegen ist. Es ist die Befreiung von der Schwerkraft. Es ist, als wäre man ein Vogel.«

»Hey, Phil, wie geht's?«, sagte ein Skifahrer, der an ihnen vorbeikam, und Strong winkte ihm, ohne aufzublicken.

»Alex war auch so«, fuhr er fort. »Ein Vogel. Flog hoch im Wind. Aber jetzt ist er tot.« Immer noch schnellen Schrittes hob er eine Faust, öffnete sie und blies darauf. »Paff«, sagte er in einen kalten Windstoß hinein. »Weg.«

Sie kamen zu dem Unterstand. Der Sessellift schien kaputt zu sein. Skifahrer standen Schlange, schimpften und beschwerten sich, schauten, ob es weiterging, und machten sich dann empört davon.

»Ein paar Minuten nur, Leute!«, rief Strong ihnen hinterher und ging zu einem jungen Mann in einer Paradise-Jacke hinüber. Während sie sich unterhielten, stand Nina abseits und sah den Skifahrern zu.

Diese Menschen schienen keine anderen Sorgen im Leben zu haben als einen verlorenen Handschuh oder einen abgebrochenen Skistock. In ihren teuren Klamotten sahen sie alle reich aus. Nina fühlte sich in ihren dunklen Kleidern und den idiotischen Nylonstrümpfen ziemlich fehl am Platz. Sie fror. Dichte Wolken hingen über den Bergen, zogen über den sonnigen Himmel.

Strong und der Liftführer deuteten in die Richtung des Maschinenraums und gestikulierten heftig, während sie über eine mechanische Panne diskutierten. »Chuck, du weißt doch, wie es gemacht wird!«, sagte Strong verärgert und mit erhobener Stimme. Vielleicht merkte er es, denn er atmete tief durch und senkte die Stimme. »Komm schon, wir gehen es noch einmal durch.« Sie verschwanden hinter der Tür.

Nina hüpfte von einem Fuß auf den anderen, schob die Hände in die Taschen und dachte daran, dass sie das Frühstück ausgelassen hatte, weil Bob den Bus verpasst hatte. Sie war eilig aufgebrochen, um ihn zur Schule zu bringen. Allmählich wurde sie ungehalten. Hatte Strong ihr wirklich etwas zu sagen? Nach einer schier endlosen Zeit war ein Klirren zu hören und ein langes, langsames Zittern zu sehen, und der Lift setzte sich wieder in Bewegung. Strong und der Liftführer kamen heraus, Strong hatte dem jungen Mann den Arm um die Schultern gelegt.

Sofort bildete sich eine Schlange. Nina lehnte sich an einen Pfosten und sah zu, wie der Liftführer die Sessel abfing, wenn sie angeschwebt kamen, und sie für die Skifahrer, die jeweils, zu zweit und nach hinten blickend, mit gebeugten Knien dastanden, festhielt. Die Sitzfläche drückte gerade zwei Skiläufern hinten gegen die Oberschenkel, und sie plumpsten darauf. Dann wurden sie nach oben gezogen, mit schlenkernden Skiern, jauchzend.

»Ich muss hier 'ne Weile mit aufpassen«, sagte Strong und schob seine dunkle Brille zurecht. »Ich schätze also, wir sollten auf den Punkt kommen.« Er neigte den Kopf zur Seite und beobachtete den Liftbetrieb.

»Gute Idee.«

»Warum hat Jim Sie engagiert?«

»Kommen Sie, Mr. Strong, Sie wissen, dass ich Ihnen darauf keine Antwort geben kann. Keine Fragen.«

»Es war ein Unfall, oder? Sagen Sie es mir! Ich habe das Recht, es zu erfahren!« Er beobachtete immer noch den Lift. Sie begriff, dass die Frage so wichtig für ihn war, dass er sie dabei nicht ansehen konnte.

Nina wusste nicht, was sie antworten sollte. Sie durfte nicht über den Fall sprechen, aber es schien auch nicht richtig zu sein, ihn seinen Qualen zu überlassen. »Jim hat mir versichert, dass es ein Unfall war«, sagte sie schließlich.

»Und warum hat er dann eine Anwältin engagiert?«

»Mein Kinn ist taub, meine Füße sind gefrorene Stümpfe, ich habe Hunger. Ich bin hier, weil Sie mir etwas sagen wollten. Wissen Sie das noch? Also sagen Sie es. Ich warte. Noch ganze dreißig Sekunden.«

»Sie sind eine harte kleine ...«

»Versuchen Sie mal, bei diesem Wind in meiner Aufmachung eine halbe Stunde hier draußen auszuhalten, Mr. Strong. Dann können Sie mich beschimpfen.«

Er stieß ein überraschtes Schnaufen aus, das beinahe an ein Lachen erinnerte. »Tut mir Leid«, sagte er. »In Ordnung. Jim und ich haben seither ... seit dem Unfall nicht miteinander geredet. Ein Freund hat mir erzählt, Jim habe irgendetwas mit Alex' Tod zu tun. Das ist unmöglich. Es war ganz offensichtlich ein Unfall, und die polizeiliche Untersuchung ist unglaublich. Inzwischen ist Heidi, Jims Frau, seit mehreren Tagen nicht zur Arbeit erschienen. Ich habe gestern Morgen im Büro gelogen, als das Telefon klingelte. Es war Heidi.«

»Weiter.«

»Ich weiß, wo sie ist. Sie hat ziemlich lange hier gearbeitet und wollte nicht einfach so verschwinden. Also hat sie mich angerufen.«

»Was hat sie gesagt?«

»Sie sagte, Jim habe gedroht, Alex umzubringen. Sie sagte, sie könne nicht bleiben.«

»Dann sagen Sie mir, Mr. Strong: Wie glaubwürdig ist Heidi?«

»Ich weiß es nicht. Sie und Jim haben Probleme.«

»Was für Probleme?«

»Hat nichts mit Alex zu tun.«

»Dann lassen Sie mich auf den Punkt kommen. Glauben Sie ihr?«, fragte Nina.

»Natürlich nicht«, antwortete Strong. »Abgesehen von der Tatsache, dass ich die Vorstellung irrsinnig finde, hatte Jim keinen Grund, Alex etwas anzutun. Alex war … Alex hat sich nie mit Jim angelegt. Er hat zu ihm aufgesehen.«

»Warum reden Sie und Jim nicht miteinander? Man sollte glauben, dass Sie sich in einer solchen Zeit näher kommen würden.«

»Jim und ich haben zurzeit Unstimmigkeiten«, sagte Strong. »Ich möchte nicht näher darauf eingehen. Es hat nichts mit Alex zu tun.«

»Das ist das zweite Mal, dass Sie das sagen. Es hat nichts mit Alex zu tun.« Sie rieb sich mit den Händen über die Arme, um ein wenig Wärme zu erzeugen.

»Und? Wenn es nichts mit Alex zu tun hat, geht es Sie nichts an. Heidi macht ’ne schwere Zeit durch. Ihr ist die Fantasie durchgegangen. Ich kann ihr nicht glauben. Andererseits glaube ich gar nichts«, sagte er nachdenklich. »Ich glaube eigentlich auch nicht, dass Alex tot ist. Er wandert herum, ist auf gewisse Weise noch am Leben. Schauen Sie hinter den Baum da drüben. Haben Sie den Schatten gesehen?«

Sie wusste es besser, aber sie sah trotzdem hin. Nichts.

»Vielleicht hat er sich hinter dem Felsen versteckt«, fuhr Strong kummervoll fort. »Ich dachte gestern, ich hätte ihn gesehen, draußen bei der Höhle, in der er immer mit Jim gespielt hat. Es ist schon so schlimm, dass ich Angst habe, schlafen zu gehen. Er kommt ans Fußende meines Betts, und es strengt ihn schrecklich an, er kommt von sehr weit her, aber er kommt immer wieder zurück. Er ist verloren, glaube ich. Ich habe Angst vor ihm. Ich habe ihn geliebt, aber das, was er jetzt ist, liebe ich nicht.«

»Ich glaube nicht, dass ich davon noch mehr hören möchte«, sagte Nina.

Strong packte sie am Arm. »Ich bin mir ganz sicher, dass der Geist noch etwas verweilt«, sagte er. »Ich hatte mal einen Hund, der starb, nachdem er zwölf Jahre bei mir war. Er hat nachts immer mit der Pfote meine Schlafzimmertür aufgeschoben, ist reingekommen und hat sich in die Ecke gelegt. Wenn er die Tür aufschob, hat er mit der Pfote auf dem Boden gekratzt. Also, eine Woche nach seinem Tod wachte ich mitten in der Nacht von einem Kratzen auf. Etwas Dunkles, Kleines kam rein und trollte sich in die Ecke. Ich hatte schreckliche Angst. Verstehen Sie, es war nicht mehr mein Hund. Glauben Sie, ich bin verrückt?« Er verzog den Mund zu einer Grimasse, die einem Lächeln ähnelte.

»Nein. Nur ...«

»Ja. Ich bin verrückt. Verrückt, weil ich mir wünsche, dass mein Sohn wiederkommt.« Seine Stimme war belegt. »Alex war so jung. So talentiert. Er hätte noch fünfzig Jahre vor sich gehabt.«

»Ich verstehe«, sagte Nina leise. »Aber Sie haben doch noch Jim.«

»Jim? Mit Jim gibt es ein Problem.«

»Was ist das, Mr. Strong?«

»Er ist nicht Alex«, sagte Strong. Nina hatte ein merkwürdiges Gefühl, als er das sagte, als blicke sie in einen Abgrund hinunter, den Alex im Herzen seines Vaters aufgerissen hatte. Sie wollte nichts von diesem ungeschützt ausgesprochenen Schmerz hören. Sie wollte sich nicht davon erschüttern lassen. Aber sie dachte über die drei nach, den Vater und seine Söhne, und Philip Strong schien reden zu wollen.

»Nein, er ist nicht Alex«, sagte sie.

»Wenn Alex nur nicht aus Colorado zurückgekommen wäre, dann würde er noch leben. Alex hat Jim wahrscheinlich herausgefordert, den Abbruch runterzufahren. Er hat immer wieder versucht, es Jim gleichzutun. Als Kind ist er hinter Jim hergedackelt und hat sich ständig wehgetan, weil er noch nicht groß genug war, um dieselben Sachen zu machen.«

»So ist das manchmal mit kleinen Brüdern.«

»Der kleine Bruder ist erwachsen geworden«, sagte Strong. »Er wusste es nicht, aber er war Jim in jeder Hinsicht ebenbürtig.«

»Sie scheinen im Augenblick ziemlich wütend auf Jim zu sein«, sagte Nina. »Ich verstehe nicht, warum?«

»Wütend? Ich bin wütend auf mich selbst.«

»Warum?«

»Weil ich Fehler gemacht habe, von denen einige nicht wieder gutzumachen sind.« Sein Blick, der sich in der Ferne verloren hatte, richtete sich wieder auf sie, und er runzelte die Stirn. »Vergessen Sie's. Ist nur Geschwätz.«

»Was ist mit Jim?«

»Ich habe im Augenblick nichts für Jim übrig. Kümmern Sie sich um das Problem, was immer es auch ist.«

»Das werde ich«, sagte sie sachlich. »Wo ist Heidi? Das ist doch das, was Sie mir sagen wollten, richtig?«

Glückliche Rufe drangen vom Berg herunter. Strong stand stocksteif da und kämpfte mit sich. Er war so sehr damit beschäftigt, seinen wütenden Kummer zu erforschen, dass die äußere Welt kaum zu ihm durchdrang. Dass er einen lebenden Sohn hatte, der in Schwierigkeiten steckte, schien er kaum wahrzunehmen.

»Heidi versteckt sich«, sagte er schließlich. »Sie möchte mit Ihnen reden. Unter einer Bedingung.«

»Lassen Sie mich raten. Dass ich's Jim nicht sage?«

»Richtig. Sie kommen allein. Und Sie sagen ihm nicht, dass Sie sich mit ihr treffen.«

»Warum? Warum ruft sie Jim nicht wenigstens an. Er leidet. Er ist sich sicher, wenn er sie erreichen könnte, könnte er sie überreden, wieder nach Hause zu kommen. Er liebt sie.« Sie hatte das Gefühl, mit einem leeren Fernsehbildschirm zu sprechen. Strong war völlig abwesend. »Können Sie sie bitten, noch einmal darüber nachzudenken?«

»Ich habe Ihnen gesagt, was ich Heidi versprochen habe«, sagte er. »Reden Sie selbst mit ihr.«

Sie dachte darüber nach.

»Also gut. Wenn das die einzige Möglichkeit ist.«

Ein Nicken.

»Aber warum möchte sie mit mir reden?«, fragte Nina. »Warum will sie, wenn sie sich vor Jim versteckt, mit seiner Anwältin sprechen?«

Er zuckte die Schultern. »Vielleicht möchte sie ihm etwas mitteilen, ohne ihn sehen zu müssen? Ich weiß nicht. Ich versuche nur zu tun, worum sie mich gebeten hat.« Er griff in seine Tasche und zog ein Blatt Papier heraus. »Sie ist zwischen drei und vier hier.«

Nina las den Zettel. Jake's in Tahoe City, praktisch um den ganzen See herum zum nördlichen Ufer, über eine Stunde schwierige Fahrerei. Heidi wollte sie an einem öffentlichen Ort treffen, und sie wollte nicht zu nah an Paradise herankommen.

»Kennen Sie Jake's?«, fragte Strong.

»Hm. Wie sieht Heidi aus?«

»Oh, groß. Sportlich. Blond.«

»Also wie alle hier. Eine Sache noch«, sagte sie und versuchte, beiläufig zu klingen. »Ich brauche die Skistiefel, die Jim am Tag von Alex' Unfall trug.«

»Warum?«

Gut. Er hatte noch nichts von Clausons Autopsiebericht gehört. »Er bat mich, sie bei Ihnen abzuholen«, sagte sie.

Er dachte einen Augenblick nach, dann sagte er: »Ich nehme an, sie sind noch auf dem Rücksitz meines Wagens, auf dem Parkplatz. Alex hatte sich den Wagen am Abend vor ... dem Unfall für irgendwelche Besorgungen geborgt. Jim ist damit zum Krankenhaus gefahren, wo ich ihn später abgeholt habe. Jim hat die Stiefel mit ein paar anderen Sachen hinten reingeworfen.«

»War seither jemand in Ihrem Auto?«

»Nein, niemand. Ich hab nicht nachgesehen, aber ich nehme an, sie sind noch da.«

Noch mal Schwein gehabt, sagte Nina sich erleichtert. Sie bat Strong, sie zu seinem Wagen zu begleiten. Er hastete zum Parkplatz, als wollte er sie herausfordern, mit ihm Schritt zu halten. Sie überlegte, ob er wohl noch Ski fuhr, und dachte: Na klar, natürlich.

Auf der bewaldeten Seite des Platzes sah sie einen Mann, der eine große Ähnlichkeit mit Jim hatte und sich rasch zwischen den Bäumen bewegte. Alex? Sie blinzelte und schaute noch einmal hin, doch nun konnte sie nichts als den Wechsel von Licht zu Schatten erkennen.

Auf dem schmutzigen Polster auf dem Rücksitz standen die roten Tecnica-Stiefel neben ein paar schmutzigen Kleidern. Mit einem Taschentuch nahm Nina die Stiefel und beförderte sie behutsam in ihre Plastiktüte.

Sie waren schwer, riesig. Sie fragte sich, wie Menschen zu fliegen meinten, wenn sie solche unförmigen Dinger an den Füßen trugen. Ihre Vorstellung vom Fliegen war eher, die Kleider auszuziehen und in einen warmen Ozean zu springen.

»Haben Sie irgendwann einmal Jims Stiefel getragen, Mr. Strong?«

»Nein.« Ihre Frage, die ziemlich merkwürdig klingen musste, schien ihn nicht neugierig zu machen. Er stand neben dem Auto, die Hände in den Taschen, und sah einem jungen Paar zu, das seine Skier von einem Gestell eines neuen roten VW-Käfer nahm.

Jim war ihm scheißegal, das war offensichtlich. Dafür verachtete sie ihn. Er sollte sich dazu zwingen, sich Sorgen um Jim zu machen. Er musste Jim helfen. Er war sein Vater. Er sollte stark sein und seine Pflicht tun, ganz egal, was er gerade durchmachte.

»Gehen Sie nach Hause, Mr. Strong«, sagte sie, während sie sich aufrichtete und mit Tüte und Aktentasche kämpfte. »Ruhen Sie sich etwas aus.«

Er zuckte die Schultern. »Ich kann nicht aus Paradise weg.«

Die Worte trafen sie. So viel Freude hier oben, nur nicht für ihn. »Sie sollten sich ausruhen. Schlafen.«

»O nein. Sehen Sie, das ist genau der Fehler, den die Leute machen. Sie verwechseln Schlaf mit Ruhe. Wenn Sie Ruhe brauchen, ist es das Beste, sich zu beschäftigen. Bleiben Sie in Bewegung, und Sie halten sich die Teufel vom Leib.«

Teufel?, dachte sie. Er trauerte, ja, aber da war noch irgendetwas Kompliziertes, was sie nicht verstand.

Sie fragte sich, ob er Jim wenigstens dann liebte, wenn er nicht um Alex trauerte.

»Also.« Er tippte sich in einer Art militärischem Gruß mit der Hand an die Stirn, drehte sich um und ging davon.

Sie fuhr nach Westen, wieder über die Staatsgrenze, an der Kette der Motels, Läden und Skiverleihstationen entlang, die sich kilometerweit hinzog. Auf dem Highway 89, der dem westlichen Ufer des Sees folgte, bog sie nach Norden ab. Auf ihrer Uhr war es eins. Sie würde sehr früh da sein. Bevor Heidi kam, konnte sie bei Jake's noch etwas essen.

Die warme Sonne hatte den Schnee auf dem Asphalt geschmolzen, also musste sie sich um den Zustand der Straße keine Sorgen machen. Auf dem See hielten ein paar Jachten nach Norden auf die Jachthäfen auf der anderen Seite des Sees zu. Selbst der Wald schien heute zu leuchten, als reflektierte der Schnee von den Bergen so viel Licht, um sogar die dunkelsten Orte von Tahoe zu erhellen. Die meiste Zeit hatte sie die Straße für sich.

Irgendwann schoben sich Wolken vor die Sonne und warfen große unregelmäßige Schatten. Auch Ninas Stimmung verdüsterte sich.

Der Highway führte an persönlichen Meilensteinen vorbei. Zuerst kam sie zu der Abzweigung zum Fallen Leaf Lake und dem Angora Ridge Trail. Sie erinnerte sich an eine entsetzliche

Nacht, in der sie auf der Suche nach Bob krank vor Angst dort hinaufgefahren war. Dann kamen die Kurven oberhalb von Cascade Lake in Sicht, und zur Rechten sah sie die dreihundert Meter steil abfallende Wand über der Emerald Bay mit ihrer Insel wie ein Juwel. Ein orangefarbenes Kajak war vor der Insel festgemacht und erinnerte sie an Paul und den Markov-Fall.

Nach diesem Fall hatte Paul vorübergehend einen Job an der Ostküste angenommen. Doch seinem Büro in Carmel hatte es natürlich nicht gut getan, dass er monatelang nicht erreichbar war. Er hatte sich zum Umzug entschlossen, um Abstand zwischen Nina und sich zu bringen. Er war ihr Freund gewesen, gelegentlich auch ihr Liebhaber, und ein sehr guter Privatdetektiv. Sie hätte so weitermachen können mit ihrer mehr oder weniger verbindlichen Beziehung, aber er war es leid geworden, auf mehr zu warten.

Sie hatte ihn vergrault und sich damit gerechtfertigt, dass Paul ein Joker war. Bevor er seine eigene Detektei in Carmel eröffnet hatte, war er bei der Mordkommission gewesen. Klar war er brillant und aufregend, aber er ging bei allem, was er tat, regelmäßig zu weit. Sie fuhr schwungvoll um eine Kurve und schlug mit der Hand auf das Steuer. Sie war nicht gut damit umgegangen und hatte verletzte Gefühle hinterlassen.

Das Mobiltelefon klingelte, und sie ging rasch dran, dankbar für die Störung.

»Ich bin's.«

»Hallo, Sandy.«

»Macht's dir was aus, mir mitzuteilen, wann du im Büro zu sein gedenkst?«

»Oh, Mist. Tut mir Leid, Sandy. Ich wollte anrufen. Ich muss heute Nachmittag nach Tahoe City fahren.« Sie hielt das Telefon ein Stück vom Ohr weg, um die verdienten Beschuldigungen nicht in voller Lautstärke hören zu müssen. Als die Tirade verebbte, hielt sie es wieder ans Ohr und sagte: »Nun mach aber mal 'nen Punkt, Sandy. Ich bin mir sicher, du kannst die Termine umlegen. Bis morgen.« Sie trennte die Verbindung und war wieder allein.

Philip Strong hatte sie in eine eigentümliche Stimmung versetzt. Alex' Tod war ein schrecklicher Schock für ihn gewesen. Wie machten die Menschen weiter, wenn jemand, den sie so liebten, starb? Wie hatte sie den Tod ihrer Mutter überlebt? Auf ein solches Ende konnte man sich nicht vorbereiten.

Sie sollte über Jim nachdenken statt über Philip, ihre Mutter oder Paul, aber ihre Gedanken kehrten, wie die von Philip Strong, immer wieder zu Alex zurück.

Wer weiß? Vielleicht war Alex tatsächlich irgendwo da draußen, wie Philip zu glauben schien. Viele Religionen sprachen von einem Limbus, Bardo oder Zwischenzustand, in dem es noch Verbindungen gab. Vielleicht besuchte Alex seinen Vater tatsächlich in dessen Träumen. Vielleicht lungerte er, was das anging, auch auf dem Parkplatz von Paradise herum.

Ihre Mutter war gestorben, als Nina fünfundzwanzig war. Nina hatte unglaublich intensive Träume gehabt, aber allmählich waren sie verblasst.

Sie spürte das altbekannte Gefühl der Verlassenheit.

Langsam fuhr sie die schmale Straße hoch, vorbei an einer rund sechshundert Meter hohen Felswand, die von einem weißen Berg gekrönt wurde und unterhalb von ihr zum See abfiel. Wo war der Verkehr? Sie war ganz allein auf der Straße. Dieser Teil des Highways stürzte im Winter regelmäßig in den See, und es dauerte meist bis weit ins Frühjahr hinein, bis er wieder repariert war. Das Metallgitter sah nicht gerade besonders sicher aus, und sie dachte einen Augenblick: Was ist, wenn die Sonne die Schneewächte da oben schmelzen lässt? Nina Reilly, *finito* in einer Glocke aus Schnee.

Sie konnte jeden Augenblick sterben. Man musste sich nur vor Augen halten, was mit Alex passiert war.

»Wir haben gelacht«, hatte Jim gesagt. Das Leben war verdammt kurz.

Das Telefon klingelte noch einmal. Sie ging nicht ran. Es klingelte wieder. Sie griff ungeduldig danach.

»Hier ist Collier.«

»Woher hast du diese Nummer?«

»Ich bin Staatsanwalt, weißt du noch? Klingt, als wärst du unterwegs. Können wir 'ne Minute reden? Und nicht über den Fall.«

»Über was denn sonst? Wenn nicht über den Fall?«

»Über den Kuss.«

»Ach, darüber.«

»Hat er dir gefallen? Oder verabscheust du mich jetzt? Ich muss es wissen, unbedingt.«

Mehrere Bilder der letzten Tage schossen ihr durch den Kopf: der Kuss in dem schäbigen Konferenzzimmer, Colliers Wange, wie sehr sie sich gewünscht hatte, sich ganz fest an ihn zu drängen und zu vergessen, wo sie waren, Sandy, die lachend mit einem Mann namens Joseph auf dem Parkplatz stand, Bob, der erwachsen wurde und sie verließ, Alex Strong, tot mit siebenundzwanzig Jahren.

Leise legte sich die erste dieser Erinnerungen auf ihre Lippen.

»Er hat mir gefallen.«

»Gut.« Er legte auf, während sie noch mit offenem Mund lauschte. Sie fühlte sich, als hätte er sie an den Schultern gepackt und sie so lange geschüttelt, bis alles durcheinander geraten war.

Ein paar Minuten später fuhr sie an Granlibakken mit seinen Zwergpisten und Liften vorbei, vor denen sich Familien drängten. Zur Linken verschwanden mehrere Straßen in den Wäldern. Die blauen und braunen Dächer der großen Ski-Chalets, die im Winter von Gruppen gemietet wurden, blitzten zwischen den Bäumen auf. Die Straße war wieder auf Seeniveau. Das Wasser, das fast wie reines Licht war, plätscherte neben ihr an der Straße.

Sie näherte sich Tahoe City und schüttelte die merkwürdige Stimmung ab, brachte ihre Gedanken in Ordnung und konzentrierte sich auf die Begegnung mit Heidi Strong.

7

Heidi Strong tauchte nach vier Uhr bei Jake's auf, als Nina gerade aufgeben wollte. Jims Frau war zu groß und zu attraktiv, um allein ein Lokal zu betreten, und zog viel Aufmerksamkeit auf sich, als sie sich umsah. Vielleicht ging sie wegen der drei leeren Latte-Macchiato-Gläser und der leeren Suppenschüssel, die auf dem Tisch standen, direkt auf Nina zu, wobei sie ihre graue Handtasche an einem langen Riemen festhielt.

Die Kellnerin kam zu ihnen herüber, Block und Stift gezückt. Heidi bestellte den vegetarischen Burger und grünen Tee, dann befeuchtete sie ihre ohnehin schon glänzenden Lippen und sagte: »So gemein sehen Sie gar nicht aus. Auf den Zeitungsfotos sehen Sie immer gemein aus.«

»Ich bin gemein«, sagte Nina. »Sie sehen auch nicht wie eine Lügnerin aus, aber ich gehe nicht nach dem Aussehen. Und Sie?«

»Ich bin keine Lügnerin. Es ist mir allerdings egal, ob Sie mir glauben oder nicht. Sie werden dafür bezahlt, mir nicht zu glauben.« Ihr Tee kam in einer henkellosen Tasse, die sie mit großen, geschickten Händen an die Lippen hob. Sie trug eine Taucheruhr für Männer am Handgelenk sowie einen fein ziselierten goldenen Ehering.

Noch nie hatte Nina eine Frau gesehen, die besser in Form war. Selbst ihre Gesichtsmuskeln zeichneten sich scharf ab. Ein solches Gesicht vertrug kurzes platinblondes Haar.

Ihre Hände waren ganz ruhig. Sie war keine Frau, die sich leicht erschrecken ließ. Doch hinter ihrer aggressiven Fassade meinte Nina ihre Angst zu spüren.

»Sie haben es ihm doch nicht gesagt, oder?«, fragte Heidi.

»Nein, aber er will unbedingt mit Ihnen sprechen.«

»Klar. Ich habe mein Zuhause und meinen Job aufgegeben und mein ganzes Leben verloren, nur um mich umzudrehen und zurückzukommen, wenn er mit den Fingern schnippt. Ganz bestimmt nicht.«

»Gibt es überhaupt eine Möglichkeit, Sie davon zu überzeugen, mit ihm zu sprechen?«

»Nein. Die Mühe können Sie sich sparen.«

»Und macht es Ihnen etwas aus, mir zu sagen, was hier vorgeht? Wir sprechen hier immerhin über Ihren Ehemann. Es geht ihm schlecht. Interessiert Sie das nicht?«

Heidi griff nach einem Päckchen Süßstoff, riss es auf und schüttelte die Dragees in ihren Tee. Der Teelöffel klirrte leise.

»Nein«, sagte sie noch mal.

»Es sollte Ihnen aber etwas ausmachen«, sagte Nina. »Wie ich sehe, tragen Sie noch immer Ihren Ehering.«

»Ich mag den Ring, das ist alles. Ich hab ihn ausgesucht. Kommen Sie mir bloß nicht moralisch. Was glauben Sie eigentlich, wer Sie sind?«

Dieser Gegenangriff war ziemlich wirkungsvoll. Nina wollte nicht, dass Heidi ging, also beherrschte sie sich. »Okay, Heidi, ich bin nicht hier, um mir ein Urteil zu bilden.«

»Ich schulde ihm nichts mehr.«

»Es muss doch einen Weg geben, alles wieder ins Reine zu bringen.«

»Es gibt keinen Weg.«

»Sie können nicht ewig vor ihm weglaufen.«

»Vielleicht nicht. Deswegen habe ich mich ja auf das Gespräch mit Ihnen eingelassen. Ich zähle auf Sie. Sorgen Sie dafür, dass Jim mich in Ruhe lässt. Und noch was. Setzen Sie die Scheidungspapiere für uns auf. Ich habe kein Geld, um einen Anwalt zu bezahlen. Soll er dafür aufkommen.«

Schade. Nina hatte gehofft, als Botschafterin des guten Willens zu agieren. Jim brauchte wirklich jemanden an seiner Seite. Heidi weigerte sich, mit ihm zu sprechen, und sein Vater war merkwürdig distanziert, die beiden waren also keine aussichtsreichen Kandidaten für die Stelle. Sie fand das traurig. Er war ganz allein, niemand stand hinter ihm, niemand glaubte ihm, mit Ausnahme der bezahlten Anwältin.

»Also, was meinen Sie?«

»Er will keine Scheidung«, sagte Nina. »Wenn Sie ihn sehen könnten, die Traurigkeit in seinen Augen, die Wärme in seiner Stimme, wenn er von Ihnen spricht – er gibt Ihnen keine Schuld. Alex' Tod war ein Schock. Manchmal reagieren Menschen merkwürdig. Vielleicht ist das auch bei Ihnen so.«

»Na, ich glaube wirklich, Jim hat Sie um den Finger gewickelt. Vielleicht kriegen Sie ihn trotz allem frei. Was er mit Alex gemacht hat, würde er auch mit mir tun. Ich hänge doch da nicht rum, um Unfall Nummer zwei zu werden.«

»Na gut, aber ...«

»Aber was?«

»Wenn Sie ihn nicht lieben, okay. Wenn Sie ihn hassen, okay. Wenn Sie eine Scheidung wollen, tja, Jim kann Sie nicht daran hindern. Aber die Geschichte, die sie erzählt haben, geht weit über Rache hinaus.«

»Sie halten mich für hart. Wissen Sie, das wären Sie auch, wenn Ihr Mann eines Nachts das Badezimmer kurz und klein schlagen und sagen würde, dass er seinen Bruder umbringen will – und es dann wirklich tut! Ich werde die Wahrheit sagen. Für Alex. Wir sollten Alex nicht vergessen.«

»Wer weiß denn schon, was die Wahrheit ist?«, fragte Nina. »Sie sagen, Sie haben gehört, wie Jim eines Abends was Idiotisches über Alex gesagt hat, vielleicht vor einem Monat, vielleicht vor einem Jahr. Brüder sind manchmal wütend aufeinander. An dem Tag, als er starb, ist Alex eine extreme Abfahrt abseits der Piste gefahren. Aber er hatte Pech. Sie waren entsetzt und haben diese beiden Ereignisse miteinander verknüpft, das ist ganz natürlich. Die Polizei hat Sie dazu gebracht, sich genauer über Vorfälle auszulassen, an die Sie sich gar nicht so genau erinnern konnten, und münzt Ihre vage Erinnerung jetzt in eine Anklage um.«

»So war es nicht.« Ihre Stimme bebte.

Glaubte Heidi vielleicht, wenn sie Jim so etwas Unheilvolles anhängte, würde sie schneller von ihm geschieden? »Ihnen ist aber bewusst, dass Sie nicht als Zeugin über irgendwelche Unterhaltungen mit Ihrem Mann aussagen können?«, fragte Nina.

»Was? Warum nicht?«

»Es wird Aussageverweigerungsrecht unter Ehegatten genannt. Ich werde dafür sorgen, dass Ihre Aussage bei Gericht nicht zugelassen wird.«

»Die Polizei hat das mit keinem Wort erwähnt. Ich glaube Ihnen nicht.«

Die Kellnerin stellte eine dicke Sojafrikadelle auf einem weichen Brötchen vor ihr ab, die exotisch mit Sprossen und Tahin gewürzt war. Heidi warf einen desinteressierten Blick darauf, dann sah sie wieder Nina an. »Warum sind Sie überhaupt hier, wenn die Aussage so bedeutungslos ist?«

»Weil sowohl die Polizei als auch der Coroner Ihre Aussage zur Kenntnis genommen haben. Bei den Ermittlungen spielt sie durchaus eine Rolle. Ihretwegen verdächtigt die Polizei Jim des Mordes an Alex. Ich bin hier, weil ich gehofft habe, Sie würden sich Ihre Aussage noch einmal überlegen.«

»Bestimmt nicht«, sagte sie ruhig.

»Können Sie sich dann nicht wenigstens mit Jim unterhalten? In meinem Konferenzzimmer, auf neutralem Boden. Sie waren drei Jahre mit ihm verheiratet. Sollte er nicht zumindest eine Chance haben, alles zu erklären?«

»Nein. Und hören Sie auf, mich überreden zu wollen. Ich spreche nicht mehr mit ihm, und ich gehe nicht zu ihm zurück. Ich gehe so weit von ihm weg, wie ich nur kann.«

»Aber warum ...«

»Sagen Sie ihm, dass ich die Scheidung will. Geht das nicht in Ihren Kopf?« Sie wurde laut.

»Schon gut, ich hab's kapiert.«

»Rufen Sie Philip an, wenn die Papiere für mich zur Unterschrift bereit sind. Er wird dafür sorgen, dass ich sie bekomme.« Noch während sie das sagte, wickelte sie den Burger ein. »Ich habe mich zu sehr aufgeregt, um mit Ihnen zu essen. Aber ich bin knapp bei Kasse, also lassen wir Jim hierfür bezahlen.«

Nina hatte nichts erreicht, und Heidi war kurz davor, zu gehen. Nina versuchte nachzudenken – was konnte sie noch herausfinden? »Hören Sie, eines möchte ich noch wissen, Heidi. Warum? Warum glauben Sie, dass Jim seinen Bruder umbringen wollte?«

»Bringen Sie ihn dazu, es Ihnen zu erzählen. Er weiß, warum. Ich nicht.«

»Warten Sie! Gehen Sie noch nicht. Ich muss Ihnen noch ein paar Fragen über Ihre Aussage stellen.«

Aber Heidi hatte sich schon abgewandt und stopfte das Essen in ihre Schultertasche. »Glauben Sie vielleicht, mir tut das nicht Leid? Ich habe alles verloren!«

»Bitte bleiben Sie doch noch einen Moment. Überzeugen Sie mich, dass Sie die Wahrheit sagen.«

»Sie wollen überzeugt werden?«, sagte Heidi über die Schulter. »Haben Sie sich Jims Arm angesehen?«

Dann war sie weg. Nina überlegte, was sie wohl gemeint hatte.

Die Kellnerin kam mit der Rechnung, und Nina dachte an die gähnende Leere in ihrem Kühlschrank zu Hause.

»Zwei Tostada Grandes zum Mitnehmen«, sagte sie. »Ohne saure Sahne. Und ein Cheeseburger.« Hitchcock liebte Cheeseburger.

Es war halb fünf. Sie fuhr, deprimiert über Heidis Unnachgiebigkeit, an der weiten Leere des Sees entlang nach Hause. Sie war nicht gerade darauf erpicht, Jim von der Unterhaltung zu erzählen.

Heidi würde nicht zu ihm zurückkehren. Die Ehe war beendet. Die Aussage warf weiterhin ihren Schatten auf Jim, ob sie vor Gericht zugelassen wurde oder nicht. Nina war gescheitert.

Das war zu erwarten gewesen. Paare blieben nicht mehr zusammen. Frauen und Männer gingen ihrer Wege, schreckhaft wie Rhinozerosse, misstrauisch und rotäugig, voller Angst voreinander.

Sie stellte das Radio an, aber von der Mischung aus Werbung, Verkehrsnachrichten, Mariah Carey und Geistlichen, die Haarspaltereien mit Bibelversen betrieben, ging es ihr noch schlechter, und so stellte sie es wieder ab. Sie war allein auf der Straße.

Tatsächlich war sie mehr als allein, sie war einsam. Sie wollte jemanden anrufen, aber Andrea war bei der Arbeit, Paul war in Washington …

Dieses Gefühl der Einsamkeit war wie ein Schlüssel, der sich im Schloss drehte und Gefühle freisetzte, mit denen sie im Moment überhaupt nicht konfrontiert werden wollte. Vielleicht war es die grenzenlose Trauer von Philip Strong, oder die Verwundbarkeit, die sie hinter Heidi Strongs Kampflust gespürt hatte.

Sehnsucht durchflutete sie. Vielleicht war die Sehnsucht schon lange da gewesen, war irgendwo im Dunklen gehalten worden, weil ihr so kalt davon wurde. Wie ein Eisfluss durchströmte sie jede Faser ihres Körpers.

In diesem kalten Fluss lauerte der Tod, dunkel und niederträchtig. Der Fall Strong war ihr unheimlich und weckte alte Verlustängste und Verlassenheitsgefühle. Wie Jim war auch sie ganz allein auf der Welt, jedenfalls fühlte sie sich im Moment so. Es war unerträglich, so allein zu sein.

Das war ihre eigene Schuld. Ich bin eine Idiotin, die jeden wegschubst, der mich lieben könnte, dachte sie. Eine stolze, arrogante, einsame Idiotin.

Elend zitternd fuhr sie rechts ran und wählte eine Nummer.

Er antwortete im selben Augenblick.

»Ich glaube … das heißt, ich scheine wirklich …«

»Sag mir, wo du bist.«

»Ungefähr zehn Minuten südlich von Tahoe City, am Straßenrand.«

»Warte auf mich.« Die Leitung war tot.

Sie stieg aus dem Wagen, setzte sich am felsigen Strand auf einen Baumstamm und sah auf den See hinaus.

Eiseskälte drang unter ihr Jackett. Die Schuhe hatte sie abgeschüttelt und knetete den kalten Sand mit den Zehen. Die Zeit verging.

Als sie ein Auto heranfahren hörte, drehte sie sich nicht um. Sie war noch immer ganz im Klammergriff dieses rätselhaften Kummers gefangen.

Collier trat neben sie. Sie sah nicht auf.

»Ah«, sagte er. »Ich wusste, ich würde dich finden.«

Er beugte sich herunter und nahm ihre Hand. »Dir ist kalt! Komm. Im Auto ist es warm.« Er führte sie zu einem Pick-up mit Campingaufbau. Ohne sie loszulassen, öffnete er die hintere Luke. Wärme schlug ihr entgegen.

Sie kletterte hinein. Er nahm die Krawatte ab, warf sie zur Seite und setzte sich neben Nina. Dann zog er hinter ihr aus dem Fahrerhaus einen Schlafsack und breitete ihn über sie beide.

Sie kuschelten sich aneinander. Es war genug, vielleicht schon zu viel, ihn neben sich zu haben. Er war warm. Er schickte den lauernden Tod wieder hinaus.

Ein paar Minuten lagen sie einfach nur da, ohne sich aufeinander zuzubewegen. Nina konnte nicht fassen, dass er alles stehen und liegen lassen hatte, um zu ihr zu kommen. Sie hatte ihn gebraucht, aber das hatte sie nicht erwartet.

Und nun sagte sie kein einziges Wort, und auch er sagte nichts, als fühlten sie beide, dass Worte alles zerstören würden.

Sie brauchten keine Worte. Wo ihre Körper sich berührten, kommunizierte er mit ihr. Ein zartes Schweigen lag über ihnen.

Es war, als teilte sie ihre Verzweiflung und Sehnsucht ihm mit und als ginge es ihm ebenso. Sie verlagerte das Gewicht, und als ihr Haar seine Wange berührte, sog er den Duft ein. Sie lauschte seinen Atemzügen. Seine Zurückhaltung und sein harter Körper, der den ihren kaum berührte, erregten sie, heizten sie auf.

Keine Geräusche, die Stille wie ein Gebet. Die Straße leer. Draußen auf dem See ließen sich zwei Möwen treiben und suchten mit gesenkten Schnäbeln nach Fisch. Sie waren vollkommen allein, als seien die Städtchen um den See mitsamt zweihundert Jahren Geschichte versunken.

Als es nicht mehr zu ertragen war, als irgendwas geschehen musste, schien er es zu spüren. Er legte einen Arm um sie, beugte sich schüchtern zu ihr und gab ihr einen schnellen Kuss. Dann noch einen. Und noch einen. Ihre Lippen verschmolzen miteinander. Sie sah ihn an. Sein heißer Blick durchdrang sie, und sie schlug die Augen nieder.

»Ich wäre fast gestorben vor Sehnsucht nach dir«, sagte er mit rauer Stimme und machte sich frei. Seine Hand glitt unter ihre Seidenbluse, vertraut, als habe er das schon viele Male getan. Das verschlug ihr den Atem, und dann knöpfte er die Bluse auf und zog sie ihr aus.

»Den BH auch«, sagte er, und sie ließ zu, dass er ihr den BH abstreifte. Er streichelte und küsste sie lange.

Sie rieb seine Brust, öffnete sein Hemd, tastete sich nach unten vor, löste den Gürtel und öffnete den Reißverschluss seiner Hose.

Sie berührte ihn, und er zuckte leicht zusammen. Sein Mund öffnete sich etwas, und er atmete schneller.

Sie rieb ihn, und er liebkoste sie, bis sie beide halb von Sinnen waren. Dann machte er sich über sie her wie ein Verhungernder über ein Festmahl. Sie drängte sich an ihn, er drängte sich in sie, sie wollte ein Teil von ihm werden. Sein Körper war so heiß wie das Leben selbst, und aus der Einsamkeit, die sie empfunden hatte, wurde etwas wie Freude.

Er wollte sie nicht verlassen. Er zog den Schlafsack hoch und lag neben ihr, schmiegte sich an ihr Haar und redete. Er sagte ihr, er brauche sie und werde sie nie wieder gehen lassen. Er sagte, er könne sein Glück kaum fassen und nichts, überhaupt nichts, würde je zwischen sie kommen.

Ein Auto brauste vorbei. Der Wind blies durch die Bäume, und der Pick-up schaukelte knarrend vor und zurück. Allmählich kamen sie wieder zu sich. Nina setzte sich auf, griff nach ihrer Unterwäsche und zog sie, plötzlich ganz scheu, unter dem Schlafsack an. Collier knöpfte sein Hemd zu.

Sie sahen sich erstaunt und verlegen an.

Einer von ihnen sollte jetzt einen zynischen Kommentar abgeben. Nina öffnete den Mund und versuchte, etwas Witziges zu sagen, aber es wollte einfach nichts herauskommen. Sie legte die Hand auf seinen Arm. »Ich muss los«, sagte sie.

Er nickte. »Ich rufe dich an.« Sie stiegen aus, und er setzte sich auf den Fahrersitz. Er hupte nicht und winkte nicht, er wendete und fuhr in die Stadt zurück. Sie saß im Bronco und schaute ihm zu. Ihr Gesicht im Rückspiegel sah lädiert aus, das Make-up war verschwunden, die Lippen waren geschwollen, die Wangen wund von seinen Bartstoppeln.

Ein Zauber umfängt mich wie Nebel
Umfängt mich wie Regen, und ich bin hilflos

Freitagabend. Zu Hause spielte sich das wirkliche Leben ab, und sie fiel in den üblichen Trott, als sei ihr nicht gerade etwas Außerordentliches passiert. Die Stimmung, die sie so sehr geängstigt hatte, hatte sich in Luft aufgelöst. Sie nahm ein Bad, zog Jeans an und kämmte sich die Haare.

Bob brauchte einen neuen Haarschnitt. Sie schafften es gerade noch vor Ladenschluss zum Friseur. Den ganzen Weg stritten sie sich, und zudem war der Benzintank so gut wie leer. Bevor sie in den Friseurladen hineinging, schloss sie den Bronco vorsichtshalber ab, schließlich lagen die Tecnicas noch hinten in der Tüte.

Bob trug neue Sachen, die er sich in einem Armeeladen für Restbestände ausgesucht hatte und die er jeden Abend sorgfältig zusammenlegte: schwarze Cargo-Hosen mit vielen Taschen und ein schwarzes T-Shirt mit Jackie Chan auf der Brust. Er wollte auch eine Marinejacke, aber Nina hatte auf einem roten Parka bestanden, damit er nicht daherkam wie ein schwarzes Loch in der Galaxie.

Pünktlich an dem Tag, an dem er dreizehn Jahre alt geworden war, hatten sie zu zanken angefangen. Heute Abend hatten sie ihren ersten Streit wegen seiner Frisur. Bob wollte sich die Haare kurz schneiden lassen. Nina war dagegen. »Du hast so schöne Haare«, sagte sie immer wieder. Er hatte seit kurzem einen Mittelscheitel, sodass die Haare ihm wie zwei seidene Flügel ums Gesicht fielen.

Als sie vor dem Empfangstresen standen und warteten, bis sie dran waren, nahm dieses Gesicht einen verstockten Ausdruck an, der verdächtig dem ähnelte, der ihr von Zeit zu Zeit aus dem Spiegel entgegenstarrte.

»Kurz«, sagte er. »Es sind meine Haare. Der Topfschnitt ist für Kids.«

»Ich bin diejenige, die es sich ansehen muss.«

»Aber ich bin derjenige, der es waschen und sich aus den Augen streichen muss.«

Sie fand sich damit ab. Wenigstens wollte er es nicht purpurrot färben lassen wie Taylor Nordholm. Noch nicht. »So lange noch was um die Ohren stehen bleibt. Ich kann es nicht ausstehen, wenn die Ohren rausschauen.«

Bob wurde aufgerufen und ging zu dem ihm angewiesenen Platz, wo sich eine junge Dame mit einem goldenen Stecker in der Augenbraue über ihn beugte. Sie besprachen sich. Bob sah nicht zu Nina hinüber.

Es ist die Einladung zum Tanzen, dachte Nina. Es ist Deutschland. Er will erwachsener aussehen. Sie wollte das keineswegs. Sie setzte sich auf die Bank und vertiefte sich in eine *Elle,* aber in Gedanken war sie wieder bei Collier und dem See.

Nach einer ganzen Weile kam Bob strahlend auf sie zu. Er sah aus wie ein minderjähriger Marinerekrut. Oben auf dem Schädel hatten ein paar Haare Gnade gefunden, die dort eine unsichere Existenz führten und in unterschiedlichen Winkeln stramm standen. Sein Kinn schien fast fünf Zentimeter länger geworden zu sein.

Staunend strich sie ihm über die Spikes. Die Haare waren steif vor Gel.

Er war außer sich vor Begeisterung.

»O Bob!«, sagte sie.

Sie fuhren zu Matt und Andrea, um sich einen Kung-Fu-Film anzusehen. Die Kids und Matt versammelten sich im verdunkelten Wohnzimmer vor dem Kamin, und bald waren Grunz- und Schlaggeräusche zu hören. Während Nina die schlaffen Tostadas in der Mikrowelle warm machte, reichte Andrea ihr einen Eistee. »Na, komm schon. Kopf hoch! Er sieht gut aus«, sagte sie. »Très chic.«

»Wenn er als Model für eine Söldnerzeitschrift arbeiten will. Als Nächstes tritt er einer Bürgerwehr bei und hortet Waffen.«

»Sei nicht so eine Glucke. Er will nur mal was Neues ausprobieren. Das ist normal. Er ist dreizehn. Mach einfach mit.«

»Du kommst auch noch dran, Andrea. Troy ist gar nicht so viel jünger.« Sie nahm ein Tostada heraus und legte es auf einen Pappteller. »Wie geht's im Frauenhaus?« Andrea war Leiterin des Frauenhauses in Tahoe mit zweiundzwanzig Betten und, dank einer alten Mandantin von Nina, Linda Markov, einem brandneuen Spielplatz im Garten.

»Ruhiger als sonst. Die Ehemänner und Freunde sind zu k.o.,

um Ärger zu machen, sie legen Holzvorräte an, suchen ihre Schneeketten raus und schippen Schnee. Es gibt haufenweise Jobs, weil die Skigebiete alle früh öffnen. Also ist der Quotient der häuslichen Gewalt niedrig. Im Moment sind sechs Frauen mit ihren Kindern bei uns, die sich gerade wieder erholen. Gut zu bewältigen.«

Aus dem Wohnzimmer drangen kantonesische Flüche und wilde Prügelgeräusche. »Wir könnten uns in den Yakuzzi vertagen«, sagte Andrea und deutete mit dem Kopf zur Hintertür.

»Super Idee.« Nina rief Bob, damit er seinen Teller holte, und ging mit Andrea auf die eisige Terrasse. Sie zogen die Abdeckung von der Holzwanne, und heißer Dampf quoll ihnen entgegen.

»O ja«, stöhnte Andrea, und prüfte mit der Hand die Wassertemperatur. Sie zogen sich nackt aus und kletterten hinein.

Pure Zurück-in-den-Mutterleib-Wonne. Sie ließen sich mit ausgestreckten Beinen treiben und von dem heißen Wasser am Kinn kitzeln. Zwei Frauen, die es sich unter den Sternen gut gehen ließen.

»Und, was macht dein Liebesleben?«, fragte Andrea faul.

Aufgeschreckt verfiel Nina in eine rigorose Untersuchung ihrer Zehen, die wie winzige Eisberge in den Dunst ragten. Wenigstens war keine *Titanic* in Sicht.

»Hast du mal wieder was von Paul gehört?«, fragte Andrea, die Lunte gerochen hatte.

»In letzter Zeit nicht.«

»Klösterliche Gelassenheit?« Ein Schneeklumpen fiel von der Pinie über ihren Köpfen ins Wasser, zischte und war sofort verschwunden.

»Nicht direkt. Ich bin wieder dabei«, sagte Nina. »›Liebe zieht mich in ihren Bann, und ich bin hilflos.‹ Verse aus einem Song, den Sandy die ganze Zeit hört.«

»Sandy? Unsere Sandy?«

»Ja. Irgendwas geschieht mit der Frau.«

»Was?«

»Ich weiß es nicht. Noch nicht.«

Sie ließen sich eine Weile stumm einweichen. Nina versank in einen Tagtraum über die gescheiterten Beziehungen ihrer Vergangenheit.

»Nichts als Kummer, jedes verdammte Mal«, sagte sie. »Warum kann ich nicht alleine leben und einfach glücklich und zufrieden sein? Warum muss ich von Einsamkeit gequält werden und gleich wieder mitten drin sein?«

»Bah, du bist wieder dabei«, sagte Andrea. »Selbstmitleid zieht dich in seinen Bann, und du bist hilflos.«

Sie lachten.

»Also, wer ist es?«, fragte Andrea. »Erzähl's deiner guten alten Tante Andrea.« Sie drehte ihr kastanienfarbenes Haar zu einem Knoten und steckte ihn irgendwie fest, sodass er ohne Zopfband hielt. Das Kreuz, das sie um den Hals trug, trieb über ihrer sommersprossigen Brust.

»Ich kann nicht drüber sprechen. Es ist gerade erst passiert.« Nina wäre es wirklich gerne losgeworden, aber es ging nicht. Sie wusste nicht, was geschehen war, wie sollte sie dann darüber reden?

»Er muss echt gut sein«, sagte Andrea, erfreut, einen Volltreffer gelandet zu haben. »Jedenfalls, wenn ich danach gehe, wie du mich ansiehst. Völlig verwirrt.«

Nina reckte und streckte sich im Wasser. Dann machte sie einen Katzenbuckel, um ihre vom Holzstapeln verspannten Muskeln zu dehnen. »Sollte ich je wieder heiraten, dann aus rein rationalen Erwägungen. Ich mach es wie die Franzosen. Heirate aus Geldgründen, fürs Dauerhafte ... für die Kameradschaft.«

»Klar«, sagte Andrea. »Heirate einen Buchhalter mit Agoraphobie. Der verlässt dich nie.«

»Es hält doch nicht«, sagte Nina. »Du weißt, dass es nicht hält. Schau dir die Frauen im Frauenhaus an. Die waren auch alle mal verliebt. Einige von ihnen sind es immer noch.«

»Ich hab Glück gehabt. Ich hab deinen Bruder bekommen. Das hat gehalten. Und weißt du, Paul hat dich wirklich geliebt.«

»Ich weiß. Und ich stehe tief in seiner Schuld. Er hat mein Leben gerettet da oben am Angora Ridge. Aber wir hätten nie etwas miteinander anfangen dürfen. Er mag, zum Beispiel, keine Kinder. Bob und er sind nicht miteinander klargekommen. Und er wollte nicht aus Carmel weg. Und ich nicht aus Tahoe.«

»Und er ist dir auf die Nerven gegangen.«

»Du weißt, dass er unkontrollierbar war, Andrea. Er ist ... er ist unberechenbar und wild. Ich hab dir erzählt, was er mit Jeff Riesner gemacht hat.«

»Aber du vermisst ihn?«

»Klar«, sagte Nina. »Die ganze Aufregung. Jedenfalls ist es vorbei.« Darüber meditierten sie eine Weile, mit geschlossenen Augen auf dem Wasser treibend.

Dann sagte Andrea munter: »Aber die Liebe treibt ihre Knospen ewiglich.«

»O Andrea, wie kannst du so einen romantischen Müll fabrizieren und jeden Tag deine Arbeit tun?«

»Du bist noch jung. Du kannst kämpfen, wie du willst, die Natur holt dich doch ein.«

»Hat sie schon«, murmelte Nina und sank tiefer ins Becken.

Andrea lachte wieder.

Sie blieben lange im Wasser und unterhielten sich. Es war eine der seltenen Gelegenheiten, bei denen die Kinder in der Nähe und versorgt waren und keine von beiden etwas Dringendes zu tun hatte. Schließlich brachte Andrea das Gespräch auf das Thema Ehrenkodex. Sie meinte, jede Frau sollte ihren eigenen herausarbeiten. Sie leitete Diskussionen im Frauenhaus zu dem Thema und schrieb darüber einen Artikel für eine Sozialarbeiterzeitschrift.

»Ich sage ihnen, deine Mutter hat ihn dir mitgegeben, auch wenn er für dich vielleicht nicht deutlich ist. Er ist in deinem

Geist, nicht in deinem Gehirn. Aus ihm speist sich deine Würde.«

»Und wie lautet dein Ehrenkodex?«, fragte Nina.

»Zuerst die Familie. Mindere das Leiden, füge ihm nichts hinzu. Sieh ihnen direkt in die Augen – und gib's ihnen, wenn's nötig ist.« Andrea imitierte eine explodierende Bombe im Dampf.

»Du bist ein weises altes Weib, auch wenn du erst zweiunddreißig bist.«

»Das ist mein Ehrgeiz. Eine Großmutter zu sein, mit einem Haufen Enkelkinder, die vor der Tür spielen, während ich in der Küche einen Kessel Borschtsch aufsetze. Ich kann es kaum erwarten, siebzig zu sein.«

»Nein? Echt nicht?«

»Echt. Dann bin ich in meinen besten Jahren.«

Bei der Heimfahrt durch die dunklen schneeverwehten Straßen musste Nina sich konzentrieren, um nicht einzuschlafen. Der spikehaarige Soldat neben ihr döste, gegen die Kopfstütze gelehnt. Es waren nur wenige Fahrzeuge unterwegs. Sie brauchte die Heizungsluft, die ihr entgegenblies, nicht, weil ihr von innen her warm war. Rinnsale rieselten ihr aus dem nassen Haar den Rücken hinunter.

Sie hatte nachgesehen, als sie eingestiegen war, aber die Tecnicas hatten sich nicht selbstständig gemacht und waren losgetrampt. Morgen früh würde sie sich mit ihnen befassen.

Hitchcock begrüßte sie an der Tür und durfte ein paar Minuten im Garten herumrennen. Als er winselte, öffnete sie die Tür, das Handtuch bereit. Er kam mit weißer Schnauze und frostigem Atem hereingestürmt. Sie wischte ihm Pfoten und Lefzen ab, und als sie zwischen die Laken kroch, trottete er zu seinem Knautschkissen neben ihrem hohen Pinienbett. Bob hatte sich unten schon schlafen gelegt.

Sie dachte über Heidis Abschiedsworte nach – irgendwas mit Jims Arm, und unmerklich gingen ihre Gedanken über in einen

Traum. Diesmal fuhr Jim eine steile Abfahrt hinunter, er wedelte seine Popeye-Unterarme hin und her, und sie versuchte, neben ihm zu bleiben, doch als sie an sich heruntersah, trug sie Flip-Flops statt Skiern. Plötzlich machte sie einen Salto rückwärts nach dem nächsten, Hals über Kopf einen Steilabbruch hinunter, neben sich ein Mädchen namens Misty. Das Telefon klingelte, und sie kämpfte sich frei.

»Ich bin's.« Colliers Stimme war belegt.

Sie fand das ungemein interessant. »Ich bin hier.«

»Ich weiß, es ist spät, aber ich konnte nicht einschlafen, ohne mit dir gesprochen zu haben. Du bereust es, stimmt's? Du findest, dass es ein Fehler war, richtig?«

»Morgen gegen drei?«, fragte Nina. »Ich kann nicht lange bleiben. Wir könnten einen Kaffee trinken.«

»Ich würde am liebsten auf der Stelle rüberkommen.« Diese halb geknurrten Worte lösten eine Druckwelle heißer Lust aus.

»Gott, Collier«, sagte Nina und trat die Bettdecke weg.

»Soll ich?«

»Nein, nein, mein Sohn ist hier.«

»Sag, dass du es willst.«

»Ich … ich will, dass du kommst. Aber komm nicht.«

»Ist gut. Kannst du mich abholen? Ich wohne näher an der Stadt. Hier ist meine Adresse.« Er nannte ihr die Straße und die Hausnummer, aber sie machte sich trotz ihres schlaftrunkenen Zustands nicht die Mühe, sie aufzuschreiben.

Sie würde sie nicht vergessen.

8

Samstag. Ein widerlicher Gedanke ließ sie aus ihrem Traum aufschrecken. Sonnenlicht strömte durch das Fenster, das auf die Straße hinausführte, auf ihre Steppdecke. Sie hatte vergessen, die Rollos herunterzulassen. Schwitzend und keuchend rollte sie sich aus dem Bett, suchte nach ihren Hausschuhen, warf einen Blick auf ihre Uhr – zu früh, viel zu früh – und drehte im Bad die Hähne in der Dusche auf, in die sie erst halb bei Bewusstsein getaumelt war.

Die Tecnicas! Flammendrot und angreifbar auf ihrem Rücksitz! Hatte sie wenigstens einen Blick auf den Bronco draußen in der Einfahrt geworfen? Wie hatte sie den ganzen Abend über keinen Gedanken darauf verschwenden können, sich die Sohlen anzuschauen? Was, wenn sie Streifen oder ein rautenförmiges oder ein anderes Muster aufwiesen, das sich auf Alex Strongs Körper wiederholte? Sie hatte die Autopsiefotos noch nicht gesehen, und der Bericht war vage gewesen. Doc Clauson hielt sich alle Optionen offen.

Warmes Wasser lief ihr in den Mund, als sie wieder die Luft anhielt. Was, wenn es eine deutliche Übereinstimmung zwischen Stiefeln und Haut gab? Was, wenn diese speziellen Stiefel gerichtsmedizinisch tatsächlich mit der Verletzung in Verbindung gebracht werden konnten?

Dann war es Mord. Dann war der Fall am Ende und nicht erst am Anfang. Vielleicht hätten Clintons Anwälte sich eine Verteidigung einfallen lassen können, Nina glaubte aber nicht, dass ihr das gelang.

Jetzt erwischte sie den schrecklichen Gedanken, der sie aufgeweckt hatte: Jim könnte schuldig sein. Bewusst hatte sie die Möglichkeit bis jetzt noch nicht in Betracht gezogen – die ganze Vorstellung war vollkommen abwegig! Er konnte nicht schuldig sein! Er konnte an dem Tag in ihrem Büro nicht gelogen haben. Niemand konnte so gut lügen.

Ihre Angst wuchs. Sie war überzeugt, dass die Stiefel nicht mehr im Bronco waren. Sie strahlten in ihren Gedanken wie Plutonium. Sie zog den Bademantel über und lief hinaus in den Schnee, zog an der Heckklappe – zugeschlossen, aber sie konnte die Nordstrom-Tüte sehen. Einen Augenblick später steckte der Schlüssel in der Tür und sie zog einen Stiefel aus der Tasche, wobei sie ihn mit einem Zipfel des Bademantels anfasste, um keine Fingerabdrücke zu hinterlassen. Sie drehte ihn um und …

Graues Metall mit einer Absatzplatte und einem regelmäßigen Profil, quer gestreift und mit Zickzackmuster. Man musste sich nur mal vorstellen, wie jemand mit viel Sorgfalt und Umsicht eine Stiefelsohle entwarf, den Plan für eine Gussform zeichnete … Sie zog den anderen heraus. Identisch. Man musste jedoch kein Kriminaltechniker sein, um diese Furchen zu sehen. Sie konnten auf dem Leichnam auftauchen …

Es gab keinen Leichnam! Alex war eingeäschert worden. Sie hatten nur Fotos und Doc Clausons revidierte Aussage.

Wenn das Muster auf den Fotos der Leiche zu erkennen war, würde Collier diese Autopsiefotos bis zur Größe einer Kinoleinwand aufblasen und …

Nein, Vergrößerungen wären nicht notwendig. Wenn das Muster übereinstimmte, dann musste sie drüben bei der Staatsanwaltschaft um Jims Leben flehen.

Andererseits gibt es vielleicht gar keinen Abdruck, dachte sie. Ich gehe nur alle Möglichkeiten durch, die die Polizei auch in Betracht zieht. Dagegen ist nichts einzuwenden. Was ist eigentlich los? Was macht mich so nervös?

Sie dachte wieder, dass ihr der ganze Fall unheimlich war. Heidi, dieses schreckliche Wort »durchtrennt« im Autopsiebericht, Philip Strongs Gleichgültigkeit und sein Gerede über Alex' Geist, diese großen roten Stiefel, die alles unter sich zerquetschen konnten …

Sie ging wieder ins Haus, wo ihr Sohn und ihr Hund noch schliefen, und stellte die Stiefel auf den Küchentisch. Während sie Kaffee kochte, dachte sie noch ein wenig darüber nach.

Sie war irrational, ließ sich von Schatten in Panik versetzen. Wenn sich auf den Fotos kein entsprechendes Muster zeigte, konnten die Furchen auf der Unterseite der Stiefel auch Jims Unschuld beweisen. Und wer von den Geschworenen würde glauben, dass ein Mann seinen Bruder auszog und ihm kaltblütig so etwas antat?

Sie brauchte die Autopsiefotos für Ginger, aber sie hatte sie nicht und kam auch nicht an sie ran. Alles, was Ginger haben würde, waren die Stiefel, falls Collier nicht in der nächsten halben Stunde mit einem Durchsuchungsbefehl für ihr Haus auftauchte und sie an sich nahm. War er zu so etwas fähig? Klar war er das.

Sie rief einen Kurierdienst an, der sofort vorbeizukommen versprach, um das Paket abzuholen. Die Stiefel verschwanden in einem Karton, auf den sie neben Gingers Privatadresse in Sacramento »persönlich und vertraulich« schrieb.

Zehn Minuten später hörte sie es an der Tür klopfen, und ein Mädchen von der lizenzierten Firma, deren Dienste sie stets in Anspruch nahm, nahm ihr den Karton ab und versprach, er wäre gegen Mittag bei Ginger.

Dann rief sie Sandy an, um sie zu fragen, ob sie Marianne Strong erreichen könne. Alex' Frau sollte ihr helfen, sich ein Bild von der Familie zu machen, und ihr vielleicht sogar ein paar Dinge sagen, die die Polizeiermittlungen entschärfen konnten.

Bob saß in der Küche und mampfte schlaftrunken sein Müsli. Sie ging auf die hintere Veranda hinaus und schaute in den Wald. Von den schwer beladenen Bäumen rieselte leise etwas Schnee, der in der Sonne auf den Ästen schmolz. Die oberste Schicht Schnee im Garten hinter dem Haus war geschmolzen, aber vor März würden sie den Boden nicht zu sehen bekommen.

Ihre Gedanken kehrten einmal mehr zu der Donner-Party zurück, wie sooft, wenn es anfing zu schneien. Monatelang hatten die achtzig Pioniere im Spätherbst und Winter 1846 in den Wäldern in der Nähe des nördlichen Ufers gehungert, weil sie zu unerfahren waren, um Nahrung zu finden. Viele waren gestorben, als die ersten Retter im frühen Frühling 1847 ankamen. Was sie fanden, erstaunte sie.

Die hungernden Pioniere lagen im Schnee und sonnten sich an einem prächtigen Tag. Die überlebenden Kinder spielten, ohne auf die Toten zu achten, die hier und da herumlagen.

In der schlimmsten Extremsituation fühlt sich das Groteske normal an, dachte sie.

Sie hatte Sex gehabt, sich im Yakuzzi entspannt und zu Abend gegessen, und die ganze Zeit hatte Alex Strong sich in ihre Gedanken gedrängt, eine Leiche im Schnee. Die Vorstellung, dass die Polizei ermittelte, ob Jim Strong mit diesen schweren roten Stiefeln auf seinen verletzten Bruder gesprungen war, war unglaublich brutal und hässlich, aber sie würde sich jetzt trotzdem anziehen und eine Ladung Schmutzwäsche in die Waschmaschine werfen.

Sie und Bob würden rausgehen und toben, ihren Schlitten nehmen und in der Nähe rodeln gehen. Sie würden im Brown Bear Pizza essen.

Ein Teil von ihr, der mütterliche, würde dabei sein.

Vor drei Uhr setzte Bob sich mit seinen Hausaufgaben in sein Zimmer. Nina ging in ihr Schlafzimmer und wählte die Nummer, die Collier ihr in der Nacht gegeben hatte. »Ja«, sagte er nach dem ersten Klingeln.

»Ich kann nicht kommen.«

»Oh. Ich bin enttäuscht. Ich sitze hier und denke an dich. Ich würde dich wirklich gerne sehen.«

»Ich bin irgendwie zur Besinnung gekommen.«

»Könnten wir damit nicht noch warten? Mit dem Analysieren?«

»Ich habe einen Mandanten, den du als Mörder verfolgst. Wie können wir uns treffen, solange das läuft?«

»Ich glaube einfach, wir sind zwei einsame Menschen, die ein unerwartetes Geschenk erhalten haben«, meinte Collier. »Lass mich dich sehen. Ich kann über so was nicht am Telefon reden.«

»Ich weiß nicht, was ich mir gedacht habe. Bob macht Hausaufgaben.«

»Du hast mal gesagt, wir können selbst mitten in der Arbeit nach dem Glück suchen. Du hast mich sogar mal angemacht.«

»Ich weiß. Du warst so fertig, dass du mitten im Clinch eingeschlafen bist. Das war wahrscheinlich eine kluge Reaktion.«

»Ich schlafe nicht mehr ein. Hast du's bemerkt? In Homewood gestern?« Er brachte sie zum Lächeln.

»Was willst du, Collier?«, fragte sie. »Ich kann dich nicht treffen. Es tut mir Leid.«

»Wo wohnst du?«, hakte er nach. »Lass mich später vorbeischauen. Nur ein paar Minuten. Nur zum Reden.«

»Nur zum Reden? Nicht mehr? Um das hier zu klären?«

»Ich versprech's.«

»Also gut. Gegen acht?« Sie sagte ihm, wo sie wohnte, und legte auf.

Sie hatte sofort das Gefühl, dass es ein Fehler gewesen war, ihn einzuladen. Sie konnte aber nicht anders. Mit dem Anruf war in ihr der Wunsch entbrannt, ihn zu sehen, und sei es nur für eine Minute.

Es war nicht verwunderlich, dass sie sich ihm zuwandte. Von allen Menschen konnten Collier und sie einander verstehen. Sie wünschte, sie könnte ihm ihr Herz ausschütten.

Verlangen und Verzweiflung, dachte sie. Er würde wissen, wie sie sich fühlte, denn er hatte unter noch schwierigeren Bedingungen gearbeitet, mit mehr Kriminalfällen und mehr Gerichtsarbeit am Hals. Vor allem würde er verstehen, was sie gerade gedacht hatte. Wenn man den ganzen Tag mit den Folgen von Hass, Habgier und Rachsucht zu tun hatte, begriff man allmählich, wie grotesk es war, normal zu handeln, sich die Zähne zu putzen und die Haare zu bürsten.

Man müsste weinen, sich die Haare ausreißen, mit den Zähnen knirschen und jammern wie ein biblisches Klageweib, jede Sekunde kämpfen …

Dann kommt die Sonne hervor, und man sonnt sich im Schnee, absorbiert die Strahlen und macht ein Nickerchen zwischen den Toten.

»Alles in Ordnung mit dir, Bob?«, rief sie und öffnete seine Tür.

»Hilfst du mir mit Mathe?«

»In fünf Minuten. Ein Anruf noch.« Sie machte die Tür wieder zu und sagte sich, dass es keinen Tag länger warten konnte. Sie hätte schon gestern Abend anrufen sollen.

»Ach, verdammt, der Tag ist wie im Flug vergangen«, sagte sie zu dem zögerlichen Teil von ihr, der sich immer noch sträubte, nach dem Hörer zu greifen.

Jim war zu Hause. »Wie geht's Ihnen?«, fragte sie.

Er klang matt, weit weg. »Tut gut, von Ihnen zu hören«, sagte er. »Ich kriege hier gleich 'nen Anfall. Das Einzige, was zu helfen scheint, ist, das Durcheinander, das die Polizei hinterlassen hat, aufzuräumen. Was ist los? Haben Sie was über Heidi herausgefunden? Oder was die Polizei vorhat?«

»Deswegen rufe ich an«, sagte Nina. »Um mich zu melden.«

»Danke. Sie rufen am Wochenende an. Sie wussten, dass ich mir Sorgen mache. Ich weiß das zu schätzen.«

»Ich habe Ihre Skistiefel aus dem Auto Ihres Vaters geholt.«

»Sie haben mit meinem Vater gesprochen?«

»Ja. Ich habe die Stiefel wegen ein paar Tests weggeschickt.« Sie erklärte es ihm, und Jim hörte aufmerksam zu.

»Wenn ich nicht so wütend wäre, würde ich lachen«, sagte er. »Sie lassen doch nicht zu, dass sie mich unrechtmäßig einsperren, oder, Nina? Auf den Fotos etwas entdecken, was nicht da ist?«

»Ich glaube, dass Folgendes passiert: Wir händigen ihnen die Stiefel aus, sobald sie mich danach fragen. Die Stiefel könnten Sie entlasten. Der Coroner muss irgendeinen Grund für seinen Verdacht haben. Es gab vielleicht Striemen oder Schwielen, die mit dem Sturz unvereinbar sind, zumindest glaubt Clauson das.

Aber wenn die Stiefel nicht zu den Schwellungen passen, ist die Sache damit erledigt.«

Sie hörte ein Stöhnen am anderen Ende der Leitung.

»Es tut mir Leid«, sagte Nina. »Nicht leicht, sich so was anzuhören.«

»Es ist ungeheuerlich. Sie sollten erleben, wie die Leute in der Lodge mich jetzt ansehen. Wie mein Vater mich ansieht.«

Nina dachte noch einmal an Philip Strong, an den Ausdruck in seinen Augen. War das Zweifel gewesen?

»Ich bin ihm scheißegal. Es ging immer nur um Alex. Er hat meinen Bruder bevorzugt. Natürlich«, sagte er plötzlich nachdenklich, »Alex war ein fantastischer Kerl. Ich wünschte, Sie hätten ihn gekannt.«

»Ich habe mit Heidi gesprochen, Jim.«

»Sie haben *was*? Wo ist sie?«

»Hören Sie. Folgendes ist passiert.« Sie gab ihm einen umfassenden Bericht über ihr Gespräch mit Philip Strong und über ihr Treffen bei Jake's mit Heidi, wobei sie versuchte, ihn nicht aufzuregen. Aber wie konnte man den Wunsch nach einer Scheidung bagatellisieren?

Als sie alles gesagt hatte, was sie sagen wollte, ohne einmal unterbrochen worden zu sein, schwieg Jim immer noch.

»Jim? Sind Sie noch dran?«

»Nur damit ich Sie richtig verstehe«, sagte Jim. »Ich habe Sie gebeten, mir dabei zu helfen, meine Frau zu finden, damit ich mit ihr reden kann. Das war die Hauptsache.«

»Das war Teil …«

»Es war die Hauptsache. Die Hauptsache. Das andere Zeug, dieser Mist über Alex. Das löst sich bestimmt in Luft auf. Aber mit Heidi zu reden, das ist die Hauptsache. Also sagt mein Vater« – er spuckte das Wort regelrecht aus – »Ihnen, wo Sie Heidi treffen können. Rufen Sie mich an, um es mir zu sagen? Nein. Sie warten, bis Heidi längst über alle Berge ist. Sie reden mit ihr, ohne sich mit mir zu besprechen. Sie verschweigen es mir.«

»Es war die einzige Möglichkeit, sie zu sehen, Jim. Ich musste ihr versprechen …«

»Ach, versprechen. Dann rufen Sie mich an. Sie tun so, als hätte mein Vater oder Heidi Sie angeheuert, aber nicht ich.«

»Ich habe mein Wort gegeben.«

»Ihr Wort! Wer sind Sie? Mutter Teresa? Ihr Wort!« Er war wütend.

»Es tut mir Leid. Wirklich. Ich habe wirklich versucht, Heidi dazu zu bringen, dass sie Sie anruft. Sie ist eisern.«

»Sie haben mir Ihr Wort gegeben, nicht wahr?«, sagte Jim. »Sie sind meine Anwältin, richtig? Warum tun Sie mir so etwas an? Sagen es mir nicht, lassen mich nicht zu ihr fahren?«

»Jim, ich …«

Sie nahm den Hörer vom Ohr und sah ihn erstaunt an.

Er hatte aufgelegt.

»Mom! Wie lange noch?«, rief Bob von unten.

»Bin sofort da!« Sie atmete ein paarmal tief durch, rieb sich die Schläfen und überlegte, ob Jim Recht hatte. Sie wusste es nicht. Sie hatte etwas tun müssen, und sie hatte das getan, was in ihren Augen das Richtige war. Sie hatte ihr Wort gegeben.

Sie ging nach unten, dankbar, dass es für Matheaufgaben in der Mittelschule stets unbestreitbar richtige Antworten gab.

Um acht Uhr gingen sie und Bob nach ihrem Spaziergang die gerade freigeschippten Stufen zur vorderen Veranda hoch. Hitchcock bellte an der Tür, als Collier vorfuhr. Er kam schnell die Einfahrt entlang, und sie verspürte den verrückten Impuls, ihm entgegenzulaufen und das Gesicht an seiner Brust zu verbergen. Aber was würde Bob davon halten? Und was war mit ihrem Entschluss?

Er blieb unbeholfen am Fuß der Treppe stehen. »Hallo«, sagte er. »Tut mir Leid, ich bin spät dran.«

»Klar. Ehm, Bob, ich möchte dir einen Freund von mir vorstellen. Mr. Hallowell.«

Bob hielt ihm die Hand hin wie das wohlerzogene Kind, das

er manchmal war, und sie schüttelten sich die Hand. Collier sagte: »Nenn mich Collier«, und sah ihn aufmerksam an. Sie standen einen Augenblick auf der Veranda, dann sagte Nina: »Möchtest du 'ne Minute mit reinkommen?« Da er durch die ganze Stadt gefahren war, um genau das zu tun, klang die Einladung ziemlich idiotisch. Sie schauspielerten wegen Bob.

»Klingt gut.« Sie traten sich die Schuhe ab und stapften ins Haus. Collier sah sich um, betrachtete den neuen dänischen Teppich und das Feuer im Kamin und nickte. Er wirkte nervös. »Sehr ... sehr schön«, sagte er. Er trug einen dicken grauen Pullover und Kordsamthosen, die Hände hatte er in den Taschen vergraben.

»Bob, musst du nicht duschen?«, sagte Nina. Sie hatte plötzlich den Gedanken: Wir können hier nicht reden.

»Collier und ich haben noch was zu erledigen«, fuhr sie fort. »Geht um die Arbeit. Du machst dich fürs Bett fertig, ich bin in einer halben Stunde wieder da.«

Bob und Collier schienen überrascht zu sein, aber Bob verzog sich gehorsam. Nina sagte: »Also?« Collier hielt die Tür auf, und sie trat wieder hinaus in die sternenübersäte Nacht.

Sie setzten sich in sein Auto, und Collier ließ den Motor an. Nina legte die Hand auf seinen warmen Oberschenkel. Durch den Kordsamt spürte sie die glatten Muskeln, als Collier den Gang einlegte und losfuhr. »Ich musste einfach raus«, sagte sie. »Nur für eine Minute.« Die Hand ließ sie auf seinem Bein liegen.

»Du musst nichts erklären.« Er fuhr durch die Nachbarschaft nach Jicarilla, eine Sackgasse mit einem Wendeplatz, der von den Häusern durch Bäume verdeckt war. Die Nacht war still und kristallen.

»Collier«, murmelte Nina. »Hältst du mich?«

Er hielt sie bereits in den Armen und öffnete ihren Mund zärtlich mit seinen Lippen. Sie hielt sich an ihm fest.

Dann war da nur noch das Atmen und das Motorgeräusch

und die Heizung, die ihre Wärme ausstrahlte, als er auf dem Sitz herüberrutschte und sie auf seinen Schoß schob, immer noch Lippen an Lippen, den Kontakt nicht verlierend, während sie sich aus ihren Kleidern kämpften.

Und schließlich waren sie wieder eins, so wie es sich gehörte, verbunden am ganzen Körper. Sie bewegten sich in dem uralten, primitiven, zutiefst tröstlichen Rhythmus. Für diese zeitlose Zeit war sie nur eine Frau. Mit ihm war es einfach und voller Freude und gut, besser als gut, viel, viel besser als gut.

9

Am Montagmorgen schlich Nina sich verlegen zur Arbeit. Sie schämte sich, weil sie verliebt war.

Verliebt. Nicht diese verärgerte, verspielte Liebe, die sie noch immer für Paul empfand, bei der so ein großer Teil von ihr unberührt blieb. Nicht diese praktische Liebe, die sie mit ihrem Exmann Jack verbunden hatte. Als Bob noch klein war und sie Berufsanfängerin, war ihr die Verbindung mit Jack so vorgekommen, als wären sie zwei Ochsen unterm Joch, die zusammen eine schwere Last ziehen. Nicht die nostalgische Zuneigung, die sie für Kurt, Bobs Vater, verspürte, den sie vor langer Zeit geliebt hatte.

Sie war in sich gegangen. Das hier war die unzurechnungsfähige Liebe, vor der sie sich gefürchtet und gegen die sie sich in ihren Seelenerkundungsmonaten nach der Scheidung gewappnet hatte.

Zwei Jahre lang war sie Mutter und Anwältin gewesen, Herausforderung genug. Sie hatte ein Haus gekauft mit einem eigenen Bett, in dem sie quer schlafen konnte, wenn ihr danach war, die Laken herunterreißen, wenn ihr heiß wurde, und schnarchen, wenn sie erkältet war. Sie machte im Sommer

Fruchtshakes und im Winter Suppe, ohne dass ein stoppelbärtiger Mann anwesend gewesen wäre, der sie nach einem flüchtigen Blick auf das Essen zurück in die Küche nach Fleisch schickte. Sie hängte die Bilder auf, die sie mochte, und gab ihr Geld für italienische Schuhe aus, ohne sich vor irgendjemandem dafür rechtfertigen zu müssen.

Sie hatte, wenn zunächst auch nur zaghaft, ihre eigenen Zukunftspläne geschmiedet. Und sie genoss es, selbst Auto zu fahren. Ihre Macht war nicht absolut – sie wohnte mit einem temperamentvollen jungen Prinzen zusammen –, aber sie gewöhnte sich schnell daran, ihre eigenen Entscheidungen zu treffen. Sobald sie beschlossen hatte, sich nicht mehr zu verlieben, hatte sie eine ungeheure Erleichterung verspürt.

Davon abgesehen: Wer würde sie schon wollen, eine kämpferische Anwältin Mitte dreißig, deren Vorstellung davon, mal einen drauf zu machen, sich darauf beschränkte, um zwei Uhr nachts mit der Brille auf der Nase im Bett zu lesen.

Doch im Laufe der Monate hatte sie gemerkt, dass sie sich – gegen ihren Willen – zögerlich zu öffnen begann. Sie hielt eine Hand ausgestreckt, und mit der anderen schlug sie sie runter.

Warum blieb sie nicht bei ihrem gelassenen Einsiedlerdasein? Sie konnte für sich selbst sorgen, Bob ging es gut, sie hatte ihr Kind, und es war nicht leicht, mit ihr auszukommen, das wusste sie allzu gut. Das ist es nicht wert, ermahnte sie sich ernst. Verbranntes Kind scheut das Feuer.

Und doch, von tief aus dem Hirnstamm, aus der erbsengroßen Hirnanhangdrüse, quoll ein Strom von Hormonen durch ihre Festung und weckte in ihr das fiebrige Verlangen, vom Wehrgang zu springen. Sie hatte mit Paul geschlafen, diesem Inbild der Männlichkeit, und sie hatte gemerkt, dass sie kurz davor gewesen war, sich in ihn zu verlieben. Mit allerletzter Kraft hatte sie ihn dazu gebracht, sie zu verlassen.

Und nun war Collier nach Tahoe zurückgekommen, hatte sich ohne Fanfaren in die Stadt geschlichen, der eine Mann, der sie wirklich verstand, der eine Mann, in dessen Augen sie sich verlieren wollte.

Mein Liebster erwidert zärtlich
meine Liebkosungen …

Eine gefallene Frau war sie, närrisch, lächerlich, ein Objekt des Mitleids, übernächtigt vor Lust, die sich durch ihre Unterwäsche brannte.

Sie tadelte sich für ihre Schwäche und fragte sich, wann sie ihn wiedersehen konnte.

Sie nahm die Baskenmütze ab, schüttelte die Haare und öffnete, die ermutigend schwere Aktentasche unterm Arm, schicklich die Bürotür. Mandanten, Verbrechen, Verletzungen, Scheidungen, alle möglichen Unerfreulichkeiten warteten auf sie. Sie freute sich darauf, ihre Gedanken wieder in die gewohnte analytische Bahn zu lenken.

Wärme. Helle Farben. Musik. Brasilianisch, sinnlich. Sandy saß unter vollkommener Vernachlässigung ihrer Pflichten neben dem silberhaarigen Indianer vom Parkplatz. Sie hielt mit diesem Typ Händchen und flüsterte ihm gerade etwas ins Ohr. Er lächelte. Als Nina eintrat, fuhren die Hände schuldbewusst auseinander. Schneller, als Nina es je für möglich gehalten hätte, schoss Sandy hinter ihren Schreibtisch.

Eine Minute lang sagte niemand etwas. Schließlich hörte Nina sich in gouvernantenhaftem Ton »Guten Morgen« sagen, was zu bedeuten hatte: Es ist Montagmorgen, es gibt Arbeit, was hat *er* hier zu suchen?

Er setzte sich einen Cowboyhut auf und erhob sich. Er trug Jeans und einen breiten Ledergürtel mit silberner Schnalle, sein braunes Gesicht mit der großen Nase war faltig von der Sonne. Er senkte den Blick, nickte ein paarmal dem Boden zu, und sah wieder hoch zu Sandy.

»Ich wollte gerade gehen«, sagte er. »Bis dann.« Er nahm seine graue Lederjacke vom Garderobenständer.

»Bis dann«, sagte Sandy, die hinter einer mit Gartennelken und Löwenmäulchen überbordenden Vase fast verschwand.

Die Tür schloss sich.

»Ich finde nicht, dass dies die richtige Zeit und der richtige Ort zum Knutschen ist, Sandy«, sagte Nina. Sie wusste, dass sie eigentlich mit sich selbst sprach, aber sie konnte nicht an sich halten.

Die Stimmung verflog. Das Büro war wieder ein einfaches Büro, in dem es Pflanzen gab und Sandys Schreibtisch, bequeme Stühle für unbequeme Leute und einen indianischen Korb mit Zeitschriften auf dem Couchtisch.

Sandy antwortete nicht. Sie hielt Nina das übliche Bündel Nachrichten hin, aber so, dass Nina über die Blumen hinweg danach greifen musste.

Sandy sah sehr adrett aus. Ein leichter Geruch von Pimentöl lag in der Luft. Das ärgerte Nina noch mehr. Sie hielt sich selbst Standpauken, um wieder zur Besinnung zu kommen, und Sandy unterwanderte diese Anstrengungen hinter ihrem Rücken. Sandy sollte wegen dieser aufdringlichen Zurschaustellung von Zuneigung wenigstens versuchen, beschämt auszusehen. Zuneigung in einer Anwaltskanzlei! Ein Widerspruch in sich!

»Schöne Blumen«, sagte Nina, noch immer ganz in der Hand ihrer inneren Gouvernante. »Aber fehl am Platz. Ich meine, das hier ist eine Kanzlei. Ich kann dich dahinter kaum sehen.« Sie sah die Nachrichten durch und ließ die ganze unerfreuliche Angelegenheit bewusst auffällig fallen. Aus dem Augenwinkel sah sie, dass Sandys Gesicht wieder rot anlief.

»Nicht so schön wie die auf deinem Schreibtisch«, sagte Sandy. Ihre Stimme triefte vor Häme.

Sie sahen sich an. Nina wandte den Blick als Erste ab.

»Nur für den Fall, dass du über Unangebrachtheit reden willst …«, sagte Sandy.

Orchideen. Verschwenderisch schön. Auf der Karte stand: »Reiß mit mir übers Wochenende aus.« Darunter ein Gedicht in Colliers Handschrift:

Meinst du wohl, wir wandelten früher schon auf Erden
Durchschritten zusammen ein altes Tor
Unsere Seelen wollten verflochten werden
Dass deine sich in meiner und meine sich in deiner verlor

Nina fuhr an der Unterseite einer der rosaweißen Orchideen entlang, die sich an ihren Finger schmiegte, als genieße sie die Aufmerksamkeit.

Das Telefon summte. »Paul ist dran«, sagte Sandy. »Und du sollst um zehn in Zephyr Cove sein. Ich hab sie am Wochenende angerufen, wie du gesagt hast. Marianne Strong.«

»Hey«, sagte Paul. »Wie geht's dir, Boss?«

»Hey, Paul. Und bei dir? Wie ist es in Washington?«

»Korrupt und skandalgeplagt. Ach, du meinst Washington? Ist okay. Heute nieselt es. Ich kann von meinem Büro aus das Denkmal von Washington sehen. Es ist richtig groß. Freud hätte sich totgelacht.«

»Aha.«

»Alle wohlbehalten? Dem Jungen geht's gut?«

»Hier ist alles in Ordnung. Danke, dass du an uns gedacht hast.«

»Schön, schön«, sagte Paul. »Ich hab gehört, ihr habt riesig viel Schnee.«

»So ist es. Bis zum Hals.«

»Was treibst du sonst noch so?«

»Ach, nicht viel. Das Übliche.«

»Interessant«, sagte Paul, und Nina dachte, was ist, hat er jetzt übersinnliche Wahrnehmungen? Sie würde sich hüten, irgendwas über Collier verlauten zu lassen. Paul hätte zu viel dazu zu sagen.

»Es war schön, von dir zu hören«, sagte sie.

Paul ignorierte diesen Wink.

»Du wolltest ja wissen, wie es mir geht«, sagte er. »Seit ich mit dem großen Sicherheitsprojekt durch bin, bewache ich diesen alten Senator, den alle mögen. Wir spielen Tennis, und ich lasse ihn gewinnen, und dann trinken wir Scotch und sind noch lockerer drauf.«

Er wartete, dass sie etwas sagte. Da sie still blieb, sagte er: »Ich vermisse die Schwierigkeiten, in die du mich immer bringst.«

»Aha.«

»Du steckst nicht vielleicht gerade in Schwierigkeiten?«

»Ganz bestimmt nicht«, sagte Nina und schreckte aus ihrer Benommenheit hoch.

»Also, ich weiß, dass du mir nicht zuhörst«, sagte Paul. »Aber irgendwas ist immer. Ich habe gehört, dass du einen Mordfall übernommen hast. Wer ist dein Detektiv?«

»Tony Ramirez. Verdammt, Paul. Ich muss wirklich was wegen Sandy unternehmen. Aus irgendeinem Grund plaudert sie das Letzte zuerst aus, wenn du anrufst.«

»Ich bin der Einzige, dem sie so was sagen würde. Sie weiß nämlich, dass ich zur Stelle bin, um dich zu beschützen, wenn du mich brauchst.«

Wieder wartete er. Sie konnte ihre Augen nicht von den Blumen nehmen. So viele Farbschattierungen. So zart.

»Trotz der Tatsache, dass ich in Washington bin, habe ich mir gedacht«, sagte Paul, »also, weißt du …«

Sie unterbrach ihn schnell. »Hier in den Bergen ist alles in Ordnung. Ich freue mich, dass bei dir auch alles gut läuft.«

»Ach, Nina.« Es klang wie ein Seufzer.

»Was?«

»Nichts. Nimm dich in Acht. Ich melde mich wieder.«

»Super. Schön, von dir zu hören.« Sie legte auf und vergaß die Unterhaltung sofort. Wieder streichelte sie den Stängel der Orchidee.

Sandy erschien in der Tür. Allem Anschein nach war sie drauf und dran, ihr eine Predigt zu halten.

»Tut mir Leid, Sandy. Ich habe viel zu heftig reagiert«, sagte Nina. »Ich hatte heute Morgen schon ein paar persönliche Auseinandersetzungen.«

»Das hier ist Amerika, dachte ich. Das Recht auf freien Umgang, dachte ich. Aber vielleicht gilt das nicht für uns ...«

»Das darf doch wohl nicht wahr sein! Ich hab doch gesagt, dass es mir Leid tut. Ich hab mich wie die letzte Idiotin verhalten. Es tut mir wirklich Leid.«

»Weißt du, der wievielte Zusatzartikel zur Verfassung das ist?«

»Der Erste. Und jetzt lass mich bitte in Ruhe.«

»Nur, wenn du mir sagst, wer dir diese Blumen geschickt hat.«

»Collier.«

»Aha!«

»Okay«, sagte Nina. »Da du die Sache angesprochen hast, lass uns mal über Ahas sprechen. Über diesen Mann, zum Beispiel, der neben dir gesessen hat, als ich reinkam. Joseph.«

Sandy überhörte das. »Hast du herausgefunden, wo Hallowell das letzte Jahr war?«, fragte sie.

»Nein, wir haben noch nicht darüber gesprochen.«

»Was geschieht jetzt?«

»Ich weiß es nicht«, sagte Nina bewegt. »Und was ist mit dir?«

Sandy bearbeitete ihre Lippe. »Steht schlimm um mich«, sagte sie schließlich.

»Wie schlimm?«

»So schlimm, dass er nächste Woche bei mir einzieht.«

»Ich dachte, ich sei in Schwierigkeiten«, sagte Nina schockiert. »Wann hast du das letzte Mal mit einem Mann zusammengelebt?«

»Neunzehnhundertsechsundachtzig«, sagte Sandy, »da hat er mich verlassen.«

Weitere fünfzehn Zentimeter frischer Pulverschnee bedeckten die Straßen. Eine heiße Sonne brannte vom Himmel. Der See lag flach da wie eine Glasscheibe. Nina glitt mit Vierradantrieb durch das Wunderland, an den Kasinos vorbei, um den See herum nach Nevada. Sie war auf dem Weg zu Marianne Strong.

Die Gemeinde von Zephyr Cove bestand aus einem piniengesäumten Sandstrand, einem scheunenähnlichen Restaurant, Hütten und Schneemobilen zum Mieten und einer ganzen Reihe teurer, diskret hier und da versteckter Häuser.

Granite Springs Drive Nummer 273 war im zeitgenössischen Bergstil erbaut, aus Zedern und Glas, und lag hoch in den Hügeln, um die Sonnenstrahlen einzufangen und einen Blick auf den See zu haben.

Sie trat sich die Stiefel ab und klingelte. In die Sprechanlage kam Leben. »Ja?«

»Nina Reilly.«

»Kommen Sie herein und warten Sie, okay? Ich bin in zwei Minuten unten.« Die Stimme der Frau klang heiser. Als es summte, stemmte Nina sich gegen die Tür und befand sich in einem Eingangsbereich mit einem polierten Fliesenboden und Kronleuchter. Als sie das hohe Wohnzimmer betrat, sah sie, dass Marianne und Alex beides besaßen, Geschmack und Geld, oder jedenfalls den Geschmack für Geld. Die Wände hatten einen gewischten Anstrich, versenkte Lichtquellen und Flügelfenster auf die Terrasse hinaus. Einige gewichtig aussehende Bronzeskulpturen beherrschten die Ecken, und von der Decke hing ein nach Calder aussehendes rot-blaues Mobile. Davon abgesehen, war alles beige, cool, minimalistisch.

Sie setzte sich an den Esstisch aus Glas und sah sich um, suchte nach Anzeichen von Verzweiflung, Tragödie, Verlust, aber sie fand nichts. Kein schwarz umkränzter Rahmen mit dem Foto von Alex, überhaupt nichts Melancholisches. Nichts zu lesen, außer zwei Ausgaben von *Paris Match*, die achtlos auf den Couchtisch geworfen worden waren. Eine Vitrine voller

Trophäen, strahlende Andenken an Alex' und Mariannes Erfolge.

Marianne ließ sich Zeit. Kein Ton war von oben zu hören. Nina konnte nicht mehr still sitzen und sich benehmen. In einer Ecke sah sie einen papierüberladenen Schreibtisch. Sie ging über einen geschmackvollen Kelim darauf zu. Auf der Treppe zeigte sich kein Schatten, also beugte sie sich über die Papiere. Ein Dokument mit einer blauen Rückenverstärkung stach ihr sofort ins Auge. In Kalifornien sahen Testamente so aus. Noch ein schneller Blick auf die leere Treppe, schon war es in ihrer Hand. Sie blätterte schnell zur dritten Seite, wo die Handlung normalerweise einsetzte, und überflog es, dann schob sie es zurück unter einen Stapel Rechnungen.

Als oben an der Treppe Beine zu sehen waren, war Nina in den Anblick des Mobiles vertieft.

Marianne Strong wusste ihr Erscheinen in Szene zu setzen. Sie kam lächelnd und sehr langsam ein paar Stufen herunter, ihre großen glanzvollen Augen strichen über den Raum. Dann nahm sie die restlichen Stufen mit Schwung.

Nina hatte sie schon einmal gesehen. Sie war das Mädchen, das aus Philip Strongs Büro herausgestürmt war und sie um ein Haar umgestoßen hätte. Sie trug eine schwarze Strumpfhose und einen langen schwarzen Pullover, der ihren gestählten Athletinnenkörper gut zur Geltung brachte. Sie war kleiner, als Nina erwartet hatte, Anfang zwanzig mit kaffeefarbener Haut und modisch geschnittenem, schulterlangem, gewelltem schwarzem Haar.

»Ist Jim nicht mitgekommen?«, fragte sie in ihrer rauen tiefen Stimme, als sie auf Nina zukam. »Warum haben Sie ihn nicht mitgebracht?«

Das Parfüm, der leichte Akzent, der ganze Eindruck war europäisch. Nina erinnerte sich, dass Jim ihr erzählt hatte, Marianne sei Brasilianerin, habe aber von früher Kindheit an in Frankreich gelebt.

»Nein, das war nicht geplant«, sagte Nina. »Tut mir Leid, wenn es da zu einem Missverständnis gekommen ist.«

»Er geht mir aus dem Weg. Was habe ich ihm getan? Wissen Sie, er hat auf der Beisetzung nicht ein Wort zu mir gesagt. Hat er mit Ihnen über mich gesprochen? Der Scheißkerl! Ich kriege allmählich eine Stinkwut auf ihn! Sagen Sie ihm das, ja?« Sie setzte sich, zündete sich aus der Zigarettendose auf dem Beistelltisch eine Sherman an und nahm einen langen, beruhigenden Zug. »Setzen Sie sich doch. Ich kann's nicht glauben. Ich hab zwei Stunden gebraucht, um mich für dies Treffen zurechtzumachen. Der Mistkerl!«

Nina setzte sich auf einen Leder- und Chromstuhl, von dem sie hoffte, dass er nur ein Replikat von Breuers berühmtem Wassily-Entwurf war.

Marianne lachte: »Ich bin eigentlich gar nicht wütend. Hören Sie, sagen Sie ihm nicht, was ich gesagt habe. Wollen Sie was trinken? Mineralwasser?«

»Nein, danke.«

Marianne sank auf der Couch zusammen, rauchte nervös und dachte an etwas anderes. »Ich weiß nicht, was meine Sekretärin Ihnen gesagt hat …«, begann Nina.

»Ich weiß alles. Die gesamte Skipatrouille redet darüber. Gott, was für ein Affentheater. Alex wäre entsetzt. Er starb, als er das tat, was er am liebsten tat. So einfach ist das.« Sie ließ sich über die Zeitungen aus und über die Verwicklungen und steckte sich eine neue Zigarette an, sobald die alte halb aufgeraucht war.

»Es tut mir sehr Leid um Ihren Mann«, sagte Nina, als Marianne sich allmählich beruhigte.

»O ja, das geht uns allen so. Mein armer Alex. Ich bin untröstlich.«

Sie sah überhaupt nicht untröstlich aus. Aber natürlich, rief Nina sich ins Gedächtnis, gibt es viele Arten der Trauer.

»Wie geht es Jim?«, fragte Marianne.

»Er kommt zurecht. Ich nehme an, meine Sekretärin hat Ihnen gesagt, dass ich Ihnen ein paar Fragen über Alex stellen möchte?«

»Ja, hat sie. Ich weiß alles über Sie. Jim hat Sie gebeten, der Familie behilflich zu sein, ein paar Kleinigkeiten auf die Reihe zu kriegen. Ich habe gehört, dass dem Coroner ein schrecklicher Irrtum unterlaufen ist«, sagte Marianne fast fröhlich. »Also bitte, schießen Sie los!« Sie schien die Aufmerksamkeit zu genießen. Ihre Stimmung wechselte so schnell, dass Nina kaum mitkam.

»Der Coroner hat einen Bericht geschrieben, in dem er zu dem Schluss kommt, dass Alex ermordet wurde«, sagte Nina. »Im Wesentlichen.«

»Was für ein Arschloch. Ehrlich. Mann, Alex hat sich im Schnee nie beherrscht. Die Hälfte seiner Knochen war schon gebrochen. Er ist immer aufs Ganze gegangen. Ich sage das nicht gern« – sie flüsterte jetzt – »aber eines Tages musste es so kommen.«

»Jim wird unter Umständen verhaftet werden.«

»Oh, das ist ja idiotisch. Jim hat so seine Probleme, aber Alex umbringen? Niemals«, sagte Marianne. »Alex war sein Double, sein Schatten. Ausgeschlossen.«

»Über welche Probleme sprechen wir hier, Marianne?«, fragte Nina und beugte sich vor.

»Was habe ich gesagt? Probleme? O nein, bei Jim lasse ich mich auf nichts mehr ein. Ich habe nur versucht zu helfen, aber er wendet das gegen mich. Das macht mich rasend! Würden Sie mit ihm sprechen? Ihm erklären, dass ich etwas Mitleid verdient habe? Mein Mann ist tot, und er kommt nicht mal rüber, um mich zu trösten!«

»Wenn Sie mir näher erklären könnten, was mit Jim ist, warum er wütend ist, könnte ich vielleicht mit ihm darüber sprechen.«

»Er hat nicht über mich gesprochen? Überhaupt nicht?«

»Doch, hat er.«

»Was hat er gesagt?«, fragte das Mädchen sofort.

»Nun, er hat mir gesagt, dass Sie aus Frankreich sind.«

»Chamonix. Mein Vater war dort Skilehrer. Meine Mutter ist aus Rio. Sie hat die Winter dort nicht ertragen. Sie konnte nicht mal auf Skiern stehen. Sie hat uns verlassen, als ich sechs war. Was hat er noch gesagt?«

»Er hat gesagt, Sie seien ein Snowboard-Champion.«

Das nahm Marianne mit einem selbstgefälligen Lächeln auf. Mit einer Handbewegung zur Vitrine mit den Trophäen sagte sie: »Ich habe Jim vor Alex kennen gelernt. Wir sind uns vor vier Jahren beim United States Extreme Championship in Crested Butte begegnet. Ich wurde Vierte bei den Frauen. Aber Abfahrten, das ist nicht mein Ding. Wirklich nicht. Ist was für Wahnsinnige, um ehrlich zu sein. Sollen sich die verrückten Mädels von hier doch die Beine brechen und die Sehnen reißen. Ich mache so was nicht mehr. Ich bin jetzt im Freestyle. Sprünge und so. Viel ungefährlicher. Man muss nicht so schnell sein, dass man sich mit Sicherheit etwas bricht, wenn man mal die Kontrolle verliert. Ein, zwei, vielleicht auch drei Nummern, und du bist durch. Dann ist es vorbei. Ich trete Freitag in zwei Wochen in Paradise auf, beim Festival of Lights. Wenn Sie kommen, können Sie mich sehen.«

»Klingt interessant. Was wollten Sie sagen?«

»O ja, Jim hat mich fürs Wochenende nach Kalifornien eingeladen, und ich bin hier geblieben und Snowboard-Lehrerin in Paradise geworden.« Sie warf den Kopf zurück und sagte: »Wir waren sechs Monate zusammen, dann hatten wir einen Riesenkrach, und er ist mit Heidi losgezogen. Ich war danach mit Alex zusammen, und schließlich haben wir geheiratet. Das war vor zwei Jahren.«

Sie betrachtete Ninas Busen auf eine offene und eigentlich nicht anstößige Art. Sie gehörte zu den Frauen, die sich körperlich mit jeder anderen Frau vergleichen, der sie begegnen.

»Also, Sie sind Anwältin«, sagte sie. »Heißt das, Jim muss Ihnen alle Geheimnisse verraten? Sie kommen Ihren Mandanten bestimmt sehr nah.«

»So nah nun auch wieder nicht«, sagte Nina. Marianne lachte.

»Ich habe eine dreckige Fantasie«, sagte sie.

»Also, Jim ist wütend auf Sie?«

»Offensichtlich. Dabei habe ich nur versucht zu helfen.«

»Warum?«

»Weil Heidi rumgehurt hat und ich es ihm gesagt habe. Er ist wütend auf mich, weil ich ihm die schlechte Nachricht überbracht habe.« Sie machte ihre Zigarette aus, stand auf und stieß das Mobile an, sodass es sich zu drehen begann. »Hübsch, nicht wahr?«, sagte Marianne. »War auch teuer genug. Was meinen Sie? Hätte ich den Mund halten sollen? Ich habe vor zwei Wochen gehört, wie sie im Skiverleihraum mit ihrem Liebhaber telefoniert hat. Sie hatte Angst, Jim könnte es rausfinden. Ich weiß nicht, wer ihr Liebhaber war. Sie kannte viele Männer.«

Nina versuchte skeptisch auszusehen.

»Sie hatte wirklich was mit dem Typ«, beharrte Marianne. »Sonst hätte sie nicht so mit ihm sprechen können.«

»Wie gut kennen Sie Heidi?«

»Oh, ich kenne sie sehr gut. Aber wir kommen nicht gut miteinander klar. Sie findet Snowboarder dumm. Weil sie selbst zu groß ist, um gut darauf zu fahren. Sie ist eine große Kuh und hat Muskeln wie ein Mann. Sekunde mal.« Sie ging hinaus und kam gleich darauf mit zwei Flaschen Evian zurück. Nina schraubte den Deckel ab und trank durstig das reine Wasser.

»Bitte sagen Sie Jim nicht, dass ich Heidi als Kuh bezeichnet habe. Es ist nur was zwischen uns beiden«, sagte Marianne. »Er liebt sie immer noch, aber er kommt bestimmt schnell darüber weg, jetzt, wo sie ihn verlassen hat. Ach, dachten Sie, das ist ein Geheimnis? Alle wissen, dass sie ihn beschuldigt hat, Alex umgebracht zu haben, und gleich danach weg ist. Wahrscheinlich ist sie jetzt mit dem anderen Mann zusammen.« Ihre Augen funkelten.

»Sie haben Jim also von Heidis Unterhaltung erzählt?«

»Selbstverständlich. Aus Respekt vor ihm. Aus Freundschaft. Damit er nicht als gehörnter Ehemann rumläuft. Sie hätten sein Gesicht sehen sollen.« Sie stieß das Mobile noch einmal an. »Amerikaner können mit solchen Sachen nicht umgehen. Er sollte sich bei mir bedanken. Stattdessen behandelt er mich wie Scheiße. Richten Sie ihm das aus?«

»O ja, ich spreche die Sache auf jeden Fall mit ihm durch«, sagte Nina. »Haben Sie der Polizei gesagt, dass Sie Jim das mit seiner Frau erzählt haben?«

»Ich hab mich nicht darum gerissen, falls Sie das meinen. Ein Beamter war hier und hat mir Fragen gestellt. Die musste ich natürlich beantworten.«

»Natürlich«, sagte Nina. »Sagen Sie mir, wo Sie an dem Tag waren, an dem Alex gestorben ist. Nur für die Akten.«

»Ich habe meinen Mann nicht umgebracht. Das ist ja zum Lachen! Es war ein Unfall!«

»Dann macht es Ihnen bestimmt nichts aus, meine Frage zu beantworten.«

»Ich bin Snowboard gefahren, aber weit von denen entfernt. Ich wusste, dass Alex abseits der Pisten fahren wollte. Nicht auf der üblichen Piste, wissen Sie? Ich bleibe lieber auf der sicheren Seite. Ich gehe nur Risiken ein, wenn ich dafür bezahlt werde. Also, der Unfall ist passiert, als ich auf der anderen Seite des Bergs war. Es war ein schöner Tag nach dem vielen Schneefall in der Nacht davor.«

»Waren Sie mit Freunden zusammen?«

»Ich bin zu gut für meine Freunde«, sagte Marianne. »Vergessen Sie nicht, ich bin Profi.«

»Wer könnte Sie da draußen gesehen haben?«

»Ich habe Jim auf dem Ogre gesehen. Das war einige Zeit vor dem Unfall. Ich hatte meinen Piepser dabei, und als ich angepiepst wurde, bin ich zur Lodge runtergefahren und habe mich da gemeldet. Alex war schon auf dem Weg ins Krankenhaus mit Philip und Jim. Heidi war noch irgendwo auf dem Berg. Mein ... Die Empfangschefin der Spätschicht hat mich hingefahren. Es war ein entsetzlicher Schock.«

Nina sah sie genau an und suchte in dem harten hübschen Gesicht nach Anzeichen von echtem Kummer. Sie sah keine.

»*Les jours s'en vont, je demeure*«, sagte Marianne schulterzuckend. »Wir hatten viel Spaß miteinander.« Das schien ihr letztes Wort zu dem Thema zu sein. Sie stand noch immer ein paar Meter von Nina entfernt, eine stahlharte, schwarz gekleidete Straßengöre.

»Ich werde langsam zu alt, um mit Sechzehnjährigen zu konkurrieren. Ich glaube, ich gehe bald in den Ruhestand«, sagte Marianne, und fuhr energisch fort: »Eigentlich bin ich mir sicher. Vielleicht gehe ich nach Hause, zurück nach Frankreich und verlasse euer großes, unordentliches Land. Ich würde gerne wissen, was Jim davon hält.«

»Ich nehme an, es gab eine Versicherung. Und Alex' Anteil am Resort. Sie werden es sich leisten können«, sagte Nina.

»Mein Geld ist meine Privatangelegenheit«, sagte Marianne. »Sehen Sie, ich habe viele Orte, an die ich gehen kann.«

»Klar«, sagte Nina. »Keine Frage. Aber eine Sache möchte ich noch wissen.«

»Ja?«

»War Heidis Liebhaber Ihr Ehemann? War es Alex?«

Marianne wurde rot. »Was für eine bescheuerte Frage!«, sagte sie. »Meinen Sie, ich würde mir so was bieten lassen? Über ihn so zu sprechen? Natürlich nicht! Alex hat mich sehr geliebt! Mit Heidi? Das kann ich mir nicht vorstellen!«

»Sie haben überhaupt keine Idee, wer es sein könnte?«

»Dann hätte ich es Jim längst gesagt!«

»Ich habe ja nur gefragt«, sagte Nina. Sie nahm ihre Tasche. »Ich finde alleine hinaus.«

»Warten Sie!« Marianne packte Nina fest am Arm. »Ich habe ihm geholfen, indem ich mit Ihnen gesprochen habe. Ich bin auf seiner Seite. Er schuldet mir was ... Sie wollen mich abspeisen ... Aber ich muss mit ihm sprechen.«

Als Nina die Kraft der jungen Athletin spürte, war sie eine Sekunde lang bereit, alles Mögliche über Marianne zu glauben.

»Nehmen Sie Ihre Hand weg«, sagte Nina grimmig.

»Sie sollten Gewichte stemmen«, sagte Marianne. »Ihr Muskeltonus ist wirklich schlecht.« Sie ließ Nina los. Nina ging, und Marianne schlug die Tür hinter ihr zu.

Als sie wutschnaubend ins Freie trat, sah Nina linker Hand der Tür ein Paar tropfnasse Skistiefel stehen. Ihr war vollkommen egal, was Marianne dachte, falls sie sie beobachtete. Sie ging hinüber und nahm einen Stiefel hoch.

Es waren keine Tecnicas. Es waren auch nicht Mariannes Stiefel. Es waren Männerstiefel einer seltenen Marke namens Dalbello, viel größer als die, die Marianne tragen würde. Sie sah sich die Metallsohle an. Ein anderes Muster, aber ein Muster.

Wessen Stiefel waren das?

10

Niemand wollte an diesem Montagnachmittag aus dem Sonnenschein von Tahoe gerissen und in diesen schlecht beleuchteten Raum im Polizeidezernat gequetscht werden. Nicht Doc Clauson, der Leichenbeschauer für das County El Dorado, Bezirk Tahoe. Nicht Officer Floyd Drummond, der in der Woche zuvor Heidi Strongs Zeugenaussage aufgenommen hatte. Nicht der dickliche Untersuchungsbeamte der Staatsanwaltschaft, Sean Voorhies, und auch die beiden stellvertretenden Staatsanwälte nicht.

Barbara Banning, die neue stellvertretende Staatsanwältin im

Büro der Staatsanwaltschaft von Tahoe, inspizierte ihre Fingernägel, und alle Männer im Raum sahen ihr dabei zu.

Collier sah ihnen zu, wie sie ihr zusahen.

Barbara würde es weit bringen. Sie besaß eine schnelle Auffassungsgabe, Mittelklasse-Sexappeal und eine Unerbittlichkeit, die ihren Angeklagten ziemlich zusetzte. Ihr Chef, Henry McFarland, hatte Barbara heute gebeten, bei der Entscheidungsfindung im Fall Alex Strong zu helfen. McFarland traute Collier nicht so recht.

Also gut.

Collier schaute ein weiteres Mal in seine Notizen. Er wollte auch nicht hier sein – in seinem ersten Monat zurück im Amt konnte er keinen Fall brauchen, den er verlor.

»Okay«, sagte er. »Lassen Sie uns anfangen. Wir sind hier, um uns die Situation im Fall Strong anzuschauen. Es ist mehr als zwei Wochen her, dass der Typ über den Steilabbruch gesegelt ist. Wir müssen den Bruder wegen irgendwas verhaften oder bezüglich der Ergänzung zum Autopsiebericht einen Rückzieher machen, entweder das eine oder das andere. Sean, Sie sind seit einer Woche an der Sache dran. Fassen Sie die Ergebnisse der Durchsuchung von Jim Strongs Haus und Auto letzte Woche zusammen.«

»Das ist leicht«, sagte Sean. Er war ein korpulenter Junge aus den Bergen mit täuschend einfachen Manieren, und er überführte leidenschaftlich gern Leute. Heute wirkte er nicht allzu selbstsicher. »Wir haben nada gefunden«, sagte er. »Außer dass wir sämtliche Skiausrüstungen aus dem Haus mitgenommen haben. Ohne die Stiefel, wie Sie meinem Bericht entnehmen können.«

»So eine Scheiße! Wo sind die Stiefel?«, fragte Barbara. Mehrere Herren im Raum wirkten erschüttert, so harte Worte aus einem so weichen Mund zu hören.

»Ausfindig gemacht. Ich hab sie übers Wochenende gefunden«, antwortete Sean. »Zumindest hab ich rausgekriegt, wo sie waren. Der Vater hatte sie in seinem Auto zu Hause in Marla Bay. Deshalb sind sie bei der Durchsuchung von Jims Haus nicht gefunden worden. Aber der Vater hat sie ausgehändigt.«

»Ausgehändigt?«, fragte Collier.

»An Jims Anwältin, Nina Reilly.«

Kopfschütteln. Auch Collier schüttelte, unglücklich darüber, dass er nicht daran gedacht hatte, den Kopf. Nina konnte ganz schön schlau sein. Sie hatte den Dreh raus, wie sie die Sachen zuerst in die Finger kriegte.

»Das Mädchen von FedEx auf Reilly's Route«, fuhr Sean fort. »Sie ist ein unglaublich süßes Ding. Hatte nichts dagegen, dass ich einen kurzen Blick auf die Lieferadressen der letzten Woche werfe. Und es war dabei. Ein großes Paket von dem Anwaltsbüro an einen Doktor Hirabayashi in Sac.«

»Mist«, sagte Doc Clauson. »Ginger sieht sich die Dinger an. Klar sind das die Stiefel.«

»Reilly mischt sich in eine polizeiliche Ermittlung ein«, sagte Barbara Banning. »Vielleicht sollten wir ihr eine Lektion erteilen. Was meinen Sie, Collier?«

»Ich finde, wir würden uns am Ende in Formsachen verheddern, statt uns um die Beweismittel zu kümmern«, sagte Collier. Sean stieß ein merkwürdiges Geräusch aus, vielleicht eine Art boshaftes Kichern.

»Soweit ich weiß, hat sie ein faszinierendes gesellschaftliches Leben«, sagte er und sah Collier an.

»Ich pfeife auf ihr gesellschaftliches Leben. Ich möchte wissen, ob die Staatsanwaltschaft hinter meinem Bericht steht«, sagte Doc Clauson und fingerte an einer Streichholzschachtel herum. Er rauchte nicht mehr, aber unglücklicherweise rauchte er auch nicht weniger. Er hatte schon x-mal aufgehört, seit Collier ihn kannte. Collier sah, dass die vertraute Camel-Schachtel den Weg in seine Hemdtasche gefunden hatte.

Clauson konnte auf dreißig Jahre Erfahrung mit Autopsien, forensischen Ermittlungen und Gerichtssälen zurückblicken. Er war ein guter Pathologe, aber in letzter Zeit hatten ihm die örtlichen Verteidiger ziemlich zugesetzt. Entweder wurde er nachlässig, oder die Anwälte wurden besser. Collier wusste nicht, woran es lag, aber er mochte und respektierte den alten Kerl.

»Jetzt hören Sie«, fuhr Clauson fort. »Wenn mein Bericht verworfen wird, läuft ein Krimineller draußen frei herum. Musterung auf der Haut des Jungen. Zu Tode getrampelt. Ich bin mir sicher. Haben alle die Fotos gesehen?«

»Ekelhaft. Die von der Leber sind die Schlimmsten«, sagte Sean.

»Aber, Doc«, sagte Collier. »Zuerst dachten Sie ...«

»Hab's übersehen, ich geb's zu. So viele Quetschungen, Knochenbrüche, Blutungen, die Umstände deuteten offensichtlich auf einen Unfall. Das hätte jeder beim ersten Mal übersehen können. Ich hab um alle Polizeiberichte gebeten, um mir ein Bild von den Begleitumständen zu machen. Ich seh mir nicht nur die Leiche an. Wenn ich die verdammte Zeugenaussage gehabt hätte ...«

»Sehen Sie nicht mich an«, sagte Officer Drummond. »Ich hab die Aussage weitergereicht. Ich habe den Dienstweg eingehalten, wie vorgeschrieben. Die Welt ist voller Spinner. Heidi Strong war auch verrückt. Aber ich habe die Aussage aufgenommen ...«

»Wieso hat es drei Tage gedauert, bis der Coroner die Aussage hatte, Officer?«, fragte Barbara in scharfem Tonfall.

»Also, Ma'am, der Polizeioberkommissar war krank. Die Grippe geht um. Der Jahreszeitenwechsel. Die Sekretärin tippt es ab, sie gibt es zurück, das Mädchen unterschreibt es, ich hab's in den Eingangskorb des Polizeioberkommissars getan. Der Sergeant soll sich darum kümmern, aber am nächsten Morgen ruft er an und ist auch krank. Wir anderen waren letzte Woche mit der Bombendrohung im Harrah's beschäftigt ...«

»Und in der Zwischenzeit bedrängt uns die Familie im Leichenschauhaus«, sagte Clauson. »Sie wollen die Leiche. Es ist vier Tage her, dass der Junge gestorben ist. Ich gebe ihn frei, und acht Stunden später ist er eingeäschert.«

»Also können wir bezüglich der Musterung, die Sie gesehen haben, jetzt keine zweite Meinung mehr einholen«, sagte Collier.

»Ich habe sie gesehen. Und wir haben die Fotos.«

»Die Fotos sind Scheiße«, sagte Barbara. »Ich denke, da sind Mr. Hallowell und ich uns einig. Es gibt Flecken, aber der Mann ist eine knapp fünf Meter hohe Wand hinuntergestürzt und auf Fels aufgeschlagen. Die Geschworenen würden sich die Fotos anschauen und bemerken, dass diese keineswegs alle Zweifel ausräumen.«

»Ich sage aus«, sagte Clauson. Er richtete sich auf und schob den Unterkiefer vor.

»Na und«, sagte Barbara und klopfte ungeduldig mit ihrem Radiergummi auf einen gelben Block. Sie schnipste ihn weg, griff wieder danach und schnipste ihn noch einmal weg. »Sie sind kompromittiert.«

»Collier? Sagen Sie dieser Frau, dass ich weiß, wovon ich rede«, sagte Clauson und presste die Lippen zu einer dünnen Linie zusammen.

»Wir sollten uns alle beruhigen«, sagte Collier. »Wir sollten uns ansehen, was wir sonst noch haben. Kleider des Opfers, die uns noch mehr verraten. Wir haben Strongs Frau, die uns von einer Drohung erzählt hat, obwohl sie kein Motiv nennt ...«

»Tut mir Leid, wenn ich Ihnen das vermasseln muss«, unterbrach Sean ihn, »aber wir haben Strongs Frau nicht mehr. Ich war gestern in dem Motel am nördlichen Ufer, wo sie gewohnt hat, und der Typ sagt, sie ist verduftet.«

Der Raum explodierte.

Collier hob die Hand, um den Lärm zu beschwichtigen. »Ich dachte, Sie hätten gesagt, sie sei kooperativ und verlässlich, Sean«, sagte Collier.

»War sie auch. Wir haben uns angefreundet. Schätze, sie hat es sich anders überlegt. Zumindest haben wir ihre Aussage.«

»Ihre Aussage ist vor Gericht kein zulässiges Beweismittel, Sie Schwachkopf«, sagte Barbara. »Hinzu kommt, dass Sie sie nicht mal rechtzeitig an den Coroner weitergeleitet haben. Jetzt ist Ihnen die Frau entwischt. Selbst wenn sie nicht direkt aussagen kann, kann sie uns zu wichtigen zulässigen Beweisen führen. Mann!«

»Sie kommt wieder«, sagte Sean. »Sie lebt hier.«

»Was sagt der Vater? Philip Strong?«, fragte Collier.

»Er sagt, wir sollten nicht vergessen, dass er einer der größten Arbeitgeber hier oben ist, oder etwas in diesem Sinn«, meinte Sean.

»Was ist mit der Wittib?«, fragte Clauson.

»Der Witwe«, sagte Collier für die, die das nicht verstanden. »Das ist Marianne Strong.«

»Sexy Mädchen«, sagte Sean. »Französin. Sie wissen schon.«

»Nein, erklären Sie uns das doch mal etwas näher, Sean«, sagte Barbara und wandte ihre Aufmerksamkeit dem Untersuchungsbeamten zu. »Es würde mich interessieren, was sie zum Sexappeal von Französinnen zu sagen haben. Da wir ja keine Fakten zu besprechen haben.«

Sean griff rasch nach seinen Notizen, um nicht noch mehr Prügel einzustecken. »Sie ist Sportlerin, Snowboarderin. Hat letztes Jahr bei landesweiten Wettbewerben einen ersten und einen dritten Platz gemacht. Sehr von sich eingenommen. Eigentlich schwer, sich vorzustellen, dass sie verheiratet ist, denn sie ist nicht der Typ, in deren Boudoir-Spiegel Platz für ein zweites Gesicht ist«, sagte Sean und sprach das französische Wort satirisch überkorrekt aus. »Meiner Meinung nach.«

»Fahren Sie fort«, sagte Collier. Er mochte Sean und wusste, dass er klug war und seinen Job gut machte. Es gefiel ihm nicht, wie Barbara den Jungen demütigte, aber auch er war frustriert, dass sie keine soliden greifbaren Beweise hatten.

»Sie glaubt, seine Frau, Heidi, habe eine Affäre. Sagt, sie habe ihm gegenüber eine Andeutung gemacht.«

»Ha! Da haben Sie Ihr Motiv! Jim Strong hat seinen Bruder umgebracht, weil Alex mit seiner Frau rumgemacht hat«, sagte Officer Drummond. »Fall abgeschlossen.«

»Sie scheint sich sicher zu sein, dass Heidi nicht mit Alex geschlafen hat«, fuhr Sean unbeirrt fort, »obwohl es möglich ist, wenn man in Betracht zieht, wie sie zu ihrem Mann stand, nämlich reichlich kühl, wenn Sie mich fragen.«

»Sie könnte lügen.«

»Ich glaube eher, dass sie insgeheim selbst ein Auge auf Jim geworfen hat.«

»Dann könnte sie lügen, um ihn zu schützen«, sagte Collier.

»Sie hätte es selbst tun können«, sagte Sean. »Sie war allein auf dem Berg.« Rundum Aufstöhnen.

»Das fehlte gerade noch«, sagte Drummond. »Eine weitere Verdächtige. Hören Sie, glauben Sie nicht, Jim Strong hätte es gehört oder gesehen, wenn jemand da unten bei seinem Bruder gewesen wäre? Das hätte er doch gesagt, um sich zu entlasten.«

»Was ist mit Spuren?«, fragte Collier.

»Machen Sie Witze? Nachdem das Rettungsteam da oben war? Vergessen Sie's.«

»Man muss kein Motiv nachweisen, um jemand des Mordes für schuldig zu befinden«, sagte Barbara unvermittelt. »Wenn wir mehr über eine Affäre zwischen Jim Strongs Frau und dem Opfer rauskriegen, Dynamit. Aber was haben wir für direkte Beweise?«

»Na gut«, sagte der Doc. »Quetschungen und Lazerationen überall an Rücken, Hinterkopf, Beinen. Kapiert? Er ist auf dem *Rücken* aufgeschlagen, ein Bein unter dem Körper, gebrochen. Jetzt: Schäden an der *Vorderseite* des Rollkragenpullis direkt über der Musterung auf der Haut und der größten Quetschung direkt über den gebrochenen Rippen und der durchtrennten Leber. Vorne, kapiert? Er ist vorne getreten worden.«

»Sie sagten, Sie *glauben* nicht, dass der Sturz zu solchen Verletzungen geführt hat«, wandte Barbara ein. »Wie sicher sind Sie sich denn nun?«

»Ich habe mir den Abbruch angesehen. Ich habe mir den Schnee angesehen. Ich glaube nicht, dass er auf dem Weg nach unten sonst noch irgendwo aufgeschlagen ist. Er ist auf einer flachen Stelle gelandet. Ich glaube nicht, dass er gerollt ist. Dann hätte er überall Quetschungen, und er hatte nur welche auf dem Rücken. Die Vorderseite des Parkas und der Skihose waren nicht beschädigt«, sagte Clauson. »Ich mache den Job schon ein paar Jahre. Und dies hier passt einfach nicht zusammen.«

»Bleibt die Tatsache, dass Ihre ursprüngliche Einschätzung ganz anders lautete.« Barbara warf ihm einen Blick zu, der Bände über die fünfundzwanzig Jahre Altersunterschied zwischen ihnen sprach. Offensichtlich traute sie Clauson nicht, und er konnte sie auch nicht leiden.

»Was den Rest angeht«, fuhr sie fort, »wird die Verteidigung Ihnen die Hölle heiß machen, weil Sie die Leiche zur Einäscherung freigegeben haben. Es gibt keine Möglichkeit zu einer unabhängigen Untersuchung mehr, ganz zu schweigen davon, dass Sie die Musterung beim ersten Mal nicht bemerkt haben.«

»Schaffen Sie mir einfach die Stiefel her«, sagte Clauson und wandte sich an Collier. »Wir nageln ihn mit den Stiefeln fest.«

»Ich kümmere mich darum«, sagte Collier. »Floyd, Sie sind jetzt dem Fall für ein paar Tage zugewiesen. Gehen Sie mit einem Fotografen rauf in den Schnee und suchen Sie die Gegend noch mal ab. Organisieren Sie sich die Ausrüstung, die Sie brauchen, in Paradise. Ich rufe Philip Strong deswegen an. Und sprechen Sie mit Kelly Strong in Incline Village. Vielleicht kann sie uns bei der Frage nach dem Motiv weiterhelfen. Finden Sie raus, ob sie weiß, ob das Opfer und Heidi Strong eine Affäre hatten. Und fragen Sie sie Folgendes: Wäre Jim Strong fähig, seinem Bruder solche Gewalt anzutun?«

»Okay, packen wir's.« Bis auf Doc Clauson und Collier verließen alle den Raum.

Clauson ließ den Kopf hängen. Seine Stirn war mit Schweißperlen bedeckt. Collier dachte: Er sieht nicht gut aus.

»Hey«, sagte Clauson. »Eines muss ich noch sagen. Dachte immer, Sie seien gut, Collier. Gründlich. Gescheit. Hab ich Sie je enttäuscht?«

»Sie haben immer Ihr Bestes getan, Doc«, sagte Collier.

»Also, dann hören Sie mir jetzt mal zu. Das ist eine grausame Tat. Man muss versaut sein bis ins Mark, um so was zu tun, wenn das Opfer daliegt und um Hilfe stöhnt. Wir können ihm das nicht durchgehen lassen. Vertrauen Sie mir. Das war ein Mord. Verstehe nicht, wie ich's beim ersten Mal übersehen konnte. Tut mir Leid.«

»Ich besorge Ihnen die Stiefel«, sagte Collier noch einmal. »Sie vergrößern die Fotos, und dann zeigen Sie mir, dass die Abdrücke zu den Stiefelsohlen passen. Und ich steck ihn für Sie ins Gefängnis.«

»So ist's gut. So ist's recht. Bis dann.«

»Doc?«

»Ja?«

»Passen Sie auf sich auf.«

»Ist nur 'ne Erkältung oder so.«

In Colliers Büro wartete Barbara, vorteilhaft auf der Ecke seines Schreibtischs postiert. Sie gestattete sich, leicht besorgt auszusehen. »Hätten Sie 'ne Minute für mich?«, fragte sie.

»Klar.« Sie war wirklich eine gut aussehende Frau mit dem glatten dunklen Pagenkopf und dem unnahbaren Catherine-Deneuve-Gesicht. Doch solche Frauen waren ihm zu kalt.

»Ich dachte, Sie würden gerne meine wohl überlegte Meinung hören, ob wir Anklage gegen Jim Strong erheben sollen.«

»Ja, natürlich, Barb. Wie lautet sie?« Er setzte sich an seinen Tisch und wünschte, sie hätte ihm mehr Zeit gelassen, das Treffen zu verarbeiten.

»Vergessen Sie diesen Scheiß!«

Er lächelte. »Ich weiß«, sagte er. »Wir haben zu wenig, um an diesem Punkt weiterzumachen, da bin ich Ihrer Meinung. Aber ich arbeite seit langem mit Clauson zusammen. Ich möchte es offen halten, bis wir wissen, was mit den Stiefeln ist.«

Barbara gefiel das nicht. Sie kam um den Tisch herum und massierte ihm den Rücken. »Meine Güte, sind Sie verkrampft«, sagte sie. »Collier. Ich sage das aus Freundschaft. Im Büro wird geredet, Sie hätten Ihre Schärfe verloren, seit Sie wieder da sind. Sie verhalten sich wie ein Schwächling. Clauson hat's vermasselt. Lassen Sie's fallen.«

Collier griff behutsam nach hinten und tätschelte ihr die Hand. »Was ist los?«

»Ich habe immer zu Ihnen aufgesehen. Letztes Jahr, bevor Sie gingen. Ich bin nach Tahoe raufgekommen, nachdem ich ein paar Jahre in der juristischen Bibliothek einer privaten Firma gesessen hatte. Ich wusste nichts, Sie haben mich weitergebracht, sich um mich gekümmert. Ich dachte, Sie würden ... ich dachte, Sie würden ... sich für mich ...«

»Tue ich nicht.«

»Nein, tun Sie nicht. Nicht mehr.«

»Es tut mir Leid.«

»Ich will nicht, dass es Ihnen Leid tut!«

»Ist es Nina?«, fragte Collier. Es war Nina, und er hatte es satt, darum herumzureden.

Barbara erstarrte. Langsam nahm sie die Hände von seinen Schultern. »Sie wissen, wenn Sie mit dem Fall Strong weitermachen, gibt es einen Interessenskonflikt, weil sie den Angeklagten vertritt. Haben Sie daran gedacht?«

»Ich kümmere mich darum, falls es so weit kommt.«

»Wenn Sie nicht weitermachen, wird es so aussehen, als hätten Sie klein beigegeben. Ihretwegen.«

»Barb, es ist spät.«

»Dass Sie sie mir vorziehen! Na ja. Ihr Problem.«

»Es tut mir Leid. Wirklich.«

»Das sind doch alles Drecksäcke, Sie wissen es. Verteidigen die Schuldigen. Wie konnten Sie nur?«

»Gute Nacht, Barb.« Er schloss die Tür. Der Hauptraum hatte sich rasch geleert. Sechs Uhr.

Auf dem Heimweg hielt Collier an einem Blumenladen neben dem Swiss-Chalet-Restaurant, unweit von Ninas Büro, und kaufte zehn Grünpflanzen, um sie in seiner Wohnung zu verteilen. Das sollte Nina umhauen. Er gab ihnen eine Woche. Wenn sie eingingen, würde er noch mehr kaufen. Sie liebte Pflanzen.

Als er am Smart 'n' Final vom Highway abbog, kam er zum Glenwood Way und dem kleinen, grün verputzten Mietshaus, das er jetzt sein Zuhause nannte.

Die Wohnung sah sehr viel besser aus, als er die Pflanzen verteilt hatte. Er zog sich aus, warf seine schmutzigen Kleider auf den Haufen im Schrank und spülte unter der Dusche den ganzen Mist des Tages ab. Mit geschlossenen Augen sang er eine alte Melodie aus einem Musical, *The Desert Song. My desert is waiting dear, come there with me …*

Er nahm ein frisches flauschiges Handtuch vom Regal und rieb sich die Brust trocken. Er war glücklich. Seit Jahren war er nicht so glücklich gewesen. Er hatte seine Arbeit zurück, und die Frau, die er wollte, kam ihn besuchen.

Als er sich wieder angezogen hatte, wandte er seine Aufmerksamkeit der Kochnische zu. Die Reinemachefrau hatte das Geschirr abgewaschen und die Arbeitsflächen abgewischt. Alles in Ordnung. Er machte den Kühlschrank auf, holte die gefrorenen Garnelen raus und ließ heißes Wasser drüberlaufen, um sie aufzutauen.

Musik! Er sollte Musik auflegen.

Im Schrank fand er ein altes Radio mit Kassettendeck. Er fand einen Sender, der ein Klassikkonzert übertrug, Bruckners Dritte. Es klang wie aus einem Film der Vierzigerjahre und passte zu seiner Stimmung. Er machte Shrimps-Cocktails mit ziemlich viel Meerrettich, lauschte der Musik und trank ab und zu einen Schluck Jack Daniels aus seinem schillernden Glas. Er ging immer wieder ans Fenster, um Ausschau nach ihr zu halten, aber sie würde spät kommen. Im Gerichtssaal kam sie auch immer im letzten Augenblick hereingerauscht.

Er stellte sie sich vor Gericht vor in ihrem gedeckten Kostüm und unsinnig hohen Schuhen, die langen Haare immer ein bisschen unordentlich, die frischen Wangen und vollen Lippen. Allein der Gedanke, dass er sie letztes Jahr hatte gehen lassen!

Jetzt. Was noch? Er begoss die Steaks mit Teriyaki-Soße und legte sie unter den Grill. Salat. Sie aß bestimmt gerne Salat. Sein Glück hielt an. Er hatte daran gedacht, einen Beutel vorsortiertes Grünzeug zu kaufen. Er machte eine Scheibe Toast, butterte und würzte sie, schnitt Croutons daraus, warf diese mit dem Salat in eine Holzschüssel, schüttete Dressing über die Mischung und rührte mit zwei Gabeln um. Fertig.

Sie war spät dran. Er fragte sich, ob seine Wohnung ihr gefallen und ob sie die Veränderung bemerken würde. Er ging herum und machte eine Inspektion. Alles in … Die Laken! Er hatte die Laken nicht gewechselt, seit er eingezogen war.

Er lief zum Schrank und kramte darin herum, bis er die Ersatzlaken gefunden hatte. Dann machte er sich daran, das Bett frisch zu beziehen.

»Hallo«, sagte Nina von der Schlafzimmertür her. »Die Tür war offen. Ich hab die Steaks aus dem Herd genommen, damit sie nicht verbrennen.«

»Hallo«, sagte Collier, das Laken in seiner Hand.

Sie warf einen Blick darauf, dann auf das halb gemachte Bett, und trat auf ihn zu. »Deine Wohnung gefällt mir«, sagte sie. »Viel fröhlicher als da, wo du früher gewohnt hast. Komm, ich helf dir mal eben bei dieser schwierigen Aufgabe.« Sie roch nach Rosen, fühlte sich wie zu Hause und zog ordentlich die Ecken fest.

»Lass uns was trinken«, sagte Collier. In der Küche machte er ihr einen Jack Daniels on the Rocks, während sie über den Farn, den er auf die Arbeitsplatte gestellt hatte, ganz außer sich geriet.

»Wie war dein Tag?«, fragte sie.

»Jetzt geht's mir gut.«

»Mir auch.« Sie hantierte herum, deckte den Tisch, und er sah ihr zu. Sie sah toll aus, aber es war mehr als das, sie sah richtig aus. Sie sah richtig aus in seiner Küche, genau wie sie sich in seinen Armen richtig anfühlte. Sie ging herum, redete und lachte, heiß und behaglich wie ein Feuer, und machte aus der Wohnung ein Zuhause.

Sie war richtig. Er wusste es.

Er sah ihr zu, dachte an all den Kummer und die langen Tage und einsamen Nächte der letzten Jahre. Sie war Hoffnung für ihn, die Chance auf ein zweites Leben. Er verhielt sich möglichst ungezwungen, damit die Intensität seiner Gefühle sie nicht in Verlegenheit brachte.

»Shrimps-Cocktail!«, sagte sie, als sie ihn aus dem Kühlschrank nahm. »Köstlich!« Sie setzten sich an den Tisch – er hatte die Kerze vergessen, was machte das schon – und aßen. Dann reichte er ihr die Delta-Airlines-Flugtickets nach Honolulu und sah, wie sie strahlte.

»Das hast du also mit deinem Briefchen an den Orchideen gemeint«, sagte sie.

»Es ist nur ein Wochenende. Drei Tage, wenn du Freitag frei machen kannst.«

»Ich werde Freitag frei machen.«

»Toll.«

Dann sagte Nina: »Ich hab dir auch ein Geschenk mitgebracht. Nur eine Kleinigkeit.« Es war eine CD mit Sambamusik.

Sie machten das Licht aus und tanzten, wiegten sich zur Musik und hielten sich eng umschlungen.

Als es nicht mehr viel Sinn zu haben schien, aufrecht zu stehen, gingen sie zu Bett.

Ihre Haut war unglaublich glatt, der Schwung ihrer Hüfte zum Verrücktwerden. Er strich ihr übers Haar, murmelte etwas, küsste sie überall. Sie liebten sich und redeten bis elf über Bob und ihren Hund und den frühen Schnee, und dann musste sie gehen.

Er fühlte sich wie vierzehn, empfand das gleiche Wunder der Entdeckung. Er sah ihr aus dem Küchenfenster nach, wie sie ging. Der Mond ließ den Schnee um sie herum glitzern. Er grinste wie ein Idiot und dachte: Sie ist die Richtige, wie konnte ich zwei Mal im Leben so viel Glück haben. Im Wohnzimmer lief immer noch Musik, und er ging hinein und schaute sich die Übersetzung im Booklet an.

Freude ist grün wie ein Wald
Der lodert und zu Asche wird und wieder keimt

Er wusste das. Er hatte es auf die harte Tour lernen müssen.

Sie brennt und wächst wieder. Das war auch bei der Liebe so. Er würde dafür sorgen, dass er keine Sekunde seines restlichen Lebens vergeudete.

Er hatte sie nicht nach Strongs Stiefeln gefragt. Schon waren ungeschriebene Gesetze zwischen ihnen entstanden, und das Erste lautete: Rede nicht über die Arbeit, außer bei der Arbeit.

Er würde Drummond am Morgen nach Sac schicken, um sie zu holen.

Am Dienstagmittag, einem weiteren strahlenden Tag, stieg Nina gerade auf dem Gerichtsparkplatz in den Bronco, als Doktor Ginger Hirabayashi, Gerichtspathologin, auftauchte. Sie sah aus wie ein Rentier.

Zumindest sah ihre rote Nase so aus. Der Rest von ihr war schwarz: schwarze Kappe, schwarze Lederjacke, schwarze ausgebeulte Hosen und eine schwarze Ray-Ban-Sonnenbrille. Sie sah aus wie ein Gangster oder ein japanischer Hip-Hopper. Die Hände hatte sie in die Taschen gestopft.

»Sandy sagte, ich würde dich hier finden. Steig bei mir ein. Lass uns irgendwo hinfahren, wo's warm ist. Was essen.«

»Was machst du hier?«

»Mittag essen. Komm schon. Wie viel Zeit haben wir?«

»Ich muss um halb zwei wieder im Gericht sein.«

Nina warf noch einen Blick auf den Bronco, stapfte dann durch den knirschenden Schnee und stieg in den schwarzen BMW mit den getönten Scheiben und dem voll gepackten Skiträger. Auf dem Rücksitz saß ein Mädchen.

»Das ist Caroline«, sagte Ginger. »Sie hat angeboten, mir Gesellschaft zu leisten.«

»Hallo«, sagte Caroline mit dem violetten Haar.

»Ist Eagle's Nest, okay?«, fragte Ginger.

»Klar. Du kennst dich hier aus, Ginger.«

»Sollte ich eigentlich. Schließlich hab ich 'ne Eigentumswohnung hier oben. Da ich eh hochkommen musste, dachte ich, wir könnten auch ein bisschen Ski fahren.«

Ginger fuhr sie zur Kingsbury Grade, der steilen Straße, die das Tahoe-Becken verlässt und in wenigen Kilometern sechshundert Meter zum Carson Valley abfällt. Als sie abbog, bot sich ihnen ein verblüffender Anblick – eine kleine Stadt aus Eigentumswohnungen, die für Wintersportler auf der Seite, die zu Nevada gehörte, um den Fuß des Heavenly Resorts gebaut worden waren. Am erstaunlichsten war ein kleiner Komplex von Hunderten von Miniwohnungen hoch auf einem Hügel, der Ridge Tahoe genannt wurde. »Da oben ist meine Wohnung«, sagte Ginger und zeigte hinauf.

Eagle's Nest hatte eine breite hintere Veranda, von der man die Aussicht auf eine Heavenly-Piste genoss. Die Skifahrer sausten nur dreißig Meter von ihnen entfernt vorbei.

Sie bestellten heiße Schinkensandwiches, Milch und Kaffee. Man hatte Wärmelampen aufgestellt und die Veranda vom Schnee geräumt, trotzdem zogen die meisten Gäste es vor, drinnen am Kamin zu essen.

»Abmarsch, Baby«, sagte Ginger zu Caroline.

Das Mädchen stand auf und reckte sich. »Ich seh mir mal die Aussicht von der Bar aus an«, sagte sie und ging davon.

»Sie weiß, dass ich vertraulich mit dir reden muss. Das ist nichts, was man am Telefon oder in einer E-Mail sagen kann.« Ginger zog ihre Autohandschuhe aus und warf sie auf den Tisch.

»Du machst mir Angst, Ginger.«

»Paranoia sitzt nun mal tief«, sagte Ginger. »So sind Mordfälle.«

»Es geht um die Stiefel, oder?«

»Es geht um die Stiefel. Als Erstes hatte ich heute Morgen Besuch im Labor. Ein Bulle aus South Lake Tahoe in Begleitung eines stellvertretenden Sheriffs aus dem County Sacramento. Sie haben die Stiefel an sich genommen und rumgemault von wegen Behinderung einer polizeilichen Ermittlung. Große Worte, unerfreuliche Geräusche. Ich bin mir sicher, du kannst es dir vorstellen.«

»Ich decke dich, Ginger. Mach dir darüber keine Sorgen. Ich wusste, dass sie irgendwann rauskriegen, wo die Stiefel sind. Wundert mich nur, dass die Staatsanwaltschaft mich nicht einfach gebeten hat, sie rauszurücken. Ich war bereit dazu.«

Also hatte Collier es vorgezogen, nicht zu erwähnen, dass er seine Laufburschen geschickt hatte, um bei Ginger vorbeizuschauen. Schön, sagte Nina sich. Sie hatte ihn reingelegt, indem sie die Stiefel zu Ginger geschickt hatte. Er hatte entsprechend reagiert. Das gehörte zum Job.

»Sie haben auch meine Proben und Aufzeichnungen mitgenommen. Natürlich unter Strafandrohung. Sie haben sogar den Computer konfisziert.«

Ein kalter Windstoß ließ Nina zittern. Sie schob den Stuhl näher an den Heizstrahler. »Ich kümmere mich darum, dass du den Computer zurückbekommst. Willst du damit sagen, du hast was gefunden?«, fragte sie.

»Ich hab mich dieses Wochenende endlich an die Stiefel gemacht. Hier ist ein Foto, das ich vollkommen vergessen habe, den Bullen auszuhändigen. Von den Sohlen.«

Nina starrte auf das charakteristische Muster aus kurzen parallelen Linien auf der oberen und unteren Sohle. Das Zickzackmuster mit dem Logo in der Mitte zeigte, dass auf die Gestaltung der Unterseite der Schuhe ebenso viel Sorgfalt verwendet worden war wie für die Oberseite. »Hübsche Aufnahme«, sagte sie. »Wir brauchen die Autopsiefotos, um zu sehen, ob das Muster mit den Prellungen auf der Leiche übereinstimmt. Ich wünschte, ich hätte sie dir besorgen können.«

»Ich wünschte, du hättest mir die Leiche besorgen können.«

»Also ... wissen wir noch nicht, ob es wirklich eine Musterung auf der Haut gibt und ob sie, falls es eine gibt, eine Übereinstimmung feststellen können. Wenn sie Jim verhaften, bekommst du die Bilder. Wir sind immer noch im Spiel.«

»Stimmt, was das Muster anbelangt.« Ginger setzte die Sonnenbrille ab und rieb die Gläser mit ihrer Serviette sauber.

»Oh, oh.«

»Ich habe eine kleine Detritus-Probe zwischen den Rillen der Sohle entnommen. Eine sehr kleine Probe. Es gibt noch genug Schmutz, den Clauson sich holen kann. Abgesehen davon haben sie meine Labornotizen geklaut, einschließlich der Computerdatei. Sie wissen inzwischen, dass ich diese Probe am Sonntagnachmittag untersucht habe.«

»Und weiter?«

»Ich hab was gefunden.«

»Was?«

»Mach dich auf etwas gefasst, Nina.«

»Jetzt sag schon!«

»Zwei schwarze Baumwollfasern.« Nina stellte den Zusammenhang her. Eine Minute lang konnte sie gar nichts sagen.

»Alex' Rollkragenpullover?«, flüsterte sie schließlich.

»Im Autopsiebericht steht, er hat einen schwarzen Rollkragenpullover getragen, der Beschädigungen aufweist. Ich hab den Rollkragenpullover nicht. Sie schon. Alles, was ich sagen kann, ist: zwei schwarze Baumwollfasern. Wenn ich zwei in einer winzigen Probe gefunden habe, sind da noch mehr, möglicherweise überall auf den Sohlen.«

Nina vergrub den Kopf in den Händen. »Ich kann's nicht glauben. Jim hätte ja …«

»Ja, auf ihn draufspringen und die Sohlen in den Pullover rammen müssen – als das Opfer noch drinsteckte. Kein schöner Gedanke. Ich hatte vor ein paar Jahren schon mal einen Fall, wo jemand totgetreten wurde. Ein paar weiße Rassisten haben einen bewusstlosen Betrunkenen zusammengetrampelt, der im Rinnstein lag, nur für den Kick. Ganz schön charakterlos. Passiert aber immer wieder.«

»Es muss eine andere Erklärung geben!«

»Was hast du vor?«

»Jim fragen.«

»Ich hoffe, er sagt dir die Wahrheit«, sagte Ginger. »Würde dem Staat Kalifornien und dir selbst ziemlich viel Stress und Zeit sparen.«

»Ich glaube es einfach nicht, Ginger.« Aber jetzt kämpfte sie schon darum, es nicht zu glauben. Denn jetzt gab es handfeste Beweise zu all den Einzelheiten, die sie bislang zu ignorieren versucht hatte.

Sie sagte sich, dass das kein Beweis sei, der berechtigten Zweifeln standhielt. Es gab immer noch Auswege. Wenn es Mord war, war er vielleicht von jemand anderem begangen worden. Er hätte zehn Minuten Zeit dazu gehabt. Dann konnte alles, was Jim ihr gesagt hatte, immer noch wahr sein. Sie versuchte, darüber nachzudenken und die Zweifel zu unterdrücken, die ihre Effektivität als Anwältin untergraben würden.

Ginger schaute zur Tür hinüber, durch die Caroline eben trat. »Meistens sind sie schuldig«, sagte sie. »Du kannst immer noch dafür sorgen, dass er auf der ganzen Linie fair behandelt wird.«

Nina schaffte es, die Lodge in Paradise anzurufen, bevor sie zurück in den Gerichtssaal musste. Ja, Jim blieb an den meisten Abenden bis gegen neun, sagte die Empfangschefin.

Sie kehrte zu ihrem Zivilrechtsfall zurück. Liebe den, mit dem du zusammen bist. Aber als das Gericht sich um vier Uhr vertagte, hätte sie ihren Mandanten fast zu Boden gestoßen, so eilig hatte sie es, wegzukommen.

Wie gewohnt war die Lodge von Skiern umstellt. Sie kämpfte sich hindurch, ohne darauf zu achten. Jims Bürotür war offen, und sie marschierte hinein. Den Trophäen und Fotos an den Wänden nach zu urteilen, war er ein verdammt guter Skifahrer.

Er hatte den Hörer am Ohr, aber als er sie sah, verabschiedete er sich und legte auf. Er sah es ihr sofort an. »Nina? Was ist passiert?«

»Nicht hier«, sagte sie. »Draußen.« Gingers Paranoia war wirklich ansteckend. Jim zog seinen Parka an und folgte ihr hinaus zum Idiotenhügel, der jetzt ruhig dalag, da die Lifte den Betrieb für heute eingestellt hatten. Die Sonne war hinter den Bergkamm gesunken. Der Wind hatte sich gelegt. Selbst die Vögel waren still, vielleicht waren sie schon über den Winter weggeflogen. Ein kaltes Zwielicht lag über der Landschaft. Nina zog ihren Mantel enger um sich und schlug den Kragen hoch.

Es brachte nichts, höflich zu plaudern, selbst wenn sie im Smalltalk ziemlich gut war. »Dr. Hirabayashi – Sie erinnern sich, das ist die Pathologin, an die wir Ihre Stiefel geschickt haben – hat in den Sohlenrillen der Stiefel Fasern gefunden«, sagte sie.

Sie wartete, dass Jim das Gleiche durchmachte wie sie, dass er die Verbindung herstellte.

»Fasern?« Jim wirkte verwirrt.

»Schwarze Baumwollfasern.«

Die Nachricht zeigte keine Wirkung. Jim sah ihr in die Augen, aufmerksam, aber ohne Angst.

»Wie kommen schwarze Baumwollfasern in die Sohlen Ihrer Stiefel, Jim?«

Jetzt hatte er's begriffen. Er sperrte den Mund auf. Er stotterte fast. »Was soll ich sagen?«

»Das liegt bei Ihnen«, sagte Nina. Sie nahm seinen Arm. »Alex hat an dem Tag, an dem er starb, einen schwarzen Baumwollpulli getragen. Sie können mir sagen, was Sie darüber wissen, oder nicht. Was immer Sie mir sagen, ich werde es für mich behalten.«

»Ich habe keine Ahnung! Keine Ahnung!«

»Jim, ich möchte, dass Sie wissen, dass ich Ihnen helfen kann, ganz abgesehen davon, was Sie vielleicht getan haben.«

»Oh, nein«, sagte Jim. »Das ist nicht wahr. Ein paar Fasern, die man nur unter dem Mikroskop erkennen kann, haben dazu geführt, dass Sie mir den Rücken zuwenden. Sie glauben, ich hab's getan, nicht wahr?«

»Ich kann damit umgehen, wenn Sie es waren.« Sie versuchte, zuversichtlich zu klingen, um ihre Enttäuschung zu verbergen. Während sie darauf wartete, dass er etwas sagte, konzentrierte sie sich auf seine Augen. Sie wollte ihm in die Seele schauen.

Er drehte sich zu einer Gruppe hoher Kiefern um und schob die Hände in die Taschen seines Parkas. Er trat auf der Stelle auf und ab, behutsam, als sei es sehr, sehr schmerzlich, die Füße zu heben. Ganz offensichtlich merkte er nicht, wie grotesk ähnlich das, was er tat, dem war, dessen er beschuldigt wurde. Sein Profil im Schatten des Abends verriet nichts als Verwirrung und möglicherweise eine Spur Wut.

Er ließ sich die Sache durch den Kopf gehen, und Nina hatte keine Ahnung, was er dachte. Normalerweise, so schätzte sie, war er ein sehr zurückhaltender Mensch. Genau wie sie.

Er drehte sich zu ihr um. »Sie können niemandem etwas von dem sagen, was ich Ihnen anvertraue, wenn ich Ihnen nicht die Erlaubnis dazu gebe?«, fragte Jim. »Verschwiegenheitspflicht des Anwalt-Mandanten-Verhältnisses, richtig?«

Hieß das, dass er die verfahrene Situation aufbrechen wollte? War er kurz davor, eine Wand niederzureißen und ihr die Wahrheit zu sagen? Sie konnte nichts dagegen tun, dass sie einen Augenblick Angst empfand – würde sie gleich herausfinden, dass sie in der Abenddämmerung mit einem gemeinen Mörder auf einem einsamen Berg stand?

»Das stimmt«, sagte sie und hüstelte, um die Fassung wiederzufinden. »Das ist Gesetz. Ein Anwalt muss die Geheimnisse des Mandanten wahren, ungeachtet jeglicher Gefahr für sich selbst«, sagte sie und zitierte den Geschäfts- und Berufscode für Anwälte, den man ihr auf der juristischen Fakultät eingetrichtert hatte und der für sie die wichtigste ethische Regel ihres Berufes war.

Sie versuchte, an etwas Praktisches zu denken, legte sich zurecht, wie sie ihm ihre fachliche Unterstützung anbieten würde. Sie würde ihn der Polizei übergeben, vielleicht ein psychologisches Gutachten anfordern, jede Menge Bürgen für seinen Charakter anbringen …

»Dann hat es keinen Sinn, zu lügen. Ich lüge nicht, Nina. Ich habe nur keine Erklärung für diese Fasern, außer, es ist eine dumme Sache, wir … wir kaufen unsere Pullover alle im gleichen Geschäft, und mein Vater hatte zufällig einen hinten im Auto liegen, als ich meine Stiefel reinwarf, oder Alex wurde tatsächlich in dem Augenblick ermordet, bevor ich dort war, und der Mörder beschloss, es mir anzuhängen, und hat das Ganze arrangiert.«

Von der Lodge, nur ein paar Meter weg, drangen das Klirren von Besteck und unbeschwertes Geplauder herüber.

»Bitte, glauben Sie mir«, sagte Jim. »Bitte. Ich weiß, dass ich Alex nichts angetan habe. Und jetzt sagen Sie mir, dass an meinen Stiefeln etwas ist, was beweist, ich hätte es getan. Also, wenn das so ist, dann hat jemand anders es dort hingetan. Ich habe ungefähr zehn Minuten gebraucht, bis ich unterhalb des Abbruchs war.«

»Was werden Sie mir sagen, wenn die Sohlen Ihrer Stiefel das gleiche Muster haben wie die Prellungen auf der Haut Ihres Bruders, Jim?«, fragte Nina.

»Dann ... es ist einfach schrecklich. Wenn ich den Scheißkerl finde, der meinem Bruder das angetan hat, mach ich ihn fertig. Sehen Sie, Nina. Diese Stiefel, die ich trage, sind wie ... wie die Nikes unter den Skistiefeln. Es ist überhaupt nichts Ungewöhnliches an ihnen. Ich nehme an, Alex war lange genug außer Sicht, dass jemand ihn so verletzen konnte, aber es ist widerlich, so etwas zu denken. Ich kann Ihnen nur sagen, dass Sie mir glauben müssen, weil ich es nicht getan habe.«

»Ich weiß nicht, wie viel Zeit wir noch haben«, sagte Nina. »Ein paar Tage vielleicht, während sich der Coroner um die Stiefel kümmert und seine Tests durchführt. Dann noch ein paar Tage, in denen die Staatsanwaltschaft das alles nachprüft. Aber die Fasern stützen Clausons Schlussfolgerung, dass Alex' Tod Mord war, Jim. Und die Stiefel gehören Ihnen. Das reicht, um Sie anzuklagen.«

»Scheiße«, sagte Jim bitter.

»Eine Frage noch. Es tut mir Leid, aber ich muss danach fragen. Hatte Heidi was mit Alex – außerehelich?«

»Sie meinen, ob sie mit ihm geschlafen hat? Gott, nein! Wer hat das behauptet?«

»Ich muss es überprüfen.«

»Also, es ist eine Lüge.«

»Sind Sie sich ganz sicher?«

»Absolut!«

»Sie sagten mal, sie habe sich von Ihnen zurückgezogen ...«

»Meine Frau hat nicht mit meinem Bruder geschlafen«, sagte Jim mit Nachdruck.

»Marianne erwähnte mir gegenüber, dass ...«

»Marianne ist eine boshafte kleine Lügnerin. Es würde ihr gefallen, wenn Heidi und ich uns trennen würden. Sie glaubt, sie liebt mich immer noch. Verbreitet sie diese Lügen?«

»Okay«, sagte Nina. »Ich habe gehört, was Sie gesagt haben.

Jetzt möchte ich, dass Sie nach Hause gehen und über alles nachdenken. Wir unterhalten uns später noch einmal.«

»Ich lüge nicht! Sagen Sie mir, dass Sie mir glauben, Nina.«

»Ich bin auf Ihrer Seite, Jim. Ich sage nicht, dass ich Ihnen nicht glaube. Ich werde über das, was Sie gesagt haben, nachdenken und es prüfen. Wir haben einen Privatdetektiv engagiert, Tony Ramirez. Er sucht nach Heidi. Vielleicht finden wir sie und können einiges aus der Welt schaffen.«

»Ich vertraue Ihnen«, sagte Jim.

»Ich muss los.«

»Sind Sie verheiratet, Nina?«

Sie schaute unwillkürlich auf ihren Ringfinger mit der blassen Linie. »Warum fragen Sie?«

»Nur, weil ...«

»Was?«

»Nichts. Ich hab wohl an Heidi gedacht.«

»Da ist noch was, was Sie tun sollten. Für den Fall, dass Sie eine Kaution hinterlegen müssen, sollten Sie ein bisschen Geld zusammenkratzen.« Sie nannte ihm für alle Fälle den Namen eines guten gewerblichen Kautionsstellers. »Können Sie fünfundzwanzigtausend Dollar in bar auftreiben? Ich bezweifle, dass die Kaution höher angesetzt wird als zweihundertfünfzigtausend. Sie müssen nur zehn Prozent bar vorlegen. Und Ihr Haus einsetzen.«

»Es wird wirklich so weit kommen, nicht wahr? Ich werde angeklagt.« Er klang verzweifelt.

»Versuchen Sie, sich keine Sorgen zu machen. Ach, ich muss Ihnen noch sagen, dass ich dieses Wochenende nicht da bin, von Donnerstagabend bis Montagabend.«

»Nicht da? Wohin geht's denn?«

»Eine Geschäftsreise. Sandy wird sich mit Ihnen in Verbindung setzen, falls was bekannt wird.«

Matt und Andrea sagten, Bob sei ihnen willkommen. Das Timing war nicht besonders günstig, denn in drei Wochen würde er zu seiner Reise nach Deutschland aufbrechen, aber sie wollte dieses Wochenende mit Collier verbringen, mehr als alles in der Welt. Sie stand früh auf und arbeitete lange und erledigte so das Wochenpensum in vier Tagen, und am Donnerstagmorgen brachte sie Bob zur Schule. Matt würde ihn abholen.

»Und es ist ganz sicher okay?«, fragte sie, als er seinen Rucksack vom Rücksitz holte und sich über die Schulter hängte.

»Es ist okay, Mom.«

»Wirklich?«

»Du musst mir versprechen, dass du mich beim nächsten Mal mitnimmst.«

»In Ordnung.« Sie gab ihm einen Kuss auf die Stirn. »Und nach der Schule zu Matt, denk dran!«, rief sie hinter ihm her.

Er mischte sich unter eine Gruppe von Schülern, die über den Schnee zur ersten Stunde eilten. Er sah sehr groß aus. Wann war er so groß geworden?

11

Am Lanikai-Strand. Auf der dem Wind zugewandten Seite von Oahu, abseits des Rummels in Waikiki in einem flachen, weißen, auf Sand stehenden Bungalow. Gütige Götter und Göttinnen regierten von dem feurigen Vulkan aus, wärmten die grüne See und legten den Sand Körnchen für Körnchen am Palmenstrand ab.

Hier war Collier genesen.

Sie lag im Schatten einer Palme in seinen Armen, hatte Schnee und Berge und den Mordfall vergessen und betrachtete die Prozession von Walkern und Joggern. Zwischen ihnen bestand die unausgesprochene Vereinbarung: kein Wort über ihre Arbeit.

Sie schwammen durch sonnendurchwirbelte Wellen. Das Meer strahlte eine alte Ruhe aus. Im schattigen Flachwasser kauten

Fischschwärme an den algenbedeckten Korallen, gepunktete, gestreifte, durchsichtige Fische. Beim Tauchen vernahm Nina ein knisterndes Geräusch im Wasser, als sprächen die Fische miteinander.

Weit vom Strand entfernt kamen sie zusammen, ineinander greifend wie die zwei Hälften eines Reißverschlusses. Nina schwamm lachend weg, und er folgte ihr in die Richtung der Mokoluas, den beiden unbewohnten Inseln in der Ferne.

Sonnenuntergang. Sie saßen an einem Tisch auf der Terrasse.

»Und was glaubst du, was mit dir im letzten Jahr geschehen ist? Ich meine, wie erklärst du es dir?«, fragte Nina. Sie schenkte ihm Wein nach. Sie waren noch immer in ihren Badesachen.

Die Mokoluas versanken im Zwielicht der ruhigen See. In weiter Ferne lösten sich die letzten Kajaks vom winzigen Strand der größeren Insel und machten sich auf den Weg nach Hause.

»Ach, ich war zu lange im Job und zu lange allein gewesen, ich hatte zu lange um meine Frau getrauert«, sagte Collier. »In unserer Branche muss man ein Leben außerhalb der Arbeit haben, um auf dem Teppich zu bleiben. Ich fing einfach an, mich im Kreis zu drehen, aber ich musste immer weitermachen, verstehst du? Aufstehen, ins Büro gehen, Fälle abarbeiten, Einigungen erzielen, mit Opfern sprechen.

Eine Weile hat mir das totale Konzentration abverlangt. Das war in Ordnung, solange ich noch arbeitete. Aber die Zeit kam, in der ich meine Arbeit nicht mehr schaffte, und das war das Ende, denn die Arbeit war mein Leben. Dann habe ich mich noch manischer mit den Gedanken an meine Frau beschäftigt. Ich habe nicht mehr geschlafen. Noch nie im Leben war mir etwas auch nur annähernd Ähnliches widerfahren.«

»Ich glaube, in der Nacht auf dem Dach des Kasinos warst du dem Tod schrecklich nah«, sagte Nina. »Das werde ich nie vergessen.«

»Danach wollte ich mich nur noch verstecken«, sagte Collier.

»Ich kannte einen ehemaligen Professor vom College, der im Immobiliengeschäft auf Honolulu ganz groß rausgekommen ist. Ihm und seiner Frau gehört das große Haus hier nebenan. Ich hab ihn angerufen, und er hat mir angeboten, diese Hütte zu mieten. Sie brauchen sie nur, wenn ihre Kinder zu Besuch kommen. Ich habe den Bungalow zwei geschlagene Wochen nicht verlassen, nicht mal, um an den Strand zu gehen. Ich hab mich gefühlt, als sei ich einem Feuer entkommen. Wie ein Brandopfer. Ich habe auf dem Bett gelegen und an die Decke gestarrt.«

»Hättest du mich doch angerufen.«

»Ich wollte nicht gefunden werden. Aber später, als ich mich langsam etwas besser fühlte, habe ich auf Tahoe zurückgesehen, und mir wurde bewusst, dass ich dort alles hatte: Arbeit, die ich liebte, und Menschen, denen ich etwas bedeutete. Also setzte ich mir ein Ziel: das alles zurückzubekommen. Ich fand nicht, dass ich es verdient hatte, ich war mir auch nicht sicher, ob es gelingen würde, aber ich musste es versuchen.«

»Hast du je mit jemandem gesprochen? Jemandem vom Fach?«

»Nur mit dem Arzt hier am Ort. Er hat mich durchgecheckt und mir geraten, am Strand zu joggen, schwimmen zu gehen und mir Freunde zu suchen. Und das Wichtigste – du wirst lachen, aber er hatte Recht –, er sagte, ich solle nicht lesen.«

»Gar nicht?«

»Gar nicht. Keine Zeitungen, keine Zeitschriften, keine Bücher. Auch kein Fernseher, kein Computer. Er nahm mir all die Ablenkungsmöglichkeiten, die es mir erlaubt hatten, im Kopf zu leben. Er schickte mich nach draußen, als sei es Sonntagmorgen und ich zehn Jahre alt. Ich war verzweifelt, also nahm ich seinen Rat an. Vor allem, weil ich zu dem Schluss gekommen war, dass ich der dümmste Hurensohn aller Zeiten war.«

Sie lächelten sich an. »Es tut mir Leid, aber jetzt muss ich dich küssen«, sagte er. Das nahm einige Zeit in Anspruch.

Als sie sich schließlich voneinander lösten, sagte Nina: »Ich möchte gerne den Rest deiner Geschichte hören.«

»Na ja, ich habe hier wirklich gute Freunde gefunden. Mark und Patty in dem großen Haus und der Junge, der dahinter wohnt. Jesajah heißt er. Er hat mir die besten Schnorchelstellen um die Insel herum gezeigt. Ich werde immer wieder hierher kommen. Ein- oder zweimal im Jahr lege ich meine Arbeit zur Seite und gehe raus, um zu leben. Du verstehst das, nicht wahr, mein Liebling?«

»O ja. Jetzt hast du etwas, das du mir beibringen kannst«, sagte Nina. »Collier? Hast du je daran gedacht … hast du einen Ehrenkodex?«

Er sah sie überrascht an. »Ich würde es nicht so nennen, aber es gab einmal eine Zeit, da hätte ich gesagt, versuch, alles Unrecht aus der Welt zu schaffen. Aber das ist natürlich ein unmögliches Unterfangen. Ich habe letztes Jahr viel darüber nachgedacht und mich für etwas Realistischeres entschieden.«

»Und?«

»Zu versuchen, ein wenig Unrecht aus der Welt zu schaffen. Nur ein wenig. Weißt du, was? Nächstes Mal nehmen wir Bob mit. Wir mieten ein Boot und fahren raus zu den Mokoluas.«

Sie sah hinaus aufs Meer. Wie die alten Hawaiianer sagten: Alles war beseelt und in Bewegung. Die fast koloriert wirkenden Wolken, der aus dem Himmel kommende Passatwind, die Wellen, die auf den Strand brandeten, Blätter von Keulenlilien und Kokospalmen, wogend und zitternd, sogar die ausgehöhlten Klippen hinter ihnen standen in Blätterröcken vor dem Himmel da wie Krieger, die den Pazifik beobachteten, nicht wankend und nicht weichend.

Abenddämmerung. Ein psychedelischer Himmel. Collier schnitt eine Mango auf und teilte sie mit ihr. Sie blieben draußen sitzen und redeten weiter. Collier erzählte ihr von seiner Kindheit, seiner Familie. Sie erzählte ihm von Kurt, Bobs Vater, und von Jack, dem Anwalt, mit dem sie in ihrer Zeit in San Francisco verheiratet gewesen war und mit dem sie zusammengearbeitet hatte. Während sie sprach, fiel ihr auf, dass ihre Vergangenheit ganz einfach wurde. Es war schlicht und ergreifend die Vergangenheit. Jetzt war nur noch die Gegenwart wirklich.

Nachts in ihrem Bett. »Ich will nicht zurück!«, rief sie und vergrub das Gesicht im Kissen.

Collier strich ihr übers Haar. »Lass uns so tun, als würde diese Nacht nie enden. Dein Haar liegt ganz feucht auf dem Kissen. Du bist schön, und du bist mein.« Er hielt einen Moment inne, dann sagte er mit einer tieferen Stimme: »Versprichst du mir das, Nina? Mein zu sein?«

Nina stützte sich auf den Ellbogen. Das Haar fiel ihr übers Gesicht. Er schob es ihr hinters Ohr. Sie trug weiße Muschelohrringe, die er ihr geschenkt hatte, und sonst nichts.

»Ich verspreche es«, sagte sie ernst.

»Ich liebe dich, Nina.«

»O Gott, bist du dir sicher?«

»Liebst du mich?«

»Und wie.«

»Hey, du kriegst die Zähne nicht auseinander, warum gelingt mir das nur vor Gericht nicht?«

»Das ist nicht komisch. Es ist etwas sehr Ernstes …«

»Nein, überhaupt nicht. Ich hab nur gestaunt. Es ist kein Geometrietest. Du musst nicht ewig nach der richtigen Antwort suchen. Weißt du, du hast den allerschönsten Hals. Wie er in die Schultern übergeht, das gefällt mir. Und die Neigung deiner Schultern und dann deine Schlüsselbeine.« Er legte seinen Kopf auf ihre Brust, als wollte er eine private Unterhaltung mit ihrem Herzen führen.

»Ich liebe dich auch«, flüsterte sie. Was für eine Erleichterung, als sich endlich die schwer gepanzerten Tore ihrer Festung öffneten.

»Lass uns schwimmen gehen«, sagte er nach einer Weile. »Die ganze Nacht liegt vor uns. Wir schlafen einfach nicht.«

»Ich will nicht schwimmen. Ich mag das dunkle Wasser nicht.«

»Wir waten nur bis zu den Knien hinein.« Er nahm sie bei der Hand, und sie folgte, von allen Ankern befreit.

Das Meer plätscherte um ihre Taillen, als sie sich dem mehr als viertausend Kilometer entfernten Festland zuwandten. Über ihnen glitzerten Kassiopeia und die Plejaden. Die Brandung und die Büsche am Strand schützten sie vor Blicken aus den Häusern. Der Mond warf sein vertrautes Silbergeflecht aufs Wasser.

Sie wusste, was passieren würde.

Collier näherte sich ihr von hinten und drückte sich so eng an sie, dass sie spürte, wie hart er war. Er packte ihre Hüften durch den Badeanzug, und zog sie noch näher zu sich. Sie bog den Kopf zurück, streckte die Arme nach hinten und hielt seinen Kopf fest.

Als er sich über sie beugte, spürte sie, wie er unter Wasser ihren Badeanzug zur Seite schob. Ein paar Wellen brachen sich über ihnen, fast verloren sie die Balance. Plötzlich drang er in sie ein, unpersönlich wie ein Meeresgott, und sie schloss die Augen und ließ los. Er hielt sie beide über Wasser, überall war es kühl, nur nicht im brennenden Zentrum, da, wo er war.

Das Rufen und Antworten des Atems begann, bis es zu einem Stöhnen wurde. Die See fiel in ihr Klagelied ein, und der Wind liebkoste ihr Gesicht. Sie spürte seinen Atem im Ohr.

Sie wiegten sich in einer schaukelnden See. Das Unbekannte in ihr traf auf das Unbekannte in ihm.

Angespannt zog er sie ein letztes Mal heran. Er stöhnte.

Er fiel rückwärts, und sie glitt unter einer Welle hindurch. Als sie hochkam und sich das Wasser aus den Augen wischte, sah sie seinen dunklen Kopf weiter draußen. Er schwamm mit kräftigen Zügen von ihr weg. Sie ließ ihn, sah ihm lange zu und wartete geduldig, dass er zu ihr zurückkam.

Sie hatten geduscht und waren ins Bett gegangen.

»Ich will ... ich möchte, unsere Seelen wollen verflochten werden. Damit du mich nie wieder verlassen kannst«, sagte Nina.

»In Ordnung. Wir bleiben immer hier.«

»Ich werde Blütenkränze winden.«

»Ich fische.«

»Das ist gut.«

»Wir schenken Bob dreizehn Geschwister, Inselprinzen und -prinzessinnen, die Kokosmilch trinken und Ukulele spielen ...«

»Und sich liebend gerne selbst versorgen. Sonst könnten wir sie nie groß kriegen.«

»Nina?«

»Hm.«

»Ich möchte wahnsinnig gerne ein Kind haben. Ich meine, ich weiß, dass ich Bob lieben kann. Aber ein Baby.«

»Ich weiß.«

»Was hältst du von Babys?«

Morgendämmerung.

Das Flugzeug startete um zehn vom Flughafen in Honolulu. Sie schafften es ganz knapp.

»Nina?« Sie war trotz des Startlärms eingedöst. Er hatte sie die ganze Nacht wach gehalten.

»Was?«

»Müssen wir alleine bleiben, alleine leben, unser Leben lang einsam sein?«, fragte Collier. »Ist das unser Schicksal?« Er saß kerzengerade neben ihr.

»Sieht nicht mehr nach so einem guten Plan aus«, antwortete Nina schläfrig. »Was sollen wir machen?«

»Ich bin mir nicht sicher.«

»Es gibt so vieles zu bedenken«, sagte Nina.

»Aber nichts davon zählt. Im Grunde nicht.«

Sein Tonfall, der sehr bestimmt war, weckte sie. Sie nahm alles wahr – die abgestandene Luft, den Lärm der Maschinen, den Geruch seines Hemds, die Kratzer auf der Fensterscheibe.

»Ich weiß, dass wir uns noch nicht lange kennen«, sagte er.

»Zwei Jahre«, meinte Nina. »Bei Gericht habe ich dir viele Male gegenübergesessen und versucht zu verstehen, was wohl in dir vorgeht, versucht, aus dir schlau zu werden. Ich kenne dich sehr gut. Wir denken ähnlich. Wir versuchen beide, unsere Arbeit zu machen und dabei anständig zu bleiben. Ich weiß, wie intelligent du bist, wie reif, wie liebevoll …« Sie sah, wie gut ihm das Lob tat. Er hatte keine Vorstellung, wie er war. So lange schon hatte ihn niemand geliebt.

Sie landeten. »Ich kann eigentlich doch keine Blütenkränze winden«, sagte Nina. »Kannst du damit leben?«

Das Flugzeug holperte über die Rollbahn. Er nickte. Er wusste, was sie sagen wollte. Sie konnte keiner anderen Arbeit nachgehen. Die Juristerei war das Einzige, das sie gut konnte, und es war die einzige Art, wie sie helfen konnte, und sie wusste, dass er genauso über seine Arbeit dachte.

»Wir kriegen das schon irgendwie hin«, sagte er.

»Das Einzige, was ich mir wünsche, ist … dass ich Jim Strong niemals kennen gelernt hätte«, sagte Nina. Sobald es draußen war, wünschte sie sich, es nicht gesagt zu haben. Sie wollte, dass die Ermittlungen nicht zwischen ihnen standen, bevor sie Zeit gehabt hatten, herauszufinden, wie sie in derselben Stadt zusammenarbeiten konnten. Collier konnte es missverstehen und denken …

Aber vielleicht wusste er auch noch nichts von den Fasern. Vielleicht hatte Clauson seinen revidierten Bericht noch nicht eingereicht, bevor sie gefahren waren?

Sie war sich dessen sicher, als er ganz leicht mit dieser neuen warmen Stimme sagte: »Wer weiß? Vielleicht erledigt es sich einfach von selbst.«

Also war sie ihm noch immer einen Schritt voraus. Denn sie wusste, dass das nicht geschehen würde.

Am Abend sprach sie mit Bob über ihre Gefühle für Collier. Nachdem er sich zunächst sehr blasiert gegeben und ein oder zwei Fragen über Paul gestellt hatte, begann er, über seinen Vater zu sprechen, und Nina wurde klar, dass er geheime Fantasien hegte. Er sagte, er würde darüber nachdenken und dann noch einmal mit ihr darüber sprechen, und dann zog er sich in sein Zimmer zurück, wo er telefonisch Rat suchte bei Leuten wie Onkel Matt.

Natürlich würde er Zeit brauchen, Collier kennen zu lernen.

Es war erst neun, aber ihr fielen die Augen zu. Sie kroch im kalten Dachzimmer unter die Hudson-Decke und stellte den Wecker.

Dienstagmorgen hatte sie gerade den Mantel im Büro aufgehängt, als Collier anrief, viel eher, als sie erwartet hätte.

»Du hast bis heute Abend zum Dienstschluss Zeit, Jim Strong der South-Lake-Tahoe-Polizeistation zu überantworten«, sagte er. Sein Ton war weder brüsk noch kalt, nur sehr anders als am Vortag. »Ich sage dir das aus Höflichkeit, weil du ihn vertrittst.«

Ihr Ton war ebenso verbindlich wie seiner. »Ich weiß das zu schätzen. Wie lautet die Anklage?«

»Mord. Vorsätzlicher Mord.«

»Ich werde auf einer Vorverhandlung innerhalb von zehn Tagen bestehen.«

»Tu, was du tun musst.«

»Wir werden ihn vorführen.«

12

Sie begleitete Jim zur Polizeiwache und stand ihm zur Seite, als zwei Detectives ihm seine Rechte vorlasen und ihn mit Fragen traktierten. Auf Rat seiner Anwältin verweigerte Jim die Aussage. Schließlich wurde er zum Gefängnis hinübergebracht.

Barbet Schroeder, die für die Zeitung die Gerichtsreportagen schrieb, hatte irgendwie Wind davon bekommen. Ihr Fotograf schaffte es, ein Bild von Jim zu schießen, wie er ins Gefängnis eskortiert wurde.

Morgen würde er angeklagt werden. Er war in der Gemeinde verwurzelt, stammte aus einer bekannten Familie und war nie zuvor wegen irgendetwas verhaftet worden. Es würde eine Kaution gestellt werden müssen, und er würde nach einer Nacht wieder freikommen, zumindest fürs Erste. Aber auch die Morgenzeitung würde erscheinen, und dann wäre er stadtbekannt.

Auf ihre Weise höflich, unterzogen die Gefängnisbeamten Jim der Prozedur, aus ihm einen Insassen zu machen. Der Geruch nach Kaffee, die Werbesprüche aus dem Fernseher, der irgendwo lief, und ihre entspannte Art machten es leichter. Jim ließ es fatalistisch über sich ergehen und zuckte die Schultern, als sie ihn fragte, wie es ihm gehe. Erst im letzten Augenblick, als Nina ging, damit sie ihn in seinen Gefängnisoverall stecken und ihn den Demütigungen unterziehen konnten, die dazugehörten, wenn jemand seiner Freiheit beraubt wurde, drehte er sich zu ihr um und flüsterte: »Lassen Sie mich nicht hängen.«

Die Gefängnistür fiel mit einem Puffen zu, mit dem sie alles, was frisch und lebendig war, ausschloss.

Am Mittwoch um halb zwei setzte Richter Flaherty eine Kaution von dreihunderttausend Dollar fest. Collier war mit dabei, und sie waren beide sehr bemüht, sich nicht zu berühren oder etwas Persönliches zu sagen. Collier sah groß und distinguiert aus, und sie war stolz – nein, sie war unparteiisch.

Oder war es ihr peinlich? Sie war verwirrt, und für Verwirrung hatte sie jetzt keine Zeit. In ein paar Tagen würde sich bei der Voruntersuchung herausstellen, ob Jim ein langwieriger Mordprozess bevorstand.

Nach der Vernehmung reichte Collier ihr einen Umschlag, auf dem die Adresse des Coroners stand. Er wählte diesen Augenblick, um zu lächeln, und ausgerechnet in diesem ungünstigen Moment kam Barbara Banning herein. Sie trug ein Designerkostüm und hatte die Arme voller Akten für die anstehende Vernehmung. Sie schaute erst Nina an, dann Collier.

Woher wusste sie es? Wie konnte sie es wissen? Hatte Collier es ihr gesagt? Barbaras Blick glitt von einem zum anderen. Ihre gezupften Augenbrauen wanderten zum Haaransatz hinauf, und sie sah sie zynisch an.

Natürlich. Es war doch offensichtlich, zwei lächelnde Anwälte mit ähnlicher Sonnenbräune, und zwar nicht die typische Skibrillen-Bräune. Sie waren mit hochroten Gesichtern ertappt worden.

Nina begriff, wie schwierig es beruflich werden konnte. Sie schaute nicht in den Umschlag, sie wollte noch nicht wissen, was man an den Stiefeln gefunden hatte. Außerdem war es ihr unmöglich, sich gleich darum zu kümmern – ihre Gedanken schienen sich im Tang verheddert zu haben. Sie würde sich das Material später anschauen, sorgfältig, wenn der Seetang sich aufgelöst hatte.

Am Nachmittag machte sie früh Schluss und ging mit Bob und Hitchcock lange am Seeufer auf dem schmalen Streifen Sand zwischen Schnee und Wasser spazieren.

»Nehmen Sie die weg«, sagte Tony Ramirez und schob die Autopsiefotos mit dem Zeigefinger zur Seite. »Ich habe genug gesehen.« Tony, Ginger, Sandy, Nina und Sandys Sohn Wish hatten alle irgendwo in Ninas engem Büro Platz gefunden. Die Fotos verschandelten Ninas sauberen Eichenschreibtisch.

Draußen wehten Schneeflocken über den Wald und die Marsch und verbargen den See. Sie hatten die letzte Stunde über ihre Strategie diskutiert. Das Mantra für den Fall hieß: Es war ein Unfall. Aber da die Theorie der Staatsanwaltschaft auf Mord hinauslief, mussten sie irgendwie damit umgehen. Das Beste schien zu sein, noch ein paar Verdächtige aufzutreiben.

Ginger nahm die Fotos, Hochglanzvergrößerungen im Format zwanzig mal fünfundzwanzig Zentimeter in exzellenter Auflösung, und legte sie wieder zu einem ordentlichen Stapel zusammen. »Eine Schande, dass sie so deutlich sind«, sagte sie. Die Bilder von Alex Strongs Bauch, diejenigen mit den gemusterten Prellungen, legte sie oben drauf. Neben die Autopsiefotos legte sie ein großes Foto der Sohlen von Jims Skistiefeln.

»Seht selbst«, sagte sie. »Ich habe sie eingescannt, und wir wollen versuchen, ob wir die Einzelheiten noch ein bisschen schärfer rauskriegen. Falls wir das wollen.«

»Ich sehe nichts auf der Haut«, sagte Sandy. »Nur eine schwache Musterung.«

Nina hob den Kopf: Wenn Sandy sich nicht sicher war, ob sie ein Muster sah, reagierten die Geschworenen vielleicht ähnlich.

»Obwohl sie in kurzen Streifen zu verlaufen scheinen«, fügte Sandy hinzu. »Wie die Stiefel.« Nina ließ den Kopf wieder sinken.

»So sehen sie in meinen Augen auch aus«, meinte Wish. »Wenn ich meine Gürtelschnalle zu eng trage und die Hose ausziehe, kann ich den Umriss der ganzen Schnalle auf meinem Bauch sehen, sogar den Metallnippel, den man durch das Loch im Gürtel steckt …«

Wish studierte Jura auf dem Community College. Er hatte sein langes Haar zu einem Pferdeschwanz zusammengebunden, der ihm den halben Rücken hinunterhing und seine hohe Stirn, seine großen Ohren und sein unschuldiges Gesicht betonte. Wenn er noch weiter wuchs, passte er bald nicht mehr ins Konferenzzimmer.

»Ich vermute, wir sollten uns glücklich schätzen, dass das Logo nicht auch noch eingeprägt ist«, sagte Nina. »Es gibt offensichtlich eine Art Muster. Ginger, was kannst du damit machen?«

»In zwei Wochen? Das Beste, was wir tun können: Tony hier ein halbes Dutzend andere Skistiefel mit ähnlichen Sohlen auftreiben lassen. Lass sie mich mit diesen schwachen Streifen vergleichen, dann sag ich dir, ob ich bezeugen kann, dass es unmöglich ist, zu sagen, ob es die Tecnicas waren.«

»Ich habe in Marianne Strongs Haus ein Paar Männerstiefel gesehen. Es waren nicht Alex', denn sie waren noch nass. Der Hersteller war Dalbello. Ungefähr Größe elf.«

»Super«, sagte Ginger. »Das sind italienische Stiefel. Dann teste ich ein Paar von denen zuerst.«

»Vielleicht hat sie einen Freund«, sagte Tony. »Ich kümmere mich darum.«

»Wenn das Muster dem Stiefelabdruck entspricht, ist es definitiv Mord«, sagte Nina. »Wie konnte … Man hat kein Blut an den Sohlen gefunden. Warum nicht?«

»Die menschliche Haut ist erstaunlich elastisch, wenn es um ihre Unversehrtheit geht, selbst wenn ihr eine Quetschverletzung zugefügt wird«, erklärte Ginger. »Auf der Oberhaut haben sich kaum Hämatome gebildet. Die anfängliche Blutung war nur innerlich. Ich kann also nicht behaupten, das Fehlen von Blut auf den Stiefeln würde uns sehr viel nützen.«

»Auf dem schwarzen Pullover hat man ein paar Tröpfchen gefunden«, sagte Nina. »Das könnte wichtig sein für den zeitlichen Ablauf, denn der Parka müsste aufgemacht und die Hosen lange genug heruntergezogen worden sein, damit das Blut vom Gesicht dorthin gelangen konnte.«

Sie sah Wish eine Grimasse ziehen. Wishs und Sandys Reaktionen waren wichtig für sie, weil die Geschworenen auf forensische Einzelheiten womöglich auf die gleiche Art reagieren würden. In seiner Miene sah sie, wie hässlich das Szenario der Staatsanwaltschaft aussehen würde.

Wish bemerkte, dass sie ihn anschaute. »Mach dir keine Sorgen, Nina«, sagte er. »Wir finden raus, was passiert ist. Wir helfen ihm.« Er schenkte ihr ein sonniges Lächeln, das sie dankbar erwiderte.

»Zumindest können wir Clauson bei ein paar anderen Ergebnissen schlagen«, sagte Ginger. »Überlass das mir.« Sie trug wieder Schwarz, aber ohne ihre Kopfbedeckung. »Was die fünfunddreißig weiteren Fasern angeht, die an den Sohlen der Tecnicas gefunden wurden, da kann ich nichts machen. Ich gehe heute mit ein bisschen Ausrüstung rüber zum Beweismittellager der Polizei und sehe sie mir an, aber wir können annehmen, dass es schwarze Baumwollfasern sind, und wir können verdammt sicher sein, dass sie zu dem schwarzen Pullover passen. Das ist alles, was die Wissenschaft uns sagen kann.«

»Und was ist mit der hirnrissigen Geschichte, die Jim uns über den Pulli erzählt hat?«, fragte Sandy Nina.

»Er schien über die Fasern genauso schockiert gewesen zu sein wie ich. Nachdem er darüber nachgedacht hatte, sagte Jim, die halbe Stadt würde diese Skirollis tragen. Sie sind von Miller's Outpost unten bei der Straßengabelung. Er hat mich daran erinnert, dass die Tecnicas im Auto seines Vaters waren, und mich gefragt, ob sie dort mit einem Pullover in Kontakt gekommen sein könnten. Er sagte auch, dass jemand anscheinend versucht, ihm etwas anzuhängen.«

»Schnell geschaltet«, sagte Sandy trocken. »Dann hat der Mörder also, nachdem er Alex zu Tode getreten hat, ein paar Fasern vom Pullover des toten Mannes genommen, die Stiefel in dem Auto entdeckt und die Beweise so manipuliert, dass man Jim die Sache anhängt. Ich glaube, bei dem piept's wohl.«

»Lassen Sie uns realistisch bleiben«, sagte Tony. Er war aus dem Ort und ein Freund von Sandy, mit einer Detektivlizenz, gescheit und ehrlich, auch wenn er, was den körperlichen Aspekt seiner Arbeit betraf, mit siebenundsechzig die besten Jahre hinter sich hatte.

»Wir wissen einfach noch nicht genug«, sagte Nina. »Philip Strong war an dem Tag auf dem Berg. Marianne Strong ebenfalls. Beide kennen die Gegend, in der die Brüder Ski fuhren.« Nina erzählte ihnen von Mariannes anhaltendem Interesse an Jim.

»Ich konnte in ihrem Haus zufällig einen Blick auf Alex' Testament werfen. Er hat alles Marianne vermacht, aber was ich interessant fand, ist, *was* er ihr vermacht hat. In dem Testament hieß es, dass er seinen Anteil – ein Sechstel von Paradise – an Marianne vererbt, dazu ein weiteres Sechstel, das er vor kurzem seiner Schwester Kelly abgekauft hat. Jim hält ein Sechstel, und dem Vater gehört die andere Hälfte. Also besitzt Marianne jetzt ein Drittel der Anteile. Das ist ziemlich viel.«

»Wie viel sind die wert?«

»Jim schätzt, dass sein Anteil rund 'ne halbe Million Dollar wert ist, also hat sie jetzt eine Million. Tony, wir müssen diese Frau genauer unter die Lupe nehmen.«

»Vielleicht hat sie ihre eigenen Vorstellungen davon, was sie mit dem Geld machen will«, sagte Sandy. »Mir würde da schon was einfallen.«

»Klingt gut. Was ist mit Heidi?«, fragte Wish. »Ist sie auch Ski gefahren?«

»Ja«, sagte Nina. »Und sie ist auch eine ausgezeichnete Skiläuferin. Das sind alles Profis. Ein Berg voller Sportler in Skistiefeln.«

»Profiskifahrer«, schnaubte Tony. »Arrogante Idioten mit genug Geld, um den ganzen Tag zu spielen und die ganze Nacht zu feiern. Wette, Ihr Mandant ist wirklich überrascht, dass er so grob von den Skiern gestupst wird. Wahrscheinlich ist ihm nie was Schlimmeres zugestoßen als ein verstauchter Zeh.«

»Ich würde gerne noch erwähnen, dass Philip Strong dem Frauenhaus jedes Jahr zu Weihnachten einen großen Scheck überreicht«, sagte Sandy. »Nicht jeder, der ein bisschen Geld in der Tasche hat, ist ein unproduktiver Faulpelz.«

Sie und Tony wechselten einen Blick von der Seite, und Nina überlegte, wie Tony in Sandys Leben passte. So ziemlich jeder, den sie empfahl, war ein Mitglied ihrer großen Familie.

Tony kehrte zu der Frage zurück, ob jemand anders Alex umgebracht haben konnte.

»Selbst wenn ein anderer mit bösen Absichten in der Nähe war – wenn wir davon ausgehen, dass der Mandant die Wahrheit sagt –, ging es nur um zehn Minuten. Sonst hätte Jim den anderen gesehen«, sagte er.

»Es ist noch früh«, sagte Nina und betonte jedes ihrer Worte. »Und wir gehen davon aus, dass er die Wahrheit sagt. Wir sind seine Unterstützung. Seine Familie scheint ihn aufgegeben zu haben. Ich habe gerade gehört, dass sein Vater die Stadt verlassen hat. Er war sehr bekümmert, als ich mit ihm gesprochen habe.«

»Aus der Tatsache, dass ich hier sitze, schließe ich messerscharf, dass der Mandant nicht vorhat, sich schuldig zu bekennen«, sagte Tony.

»Er schwört, dass er es nicht getan hat«, sagte Nina.

Niemand sagte etwas.

»Also sehe ich zu, was ich über Marianne Strong rausfinden kann«, sagte Tony schließlich. »Und ich kümmere mich um den Vater. Irgendeine Idee, wo er am Tag des Unfalls war?« Sie sprachen immer noch von einem Unfall.

»Er war in Paradise«, sagte Nina. »Vielleicht auf dem Berg, vielleicht in der Lodge. Versuchen Sie, das zu konkretisieren, Tony. Aber ehrlich gesagt, glaube ich nicht, dass Mr. Strong seinen Sohn umgebracht haben könnte. Er hat sich ein paar Tage frei genommen, und Jim zufolge ist er bei seiner Tochter am Nordufer. Sprechen Sie mit Jessica Sweet, einer Angestellten dort. Sie ist sehr hilfsbereit. Wish wird Ihnen sicher gerne helfen. Ich sehe mir heute Nachmittag die Stelle an, wo Alex abgestürzt ist. Ich bitte Sie vielleicht morgen, raufzugehen und ein paar Fotos zu machen.

Womit wir wieder bei Heidi sind«, fuhr Nina fort. »Marianne

Strong behauptet, Heidi habe ihr gegenüber zugegeben, dass sie eine Affäre hat. Aber sie hat nicht gesagt, mit wem.«

»Ich hoffe aufrichtig, dass es nicht Alex war«, sagte Ginger.

»Das wäre ein Nagel in Jims Sarg«, meinte auch Sandy.

»Will sehen, was ich ausgraben kann«, sagte Tony. »In Ordnung, lassen Sie uns die anderen möglichen Täter noch mal durchgehen.«

»Sein Vater?«, sagte Wish.

»Würde ein Vater seinen Sohn auf diese Weise umbringen und versuchen, es seinem anderen Sohn anzuhängen? Was zum Teufel ...?«

»Ja, was zum Teufel ...?«, sagte Wish, der große Augen machte, während er darüber nachdachte.

»Pass auf, was du sagst«, ermahnte Sandy ihren Sohn. »Wie steht's mit Marianne? Was wäre, wenn sie ihren Mann umgebracht hat, um doch noch mal bei Jim zu landen, wenn sie Heidi auch aus dem Spiel zog. Was ihr ja gelungen ist.«

»Aber wie hätte Marianne Jims Tecnicas und den Rollkragenpullover zusammenbringen sollen?«, fragte Wish. »Ich habe auch so einen Pulli. Knittert nicht und ist Schmutz abweisend. Alle haben welche, weil sie wie ein Sweatshirt sind und doch nicht ganz so salopp aussehen. Schwarz ist am besten.« Er nickte zustimmend in Gingers Richtung.

»Wo hast du deinen gekauft?«, fragte Ginger.

»Bei Miller's Outpost, genau wie Jim gesagt hat. Die trägt echt jeder.«

»Hm. Das ist jetzt natürlich irre verlockend«, sagte Ginger. »Ich halte auf dem Weg aus der Stadt raus da mal an und kaufe ein paar schwarze Rollkragenpullover.«

»Und vergleichst die Fasern, richtig?«, fragte Wish aufgeregt.

»Nein«, sagte Ginger mit ausdrucksloser Miene, »ich verteile sie an die Typen auf der Straße, die ihr letztes Hemd verspielt haben.«

»Oh, wow«, sagte Wish und nickte.

Zu Hause grub Nina leicht modrige Skihosen und frische Wollsocken aus. Bei Temperaturen von minus sieben Grad und kälter freute sie sich nicht gerade auf das, was sie als Nächstes tun musste.

Jim wartete an der Tür der Paradise Lodge. Es war kurz vor eins und schneite immer noch leicht, die Berge waren in Wolken gehüllt, aber es war windstill und bitterkalt.

»Wieder sicher zu Hause?«, fragte Nina. »Keine Probleme mit der Kaution?«

»Lief reibungslos. Gibt's was Neues?« Eine rosa getönte Sonnenbrille verdeckte die Hälfte seines Gesichts. Der blaue Skianzug schien wie für ihn gemacht. Seine Gliedmaßen spannten den Stoff, als wäre er ein Actionheld aus dem Kinderprogramm.

»Nein. Vieles im Gange«, antwortete sie. Damit war das Gespräch in etwa beendet. Wahrscheinlich graute ihm genauso vor dieser morbiden Exkursion wie ihr.

Ein paar Minuten beschäftigten sie sich mit den Skiern. Nina hatte Probleme mit der Bindung, und Jim kniete sich vor sie, um sie richtig anzupassen.

Dann gingen sie zu den Liften hinüber. Nicht viele Skifahrer waren rausgekommen, um dem weißen Himmel die Stirn zu bieten, und so hatten sie den großen Sessellift ganz für sich. Als der Boden sich unter ihnen entfernte und dann ganz verschwand, griff Nina nach der Kamera in ihrer Jacke. Sie war noch da, aber würde sie ihr auch etwas nützen? Selbst wenn sie die Stelle fanden, an der Alex gestorben war, konnte sie bei dem Wetter keine guten Fotos machen. Auch nicht mit Jim an ihrer Seite, der ihr half, den Weg zu finden. Reichten ihre Fahrkünste aus, um der Spur der beiden zu folgen? Die Kälte drang unter ihre Skihosen, und ihre Knochen fühlten sich spröde und zerbrechlich an.

Von der Bergstation des Sessellifts auf rund zweieinhalbtausend Metern über dem Meeresspiegel nahmen sie einen weiteren Lift. An einem klaren Tag würde der See unter ihnen schimmern. Heute konnte sie kaum Jim erkennen. Die Schneeflocken wehten sacht vorbei und brannten auf ihren Wangen, kleine trockene Kristalle, die fürs Wochenende großartiges Skiwetter verhießen.

»Vielleicht sollten wir's ein andermal versuchen«, sagte sie schließlich, als er ihr aufhalf, nachdem sie vom Lift gerutscht war und einen Ski verloren hatte. »Ich bin keine so gute Skifahrerin … bei dem Wetter können wir kaum Fotos machen, und …«

»Bringen wir's hinter uns. Sie haben einen ausgezeichneten Skiläufer dabei. Ich lasse nicht zu, dass Ihnen etwas passiert. Sie müssen sie sehen … die Felsen und den Abbruch. Jetzt sind wir schon mal hier. Mir ist es egal, ob wir Fotos machen können.«

»Ich weiß nicht.«

»Wenn's sein muss, trage ich Sie auf dem Rücken. Entspannen Sie sich. Der frische Schnee gibt uns zusätzliche Bodenhaftung – sonst wäre es für Sie vielleicht zu vereist.«

Sie folgte ihm vorsichtig an einem Kamm entlang, bis sie den nebligen Grat und die Felsschlucht überquerten, und fuhr missmutig hinter ihm in der schmalen Spur, ihre Wollmütze tief in die Augen gezogen.

Sie fuhren hinüber zum Berg, aber alles, was sie sehen konnten, war weiße Watte. Die Touristen waren bestimmt unten in den warmen Kasinos, tranken Bloody Mary und sahen zu, wie ihr Geld wie von Zauberhand verschwand.

»Warten Sie eine Minute«, sagte Nina. »Ich erinnere mich nicht, dass ich diese Piste auf meiner Karte gesehen habe.«

»Haben Sie auch nicht. Wir sind abseits.«

»Abseits von was?« Sie war stocksauer, sauer, weil sie sich zu dem hier bereit erklärt hatte, sauer, weil es so kalt war, sauer, weil der Schnee unter ihrer Skihose und ihren Handschuhen schmolz, sauer wegen ihrer Ängstlichkeit, die ihr gar nicht ähnlich sah.

»Abseits der Piste. Jenseits der Grenzen«, sagte Jim.

Nina erinnerte sich. Marianne hatte die gleichen Worte benutzt.

»Alex hat immer gerne behauptet, dies sei sein Berg. Wir fahren Ski, wo wir wollen, und hier sind wir an dem Tag gefahren. Kommen Sie«, sagte er. »Der erste Teil ist leicht.« Er verschwand hinter dem Rand.

»Na klar.« Sie schob sich langsam zum Rand und sah einen baumlosen Hang ohne Piste, allerdings auch ohne großes Gefälle. Sie biss sich auf die Lippe und flüsterte sich noch ein paar aufmunternde Worte zu. Dann stieß sie sich ab und fuhr vorsichtig hinunter zu dem Vorsprung, wo Jim auf sie wartete. Ab da war der Hang sehr viel steiler.

»Ein andermal würde ich Ihnen gerne zeigen, wie ich hier sonst runterfahre«, sagte Jim. »Aber für dieses Mal … sehen Sie den Baum da rechts etwa dreißig Meter weiter? Fahren Sie so langsam wie möglich dort hin. Ich bleibe direkt neben Ihnen.« Er blieb bei ihr, und sie schaffte es, auch wenn sie herumhampelte wie ein kleiner unbeholfener Elefant neben einer eleganten Antilope.

»Sie müssen an Ihren Schwüngen arbeiten«, sagte Jim, als sie, atemlos vor Angst, zum Stehen kam.

»Ach ja?«

»Jetzt folgen Sie mir sehr vorsichtig über dieses Schneefeld hinunter. Am unteren Ende ist der Abbruch. Sie möchten sicher nicht drübergehen wie …«

»Okay, okay. Fahren Sie langsam.«

»Ich hab Sie.« Er fuhr voraus, seitwärts im Fischgrätenmuster am Hang entlang, vollkommen kontrolliert.

Fahr langsam, befahl sie sich. Mit äußerster Vorsicht schob sie sich auf das Schneefeld. Sie hatte nicht erwartet, dass sich die Skier so tief in den Schnee hineingruben, dass sie Halt fand, aber nicht so tief, dass sie strauchelte. Das machte ihr Mut. Weiter ging's. Sie stellte sich vor, sie sei ein winziger schwarzer Fleck im grenzenlosen Weiß.

Als sie noch etwa sechs Meter von dem Steilabbruch entfernt waren, bedeutete Jim ihr mit einer Geste, sie solle sich nach rechts drehen, wo sie sehen konnte, dass der Hang sich fortsetzte. Als sie sich umdrehte, beschlossen die Skier jedoch unglücklicherweise, eine etwas andere Richtung einzuschlagen.

Und ab ging's auf den Abbruch zu.

»Hinsetzen!«, schrie Jim, aber die Skier hatten ein Eigenleben und rissen sie mit sich. Sie schwankte zwischen Panik und Hochgefühl – sie war noch nie so weich gefahren, so schnell. Und so schlitterte sie den spiegelglatten Hang hinunter ins Vergessen. Sie versuchte, auf die Bäume zuzuhalten, aber sie würde über Alex' Abbruch gehen, ihm nachfolgen …

Ein harter Körper warf sie um und fiel auf sie.

»Bewegen Sie sich nicht«, sagte Jim. Sie lag keuchend auf dem Rücken und schaute in seine Sonnenbrille. Er war auch schon mal witziger gewesen. Selbst wenn sie gewollt hätte, hätte sie sich nicht bewegen können. Sie lag da und atmete heftig, sein Gewicht lastete auf ihr.

Ihr wurde bewusst, dass er sich nicht bewegte, und sie versuchte vorsichtig, sich zu rühren, wodurch sie sich nur noch tiefer in den Schnee grub.

»Nina?«, fragte Jim. »Sie fühlen sich gut an. So unter mir.«

»Was?«, sagte sie. »Was haben Sie gesagt?« Sie wollte ihn von sich runterschieben, aber er rührte sich nicht.

»Keine Sorge. Sie waren nicht in Gefahr. Es war reichlich Zeit, Sie umzulegen.«

»Ich gehe wieder rauf. Ich hab genug.« Sie drückte wieder gegen ihn, was nur dazu führte, dass sie tiefer im Schnee versank.

»Zu steil«, sagte Jim. »Wir sollten diese Fläche besser queren und seitlich runterfahren. Von hier an wird's leichter.«

»Runter von mir!«

Er rollte zur Seite, und sie versuchte aufzustehen, aber sie konnte nicht.

»Hier«, sagte er und streckte ihr eine Hand hin. Er hielt sie fest am Arm, als sie vorsichtig zur richtigen Seite hinübergingen. Ab hier war der Hang tatsächlich nicht mehr so steil. »Hier ist der Baum, gegen den ich fast gekracht wäre«, sagte er. Er zeigte auf eine kleine Tanne mit tief hängenden Ästen. »Hätte mich aufgespießt«, fuhr er fort.

Er schien sich gar nicht bewusst zu sein, dass er sich eben erst benommen hatte wie ein absolutes Arschloch. Einen Augenblick war sie hilflos und voller Angst gewesen. Sie blieb jetzt ein Stück von ihm weg. Hatte er wirklich gesagt, was sie zu hören geglaubt hatte?

Gut möglich, dass er ihr auch das Leben gerettet hatte. Sollte sie ihm danken oder ihn zusammenstauchen?

Sie wünschte sich wirklich, dass es bald vorbei war.

»Ich habe kein Verständnis für die Art und Weise, in der Sie eben mit mir gesprochen haben«, sagte sie.

»Ja, ich habe mich daneben benommen. Tut mir Leid. Ist mir so rausgerutscht. Stress, wissen Sie?«

»Tun Sie das nicht noch mal.«

»Okay.«

Eine Pause, und dann sagte Nina: »Aber danke, dass Sie mich aufgehalten haben.«

»Das Mindeste, was ich tun konnte. Alles wieder in Ordnung?«

»Denke, ja«, sagte Nina, aber das Unbehagen ließ sich nicht gänzlich verscheuchen.

Sie nahm ihre Kamera raus und machte ein paar Fotos von Jim vor dem Baum. Jim zeigte ihr, wo er in dem Augenblick, als er hörte, wie Alex unten auf dem Felsen aufschlug, fast aufgespießt worden wäre. Sie waren wahrscheinlich nutzlos, weil Nina der Szene keine Perspektive geben konnte.

»Ist Marianne hier mit dem Snowboard runter, oder ist es dafür zu steil?«

»Sie suchen nach Verdächtigen? Nichts ist zu steil für Marianne. Ich weiß nicht, wo sie an dem Tag war. Sie hätte überall sein können. Ich weiß es einfach nicht.«

Nina erinnerte sich, dass Marianne bestritten hatte, je auf dem Steilabbruch Ski gefahren zu sein. »Heidi?«

»Sie ist toll auf Skiern. Eine Ballerina der Hänge.«

»Wusste sie von dieser Abfahrt?«

»Also bitte! Heidi soll Alex umgebracht haben? Warum?«

»Und Ihr Vater?«

»Ah, ja. Mein Vater. Er war hier, fünf Minuten, nachdem ich runtergegangen war und Jerry, dem Typ, der den Lift auf dem Ogre bedient, gesagt hatte, er solle sich über Funk mit der Lodge in Verbindung setzen. Also war er in der Nähe.«

»Jemand muss etwas gesehen haben«, sagte Nina.

Jim schwieg.

Trotz allem wusste sie, dass es richtig gewesen war, die Mühe auf sich zu nehmen und hierher zu kommen. Sie konnte Alex jetzt beinahe sehen: Sah ihn auf den Abbruch zusausen, während die beiden wie verrückt lachten, sah, wie Jim im letzten Augenblick abdrehte und fast in den Baum fuhr, sah Alex in einem Augenblick verschwinden und hörte den Aufschlag. Sie hatte diesen Ort sehen müssen, so unzugänglich er auch war.

»Bereit für das letzte Stück?«, fragte Jim.

»Es wird schon gehen.« Sie suchten sich vorsichtig einen Weg an der Flanke des Hangs entlang zu den Felsen unterhalb des Steilabbruchs. Es dauerte mindestens zwanzig Minuten.

Dann standen sie auf einer fast ebenen Fläche. Links ragten Felsen anderthalb Meter aus der Schneedecke heraus, aber der Rest bestand aus einer Art schräg abfallender Platte, nur hier oder da fünf oder zehn Zentimeter höher oder tiefer, wo der Wind den Schnee weggefegt hatte. Sie schaute hinauf. Der Abbruch über dieser Insel aus Granit war kaum höher als sechs Meter. Eine Felswand, so gut wie senkrecht, mit einem instabil aussehenden, verschneiten Überhang am oberen Ende, was man, wie Nina sich erinnerte, eine Schneewächte nannte. Am Fuß der Wand bezeugten Eis und Schnee, dass Teile der Wächte von Zeit zu Zeit herunterkamen.

Sie wäre beinahe über dieses Ding hinausgeschossen. Alex hatte nicht so viel Glück gehabt.

Der Wind frischte auf. Nina setzte sich auf den breiten Granitsims, löste ihre Skier und steckte sie am Fuß des Felsens in den Schnee, damit sie nicht wegrutschten.

Zerrissenes Absperrband von der Polizei flatterte hier und da im Wind. In den Sträuchern lag eine zerquetschte Pepsi-Dose. Die Insel aus Granit war rund neun Meter breit und sechs Meter tief. Auf beiden Seiten hatte frischer Schnee die Spuren der Rettungssanitäter und Polizisten schon wieder zugedeckt.

»Zeigen Sie es mir«, sagte sie. Jim kam näher und blieb ein paar Schritte vor ihr stehen. Er legte Skier und Sonnenbrille ab und setzte sich neben sie auf den felsigen Sims. Sie machte Fotos.

»Wir sind hier. Die Sicht war besser, und es gab kaum Wind an dem Tag«, sagte er. »Ich fand ihn direkt hier.« Seine Hand fuhr zärtlich über eine flache Stelle direkt neben einer Granitspitze. »Auf diesen scharfen Felsen war Blut. Ich sehe es jetzt nicht. Da muss er aufgetroffen sein, dann ist er hier rübergerollt. Als ich ihn fand, lag er auf dem Rücken, das Bein unter dem Körper verdreht.« In der absoluten Stille klang seine Stimme umso lauter.

»Haben Sie irgendwelche anderen Spuren gesehen? Bevor die Rettungsmannschaft kam?«

»Ich hab versucht, Alex zu helfen, und hab nicht darauf geachtet.«

Sie hatte das Gefühl, wenn sie riefen, würde man sie kilometerweit hören. »Hatte er die Augen auf?«

»Nein! Aber er ... stöhnte. Ich denke nicht gerne daran. Ich habe Ihnen gesagt, dass er noch am Leben war.«

»Wie weit ist es bis runter?«

»Ein paar hundert Meter. Die Sanitäter sind hochgeklettert. Das ist schwerer als von oben, wenn Sie mich fragen. Die Ski-Patrouille hatte kein Problem, auf den Skiern runterzukommen, so wie wir eben.«

»Also lag er da auf dem Rücken und stöhnte.«

»Er blutete. Hier, jetzt sehe ich es.«

Bräunliche Flecken ... sie sah sie auch. »Wo waren die Skier?«

»Einen hatte er noch am Fuß. Der andere war ein Stück den Hügel runtergerutscht. Ich hab sie mitgenommen, als wir gingen. Und die Stöcke.«

»Was haben Sie als Erstes getan?«

»Ich sagte: ›Hey, Kumpel ...‹ Er hat nicht geantwortet. Er hatte einen Schock. Ich ... ich hatte Angst, ihn zu bewegen. Man muss aufpassen, ob der Hals gebrochen ist. Ich habe einen Kurs über Erste Hilfe bei Skiunfällen absolviert. Ich hätte ihn da liegen lassen und runterfahren sollen, um Hilfe zu holen, aber als ich in der Situation war, konnte ich ihn nicht einfach allein lassen. Ich hab die ganze Zeit mit ihm geredet.«

»Waren seine Kleider zerrissen?«

»Ich erinnere mich nicht ... lassen Sie mich nachdenken ... Ich glaube, sein Parka war offen. Ja, offen.«

»Er würde ihn doch nicht offen tragen, oder?«

»Ach, könnte schon sein. Alex hat den halben Winter nur T-Shirts getragen. Er hatte einen Stoffwechsel wie ein Vulkan ... brauchte nachts nie 'ne Decke.«

»Also, denken Sie gut nach. Offen oder geschlossen?«

»Die Sonne schien. Es war nicht besonders kalt. Er trug einen mittelschweren Parka ... ich würde sagen, er war offen.«

»Also konnten Sie die Skihose sehen? Alex' Skihose?«, fragte sie und rieb mit ihrem Fausthandschuh über den rauen Felsen, auf dem sie saß. Sie zog den Handschuh aus und wischte ein kleines Stück Granit ab.

»Die Skihose? Ich nehme an, sie war voll Blut. Ich habe nicht besonders logisch gedacht. Ich konnte mich nicht entscheiden, ob ich bleiben und hoffen sollte, es käme jemand vorbei, oder ob ich runterfahren sollte. Ich saß neben ihm, hob seinen Kopf an und versuchte, das Blut abzuwischen. Er verlor das Bewusstsein. Ich bin ausgeflippt und schrie: ›Ich hole Hilfe. Ich bin gleich zurück ...‹

Ich hab ihm die Hand getätschelt und um Hilfe geschrien, da

ging ein Ruck durch seinen Körper. Seine Augen waren halb geschlossen, sie bewegten sich nicht. Er schien aufzuhören zu atmen, und ich machte Mund-zu-Mund-Beatmung, aber es schien nichts zu nützen.

Nach einer Weile gab ich auf. Ich fuhr den Hügel hinunter und stieß auf Jerry. Ich schrie, hinkte von meinem Sturz, schlug Alarm.«

»Haben Sie seine Brust abgehorcht?« Sie musste dranbleiben, musste Jims Geschichte erfahren, die, an der er festhalten würde ... Sie musterte die Felsen, wischte eine winzige Stelle von Schnee frei, und hörte mit schmerzlicher Konzentration zu. Sie wollte es wirklich wissen, musste sich unbedingt vor der Voruntersuchung ein Urteil bilden, ob er die Wahrheit sagte oder nicht.

Falls er log und den Kummer nur vortäuschte, während er Alex' letzte Augenblicke beschrieb und die Stimme ihm vor Schmerz immer wieder versagte, dann log er teuflisch gut.

Er musste unschuldig sein. Aber die Worte, die er sich verzweifelt abrang, standen im Widerspruch zu immer mehr Beweisen. Einem Berg von Beweisen, mit glatten Hängen ...

Da sie wusste, dass ihre Miene verriet, wie kritisch sie seine Worte abwog, wollte sie Jim nicht anschauen. Stattdessen blickte sie nach unten auf den Fels und rieb ärgerlich mit der nackten Hand darüber.

Und schnitt sich. »Au!«, rief sie. »Was war denn das?« Sie beugte sich vor und schob die Brille hoch. Da ihr die Brille nun nicht mehr den Blick versperrte, konnte sie erkennen, dass der Fels eigentlich nicht grau war, er war zweifarbig – dunkel, hell, dunkel.

Die hellen Teile waren höher als die dunklen. »Warten Sie«, sagte sie und hob die Hand, um ihn zum Schweigen zu bringen. »Sehen Sie sich das an.«

Er kniete sich in den Schnee, beugte sich ganz weit vor und sagte: »Was?«

»Der Fels. Er ist hell und dunkel gestreift.«

»Hm. Sieht aus wie Quarzadern im Granit. Nicht ungewöhnlich.«

»Aber sie stehen weiter vor als der Granit.«

»Schrammen. Das Gestein ist unterschiedlich hart, also erodiert es mit unterschiedlicher Geschwindigkeit.«

»Klettern Sie da rauf, auf die Felsen, und schauen Sie nach, ob oben die gleichen Muster sind«, befahl sie. Er starrte sie einen Augenblick an, dann sprang er auf und lief leichtfüßig hinüber und beugte sich über die Felsnase, während er sich die Brille und die Skihandschuhe auszog.

»Hier oben ist es das Gleiche!«, rief er. »Kommen Sie, ich helfe Ihnen hoch!« Zwei Sekunden später strichen sie beide mit bloßen Fingern über die unregelmäßigen Felsen und strengten ihre Augen an, um Blutflecken zu entdecken.

»Hier! Und hier!«, sagte Jim. Auf einer wenige Zentimeter großen, gefleckten Stelle konnte sie es sehen – gefurchter Fels, der Quarz verlief in schmalen Adern.

»Es ist überall!«, sagte Nina. »Überall! Man muss nur hinsehen.« Sie dachte an Doc Clausons dicke Bifokalgläser unter einer getönten Schutzbrille. Die ganze Vergrößerung hatte ihm nichts genützt. Er hatte es übersehen.

Jim wartete, dass sie etwas sagte. Er hatte sich in der Aufregung so heftig auf die Lippen gebissen, dass ihm ein Blutstropfen über das Kinn rollte. Hart atmend fuhr Nina mit den Fingern über den Stein und schaute sich die erhobenen gefurchten Stellen genau an. Sie knieten jetzt beide auf dem Fels, die Nasen fünf Zentimeter über dem Boden wie zwei Waschbären über einem vollen Abfalleimer.

»Womöglich haben wir hier etwas«, sagte sie nüchtern und setzte sich wieder.

»Es könnte vielleicht ein Muster ergeben?«

»Es könnte einen berechtigten Zweifel erzeugen.« Sie zog die Augenbrauen zusammen und beugte sich noch einmal vor. Die erhobenen Quarzlinien waren noch da.

Was, wenn … was, wenn Alex irgendwo auf dem Weg nach unten auf dem gefurchten Fels aufgeschlagen war? Hätte das auf seiner Haut ein schwaches Muster hinterlassen können?

Womöglich glaubten die Geschworenen dies.

In dem Augenblick ließ sie zu, dass der Fall wieder zu dem wurde, was am wahrscheinlichsten war – zu einem tragischen Unfall. Einem Unfall, nichts weiter.

Sie sahen einander an.

»Sie müssen Tony hier raufbringen – geht das morgen?«, fragte Nina. »Wir brauchen einen unabhängigen Zeugen mit einer Kamera. Ginger! Sie kommt auch mit rauf. Vielleicht kann sie irgendeinen einfachen Test durchführen. Vielleicht finden sie irgendwo hier oben Blut, das die Polizei übersehen hat, neben den offensichtlichen Flecken. Wir könnten auch einen Geologen zur Voruntersuchung schicken. Ich lasse dieses Gebiet noch einmal absperren.«

»Klar, ich bring jeden hoch. Ich mache alles. Ich falle selbst auf den Felsen. Das hat alles verändert, nicht wahr? Ich dachte, ich würde echt in Schwierigkeiten stecken.«

»Die Polizei … der Coroner … sie hätten das hier feststellen müssen«, meinte Nina.

»Da haben Sie verdammt Recht!«

»Vielleicht war es ein Unfall, genau wie Sie gesagt haben.«

»Das war es! Wie ich die ganze Zeit gesagt habe!« Nach der Erleichterung war ihm jetzt die Siegesfreude deutlich ins Gesicht geschrieben.

Er ging auf sie zu, als wollte er sie umarmen. Nina trat einen kleinen Schritt zur Seite, und er blieb stehen.

»Können Sie mit dem Staatsanwalt sprechen, damit dieser ganze Wahnsinn ein Ende findet, ohne dass ich zur Anhörung muss?«, fragte er, und sein Lächeln erstarb.

»Ich weiß nicht«, sagte Nina. »Ich weiß noch nicht mal, ob ich das hier vor der Anhörung bekannt machen möchte. Wir sind nicht verpflichtet, jedem im Voraus davon zu erzählen. Es wird einen ziemlichen Eindruck auf den Richter machen. Ich bringe ihn hier rauf, wenn es sein muss. Wir bauen eine Verteidigung auf und sorgen dafür, dass die Klage abgewiesen wird. Das ist es. Das ist der einfachste Weg ...«

Sie plapperte weiter, dachte laut nach, und er hing an ihren Lippen. Plötzlich plagten sie Gewissensbisse. Sie konnte doch nicht zulassen, dass ihre Zweifel an Jims Unschuld ihr noch länger die Verteidigung vergifteten.

Jim schien es im gleichen Augenblick zu merken. Sie meinte, erkennen zu können, dass er sie vorwurfsvoll ansah.

»Ich muss zurück ins Büro und ein paar Anrufe erledigen«, sagte sie.

»Hören Sie, Nina ...«

»Wir sollten uns beeilen.«

»Sie dachten, ich sei's gewesen. Ich bin sensibel, was Frauen angeht. Ich spüre so was.«

»Ich hatte mir noch keine Meinung gebildet«, antwortete sie ausweichend in klassischer Anwaltsmanier.

»Sie hätten mich fast im Stich gelassen. Aber es ist okay. Egal, was Sie gedacht haben, Sie haben zu mir gehalten. Sie sind loyal, und das bedeutet mir sehr viel. Und Sie sind sehr schnell auf diese Muster gestoßen. Machen Sie sich also keine Sorgen darum.«

»Danke, Jim«, sagte Nina. Der Schnee, der auf ihren Handgelenken geschmolzen war, war zu einem eisigen Armband gefroren. »Lassen Sie uns gehen«, sagte sie zitternd, griff nach ihren Stöcken und schüttelte den Schnee von ihrer Mütze, bevor sie sie wieder auf den Kopf setzte.

13

Collier drehte das heiße Wasser auf und trat, mit Rasiermesser und Nagelschere bewaffnet, unter die Dusche. Kaum hatte er die Tür zugezogen, fiel ihm seine Uhr ein. Er nahm sie gerade noch rechtzeitig ab, legte sie oben auf den Rand der Duschkabine und hoffte, dass sie nicht runterfiel, bevor er fertig war. Er war vollkommen erledigt. Nach einem langen Tag im Büro kam er gerade vom Joggen zurück und wollte früh zu Bett.

Um den Kopf unter den Wasserstrahl zu bekommen, musste er sich bücken. Das Badezimmer war für einen Zwerg entworfen worden, aber das heiße Wasser prasselte auf seine Schultern, und die Spannung kroch langsam aus seinem Körper wie ein Krokodil aus dem Sumpf. Er schaute in den garantiert beschlagfreien Spiegel über der Duschkabine und trimmte sich den Bart.

Das Telefon klingelte. Das tat es immer, wenn er duschte. Ein Kabelloses stand auf dem Waschbecken. Er holte es vorsichtig in die Duschkabine.

»Hallowell.«

»Sie kennen mich nicht, Mr. Hallowell.«

»Und woher haben Sie dann meine Nummer? Rufen Sie mein Büro an.« Er war drauf und dran, sie abzuwürgen, als er die leise weibliche Stimme am anderen Ende sagen hörte: »Ich rufe im Fall Strong an. Ich habe gehört, dass Sie zuständig sind.«

»Was ist damit?«

»Ich weiß etwas, das helfen könnte.«

»Schön, ich notiere mir Ihren Namen und Ihre Nummer.« Er saß zwar gerade nicht an seinem Schreibtisch, aber wenn es um Strong ging, wollte er es hören.

»Das geht leider nicht. Tut mir Leid.«

Er stellte die Dusche ab, stand tropfend vor dem Rasierspiegel und kürzte ein paar wilde Haare. Das Telefon hielt er zwischen Ohr und Schulter geklemmt.

»Ich habe eine Unterhaltung zwischen Jim Strong und seinem Vater, Philip Strong, mit angehört.«

»Und weiter?«

»Das war nur zwei Tage, bevor Alex starb.«

Collier fiel der Gebrauch des Vornamens auf. Sie kannte die Familie. Eine Haushälterin, dachte er, oder eine der Angestellten der Lodge.

»Jim war bei Mr. Strong im Büro. Mr. Strong fragte Jim, warum er den Empfangschef der Nachtschicht gefeuert hat, wissen Sie, den, der die Leute begrüßt und sie zu ihren Plätzen führt, nee?«

»Wie heißt der?«

»Gene Malavoy. Er weiß nichts von dieser Unterhaltung.«

»Und?«

»Da sagt Jim, also Jim sagt: ›Ich bin der Manager in der Lodge, warum lässt du mich nicht einfach meinen Job machen? Misch dich nicht in meine Angelegenheiten.‹ Da regt sich Mr. Strong tierisch auf und sagt: ›Vergiss nicht, ich bin hier immer noch der geschäftsführende Partner. Gene kommt bei den Kunden gut an. Er braucht die Arbeit. Marianne wird das gar nicht gefallen.‹ Und Jim sagt so was, wie, er ist ein Loser, und er will 'ne junge Frau für den Job.«

»Und was hat Mr. Strong dazu gesagt?«

»Da sagt Mr. Strong ziemlich ruhig, aber man weiß genau, dass er das ernst meint: ›Jim, hör zu, ich denke, du solltest das Alex für eine Weile überlassen, Verwaltung ist nichts für dich.‹ Da lacht Jim auf so eine richtig fiese Art und sagt: ›Das ist komisch, denn ich musste Gene einen Grund nennen. Da hab ich ihm gesagt, Alex hätte ihn gefeuert.‹«

»Was war dann?«

»Mr. Strong sagt: ›Das hättest du nicht tun sollen.‹ Und Jim sagt: ›Aber ich hab's getan.‹ Und lacht wieder. Dann sagt er noch: ›Immer Alex. Tja, diesmal nicht.‹«

»Und?«

»Das Telefon klingelte, und die Tür ging auf, und das war's.«

»Ich muss mich noch etwas ausführlicher mit Ihnen darüber unterhalten«, sagte Collier in seinem neutralen beruflichen Tonfall und hoffte, die Anruferin nicht abzuschrecken. »Legen Sie bitte nicht auf, bevor Sie mir geholfen haben, ein paar weiße Stellen auszufüllen. Wollen wir uns in einem Café in der Stadt treffen?«

»Ich musste es nur loswerden«, sagte das Mädchen. »Ich hab mich gefragt, ob Jim Alex umgebracht hat, denn Alex war kurz davor, die Lodge wieder zu übernehmen.« Dann war die Leitung tot. Collier legte das Telefon auf das Seifenregal und widmete sich wieder seinem Bart.

Fünf Minuten später war er fertig, mehr oder weniger abgetrocknet, zog seine alten, karierten Boxershorts aus Flanell an und wählte die Nummer von Seans Piepser.

Er schlappte in die Küche und öffnete eine Bierdose, dann legte er sich im Wohnzimmer auf das Sofa. Der Kamin strahlte immer noch viel Hitze aus, und er war schon wunderbar schläfrig, als der Anruf kam.

»Hallo«, sagte Sean.

»Wir haben eine anonyme Informantin im Fall Strong«, sagte Collier. »Sie wollte mir ihren Namen nicht verraten. Sie müssen sie morgen finden und sie zusammen mit einem weiteren Zeugen zu mir bringen, wenn Sie können.«

»An einem Sonnabend?«

»Ich bin den ganzen Nachmittag da. Erstens einen Typen namens Gene Malavoy. Er hat in der Paradise Lodge bis zum einundzwanzigsten Oktober als Empfangschef gearbeitet. Zweitens eine junge Frau, die wahrscheinlich in Paradise arbeitet, wahrscheinlich unter fünfundzwanzig ist und zwei Tage vor dem Mord an Alex Strong in der Nähe von Philip Strongs Büro war.«

»Ja, und wie soll ich sie finden?«

»Schnappen Sie sich wenigstens Gene Malavoy. Legen Sie los, aber dezent. Philip und Jim Strong sollen nicht herausfinden, was Sie tun, jedenfalls nicht, bevor ich mich mit den Leuten unterhalten habe.«

»Wird gemacht.«

»Rufen Sie mich an, sobald Sie die beiden gefunden haben.«

»Worauf Sie sich verlassen können.«

Collier legte auf, holte sich einen Block und notierte genau, was die Anruferin gesagt hatte, datierte und unterschrieb die Notiz, ging zum Kühlschrank und schenkte sich zur Feier des Tages ein zweites Bier ein.

Als der Tanzabend kam, gab es weit und breit niemand Arroganteren als Bob. Er hatte sich entschieden hinzugehen, natürlich nicht mit dem Mädchen, das ihn angerufen hatte, sondern allein. Er würde sich mit seinem Kumpel Taylor Nordholm dort treffen. Nina konnte ihn weder dazu bewegen, sein Hemd in die Hose zu stecken, noch, seine besten Schuhe zu tragen. Bobs vagen Antworten hatte sie entnommen, dass ein Kontakt stattfinden würde, aber auf einer ausgeklügelt ungezwungenen Basis.

Noch immer wusste sie lediglich den Namen des Mädchens, Nicole. Sie war »so ein Mädchen«. Nina konnte nur herausfinden, dass Nicole etwas älter war als Bob. Als sie beim Abendessen ein wenig in ihn zu dringen versuchte, revanchierte er sich, indem er sie damit nervte, dass er einen Laptop wollte. Sie stritten sich darüber, und damit war das Thema »Nicole« vom Tisch.

Dessen ungeachtet hatte Nina die ganze Woche über diesen Wendepunkt nachgedacht. Das Mädchen hatte Bob zu etwas herausgefordert, wozu er vielleicht noch nicht bereit war. Jetzt, wo sie ihn angerufen hatte, wollte er zum Tanzen gehen, weil ihr Interesse ihn interessierte, aber sie hatte ihn mit ihrem Vorstoß in Verlegenheit gebracht, und deshalb hatte er vor, sie zu ignorieren. Es konnte durchaus sein, dass er den ganzen Abend kein Wort mit ihr redete, und doch wettete Nina, dass ihm nicht die geringste ihrer Bewegungen entging.

Am Freitag bedauerte Nina das Mädchen. Nicole hatte einen dieser Abende vor sich, an denen die Jungs an der Wand stehen, unwirsche Kommentare abgeben und sich unmöglich benehmen und die Mädchen vergeblich auf eine Aufforderung zum Tanz warten. Nina war jung genug, um sich noch genau an solche Abende zu erinnern.

»Versprich mir, sie wenigstens einmal zum Tanzen aufzufordern«, sagte sie zu Bob, »oder mit ihr zu tanzen, wenn sie dich fragt.«

»Da wird überhaupt nicht getanzt.«

»Was macht man bei einem Tanzabend, wenn man nicht tanzt?«

»Essen. Spiele spielen.«

»Du willst doch, dass sie dich mag, oder?«

»Sie mag mich ja bereits. Sie hat mich angerufen.«

»Aber, mein Süßer, weißt du denn nicht, dass sie vielleicht das Interesse verliert, wenn du ihr nicht zeigst, dass du sie magst?«

»Na und?«, sagte Bob mit der unbekümmerten Brutalität eines Dreizehnjährigen.

»Du willst sie doch nicht verletzen, oder?«

»Ich werde sie schon nicht verletzen, Mom, okay? Mach dir bloß nicht in die Hose.« Boshaft kichernd machte er sich daran, seine schmutzige Lieblingskordhose aus der Wäsche zu angeln.

Um Viertel vor acht waren sie vor der Schule. Bob sprang aus dem Bronco und knallte die Tür zu, bevor Hitchcock ihm folgen konnte. Die Turnhalle – ein Relikt aus den Sechzigern wie so viele kalifornische Schulbauten – sah so baufällig aus, als würde das Dach einstürzen, wenn noch mehr Schnee fiel, aber wenigstens war sie hell erleuchtet. Ohne auch nur das geringste Abschiedszeichen oder ein Tschüs steckte Bob die Hände in die Hosentaschen und ging auf die lange Schlange von Mittelschülern zu, die vor den Türen warteten.

Einige von ihnen waren sehr groß, meistens Mädchen, und einige waren sehr klein, meistens Jungen. Manche hatten ungewöhnliche Haarfarben, und andere trugen Klamotten, bizarr wie Kostüme. Die Mehrheit war angezogen wie Bob, in Jeans und Sweatshirt. Ein paar rauchten heimlich, ein paar drängelten, ein paar beschwerten sich über die Drängelei.

Die zu dünn angezogenen Teenager plapperten in der Kälte des Abends aufgeregt durcheinander, was auf Nina so gefährlich wirkte wie das Knistern von Neon im Regen. Von drinnen hörte sie eine kühle, höhnische Stimme über die Trommeln und die Gitarre hinweg: »Your ultimate kiss – Will be my terminal bliss.«

Gott, so habe ich mir seinen ersten Tanzabend nicht vorgestellt, dachte Nina. Sie wollte sich ihn schnappen, nach Hause zerren, ihm die Beine brechen und ihn zurück in seine Wiege legen. Wenn sie ihn wieder laufen ließ, dann nur unter der Bedingung, dass er wie Prinz William ein breites Halstuch trug und nur Kotillons tanzte.

Sie fuhr bei Colliers Wohnung vorbei. Ein schwaches Licht hinter den Jalousien schien darauf hinzudeuten, dass er zu Hause war, und so parkte sie und gab ihrem unbestimmten Verlangen nach. Aber niemand öffnete.

Sie brauchten Milch und Waschmittel. Raley's hatte geöffnet und würde auch nicht zu voll sein. Noch besser wäre es, zum großen Raley's zu fahren, bei den Kasinos, weil ... weil es viel einfacher war, am Raley's vorbeizufahren und gleich vor dem Harrah's zu parken, weil man dort so gut parken konnte.

Auch wenn sich herausstellte, dass der Parkplatz in einiger Entfernung lag, sie hatte ja schließlich den Mantel an, und die Vierteldollarmünzen in ihrem Marmeladenglas klimperten fröhlich, als sie das Handschuhfach öffnete. Sie kam ins Grübeln, wie unglaublich hirnlos das Spielen an einem einarmigen Banditen war, man konnte den ganzen Schnellkochtopf voller Kids vergessen, die hochschossen wie Unkraut, und Mandanten mit blöden Problemen, und die Hypothekenzahlung auf das Häuschen und dass man zufällig auch noch einen Staatsanwalt liebte, und vielleicht konnte man auf einem roten Plastikhocker sitzen, ohne allzu hart zu arbeiten, und eine Klingel schrillte, wenn alles herausgefallen kam, Vierteldollarmünzen und Liebe und Ruhm und Schönheit und Kunst. Und wenn sie, dem üblichen Ablauf folgend, ihrer Lieblingsmaschine in dem heißen, überfüllten, mit rotem Teppich ausgelegten Palast der Habgier, den sie irgendwie betreten hatte, Vierteldollarmünzen zu fressen gab, antwortete diese gehorsam und aufgeregt und gab ihr Kirschen und Balken-Balken-Balken, sodass sie überzeugt war, in dem Leben dieser Maschine etwas Besonderes zu sein. Sie und die Maschine waren in diesem aufregenden Moment Seelenverwandte, sodass sie begann, sie mit drei Vierteldollarmünzen auf einmal zu füttern, woraufhin eine Trockenphase folgte. Immer wieder landeten zwei Siebener auf ihrer Linie und die dritte Sieben genau oberhalb. Es reizte sie so sehr, dass sie den Jackpot immer ganz knapp verpasste, als sie merkte, dass die Maschine sich einen Scherz mit ihr erlaubte, was sie wiederum dazu trieb, hartnäckig zu bleiben, weil sie wusste, dass sechzehn Runden ohne auch nur einem einzigen Kirschen-Gewinn gegen alle Gesetze der Wahrscheinlichkeit verstießen, und deswegen versuchte sie, sie rumzukriegen, und sagte: »Na, komm schon« und machte ein paar Experimente, indem sie erst sanft und dann mit Gewalt auf die Schalter boxte, aber die Maschine schien die Arme zu verschränken und höhnisch zu grinsen, bis sie keine Vierteldollarmünzen mehr hatte und im Eifer des Gefechts von der Frau mit dem Wechselgeld fiebrig weitere Münzrollen verlangte. Und jetzt, wo sie genug Munition für eine gigantische Schlacht des Willens zwischen sich und der Maschine besaß, würde sie sie zwingen, sie auszuzahlen, auch wenn diese gottverdammte Maschine ein abgekartetes Spiel trieb, sie würde es aussitzen, aussitzen, aussitzen …

Nina kratzte auf dem Boden des Münzbehälters herum. Sie hatte keinen einzigen Vierteldollar mehr und war sechzig Dollar ärmer. Der Mann neben ihr warf ihr von der Seite einen flüchtigen Blick zu und sah schnell wieder weg, und sie fühlte die brennende Erniedrigung der Verliererin mit dem leeren

Portemonnaie. Niemand durfte sehen, dass kein einziger Vierteldollar mehr in ihrem Münzeimer war. Sie fand, dass Slotmaschinen eigentlich nichts anderes waren als Schluckmaschinen, und dann ließ sie den Münzeimer verstohlen zwischen zwei Genie's-Treasure-Maschinen fallen.

Beim Rausschleichen sah sie zufällig zu den Rolltreppen hinüber, die zu den Renn- und Sportbuchmachern im zweiten Stock führten. Mrs. Geiger glitt im lebhaften Gespräch mit einer anderen Dame darauf zu. Sie trugen denselben verzückten Gesichtsausdruck zur Schau, den Nina beim Betreten des Kasinos gehabt hatte.

Mrs. Geiger war es auch, die am Montagmorgen im Wartezimmer saß, die Handtasche auf dem Schoß und die vogelartig hin und her zuckenden Augen glänzend vor Erwartung, als Nina hereinkam.

»Der Scheck kam am Sonnabend«, erklärte Sandy. »Und du hast gesagt, sie soll es gleich erfahren.«

»Großartig! Ich bin sofort bei Ihnen, Mrs. Geiger.«

Sie schnappte sich die Telefonnotizen und ging in ihr Büro. Ginger und Tony wollten mit ihr sprechen. Jim hatte angerufen sowie drei andere Mandanten, zwei Anwälte von Prozessgegnern und der Schadenssachverständige einer Versicherung. Es war wohl einer dieser Tage, und sie fand sich damit ab.

Sandy führte Mrs. Geiger herein und legte neben dem Scheck von der Versicherungsgesellschaft über zweihundertvierzigtausend Dollar und keine Cents einige weitere Dokumente auf Ninas Schreibtisch.

Nina erklärte Mrs. Geiger den Papierkram Punkt für Punkt, während diese still und mit glänzenden Augen zuhörte.

Als Nina fragte: »Haben Sie irgendwelche Fragen?«, gab sie zur Antwort: »Ich muss sechzigtausend Dollar Honorar an Sie abführen? Das ist eine Menge, meine Liebe.«

»Es steht hier in unserem Vertrag, wenn Sie sich erinnern.

Mein Honorar beläuft sich auf fünfundzwanzig Prozent der Gesamtentschädigung.«

»Das ist eine Menge. Wenn man bedenkt, dass es gar nicht zum Prozess gekommen ist.«

»Es ist eine Menge. Aber wenn Sie den Fall verloren hätten, was sehr gut möglich gewesen wäre, dann hätte ich gar nichts bekommen. In dem Honorar schlägt sich die Tatsache nieder, dass ich das Risiko mit Ihnen geteilt habe, Mrs. Geiger.«

»Wie Freitagabend.«

»Wie bitte?«

»Da waren wir im Harrah's und sind auch zusammen Risiken eingegangen. Ich hab Sie unten in der großen Halle gesehen, als ich nach oben gefahren bin. Haben Sie was gewonnen?«

»Nun, ich finde nicht ...«

»Ich auch nicht. Aber meine Schwester und ich haben uns bestens amüsiert. Wir haben das erste Rennen gewonnen, nur schade um den ganzen Rest.« Mrs. Geiger seufzte. »Tja, nun gut, meine Liebe. Nehmen Sie Ihr Honorar. Und was ist mit diesen anderen achtzehntausend, die ich nicht kriege?«

»Arztrechnungen, die noch nicht bezahlt sind, die Kosten der eidesstattlichen Versicherung, ärztliche Gutachten, Gebühren für das Ausstellen der Papiere.«

»Das ist auch eine Menge.«

»Die Entschädigung ist gut. Sie schienen doch vorher mit ihr zufrieden.«

»Ach, das bin ich auch, meine Liebe. Es ist genug, um mir in der Nähe meiner Schwester ein kleines Haus zu kaufen und ein paar Aktien dazu. Mir geht es gut. In ein paar Jahren bekomme ich meine Rente, und dann ist alles in Ordnung.«

»Wie geht es mit Mr. Geiger?«, fragte Nina.

»Ach, der hat seinen müden alten Kadaver zurück nach Oklahoma geschleppt, meine Liebe.«

»Tut mir Leid, das zu hören. Wirklich. Ich hatte gehofft, es sei ein vorübergehendes Problem.«

»Er war das Problem. Der Geizhals. Der hat ja keine Ahnung, wie man sich amüsiert. Einunddreißig Jahre hat er in seinem vermaledeiten Fischerboot gesessen. Hat mich zu Tode gelangweilt. Meine Schwester und ich, wir gehen aus und machen so richtig einen drauf.«

»Ich entnehme dem, dass Sie noch immer die Scheidung wollen?«

»Und zwar schnellstmöglich. Zeigen Sie mir nur, wo ich unterschreiben soll.«

Nina machte sich Notizen, damit sie die Auflösung der Ehe vorbereiten konnte. Schließlich sprang Mrs. Geiger auf, um sich zu verabschieden. »Passen Sie auf sich auf, meine Liebe«, sagte sie. Sie faltete ihren Scheck bedächtig zusammen und steckte ihn in ihr Portemonnaie. Im nächsten Moment war sie verschwunden.

Nina setzte sich ans Telefon und löschte ein paar kleinere Buschbrände, während Sandy draußen auf der Tastatur klapperte. Dank des neuen Milchaufschäumers, den Nina bei Raley's gekauft hatte, als sie es am Sonntagnachmittag schließlich dorthin geschafft hatte, schmeckte der Kaffee exzellent. Im Hintergrund schmachtete Botelho. Der neue Dünger, den sie dem Feigenbaum in der Ecke verabreichte, schien ihm gut zu bekommen.

Etwas wie Ruhe und Ordnung lag über dem Büro. Mrs. Geiger hatte ihren Scheck, und Nina hatte ihr eigenes fettes Honorar, um das abgemagerte Bankkonto aufzupäppeln und ein paar große Rechnungen zu begleichen. Vielleicht konnten Ginger und der Geologe Richter Flaherty bei der Vorverhandlung davon überzeugen, keinen Prozess gegen Jim anzustrengen. Vielleicht würde sie sich einen Apple G3 Laptop kaufen, wie Ginger einen hatte. In diesem Moment vermochte sie sich fast vorzustellen, dass die Ausübung ihres Berufs befriedigend, ja sogar erfreulich sein konnte.

Von ihrem Büro aus sah sie einen uniformierten Polizisten das Vorzimmer betreten. »Ist Mrs. Reilly hier?«, fragte er.

»Worum geht es, Vern?«, fragte Sandy.

»Ich habe etwas abzugeben. Papiere von Mr. Hallowell. Weitere Entdeckungen im Fall Strong.«

»Nun, worauf wartest du? Gib sie mir.«

»Du musst unterschreiben, Sandy.«

»Das weiß ich. Hier.« Ein brauner Briefumschlag wurde über den Tisch gereicht. Sandys Stuhl knarrte erleichtert, als sie aufstand. Dann das Klimpern von Silberarmbändern. Sie tauchte in der Tür auf, legte Nina den Umschlag auf den Schreibtisch und wandte sich zum Gehen.

»Und woher kennst du Vern?«, fragte Nina, als sie nach dem Umschlag griff.

»Vern?«

»Den Polizist, der gerade da war.«

»Er ist mein Nachbar«, sagte Sandy.

Nina riss den Umschlag auf, legte das Anschreiben zur Seite und sah sich die Zusammenfassung des Gesprächs an, das Collier ihr vorschriftsmäßig zukommen ließ, da er ihr seine Beweismittel zugänglich machen musste.

Irgendeiner namens Gene Malavoy. Irgendwas darüber, dass Jim ihn gefeuert hatte. Irgendwas über einen Streit zwischen Jim und seinem Vater.

Das roch nach neuen Schwierigkeiten.

»Erzählen Sie mir von Gene Malavoy, Jim.«

»Er war in der Lodge für den Empfangsservice zuständig. Wir mussten uns von ihm trennen.«

»Warum?«

»Ich hatte ihn im Verdacht, in den Pausen auf der Toilette Drogen zu nehmen. Er ist ein absoluter Verlierer. Ein gut aussehender Bursche, die Gäste mögen ihn, deswegen hat er sich überhaupt so lange gehalten. Was sollen die Fragen?« Sie hatte Jim zu einer turbulenten Zeit in der Lodge aufgesucht. Er wirkte ungeduldig, vielleicht war er sogar wütend, dass sie hierher gekommen war. Sonnenlicht flutete durch die Fenster auf die mit Daunen und Polyester gefüllten Jacken der Skifahrer, die sich an den Tischen drängten.

»Er hat beim Staatsanwalt eine Aussage hinterlegt, in der er behauptet, Sie hätten ihn zu Unrecht gefeuert.«

»Kann sein. War ja zu erwarten. Hören Sie, ich hab zu tun.«

»Da ist noch was. Jemand anderes, ein Mädchen namens Gina Beloit, hat Mr. Hallowell erzählt, Sie und Ihr Vater hätten sich deswegen gestritten, und Ihr Vater hätte Alex an Ihrer Stelle als Lodgemanager einsetzen wollen.«

»Ach ja? Ich kenne Gina. Sie hat neulich gekündigt. Die lauern jetzt alle im Hinterhalt. Hat sie das gesagt?«

»Sie weigert sich, eine eidesstattliche Aussage zu machen. Das Telefongespräch ist wahrscheinlich Hörensagen, aber ich muss trotzdem mit Ihnen darüber sprechen.«

»Absolute Verlierer, alle beide.« Er bemerkte ihre Reaktion auf seinen Spruch und bemühte sich um eine weniger verärgerte Miene. »Und wann soll sich dieser Streit zugetragen haben?«

»Zwei Tage, bevor Alex gestorben ist.«

»Und was würde das heißen, wenn mein Vater mich wirklich ersetzen wollte?«

»Man könnte daraus schließen, dass Sie tatsächlich ein Motiv hatten, Alex etwas anzutun.«

»Aber wir werden beweisen, dass es ein Unfall war!«

»Nein, Jim«, sagte Nina. »Wir können zum gegenwärtigen Zeitpunkt nichts beweisen. Auch wenn wir Leute darauf angesetzt haben, die daran arbeiten. Ich muss neue Informationen mit Ihnen besprechen, sobald sie auftauchen.«

»So einen Streit hat es nicht gegeben«, sagte Jim beherrscht. »Die Angestellten haben sich zu einem Komplott gegen mich verschworen. Mein Vater hat sie über die Stränge schlagen lassen, und sie finden es gar nicht gut, dass ich sie an die Kandare nehme. Sie wollen einfach glauben, dass ich meinen Bruder getötet habe. Sie wollen mich loswerden.«

»In der Zusammenfassung steht, dass Gina in dieser Unterhaltung Ihren Vater angeblich sagen hören hat: ›Marianne wird das nicht gefallen.‹ Das bezieht sich darauf, dass Sie Malavoy gefeuert haben.«

»Sie ist eine tolle Lügnerin«, sagte Jim. »Gutes Detail. Marianne kennt ihn nämlich irgendwoher. Er ist Franzose. Sie hat ihm den Job verschafft. Gina würde so was wissen.«

»Tatsache.« Nina machte sich gedanklich eine Notiz, das zu überprüfen. Die Dalbello-Stiefel vor Mariannes Tür in Zephyr Cove – Malavoys? – standen ihr plötzlich deutlich vor Augen. »Sein Name hört sich nicht französisch an«, fuhr sie fort.

»Doch, ist er. Gene, eigentlich wird er ›Jean‹ geschrieben«, sagte Jim. »Er behauptet, das sei die amerikanische Schreibweise, weil es ihm peinlich ist, einen Mädchennamen zu haben. Das erinnert mich an etwas. Ich habe vergessen, Ihnen etwas zu sagen. Ich hatte es ganz vergessen. Gene hat Alex ein blaues Auge verpasst. Ich habe es am Berg gesehen, an dem Tag, an dem er gestorben ist. Alex hat gesagt, Malavoy wäre auf ihn losgegangen.«

»Warum sollte er das tun?«

»Fragen Sie mich was anderes. Alex hatte keine Ahnung. Er hat es nicht mal gemeldet. Ich meine, ich war doch derjenige, der den Burschen gefeuert hat.«

Das war ein weiterer Punkt in Gina Beloits Aussage. Ihr zufolge hatte Jim damit geprahlt, Gene Malavoy erzählt zu haben, Alex sei derjenige gewesen, der die Entscheidung getroffen hatte, ihn zu feuern. Wenn das stimmte, war es eine gute Erklärung dafür, warum Malavoy Alex angegriffen hatte. Dann war Malavoy wütend auf Alex gewesen, hatte vielleicht sogar ein Motiv gehabt, ihn zu töten. Aber würde Jim zugeben, etwas derart Boshaftes getan zu haben? Er leugnete ja sogar, dass es überhaupt eine Unterhaltung gegeben hatte.

Wie sollte sie darauf zu sprechen kommen?

»Sind Sie sich ganz sicher, dass Sie sich nicht irren? Sind Sie sich sicher, dass Sie sich nicht mit Ihrem Vater über Malavoy unterhalten haben?«, fragte sie.

»Ja! Wenn ich's Ihnen doch sage!«

Sie gab es auf, aber sie glaubte ihm nicht.

»Wie lange waren Sie Manager der Lodge?«, fragte sie stattdessen.

»Was tut das zur Sache?«

»Wie lange?«, fragte Nina, ohne dem Druck nachzugeben, die Frage fallen zu lassen.

»Drei Monate!«

»Und was haben Sie davor gemacht?«

»Ich habe mich draußen um die Lifte und Pisten gekümmert.«

»Und wo hat Alex gearbeitet?«

»In der Lodge. Seit Jahren. Wir haben getauscht. Ich wollte mal in der Lodge sein. Ihm hat es nichts ausgemacht.«

»Ihr Vater muss Ihnen sehr vertraut haben, um Ihnen den Job zu geben.«

»Vertrauen? Ich weiß nicht, ob das das richtige Wort ist. Aber ich arbeite dran. Alex war zu nachgiebig mit dem Personal, und ich habe mich des Problems angenommen. Und jetzt sollte ich wieder an die Arbeit gehen. Ich versuche, alles zusammenzuhalten, bis mein Vater wiederkommt. Aber es gibt noch eine Katastrophe. Sie betrifft Marianne.«

»Was ist mit ihr?«

»Es geht um ihre Aktienanteile. Sie hält jetzt ein Drittel der Firma. Sie macht Anspielungen, dass sie sie verkauft, wenn ich nicht nett zu ihr bin. Sie weiß genau, dass mein Vater und ich es uns nicht leisten können, sie sofort auszuzahlen. Sie könnte uns zwingen, Unternehmensanteile nach draußen zu verkaufen. Dann wäre es nicht mehr das Familienunternehmen der Strongs.«

»Dann seien Sie doch nett zu ihr.«

»Sie verstehen das nicht«, sagte Jim. »Sie verstehen nicht, was nett zu ihr sein heißt. Ich werde sie nicht aus finanziellen Gründen ficken. Oder heiraten. Sie ist eine Kobra.«

»So meinte ich das doch gar nicht!«, sagte Nina geschockt.

»Ach, lassen Sie uns von was anderem sprechen«, sagte Jim. Er regte sich immer mehr auf.

»Klar. Es tut mir Leid, dass ich Sie von der Arbeit abhalte, aber es war wichtig, Ihnen dies mitzuteilen und Ihre Reaktion darauf zu sehen.«

»Was ist hier eigentlich los? Heute Morgen stehe ich auf und denke, es ist in Ordnung, ich komme da durch, wir nehmen uns einen Geologen, und nächste Woche geht diese ganze Kiste vor Gericht in die Luft. Dann kreuzen Sie hier auf mit Ihren Fragen. Wissen Sie, wie schwer das ist, trotz allem weiterzumachen? Und keiner ist da, der mir hilft. Sie haben mich alle im Stich gelassen – Alex, Heidi und mein Vater. Ich bin ihnen gleichgültig, und das Resort auch.«

»Ihrem Vater sind weder Sie noch das Unternehmen egal, dessen bin ich mir sicher, Jim«, sagte Nina in dem Versuch, ihn zu beruhigen.

»Und wo ist er dann? Sagen Sie mir, wo er ist. Er ist weg und trauert um Alex, während ich hier in der Hölle schmore. Wissen Sie, warum er nicht da ist? Er erträgt meinen Anblick nicht!«, schrie Jim. Er sah sich um, blickte in das erschrockene Gesicht der Kassiererin neben ihm.

»Was glauben Sie, wen Sie anstarren?«, wollte er wissen, und die Kassiererin senkte nervös den Kopf. Nina machte sich Vorwürfe, weil sie versucht hatte, während der Arbeit mit ihm zu reden. Er hatte sie doch davor gewarnt und sie gebeten, ihn nur zu Hause anzurufen, weil er seinen Reaktionen nicht traute. Inzwischen hätte sie wissen müssen, dass er impulsiv war.

»Es tut mir Leid, Jim«, sagte sie. »Wir hätten uns in meinem Büro treffen sollen.«

»Das mit meinem Vater stimmt. Er hat mich angerufen und mir gesagt, ich soll mir freinehmen, wenn er zurückkommt. Ich glaube, er will mich aus dem Einzigen, was mir geblieben ist, rausschmeißen.«

»Ich spreche mit ihm.«

»Würden Sie das tun? Ihn umstimmen?«

»Ich spreche mit ihm. Gehen Sie wieder an die Arbeit. Entschuldigung, wenn ich Sie gestört habe.«

»Ist schon in Ordnung. Manchmal habe ich das Gefühl, alle sind gegen mich, nur Sie nicht, Nina.«

»Ich weiß.«

»Ich will einfach nur, dass ich zur Normalität zurückkehren kann. Ich will meine Arbeit machen und in Ruhe gelassen werden. Es ist doch bald vorbei, oder?«

»Auf Wiedersehen, Jim.«

14

Der *Tahoe Mirror* hatte ausführlich über Jim Strongs Verhaftung berichtet. Die Zeitungen in San Francisco und die regionalen Tageszeitungen hatten die Geschichte inzwischen aufgegriffen und alte Fotos von Jim und Alex auf den Pisten wieder rausgekramt. Nina fand ein Foto, das die Tageszeitung von San Jose in Farbe brachte, besonders quälend. Auf ihm lächelten alle vier – Alex und Marianne, Jim und Heidi – in die Kamera, die Arme umeinander gelegt – eingefrorene Ebenbilder von Gesundheit, Glück und Familientreue.

Zum Glück hatten die explosiven forensischen Funde den Weg nicht in den unersättlichen Rachen der Medien gefunden, oder die Zeitungen fuhren einen vorsichtigen Kurs und warteten die öffentliche Voruntersuchung ab, die harte Fakten liefern würde.

Wie auch immer, etwas anderes lief Jims Fall in diesem Herbst den Rang ab – der Wetterbericht. Seit dem entsetzlichen Winter 1846, als von Oktober bis April Schnee lag, war in der Sierra nicht mehr so viel Schnee vorausgesagt worden. Jeden Abend schalteten die Menschen in der Stadt den Fernseher ein und sahen zu, wie die Wetterfee vergnügt weitere Schneestürme ankündigte.

Den ganzen Tag rumpelten Lastwagen über die Straßen mit Holz, Propangas und zusätzlichen Vorräten für die Lebensmittelgeschäfte. Matts kleine Flotte von Abschleppwagen stand bereit, zusätzliche Fahrer waren auf Abruf engagiert worden. Gerüchte gingen um, Bären kämen nachts in die Stadt, um Nahrung zu suchen, und wenn man in den Ski-Resorts kurz das Geldzählen unterbrach, fragte man sich, ob es nicht des Guten zu viel sei und der Verkehr kreischend zum Erliegen kommen werde, begraben unter dem Gewicht des vielen Schnees.

Alle erlagen Hamsterkäufen und dem allgemeinen Zwang, Vorräte anzulegen, auch Nina und Bob. Sie hatten inzwischen mehrere Klafter Holz unter der Veranda gestapelt, so viel, wie hineinpasste. Der Anzeiger am Propangastank neben dem Haus zeigte auf Voll.

Die Frage war nicht, ob es einen Stromausfall geben würde, sondern wann. In der modernen Stadt hatte sich stets die Siedlerkultur verborgen, und die Leute aus der Gegend kehrten fast freudig zu ihr zurück.

Die Stadt war in dieser Saison unglaublich schön, ohne Schmutzecken wie im Frühling. Sie war weiß und frisch, es war wie eine vorgezogene Weihnachtszeit. Oder verlieh das Verliebtsein Nina diese schwungvolle Energie, die die Welt prächtig machte und sie ihre Lasten leichter tragen ließ?

Collier kam alle paar Tage zum Abendessen vorbei. Nina kochte etwas Einfaches wie Spaghetti, und die drei saßen auf dem Teppich vor dem Kamin und spielten Brettspiele. Collier zeigte Bob, wie man Binokel spielt, und Bob schlug ihn bald.

Das Monopoly wurde aus der Mottenkiste geholt und brachte, wie ein Rorschachtest, ihre wahren Charaktereigenschaften ans Tageslicht. Bob, eigensinnig und sprunghaft, kaufte wahllos und musste öfter wieder verkaufen, um an Bargeld zu kommen. Collier, der langsam und stetig Imperien aufbaute, war so vorsichtig wie unerbittlich. Und Nina besaß nur die Hotels auf der Parkstraße und der Schlossallee, die es ihr immer aufzustellen gelang; ihre ganze Hoffnung ruhte auf den roten Plastikfallen auf dem Spielbrett, in denen sich die anderen beiden manchmal verhedderten.

Nina fand – hoffte, betete –, dass sie einander mochten. Bob kämpfte damit, das sah sie, und sie spürte die vertrauten Schuldgefühle, ihm eine weitere Veränderung zuzumuten.

An diesen Abenden gingen sie, wenn Bob im Bett war, zuerst eine Stunde nach draußen, fuhren hinauf zum Ski Run Boulevard oder zur Kingsbury Grade und parkten das Auto wie Teenager. Aber es war nicht nur unerträglich, kalt und unbequem, was wäre, wenn ein Streifenpolizist mit der Taschenlampe ins Auto leuchtete und sie aufscheuchte?

Also hatten sie sich angewöhnt, direkt zu Colliers Wohnung zu fahren und diese eine Stunde in seinem Bett mit den schwarzen Laken und den grauen Steppdecken zu verbringen. Dann sprang Nina auf, zog ihren Mantel an und fuhr, vollkommen zerzaust, die sechs Kilometer über den Pioneer Trail nach Hause. Sie machte sich stets Sorgen, Bob nachts allein gelassen zu haben, Sorgen, sie könnte auf der einsamen, vereisten Straße gegen einen Baum fahren und ohne Unterwäsche in ein Krankenhaus eingeliefert werden, Sorgen über die Akten, die darauf warteten, dass sie ihnen in ihrem eigenen Bett ihre Aufmerksamkeit widmete, Sorgen, dass alles zu schnell zu kompliziert wurde.

Sie machte sich jedoch nicht genügend Sorgen, um das Tempo zu drosseln. Sie ritt auf einer Flutwelle. Nichts konnte sie bremsen.

Je näher die Voruntersuchung rückte, desto mehr Zeit fraß der Fall Strong, und doch schaffte Nina es einigermaßen, allen ihren Mandanten die notwendige Aufmerksamkeit zu widmen. Das Honorar von Mrs. Geiger stabilisierte ihre Finanzlage, und auch Jim hatte seine monatliche Rechnung beglichen.

Bei der Voruntersuchung würde es darum gehen, ob es genug Beweise gab, um Jim vor Gericht zu bringen, und Collier hatte nicht viel vorzuweisen. Er würde seiner Aufgabe nachkommen und auch ohne Heidis Aussage weitermachen, indem er Doc Clauson und die Faserfunde vorwies, sofern sie in ihrer Verteidigung keine glaubwürdige unschuldige Erklärung lieferte.

Sie glaubte, dass ihr das gelingen würde. Tony Ramirez, Ginger und ein Geologe namens Tim Seisz von der Universität Nevada waren alle bereit, auszusagen. Tim hatte ihr telefonisch erklärt, die auf den Autopsiefotos erkennbaren Hautmusterungen könnten ebenso natürlichen Ursprungs wie von Menschen verursacht sein.

Sie wollte unbedingt eine Klageabweisung erreichen. Sie war sich nicht sicher, aber sie glaubte, sie könnte es schaffen. Sie wusste aus Erfahrung, wie Collier seinen Fall aufbauen würde. Er würde eine Tatsache nach der anderen vorbringen, genau wie beim Monopolyspielen, bis er seinen Anspruch auf das ganze Spielfeld angemeldet hatte. Aber er würde nicht die teuren blauen Straßen haben, denn das waren ihre, und sie würde versuchen, ihn dort hinzuleiten, wo ihre großen Hotels darauf warteten, ihn auszunehmen.

Sie wiederholte die Namen ihrer Hotels. Gene Malavoy. Marianne Strong.

Sie hätte eine lausige Staatsanwältin abgegeben, aber als Spielverderberin in der Rolle der Anwältin der Verteidigung war sie großartig.

Diese Gedanken gingen ihr im Laufe des Tages durch den Kopf, aber immer wieder wanderten sie auch von der Tatsache weg, dass sie und Collier sich in einem Wettkampf von entscheidender Bedeutung befanden – surrealistisch, als ob Mikey Tyson und Evander Holyfield heimliche Geliebte gewesen wären, die um die Meisterschaft kämpften und sich abends zu Hause besuchten. Hätte Tyson Holyfield umarmt und »Tut mir Leid wegen des Ohrläppchens, Baby, du weißt doch, das gehört alles zum Spiel« gesagt?

Collier war im Augenblick als Koanwalt von Barbara Banning mit einem Prozess um einen Raubüberfall beschäftigt, und Nina sah ihn ab und zu allein oder mit anderen durch die Halle des Gerichtsgebäudes gehen. Stets begegneten sich ihre Blicke – eine flüchtige hitzige Umarmung.

Zweimal hatte sie mit ihm telefoniert. Sie tat so – und auch er tat so –, als hielten sie sich an ihre Rollen, vorbildlich in ihrem Berufsethos. Aber wenn sie aufgelegt hatte, strich sie durch ihr Büro wie eine läufige Dingohündin. Das Timbre seiner Stimme trug sie in Gedanken direkt in sein Bett. Wie sollte sie bei der Voruntersuchung mit ihm umgehen?

Etwa zehn Tage nach Jims Verhaftung kam Nina an einem Freitagabend früh von der Arbeit nach Hause. Dort gab's ein schnelles Abendessen, und dann packte sie Bob und sich in Mäntel und Fausthandschuhe.

»Wohin fahren wir?«, fragte Bob, als sie die Straße nach Paradise nahmen.

»Je vom Festival of Lights gehört?«, fragte Nina, die noch nie etwas davon gehört hatte, bevor Marianne ihr davon erzählte. Sie wollte noch etwas mit Bob unternehmen, bevor er abreiste, aber wie immer verfolgte sie mehr als eine Absicht. Sie wollte sich Marianne noch mal ansehen, sie vielleicht sogar mit hochgeklapptem Visier erwischen. Marianne hatte sich geweigert, mit Tony zu sprechen.

»Das Festival of Lights. Ah, ja.«

»Es ist ein Snowboard-Spektakel«, sagte Nina.

»Klasse! Wie das in Sierra-at-Tahoe?«

»Ehm. Ich weiß nicht. Was machen sie da?«

»Das sind die Nordamerikanischen Meisterschaften im Super

G im März. Einer von drei Wettkämpfen, die an verschiedenen Orten ausgetragen werden und nächsten Monat in Colorado beginnen.«

»Und woher weißt du das?«

»Von Taylor. Er kriegt zu Weihnachten ein Snowboard. Ich darf's mir mal ausleihen. Jedenfalls wenn ich Pech habe und keines vom Weihnachtsmann kriege.« Er warf Nina einen hoffnungsvollen Blick zu.

»Ich glaube, es ist eher … ein Fun-Spektakel als ein überregionaler Wettbewerb.« Sie zog eine Broschüre heraus, die sie im Supermarkt mitgenommen hatte, und reichte sie ihm.

Bob lehnte sich zurück und las darin, während er mit seinem Schal spielte. Er blätterte um und las laut vor: »›Vorgeführt werden Mehrfachdisziplinen, einschließlich Big Air, Border Cross und Halfpipe.‹«

»Das alles heute Abend?«

»So steht's hier!«

»Und was ist eine Halfpipe?«

»Es gibt eine Maschine, die heißt Pipe Dragon, die fräst eine U-förmige Abschussrampe in den Schnee. Das ist wirklich irre. Man kann ganz schön viel Geld damit verdienen, weißt du«, sagte Bob und sah sich die Bilder an.

»Oh?«, meinte Nina. »Wie geht das denn?«

»Preisgelder. Über dreihunderttausend Dollar für alle Wettbewerbe beim Super G. Taylor möchte das professionell machen. Wir lernen Switchstance Frontside Three-Sixtys. Wenn der Winter zu Ende geht, sind wir die Knaller hier.«

»Aha.«

Der Parkplatz war voll. Sie parkten am hinteren Ende und beleuchteten den Weg mit Taschenlampen, bis es in der Nähe der Lodge heller wurde.

»Oh, das ist toll«, sagte Nina. Weiche gelbe Glühbirnen in den Ästen schimmerten wie Kerzen. Zu beiden Seiten eines Hangs an der Lodge waren Tribünen aufgebaut worden. Weiße

Scheinwerfer beleuchteten eine Rampe auf einer Seite. Schon sausten und stürzten Menschen, bunt wie tropische Vögel, den Hang hinunter.

Hoch oben auf der überdachten Tribüne fanden sie einen guten Platz. Aus den Lautsprechern ertönte Musik, die Hänge leerten sich, und eine Ansagerin las Namen und Events vor.

Zuerst zeigte eine Reihe junger Männer Schaunummern auf der Rampe, die einer Sprungschanze ähnelte. Wie auch immer, diese Typen gingen vor dem Absprung nicht in die Hocke, und sie machten auch keine langen, eleganten Flüge. Bob zufolge, der vor lauter Aufregung ununterbrochen redete, landeten sie Fakie, sprangen Tail Grabs und Slob Airs und führten Nosegrabs, Mute Airs und Goofy Foots vor. Außerdem sprangen sie Japan Airs und tätschelten den Hund, was hieß, dass sie sich bückten und mit einer Hand den Boden berührten. Ein Aufsehen erregender Sturz wurde von Bob mit einem kurzen Pfiff und einem Epitaph kommentiert. »Zu früh abgedreht. Tja. Schneebesen-Zeit.«

Marianne tauchte in der zweiten Gruppe auf, die offensichtlich viel erfahrener war als die davor. Unter dieser Gruppe fanden sich keine Schneebesen, die den Schnee aufwühlten. Selbst Bob hielt den Mund, um den Stars zuzusehen.

Marianne war die Letzte, sie machte drei Läufe, jeder individuell, jeder todesmutiger als der davor. Sie ließ das Board durch die Halfpipe schießen und tanzte in einer straff choreographierten Serie kontrollierter Zauberkunststückchen wie eine Elfe knapp über dem Schnee den ganzen Hügel hinunter. Nach dem letzten Lauf trat sie nur einige Zentimeter vor der Haupttribüne Pulverschnee hoch, winkte und schoss in die Nacht hinaus, während die Menge jubelnd in Beifall ausbrach und aufstand, um ihr den größten Applaus des Abends zu spenden.

»Was für eine Sportlerin«, sagte Nina, stand auf und reckte sich und dachte: Was für eine starke junge Frau, behände, schnell …

»Warte hier noch ’ne Minute, Bob.« Sie verließ die Tribüne

und ging durch den Schnee auf die Menschenmenge zu, die sich um Marianne gebildet hatte. Aber die Menge zerstreute sich bereits, und Marianne war weggegangen. Die Ansagerin sagte Gute Nacht, und die Zuschauer machten sich auf den langen Weg von den Tribünen zum Parkplatz.

Da sah Nina Marianne, die mit jemandem im Dunkeln unter der entferntesten Tribüne stand und diskutierte. Den Helm noch in der Hand, die Beine gespreizt, mit der freien Hand machte sie schnelle Abwärtsbewegungen. Wer war da bei ihr? Nina ließ eine plappernde Gruppe vorbeigehen und blieb dann am anderen Ende der Tribüne stehen. Es war kalt und dunkel dort unten, zwischen den Sitzreihen fiel das Licht in Streifen zu Boden.

»*Tais-toi!*« Sie sprachen Französisch, schrien sich praktisch an, was keine Rolle spielte, da niemand in der Nähe war. Nina lauerte im Halbdunkel und versuchte, sich in dem Sturzbach von Worten an ihr Schulfranzösisch zu erinnern. Mariannes Begleiter war so groß, dass er sich zu ihr hinunterbeugen musste. Nina sah die Umrisse eines langen hageren Gesichts und langes Haar. Trotz seiner Größe klang er wie ein Teenager.

Sie hörte, dass Jims Name fiel, ansonsten gelang es ihr nur ab und an, ein Wort aufzuschnappen. Der junge Mann machte Marianne wegen etwas, was mit Jim zu tun hatte, Vorwürfe und sagte immer wieder: »Es ist auch meines, wenn wir nach Frankreich zurückgehen!«

Plötzlich legte Marianne ihm die Hand auf die Brust und schob ihn weg, stieß ihn regelrecht ein oder zwei Schritte nach hinten. »Halt's Maul!«, sagte sie noch einmal, diesmal auf Englisch. »Du bist nur durch mich hier! Sieh dir an, was für einen Ärger du gemacht hast! Du bist betrunken! Lüg nicht, ich weiß es! Warum sollte ich mit dir zurückgehen? Mit dir ins Geschäft kommen? Ha! Ich bin jetzt die Chefin!«

Einen Augenblick lang stand der Junge da, wo sie ihn hingeschubst hatte.

»Nein, Jean ... sieh mal, es tut mir Leid«, sagte Marianne und hob die Arme. Sein Kopf schoss vor, und obwohl Nina sein Gesicht nicht sehen konnte, bemerkte sie seine blinde Wut in der Art, wie er die Fäuste hob.

»Nicht!«, schrie Marianne. Er sprang sie an und begann, mit den Fäusten auf sie einzuschlagen, drosch auf sie ein wie ein kleines Kind auf seine Mutter. Sie war im Vergleich zu ihm so klein, dass er Nina mit seinem Körper die Sicht auf Marianne versperrte.

Nina machte ein paar Schritte auf die beiden zu, aber dann stieß der Junge einen lauten Schrei aus, sprang zurück und hielt sich den Arm.

»Du hast mich geschnitten!«, schrie er.

Marianne schob etwas in ihre Tasche. Nina blieb stehen und wagte kaum zu atmen. Während der Junge seinen Parka auszog und seinen Arm untersuchte, klopfte Marianne sich schweigend ab.

»Lass mich mal sehen«, sagte sie. »Idiot.« Sie nahm seinen Arm, und ihre Stimmen senkten sich zu einem Murmeln. Jetzt sprachen sie wieder Französisch. Seine Stimme hatte einen wimmernden Tonfall angenommen, während Marianne besänftigend auf ihn einredete.

Die Show war vorbei. Nina schlich sich davon und ging Bob suchen.

Der Junge war Gene Malavoy, da war sie sich ganz sicher. Er wollte mit Marianne »ins Geschäft kommen«, aber er schien Marianne sehr viel näher zu stehen als ein potenzieller Geschäftspartner.

Tony konnte mehr herausfinden. Nina winkte Bob und ging auf das Licht zu. Aus irgendeinem Grund lächelte sie und schüttelte den Kopf.

Es war Marianne, die Art, wie sie mit dem Jungen umgesprungen war. Sie war definitiv der Chef. Genau wie Mrs. Geiger war sie, wenn es darum ging, sich zu verteidigen, so hart wie Rohleder.

Ninas Belustigung verflüchtigte sich. Das waren gewalttätige, impulsive Menschen, beide, und sie hatten gute Gründe, Alex' Anteile am Resort übernehmen zu wollen.

»Lass uns gehen«, sagte sie zu Bob. Sie legte ihm den Arm um die Schultern, und sie gingen an lachenden, sorglosen Menschen vorbei zum Bronco.

Sandy kam am Montag mit selbstzufriedener Miene zu spät ins Büro, in der Hand eine Papiertüte mit einem Haufen Briefumschlägen. Es war eindeutig etwas Gutes passiert.

»Und, was gibt's Neues?«, fragte Nina. Sie war im Konferenzzimmer und goss frisch geschäumte Milch in die Suppenschüssel, die sie Kaffeetasse nannte, um sich für eine eidliche Zeugenaussage in einem Fall um einen ärztlichen Kunstfehler, die auf neun Uhr angesetzt war, zu wappnen. In Gedanken war sie ganz woanders. Sie dachte immer noch über die Bedeutung des Streits nach, dessen Zeugin sie beim Festival of Lights geworden war. Sie hatte Tony bereits angerufen.

Sandy fuhr mit ihrem morgendlichen Ritual fort. Sie hängte den Mantel auf, zog ihren Stuhl mit dem Lendenstützkissen genauso weit heraus, wie es richtig war, und ließ sich so langsam wie eine Tiefseetaucherkugel darauf nieder.

»Ich habe über Joseph nachgedacht«, sagte Nina.

»Tatsächlich?«

»Du hast gesagt, du hättest mit ihm zusammengelebt.« Noch nie hatte Nina Sandy irgendwelche Informationen entlockt, aber heute schien Sandy bereit, zu reden.

»Ich war mit ihm verheiratet. Fünfzehn Jahre.«

»Ist … er … Wishs Vater?«

»Ja.«

»Was ist passiert?«

»Unüberbrückbare Differenzen«, sagte Sandy. Die Art, wie sie diese juristische Phrase aussprach, die der Scheidungsgrund für die meisten Ehen in Kalifornien war, hatte etwas

Witzig-Satirisches. Es war ihre Art, zu sagen: Das geht dich gar nichts an.

»Dann zieht ihr zusammen?«

»Hm.« Sandy schaltete den Computer ein. »Hast du schon den Anrufbeantworter abgehört?«

»Klar. Und wie läuft das? Eure Beziehung?«

»Die eidliche Zeugenaussage findet wie vereinbart statt?«

»Ja.«

»Ich hab nämlich die Akte auf deinen Tisch gelegt.«

»Schön. Was ist mit Joseph?«

»Was soll mit ihm sein?«

»Exakt meine Frage.«

Jetzt schaltete sich der CD-Spieler ein. Ein paar vorsichtige Gitarrenakkorde, dann schrie das Publikum in Rio: *»Mas forte!«* Lauter! Botelho legte zum zehntausendsten Mal mit seiner ersten Sambanummer los, und dann …

»Ah«, sagte Sandy. Sie sang mit. »Der Rhythmus der Liebe gleicht dem des Meers, auf ewig anbrandend und versiegend.« Ihre Stimme klang wie Fingernägel auf einer Schultafel, aber Nina erkannte die Gefühle, die dahinter steckten.

»Es ist Liebe, oder?«

»Wehe, wenn nicht. Da wir wieder zusammengezogen sind, haben wir beschlossen, wir könnten genauso gut nächste Woche heiraten. Noch einmal.«

»Unglaublich! Herzlichen Glückwunsch!«, sagte Nina, als sie die Sprache wiedergefunden hatte.

Sandy griff in ihre Tüte und reichte ihr einen der Umschläge. »Du kannst kommen, wenn du willst«, sagte sie. Eine weiße Karte gab die Hochzeit von Sandy und Joseph bekannt, in einem Privathaus in der Nähe von Markleeville, an Thanksgiving. Es war eine einfache kleine Karte, schlicht und unkompliziert und wirklich ziemlich würdevoll, genau wie Sandy.

Nina merkte, wie sehr ihr das zu Herzen ging. Sandy würde – Wishs Vater – heiraten, wie romantisch …

»Ich werde nicht kündigen«, sagte Sandy. »Also reiß dich zusammen.«

»Toll. Großartige Neuigkeiten. Ich komme gerne. Oh, Mist. Bob ist dann schon in Deutschland.«

»Bring deinen Freund mit, wenn du willst.«

»Kann ich bei irgendwas helfen? Du weißt schon, bei den Vorbereitungen?«

»Komm einfach vorbei.«

»Ich wünsche dir – und Joseph – alles Gute, Sandy.«

»Er ist ein anständiger alter Kerl. Er wird mir gut tun. Und jetzt machen wir uns besser an die Arbeit.«

Erst als der Arbeitstag vorbei war, Sandy die Lichter ausmachte und sie nach draußen gingen, wo es schon wieder schneite, kam es Nina in den Sinn, zu fragen: »Warum habt ihr euch entschlossen, an Thanksgiving zu heiraten, Sandy?«

»Wir dachten, es wäre ganz passend. Es ist schließlich ein großer indianischer Feiertag«, sagte Sandy.

»Hm ... Unter dem Aspekt habe ich Thanksgiving noch nie betrachtet.«

»Oh, ja. In der Geschichte der amerikanischen Ureinwohner ist es ein ganz besonderer Tag. Erinnere dich daran, dass die Pilgerväter am Verhungern waren und die Indianer ihnen Samen gegeben und ihnen gezeigt haben, wie man sie pflanzt. Und dann hatten die Pilgerväter zur Erntezeit jede Menge zu essen und überlebten den Winter.«

»Ich erinnere mich. Aus der vierten Klasse.«

»Ja. Die Indianer sprechen immer noch vom Tag des großen Festes. Wir haben sogar unseren eigenen Namen dafür. Wir nennen es den Hey-ihr-Typen-Tag.«

»Das wusste ich nicht.«

»Hm-hm ... Die Indianer kamen mit Geschenken, und sie setzten sich mit den Puritanern hin, und alle aßen Mais und Truthahn, und nach dem Essen rülpste der Gouverneur der Puritaner und zog noch einmal an der Friedenspfeife und wandte sich an Häuptling Massasoit und sagte …« Hier machte Sandy eine Pause.

»Was? Hat er ihnen gedankt? Jetzt sag schon?«

»Er sagte: ›Hey, ihr Typen, ihr könnt jetzt den Tisch abräumen.‹«

15

»Ich habe auch beim ersten Mal eine gründliche Untersuchung vorgenommen. War am Tatort, habe die Autopsie durchgeführt, mit dem Angeklagten gesprochen, was geschehen ist. Für mich sah es aus wie ein Unfall.«

Doc Clausons Aussage war fadenscheiniger als ein russischer Theatervorhang. Er war sichtlich nervös mit seinem Markenzeichen, der roten Fliege, bei Gericht erschienen, nachdem Nina ihn vor dem Gerichtsgebäude in der Sonne beim Rauchen ertappt hatte. Collier befragte ihn, und Doc Clauson versuchte gerade diesen ersten Bericht wegzuerklären, in dem er Alex' Tod als Unfall bezeichnet hatte.

Links neben dem Zeugenstand machte sich Richter Flaherty Notizen, kniff nachdenklich in seine Wangen und starrte ins All, wo er mit den Geistern kommunizierte. Er würde in den nächsten ein bis zwei Tagen entscheiden, ob die Anklage gegen Jim Bestand hatte.

»Und was passierte dann?« In marineblauer Jacke und grauer Hose und mit seinem resoluten Auftreten wirkte Collier wie ein Offizier bei einer Mission, ein wahrer Kämpfer für die Gerechtigkeit. Wie Nina war auch er früh gekommen und hatte seine Akten ausgebreitet. Er hatte ihr nur kurz und mit betonter Neutralität »Hallo« gesagt, wobei er noch nicht einmal durch einen anderen Atemrhythmus anzeigte, dass er irgendwas anderes für sie empfand als jeder andere Staatsanwalt.

Ob es am sonnigen Wetter lag, an der Überzeugung, eine gute Verteidigung aufgebaut zu haben, am traumlosen Schlaf in der Nacht zuvor, jedenfalls war Nina weniger nervös als sonst. Sie fühlte sich eher als Jägerin denn als Gejagte, waghalsig und beinah in guter Stimmung.

»Ich erhielt weitere Informationen«, antwortete Clauson.

»Fahren Sie fort.«

»Eine Aussage der Ehefrau des Angeklagten.«

Jim, der neben Nina saß, stieß sie an. Sie gab den Schubs zurück und sagte gleichzeitig: »Einspruch. Der Inhalt einer solchen Aussage ist Hörensagen und vor Gericht nicht zulässig.«

»Ich habe ihn nicht nach dem Inhalt gefragt, Herr Richter«, protestierte Collier.

»Das werden Sie aber«, sagte Nina.

»Ich würde die Aussage allerdings gerne als Beweismittel hinzuziehen, Herr Richter, deswegen können wir es auch gleich austragen«, fuhr Collier fort. Er händigte Nina und dem Justizbeamten Kopien von Heidis Aussage aus.

»Sobald das Gericht die Aussage liest, ist der Schaden schon eingetreten, da das Gericht ohne Geschworene entscheidet«, sagte Nina. »Die Information ist dann bereits in die gerichtliche ... hm ... Sphäre eingedrungen. Deswegen bitte ich darum, dass das Gericht über den Einspruch der Verteidigung entscheidet, bevor es die Aussage liest.«

»Und wie soll ich das tun, Frau Anwältin?«, fragte Richter Flaherty.

»Tatsache ist, dass bei der Polizei von South Lake Tahoe am oder um den vierundzwanzigsten Oktober eine Aussage gemacht wurde, dass diese Aussage von Heidi Strong gemacht wurde und dass sie eine angebliche Unterhaltung zwischen Heidi Strong und ihrem Ehemann, dem hier Angeklagten, zum Inhalt hat. Im Rahmen der Beweisaufnahme darf Doc Clauson nichts darüber verlautbaren lassen, Euer Ehren. Das ist Hörensagen.«

»Was das angeht, spricht in diesem Fall eine Ausnahme für die Hinzuziehung der fraglichen Aussage, die zur Anwendung kommt, wenn ein Zeuge nicht beigebracht werden kann.« Collier händigte weitere Unterlagen aus. »Dies ist eine Erklärung des Untersuchungsbeamten Sean Voorhies, der mit mir im Fall Strong zusammenarbeitet. Daraus geht hervor, dass die Zeugin sich der Gerichtsbarkeit entzogen hat. Im Grunde ist sie verschwunden.«

Nina las das Dokument schnell durch. Heidi Strong hatte dem Staatsanwalt eine vertraulich zu handhabende Adresse am nördlichen Seeufer hinterlassen, aber dort wohnte sie nicht mehr und konnte nicht gefunden werden.

»Die Zeugin scheint verschwunden zu sein, Ms. Reilly. Unter diesen Umständen ist diese Aussage alles, was uns zur Verfügung steht, und darf hinzugezogen werden, würde ich meinen«, sagte Richter Flaherty.

»Ich würde den Untersuchungsbeamten gerne danach befragen, ob alle Anstrengungen unternommen worden sind, um Mrs. Strong zu finden«, sagte Nina.

»Dies ist kein ausgewachsenes Gerichtsverfahren, Frau Anwältin«, sagte Richter Flaherty stirnrunzelnd. »Die Aussage des Untersuchungsbeamten genügt.«

»Nun gut. Aber es gibt einen weiteren wesentlichen Einspruch. Da die Person, die aussagt, mit dem Angeklagten verheiratet ist, kommt hier das Aussageverweigerungsrecht unter Ehegatten zur Anwendung. Gemäß Abschnitt Neun-acht-null der Bestimmungen zur Beweisaufnahme darf eine solche Unterhaltung nicht hinzugezogen werden.«

»Mr. Hallowell, können Sie bestätigen, dass die fraglichen Personen zur Zeit der Unterhaltung, auf die in dieser Aussage Bezug genommen wird, verheiratet waren?«, fragte der Richter. Noch immer hatte er Heidis Aussage keines Blickes gewürdigt.

»Mir liegen keine gegenteiligen Informationen vor«, sagte Collier. »Aber wie dem Gericht bekannt ist, ist die Beweisaufnahme in einer Vorverhandlung nicht denselben strengen Regeln unterworfen wie …«

»Aber genau in dieser Situation sollten die Regeln im Ermessen des Gerichts liegen, Euer Ehren …«, unterbrach Nina ihn.

»Der Aussage zufolge hat sich der Angeklagte außerordentlich boshaft gegenüber …«, warf Collier ein.

»Einspruch! Einspruch! Er gibt den Inhalt preis! Dies ist ein eklatanter Versuch der Beeinflussung des Gerichts!«, schrie Nina. »Ich fordere Sanktionen gegen Mr. Hallowell für diese geschickte Täuschung! Er weiß genau, dass er keine Chance hat, diese Aussage in einem Verfahren zu verwenden. Wir können diese Dame nicht ins Kreuzverhör nehmen, Euer Ehren. Wie kann das Gericht ihre Glaubwürdigkeit beurteilen …«

»Seien Sie still, Ms. Reilly!«, sagte der Richter. »Sie lassen mich jetzt alle beide eine Minute nachdenken.« Er mischte die beiden Seiten von Heidis Aussage, als hätte er richtig gute Karten in der Hand. Er spielte mit ihnen, und Nina dachte, er will sie sehr gerne lesen, und wenn er das tut, ist Jim dran. Aber sie wusste, dass Flaherty gnadenlos fair war und dass es ihm gegen den Strich gegangen war, wie Collier das mit der Boshaftigkeit absichtlich hatte einfließen lassen.

»Die Sache ist die«, sagte Flaherty schließlich. »Es klingt, als würde die Aussage gemäß Abschnitt Neun-acht-null nicht vor Gericht zugelassen, warum sollte ich eine Entscheidung über die Notwendigkeit eines Prozesses treffen, die auf ebendieser Aussage beruht? Es ist das eine, die Regeln der Beweisaufnahme zu lockern, Mr. Hallowell. Aber es ist etwas anderes, sie so locker zu handhaben, dass sie praktisch nicht mehr existieren. Schreiben Sie es meinem großen Respekt vor der Ehe zu. Sie werden jetzt den Zeugen weiter befragen und nicht mehr auf den Inhalt der Aussage zu sprechen kommen.«

»Sehr wohl, Euer Ehren«, sagte Collier. Nina rekapitulierte den Spielstand. Aussage bleibt ungelesen: ein Punkt für Jim. Der Richter weiß, dass Jim etwas zu Heidi gesagt hat, was auf

Boshaftigkeit gegen Alex schließen lässt: ein Punkt für die Anklage. Stand: Eins zu Eins.

Sie warf einen flüchtigen Blick auf Jim, der optimistisch aussah. Er hatte nicht begriffen, dass es unentschieden stand.

Doc Clauson war über diesen Schlagabtausch ganz in Vergessenheit geraten. Nun wandte Collier sich wieder an ihn, und Nina sah, wie Clauson sich anspannte.

»Wann haben Sie Kenntnis von dieser Aussage von Heidi Strong erhalten?«, fragte Collier ihn.

»Drei Tage nach Alex Strongs Tod. Der Leichnam war freigegeben und bereits eingeäschert worden.«

»Was haben Sie getan, nachdem Sie eine Kopie dieser Aussage erhalten haben, falls Sie als Reaktion auf die darin enthaltenen Informationen etwas getan haben?« Flahertys Entscheidung machte diese gespreizte Form der Befragung notwendig.

»Ich habe die Untersuchung wieder aufgenommen. Aber wie kann ich meine Gründe für die Wiederaufnahme anführen, wenn ich nicht über die Aussage sprechen darf?«, fragte Clauson den Richter und verschränkte seine knochigen Arme.

»Ich befürchte, Sie müssen sich zügeln, Doc«, sagte der Richter.

»Das ist nicht in Ordnung«, sagte Clauson.

Mit einem Hüsteln zog Collier die Aufmerksamkeit wieder auf sich. »Welche neue Untersuchung haben Sie durchgeführt?«, fragte er.

Clauson ließ die Arme sinken. Nina konnte fast das Knacken in seinen Gelenken hören. Er wurde alt, wenn nicht gar gebrechlich, fiel ihr zu ihrer Überraschung auf. Sie erinnerte sich an ihren ersten Fall gegen ihn – wie Furcht einflößend das alles gewesen war, er inbegriffen. Jetzt konnte sie durch die dünne Haut hindurch seine Verletzlichkeit wahrnehmen.

»Erstens«, antwortete Clauson, »habe ich mir die Autopsiefotos noch einmal angesehen sowie meine Aufzeichnungen und den Bericht. Fotos, die auf der Epidermis in der Rumpfmitte eine Musterung zeigten, die ich ursprünglich dem Sturz zugeschrieben hatte, machten mich stutzig.«

Er zog einen Stapel Fotos hervor, die Nina bereits bekommen hatte, die Flaherty jedoch zum ersten Mal sehen würde. Collier hatte sie markiert, und Flaherty betrachtete sie eingehend.

»Wir haben noch einige Dias«, sagte Clauson. Er nickte einem uniformierten Polizisten zu, der daraufhin begann, die Dias auf eine Leinwand in einer Ecke des Gerichtssaals zu projizieren. Es waren verschiedene Aufnahmen von der schwachen gestreiften Musterung auf der Haut.

»Ich habe mir diese Fotos noch einmal angesehen, und dann war mir klar, dass wir ein Problem haben könnten«, sagte Clauson. »Das sah nicht natürlich aus. Also habe ich die Kleidungsstücke noch einmal untersucht.« Diesmal kam der Saal in den Genuss einer blutverschmierten Vorderansicht von Alex Strong, bis auf den schwarzen Pulli nackt.

Nina sah zu ihrem Mandanten hinüber, der mit gefalteten Händen ruhig dasaß, die Fotos betrachtete, der Aussage folgte und dabei unberührt schien. Jegliche emotionale Reaktion auf die Fotos behielt er für sich.

»Kleidung war total falsch«, sagte Clauson. »Innere Verletzungen, aber der Pullover, der auf der Haut getragen worden war, wies einige Risse und Beschädigungen auf. Da der Parka hinten vom Sturz zerfetzt und sogar die Skihose in dem Bereich hinten stark in Mitleidenschaft gezogen worden war« – er zeigte Dias von Hose und Parka – »wie kommt es dann, fragte ich mich, dass der Parka und die Hose vorne nicht zerrissen waren? Also sah ich mir noch einmal die Musterung an und dachte darüber nach, welche Waffen solch eine Musterung verursachen könnten.«

»Und haben Sie eine solche Waffe gefunden?«

»Jawohl. Fußtritte mit ausreichendem Druck, um die Leber zu zertrümmern und in zwei Stücke zu reißen, übliches Objekt, das zum Skilaufen getragen wird.« Er machte eine Pause, um den Effekt zu erhöhen, und sagte dann: »Jemand in Skistiefeln.«

»Haben Sie sich danach Skistiefel angesehen, um festzustellen, ob sich an ihnen eine ähnliche Musterung feststellen lässt?«

»Wir haben die Skistiefel des Angeklagten, die er an dem Tag des Vorfalls getragen hat. Tecnica Explosion, Größe Zehn. Hab sie untersucht. Werfen Sie mal einen Blick darauf, Richter.«

Ein Dia von den Sohlen von Jims Tecnicas. Kurze Streifen.

»Wir haben die Stiefel schon reingetragen«, sagte Collier und überreichte sie.

»Schon gesehen?«, fragte der Richter Nina.

»Ja.«

Der Justizbeamte hielt die dreckigen, plastikverpackten Stiefel nacheinander hoch und sah sich die Sohlen an.

»Hab mir selbst nicht getraut, also hab ich einen Typ aus dem forensischen Labor in Sac zu einer weiteren Untersuchung hinzugezogen. Hier ist der Bericht«, fuhr Clauson fort. Ninas Einspruch war vergeblich, und Clauson gab dem Richter den Bericht.

Flaherty las die vernichtende Schlussfolgerung, dass die Muster übereinstimmten.

»Jeder kann das sehen«, sagte Clauson mit einer Geste auf die Leinwand.

Jim konnte sich nicht mehr beherrschen. Er wand sich in seinem Stuhl und flüsterte: »Tun Sie doch was!«

»Einspruch! Unerheblich. Antrag auf Streichung des letzten Satzes«, sagte Nina.

»Abgelehnt.« Flaherty hob nicht einmal den Kopf. Er las den Bericht noch einmal.

Nachdem die Sache mit der Musterung über die Bühne gegangen war, hielt sich Collier mit den schwarzen Fasern auf, die an den Sohlen gefunden worden waren. Auch sie waren in Sacramento gegengecheckt worden. Eine Beweismitteltüte, in der sich die Fasern befanden, wurde vorgezeigt. Collier führte Clauson problemlos durch die wissenschaftliche Aussage.

»Passt genau zu dem Pullover«, schloss Clauson.

Zur Mittagszeit war Clausons großer Moment gekommen. Collier las seine Frage vom Blatt, die – in normaler Sprache formuliert – folgendermaßen lautete: Beruhend auf Ihrer Erfahrung, auf den Ergebnissen der Autopsie, auf den Fasern, den Spuren auf der Haut und dem Zustand der Kleidung: Wie lautet Ihre Schlussfolgerung jetzt?

»Mord«, sagte Clauson. »An die Polizei gemeldet zwecks weiterführender Ermittlungen.«

»Hallo, Doktor Clauson«, sagte Nina nach dem Essen. Sie benutzte absichtlich die förmliche Anrede. Er zog »Doc« vor, denn diese Anrede verankerte ihn in der hiesigen Altherrenriege. Sie wollte nicht den Eindruck erwecken, seine Aussage hätte auch nur das winzigste bisschen mehr Gewicht als die von Ginger, die sie noch hören würden.

Ihre Stimmung hatte sich nicht geändert. Sie war eine erbarmungslose Löwin, die sich im schattigen Gebüsch fast unsichtbar heranpirscht, mit starrem Blick auf das fahle Gnu mit seiner roten Fliege.

»Hallo.« Das Gnu winkte ihr verdrießlich zu.

»Ihre Aussage ist so zu verstehen, dass Sie, was die Todesursache anbelangt, in der ersten Runde einen Kardinalfehler gemacht haben.«

»Verständlicherweise. Wie ich zu erklären versucht habe …«

»Sie haben zunächst gedacht, es handle sich um einen Unfall?«

»Korrekt. Aber …«

»Die Autopsiefotos und die Kleidung lagen Ihnen von Anfang an vor?«

»Ja.«

»Beim ersten Mal entdeckten Sie nichts Verdächtiges an den Fotos oder der Kleidung?«

»Weitere Beweismittel sind mir vorgelegt worden. Mrs. Strongs Aussage …«

»Haben Sie sich je mit Mrs. Strong unterhalten?«

»Nein. Sie wollte mit niemandem sprechen.«

»Also kann jeder irgendwas aufschreiben, und Sie springen auf, überarbeiten Ihren Bericht und nennen es Mord?«

»Einspruch. Polemisch.«

»Stattgegeben. Kein Grund, sich in Positur zu werfen, Ms. Reilly. Es sind keine Geschworenen zugegen.«

Dem Richter gefiel ihre Angriffshaltung nicht. Na gut, dann würde sie ihre Schultern eben minimal lockern. »Ich werde Ihnen jetzt ein paar Dias von Mustern zeigen, Sir, und Sie fragen, ob einige – und wenn ja, welche – Muster Ihrer Meinung nach zu den Spuren auf Alex Strongs Haut passen.«

Ein Sturm von Argumenten hagelte von Colliers Seite herab, der fünfzehn Minuten anhielt. Schließlich gewann des Richters Neugier die Oberhand, und er ordnete an, dass Clauson beginnen sollte.

»Aber ich kann die Dias nicht gut genug sehen«, wandte Clauson ein.

»Hier«, sagte Nina und gab ihm ein paar Vergrößerungen. »Diese Fotos können Sie aber sehen, oder nicht?«

»Selbstverständlich.« Er murmelte vor sich hin, während er sich die Fotos ansah. Lineale gaben den Maßstab an, und die Fotos wiesen dieselben scharfen Kontraste auf wie die Fotos von der Musterung auf der Haut.

»Sie wollen eine vorläufige Einschätzung?«, fragte er.

»So ist es«, sagte Nina.

»Sehen alle aus wie die Sohlen von Skistiefeln. Könnten auch alle zu den Fotos der Hautspuren passen.«

»Danke«, sagte Nina. »Und nun drehen Sie bitte die ersten vier Fotos um, Sir, und lesen Sie uns vor, was auf ihnen zu sehen ist. Ich erkläre dem Gericht, dass unsere forensische Expertin, Ginger Hirabayashi, diese Fotos aufgenommen und identifiziert hat, und dass sie heute zur Verfügung steht, um, sollte das Gericht dies für notwendig erachten, in diesem Punkt auszusagen.«

»Okay, dann drehen Sie die ersten vier Fotos mal um, Doc«, sagte der Richter.

Clauson drehte eines nach dem anderen um und las: »Dalbello-Skistiefel für Männer, Größe elf. Lange Skistiefel für Männer, Größe neuneinhalb. Nordica-Skistiefel für Frauen, Größe elf. Dolomite-VXR-Skistiefel, Größe zehn.« Er sah hoch. »Ich müsste mir diese Fotos im Labor ansehen, mit besserer Ausrüstung. Ich würde mir eine intensivere Begutachtung wünschen.«

»Trifft es zu, dass Sie die Spuren zunächst für natürlichen Ursprungs hielten und sich nun herausstellt, dass sie zu einer ganzen Palette von Skistiefeln passen könnten?«, fragte Nina. Collier erhob Einspruch, und schon hatten sie sich in eine weitere Auseinandersetzung verrannt. Nach einer Weile sagte Flaherty, er habe genug gehört, er wüsste den Stellenwert der Vorführung einzuschätzen.

Darauf sagte Nina: »Bevor ich fortfahre, sollten wir das letzte Foto umdrehen, Euer Ehren. Das, wie sich das Gericht erinnern wird, dem Coroner ebenfalls Ähnlichkeiten mit den Hautspuren aufzuweisen scheint.«

»Vorläufig«, fügte Clauson hinzu.

»Vorläufig.« Flaherty nickte, und Clauson drehte das letzte Bild um. »Quarz mit Graniteinschlüssen, Abrieb von den Felsen am Fundort des Gestürzten«, las er vor. »Was soll das denn heißen?«

»Die Felsen, auf denen Alex Strong gelandet ist«, erklärte Nina dem Richter, ohne sich weiter um Clauson zu kümmern.

»Wovon spricht sie?«, fragte Clauson und sah Collier an. Flaherty hatte keine Schwierigkeiten, ihr zu folgen.

Nina wandte sich Collier frontal zu. Falls er eine Auseinandersetzung haben wollte – sie war bereit.

Colliers Lippen bewegten sich. Sie war sich sicher, dass er »Immer die gleiche alte Scheiße« zu ihr sagte. Beleidigt wandte sie sich an den Richter.

Doch Collier sagte bereits: »Ich muss meinem Einspruch

Nachdruck verleihen. Diese Demonstration ist völlig sinnlos. Ich hätte einen dreckigen Socken so fotografieren können, dass er dem Muster ähnelt. Ähnelt, Euer Ehren. Nicht mit ihm identisch ist. Ich bitte um die Erlaubnis, Doc Clauson morgen anzuhören, nachdem er eine echte Chance gehabt hat, diese Aufnahmen unter wissenschaftlichen Bedingungen zu vergleichen.«

»Kein Problem, Euer Ehren«, sagte Nina. »Wir haben unsere Untersuchung bereits unter wissenschaftlichen Bedingungen durchgeführt. Unsere Expertin steht bereit, um zu bezeugen, dass das fünfte Foto von dem Quarz mit Graniteinschlüssen von ihr persönlich am Fundort von Alex Strong aufgenommen worden ist und dass er eine ähnliche Musterung verursachen kann wie die auf dem Autopsiefoto.«

»In Ordnung«, sagte Richter Flaherty. »Sind Sie mit Ihrem Kreuzverhör dieses Zeugen für heute durch?«

»Noch nicht ganz«, sagte Nina. »Ich möchte dem Gericht noch etwas demonstrieren.« Sie ging zu der braunen Lebensmitteltüte von Raley's, die auf ihrem Tisch lag, und ignorierte ein kaum zu überhörendes Stöhnen.

»Ich mache keine Vergleiche mehr im Gerichtssaal«, sagte Clauson eilig vom Zeugenstand her.

»Ausgeschlossen, Euer Ehren!«, sagte Collier. »Ausgeschlossen. Wenn sie noch irgendwas verglichen haben will, wird er es ins Labor mitnehmen und dort vergleichen. Und damit basta.«

»Das könnte Zeit sparen, also habe ich keine Einwände«, sagte Nina. Sie zog fünf etikettierte Plastikbeutelchen mit Proben eines schwarzen Materials hervor. Clauson sah sie und bewegte nur die Lippen. »Fasern.«

»Genau«, sagte Nina. »Fasern. Ich möchte Sie nicht überraschen oder sonst etwas, Doktor, da Sie Überraschungen nicht zu mögen scheinen. Für die Akten: Dies ist Beweisstück Nummer zwölf, Proben schwarzer Baumwollstoffe. Sie stammen, lassen Sie mich nachsehen, a) von schwarzen Baumwollsocken für Männer, Miller's Outpost; zwölf b) von einem schwarzen

Baumwoll-T-Shirt von Macy's in Sacramento; zwölf c) von einem schwarzen Portemonnaiefutter aus Cecil's Markt, Stateline; zwölf d) von schwarzen Baumwollsocken, die in Alex Strongs Schublade gefunden wurden, das wären die dreckigen Socken, auf die bereits Bezug genommen wurde.

Und schließlich und endlich zwölf e) von einer schwarzen Baumwollunterhose, die Philip Strong gehört. Ich möchte, dass Sie diese Proben mit den Fasern vergleichen, die sie laut Ihrem Bericht in den Rillen der Tecnica-Sohlen gefunden haben.«

»Sehr komisch, Herr Richter«, sagte Collier. Er war offensichtlich entschlossen, aufs Ganze zu gehen. Er wollte nämlich auch nicht, dass Clauson Ninas Proben im Labor untersuchte. »Ich werde nicht zulassen, dass das staatliche Kriminallabor von der Verteidigung missbraucht wird. Sie kann sich ihre eigenen Experten suchen und ihre Verteidigung aufbauen, und der Angeklagte kann für alle Sperenzchen zahlen, die er sich erlauben kann, aber wir werden dem keinen Vorschub leisten. Die Fotos, in Ordnung, die sehen wir uns an. Aber chemische Analysen – nein.«

»Ich sehe mich genötigt, dem zuzustimmen«, sagte Flaherty. »Ich sehe keinen Grund für solche forensischen Analysen auf Seiten der Staatsanwaltschaft. Sie müssen jedoch bedenken, Mr. Hallowell, dass Ms. Reilly beabsichtigt, ihre eigenen Untersuchungsergebnisse darzustellen. Es würde tatsächlich Zeit sparen, wenn Sie die Proben jetzt untersuchen ließen, um einen Antrag auf Fortführung der Vorverhandlung zu vermeiden, wenn wir zur Verteidigung kommen.«

»Aber wir haben die Zeit nicht!«, sagte Collier.

»Seien Sie versichert, dass ich die Unterlassung einer fristgerechten Vorankündigung berücksichtigen werde«, sagte Flaherty. »Sie können jetzt herunterkommen, Doc. Das Gericht ordnet an, dass Sie morgen früh um neun Uhr zu einer weiteren Zeugenaussage hier erscheinen. Wir machen eine zehnminütige Pause, und dann können Sie den nächsten Zeugen aufrufen, Mr. Hallowell.«

Doc Clauson stopfte Proben und Fotos in seine Aktentasche und trat vom Zeugenstand herunter. Als er an Nina vorbeiging, warf er ihr einen gehetzten Blick zu, und sie ließ ihn in das gelbe Auge der Löwin blicken. Er würde die ganze Nacht zu arbeiten haben, und sie war froh darüber, denn er hatte schon genug Unheil angerichtet. Und das sollte er nie wieder tun.

16

»Rufen Sie Gina Beloit herein.« Ein langer Tag war im Begriff, sich noch mehr in die Länge zu ziehen, als eine gesund aussehende junge Frau mit einer blonden Kurzhaarfrisur, die ein wenig der von Heidi Strong ähnelte, in den Gerichtssaal gerufen wurde und zum Zeugenstand marschierte.

»Bitte nennen Sie fürs Protokoll Ihren vollständigen Namen«, sagte Collier.

»Gina May Beloit.« Eine Sopranstimme. »Ich bin vorgeladen worden und nicht freiwillig hier.«

»Das sagt alles, Herr Richter«, sagte Collier. »Ich beantrage, dass die Zeugin gemäß Abschnitt sieben-sieben-sechs der Bestimmungen zur Beweisaufnahme als Zeugin betrachtet wird, die unerwartet gegen die eigene Partei aussagt.«

»Einvernehmlich festgestellt«, sagte Nina. Collier konnte die Zeugin jetzt zu beeinflussen versuchen und ihre Glaubwürdigkeit anfechten und hatte mehr Freiheit bei der Formulierung seiner Fragen.

»Wo arbeiten Sie, Miss Beloit?«

»Ich bin arbeitslos. Bis vor einer Woche habe ich im Paradise-Ski-Resort gearbeitet. In der Lodge.«

»Was waren Ihre Aufgaben?«

»Ich war Empfangschefin in der Tagschicht. Ich habe Gäste zu ihren Tischen geführt, Reservierungen entgegengenommen, dafür gesorgt, dass sie die Speisekarten erhielten. Manchmal habe ich auch Bestellungen aufgenommen, Essen serviert, Wasser eingeschenkt, die Tische abgeräumt und so weiter. Ich musste wegen meines Chefs kündigen, Mr. Jim Strong.«

»Kleine Nutte«, flüsterte Jim Nina am Anwaltstisch zu.

»Ich beantrage, den letzten Satz zu streichen«, sagte Nina. »Unerheblich.«

»Abgewiesen.«

»Seit wann kennen Sie den Angeklagten?«

»Seit etwa drei Monaten.«

»Und haben Sie während dieser Zeit ein Gespräch mit angehört, in dem es um die Anstellung von Gene Malavoy ging, den Empfangschef in der Abendschicht?«

»Ja.«

»Unter welchen Umständen haben Sie dieses Gespräch mit angehört?«

»Ich habe gelauscht«, sagte das Mädchen trotzig. »Die Garderobe war direkt neben dem Büro, und von dort konnte ich es hören.«

»Wen haben Sie gehört?«

»Mr. Strong senior … Philip Strong und Jim Strong.«

»Sonst noch jemanden?«

»Nein.«

»Und woher haben Sie gewusst, wessen Stimmen Sie da hörten?«

»Ich habe mich mehrmals mit Philip unterhalten. Und sein Büro grenzt an den Raum, in dem ich mich befand. Jim Strong war mein Chef. Ich kannte seine Stimme gut.«

»Was haben Sie gehört?«

»Also, es ging um Gene. Jim sagte, er sei gefeuert. Mr. Strong wollte, dass Jim das rückgängig machte, aber Jim war stur. Er sagte, Gene sei ein Versager, er wollte lieber eine weibliche Kraft. Mr. Strong gefiel das nicht, und Jim sagte ihm, er solle sich raushalten, er sei der Manager der Lodge und …« Das

Mädchen wiederholte Satz für Satz das Gespräch, über das Nina bereits eine Zusammenfassung besaß.

»Was wurde während des Gesprächs noch gesagt?«, fragte Collier schließlich.

»Das war alles. Sie wurden unterbrochen, und damit war die Unterhaltung dann beendet.«

Collier machte eine Kunstpause. Dann fragte er: »Und wann, sagten Sie, hat dieses Gespräch stattgefunden?«

»Das habe ich noch nicht erwähnt. Zwischen halb zwei und zwei am einundzwanzigsten Oktober, zwei Tage vor Alex' Tod.«

»Kreuzverhör«, sagte Collier. Er setzte sich.

»Hallo, Miss Beloit«, sagte Nina und sah die junge Frau streng an.

»Hallo.«

»Sie sagten, Sie hätten wegen Jim Strong gekündigt, dem Mann, der hier neben mir sitzt.«

»Hm.«

»Würden Sie genauer beschreiben, inwiefern Mr. Strong der Grund für Ihre Kündigung ist?«

»Er hat mir die Arbeit vermiest. Er war ständig im Restaurant und hat jeden Schritt der Angestellten überwacht. Er hat mich angeschrien und mich inkompetent genannt. So was muss ich mir nicht gefallen lassen. Das war das Geld nicht wert.«

»Dann gefiel Ihnen die Art und Weise, wie Jim Sie und die anderen Angestellten überwachte, nicht?«

»Gelinde gesagt.«

»Und wie fühlen Sie sich jetzt in Hinsicht auf Jim Strong?«

»Zuerst schien es ein guter Job zu sein. Ich dachte, ich hätte den ganzen Winter was zu tun, aber bei so einem Chef konnte ich nicht bleiben.«

»Was empfanden Sie gegenüber Mr. Strong?«, fragte Nina noch einmal.

»Ich war natürlich verärgert.«

»Na, kommen Sie schon. Sie waren wütend auf ihn, oder?«

»Ich würde ihm jedenfalls keinen Valentinsgruß schicken.«

»Sie möchten ihn leiden sehen, so wie Sie gelitten haben, habe ich Recht?«

Miss Beloit schien tatsächlich darüber nachzudenken. Sie war ehrlich, und Nina dachte einen Augenblick, sie würde zustimmen, aber sie überlegte es sich anders. »Nein«, sagte sie. »Ich bin nicht rachsüchtig, wenn Sie das andeuten wollen.«

»Stimmt es nicht, dass Sie so wütend waren, dass Sie Mr. Hallowell anriefen und ihm eine Menge Lügen über diesen ganzen Vorfall erzählten, als Sie hörten, dass Jim im Zusammenhang mit seinem Bruder eines Verbrechens angeklagt wurde?«

»Nein.«

»Sie haben ihm nicht mal Ihren Namen genannt.«

»Ich wollte nicht – wie jetzt – als Zeugin aussagen müssen, aber ich fand, er sollte wissen ...«

»Sie haben es nicht gewagt, ihm die Dinge, die Sie gesagt haben, unter Eid mitzuteilen?«

»Ich dachte, die Information würde ihm helfen zu verstehen, warum Jim Alex vielleicht umbringen wollte.«

Flaherty hob den Kopf und sah die Zeugin aufmerksam an. Ihre Aussage schnitt leider durch Ninas ganze juristische Vernebelungsaktion. Nina machte noch einen Versuch und sagte: »Ich beantrage, die Antwort der Zeugin als unerheblich und spekulativ zu streichen, Euer Ehren.«

»Sie hat das Recht zu erklären, warum sie mich angerufen hat«, sagte Collier.

Nina beschloss, direkt darauf zuzugehen. »Gut«, sagte sie. »Sie haben gesagt, Mr. Strong habe Jim vorgeschlagen, sich von Alex in der Lodge ablösen zu lassen?«

»Es klang eher so, als hätte Mr. Strong bereits einen Entschluss gefasst.«

»Beide Männer waren wütend und haben Dinge gesagt, über die sie nicht gründlich nachgedacht hatten?«

»Mr. Strong ließ sich die ganze Zeit nicht aus der Ruhe bringen. Er war sehr ruhig und überlegt.«

»Hat Jim etwas in der Art gesagt wie, der Job sei ihm wichtig, er würde jeden umbringen, den sein Vater an seine Stelle setzen wollte?«

»Nein. Ich habe Ihnen gesagt, was er gesagt hat.«

»Hat Jim Alex zu irgendeiner Zeit während des Gesprächs bedroht?«

»Ich fand seinen Ton ziemlich bedrohlich.«

»Aber alles, was er sagte, war: ›Immer Alex … Tja, diesmal nicht.‹ Das war seine ganze Reaktion?«

»Ja.«

Nina wandte sich an den Richter. »Euer Ehren, ich werde beantragen, dass alle Aussagen dieser Zeugin gestrichen werden. Es gibt nicht den geringsten Hinweis auf einen Beweis, der zu irgendeinem Aspekt des Falls etwas beiträgt, nur ein Haufen abträgliches Gerede einer verärgerten Angestellten. Die ganze Aussage ist unzulänglich, irrelevant und belanglos.«

»Mr. Hallowell?«, sagte der Richter.

»Es deutet auf Absicht hin, Herr Richter. Vorsatz. Die Aussage lautet, dass der Angeklagte einen Grund hatte, einen Mord zu begehen. Jim Strong wollte den Mann beseitigen, der seinen Platz als Manager einnehmen sollte.«

»Das ist keineswegs die Aussage«, sagte Nina. »Die Aussage lautet, dass sich Philip Strong im Laufe eines Streits kritisch über die Art äußerte, wie der Angeklagte eine geschäftliche Angelegenheit regelte. Bei aller Fairness, aber dieses Gespräch zwischen Philip Strong und dem Angeklagten hat im Hinblick auf ein Motiv keinen Beweiswert. Es sollte gestrichen werden.«

»Also«, meinte Flaherty, »ich werde die Zeugenaussage nicht streichen. Ich nehme an, man könnte sagen, sie sei relevant im Hinblick auf eine etwaige kriminelle Absicht. Ihr Einwand geht dahin, wie viel Gewicht der Aussage zuzumessen ist, Mrs. Reilly. Ich bin zwar nicht besonders beeindruckt von der Aussage, aber ich werde sie gemeinsam mit den übrigen Aussagen am Ende der Anhörung abwägen. Wollen Sie mit dem Kreuzverhör fortfahren?«

»Nein, Euer Ehren.«

»Möchten Sie Ihre Zeugin noch einmal befragen?«

»Nein, Herr Richter.«

»Die Zeugin ist entlassen.«

Als Miss Beloit an Jim vorbeikam, tat sie, als werfe sie ihm einen dicken Kuss zu. »Arschloch«, sagte sie leise.

Jim sprang auf, aber Nina packte ihn.

»Ruhe! Ruhe! Wir machen Nachmittagspause.«

»Rufen Sie Gene Malavoy herein.«

Er hatte draußen in der Halle gewartet, und alle Justizbeamtinnen unter vierzig hatten heimlich einen Blick auf ihn geworfen. Gene Malavoy war kaum zwanzig Jahre alt, aber er war sich des Aufruhrs, den er auslöste, durchaus bewusst. Er war mindestens eins neunzig, eckig und breitschultrig, mit einem markanten Gesicht und langem Haar, das er salopp nach hinten gekämmt trug. Er schritt zum Zeugenstand, setzte sich und streckte die Beine aus. Er trug eine alte Tweedjacke, Jeans und um den Hals eine dünne Goldkette von der Art, bei der sich Frauen vorstellen, wie sie auf einer nackten Brust aussieht. Hätte Nina ihn nicht unter der Tribüne wie ein Baby wimmern hören, wäre sie genauso beeindruckt gewesen wie alle anderen.

»Als Empfangschef habe ich die Gäste begrüßt, wenn sie reinkamen, und sie zu ihren Tischen begleitet, habe ihnen die Speisekarte gegeben, die Kellner überwacht und die Leute bei Laune gehalten, wenn es längere Wartezeiten gab«, sagte er, als Collier ihm die einleitenden Fragen stellte. Sein französischer Akzent, der ausgeprägter war als bei Marianne, verstärkte seine Wirkung noch.

»Und sind Sie mit dem Angeklagten, Mr. Strong, der dort drüben am Anwaltstisch sitzt, bekannt?«

»Nicht mehr«, sagte er. »Nicht, seit er mich rausgeworfen hat.«

»Und an welchem Tag war das?«

»Am zweiundzwanzigsten Oktober.«

»Bitte erklären Sie dem Gericht die Umstände Ihrer Kündigung.«

»Die Umstände? Gerne. Ich habe in den letzten beiden Saisons in Paradise gearbeitet. Da war Alex Strong mein Vorgesetzter, wir kamen großartig zurecht. Meine Leistungsbeurteilungen waren immer ausgezeichnet. Dieses Jahr war Alex dann für den Skibetrieb draußen zuständig, und Jim übernahm die Lodge. Zwei Wochen nach der Eröffnung rief Jim mich zu sich und sagte mir, Alex habe ihm gesagt, er solle mich feuern.«

»Er sagte, Alex Strong habe Ihre Kündigung verlangt?«

»Ja. Er sagte, Alex habe ihn vor mir gewarnt. Mehr habe ich nicht rausbekommen. Ich hab ihn immer wieder gefragt, was ich denn falsch gemacht hätte. Ich konnte es nicht glauben. Er rief die Sicherheitsleute, und die haben mich zu meinem Auto begleitet.«

»Was haben Sie gemacht?«

»Ich bin nach Hause gefahren und habe versucht, Alex anzurufen. Ich war damals nicht allzu gut auf die Strongs zu sprechen. Ich hatte das Gefühl, Alex hätte irgendetwas gegen mich und sei zu feige, es mir selbst zu sagen. Ich hatte das Gefühl, von Alex hinterhältig behandelt worden zu sein. Als ich Alex nicht erreichte, rief ich Mr. Strong an, den Besitzer. Ich erzählte ihm, was Alex gemacht hatte, und sagte: ›Philippe, das können Sie mir nicht antun.‹«

»Wie hat Mr. Strong reagiert?«

»Er sagte, er würde sich darum kümmern.«

»Hatten Sie anschließend eine Unterredung mit Philip Strong?«

»Er rief mich am nächsten Morgen an und sagte – ich weiß nicht mehr genau, wie er es formulierte –, er glaube, es sei besser, wenn ich mich veränderte. Die Dinge würden nicht so gut laufen in der Lodge. Das war's. Er war meine letzte Hoffnung.«

»Ihr Zeuge«, sagte Collier zu Nina. Er hatte Gene Malavoy benutzt, um Ginas Aussage indirekt, aber wirkungsvoll zu bestätigen. Es war klar, dass zumindest einiges von dem, was Gina gesagt hatte, der Wahrheit entsprach, es sei denn, die beiden hatten sich abgesprochen, unter Eid die gleichen Lügen zu erzählen. Die Vorstellung, dass Alex ermordet worden war, weil er Jims Job übernehmen sollte, war nicht besonders überzeugend, aber mehr hatte Collier nicht. Um Untersuchungshaft für Jim anzuordnen, musste Flaherty nicht wissen, warum es zu einem Mord gekommen war, aber er zog es als Richter vor, »ein Gefühl für den Fall« zu haben. Also hatte Collier ihm etwas wie ein Motiv geliefert.

Malavoys Zeugenaussage konnte allerdings auch andersherum gesehen werden.

»Mr. Malavoy?« Nina blieb am Tisch der Verteidigung sitzen, machte sich demonstrativ nicht die Mühe, sich zu erheben. »War gar nicht so ohne für Sie seit der Kündigung, nicht wahr?«

»Ich muss meine Wohnung räumen, also kann man das, schätze ich, schon sagen.«

»Geben Sie Mr. Strong die Schuld dafür?«

»Absolut.«

»Erzählen Sie dem Gericht von Ihrer Beziehung mit Gina Beloit.«

»Einspruch«, sagte Collier. »Gehört nicht zum Thema.«

»Abgewiesen. Sie können antworten.«

»Es gab keine Beziehung«, sagte der junge Mann.

»Sie haben doch zusammengearbeitet. Haben Sie bei der Arbeit nicht über Ihre Probleme gesprochen?«

»Nein. Ich wusste, wer Gina war, aber wir sind uns nie näher gekommen. Kann sein, dass sie ein Auge auf mich geworfen hat, aber ich hatte kein Interesse an ihr.«

»Sie haben nie mit ihr über diesen Fall gesprochen?«

»Nein.«

Das führte zu nichts, also ging Nina dazu über, von der Flanke anzugreifen.

»Sie haben Gina Beloits Aussage heute gehört? Bei der sie sagte, Jim Strong habe seinem Vater gesagt, er, und nicht Alex Strong, habe beschlossen, Sie rauszuschmeißen?«

»Ja.« Er schob das Kinn vor, und seine Kiefermuskeln arbeiteten effektvoll. »Ich weiß das schon seit ein paar Tagen.«

»Aber vorher haben Sie geglaubt, Alex Strong habe Ihnen das angetan, nicht wahr?«

»Ja.«

»Haben Sie aufgrund dieser Annahme irgendetwas unternommen?«

»Einspruch. Vage, spekulativ, irrelevant, unerheblich.«

»Können Sie das anders ausdrücken, Frau Anwältin?«, sagte Flaherty.

»Sicher, Euer Ehren. Stimmt es nicht, Mr. Malavoy, dass Sie am Abend des zweiundzwanzigsten Oktober auf Alex Strong gewartet haben, bis er mit der Arbeit fertig war, und stimmt es nicht, dass Sie ihn zu einem Kampf herausgefordert haben und ihn, als er sich weigerte, zusammengeschlagen haben, bevor Sie den Parkplatz von Paradise verließen?«

Er machte ein überraschtes Gesicht. »Woher wissen Sie das? Es stimmt, ich geb's zu.«

»Warum haben Sie das getan?«

»Wie gesagt, wegen Jim. Jim hat mich angelogen und behauptet, Alex sei für meinen Rausschmiss verantwortlich. Ich hätte ihm nicht glauben sollen, aber … wer geht denn davon aus, dass einer seinen Bruder beschuldigt? Es war ein schmutziger Trick, damit ich sauer auf Alex werde. Es hat funktioniert. Ich bin auf Alex losgegangen, ohne ihm die Chance zu geben, etwas zu erklären. Ich hab nur ordentlich ausgeholt und mich dann davongemacht. Ich hab ihn nicht verletzt.«

»Sie waren an dem Tag empört und wütend auf Alex. Könnte man das so sagen?«

»Natürlich. Ich hab nichts dagegen, es so zu sagen. Es stimmt.« Er strich sich eine Haarsträhne aus dem Gesicht.

»Das war am Nachmittag des Zweiundzwanzigsten?«

»Ja.«

»Marianne Strong, die Frau des Opfers, ist Ihre Stiefschwester, nicht wahr?« Flahertys Augenbrauen fuhren bei dieser Enthüllung in die Höhe, und Nina hörte Collier nach Luft schnappen. Also hatte er es nicht gewusst! Tony hatte auch erhebliche Mühe gehabt, es herauszufinden.

»Ja, ist sie. Sie hat mir vor zwei Jahren geholfen, von Chamonix rüberzukommen. Wir haben den gleichen Vater.«

»Die Arbeit im Ski-Resort hat Ihnen viel Spaß gemacht. Könnte man das so sagen?«

Mit gepresster Stimme sagte Collier: »Führt das zu irgendetwas, oder hüpfen wir auf der Stelle herum wie Flöhe in einem Flohzirkus?«

»Es führt zu etwas«, sagte Nina zu Flaherty.

»Dann zeigen Sie es uns«, sagte Flaherty. An Malavoy gewandt sagte er: »Beantworten Sie die Frage.«

Malavoy sagte mit einem Schulterzucken: »Ja, es hat mir viel Spaß gemacht. Ich fahre gerne Ski, ich mag die Atmosphäre eines Ski-Resorts. Obwohl solche Sklavenarbeit eigentlich unter meinem Niveau ist. Ich bin kein einfacher Kellner.«

»Nein? Und was ist Ihr Ziel im Leben, Mr. Malavoy?«

Collier verdrehte die Augen, aber Flaherty ließ sie gewähren.

»Mein Ziel? Viele hübsche Mädchen kennen zu lernen.« Ein kühnes Lächeln.

»Ich meine beruflich.«

»Nun, ein eigenes Resort zu besitzen.«

»Mit ein paar von den hübschen Mädchen haben Sie über dieses Ziel gesprochen und …«

»Ich erzähl das jedem …«

»Sie haben auch mit Ihrer Stiefschwester darüber gesprochen.«

»Natürlich.«

»Also, Marianne Strong hat bei Alex Strongs Tod dessen Anteil am Paradise-Ski-Resort geerbt, nicht wahr?«

»Hat sie behauptet, ja.« Collier stand auf, um Einspruch zu erheben, aber Flaherty hob nur die Hand und sagte: »Ich weiß, das ist Hörensagen. Lassen Sie uns einfach weitermachen.«

Der Augenblick war gekommen. »Also. Stimmt es nicht, dass Sie seit dem Tag von Alex Strongs Tod Marianne wiederholt gedrängt haben, diesen Anteil zu verkaufen, das Geld zu nehmen und mit Ihnen nach Europa zurückzukehren, um dort in ein Ski-Resort zu investieren?«

Malavoy dachte darüber nach. Collier ebenfalls. Flaherty auch.

Endlich sagte Malavoy: »Ja, es ist eine Idee, über die ich mit ihr gesprochen habe.« Er war sehr still geworden, als dämmerte ihm allmählich, dass ihm ein Schlag bevorstand.

Nina holte aus.

»Nun denn«, sagte sie. »Lassen Sie uns sehen, ob ich Ihre Situation am dreiundzwanzigsten Oktober richtig verstanden habe. Bitte beachten Sie, dass ich jetzt über den Tag spreche, an dem Alex Strong starb. Sie waren wütend auf Alex Strong, und Sie hatten ihn am Tag zuvor angegriffen. Überdies wussten Sie, dass Ihrer Stiefschwester im Fall von Alex' Tod ein beträchtliches Erbe zustünde, und Sie haben sehr klare Vorstellungen davon, was sie mit dem Geld machen soll.

Ist es nicht so, dass Sie Alex am dreiundzwanzigsten Oktober abseits der Pisten gefolgt sind, Zeuge seines Unfalls wurden, als er mit seinem Bruder unterwegs war, und seine Hilflosigkeit ausnutzten, indem Sie ihn zu Tode traten?«

»Um Himmels willen! Nein! Ich habe ihn an dem Tag gar nicht gesehen!«

»Junge, Junge«, sagte Collier so, dass alle es hören konnten.

»Wie gut kennen Sie den Berg bei Paradise?«, fragte Nina.

»Jeder kennt den Berg.«

»Wo waren Sie am Nachmittag des dreiundzwanzigsten Oktober?«

»In meiner Wohnung, ohne Job, hab mich betrunken! Ich habe ihn nicht umgebracht. Ich war … So etwas würde ich nie tun. Sie versuchen nur, Ihrem Mandanten ein bisschen Luft zu verschaffen, darum geht's doch.«

»Er hat es geleugnet«, sagte Collier, der mit einem ungehaltenen Stirnrunzeln zugehört hatte. »Es gibt nicht den Hauch eines Beweises, dass Mr. Malavoy irgendetwas mit Alex Strongs Tod zu tun hatte. Ich erhebe Einspruch gegen jede weitere Befragung dieser Art.«

»Ich demonstriere nur, dass Mr. Malavoy Alex Strong genauso gut umgebracht haben kann wie der Angeklagte«, sagte Nina ruhig.

»Sammeln Sie Ihre Motive, wie Sie wollen«, sagte Flaherty. »Um vor Gericht eine solche Anschuldigung zu äußern, brauchen Sie mehr als das. Und jetzt lassen Sie uns fortfahren.«

»Sicher, Euer Ehren. Ich habe noch eine letzte Frage. Wenn Sie erlauben.«

»Wenn es sein muss.«

»Welche Marke von Skistiefeln tragen Sie, und was ist Ihre Größe, Mr. Malavoy?«

»Welche Marke? Dalbello.«

»Welche Größe?«

»Größe elf. Ich habe ihm am Tag davor eine verpasst, das ist alles! Ich schwör's!«

»Der Bericht wird ergeben, dass dieser Zeuge Skistiefel trägt, die zuvor als solche identifiziert wurden, deren Sohlen mit den Mustern auf Alex Strongs Haut übereinstimmen könnten«, sagte Nina. Collier sprang auf, um Krach zu schlagen, aber Flaherty starrte auf Malavoys Fäuste und sein blasses Gesicht, und Nina wusste, dass sie ihr Ziel erreicht hatte.

»O Mann, Sie sind auf ihn losgegangen wie … wie … er hat sich echt geduckt«, sagte Jim später. »Obwohl ich wusste, was Sie vorhatten, war mir nicht klar, wie schlecht es für ihn aussehen würde. Fast hätten Sie mich überzeugt. Aber er könnte so was nicht. Er hat nicht den Mumm, egal, wie viel er trinkt oder was er einwirft. Er hält sich für 'ne ziemliche Kanone, dabei hänge ich ihn auf Skiern locker ab, jederzeit, egal, wo. Er glaubt, jede Frau wäre scharf drauf, in sein Bett zu krabbeln … Was halten Sie von ihm, Nina?«

»Ich? Ich habe nicht auf sein Äußeres geachtet.« Das war schlichtweg gelogen, aber Jims finsteres Gesicht verlangte danach.

»In der Woche, bevor ich ihn gefeuert habe, ist er zwei Mal zu spät zur Arbeit gekommen. Ich habe mit ihm darüber gesprochen. An dem Tag, an dem ich ihn rausgeworfen habe, war er nicht auf seinem Posten. Ich wusste nicht, wo er war. Ich nehme an, er hat sich in der Toilette Koks reingezogen. Also hab ich seinen Posten übernommen, bis er wieder aufgetaucht ist. Dann hab ich ihn mit in mein Büro genommen und ihm gekündigt.«

»Haben Sie es Alex in die Schuhe geschoben?«

»Warum stellen Sie immer wieder die gleichen Fragen? Ich habe es Ihnen doch schon gesagt. Natürlich nicht. Gina lügt. Sie hat Gene noch verrückter gemacht. Jetzt wartet Gene draußen vor dem Gerichtssaal auf mich. Das würde Gina gefallen. Er sollte das lieber nicht versuchen. Ich würde …«

»Es ergibt trotzdem keinen Sinn«, sagte Nina. »Wenn Sie das Malavoy nicht gesagt haben, warum hat er Alex dann am zweiundzwanzigsten auf dem Parkplatz angegriffen? Wissen Sie, das ist sehr merkwürdig.«

»Ja, komisch. Der Typ verbirgt 'ne Menge.«

»Einfach unerklärlich.«

»Das Leben ist unerklärlich«, meinte Jim.

»Und Ihr Vater hat Ihnen nie gedroht, Sie als Manager der Lodge zu entlassen?«

»Wie oft müssen wir das noch durchkauen? Das hat sie erfunden.«

»Würde Ihr Vater das bezeugen?«

Wieder sah sie Jims Zorn, als sie seinen Vater erwähnte. »Mein Vater? Da müssen Sie ihn selber fragen, ob er irgendetwas für mich tun würde. Ich glaube, er hält sich lieber raus.«

»Er könnte Ihnen in diesem Punkt helfen. Was geht zwischen Ihnen vor?«

»Nichts.«

Sie stellte ihm noch ein paar Fragen über seinen Vater, aber Jim hatte dem nichts weiter hinzuzufügen.

Nina schob den Stuhl zurück und sagte: »Kopf hoch. Wir schlagen uns ganz gut. Ich glaube, Collier ... Mr. Hallowell steckt ganz schön in der Klemme. Clauson war nicht gerade überzeugend, und ich glaube nicht, dass der Richter den beiden ehemaligen Angestellten viel Aufmerksamkeit widmen wird. Sie wollen Ihren Vater nicht hinzuziehen, wie ich Ihnen bereits gesagt habe.«

»Alex ist bei einem Unfall gestorben«, sagte Jim. »Mein Vater sollte da nicht mit reingezogen werden. Mein Gott, ich hoffe, es ist damit erledigt.«

»Vielleicht, vielleicht auch nicht. Der Richter sucht nur nach einem hinreichenden Verdacht, um Sie in Untersuchungshaft zu stecken. Dazu braucht es nicht besonders viele Beweise. Aber ich glaube ... Ginger deckt den forensischen Teil ab, und Tim Seisz, unser Geologe, wird aussagen, dass das Muster auch von den Felsvorsprüngen stammen kann. Er war ebenfalls auf der University of Southern California, wo Flaherty an der juristischen Fakultät war. Flaherty wird ihm Gehör schenken, wenn er seine Theorie darlegt.«

»Und die Fasern?«

»Ginger ist bereit, zu bestätigen, dass sie von Dutzenden von Pullovern dieser Art, die bei Miller's Outpost verkauft werden, nicht zu unterscheiden sind.«

»Da haben wir sie immer gekauft«, sagte Jim. »Ich bin froh, dass Sie mich gefragt haben.«

»Wir sollten zurückgehen.« Sie stiegen die Treppe hinauf. Obwohl sie zu spät dran waren, warteten keine Zeugen in der Halle, nur die üblichen Nachrichtenreporter und Fotografen. Der Gerichtsdiener machte ihnen den Weg in den Gerichtssaal frei.

»Wo sind die Zeugen?«, fragte Nina Flahertys Justizbeamten.

»Mr. Hallowell sagte, er käme ein paar Minuten später. Wir konnten Sie nicht finden, um es Ihnen zu sagen.«

Nina zog eine Augenbraue hoch. Sie setzte sich an den Anwaltstisch, kritzelte auf ihrem gelben Block herum und sammelte ihre Gedanken. Sie hatten mit den Polizisten gesprochen, den Rettungssanitätern, dem Coroner, Beloit und Malavoy ... Collier würde Philip Strong nicht aufrufen, denn er konnte sich nicht darauf verlassen, dass Strong Gina Beloits Aussage stützte. Er war schließlich Jims Vater. Über wen musste sie sich noch Sorgen machen?

Collier musste den Fall jetzt vielleicht schließen. Er wusste, dass sie ein paar schwere wissenschaftliche Geschütze auffahren konnte, um Clauson platt zu machen. Sie zwang ihn in die Flucht.

Das unbekümmerte Hochgefühl, das sie durch den ganzen Tag getragen hatte, verflüchtigte sich allmählich. Clauson gab ein leichtes Ziel ab, und Collier hatte bessere Zeugen verdient.

Sie sah auf ihren Block hinunter. Sie hatte ein riesiges Tier gekritzelt, das man nur von hinten sehen konnte. Es hatte einen Kopf am Schwanz, und der Schwanz war ein Ski. Es war ihre unvollkommene Erinnerung an ein surrealistisches Gemälde, über das sie öfter nachgedacht hatte.

Der Elefant Celebes, dachte sie. Was hast du mit meinem Fall zu tun?

Collier kam mit grimmiger Miene herein. »Rufen Sie den Richter«, sagte er zu dem Justizbeamten.

Als Flaherty sich gesetzt hatte, sagte Collier: »Ich muss dem

Gericht mitteilen, dass sich Umstände ergeben haben, die eine Vertagung erfordern.«

»Eine Vertagung?«, sagte Flaherty. »Was ist los?«

»Ich habe vor zehn Minuten einen Anruf vom Boulder-Krankenhaus bekommen«, sagte Collier. »Doc Clauson hatte einen Schlaganfall. Er war auf dem Weg in sein Büro, aber er fühlte sich nicht gut, und so ist er weiter zum Krankenhaus gefahren. Sein Arzt hat die stationäre Aufnahme angeordnet. Er wird morgen nicht aussagen können.«

»Haben Sie für morgen noch andere Zeugenbefragungen angesetzt? Vielleicht kann er übermorgen wieder da sein«, sagte Flaherty.

»Ich habe keine weiteren Zeugen vorgesehen. In jedem Fall klang es so, als könnte seine Krankheit ihn für einige Zeit außer Gefecht setzen.«

»Hm. Wenn das so ist, sollte ich wohl herausfinden, wie Sie dazu stehen, Mrs. Reilly«, sagte der Richter.

»Wir werden einer Vertagung nicht zustimmen, Euer Ehren. Es ist gesetzlich festgelegt, dass der Angeklagte das Recht auf eine Voruntersuchung innerhalb von zehn Tagen nach Erhebung der Anklage hat und dass diese Voruntersuchung ohne Unterbrechung durchgeführt wird, bis sie abgeschlossen ist.«

»Ja, ja, natürlich. Aber falls Sie nicht gewillt sind, Mr. Hallowell diese minimale professionelle Höflichkeit entgegenzubringen, bin ich gezwungen, die Anklage ohne Anerkennung einer Rechtspflicht abzuweisen, und dann steht es Mr. Hallowell zu, wenn es ihm passt, noch einmal Anklage zu erheben. Dann müssen wir wieder von vorne anfangen.«

»Und das ist genau das, was ich tun werde«, sagte Collier.

»Wir sind so weit gekommen«, sagte Flaherty stirnrunzelnd. »Ich kann nicht nachvollziehen, warum Sie uns nicht ein paar Tage Zeit geben können, bis wir sehen, wie es dem Doc geht. Um Wiederholungen, Vergeudung von Zeit und Kapazitäten bei Gericht und so weiter zu vermeiden.«

»Es tut mir Leid, Euer Ehren, aber wir halten uns an das Gesetz.« Sie tat das, was für Jim das Beste war, aber sie war nicht gerade stolz auf sich.

»Wir werden zu einem passenderen Zeitpunkt erneut Anklage erheben«, sagte Collier steif.

»Vielleicht ändert die Staatsanwaltschaft nach einer weiteren Überprüfung, die durch dieses unglückliche Ereignis notwendig geworden ist, ihre Meinung«, sagte Nina.

»Wird nicht passieren«, sagte Collier, ohne sie anzusehen. »Euer Ehren, die Staatsanwaltschaft sieht sich im Augenblick nicht in der Lage, fortzufahren.«

»Sie könnten sich mit dem Schluss des Beweisverfahrens einverstanden erklären und sehen, wie ich entscheide«, sagte Flaherty.

»Ich kann nichts entscheiden, wenn ich nicht in der Lage bin, mich mit dem Coroner zu beraten«, sagte Collier. Er hatte Recht, ohne Clauson war er verloren, und er war zu erfahren, um sich ohne Hilfe auf dünnes Eis zu wagen.

»Dann müssen wir uns wohl dem Unvermeidlichen beugen. Sie beantragen eine Klageabweisung ohne Anerkennung einer Rechtspflicht zu diesem Zeitpunkt?«

»Ja, Euer Ehren«, sagte Collier.

»Nun denn. So beschlossen.« Das Gericht vertagte sich. Flaherty ging, und der Gerichtsdiener verteilte das Sitzungsprotokoll, aus dem hervorging, dass der Fall *Die Vereinigten Staaten gegen Strong* abgewiesen worden war.

Bis zum nächsten Mal.

Collier ging ohne einen weiteren Kommentar, vier oder fünf Reporter mit Klemmbrettern und Notizbüchern in seinem Kielwasser.

»Bin ich frei?«, fragte Jim. Nina vervollständigte ihre Notizen über das, was eben passiert war. Die beiden saßen immer noch im Gerichtssaal.

»Ja. Die Anklage wurde in allen Punkten abgewiesen. Sie

können sich sogar Ihre Kaution zurückholen. Wenn Sie damit nicht lieber warten wollen, bis wir sehen, ob Collier innerhalb einer Woche erneut Anklage erhebt. Ich fand, Clauson sah nicht gut aus vor Gericht, aber … wir müssen abwarten, wie krank er tatsächlich ist.« Nina brauchte Zeit, um über diese Wendung der Ereignisse nachzudenken. Ernst packte sie ihre Aktentasche.

Jim strahlte. »Sie haben gewonnen! Sie haben sie geschlagen!«

»Nur diese Runde, Jim. Und es war ein technischer K.o. Wir haben die Staatsanwaltschaft nicht davon überzeugt, die Sache fallen zu lassen. Sie sollten davon ausgehen, dass sie noch einmal Anklage erheben und es in ein paar Wochen eine zweite Voruntersuchung gibt.«

»Das ist in der Zukunft. Vielleicht kommt es gar nicht so weit. Sie waren großartig, Nina. Großartig.« Er umarmte sie fest. Obwohl sie sich um seinetwillen freuen wollte, erinnerte seine Nähe sie unangenehm an den Tag auf dem Berg in Paradise. Sie entwand sich schnell seinen Armen.

»Wir gehen aus und feiern. Trinken Champagner«, sagte er.

»Kann nicht. Tut mir Leid. Ich ruf Sie die nächsten Tage an.«

»Sie sind verdammt gut«, sagte er, als könnte er es nicht glauben. Er schüttelte immer noch den Kopf, während sie praktisch aus der Tür des Gerichtssaals stürmte und zur Damentoilette eilte, wo sie wartete, bis Jim weg sein würde.

Es ging ihr nicht gut. Ihr war übel, sie war angewidert von dem ganzen vermurksten Verfahren, wie arrogant sie die Zeugen behandelt hatte, besonders Clauson, und wie künstlich ihr ihre Verteidigung vorgekommen war, selbst als sie mittendrin steckte. Granitvorsprünge, in der Tat. Sie wollte nie wieder mit Jim reden.

Die Klage gegen ihn hatte sich in ihre Bestandteile aufgelöst, und sie hatte getan, was sie konnte, um den Prozess voranzutreiben, aber es war nicht zu einer Prüfung der Fakten durch eine unbeteiligte dritte Partei gekommen. Clauson war nicht zurück in den Gerichtssaal marschiert, um ihre Theorien über Felsen und Fasern zu widerlegen. Collier hatte keine Chance gehabt, den Geologen ins Kreuzverhör zu nehmen oder auf Ginger loszugehen.

Wenn es einen fairen Kampf gegeben und Flaherty den Fall abgewiesen hätte, wäre sie beruhigt und hätte sich gesagt: Ja, Gott sei Dank, er ist wahrscheinlich unschuldig, Flaherty glaubt das auch. Selbst wenn Flaherty Untersuchungshaft für Jim angeordnet hätte, wäre sie in der Lage gewesen, abzuschätzen, wie stichhaltig die Theorien der Verteidigung waren, um sich eine eigene Meinung zu bilden.

Sie war nicht gut gewesen. Sie hatte Glück gehabt. Zu viel Glück, in gewisser Weise. So viel Glück, dass sie sich unsicherer fühlte als je zuvor.

Sie wusch sich die Hände, kämmte sich die Haare und ging. Allein. Sie schenkte den frierenden Reportern, die neben dem Bronco warteten, ein falsches Lächeln und ein paar gestelzte Worte für die morgigen Zeitungen und murmelte etwas von Rehabilitierung. Dabei kam sie sich vor wie eine Schwindlerin.

17

»Ich komme zur Konsultation«, sagte Nina zu der Brille hinter dem Schreibtisch. Es war spät, schon nach sechs. Sie hatte Bob angerufen, um ihn daran zu erinnern, seine Hausaufgaben zu machen und die tiefgekühlten Fischstäbchen in den Ofen zu tun.

»Ich würde Ihnen gerne helfen, aber er hat für heute schon Schluss gemacht. Wir könnten Sie morgen früh reinquetschen.«

»Morgen habe ich keine Zeit. Ich muss jetzt mit ihm sprechen.«

»Nina?« Der weißhaarige Mann war schon fast an ihr vorbei in Richtung Ausgang gegangen, in der Hand wie immer die schwere Aktentasche.

»Artie, können Sie eine Minute für mich erübrigen?«, fragte Nina. Sie musste in dem Moment wirklich bedürftig aussehen, denn Artie Wilson machte auf dem Absatz kehrt und sagte über die Schulter: »Folgen Sie mir.«

Im Konferenzraum von Arties Kanzlei waren die Fensterläden geschlossen, und im Dämmerlicht zwischen den vertrauten juristischen Werken wurde Nina etwas ruhiger. Erst als Artie einen Stuhl für sie zurechtrückte und ihr einen Becher Wasser brachte, fiel ihr auf, wie schlecht es ihr ging.

»Wie kann ich Ihnen helfen?« Das fragte er wohl auch seine kriminellen Mandanten.

Artie war vierzig Jahre in San Francisco Strafverteidiger gewesen und hatte sich vor ein paar Monaten in Tahoe zur Ruhe gesetzt. Jedenfalls hatte er vorgehabt, sich zur Ruhe zu setzen. Doch das Golfspielen und Trinken mit den anderen Rentnern im Chart House war ihm schnell langweilig geworden, und deswegen hatte er im Starlake Building, direkt über Nina im zweiten Stock, ein Büro eröffnet. Er aß gerne mexikanisch und redete gerne über seinen Beruf, und so hatten sie es sich angewöhnt, mehrmals in der Woche mittags zusammen essen zu gehen.

»Es geht um einen meiner Fälle. Ich möchte Sie zu Rate ziehen«, sagte sie.

»Gerne.«

»Ich bezahle Sie.«

»Nicht nötig.«

»Damit es keine Probleme gibt, was die Vertraulichkeit angeht, wissen Sie.«

»In Ordnung. Bezahlen Sie mich. Ich bin ganz Ohr.«

»Ich konnte die Anklage gegen Jim Strong heute in allen Punkten abschmettern.«

»Gute Arbeit!«

»Danke, aber ich muss Ihnen sagen, dass ich mir in diesem Fall sehr unsicher bin. Zum einen wird der Staatsanwalt Berufung einlegen.«

Artie ließ das anästhesierende Vorgeplänkel gern beiseite und kam direkt zur Sache, so sehr die Operation auch schmerzen mochte. »Sie denken, er hat seinen Bruder umgebracht.«

»Ich weiß es nicht. Und das nervt mich. Wenn ich ihn für unschuldig halten würde, könnte ich ihn mit ganzem Herzen verteidigen. Wenn ich ihn für schuldig halten würde, wäre es genauso, dann würde ich mich dafür einsetzen, dass er einen fairen Prozess bekommt. Aber ich will wissen, woran ich bin. Ich kann mir keinen Reim auf die Geschichte machen. Es könnte ein Unfall gewesen sein. Wenn es Mord war, könnte es auch ein anderer gewesen sein. Es ist so verworren. Ich muss wissen, ob er lügt.«

Artie dachte darüber nach. »Werden Sie je eine klare Antwort auf diese Frage bekommen?«

»Ich weiß nicht, wie. Wenn er lügt, wird er sich hüten, seine Geschichte zu ändern.«

»Warum würden Sie keinen lügenden Mörder verteidigen? Sie haben doch gerade gesagt, Sie würden einen Mörder verteidigen.«

»Weil ... weil, wissen Sie, wir sind ein Team. Wenn er ein Lügner ist, macht er auch mich zur Lügnerin. Das Ganze wird falsch, es wird zu einer Scharade von Gerechtigkeit. Ich suche nach entlastenden Beweisen, die nicht existieren, und ich vertrete Theorien, die haarsträubend sind – ich baue dieses ganze Lügenhaus auf, ohne es überhaupt zu merken. Ich ...«

»Er benutzt Sie, um die Gerechtigkeit zu besiegen.«

»Ja, so ist es. Ich setze all meine Fähigkeiten ein, meinen Verstand, alles – im Dienst einer Lüge.«

»Aber manchmal gehört das zu unserem Job.« Artie holte eine ungeöffnete Flasche Likör und zwei winzige silberrandige Gläser aus einer Anrichte. »Was macht es für einen Unterschied? Außer, dass Sie vielleicht etwas besser sind, wenn Sie denken, dass er unschuldig ist?«

Sie nahm das Glas. »Ex und hopp«, sagte er, und sie kippten es beide runter.

»Puh …« Ninas Speiseröhre brannte wie Feuer, und die Augen drohten, ihr aus dem Kopf zu quellen. Ein Buschfeuer fegte durch ihren Körper. »Was ist das denn für ein Zeug?«, keuchte sie.

»Mezcal. Premium Oaxacan. Aus der Agave. Im teuren Mezcal sind keine Würmer, keine Angst.«

Vorsichtig stellte sie das Glas ab. Die Löscharbeiten schienen langsam voranzukommen.

»Also, was kümmert es Sie, wenn er Sie zum Narren hält?«, sagte Artie.

»Artie, das wäre mein erstes Mal«, sagte Nina. »Bei meinen Mandanten, die schuldig sind, sind die Beweise meistens überwältigend. Sie müssen mich nicht anlügen oder Ausflüchte machen. Das ist leichter. Ich erkläre ihnen, dass ich ihnen, selbst wenn sie das getan haben, wessen man sie anklagt, in der Gerichtsverhandlung helfen und mich darum kümmern kann, dass mildernde Umstände berücksichtigt werden.«

»Sie haben nie einen Prozess für einen Mandanten geführt, von dem Sie nicht wussten, ob er schuldig war?«

»Nein«, sagte Nina. »Ich habe einige Berufungen bearbeitet, bei denen ich vermutete, dass der Mandant schuldig war, aber der saß dann in San Quentin oder Soledad oder sonst irgendwo, und eigentlich ging es nur um die Begründung und darum, Formulare auszufüllen. Ich habe mein Bestes gegeben, aber ich habe immer geglaubt, das System würde auf dieser Ebene funktionieren – die Staatsanwaltschaft würde in den Ring treten, und das Gericht würde zu einer begründeten Entscheidung gelangen. Da hatte es immer schon ein Verfahren gegeben. Ich musste mir keine Tatsachen aus den Fingern saugen …«

»Sie mussten nur noch ein bisschen darauf herumreiten«,

sagte Artie. »Erfinden Sie jetzt Tatsachen? Glauben Sie, dass Sie das tun?«

»Nein! Das wollte ich damit nicht sagen. Ich ...« Sie dachte darüber nach. »Aber ich denke mir Erklärungen für die Tatsachen aus. Und die Staatsanwaltschaft schlägt nicht so zurück, wie sie sollte.« Sie erläuterte den Zeitdruck, unter den sie Collier gesetzt hatte, die nachträgliche spätere Revision des Autopsieberichts, Doc Clausons plötzliche Krankheit und Heidis Verschwinden.

»Es ist, als hätten Sie sie verhext«, sagte Artie. »Ich sehe Ihr Problem. Das Gleichgewicht der Kräfte funktioniert nicht.«

»Genau.«

»Sie fühlen sich unwohl, Sie wollen Ihre Fesseln zurück. Sie wollen nicht, dass man zulässt, dass Sie Amok laufen.«

»Korrekt.«

»Nehmen Sie noch ein Gläschen. Ex und hopp.« Sie tranken. Der Likör heizte das Feuer wieder an. Ein Schauder durchlief Nina. Artie hustete ein paarmal. »Gutes Zeug«, sagte er und wischte sich die Augen.

»Wissen Sie, Nina«, sagte er gedankenverloren, »von Zeit zu Zeit neigen wir Anwälte dazu, uns zu ernst zu nehmen. Wir können gut Verantwortung übernehmen, und manchmal bilden wir uns ein, wir hätten viel mehr Verantwortung, als wir tatsächlich haben. Nehmen Sie unsere Situation. Sie machen sich Gedanken über alles Mögliche, was gar nicht in Ihre Zuständigkeit fällt. Sie sind nur eine einfache Strafverteidigerin, und es ist Ihre Pflicht, zu verteidigen. Das ist alles. Ganz einfach. Sie sind Anwältin, und zwar die Anwältin Ihres Mandanten, nicht die der Gerechtigkeit. Wenn Sie in eine andere Rolle schlüpfen, wie etwa in die des Richters oder die der Geschworenen, machen Sie keine gute Arbeit mehr. Hören Sie auf, sich Sorgen zu machen. Hören Sie auf, alle Seiten sehen zu wollen. Verteidigen Sie Ihren Mandanten.«

»Ich weiß, dass das meine Pflicht ist. Ich bin meinen Mandanten gegenüber loyal. Ich glaube an das, was ich tue. Ich mag meinen Platz in dem System. Aber wenn andere Stellen in dem System zusammenbrechen, bekomme ich zu viel Macht«, sagte Nina. »Ich bin nur ein Rädchen im Getriebe, aber wenn die Maschine zu wackeln beginnt und ich immer weiter blind mein Ding verfolge, dann kann ich sie zerstören.«

»Was ist schon ein Rädchen?«

»Ich weiß nicht.«

»Sie haben also Angst?«

»Nein, das habe ich nicht gesagt.«

»Dann sind Sie verrückt. Ich habe seit vierzig Jahren Angst. Schließlich stehen wir einigen Leuten, deren Bestimmung es ist, anderen das Leben schwer zu machen, näher als unserer eigenen Mutter.«

»Das ist was anderes. An diesen Aspekt der Arbeit möchte ich jetzt nicht denken.«

»Hören Sie. Machen Sie sich keine Sorgen. Das System hat seine Möglichkeiten, und manchmal geschieht es auf Umwegen. Wenn Strong es getan hat, wird er auf irgendeine Art geschnappt, da kann die Verteidigung noch so brillant sein.«

»Ich hoffe, Sie haben Recht. Aber – wenn er schuldig ist und ich ihn frei kriege?«

Artie zuckte die Schultern. »Dann ist Ihnen einer von tausend durch die Lappen gegangen«, sagte er. »Das ist der Konflikt im Kern unserer Arbeit. Ab und an ist einer schuldig, aber man kommt zu keiner Einigung, sondern muss in die Verhandlung, und da überrascht man sich dabei, wie man Sachen zu den Geschworenen sagt, die sie absichtlich in die Irre führen. So ist es nun mal.«

»Das finde ich grundfalsch.«

»Es ist nicht an Ihnen, das falsch oder richtig zu finden. Es ist an Ihnen, ihn verteufelt gut zu verteidigen. Und wenn er frei kommt, kommt er eben frei.«

»Ich lasse mich nicht so benutzen«, sagte Nina eigensinnig. »So unwissentlich.«

»Aha! Sie verwahren sich also gegen das Unwissentliche daran. Hören Sie, wenn diese ethische Zwickmühle Sie zu sehr belastet, dann lassen Sie ihn fallen«, sagte Artie. »Aber ich warne Sie, so was wird immer wieder vorkommen. Die meisten Ihrer Mandanten werden schuldig sein.«

»Ich weiß! Es geht um diesen Fall, diese Situation …«

»Dann lassen Sie ihn doch fallen.«

»Aber … er ist auf mich angewiesen. Er findet, wir hätten eine tolle Beziehung. Er ist so oft im Stich gelassen worden, dass ich denke, es würde ihm Schaden zufügen. Und das ist auch nicht gerade ethisch.«

»Ist das eine Mann-Frau-Kiste, Nina?«, fragte Artie und bohrte seine scharfen, wenn auch geröteten Augen in sie. »Läuft da was zwischen Ihnen?«

»Nein. Aber er … er verlässt sich auf mich. Er bettelt mich an, ihn nicht zu verlassen wie seine Frau und sein Vater.«

»Hört sich an wie ein erstklassiger Manipulator«, sagte Artie.

»Ich weiß nicht, ob er das ist oder ob er total aufrichtig ist«, sagte Nina. »Gott, Artie, geben Sie mir nicht noch mehr. Und stellen Sie die Flasche weg, sonst werden wir beide auf dem Heimweg rechts rangewunken.« Als Artie diese Aufforderung befolgte und sie seinen gebückten Rücken und die beiden weißen Haarbüschel an seinem harten Schädel betrachtete, kam ihr eine Idee.

»Artie?«

»Ja.«

»Würden Sie mit mir am Fall Strong arbeiten?« Er drehte sich abrupt um, zog die Hose hoch und sah sie eindringlich an. »In den drei Monaten, seit Sie hier sind, haben Sie sich damit amüsiert, Handtaschenräuber, Trunkenbolde am Steuer und Kleptomanen zu verteidigen. Ich habe Sie vor Gericht gesehen. Sie sind teuflisch. Sie sind wirklich gut, Sie müssen nicht mal nachdenken.«

»Ich bin pensioniert. Ich albere nur so vor mich hin, um im Geschäft zu bleiben. Das ist mein Spielgeld. Und meine Frau ist auch zufrieden, weil ich nicht zu Hause bin und ihr auf den Wecker gehe.«

»Unsinn! Sie sind so gut wie eh und je, und Sie müssen sich langweilen.«

Artie rückte seine Brille zurecht und sagte: »Langeweile kann einen auch unterhalten, wenn es eine neue Erfahrung ist. Ich bin lange im Rennen gewesen, Nina, und ich bin froh, aus der stürmischen See zu sein und nur noch vom sicheren Steg aus die Hand ins Wasser zu halten.«

»Wollen Sie damit sagen, Sie können meinem Angebot widerstehen? Denken Sie darüber nach. Ihr erster Mord, Artie. Prominente Familie. Jede Menge Medienaufmerksamkeit. Das bringt Ihnen weitere Mandanten, falls Sie welche wollen. Und wissen Sie, er könnte sogar unschuldig sein.«

»Zu viel Arbeit.«

»Bitte ... Ich wäre Ihnen wirklich dankbar.«

»Hören Sie auf, mit den Wimpern zu klimpern, junge Dame. Sie sind attraktiver, als Ihnen gut tut.«

»Bitte?«

»Sie erledigen den ganzen Papierkram«, sagte Artie. »Ich mache nur die Arbeit vor Gericht.«

»Abgemacht.«

»Meine Knie tun mir weh. Ich jammere viel und halte mich lange beim Mittagessen auf. Auf dem linken Ohr höre ich nichts. Ich bin vierundsechzig Jahre alt.«

»In den besten Jahren.«

»Offensichtlich noch nicht zu alt, um mich von Ihnen um den Finger wickeln zu lassen.«

»Gott sei Dank.«

Sie schüttelten einander die Hand, und Nina ging nach Hause zu Bob. Der seine Baseballkarten eingepackt hatte. Und einen Stapel chinesischer Filme. Und sein geliebtes Kuscheltier, den lila Drachen, der ihn immer noch überallhin begleitete. Aber noch keine Kleider, obwohl er in zwei Tagen abreiste.

Er hatte auch kein Feuer gemacht, aber die Hitze, die aus den Heizschlitzen gepustet wurde, erzeugte im Haus einen texanischen Hochsommer. »Hast du das Essen in den Ofen geschoben?«, fragte sie, warf ihren Mantel über den Haken und drückte sich an Hitchcock vorbei. Wenigstens der Hund freute sich über ihre Rückkehr und wedelte mit dem Schwanz oder vielmehr mit dem ganzen Hinterteil.

Bob lümmelte dagegen lethargisch auf seinem blauen Sitzsack, den Blick starr auf seinem neuen Laptop, auf dem der VCD-Star Chow Yun-Fat, der Gott der Spieler, ein paar Dutzend Triadenmitglieder mit einer schier unerschöpflichen Magnum wegpustete.

»Bist du ein guter Hund? Ein gutes Tier? Ja, das bist du«, säuselte Nina und erlaubte Hitchcock, an ihr hochzuspringen und ihr die Pfoten auf die Schultern zu legen. Dann gab der Hund auf, Rute, Rücken, Ohren, Brust und die Kiefer zu einer Grimasse verzogen, bei der er sämtliche Zähne entblößte, während Bob sich, unempfänglich für menschlichen Umgang, in seiner elektronischen Ekstase aalte.

»Bob! Was ist? Hast du es gemacht?«

Eine leichte Bewegung ob dieser Störung. Ein Auge auf sie gerichtet, wie der Tyrannosaurus in *Jurassic Park.* »Natürlich. Du hast mich doch darum gebeten, weißt du das nicht mehr? Du erinnerst dich nie daran, wenn ich was gut mache. Erinnerst du dich an dieses Video?«

»Das haben wir uns gestern Abend angesehen. Wie könnte ich es vergessen haben?«

»Gleich kommt der gute Teil. Willst du es dir mit ansehen?«

»Nein, danke. Ich gucke mal in den Ofen.« Die ölig-panierten Fischstäbchen waren in leicht geschwärzten, ansonsten aber perfekten Reihen ausgerichtet, so wie Bob sie mochte, ein ganzes ästhetisches Universum von richtigem frischem Fisch entfernt. Sie nahm eine abgepackte Salatmischung aus dem Kühlschrank und goss etwas Magerdressing darüber. Im Gemüsefach fand sie eine schrumpelige Zitrone, die sie in Viertel schnitt und ordentlich auf einem Teller in die Tischmitte stellte. »Bob, wasch dir die Hände!«, rief sie und trug alles zum Tisch, den Fisch und den Salat und ein paar Apfelscheiben. Und alles, wie Sandy sagen würde.

Sie aßen am Esstisch. Nina fand das wichtig fürs Familienleben. Allerdings hatte der Laptop, dem die Familiengepflogenheiten egal waren, es ebenfalls bis zum Tisch geschafft. Chow Yun-Fat schien seinen mutigen Kumpan nicht mehr wiederzuerkennen. Das war kein Wunder, denn Chow hatte bei einem Unfall einen Hirnschaden erlitten und war mit dem geistigen Horizont eines Fünfeinhalbjährigen durch den ganzen Film gehüpft. Der Kumpan kroch, traurig und unverstanden, davon.

»Nimm etwas Salat. Der Mensch lebt nicht vom Fett allein. Wenn du in Deutschland bist, iss bitte jeden Tag irgendein Obst, eine Banane oder so. Wo ist unser Erledigungszettel? Okay, heute Abend machen wir die Wäsche und nähen dein grünes Sweatshirt.« Chow war auf einmal wieder bei Verstand und erinnerte sich an alles. Er überraschte seinen Kumpel, indem er ihn zum Partner beförderte. Der Gott der Spieler war wieder da! Chow und sein froher Trupp machten sich auf zu einer weiteren Nacht voller Ballerei und Mah Jong.

Ende.

»Ah«, sagte Nina. »Ich fand ihn besser, als er den Hirnschaden hatte.«

»Du musst nicht sarkastisch sein, Mom. Du bist nicht mehr vor Gericht.«

»Jetzt stell das Ding ab und lass uns an die Arbeit gehen.«

Der Augenblick kam. Am Sonntag um neunzehn Uhr dreißig ging Bob am Flughafen von Reno an Bord eines Flugzeugs der American Airlines.

»Ruf mich an, sobald du da bist.«

»Ich weiß, ich weiß.«

»Ruf mich vom Flughafen von Denver an, wenn du irgendwelche Probleme hast.«

»Ich komme schon klar.«

Ihr tapferes Gesicht bröckelte. »Wenn Kurt nicht in Frankfurt am Flughafen ist ...«

»Ich denke dran.«

»Ich liebe dich.«

»Ich liebe dich auch. Bis bald, Mom.« Er schulterte den Rucksack und ging durch die Tür. Sie sah ihm hinterher. Sie wartete darauf, dass er zurückkam, dass er sagte, er habe Angst, er könne doch nicht fliegen, aber die Türen wurden geschlossen.

Durch das beschlagene Fenster sah sie das Flugzeug auf die vereiste Startbahn rollen. Es nahm seine Kindheit mit sich, und Nina blieb verstört zurück und fragte sich, wie sie an ihr vorübergeglitten und verflogen sein konnte.

»Sie sind ein guter Anwalt«, sagte der Staatsanwalt Henry McFarland. »Wir kennen uns nun schon so lange, und ich habe Sie immer respektiert, Collier. Aber das hier ist einfach Scheiße hoch drei. Die Untersuchung, die verschwundene Ehefrau, Clauson und sein Bericht ... Wie geht es ihm denn?«

»Rechtsseitig gelähmt. Ich glaube nicht, dass er zurückkommt«, sagte Collier. Sie aßen an einem geschäftigen Montag an Henrys Schreibtisch zu Mittag, in der Ecke seines großen neuen Büros, wo die schönen Fenster waren.

McFarland sah so aus, als ob es ihm Leid täte. Wahrscheinlich tat es ihm wirklich Leid, aber bei ihm konnte man das nie wissen, weil er ein guter Schauspieler war. Bevor er sich für Jura entschieden hatte, hatte er an der Universität von Davis Theater studiert, was ihm bei den Geschworenen viele Punkte einbrachte. Wenn er sich mal überraschen ließ, was selten genug vorkam, war sein eigentlicher Gesichtsausdruck unbeweglich, aber wachsam wie bei einer Echse, die einer Fliege auflauerte. »Was für ein Pech. Es war auf jeden Fall zu früh für eine Verhaftung. Sie haben sich auf eine Vorverhandlung eingelassen, mit der Sie nicht zurechtkommen.«

»Wahrscheinlich haben Sie Recht.« Es hat keinen Sinn, Ausflüchte zu suchen, dachte Collier, es gibt keine. Er sollte seine bitteren Pillen schlucken, und der neue Staatsanwalt spielte heute den Arzt.

Im vergangenen Jahr hatte Collier unmittelbar vor seinem Nervenzusammenbruch mit Henry um die Stelle konkurriert, auf der Henry jetzt saß. Sie waren beide stellvertretende Staatsanwälte gewesen, aber Collier war älter und hatte einen guten Ruf, sodass Henry sehr überrascht gewesen war, als Collier plötzlich aus dem Rennen schied und ihm das Feld überließ.

Henry machte seine Sache ganz gut, er konnte mit dem Aufsichtsgremium umgehen und verteilte die Arbeit relativ fair. Eigentlich hatte keiner dem anderen etwas nachzutragen, aber irgendwie war es ihnen peinlich, und vielleicht war Henry auch etwas paranoid. Henry war ein paar Jahre jünger und nicht so erfahren wie Collier. Das ging ihm jetzt, wo er der Chef war, gegen den Strich.

Henry hatte sein Okay gegeben, als Collier nach seiner Beurlaubung zurückkommen wollte. Es gab Verwaltungsgründe dafür, die Staatsanwaltschaft litt unter chronischem Personalmangel, und Colliers Rückkehr nach der Beurlaubung zählte nicht als Neueinstellung. Collier wusste genau, dass er auf unsicherem Boden stand.

»Sehen Sie sich den Artikel in dieser Zeitung aus Sacramento an«, meinte Henry. »Sie vergleichen die Ermittlungen mit dem Fall Jon-Benet Ramsey. Das ist schlecht für meinen Ruf und schlecht für die hiesige Staatsanwaltschaft. Erst sagen wir, es sei ein Unfall. Dann verhaften wir den Bruder und nennen es Mord. Dann ist es nur noch ein einziges Chaos. Verstehen Sie?«

Collier nickte. Ja, er verstand, dass er mitten in der Scheiße steckte.

»Und ...«

»Und?«

»Barb hat erzählt, Sie hätten was mit der Strafverteidigerin. Sie hat nicht getratscht, es ist ihr rausgerutscht, als wir beim Mittagessen über etwas anderes geredet haben.«

»Ich verliere den Fall nicht absichtlich, nur damit sie mit mir schläft, Henry«, sagte Collier. »Falls Sie so etwas Absurdes andeuten wollen.«

»Nein, denn Sie schlafen ja schon mit ihr. Erzählt man sich. Ist es wahr?«

»Wir sprechen nicht über die Arbeit. Wir sind Profis. Wir leben in einer kleinen Stadt, und man lernt nun einmal den kennen, den man kennen lernt. Ich glaube mich erinnern zu können, dass Sie in diesem dreifachen Mordfall im letzten Jahr eine heiße Sache mit der Frau eines Zeugen ...«

»Das geht Sie überhaupt nichts an!« Henry schlug mit der Faust auf den Tisch.

»Genau«, sagte Collier. Er aß sein Sandwich auf und trank seine Cola, während Henry um Fassung rang.

»Mir drängt sich der Eindruck auf, dass Sie noch nicht bereit sind für den Wiedereinstieg, Collier«, sagte Henry etwas freundlicher. »Sie haben sich verändert. Ich habe mich auf Sie verlassen. Sie haben gesagt, Sie seien bereit, ihm den Prozess zu machen.«

»Ich kriege das auch hin, Henry«, sagte Collier ruhig. »Es ist noch nicht vorbei.«

»Es wird nur noch eine Vorverhandlung geben. Wenn Flaherty den Fall dann nicht für prozessreif erklärt, geht es uns an den Kragen. Und hier kommt die große Frage. Sollten wir die Sache jetzt fallen lassen, bevor noch größerer Schaden entsteht? Ich meine, können wir eine zweite Vorverhandlung gewinnen? Wenn wir sie nämlich nicht gewinnen, dann wird das sehr wehtun, Collier. Es wird mir wehtun, und ich werde den Schmerz weitergeben.«

»Ich hab Sie verstanden, Henry, und ich versichere Ihnen, Sie können sich auf mich verlassen. Ich sage Ihnen in ein paar Tagen Bescheid, ob ich glaube, dass wir weitermachen sollten.«

»Wenn wir weitermachen, dann nur, wenn Sie Beweise in der Hand haben, verstanden?«

»Natürlich.«

»Bevor Sie weitermachen, möchte ich, dass Sie mit Barb im Einzelnen durchsprechen, was Sie haben. Ich würde mich selbst mit Ihnen dransetzen, aber ich bin bis in alle Ewigkeiten eingedeckt mit der Bombendrohung im Kasino. Verpatzen Sie das beim nächsten Mal nicht. Das ist mein Ernst.«

»Okay.«

»Okay.« Sie standen auf, wobei sie es vermieden, sich anzusehen.

Sean Voorhies wartete in Colliers Büro. »Schlimme Abreibung?«, fragte er. »Die Sekretärin hat's mir gesagt.«

»Hey, Sean. Haben Sie das Mädchen gefunden?«

»Heidi nicht. Aber ich habe mit der kleinen Schwester gesprochen, mit Kelly Strong.«

Collier ließ sich auf seinen Stuhl fallen. Seans leuchtende Augen, seine nervösen Gesten und sein lautes Atmen verrieten deutlich, wie aufgeregt er war. Er schien den ganzen Weg vom Parkplatz hierher gerannt zu sein.

»Sind Sie bereit?«

»Schießen Sie los.«

»Kelly ist fünfundzwanzig. Sie ist Studentin an der Universität von Nevada. Vernünftiges Mädchen, auch wenn es tierisch schwer war, sie zum Reden zu bringen. Sie hat mich nicht mal reingelassen. Wir mussten uns draußen vor der Tür unterhalten. Wie sich rausstellte, war ihr Vater in der Wohnung.«

»Philip Strong?«

»Sie sagt, es gehe ihm gar nicht gut. Die Trauer und so. Das war frustrierend. Ich habe alles versucht, dass sie mich reinlässt, aber sie hat nicht nachgegeben. Sie sagt, er sei bei einem Arzt in Behandlung, also hab ich mir die Nummer geben lassen.«

»Nach ihm habe ich eigentlich gar nicht gesucht«, sagte Collier. »Ich glaube nicht, dass er für die Vorverhandlung hilfreich sein könnte. Ist aber interessant, dass er bei ihr ist.«

»Das ist aber noch nicht alles. Also, sie erzählt ein bisschen, dass sie an der Uni viel zu tun hat und sowieso nichts weiß und hofft, dass alles gut ausgeht, und ich nicke und mache mir Notizen. Wir sprechen übers Skilaufen. Sie sagt, dass sie jetzt nicht mehr Ski läuft, aber dass es mal das Größte in ihrem Leben war.

Ich sage, komisch, dass Sie nicht mehr Ski laufen, wo doch alle anderen in der Familie so gut darin sind. Ich frage sie, wie es kommt, dass sie nichts mehr mit dem Resort zu tun hat. Sie verzieht das Gesicht so komisch und sagt, daran sei Jim schuld. Sie will wirklich reden, aber ihr Vater ist da irgendwo hinter ihr.«

»Jim ist schuld ...«, wiederholte Collier.

»Sie ist schlecht auf ihn zu sprechen. Ich weiß nicht, warum. Sie hat uns was zu sagen. Sie will mich gerade verabschieden, da überlegt sie es sich anders. Sie stellt sich ganz aufrecht hin, wissen Sie? Sie redet sofort mit Ihnen, wenn Sie ihr versprechen, es vertraulich zu behandeln, sagt sie. Wahrscheinlich will ihr Dad bald wieder abreisen.«

»Unmöglich«, sagte Collier. »Ich bin so schon völlig eingedeckt.«

»Schaufeln Sie sich einen Termin frei. Ja?«

»Was hat Jim Strongs Schwester denn so Dringendes zu sagen?«

»Ich glaube nicht, dass es von ihr aus so dringend ist. Ich glaube nur, sie ist bereit, was loszuwerden. Vielleicht ist es für uns was richtig Gutes.«

Collier fuhr sich durch die Haare. »Es könnte unsere Chance sein. Wir könnten sie gebrauchen.«

»Ich bin den ganzen Weg gefahren, um Sie abzuholen. Kommen Sie, ich hab einen Wagen vom Bezirk.« Collier warf einen kurzen Blick in seinen Terminkalender und schlug ihn zu.

»Gehen wir.«

Im Hauptraum, liebevoll Grube genannt, von dem alle anderen Büros abgingen, wartete Sean, als Collier an Barbaras Tür klopfte. Sie hatte einen Polizisten zu Besuch, mit dem sie eine Aussage durchsprach. »Entschuldigen Sie, Barb. Besteht die Chance, dass Sie heute Nachmittag meine Gerichtstermine wahrnehmen? Die Akten liegen auf meinem Schreibtisch. Heute ist nichts weiter dabei.«

Barbara sah überrascht hoch. »Machen Sie Witze?«, fragte sie. »Ich hab heute Nachmittag eine Vorverhandlung, da kann ich nicht auch noch Ihre Termine übernehmen.«

»Klar können Sie das. Sie sagen Flaherty, Sie müssten eine Stunde später anfangen, und dann gehen Sie hoch und ziehen das für mich durch. Mir ist etwas ganz Dringendes dazwischen gekommen.«

»Und das wäre?«

»Im Fall Strong. Helfen Sie mir oder nicht?«

»Dieses eine Mal, Collier«, sagte Barbara. »Aber das kostet Sie was.«

Das war immer so.

18

»Collier?« Sean raste um eine Linkskurve am See entlang. Kurz hinter Cave Rock in Nevada hingen sie hinter einem Holzlaster, der nicht schneller als fünfzig fuhr. Der Highway war durch die Schneebänke auf beiden Seiten sehr schmal und sah aus wie eine Rodelbahn. Das Auto stank nach kaltem Zigarrenrauch.

»Collier? Sind Sie noch da?«

»Tut mir Leid. Ich habe gerade an Doc Clauson gedacht, wie er aus dem Mundwinkel aufs Laken sabbert. Eine Schande, wirklich eine Schande. Seine Schwester ist Krankenschwester, sie scheint sich um ihn kümmern zu wollen. Das ist das einzig Gute daran.«

»Muss noch ärger sein, wenn man selbst Arzt ist. Man weiß genau, wie schlimm es steht.«

»So alt ist er noch gar nicht.«

»Die Raucherei.«

»Oder dass er mit dem Rauchen aufgehört hat. Der Druck, jahrelang Angriffe vor Gericht. Ich weiß nicht.«

»Glauben Sie, das Gehirn wurde in Mitleidenschaft gezogen?«

»Möglich. Er hatte Probleme. Zum Beispiel bei der Autopsie im Fall Strong.«

»Aus den Leuten in Incline holen wir bestimmt was raus. Wir arbeiten uns da durch.«

»Er hat was zu mir gesagt«, meinte Collier. »Vorher, vor dem Schlaganfall. Das geht mir nicht aus dem Kopf.«

»Was?«

»Er sagte, Strong sei ein Monster. Er sprach von einem gemeinen Verbrechen.«

»Er muss eines sein.«

»Wenn ich den Burschen nicht zu packen kriege, krieg ich 'ne Krise.«

Sie fuhren schweigend weiter. Collier musste über einiges nachdenken, und Sean schien das Schweigen nichts auszumachen.

In Incline Village, dem teuersten Wintersportort am nördlichen Ufer, gab es ein Kasino-Hotel, drei ausgezeichnete Restaurants, ein oder zwei riesige Komplexe mit Eigentumswohnungen und ein paar hundert Ferienhäuser, die sich alle im dichten Wald am Seeufer drängten. Sie parkten neben einer ein Meter fünfzig hohen Schneewand und stiegen aus. Im windstillen Schatten war der Tag bitterkalt.

Die junge Frau, die an die Tür kam, trug eine blaue Jeansjacke und eine Nickelbrille und hatte gerötete Augen. »Kommen Sie rein«, sagte sie. »Es ist eine lange Geschichte.«

»Das sind meistens die Besten«, meinte Collier sachlich.

Nina war gerade vom Flughafen zurückgekommen und gerade am Telefonieren, als Collier durch die Bürotür gestürmt kam. Er packte sie und zog sie in den Flur hinaus, während Sandy und Mrs. Geiger, die eben gekommen war, ihnen mit offenem Mund zusahen. Die Tür fiel hinter ihnen zu.

Im schwach beleuchteten Flur suchten seine warmen Lippen ihren Mund. Sie lehnten sich an die Wand. Seine Berührung war tröstlich, als habe ein Teil ihrer selbst gefehlt. Er küsste sie auf den Hals, wozu er sich vorbeugen musste, obwohl sie bereits auf den Zehenspitzen stand. Seine Hände strichen über ihren Rücken und zogen sie immer näher an sich, bis sie in den rauen Stoff seines Mantels eingehüllt war.

Das ging eine ganze Weile so. Die Immobiliendamen kamen aus ihrem Büro, drehten sich um und gingen wieder hinein.

»Oh, Liebste, ich hab dich dieses Wochenende so vermisst.«

»Ich dich auch.«

»Ich will nie wieder von dir getrennt sein.«

»Es ist drei Uhr nachmittags«, sagte Sandy von der Tür her. »Ich dachte, das würde dich interessieren.«

»Ich … ich komme sofort, Sandy.«

»Hm.« Die Tür ging wieder zu.

»Warum bist du hier?« Sie umfasste seinen Kopf mit beiden Händen, damit er sie ansah.

»Ich will, dass du aus dem Fall Strong aussteigst«, sagte Collier. »Bitte, tu's für mich. Und stell keine Fragen. Ich verspreche dir, dass ich dich nie wieder um so etwas bitte.«

Bestürzt machte Nina einen Schritt zur Seite.

»Warum?«, fragte sie.

»Das kann ich dir nicht sagen.«

»Du hast neue Informationen?«

»Frag nicht. Da sind noch mehr Leute beteiligt. Ich kann es nicht erklären. Vertrau mir.«

»Sag mir, warum. Du musst! Was hast du herausgefunden?«

»Ich habe herausgefunden«, flüsterte Collier, den Mund an ihrem Ohr, »wie gefährlich und rachsüchtig er ist. Du bist in Gefahr. Hast du verstanden?«

Jetzt hatte sie Angst. Aber sie konnte nicht einfach sagen: Okay, klar, wenn du das sagst. Collier war Jim gegenüber natürlich voreingenommen. Sie musste sich ihr eigenes Bild machen …

»Du musst es mir erzählen. Was hat er gemacht?«

»Tu, was ich dir sage. Geh da rein und ruf ihn an und sag ihm, du bist durch. Schick das Geld zurück, das er dir gegeben hat.«

»So einfach ist das nicht.«

»Tu es einfach.«

»Ich muss darüber nachdenken.«

»Denk nicht zu lange nach.«

»Kann ich dich heute Abend sehen?«

»Bei dir?«

»Ich mach um sechs Schluss. Ich koch was zum Abendessen.«

»Um sechs. Bitte. Geh da rein und ruf ihn an. Tu's.« Dann war er weg.

Nina ging leicht benommen ins Büro und sagte: »Sandy, ruf Arties Büro an und frag, ob ich vorbeikommen kann, sobald Mrs. Geiger und ich fertig sind. Und ruf Jim Strong an und frag ihn, ob er heute Nachmittag herkommen kann. Ich muss mit ihm reden. Hallo, Mrs. Geiger. Wie geht's Ihnen?«

»Nicht so gut, meine Liebe.«

»Na, dann kommen Sie mal rein.«

Sie gingen in Ninas Büro, und Nina schloss die Tür. Ihr Gesicht glühte noch von Colliers Hitze, und seine Besorgnis hatte sich auf sie übertragen. Sie musste sich beruhigen. Mrs. Geiger hockte geduldig auf der Stuhlkante, weil sie sonst mit den Füßen nicht auf den Boden kam.

»Tut mir Leid«, sagte Nina. Sie war kurz angebunden, da sie

sich von der Intensität dieses kurzen Treffens noch nicht erholt hatte.

»Kein Problem. Sieht so aus, als wären Sie in den Mann verliebt.«

»Ja, ich glaube schon.«

»Das ist schön. Ich war seit etwa vierzig Jahren nicht mehr verliebt, aber ich erinnere mich noch sehr gut an das Gefühl.«

»Was kann ich heute für Sie tun? Ich dachte doch, ehm, wir hätten uns um alles gekümmert ...« Nina schlug die Akte auf, sah sie durch und fuhr fort: »Ja, wir haben die letzte Arztrechnung rausgeschickt. Sandy wollte die Akte zu den abgeschlossenen Fällen legen. Wir haben den Scheidungsantrag für Sie eingereicht.«

Sie sah sich Mrs. Geiger genau an, die immer noch denselben etwas fadenscheinigen marineblauen Mantel trug und sich an derselben schwarzen Handtasche festhielt. Ihr Mund war zu einem Dauerlächeln gefroren, das ihr sicher ihre Mutter beigebracht hatte, egal, wie schlecht es um sie stand.

»Geht es Ihnen nicht gut? Was stimmt denn nicht?«, fragte Nina etwas sanfter.

»Also, ich habe darüber nachgedacht, ob wir uns noch mal anders entscheiden können?«, sagte Mrs. Geiger.

»Uns anders entscheiden können?«

»Um mehr Geld für die Verletzung zu bekommen.«

»Es tut mir sehr Leid, aber das geht nicht, Mrs. Geiger. Sie haben eine Verzichturkunde auf alle Ansprüche unterzeichnet. Wir haben zum Ausgleich aller Forderungen einen Scheck bekommen. Es ist vorbei.«

Mrs. Geiger ließ sich das durch den Kopf gehen. »Aber, wissen Sie, meine Liebe, mein Rücken macht wirklich Zicken.«

»Oh. Verstehe. Okay, kein Problem. Wir haben dafür gesorgt, dass auch zukünftige Arztkosten abgedeckt werden, solange Ihr Orthopäde bestätigt, dass die Behandlung mit Ihrer Verletzung zu tun hat. Sie rufen einfach an und ...«

»Ich war im Honeybee-Restaurant, wo ich vorher gearbeitet habe, und habe nach einer Teilzeitanstellung gefragt. Ich weiß, dass ich das nicht sollte, aber ich hab's getan. Mein Chef, Mr. Hendrickson, ist ein feiner Kerl. Er sagte, klar, und ich konnte am nächsten Tag anfangen. Und ich hab festgestellt … hab festgestellt, dass ich nicht mehr arbeiten kann. Ich meine, mein Rücken hat mich fast umgebracht. Am nächsten Tag musste ich den ganzen Tag liegen.«

»Aber Ihr Arzt hat Ihnen doch erklärt, dass Sie das nicht mehr können. Sie dürfen nicht mehr arbeiten. Dafür ist das Geld. Sie können es sich leisten.«

»Ich *muss* arbeiten. Aber wegen meines Rückens kann ich nicht mehr.«

Ihre Augen wurden groß wie Untertassen, als sie das sagte, und Nina dachte: Endlich ist es bei ihr angekommen, dass sie wirklich behindert ist. Sie hat wohl geglaubt, sie könnte das Geld einstecken und ihren alten Job wieder aufnehmen. Sie hat gedacht, es sei einfach eine tolle Pause, für die sie nicht zahlen müsste. »Ich brauche mehr Geld«, fuhr Mrs. Geiger unbeirrt fort. Ihr Lächeln erzitterte.

»Aber ich kann nichts mehr für Sie tun, Mrs. Geiger. Mehr Geld gibt es nicht.«

Ohne ein Wort zog Mrs. Geiger ihr Scheckbuch heraus und legte es aufgeschlagen vor Nina auf den Tisch. Verzeichnet war der Eingang des Gelds von der Versicherung, gefolgt von einer Serie täglicher Abhebungen zwischen fünf- und fünfzehntausend Dollar.

Der Kontostand belief sich auf sechsundvierzig Dollar und zweiunddreißig Cent.

»Wo ist Ihr Geld, Mrs. Geiger?«, fragte Nina verwirrt.

»A… also, ich hab's verloren, meine Liebe.«

»Wie?«

»Ich hab's im Renn- und Sportclub im Harrah's bei Pferdewetten verloren.« Es dauerte eine Minute, bis Nina das begriffen hatte. Kasinos gaben Geld nie wieder her. Nie mehr. Das Geld war weg. Unglaublich!

»Sie haben in einer Woche hundertsechzigtausend Dollar verloren?«

»In zwölf Tagen. Zwölf Tage hintereinander hat stets das auf Platz eins gesetzte Pferd gewonnen. Die schlimmste Pechsträhne. Ich hatte immer dieses Gefühl, und ich war so nah dran, und dann verlor ich viel Geld, und ich rechnete mir aus, jetzt müsste mein Pferd kommen, also habe ich immer mehr gesetzt. Ich war an der Reihe. Aber ich kam einfach nicht dran. Sie machen es einem so leicht!«

Also war Mrs. Geiger eine Spielerin, davon gab's viele am See. Nina dachte an den Wahnsinn, der auch sie bei ihrem letzten Besuch an diesem Spielautomaten, mit dem sie die Beziehung eingegangen war, gepackt hatte.

»Früher habe ich meinen Gehaltsscheck jeden Freitag meinem Mann gegeben«, fuhr ihre Mandantin fort. »Und ich wusste, dass ich vorsichtig sein sollte. Ich habe sogar mit meinem Pfarrer, Reverend Minor, gesprochen, dass er das Geld für mich anlegen soll. Wir hatten vereinbart, dass er mir jede Woche etwas auszahlt. Aber ich hab's nicht bis zur Kirche geschafft.«

»Das tut mir wirklich Leid«, sagte Nina und schüttelte den Kopf. Sie konnte es kaum glauben. »Was ist mit Ihrem Mann? Könnte er Ihnen helfen?«

»Er kommt nicht mehr wieder. Ich habe Ihnen gesagt, dass er zurück nach Oklahoma ist. Ich will diesen Mann sowieso nie wiedersehen.«

»Aber was wollen Sie denn jetzt machen?«

»Meine Schwester sagt, ich könnte bei ihr wohnen, aber ich muss für Lebensmittel und so zahlen, bis das Geld von der Sozialversicherung kommt. Das ist aber erst in zwei Jahren. Also bin ich heute vorbeigekommen, weil ich dachte, Sie könnten mir vielleicht helfen. Schließlich haben wir das Risiko geteilt.«

»Moment mal«, sagte Nina. »Das Risiko geteilt?«

»Also, wir dachten, wir hätten die Taube in der Hand. Aber der verdammte Vogel ist davongeflogen. Mit dem Geld. Allerdings nicht mit dem ganzen Geld.«

»Ich nehme an, Sie sprechen von meinem Honorar?«

»Sechzigtausend Dollar Honorar. Das ist 'ne ganze Menge, meine Liebe.«

»Ich werde mein Honorar nicht zurückzahlen, Mrs. Geiger. Ich habe eine Familie. Wir haben einen Vertrag. Ich habe die Arbeit erledigt.«

»Oh, ich will ja auch nicht alles. Ich dachte, wir sollten es teilen. Es ist schließlich *mein* Rücken, meine Liebe. Sie werden mich doch nicht verhungern lassen, oder?«

Nina lehnte sich zurück und dachte darüber nach. In Mrs. Geigers Gesicht hing immer noch ihr Geldspiellächeln, obwohl es arg wackelig war. Nina hatte das Gefühl, wenn dieses Lächeln erst einmal verschwand, würde es nie wiederkommen.

Wie viele Stunden hatte sie tatsächlich an dem Fall gearbeitet? Hundert vielleicht. Sie war fantastisch bezahlt worden, aber sie war auch das Risiko eingegangen, gar nichts zu bekommen. Sie hatte alle Ausgaben vorgestreckt und die Sache erfolgreich zum Abschluss gebracht. Sie hatte nur das getan, was alle Anwälte taten. Warum fühlte sie sich dann schuldig? Artie hätte die Frau mit vielen netten Worten über Verträge hinausgeleitet. Schließlich war es Mrs. Geigers eigene Schuld.

Aber sie war eine Mandantin. Nina hatte sich Mrs. Geigers Probleme angenommen, und zwar aller. Sie würde sie jetzt nicht im Schnee betteln lassen.

Sie zog die unterste Schublade auf und holte das Scheckbuch heraus. Mrs. Geiger saß ernst da. Nina schrieb einen Scheck auf das Bürokonto aus und reichte ihn ihr.

»Meine Liebe, Sie sind ein Schatz. Dreißigtausend Dollar. Aber der ist ja auf Reverend Minor ausgestellt!«

»Zu treuen Händen für Sie. Sagen Sie ihm, er soll mich anrufen, wenn er irgendwelche Fragen bezüglich eines Kontos hat.

Ach so, und dies hier noch.« Es war eine Visitenkarte mit der Telefonnummer der Anonymen Spieler. »Gehen Sie zu ein paar Treffen. Sie müssen darüber reden, was Ihnen passiert ist.«

»Gutes Mädchen«, sagte Mrs. Geiger. »Sie sind ein Schatz, meine Liebe. Eine wirkliche Dame.« Das Lächeln war sehr viel breiter geworden.

Das war's fast wert.

»Ich schicke Ihnen eine korrigierte Honorarvereinbarung. Viel Glück. Passen Sie gut auf sich auf.«

Sandy legte gerade auf, als Nina Mrs. Geiger zur Tür begleitete. »Artie sagt, du könntest hochkommen.«

Nina ging die Treppe in den zweiten Stock hinauf. Artie saß in seinem Konferenzzimmer am Computer und las im Juraportal Lexis ein paar Fälle nach.

»Eine Sekunde«, sagte er, ohne aufzusehen. Nina trat ans Fenster. Artie hatte einen guten Blick über die Stadt, die matschige Straße vor dem Haus mit dem dichten Verkehr, den Laden und das mexikanische Restaurant auf der anderen Straßenseite. Dahinter Berge. Dahinter ausgedehnter Himmel. Und dahinter? Was stand hinter allem? Gab es ein ordnendes Prinzip? Eine Macht, die alles sah und ihr eines Tages erklären würde, warum sie eben gerade seelenruhig dreißigtausend Dollar abgegeben hatte?

»Ach, Mist«, murmelte sie vor sich hin. Sie wusste, dass es richtig gewesen war. Und sie hatte jetzt nicht die Zeit, sich darüber den Kopf zu zerbrechen.

Als Artie herumschwenkte, um sie anzusehen, sagte sie, immer noch am Fenster stehend: »Ich bin hier, um Sie etwas zu fragen. Wären Sie bereit, die Verteidigung von Jim Strong zu übernehmen?«

»Ohne Sie?«

»Ohne mich.«

»Nein. Nein, auf keinen Fall«, sagte Artie leise.

»Hab ich mir gedacht. Aber ich wollte Sie auf jeden Fall fragen.«

»Warum?«

»Weil ich überlege, aus dem Fall auszusteigen, und bevor ich mit Jim rede, wollte ich jemanden in der Hinterhand haben.«

»Ich habe zu viel auf mich genommen, um meinen Blutdruck zu senken. Es tut mir Leid, aber der Stress würde …«

»Sie müssen sich nicht entschuldigen, Artie. Ganz im Gegenteil. Ich möchte Sie um Verzeihung bitten, dass ich hier so reinplatze.«

»Ich bin ein bisschen enttäuscht. Ich dachte, wir würden zusammenarbeiten. Ist was Neues aufgetaucht?«

»Ja. Oder, nein. Es ist nur ein hartnäckiges Gefühl, dass ich nicht mehr will. Ich will raus.«

»Sie denken immer noch, er lügt, was?«

»Vermutlich.«

»Gibt es Probleme?«

»Ja.«

»Was ist mit Loyalität dem Mandanten gegenüber? Hat er Ihnen zum Beispiel einen geplatzten Scheck gegeben oder so?«

»Nein, nein.«

»Dann hat er Ihnen gegenüber seine Pflicht getan.«

»Jemand, dem ich vertraue und der es wissen sollte, sagt, er ist gefährlich. Für mich persönlich.«

»Irgendwelche Einzelheiten?«

»Nein.«

»Diese Person, der Sie vertrauen … verfolgt sie oder er irgendwelche eigenen Ziele?«

»Ja, aber …«

»Wir haben eine Pflicht, Nina«, sagte Artie. »Wir sind vielleicht mit den Nerven runter, wir schlafen nicht mehr, vernachlässigen womöglich unsere Kinder, wir können den Ganoven, dessen Hand wir halten, vielleicht nicht leiden. Aber wir haben eine Pflicht. Selbst wenn uns die Nerven durchgehen.«

»Ich bin nicht mit den Nerven runter! Ich vertraue ihm einfach nicht.«

»Ich verstehe immer noch nicht, was das damit zu tun hat«, wandte Artie ein. »Nirgends steht geschrieben, dass Sie ihm vertrauen müssen. Angeklagte sind meistens nicht vertrauenswürdig. Aber er muss Ihnen vertrauen können, denn das ist Ihre Pflicht. Und wie's aussieht, kann er Ihnen nicht vertrauen.« Artie wandte ihr den Rücken zu und tat, als würde ihn das, was auf dem Bildschirm ablief, brennend interessieren. Sie hatte das Gefühl, in seinen Augen reichlich viel Glanz verloren zu haben.

»Also, vielen Dank jedenfalls«, sagte sie.

Als sie aus der Tür ging, sagte Artie, die Augen auf den Bildschirm gerichtet: »Ich arbeite weiterhin mit Ihnen zusammen, falls Sie es sich anders überlegen.«

19

Als Sandy Jim am späten Nachmittag in Ninas Büro führte, saß diese geschäftsmäßig aufrecht und mit verschränkten Händen hinter ihrem Schreibtisch.

»Danke, dass Sie gekommen sind«, sagte sie, als er sich auf einen Stuhl setzte. Er sah so aus, als sei er den ganzen Weg vom Resort hergerannt. Er musste wohl draußen gearbeitet haben, denn obwohl es heute knapp unter null Grad war und er über seinen Jeans nur ein rotes Wollhemd trug, schwitzte er.

»Ich wollte sowieso kommen«, platzte er heraus, bevor sie die Chance hatte, fortzufahren. »Mein Vater hat es jetzt doch getan. Er hat mich gefeuert. Ich wusste, dass er es tun würde. Ich hab damit gerechnet. Jetzt bin ich fast erleichtert. Ach Quatsch, es ist keine Erleichterung, es ist eine verdammte Scheiße!« Er war so nachlässig gekleidet und so erregt, dass Nina ihre eigenen Programmpunkte für ein paar Minuten hintanstellte.

»Ist es endgültig? Er hat Sie nicht gebeten, etwas anderes zu machen?«

»Nein. Er kam von seiner Reise zurück, und alles war irgendwie ziemlich chaotisch. Was hat er erwartet? Ich muss mich mit einer Mordanklage auseinander setzen. Trotzdem habe ich versucht, die Zügel in der Hand zu behalten, die Angestellten zu beaufsichtigen, mich um die Liftpannen zu kümmern, die Leute von der Skipatrouille bei Laune zu halten und so weiter. Und dann noch diese Vorverhandlung. Ich meine, es ist immerhin möglich, dass ich ins Gefängnis komme. Und was tut er? Er haut ab und überlässt mir den ganzen Laden. Er muss so um sechs Uhr morgens angekommen sein, und als ich um acht Uhr reinkam, rief er mich zu sich und sagte mir, ich solle das Gelände verlassen.«

»Das verstehe ich nicht«, sagte Nina. »Überhaupt nicht. Ich nehme an, Sie glauben, er hat nur einen Grund vorgeschoben, Sie rauszuschmeißen – und das hört sich für mich auch so an. Aber wenn es mit dem Tod Ihres Bruders zu tun hat, warum ist er dann überhaupt abgereist und hat Ihnen die ganze Verantwortung überlassen?«

»Das weiß ich auch nicht. Aber es war noch nie leicht, mit ihm zurechtzukommen. Jetzt sind wir wie Fremde.« Er machte eine Pause und dachte nach. »Jemand hat ihm was Schlechtes über mich eingeredet, als er weg war. Er wollte mir nicht mal sagen, wo er war. Tja, und leider ist er der Mächtigere. Er ist der geschäftsführende Gesellschafter. Ich bin draußen.«

»Gab es ... wurde die Unterhaltung hitzig?«, fragte Nina.

»Nein, nein. Ich sage Ihnen, Nina, ich hatte nicht mal den Mut, mit ihm darüber zu streiten. Ich habe mich nur umgedreht und bin gegangen. Ich bin nach Hause gefahren und habe versucht zu schlafen. Gegen Mittag bin ich eingenickt, aber nur eine Stunde oder so. Dabei bin ich total müde.«

»Vielleicht überlegt es sich Ihr Vater noch einmal, wenn alles vorbei ist«, sagte Nina.

Jim sprang hoch und lief auf und ab. »Er scheint mich zu hassen. Wenn ich ihn nicht davon überzeugen kann, dass ich nichts mit Alex' Tod zu tun habe, dann glaube ich nicht, dass er je wieder was mit mir zu tun haben will. Nach allem, was ich getan habe, um ihn dazu zu bringen …«

»Um ihn wozu zu bringen?«, fragte Nina. Dann dachte sie, um ihn dazu zu bringen, ihn zu lieben. Das war es, was Jim hinunterschluckte.

»Warten Sie ein paar Tage ab«, war alles, was ihr dazu einfiel. Sie würde keinen der juristischen Wege vorschlagen, die sich ihr aufgedrängt hatten. Dieses Dilemma war kein juristisches Problem, und es ließ sich auch nicht auf diesem Wege lösen.

»Ich brauche Sie mehr denn je, Nina.«

»Lassen Sie uns darüber sprechen, was sich in Ihrem Fall tut. Erstens muss ich Ihnen leider sagen, dass es immer noch kein Wort von Heidi gibt.«

Jim setzte sich wieder und ließ den Kopf hängen, wodurch er seinen Gesichtsausdruck vor ihr verbarg, aber aus der Demut dieser Geste schloss Nina, dass er sich mit Heidis Abwesenheit abgefunden hatte.

»Zurzeit sind Sie frei, können aber, wie Ihnen bekannt ist, wieder verhaftet werden. Dann würde eine zweite Anhörung anberaumt, wenn es einen plausiblen Grund für eine Gerichtsverhandlung gibt.«

»Wie kam es eigentlich dazu?«, fragte Jim.

»Lassen Sie uns nur sagen, dass die Ausgangsposition nach und nach an Boden verloren hat, sodass nur noch ein mikroskopisch kleiner Rest davon übrig geblieben ist«, sagte Nina. »Aber wenn die Staatsanwaltschaft zwei Vorverhandlungen verliert, sind Sie frei.«

»Das geht zu weit! Es verschlingt mein Geld. Es ruiniert mein Leben.«

»Ich weiß, ich weiß. Aber Sie müssen sich darauf einstellen. Diese Fasern, die unter Ihren Stiefeln gefunden wurden, werden im forensischen Labor der Polizei weiteren Tests unterzogen. Sie suchen sogar nach Alex' DNA. Wenn Alex stark genug geschwitzt hat, hoffen sie, zweifelsfrei nachweisen zu können, dass die Fasern von seinem Pullover stammen.«

»Ist so was wirklich möglich?«

»Tja, die leben in einer Science-Fiction-Welt. Denken Sie nur an das marineblaue Kleid, das Clinton zum Verhängnis wurde.«

»Und wenn sie nichts finden, stehe ich dann nicht mehr unter Verdacht?«

Das war allerdings eine gute Frage, die Frage eines Unschuldigen. »Das reicht nicht«, antwortete Nina widerstrebend. »Ginger sagt, bei dem augenblicklichen Stand der Tests sprechen noch einige Gründe dafür, dass keine DNA gefunden werden kann, selbst wenn Alex den Skipulli getragen hat.«

»Ich frage mich, was ich tun soll. So angeklagt zu sein und den Verdacht niemals ganz zerstreuen zu können, das ist doch, wie wenn man früher Lepra oder die Pest hatte. Ich kann mich nur noch verkriechen. Oder nicht? Es gibt keine Möglichkeit, das Gegenteil zu beweisen. Ich habe nichts Falsches getan, aber ich bin für mein Leben gebrandmarkt.«

»Versuchen Sie, nicht zu verbittern, Jim. Das tut nur noch mehr weh.« Jim wandte sich ab. Er starrte aus dem Fenster auf den Berg in der Ferne. Sie hoffte, er fand dort Trost, denn sie konnte ganz offensichtlich wenig ausrichten.

In dem folgenden Schweigen gestattete sich Nina, sich auf ihren eigenen inneren Kampf zu besinnen. Collier hatte sie verängstigt, vielleicht sogar in Panik versetzt. Welche Fakten hatte er ihr gegeben? Sie war Strafverteidigerin. Es war ihr Job, für ihre Mandanten zu kämpfen und nicht zuzulassen, dass die ständigen Zweifel sie in Angst und Schrecken versetzten. Und Jim schien ehrlich zu leiden.

Er konnte unschuldig sein! Was war mit der Szene zwischen Marianne und ihrem Stiefbruder, deren Zeugin sie beim *Festival of Lights* geworden war? Hielt sie Malavoy wirklich für so gefährlich? Ja, allerdings. Sie waren beide hochgradig verdächtig.

»Jetzt hätte ich es fast vergessen. Sie haben mich hergebeten. Warum sollte ich vorbeikommen?«, fragte Jim.

»Weil ... weil ich einen zweiten Anwalt hinzuziehen möchte, den wir konsultieren können und der, sollte es dazu kommen, bei einem Gerichtsverfahren zur Verfügung stehen würde ...«

»Aber Sie machen Ihre Sache perfekt!«

»Danke, aber ich befürworte nachdrücklich, Artie Wilson hinzuzuziehen. Er ist sehr gut. Sie werden ihn mögen, Jim.«

Doch Jim schüttelte vehement den Kopf. »Nein! Lassen Sie uns so weitermachen wie bisher.«

»Könnten Sie nicht wenigstens ...«

»Ich will ihn nicht kennen lernen. Ich will mit keinem anderen zu tun haben. Ich will auch nicht zwei Anwälte bezahlen. Nein!«

Seine heftige Reaktion überraschte sie, trotzdem lenkte sie nicht ein. Sie wollte Artie. Sie brauchte ihn. Ohne Paul ... Sie brach diesen Gedankengang ab. Artie würde als vernünftige Instanz in diesem Fall eine wichtige Funktion erfüllen. Sie konnte weder mit Collier noch mit jemand anderem über den Fall diskutieren, aber als Koanwalt konnte Artie alles erfahren. In ihrem letzten großen Zivilprozess hatte sie die Vor- und Nachteile einer Zusammenarbeit kennen gelernt. Diesmal versprach sie sich nur Gutes davon.

Sie dachte nicht gerne in einem Vakuum nach. Ab und an nagte der Gedanke an ihr, dass sie alles falsch aufgebaut hatte und das ganze Gebäude unter dem ersten kritischen Blick einstürzen würde. Artie würde dafür sorgen, dass sie nicht von ihrer soliden Linie abkam. Jim konnte nichts tun oder sagen, um ihre Entschlossenheit in diesem Punkt ins Wanken zu bringen.

»Sehen Sie, Jim. Ich schaffe es alleine nicht mehr, Sie zu beraten und mit all diesen Komplikationen fertig zu werden. Ich will, dass Artie ins Boot kommt. Ich kann nicht mehr weitermachen, wenn Sie mir nicht gestatten, einen Koanwalt hinzuziehen. Artie bekommt keinen eigenen Vorschuss. Wir rufen ihn nur hinzu, wenn wir ihn wirklich brauchen. Ich versichere Ihnen, er ist sehr gut.«

»Hören Sie auf, wenn ich diesen Burschen nicht anheuere?«

»Das habe ich nicht gesagt«, erwiderte Nina.

»Was ... oder wer hat Sie dazu gebracht, so zu denken?«

»Kommen Sie. Wir gehen nach oben, dann können Sie ihn kennen lernen. Dann können Sie sich entscheiden.«

Schweigend stiegen sie die Treppen hoch, Nina vorweg, Jim stampfend hinter ihr her.

Arties Empfangsdame war nicht an ihrem Platz, und er war in seinem Büro in ein Gespräch mit Mandanten vertieft. Nina und Jim warteten im Empfangsbereich, und Jims ohnehin düstere Stimmung verfinsterte sich zusehends. Nina blätterte in einem Hochglanzmagazin über Fernreisen zu einsamen Inseln, ein Auge stets auf Jim gerichtet. Sie konnte sich gedanklich mit nichts anderem beschäftigen als mit ihrem aufgeregten Mandanten.

Nach zehn spannungsgeladenen Minuten stand Jim auf, um zu gehen. Als hätte er hinter der geschlossenen Tür gelauscht – ein sehr gefragter Anwalt, der den Ruf seiner verstimmten Besucher im letzten Moment vernimmt –, tauchte Artie plötzlich auf. Zwei ruppige Gestalten folgten ihm, ignorierten Nina und Jim, schüttelten Artie die Hand und verschwanden.

»Ins Konferenzzimmer«, sagte Artie und wies ihnen die Richtung.

Sobald sie zu dritt zusammensaßen, wusste Nina, dass sie das Richtige getan hatte. Seit Arties Zusage war ihr sehr viel leichter ums Herz.

Jim konnte ihn natürlich nicht ausstehen. Er mochte ihn am Anfang der Unterhaltung nicht, und am Ende schien er ihn noch weniger zu mögen. Artie versuchte ihn aufzuheitern und stellte nachdenkliche, vorsichtige Fragen, aber Jim blieb einsilbig. Ihm, der jung und fit war und sich für nichts anderes interessierte, als wie man möglichst schnell einen Berg runterraste, musste Artie wie ein alter Narr vorkommen, der auf Skiern noch nicht mal aus einer Papiertüte rausfand.

Hinzu kam, dass Artie müde war und wirklich nicht in bester Form. Er legte kein sonderliches Interesse an den Tag, was Jim nicht entging.

Nachdem sie sich höflich verabschiedet hatten und wieder im ersten Stock waren, fragte Jim nur: »Ich muss ihn nehmen, wenn ich Sie behalten will?«

»Ich würde mich besser fühlen, wenn Artie mit an Bord wäre. Ja.«

»Dann ist er wohl an Bord.«

»Danke, Jim. Und nun versuchen Sie, sich heute Abend auszuruhen.«

»Ohne Sie käme ich nicht klar, Nina. Könnte ich ... das heißt ...«

»Ja?«

»Könnte ich Sie einfach einmal ... richtig umarmen? Um Ihnen für alles zu danken? Das würde ich gerne tun.« Er trat einen Schritt vor.

War sie verschlossen oder vorsichtig? Jedenfalls sagte sie nur: »Ich glaube nicht, dass das eine gute Idee ist.«

»Was ist denn mit Ihnen los? Ich erlaube Ihnen, dass Sie ihn mit hinzuziehen. Und dann bekomme ich keine Belohnung?«

»Fahren Sie vorsichtig.«

Sie lagen eng umschlungen auf Ninas Bett. Auf der Kommode brannten Kerzen.

Im Ofen schmorte ein Hühnchen. Was von der Vorspeise übrig geblieben war, ein paar Oliven, Havartikäse und Cracker, stand neben zwei Gläsern Wein auf der Truhe am Bett.

Sie waren schon bei der Hauptspeise und kommunizierten inständig auf diese neue Weise. Während sich Collier auf ihr bewegte, sagte er wortlos zu ihr: Ich brauche dich. Ich will dich für immer. Ich werde dich nie mehr verlassen. Und Nina antwortete, indem sie sich immer wieder ganz eng an Collier drängte: Ich kann es nicht ertragen, von dir getrennt zu sein. Alles außer dir ist mir egal.

Er wiegte sie vor und zurück, das Gesicht in ihren Haaren verborgen. Ich liebe dich ... Ja, mach weiter, tu es, ja, ich bin süchtig, aber das ist mir egal, ist mir egal ...

Sie hielt ihn ganz fest. Zusammen begaben sie sich auf den Weg zu dieser zeitlosen Höhe, die sie entdeckt hatten, stiegen zusammen höher und immer höher und schauderten schließlich in die Welt und in die Zeit zurück.

Collier fiel auf sie herunter. Sie trug willig sein Gewicht. Sie bewegten sich nicht.

Hitchcock jaulte verdrossen vor der Tür, weil er ausgeschlossen worden war. »Keine Zeugen«, hatte Collier gesagt.

Nachdem sie eine ganze Weile friedlich vor sich hingedöst hatten, sagte Nina: »Lass mich aufstehen, Collier. Ich muss nach dem Essen sehen.« Sie kroch aus dem Bett und ging ins Badezimmer. Als sie wieder rauskam und ihn schwer atmend schlafen sah, nur ein Bein bedeckt, den Kopf unter dem Arm vergraben, lächelte sie.

Er konnte eine Stunde haben. Er konnte die ganze Nacht haben.

Um neun Uhr kam er nach unten, noch ganz schlaftrunken. Nina saß im Bademantel auf dem Sofa und las. Sein Teller stand noch auf dem Tisch, ihren hatte sie längst wieder in die Küche gebracht.

Lächelnd deutete sie auf den Tisch und sagte: »Tut mir Leid. Ich konnte nicht warten.«

»Ich sollte mich entschuldigen.«

»Tu es nicht. Mir war so wohl bei dem Gedanken, dass du dort oben bist.«

Auch er lächelte. Sein Haar war feucht, er trug Boxershorts. Er kam ihr sehr lieb vor.

»Dein Abendessen steht im Herd«, sagte sie.

»Danke.« Er verschlang einen riesigen Teller Huhn mit Fettuccine und setzte sich dann zu ihr vors Feuer. Wie üblich sagten sie nicht viel. Meist sprachen sie gar nicht, sondern hielten sich einfach nur an den Händen, und Nina lehnte den Kopf an seine Schulter.

»Lass uns wieder ins Bett gehen«, sagte sie um elf. »Du bleibst doch über Nacht, oder?«

»Um nichts in der Welt würde ich das verpassen.«

Das Himmelbett schien auf sie zu warten. Hitchcock legte sich auf seine Decke vor dem Bett und zuckte ab und zu im Traum. Und in der Dunkelheit, in der vollkommenen Geborgenheit, sprachen sie miteinander.

»Bist du meinem Rat gefolgt?«, fragte Collier. »Tut mir Leid, dass ich fragen muss.«

»Schon in Ordnung. Nein, nicht direkt, aber ich habe mich mit Artie Wilson zusammengetan.«

Collier holte tief Luft. Ihre Hand lag auf seiner Brust, die sich hob und senkte. »Du hast es aber versprochen!«

»Ich … ich …«

»Ich habe schon einmal jemanden verloren, den ich geliebt habe. Ich will dich nicht verlieren!«

»Gib mir Fakten! Ich stehe meinem Mandanten gegenüber in der Pflicht, und du verlangst von mir, dass ich sie vernachlässige, nur weil du es so willst?«

»Ja!«

»Du kannst mir nichts weiter dazu sagen, was dich so alarmiert hat?«

»Nein!«

»Wirst du ihn wieder verhaften?«

»Ich hoffe es«, sagte Collier. »Ich will nicht, dass du ihn vertrittst. Warum kannst du dir nicht zu Nutze machen, was ich weiß, selbst wenn ich dir die Einzelheiten nicht verraten darf?«

»Weil ich es nicht kann.«

»Verdammt!« Er stand auf und lief in dem kalten Schlafzimmer auf und ab.

»Collier, komm ins Bett. Bitte. Ich kann diesen Mandanten nicht im Stich lassen, nur weil du dir Sorgen machst. Wir werden, was unsere Arbeit angeht, mit mancherlei Sorgen klarkommen müssen. Das musst du akzeptieren.«

Er setzte sich auf die Bettkante, und sie zog ihn langsam zu sich.

»Lass uns nicht darüber reden«, sagte sie.

»Ich werde es versuchen.«

»Lass uns auch darüber nicht reden«, sagte sie.

»Dieses? Oder das?«

»Oh. Lass uns …«

»Ja, lass uns.«

An Thanksgiving fuhren sie zu Sandys Hochzeit.

Die Lutherpassstraße führt von Tahoe nach Süden durch Wälder, die im Herbst in den herrlichsten Farben geleuchtet hatten. Jetzt reckten die vielen Laubbäume ihre Äste zum Himmel wie auf den Lithografien von Currier und Ives, hier und da durchbrachen Skilangläufer, Wanderer und sogar Fahrradfahrer als bunte Farbtupfer mit ihren modischen Parkas das Weiß.

»Lass uns auf Schneeschuhen losziehen«, sagte Collier. Er saß am Steuer.

»Das wollte ich schon immer mal probieren. Weißt du, wenn die Leute von der Donner-Party gewusst hätten, wie man Schneeschuhe macht, hätten sie den letzten Pass überwunden. Aber die meisten von ihnen waren Bauern aus Missouri. Es war der viele Schnee, der ihnen zum Verhängnis wurde.«

»Ja, eine unglaubliche Geschichte. Unterhalb eines etwas über zweitausend Meter hohen Passes hängen zu bleiben, der sie direkt aus dem Schnee herausgebracht hätte.«

»Ja, das stimmt. Ich denke immer an sie, wenn der Winter kommt, und versuche, mir die Mütter vorzustellen, die ihren

Kindern etwas zu essen geben wollen … Weißt du, die irischen Familien sind nie zu Kannibalen geworden, weil sie die Einzigen waren, die es über sich brachten, die Kuhfelle zu essen, mit denen sie ihre Hütten gedeckt hatten.«

»Ziemlich trostlos, sich vorzustellen, dass sie vor der Hungersnot nach Amerika geflohen sind, nur um hier den Hungertod zu erleiden.«

»Das Glück der Iren. Ich habe mich immer gefragt, warum wir so viel Glück hatten«, sagte Nina. »Was für ein Glück? Auf der Glücksskala rangieren wir knapp über den Sudanesen. Aber wenigstens haben wir Iren eine Fähigkeit, die uns auf Trab hält.«

»Und welche könnte das sein?«, fragte Collier fast misstrauisch.

»Wir sind unheimliche Schaumschläger«, sagte Nina und warf ihm aus dem Augenwinkel einen Blick zu. »Das ist ja kein Geheimnis. Wusstest du eigentlich, dass ein Ire namens Thomas Maguire die Schneeschuhe erfunden hat?«

»Nein, wusste ich nicht.«

»Ja, er hat das erste Paar gemacht, und dann hat er seine Familie gerufen und gesagt: ›Guckt mal, was ich gemacht habe.‹ Und seine Frau sagt: ›Aber wofür sind die, Thomas?‹ Und er antwortet: ›Mit denen kann man auf dem Pfad zur Kneipe das Gras platt trampeln.‹ Und das hat er die nächsten vierundzwanzig Jahre getan, bis er gestorben ist, und der Rest der Welt musste darauf warten, dass jemand anders sie noch mal erfindet.«

»Das hast du dir gerade ausgedacht.«

»Wieso? Ich kann's beweisen.«

»Wie denn?«

»Okay, ich kann es nicht beweisen«, sagte Nina.

Sie waren in Alpine County, dem am dünnsten besiedelten County Kaliforniens. Nach dem Wald durchquerten sie offene Wiesen, die malerische Siedlung am Sorenson-Resort und Woodfords, dessen Mittelpunkt der kleine Dorfladen war. Ein paar Minuten später hatten sie Markleeville, den Hauptort des

Countys, erreicht. Er hatte sich in den letzten hundert Jahren kaum verändert.

Nina, die die Karte und das Hochzeitsgeschenk auf dem Schoß hielt, sagte: »Hier musst du links abbiegen. Sandys Freund wohnt in der Nähe von Indian Creek.«

»In der Reservation?«

»Nein«, sagte sie und sah noch mal auf die Karte. »Zwischen dem Indian Creek und dem Carson-Fluss, unmittelbar vor der Reservation.«

»Warte mal. Ich muss auf Vierrad-Antrieb umschalten.« Die unbefestigte Straße war von Schnee und Schneematsch bedeckt. Nur zwei unbeständige Spuren zeigten den Weg an, dem man zu folgen hatte. Als sie an die Seite fuhren, um zu überprüfen, ob sie nicht auf einem Weg in die Wildnis waren, stob ein mit Indianern voll beladener Lieferwagen, den Schnee aufwirbelnd, an ihnen vorbei.

Nach einer Weile kamen sie auf eine baumbestandene Anhöhe, auf der ein großes, rustikales Holzhaus im Ranchstil stand, das von Lastern und PKWs umringt war. Manche ramponiert, andere gepflegt und glänzend, waren sie der Traum eines jeden Oldtimerhändlers. Kleine Gruppen trafen ein, ältere Damen mit abgedeckten Körben, kleine Kinder in Schneeanzügen und Fäustlingen, junge Männer mit Cowboyhüten. Der hohe Himmel war von einem unglaublichen Blau, nur im Osten zeigten sich am Horizont ein paar Wölkchen.

An drei Seiten war das Haus von einer mit bunten Laternen dekorierten Veranda umgeben. Pinienzapfen, Pinienzweige und rote Beeren waren mit Bändern geschmückt um das Geländer gewunden.

An der grünen Haustür standen Sandy und Joseph und begrüßten die Gäste. Hinter ihnen hing ein Kranz, der sie mit dem Duft weißer Gardenien umgab. Bis zu diesem Tag hatte Nina Sandy noch nie so nervös erlebt.

Sie trug eine taillierte blaue Wildlederjacke mit tausend kleinen aufgenähten Perlen und Fransen an den Ärmeln und über den Schultern, einen langen Rock und ihre türkisfarbenen Ohrringe. Als Nina ihr das Geschenk überreichte, sagte sie: »Fröhlichen Hey-ihr-Typen-Tag. Ich freue mich so für dich, Sandy.« Sandy nickte. Nina schüttelte Joseph Whitefeather die Hand. Er sah aufrichtig und gut aus mit seinem weißen Cowboyhut. Aus der Nähe konnte sie erkennen, woher Wish seine Gesichtsform und den gutmütigen Ausdruck hatte.

Das Haus war um einen großen Hof herum gebaut, dessen Steinplatten von Schnee geräumt worden waren. Trotz des kalten Wetters hatten sich Kinder im Kreis aufgestellt und tanzten zur Musik im Gleichschritt einen einfachen Tanz, während die Erwachsenen Punsch tranken und ihnen zusahen, einige in der Wärme hinter den Fenstern, andere im Freien.

Ein paar Kinder bis zum Alter von vielleicht dreizehn Jahren waren in vollem Staat erschienen, mit Kopfbändern und Federn, die von ihren Köpfen abstanden wie komplizierte Punkfrisuren oder am Rücken herabbaumelten wie Waschbärschwänze. Sie waren in lange Tücher in Blau, Gelb, Rot und Weiß mit rautenförmigen Mustern gekleidet.

Der Jüngste, vielleicht zwei Jahre alt, trug etwas, was wie eine übergroße Skihose mit Fransen aussah, verziert mit einem gelben Stern, in dessen Mitte ein kleinerer roter saß. Er beobachtete einen älteren Tänzer, dann hob er ernst seinen winzigen Fuß, sah erst zu Boden, dann auf den Fuß des anderen Tänzers und dann auf seinen eigenen.

Nina sah ihm aufmerksam zu. Gott, war er süß. Schon bald vielleicht …

Die Gäste sprachen leise miteinander, eher förmlich und gedämpft. Ein paar Männer waren in Anzügen erschienen, und Nina bemerkte Hal Cole, den Bürgermeister von South Lake Tahoe, und Cathy DiCamillo, Juristin bei der Stadt, die Sandy ernst etwas erklärte. Aus der Küche im hinteren Teil des Hauses strömte der Geruch von gebratenem Truthahn, und Nina konnte sehen, dass sich dort viele Gäste drängten. An einer Wand stand ein großer roter Getränkespender. Wish schenkte Mineralwasser aus.

»Ich hol mir mal was zu trinken«, sagte Collier und ging auf Wish zu. Nina lehnte sich an die Wand, sah den Kindern beim Tanzen zu, nippte an ihrem Punsch und war zufrieden.

Ein Schatten fiel auf sie.

Als sie aufblickte, hatte sie das merkwürdige Gefühl, am falschen Platz zu sein. Was machte er denn hier?

»Aber du solltest doch eigentlich in Washington sein!«, sagte sie. Sie legte ihm die Hand auf den Arm. »Ausgerechnet hier …«

»Ich bin zur Hochzeit einer guten Freundin eingeladen worden, also habe ich mich in ein Flugzeug gesetzt«, sagte Paul van Wagoner grinsend. »Ich habe mir schon gedacht, dass du hier auftauchst.«

Mit seinem blonden Haar und dem weißen Pulli schien er alles Licht im Raum auf sich zu ziehen.

»Du kommst ganz schön rum«, sagte Nina.

»Hab dir doch gesagt, dass ich mich langweile. Ich fliege heute Abend noch zurück, morgen früh um acht Uhr muss ich wieder bei der Arbeit sein.«

»Es ist schön, dich zu sehen.«

»Ist schon eine Weile her.«

»Finde ich beachtlich, dass du den ganzen Weg auf dich genommen hast.«

»Warum nicht? Sie ist meine Freundin.«

»Warum nicht?«, echote Nina.

»Also ist Sandy eingeknickt und hat sich entschlossen, das mit Joseph offiziell zu machen. Hätte ich nicht gedacht.«

»Du hast es gewusst?«

»Ich weiß mehr, als du denkst. Über alles.«

Paul liebte Zweideutigkeiten. »Es kommt so plötzlich«, sagte sie, noch nicht bereit für das Gespräch, das sie bald führen mussten.

»Man muss es machen, solange man noch scharf aufeinander ist, sonst tut man's nie«, sagte Paul.

»Um ehrlich zu sein«, sagte Nina und ignorierte die Anspielung, »war Sandy die Letzte, von der ich angenommen hätte, sie würde mal heiraten. Sie ist so unabhängig und hat schon so lange allein gelebt.«

»Um drei Uhr morgens, wenn kein Verkehr mehr zu hören ist und die Vögel noch schlafen und der einzige Lärm der deiner eigenen verdammten Gedanken ist, sind selbst die Starken einsam«, sagte Paul und sah sie auf eine Weise an, die sie an die vielen Gelegenheiten erinnerte, bei denen sie sich zusammen die Einsamkeit vom Leib gehalten hatten. »Du siehst umwerfend gut aus«, sagte er.

»Erinnerst du dich an den Tanz in Elks Lodge im Frühjahr vor … wie lange ist das jetzt her? Zwei Jahre? Als wir uns wiedergetroffen haben. Ich war gerade nach Tahoe gezogen.«

»Wir hatten ein paar Gläser getrunken. Du führtest auf deinem Pullover Rotwein spazieren und ich auf meinem T-Shirt Bier.«

Nina lachte. Sie hatte ihn vermisst. Tony Ramirez war ein guter Detektiv, aber Paul würde immer der Beste sein.

Wenn sie nur … Wieder wünschte sie sich, er würde mit ihr zusammen am Fall Strong arbeiten. Paul konnte alles herausfinden, alle bezirzen, und er war grenzenlos neugierig. Er blieb auch an Fällen dran, die alle anderen für hoffnungslos hielten.

Natürlich war da auch Paul das Problem, Paul der Unberechenbare. Er verlor nie die Beherrschung, er vertraute einfach nur seinen Instinkten. Selbst wenn das dazu führte, dass er die Grenzen von Gesetz und Moral überschritt.

Er schien ihren Gedanken zu folgen, strich ihr durch die Haare. »Schade, dass es so kompliziert geworden ist.«

»An dem Tag, an dem ich dich rausgeschmissen habe, hat Sandy um ein Haar gekündigt.«

Einen Moment lang stand er ganz in ihren Anblick versunken

da. Er war großmütig genug, nicht zu erwähnen, dass er es gewesen war, der das Ende der Beziehung herbeigeführt hatte, und nicht sie. Dann sah er zu Sandy hinüber. »Sie sieht glücklich aus, findest du nicht?«

»Woran kannst du das erkennen?«

»Ein Mundwinkel ist um einen Millimeter höher gezogen als sonst.«

»O ja, jetzt kann ich es auch sehen.«

»Ich hab den beiden echt ein tolles Hochzeitsgeschenk gemacht«, sagte Paul. »Ich weiß, dass Sandy sich regelrecht danach verzehrt. Jedes Mal, wenn ich mit ihr spreche, das Gleiche. Also habe ich in Reno einen Gebrauchten gekauft. Er wird morgen angeliefert.«

»Ach, wirklich? Sie hat mir noch nie erzählt, dass sie sich nach irgendetwas verzehrt. Was ist es?«

»Ein Trecker.«

»Im Ernst?«

»Du musst ihn dir mal ansehen kommen. Zwanzig Pferdestärken und Kupplungen für alles, vom Pflug bis zur Alfalfa-Erntemaschine. Joseph hat bei Woodfords zwanzig Morgen Land. Ich finde es richtig schade, dass ich nicht da bin, wenn er ankommt.«

»Ich wusste gar nicht, dass du so eng mit Sandy befreundet bist.«

»Einmal Freund, immer Freund«, sagte er beiläufig. »Hör mal, die heißen Quellen von Grover sind nicht weit von hier. Wir könnten uns da nach der Party ein bisschen ins Wasser hängen.«

»Ich hab keinen Badeanzug dabei. Paul, ich habe mich verliebt.«

Paul zuckte mit keinem Muskel. Da sie von der Menschenmenge aneinander gepresst wurden, hätte sie es merken müssen.

»Jemand, den ich kenne?«, fragte er.

»Collier Hallowell.«

»Der Staatsanwalt? Er ist zurück?«

»Er hat sich verändert, Paul. Es geht ihm gut. Er ist seit zwei Monaten wieder da. Wir haben uns ein paarmal getroffen und … es ist alles sehr schnell gegangen.«

»Ist er hier?«

»Er ist da drüben irgendwo und versucht ein Bier zu ergattern.« Sie suchte ihn in der Menge, aber sie konnte ihn nirgends entdecken.

»Bist du dir sicher mit ihm?«

»Sehr sicher.«

»Das überrascht mich.«

»Ja.«

»Endlich dringt doch einer zu dir durch.«

»Ja. Das ist ihm gelungen«, sagte Nina einfach.

»Und er …«

»Er liebt mich auch …«

»Tja.« Es gab eine Pause. Dann legte er ihr ganz sanft die Hand auf die Schulter, als erteilte er ihr seinen Segen. »Ich wünsche dir das Beste, das weißt du.«

»Danke.«

Er sah sie mit der alten Wärme, dem alten Zwinkern in den Augen an. »Ich bin immer noch für dich da. Wenn du mich brauchst, komme ich und kümmere mich um dich.«

Er nahm die Hand von ihrer Schulter, und Nina wandte sich bewegt ab. Seine Worte waren so lieb, dass sie nicht wusste, ob sie lachen oder weinen sollte. »Du kannst auch immer mit mir rechnen«, sagte sie.

Die Kinder hatten nach und nach aufgehört zu tanzen. Sie waren fast unmerklich langsamer geworden und dann in die Küche oder vors Haus gezogen. Eine schöne junge Frau mit langen, schwarz gelockten Haaren, einer blauen Weste und einem schwarzen Maxirock hielt ein Buch in die Höhe. Sie begann zu sprechen, und das Geplauder im Raum verstummte.

»Wir wollen mit der Zeremonie beginnen«, sagte sie. Nina sah, dass es sich bei dem Buch um die Bibel handelte. Wo war Collier. Draußen? Sandy und Joseph gingen durch die Menge, die sich vor ihnen teilte, auf die junge Frau zu. Wish folgte ihnen mit einigen anderen Verwandten. Einige von ihnen kannte Nina. So einfach begann die Heiratszeremonie.

»Wie in den Psalmen nachzulesen ist, hat Gott uns geprüft«, sagte die Pfarrerin. »Sandy und Joseph wissen alles über diese Prüfung.« Sie lächelte und las aus dem Buch vor: »›Denn, Gott, du hast uns geprüft und geläutert, wie das Silber geläutert wird; du hast uns in den Turm werfen lassen.‹«

Mit Ausnahme von ein paar Kleinkindern, die ab und zu dazwischen plapperten, war der Raum, war das ganze Haus still. Alle hörten zu. »›… wir sind in Feuer und Wasser geraten. Aber du hast uns herausgeführt und uns erquickt‹«, zitierte die Pfarrerin.

Nina, die zuerst nur mit halbem Ohr zugehört hatte, war jetzt ganz bei der Sache. »›Lobsinget dem Herrn, ihr seine Heiligen, und preiset seinen heiligen Namen! Denn sein Zorn währet einen Augenblick und lebenslang seine Gnade …‹«

Sandy hielt Josephs Hand. Nina konnte nur ihr langes schwarzes Haar sehen, das locker von einer silbernen Spange gehalten wurde.

»›Den Abend lang währet das Weinen, aber des Morgens ist Freude.‹« Die junge Frau schloss das Buch.

»Sandy und Joseph, ich bin froh, euch wieder hier zusammen zu sehen, an diesem Ort voller Harmonie und Liebe. Wir bekommen nicht oft eine zweite Chance, um in unserer Lebenszeit etwas wieder gutzumachen. Ihr seid gesegnet, und ich glaube, ihr wisst, dass ihr gesegnet seid.

Wie oft habe ich euch gesehen, als ich ein Kind war und ihr vor zwanzig Jahren zusammen auf der Straße nach Woodfords gegangen seid, und es freut meine Seele, wenn ich daran denke, dass ihr das jetzt wieder tun könntet. Alles ist möglich, wenn man den anderen liebt. Und ich weiß, dass ihr euch diesmal für immer lieben und ehren werdet. Dieser Morgen bringt euch Freude.

Nun wollen wir zu eurem Gelöbnis kommen.«

Fünf Minuten später war es vorbei. Sandy und Joseph küssten sich eigentlich nicht, eher rieben sie die Wangen aneinander. Sie waren umringt von Gästen, und Paul und Nina sahen von ihrer Ecke aus zu.

»Dazu braucht man viel Mut«, sagte Paul. »Und eine Extraportion, um denselben Menschen noch einmal zu heiraten.«

Nina, die während der Zeremonie oft schlucken musste, wischte sich die Augen. »Vielleicht haben sie sich nie richtig getrennt«, sagte sie. »Wo ist Collier? Siehst du ihn irgendwo? Er hat das Ganze verpasst.«

»Dann gehen wir ihn suchen.«

Eine Prozession bewegte sich aus der Küche heraus. Die Gäste trugen ihre Potluck-Teller zu den mit Leinentüchern eingedeckten Tischen, die im größten Zimmer aufgestellt worden waren. Nina und Paul gingen langsam an der Parade vorbei zur Haustür, bis sie schließlich eine Lücke fanden, durch die sie durchschlüpfen konnten. »Wir sehen mal nach dem Auto«, sagte Nina, und sie gingen durch den Schnee zu der Stelle, wo Collier den Subaru geparkt hatte.

Der allerdings war, genau wie Collier, verschwunden.

»Hey!« Sie drehten sich um. Sandy winkte ihnen vom Haus aus zu, und sie gingen zurück. »Ich hab versucht, dich zu finden, aber dann musste ich erst mal heiraten. Collier musste plötzlich los. Er ist angepiept worden. Es waren so viele Leute in dem Raum, und er konnte dich nicht finden, deswegen hat er mich gebeten, dir auszurichten, dass es ihm Leid tut, dass er das Auto nehmen musste.«

»Kein Problem«, sagte Paul. »Ich muss auf dem Weg zum Flughafen eh durch die Stadt. Ich nehme sie mit.«

»Er hätte mich finden können«, sagte Nina. »Ich hab mich

nicht vom Fleck gerührt. Es muss was zu tun haben mit der ...« Er hatte wohl Angst gehabt, mit ihr zusammen zurückzufahren, Angst, etwas zu sagen, das er vielleicht nicht sagen sollte.

»Daran musst du dich gewöhnen«, sagte Sandy.

»Na ja, wenigstens weiß ich, wo er ist. Sandy, das war eine wunderschöne Zeremonie. Danke, dass du uns eingeladen hast.«

»Es ist noch nicht vorbei. Kommt wieder rein. Erst wird gegessen und getanzt. Dann schneide ich den Kuchen an, und es gibt Kaffee.«

Paul hielt Nina den Arm hin. »Wollen wir?«, sagte er.

Im Innenhof hatten sich alle im Kreis aufgestellt und hielten sich an den Händen. Die älteren Kinder, deren Füße leicht wie Federn über den Steinboden huschten, führten die Schritte vor. Eine Shoshone-Indianerin begann zu singen, und alle sollten mitsingen.

»Du musst dich in den Kreis stellen und tanzen«, sagte Sandy. »Linda singt. Sie ist den ganzen Weg aus dem Death Valley hierher gekommen. Ein großer Kreis bedeutet viel Glück für die Sängerin.«

»Und das wird sie heute Abend im Kasino brauchen«, sagte Joseph, der neben ihr aufgetaucht war. Und dann passierte eines der erstaunlichsten Dinge, deren Zeugin Nina je wurde. Joseph kitzelte Sandy an der Taille. Sie wand sich – und dann war deutlich ein hohes Kichern zu hören!

Paul hatte ein Auto gemietet, einen roten Neon, der nicht nach viel aussah, sich aber wie ein Sportwagen fuhr. Er peitschte um die Kurven wie ein Teenager. Am Türgriff festgeklammert, erzählte Nina ihm mehr von Collier und sich, was er stoisch aufnahm. Dann erzählte er ihr von einer Frau, mit der er in D. C. zusammen war, was sie stoisch aufzunehmen versuchte. Obwohl sie keine Ansprüche auf ihn erheben konnte, verspürte sie doch eine leise Anwandlung von Eifersucht.

War es nicht merkwürdig, dass sie sich, trotz der Schwindel erregenden Liebe zu Collier und ihrer engen Bindung an ihn, einem anderen Mann so nah fühlen konnte? Doch sie wusste, dass das nicht illoyal war. Sie kannte Paul einfach schon zu lange, und sie hatten zu viel zusammen durchgemacht, als dass sie diese Beziehung ganz abbrechen konnte. Sie war sich auch nicht sicher, ob sie das je tun würde, auch wenn alle Gefühle für ihn ganz weit weg waren und nichts mit Collier zu tun hatten.

»Paul, würdest du bitte etwas langsamer fahren?«, fragte Nina. »Die Feier hat mich heute schon genug aufgewühlt. Ich könnte ja auch denken, dass du es gar nicht erwarten kannst, mich loszuwerden.«

»Du weißt, dass das nicht stimmt«, sagte er und drosselte das Tempo auf eine angenehme Reisegeschwindigkeit. »Und überhaupt, um meine unsterbliche Liebe zu deiner Firma zu beweisen, machen wir auf dem Weg nach Hause noch einen kurzen Zwischenstopp.«

»Was?«

»Der Tag ist noch jung«, sagte er geheimnisvoll und bog in Markleeville links ab.

»Wohin fahren wir?«

»Zu den heißen Quellen von Grover.«

»Aber ich hab dir doch gesagt, dass ich keinen Badeanzug dabei habe.«

»Sandys Freundin hatte einen alten, der dir passen müsste«, sagte er.

Es war später Nachmittag, als sie im Park ankamen. Die Bäume warfen lange Schatten auf die beiden grünen Becken, von denen eines sehr heiß, das andere warm war. Ein paar Leute mit rosiger Haut faulenzten am Beckenrand. In der Mitte des warmen Pools plantschte ein kleines Mädchen in einem Micky-Maus-Badeanzug. Ihr Vater hielt sie unterm Bauch und gab ihr Schwimmunterricht.

Sie zogen sich in den Holzschuppen um, die als Umkleidekabinen dienten, und trafen sich auf dem betonierten Platz davor. »Heiß«, brachten sie einstimmig hervor und liefen zu dem kleineren Becken.

Aus der Kälte des Winters tauchten sie ins heiße Wasser.

Wieder zitterte Nina, diesmal vor Vergnügen. »Das erinnert mich an einen Abend vor kurzem mit Andrea im Yakuzzi«, sagte sie. »Auch wenn ich sagen muss, dass dies noch besser ist als der Yakuzzi im Garten.« Die Bäume waren schwarz und smaragdgrün und schneegesprenkelt, und in der Ferne färbten sich die Berge tiefviolett.

Sie trieben gemächlich im Wasser, bis ihre Zehen verschrumpelt waren und die Becken beleuchtet wurden. Nina schwamm ein paar Runden im kälteren Pool, während Paul mit zwei Langläufern plauderte, die den Tag in Paradise verbracht hatten. Als Paul hungrig wurde, zogen sie sich an und gingen zum Auto zurück.

In Markleeville kehrten sie im Saloon an der Ecke ein. Nina bestellte ein Sandwich und Paul einen Burger. Es waren zwar nur wenige Leute da, aber die benahmen sich wie Rowdies. Ein paar Minuten, nachdem sie angekommen waren, standen zwei Leute aus dem Ort, die in einer Ecke etwas getrunken hatten, so abrupt auf, dass ihre Stühle über den Boden schrammten. Einer der Männer mit einem schwarzen Cowboyhut zog einen großkalibrigen Revolver, den er locker in der Hand hielt.

»Ich bin so was von stinksauer, Cody!«, sagte er.

Sein Exfreund hielt die Hände an den Seiten. Die beiden standen sich mit leichter Schlagseite gegenüber.

Paul stand auf, anscheinend hatte er die Szene, die die Gäste abrupt verstummen ließ, gar nicht bemerkt. Er schlenderte zur Theke hinüber und bestellte ein Bier. Die Barkeeperin stellte das Bier auf den Tresen und verschwand, ohne die Scheine zu nehmen, die Paul ihr hinhielt. Ein paar andere Gäste schlichen sich zur Tür und flohen blitzartig.

Nina saß mitten im Raum wie erstarrt auf ihrem Stuhl. Codys Taschen hingen schwer herab. Darin waren bestimmt weitere Handfeuerwaffen und Jagdmesser. Wenn sie aufstand, würde sie da mit reingezogen werden, und das war das Letzte, was sie wollte.

Andererseits saß sie direkt in der Schusslinie, nur einen Tisch hinter Cody.

»Sie ist es nicht wert«, antwortete Cody.

»Ich hab dir schon mal gesagt: Sprich nicht so über Beth!« Schwarzhut hob die Pistole, aber bevor er irgendetwas tun konnte, rempelte Paul ihn mit seinem ganzen Gewicht an, umklammerte die Hand, in der er die Waffe hielt, wirbelte ihn einmal herum und nahm ihm die Waffe ab.

»Ich bin froh, dass du ihn nicht abgeknallt hast, Kumpel«, sagte Paul. »Sonst hätte ich dich vielleicht abknallen müssen.« Um das zu unterstreichen, verdrehte er Schwarzhut die Hand.

»Au!«, heulte der. »Was hast du damit zu tun?«, schrie er wutentbrannt. »Wir haben hier einen Sheriff, und das bist nicht du.«

»Tja, aber ich bin an der generellen Sicherheit dieses Raums interessiert«, sagte Paul und ließ ihn los. Er steckte den Revolver ein.

»Gib mir meine Waffe zurück!«, brüllte Schwarzhut.

»Ihr könnt euren Streit draußen austragen«, sagte die Barkeeperin. »Das war das letzte Mal, dass ihr hier was getrunken habt, Billy Boy.«

»Sag das nicht, Rochelle. Ich bringe dir doch ordentlich was ein«, sagte Billy, aber die Barkeeperin hatte ihn schon am Genick gepackt und schob ihn zur Tür hinaus.

»Und komm bloß nicht wieder!«, rief sie und wischte sich die Hände an der Schürze ab, als sie hereinkam. »Amüsiert euch weiter, Leute«, sagte sie. »Für heute sind wir ihn jedenfalls los.«

Cody, den die Szene noch nicht mal verlegen gemacht hatte, entspannte sich nach Bills Abgang zusehends. Er ging zu Paul und sagte: »Danke.«

»Sprechen Sie lieber nicht so über seine Frau«, meinte Paul. »Ich geb Ihnen einen aus.«

Paul kam mit zwei vollen Biergläsern an Ninas Tisch zurück.

»Wow!«, sagte Nina. »Das ist der wilde Wilde Westen hier draußen. Du warst gut, Paul.«

»Dein Urteil überrascht mich«, sagte Paul. »Du bist doch eine Vertreterin von Gesetz und Ordnung.«

»Ich hätte einen Streit mit ihm anfangen können«, sagte Nina. »Damit er einsieht, dass man fürs Rumballern vor Gericht gestellt werden kann. Aber dann wäre er noch wütender geworden und hätte mich erschossen.«

Paul lachte. »Stimmt«, sagte er.

»Paul?«

»Ja?«

»Erinnerst du dich, dass ich dir in Grover eben erzählt habe, dass Andrea viel über ihren Ehrenkodex spricht? Wie würdest du deinen beschreiben?«

»Ich spreche normalerweise nicht darüber«, sagte Paul. »Aber wenn man mich fragte, würde ich sagen: ›Mach Liebe, aber wenn der Krieg losgeht, mach Krieg.‹«

Nina lachte.

»Und deiner?«, fragte Paul.

»Ich habe darüber nachgedacht. Vielleicht einfach nur: ›Tu deine Pflicht.‹ Das deckt bei mir so ungefähr alles ab.«

»Und wenn es einen Konflikt zwischen deinen Pflichten gibt?«

»Dann geht es mir so, wie Andrea es formuliert hat: Zuerst die Familie. Es ist eigentlich ganz einfach.«

»So einfach zu sagen, so schwer durchzuführen«, sagte Paul.

»Ja.« Sie stellte ihr Bierglas ab und dachte an all die Komplikationen.

»Ich spüre, dass deine Pflicht ruft«, sagte Paul. Auch seine Stimmung hatte sich verändert.

»Ich muss nach Hause, Paul.«

»Warum?« Er starrte eigensinnig vor sich hin. Er wollte nirgendwo hingehen, er wollte so tun, als sei zwischen ihnen nichts falsch gelaufen, so tun, als sei sie jetzt nicht mit jemand anderem zusammen. Nina merkte, dass sie einen Fehler gemacht hatte, als sie mit ihm losgezogen war.

»Weil es keinem von uns gut täte, wenn wir weiter hier herumsitzen und uns betrinken und dann vielleicht etwas tun, was wir hinterher bereuen würden«, sagte sie.

»*Du* würdest es vielleicht bereuen.«

»Es tut mir Leid, Paul.«

»Ich hätte ihn dich erschießen lassen sollen«, sagte Paul.

20

»Sie haben Jim wieder verhaftet. Heute Morgen wurde Anklage gegen ihn erhoben, und ich habe den gewerblichen Kautionssteller angerufen. Vor morgen früh kommt er nicht raus«, sagte Nina. Sie war nicht gerade begeistert gewesen über den nächtlichen Anruf aus dem Gefängnis, und sie gähnte, weil sie sich anschließend die ganze Nacht Sorgen gemacht hatte.

»Das hab ich erwartet«, sagte Tony Ramirez. Sandy und Wish nickten bei den Worten des Privatdetektivs ausnahmsweise beide.

Sandy hatte drei Tage Hochzeitsfeiern hinter sich und war am Montagmorgen wie immer im Büro erschienen. Sie sah gut genährt, gut ausgeruht und, falls das möglich war, sogar noch selbstzufriedener aus als sonst. Auch Wish sah aus, als sei er glücklich. Seinen Vater um sich zu haben, schien ihm gut zu tun.

»Ich habe Kontakt mit Kelly, der jüngsten Schwester, aufgenommen«, fuhr Tony fort. »Sie hat sich eine ganze Weile geweigert, mit jemandem zu reden, aber aus irgendeinem Grund hat sie beschlossen, jetzt auszupacken. Sie war sehr unfreundlich, aber sie hat mir ein paar Sachen erzählt, darunter auch eine verrückte Geschichte über den Mandanten. Sie hat eine Vorladung bekommen, Nina, sie könnte Ärger machen.«

»Was weiß sie, Tony?«, fragte Nina. Sie waren im Konferenzzimmer. Die Akten im Fall Strong füllten drei Kartons auf dem langen Tisch; Aussagen, Hintergrundrecherchen, Protokolle. Artie kam herein, und Nina stellte ihn den anderen vor.

»Freut mich, Sie kennen zu lernen«, sagte er zu dem versammelten Team, setzte sich und schlug sein Notizbuch auf.

»Kelly ist fünfundzwanzig«, sagte Tony. »Sie sieht jünger aus, kein Make-up, wie ein Küken, wenn Sie verstehen, was ich meine. Okay. Sie wird aussagen, dass unser Mandant eine lange gewalttätige Geschichte hat. Es ist eine alte Familienangelegenheit. Also, passen Sie auf.« Das hätte er nicht sagen müssen, denn sie waren ganz bei der Sache. »Zeitsprung, fünfzehn Jahre zurück. Jim ist sechzehn, Alex dreizehn und Kelly elf. Kelly sagt, Jim macht Sachen mit den Katzen aus der Nachbarschaft.«

»Zum Beispiel?«, fragte Nina. Alle sahen ihn interessiert an.

»Er tut ihnen zum Beispiel weh. Er tritt auf sie.«

»Oh, oh«, sagte Artie. Nina schnappte nach Luft. Das war ein ziemlich frostiges Detail.

»Laut Kelly«, fuhr Tony fort, »stimmt mit Jim irgendwas nicht. Er braucht viel Aufmerksamkeit. Er ist eifersüchtig auf Alex und Kelly … er glaubt, Kelly bekommt alle Aufmerksamkeit der Eltern, weil sie die Jüngste ist. Eines Tages läuft Kelly mit ihm Ski, und sie schwört, dass er dafür gesorgt hat, dass sie direkt in einen Baum knallt. Sie hat eine Gehirnerschütterung und einen komplizierten Beinbruch und muss drei Tage im Krankenhaus liegen. Die Krankenhausberichte werden vor Gericht vorgelegt.«

»Zu lange her«, sagte Nina, und Artie nickte. »Es geht allenfalls eine Neigung zur Gewalt daraus hervor«, sagte er. »Eine Zeugenaussage über einen schlechten Charakter als Teenager lässt Flaherty nicht zu. Hat Jim zugegeben, dass er es war?«

»Hat alles abgestritten. Ihr Wort stand gegen seines. Es wurde auch keine Anklage erhoben, nichts dergleichen.«

»Vielleicht lügt Kelly. Wer weiß? Das kommt nicht vor Gericht.« Artie dachte wie ein Anwalt, er überlegte, welche Auswirkungen das auf den Fall hatte. Sie versuchte, es ihm gleichzutun.

»Kelly behauptet, sie hat seither nicht mehr auf Skiern gestanden. Schlimmes Bein«, sagte Tony. »Zu der Zeit begannen die Probleme der Mutter mit den Nerven, was immer das heißt. Jedenfalls hat sie es nicht mehr ausgehalten. Sie wollte, dass Jim in eine Klinik für schwer erziehbare Jugendliche geschickt wird. Philip war dagegen. Er dachte, Jim würde dem entwachsen.«

»Wem entwachsen?«, fragte Wish.

»Dem, ein halbwüchsiger Satansbraten zu sein«, sagte Tony. »Jedenfalls gab's einen riesigen Familienkrach.«

»Und das soll angeblich vierzehn Jahre her sein?«, fragte Nina.

»Richtig. Während all das sich abspielt, wird Alex eines Tages auf dem Heimweg von der Schule von einem Auto angefahren. Keine Zeugen, er hat den Wagen nicht kommen sehen. Er hat eine Gehirnerschütterung, aber keine bleibenden Schäden.«

»Und?«, fragte Artie.

»Jim hat einen Monat vorher den Führerschein gemacht.«

»Na und?«

»Könnte man so sagen. Aber die Mutter sah das anders. Sie sagt: Ich hab genug. Die Mutter beschuldigt Jim, nimmt Alex und Kelly und verlässt mit ihnen Tahoe. Die Familie ist auseinander gerissen. Die Mutter geht nach Colorado und kommt nicht mehr zurück. Sie bleibt mit den beiden Kindern mehrere Jahre weg, und es kommt zur Scheidung.

Inzwischen versucht Philip, Jim im Zaum zu halten. Jim ist wütend auf seine Mutter und seine Geschwister. Er glaubt, sie sind vor ihm weggelaufen.«

»Was ja auch stimmt«, sagte Sandy.

»Es vergehen ein paar Jahre. Jim fängt an, für seinen Vater in Paradise zu arbeiten. Inzwischen verschwindet der Vater so oft wie möglich nach Colorado, in einen Ort hoch oben in den Rockies namens Breckenridge. Dort trifft er sich mit den anderen. Er und Mrs. Strong haben immer noch was miteinander, geschieden oder nicht. Aber Mrs. Strong will Jim nicht wiedersehen, und sie will auch nicht, dass Jim weiß, wo sie ist. Kelly behauptet, die Mutter hat immer noch Angst vor ihm.«

»Hat Kelly irgendwelche Beweise für diese angebliche Neigung zum Quälen von Tieren und Beinbrechen anderer Leute angeboten?«, fragte Artie.

»Ich bin froh, dass sie überhaupt mit mir gesprochen hat, Artie. Im jetzigen Stadium mache ich mir noch keine Sorgen um Beweise. Okay. Also, Alex ist zu einem ziemlich guten Skifahrer rangewachsen. Er und sein Vater finden, es ist alles unter Kontrolle, Jim ist erwachsen geworden und zur Einsicht gekommen und scheint aus seinem Problem rausgewachsen zu sein. Der Vater lädt Alex ein, zurückzukommen und in Paradise zu arbeiten. Alex zieht wieder nach Tahoe, und Jim scheint mit ihm klarzukommen. Und er zeigt nicht das geringste Interesse, seine Mutter oder seine Schwester zu sehen.

Mehrere Jahre vergehen. Mrs. Strong stirbt – an einem Herzanfall –, Jim heiratet Heidi, und Alex heiratet Marianne. Alles ist ruhig, alles ist heiter, richtig? Soweit Kelly weiß.«

»Diese Geschichte gefällt mir nicht«, sagte Artie. Er hörte auf, so zu tun, als mache er sich Notizen, lehnte sich zurück und hörte einfach nur zu.

»Kelly zieht an das nördliche Seeufer, um auf die Universität von Nevada zu gehen, und Philip unterstützt sie. Aber mit Jim will sie immer noch nichts zu tun haben. Er weiß, dass sie irgendwo am nördlichen Ufer wohnt, aber das ist auch alles. Sie kommunizieren nicht. Sie haben sich entfremdet. Das ist, glaube ich, das richtige Wort.«

»Wenn Kelly glaubt, ihr Bruder hat dafür gesorgt, dass sie gegen einen Baum gefahren ist, hat sie extreme Vorurteile gegen ihn, ob an der Geschichte was dran ist oder nicht. Wann hat sie Jim das letzte Mal gesehen?«, fragte Artie.

»Vor zehn Jahren, und dann erst wieder vor ein paar Wochen. Sie war bei Alex' Beerdigung. Da hat sie sich kurz mit Jim unterhalten«, sagte Tony. Sein Piepser meldete sich, und er stand auf und verließ das Konferenzzimmer.

»Dann weiß sie nichts, was von Bedeutung ist«, sagte Artie. »Das ist alles nur Hintergrundinformation. Die ganze bedauerliche Geschichte hat nichts mit Alex Strongs Tod zu tun. Jedenfalls meiner Meinung nach.«

»Es ist traurig«, sagte Wish. »Nina? Glaubst du, er hat den Tieren was angetan? Und seiner Schwester und seinem Bruder?«

»Ich habe keine Ahnung, Wish.« Wish wirkte verunsichert, dass sie ihn nicht beruhigen konnte. »Weißt du, Wish«, fuhr Nina fort, »diese junge Dame hat wirklich eine schockierende Geschichte erzählt, die Jim in keinem guten Licht zeigt. In Anwaltsbüros bekommt man oft schockierende Geschichten zu hören. Das heißt nicht, dass sie wahr sind.«

»Ja, aber das hat sich vor ein paar Eiszeiten abgespielt ... kein Problem«, sagte Artie. »Wir stellen einen Abänderungsantrag auf Ausschluss von Beweismitteln und erwirken einen Beschluss, dass Hallowell diese uralte Geschichte nicht wieder aufwärmen darf.«

»Einverstanden. Alex' Tod war ein Unfall«, sagte Nina. »Niemand kann etwas anderes beweisen. Es wird keinen Geschworenenprozess geben. Wir schaffen uns die Angelegenheit bei der zweiten Voruntersuchung vom Hals, und das war's dann. Eine dritte Voruntersuchung können sie nicht machen. Kellys Geschichte ist zwar schrill, aber ich bin mit Ihnen einer Meinung, Artie. Ob es wahr ist oder nicht, es ist eine alte Geschichte. Wir kriegen es hin, einen Beschluss zu erwirken, dass Kelly von der Voruntersuchung ausgeschlossen wird.«

»Und was hat die Staatsanwaltschaft noch? Ich meine, sie haben Jim wieder verhaftet, sie müssen also noch etwas haben«, meinte Sandy.

»Falls ja, wird Collier es in den nächsten Tagen bekannt geben müssen. Die DNA-Ergebnisse sind noch nicht da«, sagte Nina. »Sie holen einen forensischen Experten aus Sacramento, der aussagen soll. Ed Dorf. Ich habe seinen Bericht. Auch er kann nicht beweisen, dass die Fasern von Alex' Pullover stammen. Er hat nichts über das Muster auf der Haut gesagt, also ist er der Staatsanwaltschaft keine große Hilfe.«

»Wie können sie hoffen, diesmal weiterzukommen?«, sagte Artie. »Warum bleiben sie an der Sache dran?«

Tony kam wieder herein und setzte sich. Er schien sich über irgendwas sehr aufzuregen.

Nina wählte ihre Worte mit Bedacht. »Ich nehme an, Collier ist persönlich der Meinung, Jim habe seinen Bruder umgebracht. Ich glaube, er bleibt dran, obwohl er weiß, dass die Beweislage schwach ist.«

»Er ist nicht in der Position, in der er es sich leisten kann, einen Fall zu verlieren«, sagte Artie. »Ich habe von ihm gehört, obwohl ich ihn noch nicht erlebt habe. Er war gut, aber er hat nachgelassen. Er ist ein Spinner.«

Er schaute auf und sah die verlegenen Gesichter. Wish vollführte einen merkwürdigen Tanz mit seinen Händen, winkte irgendetwas weg. »Hey, was habe ich gesagt?«

»Er ist kein Spinner, Artie«, sagte Nina.

»Okay, er ist kein Spinner. Er ist nur dumm.«

»Er ist nicht dumm. Er glaubt nur an das, was er tut.«

»Fein. Damit habe ich kein Problem«, sagte Artie. »Nur dass er so verliert.«

Sie wechselte das Thema. »Sandy, besorg mir ein Formular für einen Abänderungsantrag. Ich mache mich morgen daran. Tony, ich möchte, dass Sie an Marianne Strong dranbleiben. Sie steht auf der Vorladungsliste, und ich muss wissen, ob sie etwas Neues zu sagen hat.«

»Was uns zu einem anderen Punkt bringt«, sagte Tony. »Der Stiefbruder, der Alex ein blaues Auge verpasst hat. Der ehemalige Empfangschef.«

»Gene Malavoy.«

»Ja. Ich hab eben einen Anruf bekommen. Malavoy wurde heute Morgen hochgenommen. Besitz von Koks. Sieht aus, als würden sie ihn anklagen. Er hat den Polizisten angegriffen, der ihn verhaftet hat. Sie mussten ihn überwältigen. Er steckt ganz schön in der Klemme.«

»Dann hatte Jim Recht«, sagte Nina. »Er ist drogenabhängig.« Also hatte Jim ihr die Wahrheit über Malavoy erzählt! Sie packte es weg, um es gegen ihre Zweifel in der nächsten schlaflosen Nacht wieder hervorzuholen.

»Lassen Sie mich das Datum der Voruntersuchung wissen«, sagte Artie. »Ich werde da sein.«

»Okay. Wish, kannst du heute Nachmittag mit mir nach Incline fahren, um Kelly Strong zu besuchen? Ich muss mit ihr reden.«

»Logo!«

Sie fuhren gegen drei los. Kelly war nicht ans Telefon gegangen, aber Nina konnte nicht länger warten. Sie musste dringend mit diesem Mädchen sprechen. Sie ärgerte sich, dass sie das nicht längst getan hatte, aber es hatte zunächst nicht so ausgesehen, als habe Jims Schwester etwas mit den Ereignissen in South Lake Tahoe zu tun. Marianne und Malavoy hatten ihre Aufmerksamkeit auf sich gezogen, zu Recht oder zu Unrecht, und die forensischen Probleme waren so heikel gewesen …

Collier hatte offensichtlich an dem Tag, an dem er Nina aus ihrem Büro gezerrt und sie beschworen hatte, den Fall Strong fallen zu lassen, gerade mit Kelly gesprochen. Kelly musste glaubwürdig sein.

Nina mochte das Gefühl nicht, dass sie Collier hinterherarbeitete. Sie musste schneller sein. Aber sie war hundemüde, besonders heute Nachmittag. Und sie hatte Paul nicht, der immer einen Schritt voraus war. Tony war klasse, wenn er Anweisungen bekam, aber Paul hatte stets die Initiative ergriffen.

Wish, der sich auf dem Beifahrersitz des Bronco anschnallte, sagte: »Sieh mal.« Sie konnten Paradise zu ihrer Rechten aufragen sehen. Nur der obere Teil des Berges war zu erkennen, senkrecht mit weißen Abfahrten gestreift. »Es sieht total glatt aus, bis man am oberen Ende der Abfahrt steht und runterguckt. Dann sieht es aus wie Wellpappe aus Eis.«

»Hört sich so an, als fährst du nicht gerne Ski, Wish?«

»Ich hab's mal versucht und den ganzen Tag nur Schnee gepflügt. Meine Beine waren dermaßen zerschunden, dass ich die nächsten zwei Tage im Bett verbringen musste. Fährst du gerne?«

»Mal mehr, mal weniger«, sagte sie und dachte an ihren Tag mit Jim.

In Stateline fuhren sie langsam von einer Ampel zur nächsten, und als sie die Stadt verließen, hingen sie hinter einem lauten Schneepflug fest, der mit vierzig dahinzuckelte. Es gab keine Ausweichstellen und auch keine andere Fahrspur. Nina kaute auf den Fingernägeln und plauderte mit Wish über die Hochzeit, bis der Schneepflug an der Spooner Junction rechts abbog. Danach lag die Straße frei vor ihnen, und gegen halb fünf waren sie in Incline.

Die Stadt versteckte sich in einem so dichten Wald, dass sie eine Spur aus Brotkrumen hinterlassen hätten sollen, als sie auf den Country Club Drive abbogen. Nur ein Block vom See entfernt lag kein Schnee auf dem Rasen vor der Wohnanlage, in der Kelly Strong wohnte. Sie gingen zur Nummer zwanzig und klopften.

Niemand zu Hause.

Zurück ins Auto. Es wurde dunkel.

»Wir könnten einen Blick auf den See werfen«, sagte Wish. Nina hätte lieber im Auto gedöst, aber sie gingen zum Ufer und sahen zu, wie die Sterne langsam herauskamen und sich im glatten Wasser spiegelten. Nina wollte nicht mehr reden. Sie wollte weitermachen, einen persönlichen Eindruck von Kelly gewinnen, damit sie wusste, wie sie sie bei der Voruntersuchung angreifen konnte ... Ihre Schuhe waren voller Sand. Sie zog sie aus und steckte einen Zeh in das eiskalte Wasser.

Ihr war auch eiskalt. Sie musste so kalt sein, um eine weitere Voruntersuchung durchzustehen. Sie spürte, unter was für einem ungeheuren inneren Druck sie stand. Sie verdrängte etwas. Diese Mischung aus Angst und Erschöpfung war ungut.

Gerade als sie wieder vor Kellys Wohnung standen, gingen hinter den Fenstern Lichter an. »Je länger ich darüber nachdenke ...«, sagte Nina. »Das ist ein junges Mädchen. Mit ihr zu reden wird nicht so einfach. Vielleicht ist es doch besser, wenn ich alleine mit ihr spreche, Wish. Es ist für sie nicht so bedrohlich.«

»Wenn du meinst. Ich warte.« Ohne die Aktentasche mitzunehmen, folgte sie dem geteerten Pfad und ging dann die Treppen hoch. »Hallo«, sagte sie, als Kelly Strong die Tür aufmachte.

»Ja?«

»Ich bin Nina Reilly.«

»Ach.«

»Die Anwältin Ihres Bruders.«

»Ich weiß.«

»Ich würde gerne eine Minute mit Ihnen reden. Bitte!«

Kelly zögerte. Dann trat sie auf den Treppenabsatz heraus und schloss die Tür.

Nach den anderen ultrasportlichen Strongs war Kelly eine Erleichterung. Keine Sonnenbräune, keine Muskeln, nur eine kleine, ziemlich zerbrechlich wirkende Studentin mit einer Baseballmütze mit dem Emblem der University of Nevada. Sie sah aus wie eine verwaschene, verwässerte Version von Jim, mit hängenden Schultern und sommersprossigen Händen. Ein Kind.

Nina sah sie sehr aufmerksam an.

Kelly hielt ihrem Blick stand. »Schießen Sie los«, sagte sie. Auch ihre Stimme klang wie die eines Kindes. »Mr. Ramirez hat mir gesagt, dass Sie vielleicht hierher kommen.«

»Ich habe erfahren, dass Sie bereit sind, bei der Voruntersuchung Ihres Bruders auszusagen.«

»Ja.«

»Ich habe mich gefragt, warum jetzt? Warum sind Sie nicht gleich beim ersten Mal gekommen, wenn Sie etwas zu sagen haben?«

Sie verschränkte die Arme vor der Brust. »Weil es irgendwo aufhören muss«, sagte sie. »Ich werde die ganze Geschichte nicht mit Ihnen noch einmal durchkauen. Ich bin müde, und ich muss heute Abend für eine Semesterarbeit lernen.«

»Was studieren Sie?«

»Politikwissenschaft.«

»Toll. Wollen Sie unterrichten?«

»Nein. Wenn's klappt, mache ich danach mit Jura weiter.« Sie warf Nina einen neugierigen Blick zu, verletzlich, als wäre Nina die erste Anwältin, die sie je gesehen hatte.

Sie war eines dieser Kids, die vom Recht träumten, davon, respektiert zu werden und etwas Gutes zu tun und jede Menge Geld zu verdienen. Nina war stets überrascht, wenn sie in diesen Zeiten auf so eine altmodische Haltung traf. »Viel Glück«, sagte sie. Kelly würde es brauchen.

»Was soll's. Also, was wollen Sie wissen?«

Nina war eigentlich hier, um Kelly ins Kreuzverhör zu nehmen, falls Kelly das zuließ. Aber sie war heute Abend nicht gut in Form und war nicht in der Verfassung dazu.

»Ich nehme an ... ich will ehrlich sein, Kelly. Ich bin hier, um Sie kennen zu lernen. Ganz einfach. Ich muss die Leute sehen, die zum Gericht kommen. Ich wollte ein Gefühl dafür bekommen, ob Sie eine glaubwürdige Zeugin sind. Ich muss wirklich nicht lange mit Ihnen reden. Ich weiß das meistens ganz schnell.«

»Ich sage nur, was wahr ist.«

»Ja, das glaube ich Ihnen.« Nina hatte das nicht sagen wollen. Sie spürte wieder, dass mit ihr etwas nicht stimmte.

Kelly entspannte sich etwas, als sie das hörte.

Sie zu sehen, die großen unschuldigen Augen hinter der Nickelbrille, war wirklich genug gewesen. Nina fühlte sich geschlagen und wollte sich schon verabschieden, da sagte Kelly: »Wenn Sie wollen, können Sie 'ne Minute reinkommen.«

Ein Studentenzimmer voller Bücher, vom Boden bis zur Decke, ein paar abgewetzte Stühle und Tische. Kein Fernseher. Nina sah sich die Bücher an. Französische Autoren des zwanzigsten Jahrhunderts, Bücher über Dadaismus und Surrealismus, Gedichte, Psychologie – kein einziges Buch über Politikwissenschaft oder Jura. »Ich lese wirklich viel lieber was anderes«, sagte Kelly mit einem nervösen Lachen.

»Dürfte ich da mal reinschauen?« Nina zog einen dicken Band über die Kunst des zwanzigsten Jahrhunderts raus und suchte im Register nach Max Ernst. »Wenn's Ihnen nichts ausmacht. Mir geht die ganze Zeit ein Bild durch den Sinn, und … hier ist es.«

Was für ein furchtbares Bild! Trüber Industriehimmel, scharfe Schatten. Der Himmel hatte einen Riss, und das pflanzenähnliche Gebilde auf der rechten Seite war am Verwelken. In der Mitte stand der Elefant Celebes, ein Traummonster, der dem Betrachter den Rücken zuwandte, geformt wie ein Dampfkessel mit einem Rohr als Schwanz, an dessen Ende ein falscher, missgebildeter, gehörnter Kopf wuchs. Den richtigen Kopf konnte man nicht sehen, und man wollte ihn auch nicht sehen, wirklich nicht. Es genügte, dass die langen Stoßzähne gerade im Begriff waren, sich auf den Betrachter zu richten, obwohl der Künstler sich alle Mühe gab, den echten Kopf zu verstecken, weil er ein zu grausiger Anblick wäre …

Im Vordergrund des Bildes war ein klassischer weiblicher Torso, der davonlief. Kopflos und am Hals verkohlt.

Fasziniert betrachtete Nina das Bild. Es spukte ihr seit Wochen im Hinterkopf herum. Es schien ihre gegenwärtige Lage auf eine beklemmende Art und Weise zusammenzufassen, mit Worten nicht zu beschreiben.

Als sie das Bild vor Jahren zum ersten Mal gesehen hatte, hatte sie es witzig gefunden. Es war nie witzig gewesen, aber sie war zu unerfahren gewesen, um das Grauen darin zu erkennen.

Mit klopfendem Herzen schlug sie das Buch zu und lehnte sich keuchend an das Regal. »Es tut mir Leid«, sagte sie. Sie begann zu hyperventilieren. Panik hatte sie ergriffen, die Brust wurde ihr eng ... sie würde fallen ... sie konnte nicht mehr atmen ... sie hatte noch nie im Leben solche Angst gehabt ... würde sie sterben? Sie würde, sie würde jetzt sterben, und es würde schrecklich sein, furchtbar, scheußlich ...

»Alles in Ordnung? Was ist los? Hier, ich helfe Ihnen, setzen Sie sich.«

Kelly brachte ihr ein Glas Wasser, dann setzte sie sich ihr gegenüber auf einen Stuhl. Langsam gelang es Nina, sich wieder zu beruhigen. Sie zählte still, atmete langsamer und lockerte die verkrampften Muskeln.

»Sie hatten einen Panikanfall«, sagte Kelly. »Darüber kann ich Ihnen viel erzählen.«

»Es ist mir wirklich peinlich. In der einen Minute schaue ich mir das Bild an, und in der nächsten ... ich vermute, so fühlt sich ein Herzanfall an. Ich habe Angst, es könnte wieder passieren.«

»Es ist vorbei. Wissen Sie«, sagte Kelly langsam, »auch ich verlasse mich auf meinen ersten Eindruck. Ich glaube, Sie sind ein anständiger Mensch. Und deshalb will ich Ihnen etwas erzählen. Hören Sie gut zu.«

»Ich bin mir nicht sicher, ob ich es hören will.«

»Ich muss es auf jeden Fall sagen. Sie hatten ganz zu Recht Angst.«

»Wovor?«

»Vor meinem Bruder.«

»Ich habe keine Angst vor Jim.«

»Klar«, sagte Kelly.

Nina trank noch einen Schluck Wasser. »Geht's besser?«, fragte Kelly.

»Ja.«

»Könnte ich Sie dann etwas fragen?«

»Klar.«

»Wo ist Heidi? Jims Frau. Sie hat mich nämlich angerufen.«

»Wann?«

»Vor ein paar Wochen. Ich habe sie bei der Beerdigung getroffen, und wir haben uns unterhalten und die Telefonnummern ausgetauscht. Sie war gleich nebenan in King's Beach in einem Motel. Sie wollte mit mir reden, also haben wir uns im Kasino verabredet. Aber sie ist nicht gekommen.«

»Hat sie eine Nummer hinterlassen, wo Sie sie erreichen konnten?«

»Nur die alte Nummer von dort, wo sie wohnte. Ich hab da angerufen, aber es war das Motel in King's Beach. Sie ist ausgezogen und hat all ihre Sachen dagelassen. Sie behalten das Zeug, um ihre Rechnung zu begleichen. Ist Jim hinter ihr her?«

»Nein. Nicht so, wie Sie meinen. Er macht sich Sorgen um sie.«

»Dann wissen Sie auch nicht, wo sie ist?«

»Nein.«

»Das ist gut.«

»Was soll das heißen?«

»Das heißt, dass die Leute sicher sind«, sagte Kelly. »Nur mein Vater nicht. Ich mach mir Sorgen um ihn.«

»Kelly, ich verstehe Sie nicht, Sie alle nicht. Ihre ganze Familie.«

»Schließen Sie Jim nicht mit ein.«

»Sie tun so, als wäre Jim so eine Art Ebola-Virus. Könnten Sie sich nicht irren? Ich kenne ihn, ich habe mich oft mit ihm unterhalten. Er hat seinen Bruder verloren, seine Frau hat ihn verlassen, sie alle hassen ihn. Jetzt hat er auch noch seinen Job verloren. Er wird des Mordes angeklagt.«

»Alles wahr«, sagte Kelly. »Nur eines nicht: Sie kennen ihn nicht.«

»Ich weiß, dass die Anklage gegen Jim auf tönernen Füßen steht«, sagte Nina. Kelly verkrampfte sich, und Nina fuhr fort: »Ganz egal, was der Staatsanwalt oder sein Ermittler Ihnen gesagt haben. Ihre Aussage ist unbedeutend, und die forensischen Befunde sind schwach.«

»Wirklich?«

»Ja. Das meiste von dem, was Sie gesagt haben, wird gar nicht vor Gericht zugelassen. Das ist die Wahrheit.«

»Aber ... aber ...«

»Ganz egal, was die Ihnen gesagt haben.«

Das empörte sie. »Ich glaube, Sie sollten jetzt gehen. Wenn es Ihnen besser geht.«

»Wo in King's Beach hat Heidi gewohnt?«

»Ich weiß nicht mehr.«

»Haben Sie noch irgendwo die Nummer?«

»Nein.«

»Verstehe. Also, danke, dass Sie mit mir geredet haben.«

»Nichts zu danken.« Kelly brachte sie zur Tür. Draußen blieb sie stehen und sagte: »Wieso sind Sie Anwältin geworden?«

»Meine Mutter ist gestorben. Es hatte damit zu tun.«

»Hm. Aber warum machen Sie solche Arbeit? Sie wissen schon, Leute wie Jim verteidigen?«

Nina dachte darüber nach. »Ich schätze, ich identifiziere mich am ehesten mit demjenigen, der in allen möglichen rechtlichen Situationen die geringste Macht hat. Der Angeklagte ... oft hat er oder sie niemanden. Er ist in eine Maschinerie geraten, die er nicht versteht und die ihn zermalmt, wenn er keine Hilfe bekommt, ob er schuldig oder unschuldig ist. Ich empfinde es als wichtig, mich diesem Prozess in den Weg zu stellen.«

Kelly nickte.

»Und warum wollen Sie Jura studieren?«, fragte Nina.

»Ich weiß nicht. Ich wollte es schon als Kind. Jetzt wird natürlich nichts mehr daraus.«

»Warum nicht?«

»Weil jemand, der behauptet hat, er arbeite an meiner alten Highschool in Colorado, den Dekan der Sozialwissenschaftlichen Fakultät angerufen und behauptet hat, die Kopien, die ich mit meiner Bewerbung eingeschickt habe, seien gefälscht. Es wird eine Untersuchung geben.« Sie schaute zu Boden.

»Haben Sie? Etwas gefälscht, meine ich«, fragte sie sanft.

»Nein. Aber das wird nicht leicht zu klären sein. Das sieht ihm ähnlich. Jetzt ist er hinter mir her, aber das ist mir egal, weil, wie ich gesagt habe, es muss ein Ende haben. Als ich damals im Krankenhaus lag, sagte er zu mir ... ich war mir nicht sicher, was passiert war, denn durch die Gehirnerschütterung war mein Kurzzeitgedächtnis gestört ... er sprach über mein Skifahren ... damals bin ich wirklich gerne Ski gelaufen ... er sagte ...«

»Er sagte?«

»Ich nehme dir das, was du am meisten liebst«, sagte Kelly. »Das hat er gesagt. Ich habe es nie vergessen.«

»Wish! Wish! Wach auf!«

»Hä?«

»Mach die Tür auf!«

»Ja! Klar doch!«

Nina schlug die Tür zu und sagte: »Fahr nach King's Beach.«

»Klar. Können wir da was essen? Es gibt ein Kentucky Fried Chicken, ein Taco Bell, ein Subway ...«

Sobald sie aus dem Wald raus waren, zog sich eine Reihe aus Ferienhäusern, Straßenbaustellen und heruntergekommenen Kasinos am Highway entlang. King's Beach war nicht weit, aber ganz anders als das reiche Incline. Billige Motels säumten die Straße, Jugendliche strömten aus den Fast-Food-Restaurants, überall herrschte Betrieb, und auf allen Autos waren Skiträger montiert. Hier am nördlichen Ufer des Sees konnte man Leute aus Reno treffen, die von der anderen Seite kamen, zum Skilaufen zum Mount Rose oder hoch nach Squaw fuhren, wenn man dem See weiter Richtung Westen folgte. Sie hielten vor einem Laden namens Wave's, um Hamburger zu bestellen.

Während Wish in der Schlange stand, ging Nina in eine öffentliche Telefonzelle, wo es ein Telefonbuch gab, und rief der Reihe nach alle Motels in der Stadt an. Sie brauchte die Freundin einer Freundin, eine hübsche blonde Skiläuferin … die Polizei hatte auch schon nach ihr gefragt … Sie brauchte nur drei Anrufe, als sich ein Mann an der Rezeption an die Polizei erinnerte. »Wie ich schon erklärt habe«, sagte der Chef des Five Pines Motels mit ausgeprägtem Akzent, »die Dame ist vor 'ner Weile ausgezogen. Mehr weiß ich nicht.«

»Ich komme gleich vorbei.« Wish kam mit einer Tüte voll Junkfood heraus. Sie aßen Hamburger und Pommes frites, die so ölig waren, dass sie Seevögel hätten umbringen können, und Nina lenkte mit einer Hand.

Auf dem kleinen Grundstück des Five Pines Motels in der Bear Street stand kein einziger Baum. Vielleicht war es nach den fünf Pinien benannt worden, die seinetwegen gefällt werden mussten. Nina und Wish marschierten hinein und betätigten die Glocke.

Hinter der halb geöffneten Tür, durch die der Motelbesitzer trat, war eine Szene profaner Häuslichkeit zu beobachten: Der Fernseher lief, natürlich, darauf hatte sich eine Katze zusammengerollt, eine Frau in einem Sari saß auf einem Stuhl und nähte, und ein kleiner Kerl in Windeln stand in seinem Laufställchen. Der Mann runzelte die Stirn, als sie noch einmal nach Heidi Strong fragte. »Ich weiß nicht, wo sie hin ist. Sie ist am sechsundzwanzigsten Oktober weg, das weiß ich genau. Sie hat ihre Rechnung nicht bezahlt.«

»Deswegen bin ich hier«, sagte Nina, »um ihre Rechnung zu bezahlen.«

»Tatsächlich?« Sein Gesicht erhellte sich zu einem Lächeln.

»Und um ihre Sachen mitzunehmen.«

»Ihre Sachen? Was für Sachen?«

»Die Sachen, die sie für mich hier gelassen hat«, sagte Nina. »Sie haben sie doch aufgehoben, oder?« Offensichtlich hatte er Heidis Besitztümer der Polizei gegenüber nicht erwähnt. Er hatte sie an sich genommen, weil er nicht bezahlt worden war, was sie ihm nicht verübeln konnte. »Ihr Tioga-Campmobil und ihre persönlichen Sachen. Mein Freund trägt sie raus zum Auto«, sagte sie, zog ihr Scheckbuch heraus und schlug es auf.

»Aber sie ist in ihrem Wagen weggefahren! Da sind Sie falsch informiert. Und die anderen Sachen hab ich nicht mehr! Du meine Güte, ich wusste doch nicht, dass Sie kommen! Ich hab nur noch den Sack für die Wohlfahrt! Und die Katze! Sagen Sie ihr, es tut mir Leid!«

»Oh, nein!«, sagte Nina. »Was ist mit ihrem Schmuck passiert, ihren Kleidern?«

»Ich habe alles verkauft, um die Rechnung zu begleichen. Aber einen Sack habe ich noch!« Er rief seiner Frau aufgeregt etwas zu, und einen Augenblick später kam sie mit einer großen Einkaufstüte, in der hauptsächlich Kleider waren.

»Das ist alles, was Sie noch haben? Absolut alles?«

»Wie hätte ich das denn wissen sollen? Ich bin dabei nicht einmal auf meine Kosten gekommen. Bei weitem nicht.« Er sah seine Frau an und dann wieder Nina. »Sie können mir das nicht vorwerfen.«

»Sie wird sehr enttäuscht sein, wenn ich ihr das sage.«

»Sagen Sie ihr, das nächste Mal soll sie die Rechnung bezahlen!«, schrie seine Frau. Es gab eine erregte Diskussion zwischen dem Mann und seiner Frau in einer fremden Sprache. Die Frau zeigte immer wieder ins Wohnzimmer und schüttelte heftig den Kopf. Nina griff nach der Tüte, aber die Frau hielt sie fest.

»Es tut mir Leid, aber Sie müssen mir die noch ausstehende

Differenz von zwanzig Dollar für das Zimmer bezahlen«, sagte der Motelbesitzer entschuldigend. »Und sie hat uns die Katze dagelassen.«

»Behalten Sie die Katze. Und was das Geld angeht, wollen Sie mich auf den Arm nehmen, oder? Das soll ja wohl ein Witz sein«, sagte Nina.

»Dann zehn Dollar?«

»Nur, weil ich es eilig habe.« Sie reichte ihm einen Scheck über zehn Dollar und erhielt dafür die Einkaufstüte. Und schon waren sie mit ihrem Fund auf dem Weg zum Auto.

»Das sind Beweisstücke«, sagte Wish unsicher, als sie die Innenbeleuchtung einschaltete und die Tüte ausleerte.

»Das weiß ich erst nach gründlicher Durchsicht, Wish. Und wenn, bringe ich sie bei der ersten sich bietenden Gelegenheit zur Polizei.«

Es war nicht viel übrig – altes Make-up und eine Bürste, eine zerfledderte Ausgabe von *Ski World*, ein paar Bücher, ein schmutziges Sweatshirt, eine Lockenschere – Dinge, die die Familie des Motelbesitzers weder hatte gebrauchen noch verkaufen können. »Sie ist ohne ihr Make-up weg?«, sagte Nina. »Na ja, vielleicht ist es alt.«

»Was ist das?«, fragte Wish. »Eine Karte von Nevada.« Sie war zerknittert, zerrissen und selbst für einen Secondhandladen nicht mehr zu gebrauchen. Wish war schon dabei, sie auseinander zu falten. »Hey, da ist eine Stelle markiert«, sagte er. Nina sah den Bleistiftkreis.

»Pyramid Lake«, sagte sie.

»Niemand fährt im Winter dort hin«, sagte Wish. »Höchstens die Einheimischen.«

»Also, wir fahren hin. Sofort. Geht das?«

»Klar. Aber ich muss meine Mom anrufen. Um diese Zeit hat da nichts mehr offen. Da gibt's nur einen Laden, ein paar Wohnwagen und 'ne Hand voll Häuser. Wahrscheinlich ist alles geschlossen. Da kann sie nicht sein.«

»Sicherheitsgurt. Wir nehmen den Mount Rose Highway, dann den Highway achtzig Richtung Reno. Wie weit ist es hinter Reno?«

»Ein Stück. Nina? Das ist wichtig, was?«

»Ich muss diese Frau finden«, sagte Nina. »Fahr du, bitte, Wish.«

21

»Also, warum haben sich deine Eltern getrennt?«, wollte Nina von Wish wissen. Sie hatte ein bisschen gedöst. Als sie aufwachte, hatte der Druck in ihrem Innern etwas nachgelassen.

Sie überquerten gerade nördlich von Sparks den letzten Pass auf der Straße Richtung Pyramid Lake. Schnee und Sierra lagen hinter ihnen, sie fuhren durch die Hochwüste. Es war dunkel bis auf die Sterne, die wie Glassplitter am Himmel funkelten. Auf der langen Fahrt ins Tal kehrten sie in den Herbst zurück; die Luft war hier eindeutig milder.

Wish spielte mit seinem Schnurrbartflaum. »Weiß nicht. Meine Mom hat ihn rausgeworfen. Damit hatte ich nicht gerechnet. Sie haben sich immer gut verstanden. Mein Daddy ist ein anständiger Kerl.«

»Das muss schwer für dich gewesen sein. Wie alt warst du damals?«

»Ach, ungefähr sieben. Er war ein paar Jahre weg, aber dann ist er zurückgekommen. Sagte, der Rest von Amerika habe ihm nicht gefallen. Meine Mom wollte nicht mit ihm reden. Er fing an, ihr Geschenke zu schicken, Sachen, die sie sich selbst nie gekauft hätte. Er hat jetzt einen guten Job und gibt sein Geld gern für andere aus. Das machte ihr Sorgen, also hat sie seine Finanzen in die Hand genommen. Hat in Aktien investiert. Pharmaunternehmen, glaube ich.«

Nina hörte zu, wie Wish weiter über die undurchschaubare Sandy redete.

»Wie's aussieht, haben sie sich wieder ineinander verliebt«, sagte Wish. »Sie sitzen gern auf der Veranda und schauen sich den Sonnenuntergang an. Das ist gut.«

»Du scheinst dich darüber zu freuen.«

»Klar. Dann ist sie nicht allein, wenn ich ausziehe. Sie wollte mich zu Hause halten, aber jetzt hat sie ja meinen Daddy. So läuft das eben. Leute gehen, Leute kommen. Wenn man Glück hat.«

»Du willst ausziehen?«

»Ich bin fast zwanzig. Meine Mom ist ziemlich energisch. Und ein Mann braucht doch seine Freiheit. Hey, hörst du den Kojoten da draußen?« Er hielt kurz an, und sie lauschten dem lang gezogenen, einsamen Heulen.

Irgendwo da draußen lag der riesige, von Gebüsch und Fels umgebene, flache See. In der Dunkelheit war nichts zu erkennen. Der Pyramid Lake ist das Überbleibsel eines uralten Binnenmeeres, das während der Eiszeit ein Drittel von Nevada bedeckt hatte. Er ist bekannt für die zahlreichen prähistorischen Siedlungen in den Felsen am Ufer und seine guten Angelgründe.

John Fremont hatte den See 1844 auf einer seiner Expeditionen entdeckt und nach der pyramidenförmigen Insel benannt. 1860 hatte man das angrenzende Gebiet in ein Paiute-Reservat umgewandelt. Die Paiute, die mit diesem Plan nicht einverstanden waren, hatten hier mehrere große Schlachten gegen die Weißen ausgefochten.

Noch immer standen die Paiute, Verwandte der Washoe, und der weiße Mann in dieser Gegend nicht auf freundschaftlichem Fuß.

Die Straße führte schnurgerade durch die Wüste, vor ihnen lag eine lange Steigung.

Um kurz vor neun fuhren sie um eine Biegung nach Sutcliffe

hinein, eine winzige Siedlung inmitten totaler Einsamkeit. Der See war einige hundert Meter entfernt. Als sie aus dem Auto stiegen, verriet ihnen ein uralter Instinkt, dass der See im Osten lag. Sie konnten das Wasser förmlich riechen.

Der örtliche Laden hieß Crosby's. Er hatte geschlossen, doch die Tankstelle mit dem Minimarkt nebenan war geöffnet.

Das Schild war erleuchtet, und vor dem Geschäft parkten Autos. Also konnte Nina hier Fragen stellen. Sie wünschte, sie hätte ein Foto von Heidi dabei.

»Ich gehe rein«, sagte sie.

Wish stellte den Motor ab und fragte: »Was ist, wenn wir sie hier finden?«

»Dann reden wir mit ihr.«

Drinnen lungerten einige unrasierte Typen an der Theke herum, die Augen auf einen Fernseher gerichtet, der hoch an der Wand angebracht war. Nina gab dem Jungen hinter der Theke ihre Kreditkarte und sagte: »Zwanzig Dollar.«

»Normal?«

»Ja.« Wish, der hinter ihr hereingeschlendert war, stellte eine Tüte Milch auf die Theke. »Ich gehe tanken.«

»Danke.«

»Die Milch auch?«, fragte der Junge, ein Auge auf den Fernseher gerichtet.

»Ja. Bist du an zwanzig Dollar Trinkgeld interessiert?«, fragte Nina. Rasch glitten seine leicht blutunterlaufenen Augen zu ihr.

»Wie soll das gehen? Soll ich Ihnen die Scheiben waschen? Ich kann die Kasse nicht allein lassen.«

»Nein. Ich bin nur auf der Suche nach einer Freundin.«

»Was für eine Freundin?«

»Einem Mädchen, das vor ein paar Wochen hier vorbeigekommen ist. Vielleicht ist sie noch in der Gegend. Sie heißt Heidi.«

Seine Mundwinkel sanken nach unten. Enttäuscht antwortete er: »Ich kenne keine Heidi.«

»Manchmal benutzt sie auch ihren zweiten Vornamen, aber den habe ich vergessen. Sie ist sehr hübsch. Groß, kurze blonde Haare, blasse Haut, sehr sportlich.«

»Kann sein, dass ich sie gesehen habe. Mal überlegen.« Er strengte sich an.

»Bisschen nervös. Anfang zwanzig«, half Nina nach.

»Du weißt schon, Mann«, sagte einer der Stammgäste, der zugehört hatte. »Die hochnäsige Skiläuferin.« Nina fuhr zusammen und drehte sich um.

»Genau die.«

»Marvin, du Hirni, das wäre mir auch eingefallen, wenn du eine Sekunde gewartet hättest«, sagte der Angestellte.

»Na ja, ich hab mich erinnert, also krieg ich das Geld«, sagte der Stammgast. Seine ausgebeulte Jeans war lange nicht gewaschen worden, und er trug keine Unterhose. »Wie sie heißt, weiß ich nicht, aber sie hat hier gewohnt, im Wohnwagen von Dick und Dottie.«

»Ist sie noch hier?«

Beide verneinten gleichzeitig. »Das wüssten wir, weil man nur hier Benzin bekommt. Oder sie hockt den ganzen Tag im Wohnwagen. Sie wäre uns aufgefallen. Großes Mädchen. Einmal hat sie draußen gesessen und ihre Ski gewachst, darum hat Marvin sie die Skiläuferin genannt«, sagte der Angestellte.

Wish kam rein, um seine Milch zu holen. »Alles klar«, sagte er. Nina unterschrieb und bekam ihre Quittung.

»Was ist nun mit dem Zwanziger?«, fragte der unappetitliche Marvin, der sich zuerst erinnert hatte.

»Zeigen Sie mir Dick und Dotties Wohnwagen, dann gehört er Ihnen«, meinte Nina.

Ein Feldweg führte zu den meist dunklen Wohnwagen, die von großen Tuff-Formationen und ein paar mickrigen Bäumen umgeben waren. Aus einigen Fenstern fiel Licht, doch insgesamt wirkte der Platz verlassen. Nina war froh, dass Wish bei ihr war.

»Da wären wir.« Ein klappriger Silverstream auf Holzblöcken, wahrscheinlich weiß, nicht besonders groß, stockdunkel, stand etwas zurückgesetzt auf einem unkrautbewachsenen Stellplatz.

Nina gab ihrem Führer das Geld. »Noch mal zwanzig, und ich geh mit Ihnen rein«, sagte er, faltete den Schein viermal und stopfte ihn in seine Brusttasche.

»Nein, danke, Ihr Job ist erledigt«, meinte Wish und baute sich neben Nina auf. Er war groß, wenn auch nicht gerade Furcht einflößend.

»Na schön.« Marvin trabte in Richtung Tankstelle davon.

Nina stieß das Tor auf. Noch immer kein Licht im Wohnwagen.

»Jemand da?«

Nichts. Bevor sie jedoch einen Fuß auf den Stellplatz setzen konnte, kam der nächste Nachbar, ein bärtiger Mann mit Baseballschläger, aus seinem Wagen.

»Was wollen Sie?«

»Wir suchen Dick und Dottie«, antwortete Nina. »Die sind aber wohl nicht da.«

»Sieht ganz so aus.« Er klatschte mit dem Ende des Schlägers auf seine flache Hand.

»Was ist mit ihrer Freundin? Der Skiläuferin?«, fragte Nina.

»Dotties Nichte? Die ist weg.«

»Wohin?«

»Keine Ahnung. Ich passe auf den Wohnwagen auf, wenn sie nicht da sind. Sie haben Ihre Fragen gestellt, und ich war höflich. Also, Schluss jetzt. Na los.«

»Ich hätte zwanzig Dollar für Sie, falls Sie mir helfen können, sie zu finden«, sagte Nina. Sie hielt ihm einen Schein hin.

»Was sind Sie eigentlich? Eine Geldeintreiberin? Jedenfalls kein Bulle. Schluss jetzt, hab ich gesagt.« Der Rhythmus des Schlägers steigerte sich, er klatschte schneller auf die Hand. Patsch! Patsch!

»Aber wenn Sie nur …« Wish fasste Nina am Arm und zog sie auf den Weg zurück. »Wir sind schon weg, Mann, alles klar.«

Er bekam keine Antwort, man hörte nur das rhythmische Klatschen.

Im Auto sagte Wish: »Und jetzt? Beobachten wir den Wohnwagen?« Er war aufgeregt. Für sie hätte er sich glatt in den Sand gelegt und die ganze Nacht lang Schlangen, Baseballschlägern und fliegenden Bierdosen getrotzt.

»Nach Hause. Mir reicht's.« Sie schaute hinüber zu der bizarr erleuchteten, modernen Tankstelle von Sutcliffe, ein Leuchtfeuer in der Finsternis, in dem die drei Hinterwäldler gerade ein Sixpack leerten – ein Edward-Hopper-Gemälde im Stil der Neunziger.

»Was nun?«

»Keine Ahnung. Tony kann noch mal herkommen. Vielleicht war Heidi wirklich hier. Vielleicht findet er was raus.«

Sie hatte es versucht und nichts herausgefunden. Mehr konnte sie heute Abend nicht tun.

Tony fuhr am nächsten Tag in die Wüste. Gegen vier meldete er sich. Auch er hatte es nur bis zum Tor geschafft, aber immerhin die Adresse von Dick und Dottie in Las Vegas herausgefunden. Nina wies Sandy an, ihm einen Flug zu buchen. Sie wollte Heidi finden. Sie schien ihre einzige Chance zu sein. Logisch war der Gedanke nicht, aber sie musste es unbedingt wissen! War Jim nun unschuldig oder nicht? Sie konnte diese ständigen Stimmungswechsel – schuldig, unschuldig, schuldig – nicht länger ertragen.

Sie erzählte Jim nichts von der Spur, die sie vielleicht zu Heidi führen würde. Auch diese Entscheidung war nicht von Logik bestimmt.

Nina verbrachte einen Tag in der bescheidenen Rechtsbibliothek im ersten Stock des Gerichtsgebäudes, wo sie zu Anträgen auf Ausschluss von Beweismitteln recherchierte. Gewöhnlich wurden derartige Anträge erst nach der Voruntersuchung gestellt, wenn die eigentliche Aussage angeführt werden konnte, doch sie wollte einen vorbeugenden Schlag landen. Am Freitag hatte sie die Unterlagen eingereicht, und man hatte am Tag der Voruntersuchung für acht Uhr dreißig eine Anhörung zu ihrem Antrag anberaumt.

Der Dezember wirbelte weiteren Schnee herbei. Als sich der Sturm gelegt hatte, war ein halber Meter hinzugekommen.

Nina hatte nicht versucht, Collier anzurufen, weil sie viel zu tun gehabt und sich außerdem über Jims erneute Verhaftung geärgert hatte. Am Freitag drehte sie leicht am Rädchen, weil der Fall auf ihr lastete und sie Collier vermisste. Also rief sie ihn im Büro an.

»Ich bin's«, sagte sie.

»Schön, dass du anrufst.«

»Warum hast du dich nicht gemeldet?«

»Du wolltest es doch nicht. Letztes Mal habe ich dich im Büro belästigt.«

»Darauf hättest du nichts geben dürfen.«

»Du hast gesagt, es würde dir zu schnell gehen.«

»Das nehme ich zurück. Lass uns schnell sein.«

»Heute Abend? Ich kann aber nicht vor acht.«

»Bis dann.«

Ihr blieb Zeit einzukaufen, gefrorene Shrimps in Soße in die Pfanne zu werfen und Nudeln zu kochen. Sie konnte sogar noch baden. Um halb acht hatte sie sich ihr erstes Glas Wein eingeschenkt. Und sie begann nachzudenken, was immer ein gefährliches Zeichen war.

Als Collier um halb neun an die Tür klopfte, hatte sie sich davon überzeugt, endgültig mit ihm Schluss zu machen. Der arme Kerl hatte keine Ahnung, dass sie sich, als er mit einer Topfpflanze und einer Flasche Wein vor der Tür stand, bereits eine Stunde mit ihm unterhalten hatte. Lächelnd hielt er ihr die Geschenke hin. »Zu Ehren des dritten Dezember«, sagte er. »Ich glaube, auf den Azoren ist heute ein Feiertag.« Er trug seinen Norwegerpulli und eine Cordhose. Mit dem Bart erinnerte er sie an einen europäischen Schriftsteller, der unwiderstehlich spannende Dinge zu sagen hat. Sie versuchte, die Wirkung, die er auf sie ausübte, zu ignorieren.

Wortlos führte sie ihn zum gedeckten Tisch am Kamin und schenkte den Rest Wein aus der ersten Flasche ein. »Wir müssen miteinander reden«, sagte sie.

Er trank einen Schluck, atmete tief durch und lehnte sich zurück. »Später. Setz dich. Trink mit mir. Heute ist Freitag, wieder eine Woche geschafft. Ein Grund zum Feiern. Hast du was von Bob gehört?«

»Ich habe ihn gestern Abend angerufen. Stell dir vor, Kurt war mit ihm übers Wochenende in Paris. Danach kam Kurt ans Telefon. Ich konnte hören, wie viel Spaß er mit Bob hat.«

»Bob holt alles nach«, meinte Collier.

»Er wird zu schnell groß!«

»Er ist ja bald wieder da.«

»Je früher, desto besser.«

»Wie ist deine Woche so gelaufen?«

»Du weißt, dass ich mit dir nicht über meine Arbeit sprechen kann.«

»Ich möchte nur eines sagen. Ich habe deinen Antrag bekommen. Er ist sehr gut formuliert. Was die Einzelheiten betrifft: kein Kommentar. Nicht vor nächster Woche.«

»Kein Kommentar, kein Kommentar, kein Kommentar. Das macht mich wahnsinnig! So geht es nicht weiter!«

Collier sah sie scharf an. »Ich werde jetzt meine Flasche öffnen und noch ein Glas Wein trinken. Ich möchte, dass du dich danach auf meinen Schoß setzt.«

»Nein. Erst wenn wir geredet haben.«

»Komm schon«, sagte Collier in einem flehenden Ton, der sie zum Lachen brachte. Sie ging zu ihm und ließ sich auf seinem Schoß nieder.

»So ist es brav. Leg mir die Arme um den Hals. Genau so. Meine Güte, riechst du gut. Nach Kräutern. Nach Shampoo.« Er schnüffelte an ihr.

»Aber wir müssen … reden!«

»Bald, bald, das Reden kommt ganz von allein. Und jetzt hoch mit dir. Ich würde dich gern ins Bett tragen, aber die Treppe ist verdammt steil, da schiebe ich lieber von hinten.«

Wie ein Schäferhund trieb Collier Nina auf dem Weg nach oben ins Schlafzimmer vor sich her. »Und jetzt werde ich dich ausziehen, meine Hübsche. Ganz langsam. Widerstand zwecklos.« Er streifte ihr den Pullover ab. »Atemberaubend. Ich mag Spitze. Zieh es aus. Alles. Ah.«

Sie legten sich ins Bett, und er küsste sie. Die Küsse waren Balsam für ihre wunde Seele. Sie erwiderte sie und begriff, dass die Zeit zum Reden noch nicht gekommen war.

Mitternacht. Sie saßen am Couchtisch und aßen aufgewärmte Shrimps. In Ninas grünem Kimono, aus dem Knie und Ellbogen hervorschauten, sah Collier aus wie ein Wüstling. Er schaute sie an. »Worüber wolltest du denn reden?«, fragte er und leckte sich die Finger ab.

»Ach, über … du weißt schon.«

»Dass wir auf verschiedenen Seiten stehen und uns vor Gericht bekämpfen müssen?«

»Ja.«

»Dass wir fundamental unterschiedliche Ansichten über die Rolle des Gefängnisses als Abschreckungsmittel und Strafmaßnahme haben? Ganz zu schweigen von unseren abweichenden Meinungen zur Todesstrafe.«

»Korrekt.«

»Dass unser Zusammenleben von ständigen Gesprächspausen geprägt wäre, weil wir immer überlegen müssten, ob wir nicht gerade geheime Informationen weitergeben?«

»Exakt.«

»Obendrein karrierestrategisch ein lausiger Zug«, meinte Collier. »Überall Komplikationen.«

»Eben darüber müssen wir ja reden.«

»Nun, das wäre damit erledigt.«

»Was ist erledigt?«

»Wir wollen doch zusammen sein, oder?«

»J ...ja.«

»Und wir wollen nicht zurück in unsere einsame und lieblose Existenz, oder?«

Nina lachte. »Nein.«

»Wir müssen eine einheitliche Front bilden, um unsere Position zu stärken. Drücke ich mich deutlich aus?«

»Nein.«

»O doch.«

»Das meinst du nicht ernst.«

»Und ob.«

Pause. »Dann runter auf die Knie«, meinte Nina.

Stattdessen stand er auf und wühlte in der Tasche seiner Jacke, die über einem Küchenstuhl hing.

Dann kniete er sich vor sie. »Willst du mich heiraten, Nina? Ich liebe dich und möchte für immer mit dir zusammen sein.« Er klappte eine schwarze Seidenschachtel auf. Im Licht des Kaminfeuers funkelte der größte Diamant-Solitär, den Nina je gesehen hatte.

Sie hob den Kopf und sah in seine grauen Augen, in denen sie große Hoffnung las.

»Aber ich habe Angst!«

»Und ich erst.« Sanft nahm er ihre Hand und steckte ihr den Ring an. »Sitzt wie angegossen. Wir sind füreinander bestimmt. Und nun?«

»Ja! Die Antwort ist: ja!« Sie umarmte ihn stürmisch. »Und Collier ... der Ring ist fantastisch! Du bist fantastisch! Hast du das alles geplant?«

»Ich habe es mir jedenfalls von dem Moment an, in dem ich

dich zum ersten Mal gesehen habe, erhofft.« Er küsste sie.

Schließlich landeten sie auf der Couch, ganz nah beieinander. Er breitete eine weiche Wolldecke über ihre nackten Beine. »Und jetzt zum logistischen Teil«, meinte er. »Meinst du, um diese Zeit hat noch irgendwas geöffnet?«

»Ist das dein Ernst? Hör mal, es ist schon nach Mitternacht. Und wir haben uns gerade erst verlobt.«

»Ich hasse lange Verlobungszeiten, du nicht?«

»Du hast Recht. Worauf warten wir eigentlich?« Nina bewegte die Hand und schob den Ring hin und her. Er funkelte durchs ganze Zimmer. »Wir könnten nach Reno fahren. Das Standesamt hat täglich vierundzwanzig Stunden geöffnet, auch an Weihnachten.«

»Hast du das nachgeprüft?«

»Ich weiß es von einer Klientin.« Sie hatte es von Misty Patterson erfahren. Misty und ihr unglückseliger Ehemann hatten in einer Kapelle im Reno Hilton geheiratet. »Wir könnten ins Reno Hilton fahren«, schlug sie vor.

»Ich glaube, ich habe noch einen sauberen Anzug im Schrank. Und eine Sammlung Silberdollars, die ich für einen Glückstag aufgehoben habe.«

»Lass den Pullover an«, meinte Nina. »Er gefällt mir.«

»Aber … Bob?«

»Er ist nicht hier, und jetzt ist jetzt. Er mag dich. Und er wird erleichtert sein, dass er nicht auf eine Hochzeit muss.«

»Du solltest ihn wenigstens anrufen.«

»Gute Idee. Drüben müsste es jetzt neun Uhr morgens sein.« Sie holte das Telefon und rief in Deutschland an. Kurts Anrufbeantworter sprang an. Bob war der Einzige, der ihr die Sache noch hätte ausreden können.

»Pech gehabt. Was ist mit deiner Mutter?«, fragte sie.

»Später. Dann also gleich heute Morgen? Kein Reden mehr?«

»Ist dir schon mal aufgefallen, wie schnell man etwas zerreden kann?«

Sie standen spät auf. »Jetzt hast du geschlafen«, meinte Collier. Er war gerade im Bad und trocknete sich ab. »Du bist wieder bei klarem Verstand. Und?«

»Ich bin wohl noch immer verrückt.«

»Ehrlich?«

»Ganz ehrlich.«

»Auf geht's, bevor der nächste Sturm losbricht.«

»Du musst noch eine Minute warten, bis ich meinen Kleiderschrank durchprobiert habe.« Sie scheuchte ihn aus dem Zimmer und durchstöberte ihre Garderobe. Schließlich entschied sie sich für ein weiches, cremefarbenes Wollkleid mit sanft schwingendem Rock. Sie hatte es einmal in einem Anfall von partieller Amnesie gekauft, bei dem sie völlig vergessen hatte, dass ein solches Kleid absolut nicht in die Kanzlei passte. Jetzt war sie froh, dass sie es mit dem Hintergedanken, es irgendwann zu einer Hochzeit zu tragen, behalten hatte. Sie summte vor sich hin, während sie sich die Haare bürstete, einige Aufsteckfrisuren ausprobierte und dann beschloss, ihr Haar genauso frei schwingen zu lassen wie das Kleid.

Er wartete geduldig am Fuß der Treppe.

Sie nahmen Colliers Subaru. In dem Blumengeschäft in der Nähe der Kanzlei kauften sie weiße und rote Rosen, aus denen die Floristin einen Strauß zauberte. In Reno hielten sie am County-Büro, trugen sich ein und bezahlten bei den gleichgültig wirkenden Mitarbeitern die Gebühr. Dann liefen sie mit ihrer Heiratserlaubnis hinaus.

»Noch kannst du es dir überlegen«, sagte Collier, als sie das Einkaufszentrum unter dem Hotel betraten.

»Willst *du* es dir etwa noch mal überlegen?«

»Nein, die Frage war rein rhetorisch. Um mir den Rücken freizuhalten, falls du es irgendwann bereust. Dann kann ich sagen, du hast deine Chance gehabt.«

»Schluss jetzt. Komm, es ist gleich um die Ecke.«

Im Erdgeschoss befand sich, genau wie Misty beschrieben

hatte, ein Ladenlokal, das sich Celebration Wedding Chapel nannte. In einem kleinen Büro saß eine junge Dame mit steif gesprayten Haaren.

»Kapellengebühr sechzig Dollar plus dreißig für den Geistlichen, Barzahlung«, sagte sie. »Brauchen Sie Zeugen?«

Nina und Collier sahen sich an. »Die haben wir vergessen«, sagte er.

»Dreißig Dollar für jeden, das wären ich und der Fotograf. Möchten Sie Bilder?«

Sie bestellten Fotos für fünfzig Dollar.

»Blumen? Einen Ring?«

»Nein, das ist geregelt«, meinte Collier mit einem Blick zu Nina. Sie setzten sich und hielten Händchen, während die junge Dame den Geistlichen und den Fotografen holte. Nina atmete tief ein und dachte, dass sie sich beim Duft von Rosen immer an diesen Augenblick erinnern würde, in dem sie so wahnsinnig glücklich gewesen war.

»Und es ist nicht nur wegen Sandy und Joseph?«, flüsterte Collier. »Eine Nachahmungstat?«

»Nein. Und auch nicht, weil ich einsam bin. Es ist nur wegen dir«, sagte Nina. Er tätschelte ihre Hand. »Allmählich werde ich gefühlsduselig«, sagte sie. »Das hier ist ein großer Schritt, Collier.«

»Ich lasse dich nie allein.«

Von einer CD erklang Hochzeitsmusik. Sie schritten an den leeren Bänken vorbei zu dem Geistlichen, einem weißhaarigen Herrn im blauen Anzug, der eine Bibel in der Hand hielt. Die junge Dame und der Fotograf nahmen hinter ihnen Platz.

»Wir sind hier zusammengekommen, um … wie war doch gleich der Name, Schätzchen?« Er sprach mit einem ausgeprägten Südstaatenakzent. Das gelb-blaue Buntglasfenster hinter ihm erweckte den Eindruck, sie befänden sich in einer Kirche.

Ein verirrter Gedanke an Kirche, Kindheit und ihre Mutter

brachte Nina aus der Fassung, und sie brach in Tränen aus. Sie konnte einfach nicht cool bleiben. Die Wimperntusche rann ihr übers Gesicht.

»Nina Fox Reilly«, sagte Collier.

»Um diesen Mann, Collier John Hallowell, und diese Frau, Nina Fix Reilly, in den heiligen Stand der Ehe zu ...«

Nina konnte einfach nicht aufhören zu heulen. Der Geistliche bot ihr sein Taschentuch an. Sein verlegenes, rosiges Gesicht war nur Zentimeter von ihrem entfernt. »Willst du, Nina, Collier zu deinem rechtmäßig angetrauten Ehemann nehmen, ihn haben und halten in Krankheit und Gesundheit, bis dass der Tod euch scheidet?«

»Ich ... ich ...«, stotterte sie. In den Tränenstrom mischten sich gelegentlich laute, japsende Schluchzer. Sie konnte nur daran denken, dass sie sich geschworen hatte, niemals Gehorsam zu versprechen. Hatte der Geistliche das etwa gesagt? Sie machte so viel Lärm, dass sie ihn gar nicht verstehen konnte.

Alle warteten, doch sie bekam keine Luft, brachte die Worte einfach nicht heraus. »Soll ich es für Sie sagen, Schätzchen?«, flüsterte der Geistliche.

»Ich will«, heulte sie.

»Und du, Collier, willst du diese Frau, Nina Fix Reilly ...«

»Fox!«

»Nina Fox Reilly, zu deiner rechtmäßig angetrauten ...«

»Ich will«, sagte Collier und klang in Anbetracht der Lage ziemlich gelassen.

»Der Ring?«

Nina wollte den Ring vom Finger ziehen, doch Collier hob warnend die Hand. Er holte eine zweite Schachtel, diesmal aus Samt, aus der Tasche und öffnete sie. Darin lagen, aneinander geschmiegt wie ein Liebespaar, zwei schmale Goldringe. »Einer ist für mich«, flüsterte er. Er schaute Nina an, wollte wissen, ob sie ihr gefielen. Sie gefielen ihr so gut, dass sie vor Freude nur noch lauter schluchzte.

»Streifen Sie ihn ihr über«, soufflierte der Geistliche schließlich.

Collier hob Ninas schlaffe linke Hand und steckte den goldenen Ring neben den Diamanten. Dann gab er ihr den anderen Trauring und hielt ihre Hände fest, damit sie ihm den Ring anstecken konnte.

»Hiermit erkläre ich euch zu Mann und Frau«, sagte der Geistliche, sobald er es für sicher erachtete. Auf ein unsichtbares Zeichen hin erscholl von der CD der triumphale Hochzeitsmarsch. Der Geistliche strahlte. Collier stützte Nina, die sich mit einem Taschentuch die Augen wischte. »Ich bin s... so glücklich«, stammelte sie erschüttert.

Die Dame überreichte ihr eine Audiokassette. »Herzlichen Glückwunsch, hier ist Ihre kostbare Erinnerung«, sagte sie.

»Vielen Dank«, sagte Nina mit zitternder Stimme.

»Leider müssen Sie die Kapelle jetzt verlassen, meine Herrschaften. Draußen wartet das nächste Paar.« Der Fotograf machte noch ein Gruppenfoto mit Dame und Geistlichem im Hintergrund und Collier mit einer Nina, die bebend lächelte und ihr verschmiertes Make-up überhaupt nicht beachtete, im Vordergrund.

Auf dem Weg nach draußen warf sie die Kassette in den nächsten Mülleimer. Man würde darauf ohnehin nur ihr Schluchzen hören. Collier faltete die Heiratsurkunde sorgfältig zusammen und steckte sie in seine Brieftasche. Die Sofortbilder hatte er in der Hand. »Geht's besser?«

»Ja.« Mit einer energischen Bewegung wischte sie den letzten Rest Wimperntusche weg.

»Gefallen dir die Ringe?«

»Das weißt du doch.«

»Wir können jederzeit andere aussuchen.«

»Nein«, sagte sie und betrachtete die beiden Ringe, die so wunderbar an ihren Finger passten. Dann betrachtete sie den Goldreif an Colliers Hand. »Sie sind toll. Und du bist ein ganz erstaunlicher Mann. Mit nichts davon hätte ich je gerechnet. Es ist echt ein Abenteuer, mit dir verheiratet zu sein.«

»Darf ich die Braut küssen? Da drinnen war mir irgendwie nicht danach.« Er umarmte sie, und Nina murmelte an seiner Schulter: »Tut mir Leid, dass ich geweint habe. Ich bin ein Idiot. Ich weine immer, wenn ich so richtig glücklich bin.«

»Komm, wir trinken was und geben ein bisschen Geld aus«, schlug Collier vor. »Immerhin sind wir hier in einem Kasino. Bereust du es noch nicht? Dass du kein Fest bekommst wie Sandy, meine ich.«

»Das hier ist unser Fest, Collier«, erwiderte Nina. »Eine ganz private, intime Hochzeit für uns zwei. Jetzt zählt nur noch, dass wir zusammen sind.« Sie hakte sich bei ihm unter, spürte ihre gemeinsame Kraft.

»Und, fühlst du dich heute wie eine Gewinnerin?«

»Roulette«, meinte Nina. »Da siehst du, wie gut ich mich fühle.«

»Rot und Impair.«

»Die Drei.« Sie fuhren mit dem Aufzug nach oben.

Die Nacht verbrachten sie im Reno Hilton in einem runden Bett, wo sie den Kitsch und den Champagner genossen, den die Direktion beisteuerte. Nina kam gegen vier Uhr nachmittags nach Hause und spendierte sich und Hitchcock ein Abendessen bei Matt.

»Also sind wir nach Reno gefahren und haben es durchgezogen«, erzählte sie. »Ich habe Dad angerufen, bevor ich herkam. Er findet es prima.« Matt zuckte nicht mit der Wimper. Er holte sich aus der Küche noch ein Bier, machte es auf, trank aus der Flasche und stellte sie auf den Tisch.

»Was sagst du dazu?«, wollte Nina wissen und schaufelte sich noch Erbsen auf den Teller.

»Kann er Holz hacken? Kann er Schnee schaufeln und Schneeketten montieren? Kann er die Rohre enteisen, und vor allem, kann er Stud Poker spielen?«, erkundigte sich Matt.

»Ganz bestimmt.«

»Jetzt bin ich dran«, sagte Andrea. »Kann er seine Socken aufsammeln, etwas anderes als Tiefkühlpizza kochen und den Fernseher ausschalten, wenn Besuch kommt?«

»Absolut.«

»Dann darfst du ihn mitbringen. Wir versprechen auch, ihm nicht zu erzählen, wie du als Teenager warst«, sagte Matt. Das war alles. Wie tolerant und freundlich die beiden doch waren.

»Ich wette, du warst nervös, als du Bob angerufen hast«, sagte Andrea.

»Ach, er wusste es schon, er hat einiges mitbekommen, und ich hatte vor seiner Abreise mit ihm darüber gesprochen. Er hat so viel Spaß mit Kurt, dass er es wohl gar nicht richtig kapiert hat. Wenn er wieder da ist, müssen wir uns ein bisschen bemühen. Allerdings versteht Collier sich prima mit ihm. Er liebt Kinder.«

»Wie steht es mit Jack?«

»Jack?«

»Du weißt schon, der Typ, mit dem du fünf Jahre verheiratet warst. Er möchte es sicher auch gern erfahren.«

Jack hatte sie vor einigen Jahren verlassen. Damals hatte Nina gedacht, sie würde sich nie von diesem Schlag erholen. Jetzt konnte sie es gelassen betrachten und begriff, dass sie darüber hinweg war, dass sie den Schock, die Trauer und den Verlust verarbeitet hatte. Leute gingen, neue Leute kamen, wenn man Glück hatte, das waren Wishs Worte gewesen.

»Verdammt, Jack habe ich total vergessen«, sagte sie. »Ich rufe ihn morgen an.«

»Collier zieht wohl bei dir ein«, meinte Andrea. »Er wohnt doch zur Miete.« Sie räumte die Teller ab. Matt stand auf, um ihr zu helfen. Hitchcock folgte ihnen, in der Hoffnung, ein paar Reste zu erhaschen. Troy war schon bei seinen Hausaufgaben, und selbst die kleine Brianna hatte etwas vor, für das sie einen ganzen Berg Zeichenpapier benötigte.

»Ja, nächsten Monat oder so. Es hat keine Eile. Er mag unsere Hütte gern«, sagte Nina.

»Hast du ihm schon von deiner Kochbehinderung erzählt?«

»Sehr witzig. Keine Sorge, er weiß, dass ich als Köchin so gut bin wie Julia Child als Anwältin.«

Matt blieb auf halbem Weg zur Küche stehen. Er sah nachdenklich aus. »Bei dir komme ich nicht ganz mit, Schwesterchen, das war schon immer so. Wenn du dich zu etwas entschlossen hattest, bist du immer mit dem Kopf durch die Wand gegangen. Du bewegst dich mit Lichtgeschwindigkeit, da kann ich nicht folgen.«

»Diesmal ging es nicht zu schnell, Matt. Es gab viele Hindernisse und Schwierigkeiten. Wir konnten nicht zulassen, dass uns diese Belastungen auseinander bringen. Wir wussten, wenn wir heiraten, würden sich die Schwierigkeiten ganz anders darstellen. Jetzt verstehen alle, dass eine Trennung nicht mehr möglich ist. Für Collier wird sich dadurch beruflich einiges ändern.«

»Daran habe ich auch schon gedacht«, sagte Andrea.

»Alles muss seinen Lauf nehmen. Wir sind jetzt verheiratet, und die Maschine muss die neue Konfiguration eben verarbeiten und weiterlaufen.«

»Nina, du bist wirklich unerschrocken.«

»Darum geht es nicht. Ich finde nur, man muss sein Leben selbst gestalten, statt es einfach geschehen zu lassen.«

22

Am Montagmorgen nach dem Gericht erzählte Nina Sandy, Artie und Wish von ihrer Hochzeit. Artie war vorbeigekommen, um über den Antrag auf Ausschluss von Beweisen zu sprechen.

Sie erzählte es ihnen so ganz nebenbei. Sie hatten sich an diesem frischen Morgen mit ihren Kaffeebechern im Konferenzzimmer versammelt. Artie hatte berichtet, dass es gut stand um den Antrag, und Nina hatte gerade von ihrer Fahrt zum Pyramid Lake und von Tonys Las-Vegas-Spur zu Heidi erzählt. Wish hatte einen Block vor sich und schien sich gewissenhaft Notizen zu machen.

»Wir wollen sie finden?«, fragte Sandy unsicher.

»Allerdings. Wenn Heidi ihre Geschichte zurücknehmen würde, sähe der Fall für die Staatsanwaltschaft aus wie London nach dem Blitzkrieg. Henry McFarland würde dem Ganzen ein Ende machen. Es würde keine Voruntersuchung geben, und das ist genau das, was wir wollen, dass alle Anklagepunkte gegen Jim ohne Voruntersuchung fallen gelassen werden.«

»Sie glauben nicht, dass der Richter einen hinreichenden Verdacht sieht?«, fragte Artie.

»Wenn er will, kann ein Richter einen hinreichenden Verdacht in einem Glas Rote Beete finden. Das Risiko besteht immer. Es ist auf jeden Fall besser, es gar nicht erst so weit kommen zu lassen.«

»Klingt gut«, sagte Artie. Er bemerkte, dass Wish eifrig am Schreiben war. »Jetzt sag nicht, dass du das über die Roten Beete aufschreibst?«, sagte er zu dem Jungen.

Wish wurde rot bis an die Haarwurzeln. »Nein.«

»Und was dann?«

Wish versuchte, das Papier verschwinden zu lassen, aber Artie bewies, dass er immer noch ganz schön schnell war. Er stürzte sich auf Wish und riss ihm das Blatt aus der Hand. Er faltete es auseinander und strich es glatt, dann hielt er es hoch, damit alle es sehen konnten. In der Mitte war, in einiger Detailtreue ausgeführt, das Bild eines Einmachglases, auf dem »Rote Beete« stand.

»Hübsche Arbeit, Michelangelo«, sagte Artie.

»Freut mich, zu sehen, dass du so aufmerksam bist, Wish«, meinte Sandy.

Wish nahm das Blatt und rutschte ans andere Ende des Tisches, außerhalb Arties Reichweite.

»Richter Flaherty wird ziemlich unter Druck stehen, weil dies schon das zweite Mal ist«, fuhr Nina fort. »Wenn er sich überzeugen lässt, dann kommt es zu einem Prozess. Und den kann Jim sich nicht leisten, weder finanziell noch emotional. Es würde ein Vermögen kosten, zu kämpfen.«

»Sie sind eine ehrgeizige junge Dame«, sagte Artie. »Es reicht Ihnen nicht, die Voruntersuchung zu gewinnen, Sie möchten, dass es erst gar nicht dazu kommt. Aber was ist, wenn Sie Heidi finden und sie kein einziges Wort zurücknimmt?«

»Dann sind wir auch nicht schlechter dran, denn sie kann nicht aussagen, weil die beiden verheiratet sind. Apropos verheiratet, ich bin's auch.«

Sandy, die ebenfalls Notizen machte, kritzelte noch eine Minute weiter. Artie schien es nicht gehört zu haben.

Wish legte sehr langsam den Bleistift aus der Hand und starrte sie an.

»Wir könnten Jims Anteil als Sicherheit nehmen, damit wir in jedem Fall bezahlt werden«, sagte Sandy. »Oder hast du einen Millionär geheiratet?«

»Hä?«, sagte Artie. »Was?«

»Nein, er ist kein Millionär. Es ist Collier Hallowell.«

»Sie wollen uns auf den Arm nehmen, oder?«, meinte Artie. »Das ist ein schlechter Scherz, weil ich zu spät gekommen bin, nicht wahr?«

»In Reno. Am Samstag.«

»Paul wird sich freuen«, sagte Sandy kopfschüttelnd.

»Wow«, sagte Wish bewundernd. »Also, das ist ein Schachzug, den die Polizei sicher nicht erwartet hat! Ganz schön clever!«

»Aber … Nina, wirklich. Wie wird sich das auf den Fall auswirken?«, fragte Artie. »Ich meine, herzlichen Glückwunsch!«

»Ich bin mir nicht sicher, ob es ein kluger Schachzug war, aber es war der, den ich machen wollte«, sagte Nina lächelnd zu Wish. »Und, Artie, ich weiß nicht, wie es sich auf den Fall auswirken wird. Es geht um mehr als den Fall. Es geht um mein ganzes Leben. Eine völlig neue Perspektive.«

»Sie haben wirklich geheiratet? Das müssen wir feiern«, sagte Artie. »Tolle Neuigkeiten.« Er gab ihr einen dicken Kuss auf die Wange.

Sandy schob ihre Notizen zusammen. »Ich rufe Jim an und bitte ihn, vorbeizukommen«, sagte sie. »Und wenn er kommt, hab ich 'nen Termin beim Frisör.«

»Ist mir recht. Ich sage es ihm, und dann habe ich meinen Teil getan. Wenn er will, dass ich weitermache, gibt es keinen Interessenskonflikt.«

Sandy ging ins Vorzimmer und haute auf die Tastatur ein.

»Sie hat Ihnen nicht mal gratuliert«, sagte Artie. »Ganz schön unhöflich.«

»Sie kriegt's schon noch auf die Reihe«, sagte Nina und schaute ihr hinterher. »Sie hat nur auf einen anderen Mann gesetzt.«

Als es Zeit für die Unterredung mit Jim war, spürte Nina eine unbehagliche Mischung aus Trotz, Verlegenheit und Widerwillen. Sie hatte keine Ahnung, wie er auf ihre Neuigkeiten reagieren würde. Vielleicht hatte er das Gefühl, dass es ihm einen Vorteil verschaffte. Sie wollte auf keinen Fall, dass Jim sie vor Wut feuerte. Die zweite Voruntersuchung stand vor der Tür, und er brauchte sie. Es würde seine Position schwächen, wenn er sie jetzt entließ.

Sie arbeitete bis drei Uhr an einem Antrag zu dem Fall um den Handtaschendiebstahl und hatte Sandy gerade das Band zum Abtippen gegeben, als Jim ins Vorzimmer trat.

»Dein Drei-Uhr-Termin«, sagte Sandy durch die Wechselsprechanlage. Nina hatte die Tür zum Vorzimmer geschlossen.

»Sandy, willst du wirklich weggehen?«, sagte Nina in das Mikrofon.

»Wenn ich es recht bedenke, kann ich mir die Haare auch morgen noch machen lassen. Oder nächsten Monat.«

»Danke. Ich fühle mich besser, wenn ich weiß, dass du im Vorzimmer bist.« Sie sagte nicht, warum das so war.

Es klopfte. Sandy machte die Tür auf und schob Jim hinein. Er trug wieder die Tommy-Hilfiger-Jacke und sah eher nach einer Werbung im *Esquire* als nach einem arbeitslosen Mordverdächtigen aus. Er setzte sich auf den rechten Stuhl, den er seitlich an den Tisch gezogen hatte, wodurch er ihr wie immer ein wenig zu nah rückte.

»Und?«, fragte er. »Neuigkeiten?«

»Vielen Dank, dass Sie heute hergekommen sind, Jim.« Als Reaktion auf die geballte Männlichkeit, die ihr so nah auf die Pelle gerückt war, dass sie seinen Atem über die Härchen auf ihrem Arm streichen fühlte, schob sie ihren Stuhl ein Stück zurück.

»Ich möchte mit Ihnen über etwas Persönliches sprechen. Etwas, das in meinem Leben … passiert ist«, fuhr Nina fort.

Er sah sie besorgt an. Sie hatte nie zuvor über ihr Privatleben gesprochen, und er musste wissen, dass das, was sie zu sagen hatte, für ihn nichts Gutes bedeutete. »Und das wäre?«

»Also, ehm, ich schätze, ich sag's einfach. Ich habe dieses Wochenende geheiratet.« Sie machte ein freundliches, professionelles Gesicht.

Er neigte den Kopf zur Seite, als traute er seinen Ohren nicht. Dann rang er sich ein Lächeln ab. »Also, das enttäuscht mich«, sagte er. »Ich wollte Sie doch heiraten. Ha, ha.«

Das war wirklich eine bizarre Reaktion. Wenn es ein Witz sein sollte, dann machte er sie nervös. »Wie Sie wahrscheinlich wissen«, sagte Nina förmlicher, als sie gewollt hatte, »muss ein Anwalt, wenn sich etwas ereignet, das auch nur die entfernteste Möglichkeit eines Interessenskonfliktes birgt, dies mit seinem Mandanten besprechen, sodass der Mandant in vollem Umfang informiert ist.«

»Hä?«, sagte er. »Also, obwohl ich sehr, sehr enttäuscht bin von Ihnen, denke ich doch nicht, dass Sie dadurch in einen Interessenskonflikt geraten, oder?« Er hatte immer noch dieses merkwürdig schiefe Lächeln im Gesicht. Plötzlich wurde ihr klar, was dieses Lächeln zu bedeuten hatte. Er sah aus wie ein Mann, der bei etwas Schäbigem, etwas Verabscheuungswürdigem erwischt wird. Mit wachsendem Unbehagen sagte Nina: »Warum sind Sie enttäuscht, Jim?«

»Oh, ich nehme an, ich dachte …« Er ließ den Satz unvollendet.

So genau wollte sie es eigentlich doch nicht wissen, und so beließ sie es dabei. »Ich muss es Ihnen sagen, denn der Mann, den ich geheiratet habe, ist zufällig der mit Ihrem Fall betraute stellvertretende Staatsanwalt.« Sie hatte das Gefühl zu ersticken und stand auf, um die Tür zum Vorzimmer zu öffnen und sich gegen seine Reaktion zu wappnen. Doch als sie an ihm vorbeiging, packte er sie am Arm.

»Was, zum Teufel, haben Sie sich dabei gedacht? Er ist unser Feind, Nina! Sie haben unseren Feind geheiratet? Was macht das aus Ihnen?« Sie riss sich los und öffnete die Tür, dann ging sie zum Tisch zurück, während sie überlegte, wie sie mit der Situation umgehen sollte.

»Es verändert weder mich noch unsere Beziehung. Ich bin immer noch Ihre Anwältin, bin immer noch hundert Prozent engagiert, Ihnen zu helfen. Ich sage es Ihnen, weil ich moralisch dazu verpflichtet bin. Ich möchte aber, dass Sie eines begreifen: Ich bin professionell, und ich trenne sehr genau zwischen Privatleben und Beruf.«

»Das ist unmöglich«, sagte er kategorisch.

»Da bin ich anderer Meinung.«

»Wie lange geht das schon?«, fragte er.

Er gab ihr das Gefühl, eine treulose Ehefrau zu sein. »Wir kennen uns schon eine Weile.«

»Sie haben sich die ganze Zeit mit ihm getroffen. Und es nie erwähnt. Finden Sie nicht, ich hätte das Recht gehabt, zu wissen, dass Sie mit dem Feind ins Bett gehen?«

Nina seufzte. »Es war eine ganze Weile nicht mehr als Freundschaft. Dann haben wir plötzlich festgestellt, dass wir …«

»Haben Sie je mit ihm über meinen Fall gesprochen?«

»Ich würde nie, nie im Leben mit ihm über irgendetwas Vertrauliches sprechen, Jim. Niemals. Verstehen Sie? Das habe ich nie getan, und das werde ich auch nie tun.«

»Woher wissen Sie das?«

»Weil ich es Ihnen sage.«

»Das ist vollkommen untragbar.«

»Was ist untragbar?«

»Dass Sie ihn geheiratet haben.«

»Also, es ist passiert. Wenn es wirklich vollkommen untragbar für Sie ist, bitte ich den Richter um eine Vertagung der Voruntersuchung, damit Sie Zeit haben, sich einen anderen Anwalt zu suchen. Ich hoffe allerdings, dass das nicht notwendig ist.«

Er schlug sich die Hände an die Stirn. »Ich bin beschissen worden!«, heulte er. »Angearscht. Sie haben mich reingelegt. Ich kann es nicht glauben. Dabei lief es doch so gut.«

»Nein, Jim, ich …«

»Wie konnten Sie mir das antun?« Er brüllte. Sandy erschien in der Tür.

»Beruhigen Sie sich, Jim. Setzen Sie sich und lassen Sie uns darüber reden. Ich bin ziemlich schockiert über Ihre …«

»Sie sind schockiert? *Sie* sind schockiert? Und was ist mit mir!«

»Hören Sie auf zu brüllen!«, übertönte Sandy ihn in ihrer tiefsten, lautesten Stimme.

Jim drehte sich um, um sie anzusehen. »Verschwinden Sie!«, brüllte er. Sandy wich nicht von der Stelle, massiv wie ein Panzer in Tennisschuhen.

»Ich gehe, wenn Sie die Lautstärke runterfahren«, sagte sie.

»Sehen Sie, Jim«, meinte Nina, »nehmen Sie sich etwas Zeit. Denken Sie darüber nach, und dann rufen Sie mich an. Es tut mir Leid, dass ich Sie damit so überfallen habe, aber ich musste es Ihnen sagen. Ich hoffe, Sie erkennen, dass es nicht so schlimm ist, wie Sie glauben. Zwischen uns ändert es nichts.«

Er sah sie über die Schulter an. Sein Blick gefiel ihr nicht. »Ich sage nur eines«, erklärte er. »Sie sind meine Anwältin. Sie bleiben meine Anwältin. Sie lassen mich nicht fallen für diesen völlig fertigen Truthahn mit seinem billigen Anzug!« Er nahm seine Jacke von der Rückenlehne des Stuhls und machte einen Schritt auf Sandy zu.

Sie trat zur Seite und hielt ihm die Tür auf.

Wütender Abgang des Mandanten.

Nina hielt sich am Tisch fest. »Mann, o Mann, o Mann«, sagte sie. »Würdest du bitte mal im Flur nachsehen?«

Sandy ging zur Eingangstür und sah hinaus. »Keine Spur von ihm.« Sie schloss ab, kam herein und setzte sich auf den Stuhl, von dem Jim eben aufgesprungen war. »Alles in Ordnung?«, fragte sie.

Nina rieb sich den Nacken. »Ich hätte nicht im Traum gedacht, dass er es so schwer nehmen würde. Er tut, als hätte ich ihm ein Messer zwischen die Rippen gestoßen.«

Das Telefon klingelte. Sie schauten es an. »Wenn das Jim ist, der mich von der Straßenecke unten anruft oder so«, sagte Nina, »dann sag ihm, ich sei indisponiert.«

Sandy hob ab und hielt den Hörer, als würde eine Qualle darin wohnen. »Oh, hallo, Tony«, sagte sie. »Ja, sie ist hier. Größtenteils jedenfalls.« Sie reichte Nina den Hörer.

»Nina? Hallo, ich habe mit Dick und Dottie hier in Vegas gesprochen. Heidi ist Dicks Nichte. Sie hatten fünfzehn Jahre nichts von ihr gehört, seit sie ein Kind war. Vor drei Wochen hat sie angerufen und gefragt, ob sie für einige Zeit im Wohnwagen bleiben könne, und sie erklärten ihr, wo der Schlüssel war. Sie dachten, sie wäre noch dort. Seither hat sie sich nicht mehr gemeldet.«

»Gibt's in dem Wohnwagen ein Telefon?«, fragte Nina.

»Nein. Wenn sie da oben sind, telefonieren sie von der Tankstelle aus.«

»Sie glauben, sie ist noch dort? Mehr wissen sie nicht?«

»Nein. Was jetzt?«

»Hast du den Wohnwagen überprüft?«

»Ich hab's versucht. Ich bin nicht in den Hof gekommen, weil du weißt schon wer seinen Platz neben der Tür niemals verlässt. Aber ich glaube nicht, dass Heidi da ist. Ich habe den Wohnwagen bis vier Uhr nachts überwacht. Kein Licht, kein Zeichen von dem Tioga, mit dem sie angeblich unterwegs ist.«

Nina stieß die Luft aus, die sie angehalten zu haben schien, seit Jim durch die Tür hereingekommen war. »Kommen Sie lieber zurück, Tony. Können Sie morgen reinschauen?«

»Klar. Gegen elf?«

»Bis dann.«

Sie hörte Sandys Finger draußen auf die Tastatur hauen, da sie bis fünf Uhr noch ein paar Schreibarbeiten zu erledigen hatte. Nie gab es genug Zeit, alles zu verarbeiten – Wut, Angst, Furcht. Die Szene mit Jim war ziemlich außer Kontrolle geraten, aber sie wurden alle so schnell vorwärts getrieben, dass sie es fünf Minuten später vergessen hatte.

Und jetzt die Nachricht, dass Heidis Spur kalt geworden war. Wilde Geschichten, Baseballschläger, vage Hinweise, die nirgendwohin führten ... Sie konnte genauso gut einem Phantom nachjagen. Okay, vergiss sie. Auf zum nächsten Zug, zur nächsten Krise.

Nina verschränkte die Hände hinter dem Kopf, reckte sich und schaute aus dem Fenster auf die Berge. Sie hatte es satt, alles.

Sie wünschte sich sehnlichst, der Fall wäre erledigt. Sie wollte ihr Leben mit Collier beginnen, und solange diese Sache nicht geklärt war, konnte ihre Beziehung nicht richtig anfangen.

Das war ein egoistischer Gedanke. Sie fühlte sich schuldig wegen ihrer Selbstsucht und wegen des Gesprächs mit Jim. Ohne es zu wollen, hatte sie die Beziehung zwischen ihnen vergiftet. Wie würde sie reagieren, wenn sie des Mordes angeklagt wäre und ihre Anwältin den Mann geheiratet hätte, der sie gerichtlich verfolgte? Sie hätte vielleicht auch gebrüllt. Sie hätte vielleicht sogar geweint. Wenigstens hatte er nicht geheult.

Die Strong-Akte lag direkt vor ihr auf dem Tisch. Sie griff danach, schlug sie auf und blätterte sie durch, eine Seite nach der anderen.

Was hatte sie übersehen? Was konnte sie noch tun?

Die Wanduhr, die aus Regierungsbeständen stammte, zeigte halb vier. Collier war gebeten worden, auf dem antiken grünen Sofa Platz zu nehmen, das Henry McFarland in das Eckbüro gestellt hatte, um diesem, wie er sagte, ein wenig Eleganz zu verleihen.

Das Sofa war entsetzlich unbequem. Collier überlegte, ob das Berechnung von Henry gewesen war. Es sorgte auf jeden Fall dafür, dass Collier die Besprechung so kurz wie möglich hielt.

»Ich glaube nicht, dass wir eine solche Situation schon einmal hatten, Collier«, sagte Henry, als er die Nase endlich aus seinen Notizen gehoben hatte. »Ich muss sagen, ich habe kein gutes Gefühl, wenn sie Ihnen gegenübersteht.«

»Die Heirat hat nichts mit unserem Fall zu tun.«

»Bettgeflüster. Das werden alle denken. Dieser Fall war sowieso schon problematisch. Ich habe die Akte gelesen. Sie haben nichts Neues.«

»Ed Dorf wird einen sehr viel besseren Zeugen abgeben als der arme Doc Clauson«, sagte Collier. »Wir wissen alle, dass er bei der ersten Voruntersuchung in keiner guten Verfassung war. Jetzt haben wir eine saubere, überzeugende forensische Aussage. Ich glaube, Flaherty wird Jim in Untersuchungshaft nehmen, wenn er hört, was Ed zu sagen hat.«

»Und dann gibt es einen Prozess. Und wenn wir Jim Strong durch irgendein Wunder verurteilen, wird er Berufung einlegen, weil seine Anwältin befangen war. Sie hat Herzchen auf ihren

Schreibblock gekritzelt und sie dem Staatsanwalt zugesteckt. So wird's jedenfalls im *Mirror* stehen. Und im *Chronicle* und im *Examiner* und im …«

»Wer liest diese Blätter denn?«, fragte Collier.

»He, he«, sagte Henry. »Millionen lesen sie, wie Sie sehr wohl wissen, von vorn bis hinten, einschließlich der lahmen Comics. Jetzt kommt meine Frage an Sie: Können Sie sie überzeugen, den Fall abzugeben?«

»Abzugeben?«

»Ihren Job als seine Anwältin aufzugeben.«

»Oh, das glaube ich nicht.«

»Irgendwas muss passieren, Collier.«

»Sie wird es nicht tun«, erklärte Collier. »Sie hat ein ausgeprägtes Pflichtgefühl. Sie wird ihn nicht am Vorabend einer Voruntersuchung fallen lassen, wenn sie in einer so starken Position ist.«

»Vielleicht können wir es beantragen. Sie steckt in der Zwickmühle.«

»Das ist ein absonderlicher Gedanke. Denken Sie an die Publicity, die *das* erregen wird. Nein, wenn ihr Mandant weiß, dass wir verheiratet sind, und will, dass sie dranbleibt, hat sie das Recht, ihn weiter zu vertreten.«

Henry ließ seinen Stift wie einen Miniaturtaktstock kreisen. Als er runterfiel, hob er ihn hoch und wirbelte ihn noch einmal herum.

»Henry, nehmen Sie die Information über Nina und mich einfach zur Kenntnis, verstauen Sie sie in einer Abteilung in Ihrem Kopf und machen Sie sich keine Gedanken mehr darum. Ich mache meinen Job und sie ihren. Die Zeitungen müssen es nicht erfahren. Wir werden nicht allzu viel Staub aufwirbeln. Weil sie darauf besteht, und das ist ihr gutes Recht, muss die Voruntersuchung, wie Sie wissen, innerhalb von zehn Tagen stattfinden. Niemand sonst hat vor, diesen Fall zu beschleunigen. Warum lassen Sie mich nicht auf meine Weise damit umgehen?«

»Sie haben wohl nicht gehört, was ich gesagt habe. Irgendwas muss passieren. Ich sage nicht, dass Sie nicht damit umgehen können. Ich sage nicht, dass Sie in Zukunft nicht gegen sie antreten können. Aber dieser Fall ist jetzt schon so wacklig wie Gelatine. Ihr Urteil … verzeihen Sie mir … Ihr Urteil scheint mir nicht so sicher zu sein, wie ich es gerne sehen würde.«

Das Telefon klingelte, und Henry griff, immer noch eifrig mit seinen Bleistiftkunststückchen beschäftigt, nach dem Hörer.

Collier hoffte, dass das Telefonat ihn ablenkte. Er musste den Strong-Fall gewinnen, weil er sich noch nicht wieder richtig in seinem Job verankert fühlte. Aber es war nicht nur das. Er glaubte Clauson. Strong gehörte hinter Gitter. Henry war davon nicht so überzeugt wie Collier. Er musste dranbleiben, es zu Ende bringen …

Henry könnte Colliers Ehe mit Nina als Vorwand nehmen, um ihn von dem Fall abzuziehen. Er könnte sogar beschließen, die Beweise seien zu dürftig und die ganze Angelegenheit sei nicht zu gewinnen, falls Collier nicht rasch handelte.

»Sagen Sie ihr, sie soll reinkommen«, sagte Henry. Er legte sein Spielzeug beiseite. »Barb ist draußen«, erklärte er Collier. »Der Pflichtverteidiger hat sich in ihrem Fall auf die Absprache eingelassen.«

»Großartig!«

»Nicht wahr?«, sagte Henry.

Barbara öffnete die Tür und sagte: »Ich möchte Sie nicht stören.«

»Wollen Sie mich auf den Arm nehmen? Sie haben dem Staat Kalifornien gerade eine Million Dollar gespart, und Sie wollen mich nicht stören?« Henry ging um den Tisch herum und gab Barbara einen Kuss auf die Wange.

Sie nahm es lächelnd hin. »Ich bin ganz schön aufgekratzt«, sagte sie.

Collier war aufgestanden. Er reichte ihr die Hand. »Fantastisch«, sagte er. »Großartige Arbeit.«

»Und jetzt erzählen Sie«, sagte Henry, und sie setzte sich neben Collier auf das Sofa, um sie mit der Geschichte zu unterhalten, wobei sie es schaffte, kämpferisch und einnehmend zugleich auszusehen. Für ihre Gegner fand sie unfreundliche Worte. Sie hatten den dummen Fehler begangen, sie zu unterschätzen, und Barbara hatte mit ihnen gespielt wie eine Katze mit einem Wollknäuel, hatte ihnen mit jedem taktischen Zug weiter zugesetzt, bis sie völlig zerzaust waren.

Ihre Freude über den Sieg war ansteckend. Während sie erzählte, sich vorbeugte und ihren Worten mit ihren langen schlanken Händen Nachdruck verlieh, sonnten sie sich in ihrer Zuversicht und ihrer Macht. Henrys Augen leuchteten auf.

Während Collier ihr zuhörte und ab und zu nickte, nahm ein Plan Gestalt an. Henry würde ihn in diesem Interessenskonflikt nicht vom Haken lassen. Und da kam Barb daher, intelligent, vor Gericht erfolgreich, durchsetzungsfähig. Sie hatte eine Weile unter Collier gearbeitet, betrachtete ihn als eine Art Mentor. Ja, sie schien sogar eine Schwäche für ihn zu haben. Mit ihr als Galionsfigur konnte er einigen Einfluss ausüben und dazu beitragen, dass der Schweinehund Jim Strong für lange, lange Zeit hinter Gitter kam …

»Nach der Arbeit gehen wir ein Glas trinken! Das ganze Büro«, sagte Henry, als sie fertig war. »Mein Gott, von einem solchen Tag träumt jeder Staatsanwalt.«

»Henry, es tut mir sehr Leid, aber ich kann nicht«, sagte Barbara. »Ich muss zu meinem Aerobic-Kurs und anschließend in die Klavierstunde. Vielleicht morgen.«

»Klar doch«, sagte Henry enttäuscht.

»Sie lieben doch Herausforderungen, Barb, nicht wahr?«, sagte Collier. »Bereit für einen neuen Auftrag?«

»Ich habe ziemlich viel zurückgestellt. Es wäre nicht schlecht, wenn ich mich allmählich darum kümmern würde.«

»Eine viel beschäftigte Dame«, sagte Henry, der dem geplatzten Abend nachtrauerte.

»Wie wär's, wenn Sie die Voruntersuchung im Fall Strong übernehmen?«, sagte Collier.

»Was?«, fragten Barbara und Henry gleichzeitig.

»Ah, Henry.« Collier sah ihn an. »Sie alter Jagdhund. Ich weiß, was Sie vorhaben, warum Sie Barb hereinrufen und so viel Theater machen. Sie müssen mich nicht überzeugen. Sie ist genau die Richtige für den Job.«

Henry sah ihn mit wachsendem Interesse an.

»Sie haben selbst gesagt, es ist wacklig wie Gelatine. Einen solchen Fall an einen weniger erfolgreichen Staatsanwalt zu übergeben würde unsere Chancen verringern. Sie brauchen Barbara. Sie wollen die Beste für diesen Fall, und ich weiß das zu schätzen.«

»Eine Minute! Ich will nichts mit diesem Haufen Sch …«, sagte Barbara.

»Sehen Sie«, unterbrach Henry sie, der inzwischen begriffen hatte und mit jeder sorgfältig formulierten Silbe seinen Rang in der Amtshierarchie behauptete. »Collier hat eben die gegnerische Anwältin geheiratet. Wir sitzen in der Klemme.«

»Collier! Das ist nicht wahr!«

In ihrer Stimme lag echter Schmerz.

»Damit ist es entschieden«, sagte Henry. »Der Fall Strong gehört Ihnen.« Er räusperte sich. »Okay. Ein kniffliges Problem haben wir aus dem Weg geschafft. Kommen Sie, Barb, lassen Sie uns weitermachen.« Er ging zu ihr hinüber und stand vor ihr, bis sie ebenfalls aufstand. »Als Erstes werden wir allen sagen, dass Sie jetzt die Führung übernommen haben.« Er legte ihr die Hand auf den Rücken und schob sie zur Tür.

Sie verschränkte die Arme und blieb stehen. »Ich habe das Gefühl, Sie zwei haben mir nicht zugehört.«

Collier sprang ein, bevor Henry zu energisch mit ihr verfuhr und sie ihre Absätze noch tiefer in den Boden graben konnte. »Natürlich weiß ich, wie hart es ist, so in einen großen Fall einzuspringen. Es gibt jede Menge Publicity, sehr viel Druck …«

»Das ist es nicht …«, setzte Barbara an.

»Sie würden gegen eine der stärksten Strafverteidigerinnen in der Stadt kämpfen müssen. Sie hat mehr Erfahrung als Sie und steht in dem Ruf, aussichtslose Fälle zu gewinnen …«

»Wollen Sie damit sagen, ich könnte Nina Reilly nicht schlagen?«, fragte Barbara, und löste sich von Henry, um Collier anzusehen.

»Keineswegs.«

»Doch«, sagte sie, und sah gleichermaßen erstaunt und wütend aus. »Ich glaube, das ist genau das, was Sie sagen wollen.«

»Vielleicht glauben Sie auch«, fuhr Collier fort, »dass Henry Sie zu spät hinzuzieht, weil er weiß, dass es ein schwerer Fall wird, sollten wir die Voruntersuchung gewinnen.«

»Ich …«, sagte sie.

»Oder sogar, dass Henry nicht den Mut hat, einen Mann zu verfolgen, der seinen eigenen Bruder kaltblütig totgetreten hat. Warum? Weil er keine Niederlage duldet.«

Henry war einen Schritt zurückgetreten und hatte wie Barb die Arme verschränkt. Ein teilnahmsloses Lächeln umspielte seine Mundwinkel, und er schien es ganz in Ordnung zu finden, dass Collier ihn verleumdete, wenn er damit erreichte, was sie beide wollten.

Barbara trat zwischen sie und sah Collier an. »Sie wissen, dass Sie mich gerade schwer beleidigt haben, Collier. Trotzdem sollten Sie nicht so dumm sein zu glauben, es würde Ihnen mit Ihrer Küchen-Psychologie gelingen, mich zu etwas zu bewegen, was ich nicht will. Aber wissen Sie was, ich tue Ihnen den Gefallen. Ich erlöse Sie von diesem läppischen Fall und stecke diese Voruntersuchung in den Sack. Das sollte Sie davon überzeugen, dass Sie sich in Bezug auf Henrys Motive irren. Und wenn Sie das alles sehen, sehen Sie vielleicht auch, dass Sie nicht mehr hierher gehören. Es ist eine Schande. Sie waren mal richtig gut.«

Henry sah Collier mit hochgezogenen Augenbrauen an. »Das ist ihre wahre Stärke, im Gericht und außerhalb, Collier, würden Sie das nicht auch sagen? Sie ist nicht zu zimperlich, um auf die Kacke zu hauen. Ich weiß, dass ich Probleme habe, weil ich so entgegenkommend bin. Ich für meinen Teil finde es sehr erfrischend. Bereit, Barb?«

Collier wartete, bis sie das Büro verlassen hatten, bevor er ein erleichtertes Seufzen ausstieß. Er hatte getan, was er tun konnte, um seine Position zu retten. Zu schade, dass die Nachricht von seiner Hochzeit Barb so aufgebracht hatte, aber sie war ein Profi. Er würde auf sie einwirken, sie überzeugen. Zusammen würden sie Jim Strong festnageln.

Collier lächelte den Oberkellner an und ließ den Blick auf der Suche nach Nina durch den Speisesaal des Christiania wandern. Er entdeckte sie mit einem Glas Wein in der Hand ein Bild an der Wand betrachtend.

»Drüben in der Ecke«, sagte er zu dem Kellner und ging durch den vollen Raum zu ihr.

Skiläufer, überall Skiläufer, sonnengebräunt, jung und reich. Und angeheitert von dem, was sie von der vorzüglichen Weinkarte gewählt hatten. Mit seiner skandinavischen, an Schlittenfahrten erinnernden Atmosphäre zog das Christiania die Menschen aus Heavenly an. Kronleuchter glitzerten über den lachenden Gesichtern der jungen Frauen.

Nina trug Arbeitskleidung, aber sie hatte ihr Jackett ausgezogen. Die lavendelfarbene Seidenbluse betonte ihre Kurven, das Haar fiel ihr über den Rücken. Er sah keine Aktentasche. Sie hatte sie wohl im Auto gelassen.

Es ging ihm durch und durch, wie sie strahlte, als sie ihn entdeckte. Er sah, dass sein Anblick sie glücklich machen konnte, und strahlte selbst.

»Da bist du ja.«

»Hungrig wie ein Bär am Tag nach der Mülltonnenleerung.« Er beugte sich über sie, um sie zu küssen. Sie legte ihm unbefangen die Arme um den Hals.

»Wie geht's dir?«

»Wunderbar, jetzt, wo ich bei dir bin.« Er setzte sich. »Und selbst?«

»Ebenfalls. Dieser Sauvignon ist toll. Möchtest du probieren?« Er nickte, und sie winkte einen Kellner herbei. »Noch einmal das Gleiche für den Herrn«, sagte sie.

»Ich hatte keine Ahnung, wie sehr ich es genießen würde, wenn du für mich bestellst.«

»Ich hab dich heute vermisst«, sagte Nina. »Jedes Mal, wenn ich zum Gericht hinübergehe, erwische ich mich dabei, dass ich nach dir Ausschau halte, nur um einen Blick zu erhaschen. Ich erinnere mich an eine Freundin, die immer draußen rumgelaufen ist, wenn sie in einen Nachbarsjungen verliebt war. Endlich verstehe ich, um was es ihr dabei ging. Es ist unglaublich schön, zu wissen, dass du in der Nähe bist. Hattest du einen erfolgreichen Tag?«

Collier lockerte die Krawatte und ermahnte sich, nicht zu viel auszuplaudern. »Immer die gleiche alte Scheiße«, sagte er. »Und bei dir?«

»Das Gleiche. Also, heute war's ziemlich hart.«

»Erzähl mir, was du kannst.« Sein Blick wanderte zur Speisekarte. Als er sie wieder anschaute, war er überrascht, wie schlecht sie aussah.

»Es ist unglaublich schwer, nicht mit dir reden zu können. Ich meine, dir nicht alles erzählen zu dürfen. Nicht alles, aber ... jede Sekunde aufpassen zu müssen, dass ich nicht zufällig etwas sage.«

»So ist es bei Anwälten«, sagte Collier. »Wir sind so sehr daran gewöhnt, Geheimnisse zu wahren, dass wir sogar verschlossen sind, wenn es nur darum geht, welche Zahncreme wir benutzen. Aber ich weiß, dass es zwischen uns besonders schwer ist.«

»Also, lass uns versuchen, heute Abend nicht daran zu denken«, meinte Nina. »Lass uns über den Mond, die Sterne und den Schnee sprechen.« Sie lächelte. »Okay?«

»Für eine Weile«, sagte Collier. »Während des Essens. Dann gibt es etwas, worüber ich mit dir reden muss. Nein, keine Sorge. Es wird dir nicht den Abend verderben, versprochen.«

»Das habe ich nicht gemeint.«

Sie bestellten, tranken ihren Wein und unterhielten sich über Dinge, die so wenig wie möglich mit ihrem Beruf zu tun hatten. Während des Essens nutzten sie jede Gelegenheit, sich zu berühren, mit den Händen, mit den Füßen. Immer wieder musste ein nahezu unsichtbarer Fussel weggewischt werden, und die Haare des anderen verlangten geradezu danach, zurückgestrichen zu werden. Und viele Küsse auf eine freie Hand.

Der Salat aus unaussprechlichem Grünzeug, das nach Fenchel oder sogar Anis schmeckte, wurde serviert, dann gab es gegrillten Fisch mit Zucchini und Pilzen. Sie aßen alles auf und bestellten mehr Brot. Sie hatten beide einen ziemlichen Appetit.

Collier hatte das Gefühl, noch nie so frei gewesen zu sein. Die Sicherheit wuchs, dass das, was er sagen würde, richtig war.

Gläser klirrten. Die Stimmen um sie herum waren wie Wellen, murmelnd, anbrandend und abebbend.

Der Kellner nahm sich Zeit beim Abräumen, kehrte die Krumen zusammen und stapelte die Teller umständlich aufeinander. Er zeigte ihnen eine Dessertkarte mit den leckersten Sachen, doch sie schüttelten beide entsetzt den Kopf. Der Kellner schnalzte mit der Zunge, weil sie einen abschließenden süßen Bissen ausgeschlagen hatten.

»Wo wollen wir heute Abend schlafen?«, fragte Collier, nachdem der Kellner gegangen war.

»Du hast noch ein sauberes Hemd bei mir«, sagte Nina. »Und dein Bett ist viel besser.«

»Ja, aber in deiner Dusche stimmt der Wasserdruck.«

»Es ist nur eine Wohnung«, sagte Collier. »Du hast aus dem Häuschen ein richtiges Zuhause gemacht.«

»Du hattest nur noch nicht die Zeit …«

»Wir werden in deinem Haus wohnen, nicht wahr?« Jetzt war

es raus. Endlich hatte er angesprochen, was ihm auf der Seele lag.

»Ich hatte gehofft, du würdest es wollen.«

»Natürlich. Es ist schließlich auch Bobs Zuhause.« Er bemerkte die Röte ihrer Wangen und die Art, wie sie zu ihm aufschaute, und er liebte sie. Er versuchte, beiläufig zu klingen, damit sie, falls sie Einwände gegen irgendeinen seiner Vorschläge hatte, nicht merkte, dass sie ihm das Herz aus dem Leibe riss. »Warum machen wir den Umzug nicht im Januar? Bis dahin hab ich noch ein paar Kleinigkeiten zu erledigen. Ich sag morgen der Wohnungsverwaltung Bescheid. Wenn das okay für dich ist.«

»Ja, bitte, Collier!«, sagte sie. Sie hatte die Ellenbogen auf den Tisch gestützt, und ihr Kinn ruhte auf den Daumen. »Du hattest Recht. Jetzt ist alles einfach.«

Der Zeitpunkt war gekommen. Er richtete sich auf. »Ich muss dir etwas sagen.«

»Ich wusste, dass da noch was war. Der Fall Strong?«

»An der Front gibt's gute Nachrichten«, sagte er und gab sich einen Tritt, als er den Eifer in ihren Augen sah. Sie dachte wohl, er wollte ihr sagen, dass sie die Anklage gegen Jim fallen lassen würden. »Ich meine, das ist kein wunder Punkt mehr«, sagte er schnell, um den Schaden zu begrenzen. »Ich kann nicht in die Einzelheiten gehen, aber ich glaube, Barbara wird den Fall übernehmen.«

Sie hörte ihm zu. »Du machst Witze.« Sie hatte sich fast unmerklich zurückgezogen, als er das Gespräch auf den Fall gebracht hatte. Nun ja, sie musste genauso vorsichtig sein wie er, aber es schmerzte ihn.

»Nein.«

»Oh, Collier, ich … ich würde so gerne mir dir darüber reden. Sag mir, dass du den Fall nicht abgegeben hast, um mir zu helfen …«

»Nina, so war es nicht. Es war eine rein administrative Angelegenheit. Mehr kann ich nicht sagen.«

»Weil ich darüber nachgedacht habe, meinerseits auszusteigen. Ich hatte ... Ach, was nützt es. Ich kann nichts sagen, kein Wort.«

»Du wolltest aussteigen? Das überrascht mich, denn bei unserer hitzigen Diskussion in meinem Büro hatte ich den Eindruck, dieser Fall würde dir sehr viel bedeuten.«

»Egal«, sagte Nina und schüttelte den Kopf. »Wir müssen aufhören, darüber zu reden. Ich bin nur überrascht. Heute Nacht kann ich bestimmt nicht einschlafen.«

Collier schaute auf die Uhr. »Apropos schlafen, es ist spät, und ich hab auf dem Weg aus dem Büro auf dem Gerichtskalender gesehen, dass wir beide morgen früh um halb neun im Gericht sein müssen.«

Er suchte den Kellner, der mit seiner Kreditkarte davongelaufen war und nicht zurückkam, während Nina noch zur Toilette ging. Im Vorraum holten sie ihre Mäntel, und er half Nina in ihren langen, daunengefütterten Parka. Als sie die roten Fausthandschuhe anzog, sagte sie plötzlich mit stockender Stimme: »Bevor wir gehen ... ich wollte nur sagen ... ich liebe dich so sehr ... unsere gemeinsame Zukunft ... wird wunderschön werden. Ein neues Leben ...«

Er zog sie an sich und umarmte sie. Sie reichte ihm gerade bis unters Kinn. Eng umschlungen traten sie hinaus in die klare, frostige Nacht.

23

»Nun gut«, sagte Richter Flaherty, »der Antrag lautet darauf, sämtliche Beweismittel, die sich auf frühere böswillige Handlungen des Angeklagten beziehen, bei der Voruntersuchung auszuschließen.« Er las die Überschrift von Ninas Schriftsatz vor.

»Mal sehen. Ihre Hauptsorge besteht anscheinend darin, dass

Kelly Strong, die Schwester des Angeklagten, aussagen könnte. Die früheren böswilligen Handlungen beziehen sich unter anderem auf einen Skiunfall, den Miss Strong vor vierzehn Jahren erlitten und den der Angeklagte verursacht haben soll, auf mehrere Fälle von Tierquälerei, die fünfzehn Jahre zurückliegen, und andere Vorfälle. Und Sie möchten nun, dass nichts davon erwähnt wird?«

»So ist es, Euer Ehren. Im Grunde versuchen wir, sämtliche Beweismittel auszuschließen, die auf einen schlechten Charakter oder eine grundsätzliche Neigung zu verbrecherischem Verhalten hindeuten könnten«, sagte Nina, die noch im Mantel am Tisch der Verteidigung stand und ihre Argumente vortrug.

Es war acht Uhr dreißig, die zweite Voruntersuchung war für neun Uhr angesetzt. Draußen brannten noch die Straßenlaternen, weil sich ein Wintersturm wie eine dunkle Faust um Tahoe geschlossen hatte. Artie hatte es noch nicht zum Gericht geschafft, aber bis neun Uhr war er sicher da. Der Gerichtssaal war leer bis auf die beiden Anwältinnen, die Gerichtsangestellten und Collier, der mit verschränkten Armen ein paar Reihen hinter Barbara saß und vortäuschte, gelassen zu sein. Selbst Jim würde erst um kurz vor neun kommen. In dem gelben Licht, das den schwarzen Morgen kaum erhellte, wirkte der Gerichtssaal so kalt und entrückt wie die prähistorischen Höhlen am Pyramid Lake. Dieser Eindruck wurde durch die Strichmännchen, die ein Polizist in einer früheren Verhandlung auf der Tafel hinterlassen hatte, noch verstärkt.

»Ich habe die Unterlagen gelesen«, sagte Flaherty in warnendem Ton. Er wollte den Morgen nicht damit vertun, Fälle und Argumente wiederzukäuen, die Nina und Barbara bereits schriftlich präzise dargelegt hatten. »Weiter bitte.«

»Ich will es kurz machen, Euer Ehren«, sagte Nina. »Kelly Strong ist ihrem Bruder seit Jahren nicht begegnet, sieht man von den wenigen Minuten bei der Beerdigung des Opfers einmal ab. Der Verfahrensgegenstand ist uralt. Er ist so alt, Euer

Ehren, dass ich nicht weiter auf unser zweites Argument einzugehen brauche: dass der Verfahrensgegenstand selbst nur beschränkte oder gar keine Beweiskraft besitzt und nur vorgelegt werden würde, um den schlechten Charakter des Angeklagten zu belegen, was gemäß Abschnitt elf-null-eins (a) der Bestimmungen zur Beweisaufnahme unzulässig ist.«

»Verstehe. So legen Sie es aus«, sagte Flaherty. »Miss Banning, was sagen Sie zu der Behauptung, dass die Beweismittel, die Sie gerne vorlegen würden, zu alt sind, um von Nutzen zu sein?«

Barbara stand auf. Sie trug ein kardinalrotes Kostüm, dessen Saum allerdings, anders als eine Kardinalsrobe, nur bis zur Mitte des Oberschenkels reichte, und auffälligen Goldschmuck an Handgelenk und Hals. Selbst ihre Akten waren anmutig auf dem Tisch aufgefächert.

Trotz ihrer gewagten Aufmachung wirkte sie überaus sachlich. »Es geht hier um ein Muster, das sich von der Kindheit durch die Jugend bis ins frühe Erwachsenenalter zieht und das ein entscheidendes Licht auf das Verhalten des Angeklagten wirft«, sagte sie. »Bei den Beweismitteln geht es nicht um kindliche Dummheiten, Euer Ehren. Es geht nicht um wenige isolierte Vorfälle. Die Beweisführung will darlegen, dass der Angeklagte in mindestens zwölf Fällen die Menschen in seiner Umgebung terrorisierte, was ein lebenslanges Verhaltensmuster darstellt.

Wie geht er dabei vor? Er greift in einer ganz bestimmten und hinterhältigen Weise an, Euer Ehren. Er zerstört etwas, das sein Angriffsziel über alles liebt. So wird die Beweisführung beispielsweise zeigen, dass er die Profikarriere seiner Schwester zerstört hat, die diese sich über alles wünschte. Er tötete ein geliebtes Haustier, das seiner Mutter gehörte. Die Aufzählung ließe sich beliebig fortsetzen. Um solche böswilligen Handlungen zu begehen, muss man schon unter einem gewissen Zwang stehen, Euer Ehren.

Der letzte Vorfall, bei dem Kelly Strong beinahe umkam, liegt vierzehn Jahre zurück. Der erste Vorfall ereignete sich vor zwanzig Jahren. Es geht hier also um einen Zeitraum von mehreren Jahren. Es gibt genügend Gründe, die dafür sprechen, dass sich dieses Muster nun wiederholt. Wir bitten das Gericht nicht, diese Beweismittel zuzulassen, um die Neigung des Angeklagten zu belegen, Gewalttaten gegen seine Angehörigen zu begehen, oder um ihm allgemein einen schlechten Charakter nachzuweisen. Die Anklage ist sich darüber im Klaren, dass dies unzulässig wäre.

Nein, wir wollen vielmehr nachweisen, dass die Methode, mit der Alex Strong getötet wurde, auch zur Anwendung kam, wenn der Angeklagte auf andere Angehörige wütend war. Es geht um Gewalt, Euer Ehren, und zwar um eine besonders hässliche Form von Gewalt, die von einer auffälligen Böswilligkeit geprägt ist und sich wie ein roter Faden durch das Leben des Angeklagten zieht.«

Flaherty kratzte sich mit dem Radiergummi an der Wange. »Es stimmt, dass die Ausschlussregeln in der Voruntersuchung etwas lockerer gehandhabt werden können«, sagte er zu sich selbst, aber doch so laut, dass es im ganzen Gerichtssaal zu hören war. »Mrs. Reilly, Ihre Einwände sind allesamt technischer Art. In einer Voruntersuchung sollten wir die Beweismittel vielleicht zulassen, wenn auch in gekürzter Form.«

»Darf ich antworten?«, fragte Nina. Flaherty nickte.

»Ms. Bannings Haupteinwand besteht darin, dass die angeblichen Fakten ein bestimmtes Muster ergeben. Und wie sieht dieses Muster aus? Ich habe mir den entscheidenden Satz der eben vorgetragenen Argumente aufgeschrieben, Euer Ehren.« Nina las von ihrem Notizblock ab: ›Er zerstört etwas, das sein Angriffsziel über alles liebt.‹

Falls dies das Muster sein sollte, möchte ich die Staatsanwältin fragen, wie es auf den vorliegenden Fall passen soll. Gehen wir einmal davon aus, dass der Angeklagte nach einem derart heimtückischen Muster vorgeht. Was hat er dann zerstört, was

Alex über alles liebte? Dessen Leben? Also ehrlich, das ist nicht heimtückisch. Sie behaupten nicht, er habe Alex die Beine gebrochen, seine Katze umgebracht oder seine Frau verletzt. Nein, er soll Alex getötet haben. Direkter geht es wohl kaum. Selbst wenn es dieses so genannte Muster böswilliger Verhaltensweisen geben sollte, passt es nicht auf den vorliegenden Fall, Euer Ehren.

Außerdem kommt dieses Verhalten angeblich nur dann ins Spiel, wenn der Angeklagte Wut auf ein Familienmitglied verspürt. Falls dem so ist, muss erst einmal nachgewiesen werden, dass der Angeklagte wütend auf seinen Bruder war! In den Zusammenfassungen der Zeugenaussagen, die ich gelesen habe, gibt es keinerlei Hinweise darauf. Laut der Aussage, die der Angeklagte gegenüber der Polizei gemacht hat und die wir vorlegen werden, hat Jim Strong sogar den Kopf seines Bruders gehalten, als dieser bei dem tragischen Unfall starb ...«

»Moment!«, warf Barbara ein. »Wir haben eine Zeugin, die gehört hat, wie der Vater des Angeklagten zum Angeklagten sagte, das Opfer werde seinen Job übernehmen.«

»Sie meinen Gina Beloit?«, fragte Nina betont ungläubig. »Dann hätten wir eine Lauscherin mit eigenen Interessen, sonst nichts. Hat der Vater auch nur einen Schritt unternommen, um ihn zu ersetzen? Hätte Alex das Angebot überhaupt angenommen? Warum Alex die Schuld geben? Warum nicht den Vater töten? Nein, die Aussage von Gina Beloit ergibt noch kein Motiv. Ohne Motiv, ohne einen stichhaltigen Grund, aus dem Jim Strong seinem Bruder hätte schaden wollen, gibt es keinen Auslöser für das angebliche Muster.

Es lassen sich leicht hundert Untaten ausgraben, die wir alle als Kinder begangen haben, aber das beweist noch lange nicht, dass jemand aus heiterem Himmel ein furchtbares Verbrechen an einem Familienmitglied begeht.«

Nina setzte eine alte Technik ein, mit der sie ihren Klienten menschlicher machte, indem sie sich und andere im Gerichtssaal mit ihm auf eine Stufe stellte und der Anklägerin gleichzeitig unterstellte, wie ein kleines, rachsüchtiges Biest zu handeln. Der Richter war zu schlau, um auf die üblichen Tricks hereinzufallen, doch Nina vertraute darauf, dass bei der Entscheidungsfindung auch das Unterbewusstsein eine Rolle spielte.

Sie schüttelte den Kopf und sagte nachdrücklich: »Die Staatsanwaltschaft hat einfach nichts in der Hand, Euer Ehren. Mit diesen Beweismitteln will man das Gericht schlichtweg davon überzeugen, dass Alex Strong ermordet wurde. Lässt man den Angeklagten schlecht genug aussehen, gleicht das vielleicht die Tatsache aus, dass keine direkten Beweise für einen Mord vorliegen und die forensische Arbeit ausgesprochen bescheiden war.«

Allmählich kapierte Flaherty, worauf sie hinauswollte: Kelly Strongs Aussage würde zu zahlreichen Einwänden, weitschweifigen Diskussionen, Bestätigungen und Widerlegungen der Zeugenaussage führen. Die Untersuchung würde sich chaotisch gestalten und sich beträchtlich in die Länge ziehen.

Flahertys Gesicht wurde zusehends länger.

Collier rutschte auf seinem Stuhl hin und her und wäre wohl am liebsten aufgesprungen.

»Wir können ihre direkte Aussage in einer halben Stunde erledigen«, sagte Barbara in einer spontanen Reaktion auf den Gesichtsausdruck des Richters.

»Ich tippe auf zwei zusätzliche Tage«, sagte Nina und lächelte die jüngere Anwältin an. Barbara spielte mit ihrem Schmuck und lächelte zurück. Sie trug nicht nur die Farbe eines Kardinals, sondern blieb auch ähnlich gefasst, das musste Nina eingestehen.

»Dürfte ich …«, setzte Barbara an, doch es war zu spät.

»Ich werde die Beweismittel nicht zulassen«, sagte Flaherty. »Sie besitzen kaum Beweiskraft. Die Aussage ist alt und scheint mir nicht hilfreich, um eine bestimmte Vorgehensweise darzustellen.«

»Aber …«

»Die Anordnung gilt. Die Untersuchung beginnt um neun.«

Sie gingen gemeinsam zur Protokollführerin, um sich den Gerichtsbefehl abzuholen. Barbara ließ sich die Niederlage nicht anmerken. »Was ist das für ein Parfüm?«, fragte die Protokollführerin.

»White Linen. Gefällt es Ihnen? Es ist altmodisch, aber ich mag es gern.«

»Und ich habe ein bisschen Zahnpasta aufgelegt«, warf Nina ein. Keiner beachtete sie. Das Geplauder drehte sich nun um Nagellack, den Nina grundsätzlich nicht trug. Sie ging hinaus, da sie auf diesem Gebiet keine Punkte machen konnte.

Im Flur kam sie an Collier vorbei. Er warf ihr einen Blick zu und rauschte an ihr vorbei, die Augen auf Barbara gerichtet.

Also war er draußen, wenn auch nicht ganz. Barbara hatte ihn wohl als Rückendeckung mitgebracht, obwohl sie so etwas eigentlich nicht nötig hatte. Oder zog er immer noch die Fäden?

Nina rief von einer der Telefonzellen in der Eingangshalle aus bei Artie im Büro an. Sie hatte – wie so oft – ihr Handy im Auto gelassen, außerdem hatte Sandy sich schon darüber lustig gemacht, dass sie es auch dann benutzte, wenn das nächste Münztelefon nur einen Schritt entfernt war.

Beim ersten Klingeln sprang der Anrufbeantworter an.

»Hier ist die Kanzlei von Arthur Wilson. Ich musste die Stadt geschäftlich verlassen und bin eine Weile nicht zu erreichen. Bitte hinterlassen Sie eine Nachricht, ich rufe so bald wie möglich zurück.« Arties Stimme klang schon ganz weit weg.

Sie warf Geld nach. »Sandy? Ich habe gerade versucht, Artie anzurufen. Angeblich hat er die Stadt verlassen! Er muss gleich vor Gericht erscheinen! Was ist denn los?«

»Er hat hier auch eine Nachricht hinterlassen, aber das war vor acht Uhr, deshalb konnte ich nicht mit ihm sprechen. Er sagte«, Nina hörte Papiergeraschel, »der Plan habe sich geändert, und er könne nicht mit dir vor Gericht erscheinen.«

»Wo ist er hin? Wieso hat sich der Plan geändert?«

»Mehr hat er nicht gesagt.«

»Gib mir seine Nummer.« Nina zückte ein kleines Notizbuch samt Kugelschreiber. »Ich werde diese Ratte ...«

»Er hat keine Nummer hinterlassen.«

Nina drückte vergeblich auf ihren Kugelschreiber. »Okay, Sandy, tu mir einen Gefallen. Geh in sein Büro und sieh zu, was du finden kannst. Ruf mich sofort zurück. Ich warte.«

Sie wartete ungeduldig. Die Freude über den erfolgreichen Antrag war verflogen. Sie hatte sich darauf verlassen, dass Artie ihre Beziehung zu Jim entschärfte und für eine ausgeglichenere, professionellere Atmosphäre sorgte. Artie wusste, dass sie auf ihn angewiesen war, dass er ihr durch die Voruntersuchung helfen musste. Wo, zum Teufel, steckte er also? Sollte sie um eine Vertagung bitten?

Das Münztelefon klingelte einmal, der scharfe Ton klang in der leeren Halle wider. Sie griff nach dem Hörer ... »Sandy?«

»Genau die.«

»Und?«

»Es wird dir nicht gefallen.«

Nina sah auf die Uhr. »Erzähl's mir einfach.«

»Ich habe oben rumgeschnüffelt. Die Tür war abgeschlossen, aber der Vermieter wollte sie gerade aufmachen. Ich habe ihn gefragt, was aus Artie geworden sei. Er sagte, er wisse es nicht, er sei einfach ausgezogen. Seine Sekretärin habe ihre Sachen zusammengepackt. Sie hat wohl vor, ihn zu verklagen.«

»Was?«, fragte Nina verblüfft. »Aber ... er hatte einen Mietvertrag!« Und sofort kam sie sich albern vor; als ob ein Mietvertrag eine Garantie für Stabilität wäre.

»Er ist vertragsbrüchig. Der Vermieter wüsste gern, ob du Artie für ihn verklagen würdest.«

»Das hätte ich nicht von ihm gedacht! Er hat es mir zugesagt!«

»Der Vermieter hat mich reingelassen. Sieht aus, als hätte Artie seine Bücher und Möbel dagelassen, nur die persönlichen Dinge sind weg.«

»Und was ist mit den Akten?«

»Die sind da, wo Artie ist.«

»Und wo soll das sein?«

»Überall und nirgends.«

»Okay, ich rufe dich später noch mal an. Sieh zu, was du sonst noch herausfinden kannst.«

Nina hängte ein. Das war ein Schlag, ein ganz besonders gemeiner Tiefschlag, der sie an einer empfindlichen Stelle getroffen und umgehauen hatte. Artie war ihr Freund gewesen und ihre Stütze bei diesem Fall. Niemals würde sie einem Kollegen so etwas antun, deshalb traf es sie auch so unvorbereitet. Er hatte sie einfach im Stich gelassen!

Was, zum Teufel, war am Wochenende mit ihm passiert? Nina versuchte, sich an irgendeinen Hinweis zu erinnern, den sie vielleicht übersehen hatte – hatte er von einem Problem gesprochen, das ihn beschäftigte? Aber nein, er hatte immer so glücklich gewirkt. Er liebte seine Frau, hatte etwas Geld zurückgelegt, arbeitete gern in seinem bescheidenen Büro.

Gesundheitliche Probleme? Er war nicht mehr jung, seine Frau vermutlich auch nicht. Ninas Stimmung schwankte zwischen Wut und Sorge.

Oben an der Treppe tauchte Jim auf. Er trug seinen auffälligen Parka, hatte das Haar mit Gel zurückgekämmt, sah sorglos und gesund aus wie ein junger Mann auf dem Weg zur Piste oder zu einem Rendezvous. Er deutete auf die Uhr. »Acht Uhr fünfundvierzig. Genau rechtzeitig. Sie sehen gut aus.«

»Danke.« Ihr Gesichtsausdruck musste ihn gewarnt haben, denn er sagte unvermittelt: »Wie ist es mit dem Antrag gelaufen?«

»Wir haben gewonnen.«

»Gott sei Dank!«, sagte Jim. »Super!« Er schien sich wirklich zu freuen. »Die Hürde hätten wir also genommen.«

»Allerdings gibt es eine Änderung. Artie wurde … er musste verreisen. Ganz plötzlich. Er kann nicht mit uns kommen.«

»Ach so. Na gut.«

»Jim, ich habe mich auf seine Erfahrung verlassen. Ich glaube, wir sollten um eine Vertagung ersuchen.«

»Sie meinen, dann dauert es noch länger, bis alles vorbei ist?«

»Ja, zumindest ein paar Tage, bis Artie ... bis ich mit Artie sprechen kann.«

»Moment mal. *Wir* haben doch darauf bestanden, dass die zweite Untersuchung schnell erfolgt, genau wie die erste. Sie haben gesagt, das sei eine gute Strategie.«

»Das glaube ich auch nach wie vor. Aber ich fühle mich nicht wohl ohne Artie. Wir hatten schon besprochen, welche Zeugen er übernehmen würde. Vor allem bei den Gerichtsmedizinern wäre er mir eine große Hilfe gewesen.«

»Aber Sie haben das doch wunderbar hinbekommen. Sie kennen die Zeugenaussagen bereits. Wo liegt das Problem?«

»Ich wollte Artie dabeihaben. Ich glaube nicht, dass ich ...«

»Er war nutzlos«, sagte Jim. »Ich sage es ungern, aber Sie sind allein ganz toll, Nina. Wo bleibt Ihr Selbstvertrauen? Um ehrlich zu sein, Artie hat wohl nicht an mich geglaubt. Vielleicht ist er deshalb weggefahren. Vielleicht dachte er, Sie wollten ihn zu etwas drängen, was er nicht tun wollte.«

Nina dachte darüber nach. Sie hatte Artie tatsächlich gedrängt. Er hatte eigentlich nicht mitmachen wollen.

Falls das sein Problem gewesen war, hatte er für seine Flucht jedenfalls genau den Augenblick gewählt, in dem er den größtmöglichen Schaden anrichtete.

»Es ist fünf vor«, sagte Jim. »Bitte, Nina, lassen Sie uns reingehen. Ich muss das einfach hinter mich bringen, ich ertrage die Warterei nicht mehr. Ich möchte mein Leben wieder in den Griff bekommen.«

In Nina tobten ähnliche Gefühle. Sie zuckte die Schultern. »Na schön. Es wird wohl gehen. Immerhin habe ich das meiste schon mal gemacht, und die Unterlagen habe ich auch. Es ist nur ...«

»Was?«

»Ich kann einfach nicht glauben, dass er mich im Stich gelassen hat.« Das Stimmengewirr wurde lauter. Ein Mann, der in ein Handy sprach, lief mit wichtiger Miene an ihnen vorbei.

Sie wandte sich vom Telefon ab und betrat nachdenklich mit Jim den Gerichtssaal. Sie konnte hineingehen, eine Szene machen und sämtliche Fortschritte verspielen, um Zeit zu gewinnen. Sie konnte alle Vorteile zunichte machen, die ihr der zeitliche Rahmen gegenüber der Anklage verschaffte.

Nein. Der Fall durfte nicht darunter leiden. Sie musste eben ohne Artie zurechtkommen.

Die Voruntersuchung begann wegen des Schneesturms mit zwanzig Minuten Verspätung, und selbst dann waren noch nicht alle vorgeladenen Zeugen eingetroffen. Marianne Strong rief an und erklärte, sie komme wegen des Schnees nicht aus ihrer Einfahrt heraus, was sich aus dem Mund einer waghalsigen Snowboard-Meisterin ziemlich komisch anhörte. Auch Philip Strong meldete sich und erhielt die Erlaubnis, am nächsten Tag auszusagen.

Man hätte die beiden ohnehin nicht an diesem Tag in den Zeugenstand gerufen, da sie den gesamten Morgen und Nachmittag mit dem langwierigen Wiederkäuen der ersten Voruntersuchung beschäftigt waren.

Barbara hatte ein makelloses, aber reichlich dünnes Fundament gelegt. Dieselbe »Revision« des ursprünglichen gerichtsmedizinischen Berichts wurde erörtert, dieselben Schilderungen des Rettungsversuchs und von Alex' Tod im Krankenhaus wurden ins Protokoll aufgenommen.

Als Ed Dorf, Doc Clausons Vertreter, am Nachmittag über die späteren forensischen Ergebnisse – das Muster auf Alex' Haut und die schwarzen Baumwollfasern – sprach, protzte er zwar mit einem supermodernen Laserzeigestock und professionell wirkenden Utensilien, doch sein aalglatter Vortrag und die technischen Spielereien reichten nicht aus, um die Mauern der

Verteidigung einzureißen. Nina blieben also einige Wochen mehr, um ihre Kreuzverhöre zu planen.

Letztlich waren zwei offensichtliche Tatsachen zu verzeichnen: Das Vorhandensein der Fasern unter den Skistiefeln schien verdächtig, konnte aber auch durch den Kontakt mit Kleidungsstücken auf dem Rücksitz von Philip Strongs Auto verursacht worden sein; zweitens war das Muster auf Alex' Haut zu schwach, um die Geschworenen davon zu überzeugen, dass es von einem Skistiefel stammte – vor allem, nachdem Nina Ed Dorf mit ihren eigenen Fotos von den Felsstrukturen am Ort des Sturzes konfrontiert hatte.

Barbaras geradezu unheimliche Beherrschung geriet zu keinem Zeitpunkt ins Wanken. Nina zollte ihr großen Respekt, als sie einen Treffer nach dem anderen landete und Barbara ungerührt zurückschlug. Kein Augenverdrehen, keine Gefühlsausbrüche, kein Zorn, nur elegant präsentierte Fakten.

Hätte Barbara mehr in der Hand, wäre sie unschlagbar. Sie war sicher ziemlich sauer gewesen, weil man ihr den Fall in letzter Minute übertragen hatte. Zudem hatte Collier einmal angedeutet, ihr Interesse an ihm sei persönlicher Natur gewesen.

Von Barbaras Vorstellung inspiriert und besänftigt von der ruhigen, sachlichen Atmosphäre, lief auch Nina zu Hochform auf. Als überlegene Partei schwang sie ein Skalpell, keine Axt, und sezierte die offiziellen Zeugen so präzise, dass diese nicht einmal merkten, wie sie ihnen die Gliedmaßen abtrennte. Sie begannen als intakte, normale, glaubwürdige Menschen. Wenn Nina mit ihnen fertig war, wirkten sie wie Zeichentrickfiguren, die durch eine Kettensäge gelaufen sind und denen die Arme und Beine abfallen, sobald sie aufstehen.

Als gegen vier allmählich allgemeine Müdigkeit aufkam, verdunkelten sich plötzlich die Lampen im Gerichtsgebäude. Der Sturm musste irgendwo eine Leitung gekappt haben. Flaherty bedachte die Zeugen mit den üblichen Ermahnungen und vertagte die Sitzung beim Licht der Notbeleuchtung.

Seit Nina nach Tahoe gezogen war, hatte sie die Hitze und den Kiefernduft des Sommers ebenso genossen wie die verschneite Winterlandschaft, aber dies war der schlimmste Blizzard, an den sie sich erinnern konnte. Der Bronco stand nur dreißig Meter weiter auf dem Parkplatz, doch der Sturm stellte sie vor unerwartete Probleme, genau wie die anderen Leute, die das Gerichtsgebäude gern verlassen hätten.

Zunächst einmal war der Haupteingang zugefroren. Sie wartete mit den anderen darauf, dass der Hintereingang freigeschaufelt wurde, was beinahe eine halbe Stunde dauerte. Sie und Jim standen auf der einen, die Staatsanwälte und Gerichtsangestellten auf der anderen Seite. Auf dem nur selten benutzten Weg zur Hintertür lag mehr als ein halber Meter Schnee. Als die Türen aufgingen, riss der Sturm Nina die Mütze vom Kopf und blies ihr den Schal vors Gesicht, sodass sie nichts mehr sehen konnte.

Unter der Führung eines entschlossenen Hilfspolizisten kämpften sie sich wie bedauernswerte Flüchtlinge zu ihren Autos vor, die bis zur Motorhaube im Schnee vergraben waren, der sich an der Oberfläche in Eis verwandelt hatte. Die Leute zerstreuten sich. Collier half Nina, den Bronco freizuschaufeln. Durch den Schnee erkannte sie Jim, der einige Meter weiter das Gleiche tat. Sogar Flaherty war mit dem Hilfssheriff draußen und versuchte, die eingefrorene Tür seines Landrovers zu öffnen.

Schließlich konnten sie die Fahrertür ein wenig aufmachen und zusammen hineinklettern. Nina schaltete die Scheibenwischer ein und riss sich die Mütze vom Kopf, bevor sie das Gebläse auf volle Kraft stellte.

»Ich muss zu Matt«, sagte sie.

»Ich bringe dich zum Flughafen nach Reno«, sagte Collier.

»Er hat einen Abschleppwagen. Wenn einer vom Berg runterkommt, dann er. Er wartet schon auf mich.«

»Meinst du wirklich? Ich könnte …«

»Nein, es geht schon. Ich bin in fünf Minuten bei ihm.«

»Ruf mich aus Reno an, damit ich Bescheid weiß.«

Er küsste sie. »Pass auf dich auf.« Dann stieg er aus und zog los, um seinen eigenen Wagen auszubuddeln. Sie nahm ihr Handy.

»Ich bin unterwegs«, erklärte sie Matt. »Wie ist das Wetter in Reno? Wird Bobs Flug abgesagt?«

»Ich habe gerade angerufen. In Reno regnet es ein bisschen, kaum der Rede wert, der Flugverkehr läuft nach Plan. Kannst du herkommen? Ich habe den Abschleppwagen voll getankt. Sonst komme ich dich abholen.«

»Ich fahre mal bis auf die Straße.« Bobs Flugzeug sollte um halb acht in Reno eintreffen. Sie hatte geglaubt, genügend Zeit zu haben, doch allmählich kamen ihr Zweifel.

Sie kroch über den Parkplatz und konnte im Scheinwerferlicht die Silhouetten von Menschen ausmachen, die noch immer nach ihren Autos suchten. Jim schien weg zu sein. Eine zerzauste Barbara ohne Mütze stieg gerade in ihren Geländewagen.

So war das also in den Bergen! Endlich kam sie sich vor wie eine Einheimische. Und musste an den Zug der Donner-Party vor hundertfünfzig Jahren denken, der sich während einer ganzen Serie von Blizzards in Planwagen durch die Sierra gequält hatte. Welche übermenschliche Kraft hatte diese Leute, die größtenteils zu Fuß gingen, in zweitausend Meter Höhe geführt, bevor sie schließlich aufgaben? Wie furchtbar, den Gipfel vor sich zu sehen und ihn nie zu erreichen!

Sie fuhr hinter einem Schneepflug her, der langsam über den Pioneer Trail rollte, gab dabei aber Acht, nicht von der Schneewolke erwischt zu werden, die das Fahrzeug ausspie. Bald fuhr eine lange Reihe von Lastern und Geländewagen hinter Ninas Bronco her.

Hoffentlich konnte der Typ im Schneepflug mehr sehen als sie, denn wenn er in die Klärgrube bei Cold Creek stürzte, würden sie alle fröhlich hinterherfahren.

Nach zehn Minuten entdeckte sie die vertraute Abzweigung Richtung Pony Express, hupte dem Schneepflug dankend und bog ab.

Die kleine Straße, in der Matt wohnte, führte leicht bergauf und war nicht geräumt. Matt hatte seinen Scheinwerfer eingeschaltet. Wie jeder Einheimische, der etwas auf sich hielt, besaß er einen Notstromgenerator. Nina parkte den Bronco am rechten Straßenrand, packte sich gut ein, kletterte aus dem Wagen und kämpfte sich durch den Sturm zu der Fackel, die ihr durch die Dunkelheit entgegenleuchtete.

Im warmen Haus wurde sie freudig empfangen. Andrea umarmte sie und wischte sich die nassen Hände an der Hose ab. Sie schob Nina ins Schlafzimmer. »Komm erst raus, wenn du knochentrocken bist.«

Als Nina ein paar Minuten später in Andreas Jeans und Pulli auftauchte, war die Familie gerade mit dem Abendessen fertig. Matt, in seiner gestreiften Skimütze, war zu allem bereit.

»Fertig? Es ist halb sechs. Wir müssen los.«

»Los? Bei diesem Wetter?«

»Du bist mit dem Schneekönig unterwegs, Mr. Zehn Zylinder persönlich. Ich bin der Typ, der alle ausgräbt.«

»Was soll das heißen, zehn Zylinder?«, fragte Nina.

»So viele hätte er gern in seinem Laster«, sagte Andrea. »Matt hat den ganzen Tag geschlafen und ist jetzt ganz kribbelig, aber wenn er nach Hause kommt, muss er noch die ganze Nacht arbeiten. Mal sehen, wie er sich gegen vier Uhr morgens fühlt.« Sie schnippte im Vorbeigehen gegen die Quaste auf seiner Mütze.

Nina zog sich Parka, Handschuhe, Mütze und Stiefel an. Andrea holte eine Plastiktüte aus der Küche. »Hier, dein Abendessen.«

»Du bist die Größte.«

»Wohl wahr.« Sie verabschiedete sich von Matt, der in seinen warmen Sachen kaum zu erkennen war. »Pass am Spooner Summit auf.«

»Lass das Feuer im heimischen Herd nicht ausgehen.«

Er ging zuerst raus, schaltete Zündung und Heizung ein und hielt Nina kurz darauf die Tür auf. Sie schnallten sich an und fuhren los.

Nina hatte geglaubt, der Bronco sei ein gutes Winterfahrzeug, doch der Abschleppwagen war ein wahrer Schlittenhund. Die Ketten an den dicken Rädern, das Werkzeug hinten und das pure Gewicht das Fahrzeugs ließen sie glauben, dass sie es tatsächlich schaffen könnten. Und das mussten sie auch. Was sollte Bob in seinem Alter nachts auf dem Flughafen tun? Ein Taxi rufen und sich allein ein Hotel suchen?

»Siehst du, deshalb wollte ich auch nicht, dass er fliegt«, meinte Nina mit vollem Mund, als der Wagen über einen Ast rumpelte. »Einen normalen Flug schafft er, aber was ist mit einem Notfall, was ist, wenn ich nicht komme?«

»Sei still«, meinte Matt. »Du isst, ich fahre. Keine Sorge.«

Es war gespenstisch. Der Laster wurde von ungeheuren Böen geschüttelt, sämtliche Ampeln waren ausgefallen. Zum Glück befand sich niemand auf der Straße, der nicht zu irgendeinem Notfallteam gehörte. Der Schneepflug vorn am Laster tat seine Arbeit, und sie bewegten sich langsam durch eine weiße, zerrissene Landschaft voller umgestürzter Bäume und roter Warnleuchten am unsichtbaren See entlang bis zu der Abzweigung, die zum Spooner-Pass führte. Auf frischem Eis schlitterten sie über den Gipfel auf die trockene Seite der Sierra.

»Besser?«, fragte Matt.

»Das Essen tut gut.«

»Warum stehst du so unter Strom? Wegen Bob? Oder wegen dieses Falls? Der Strong-Sache? Gibt es Probleme?«

»Tut mir Leid, dass ich so mit mir selbst beschäftigt bin. Nein, der Fall läuft sehr gut. Ich fahre mit den Anklagevertretern Schlitten«, sagte Nina.

»Siehst du deswegen so gehetzt aus?«

»Du bist oberschlau, Matt.« Es ist der Elefant Celebes, dachte sie, er dreht mir seinen furchtbaren Kopf zu, ich weiß es genau, und ich fürchte, ich kann sein wahres Gesicht nicht ertragen. Sie schüttelte heftig den Kopf, um das Bild zu vertreiben, und starrte angestrengt in den Schnee, der waagerecht gegen die Windschutzscheibe trieb.

»Eigentlich müsstest du froh und glücklich sein«, sagte Matt. »Hast gerade geheiratet. Warum seid ihr nicht in den Flitterwochen?«

»Die hatten wir schon. Das Wochenende auf Hawaii.«

»Das sind doch keine Flitterwochen! Die Flitterwochen kommen nach ...« Er sah ihren Gesichtsausdruck und schloss mit den Worten: »Nachdem ich meinen großen Mund gehalten habe und weitergefahren bin. Aber, und das ist ein gewaltiges Aber, ein Wal von einem Aber, ein riesiges ungeheures hässliches Aber« – Nina musste lachen – »aber ich mache mir schon wieder Sorgen um dich. Kopf hoch und Augen geradeaus, okay?«

»Okay.«

Sie ließen den Blizzard hinter sich und fuhren mit achtzig Stundenkilometern über verregnete, verlassene Straßen den Berg hinunter Richtung Reno.

»Siehst du?«, fragte Matt. »Ist doch gar nichts dabei.«

Nina drehte sich um. Eine Schneewolke wehte vom Dach. Sie waren ganz allein auf der Straße. Unter ihnen funkelten die Lichter von Carson Valley.

Sie sah auf die Uhr. Zu ihrer Überraschung war es erst halb sieben. Sie würden es schaffen.

Als sie am Flughafen ankamen, hatten sie sogar noch zwanzig Minuten Zeit. Von einigen Mitarbeitern und den unvermeidlichen Automatenspielern abgesehen, war der Flughafen praktisch menschenleer.

Beim Gate von American Airlines hängten sie ihre nassen Jacken über Stühle. »Kaffee«, sagte Matt und machte sich auf die Suche.

Nina setzte sich und holte ihr Handy heraus.

»Wir haben es geschafft«, erzählte sie Collier. Er war in ihrem Haus. »Wie ist es da oben?«

»Sehr romantisch. Eine Menge Kerzen, und der Notradiosender dudelt die Wettervorhersagen. Ich schaufle einmal die Stunde die Einfahrt frei. Die Pflüge waren vor ein paar Stunden das letzte Mal unterwegs. Ich habe den Schrank vorn mit Brennholz gefüllt. Aber ich vermisse dich. Ach ja, Tony hat versucht, dich zu erreichen. Erstaunlich, dass das Telefon noch funktioniert, was?«

»Was wollte er denn?«

»Er sagte, es sei dringend. Er hat aus Reno angerufen.« Collier gab ihr die Nummer.

»Gut, ich rufe ihn an.«

»Wann kommst du ungefähr zurück?«

»So gegen zehn. Matt muss heute Nacht arbeiten. Er bringt uns nach Hause.«

»Ruf mich an, falls es später wird.«

Sie sah aus dem Fenster. Kein Anzeichen von Bobs Flugzeug, kein Aufruf.

»Hi, Tony.«

»Nina, wo sind Sie?« Tonys Stimme klang leicht durchgedreht. Sie hörte im Hintergrund das Klingeln der Spielautomaten.

»Ich weiß jedenfalls, wo Sie sind«, sagte sie. »Ich bin auf dem Flughafen.«

»Super! Hören Sie zu, ich hole Sie in zehn Minuten ab.«

»Nein, das geht nicht. Ich warte auf meinen Sohn. Er war drei Wochen in Europa und kommt heute nach Hause.«

»Wann haben Sie Zeit?«

»Gar nicht. In den Bergen tobt ein Blizzard. Wir müssen so schnell wie möglich nach Hause.«

»Sind Sie allein?«

»Nein, mein Bruder ist bei mir.«

»Gut. Bleiben Sie heute Nacht in Reno. Ich buche ein Zimmer

für Sie. Holen Sie Ihren Sohn ab, schicken Sie ihn nach Hause, und wir treffen uns vor dem … bei welcher Fluglinie sind Sie?«

»Was läuft hier eigentlich, Tony?«

»Ich glaube, ich habe Heidi gefunden.«

»Wo?«

»Am Pyramid Lake. Aber ich fahre nicht allein da raus. Sie müssen mitkommen. Ich will eine Anwältin dabei haben. Moment mal.« Er überließ sie einem rhythmischen Klacken, das von Geklingel und Gelächter unterbrochen wurde.

Sie hörte auf die Geräusche und dachte über Tonys Worte nach, die ihr immer weniger gefielen. Nach einer Minute meldete er sich: »Ich habe am einarmigen Banditen gerade siebenhundert Dollar gewonnen, aber sogar das ist mir egal. So verrückt bin ich schon.«

»Erzählen Sie's mir«, sagte Nina.

»Tante Dottie«, meinte Tony. »Erinnern Sie sich an Dick und Dottie mit ihrem Wohnwagen? Wir haben uns ganz gut verstanden, als ich sie in Las Vegas besucht habe. Heute Nachmittag rief mich Tante Dottie an und sagte, der Typ aus dem Wohnwagen nebenan habe sich bei ihr gemeldet.«

»Der Kerl mit dem Baseballschläger?«

»Genau. Er sagte, der Wohnwagen fange allmählich an zu stinken.«

»O Gott!«

»Er will nicht reingehen, und Dottie wird am Auge operiert, sie können also nicht hinfahren. Sie wollte wissen, ob sie die Polizei benachrichtigen soll.«

»Du lieber Himmel!«

»Das habe ich auch gesagt. Wer weiß? Es könnte auch verrottender Müll sein. Jedenfalls hat der Nachbar einen Schlüssel. Dottie hat ihn angerufen und gesagt, er soll ihn mir geben. War das falsch? Soll ich sie noch mal anrufen, damit sie die Polizei holt?«

Lautsprecher kündigten die Landung von Bobs Maschine an.

Matt kam mit zwei großen Pappbechern Kaffee angerannt. Lächelnd deutete er zu der Tür, aus der Bob in Kürze auftauchen würde.

Nina konnte sich nicht zu einem Lächeln durchringen. »Okay, Tony«, sagte sie, »holen Sie mich in einer halben Stunde ab.« Sie nannte ihm den Treffpunkt und legte auf.

Zuerst kamen wenige Passagiere, dann eine ganze Flut. Bob erschien, die Hand vor dem Mund, als wollte er sich ein breites Grinsen verkneifen, auf dem Rücken einen schweren Rucksack. Er trug eine dicke Cordhose und eine neue Windjacke. Nina erschien er um Jahre älter.

»Hey«, sagte Matt und boxte ihn, sodass Bob abwehrend die Hände hob. Dann musste er doch lächeln.

»Hey, Mom.«

»Hey, Hübscher.«

»Jetzt keinen Kuss. Später.«

Dennoch hielt sie auf dem ganzen Weg zum Gepäckband seine Hand.

24

Der Himmel stürzte herunter. Der Regen fiel in einem dichten Schleier. Tony Ramirez hielt in einer Ladezone, und Nina rannte zu seinem Auto.

Sein Blick war verstört. Er brachte den Motor auf Touren und raste nach Norden. »Keine Sorge, ich bin nüchtern«, sagte er. »Wenn ich spiele, trinke ich nicht. Ich habe Ihnen ein Zimmer im Circus Circus reserviert.«

»Das passt ja«, sagte Nina und kramte in ihrer Tasche nach etwas, womit sie sich das Gesicht abwischen konnte. »Bis zum Pyramid Lake ist es nur etwa ’ne halbe Stunde, oder?«

»Bei diesem Regen ... kann’s auch ’ne Stunde, anderthalb

werden. Was glauben Sie, was wir da finden?« Tony wischte die beschlagene Windschutzscheibe frei.

»Ich weiß es einfach nicht. Ich hoffe, wir irren uns. Ich hoffe, ich wache morgen früh auf, und dann ist das alles vorbei, und ich kann nach Hause zu meiner Familie.« Sie erinnerte sich daran, dass die zweite Voruntersuchung im Fall Strong für den nächsten Morgen Punkt neun Uhr angesetzt war. »Und dass die Anhörung ins Wasser fällt«, fügte sie noch hinzu.

»Ich habe keine Familie, zu der ich gehen kann«, sagte Tony. »Aber ich habe Katzen. Im Augenblick würde ich gerne in meinem Sessel sitzen, eine Katze auf dem Schoß halten und eine Zigarre rauchen.«

»Sie leben in Reno?«

»Größte Kleinstadt der Welt. Ich find's klasse da. Der Glanz von Vegas, aber zwölfhundert Meter höher gelegen, sodass man im Sommer raus kann. Und Tahoe in den Bergen. Also, was passiert, wenn Heidi tatsächlich in dem Wohnwagen ist?«

»Ich weiß noch nicht. Ich möchte ungern spekulieren.«

»Wenn wir sie finden, müssen wir die Polizei rufen.«

»Vermutlich.«

»Der Nachbar könnte sich auch irren.«

»Wir werden's rausfinden.«

»Danke, dass Sie mich begleiten«, sagte Tony. »Um ehrlich zu sein, allein würd ich's nicht schaffen.«

Sie ließen die Lichter von Reno-Sparks hinter sich und fuhren in die Wüste. Der Regen wurde spärlicher, bis er ganz versiegte. Der Gedanke, dass Bob und Matt im Augenblick in einem rasenden Schneesturm steckten, gefiel ihr nicht, aber der Gedanke an Matts starken schweren Wagen beruhigte sie wieder.

Die Tankstelle in Pyramid Lake warf bläuliches Licht in die Dunkelheit. Sie fuhren daran vorbei zum Trailerpark. Die Nacht verbarg den Rost und die abblätternde Farbe an den Wohnwagen, verstärkte aber die Nervosität und die Unsicherheit, die Nina schon beim ersten Besuch hier empfunden hatte.

Wer hier wohnte, war nur einen Gehaltsscheck von einem Leben auf der Straße entfernt. Ein Wohnwagen in der Wüste war schön und gut für einen Winterurlaub, auch für einen Hobby-Geologen oder einen Jäger, aber sie wäre jede Wette eingegangen, dass etliche der Leute hier es vorziehen würden, in einer Wohnung in Reno vor dem Fernseher zu sitzen.

Sie fuhren zu Dicks und Dotties Parzelle und blieben noch einen Augenblick im Auto sitzen, um all ihren Mut zusammenzunehmen.

»Ich hol den Schlüssel«, sagte Tony mit belegter Stimme. Er ging zögernd zum Nachbarwohnwagen hinüber.

Nina hatte das Gefühl, es durch die geschlossene Wagentür riechen zu können. Wieso hatten sie das beim ersten Mal nicht gemerkt? Aber Wish und sie waren davongejagt worden, bevor sie überhaupt die Parzelle betreten hatten. Sie fragte sich, ob der Nachbar einen Blick in den Wohnwagen geworfen hatte, bevor er Dottie anrief, und beschlossen hatte, zu vergessen, was immer er auch gesehen hatte.

Der Nachbar erschien in der Tür seines Wohnwagens, sagte ein paar Worte, reichte Tony den Schlüssel und knallte die Tür so zu, dass deutlich wurde, er wollte nicht mehr gestört werden. Tony kam zum Auto zurück und machte die Tür auf. Er hatte eine Taschenlampe in der Hand.

»Ganz schön heftig«, sagte er. »Sind Sie sicher, dass Sie …«

Sie stieg aus und zog sich die Skimütze fest in die Stirn, während sie die dreißig Meter zum Wohnwagen gingen. Zwei verlassene Stufen führten zur Tür. Tony ging hinauf, zog die demolierte Fliegengittertür auf und klopfte halbherzig.

Keine Reaktion.

»Miss Strong?«

Keine Antwort. Er zuckte die Schultern, zog ein Taschentuch hervor und drehte den Schlüssel um. Ein Übelkeit erregender Gestank schlug ihnen entgegen. »Ich geh rein«, sagte er über die Schulter.

»Ich bin direkt hinter Ihnen«, sagte Nina. Sie presste sich die feuchte Skimütze gegen Nase und Mund.

Tony leuchtete mit der Taschenlampe in den Eingang, aber Nina tastete mit ihrer behandschuhten Hand nach dem Lichtschalter und betätigte ihn.

Sie waren mitten in einem Albtraum.

Heidi Strong lag mit ausgebreiteten Armen und Beinen auf roten Laken, die Kehle war so gewaltsam aufgeschlitzt, dass der Kopf fast ganz abgetrennt war. Ihre Augen, die sie anstarrten, bewegten sich.

Ameisen oder Schlimmeres.

Der Gestank war überwältigend.

Nina griff Tony am Arm. »Gehen Sie keinen Schritt weiter«, sagte sie durch die Wollmütze. »Sehen Sie sich gut um, Tony. Prägen Sie sich ein, was Sie sehen.«

»Mir ... mir wird schlecht.« Er schob sich an ihr vorbei und stürmte die zwei Stufen hinunter. Sie hörte ihn draußen.

Sie atmete durch die Mütze und dankte dem Himmel für den starken Geruch nach nasser Wolle. Sie sah sich forschend in dem kalten Raum um. Heidi auf dem Bett zur Rechten, in Boxershorts und Leibchen, ihrer Nachtwäsche. An dem Arm, der vom Bett herunterhing, waren noch blaue Flecken zu erkennen. Glasscherben auf dem Boden, die Tagesdecke halb vom Bett gerutscht. Ein Ski lag auf dem Bett, als hätte sie versucht, ihren Angreifer abzuwehren. Sie war nicht ahnungslos überrascht worden. Sie hatte um ihr Leben gekämpft.

Nina suchte nach dem Messer. Kein Messer zu sehen, und sie konnte nicht reingehen und den Kriminaltechnikern den Tatort versauen. Weder ein Messer, noch eine andere Waffe waren zu sehen. Heidis Handtasche war verschwunden. Das war ein schlauer Zug, ließ es wie einen Raubüberfall aussehen ...

Ihr Blick wanderte zu Heidi zurück. Ameisen krabbelten hinein, Ameisen krabbelten heraus ...

Sie spürte, dass sie das Gleichgewicht verlor.

Sie fuhr mit dem Ellenbogen über die Wand, und das Licht ging aus. Sie trat rückwärts aus dem Wagen und schloss energisch die Tür, stolperte die zwei Stufen hinunter und ging zu Tonys Auto zurück. Er saß auf dem Fahrersitz, mit laufendem Motor, sein rechter Fuß schwebte über dem Gaspedal.

»Fahren Sie«, sagte Nina. »Fahren Sie!«

Sie tuckerten im vorgeschriebenen Tempo zum Rand des Trailerparks, rasten dann eine Seitenstraße hinunter und hielten erst, als sie am Ende der Straße ein paar Picknicktische sahen. Der uralte See lag in der Dunkelheit vor ihnen. Die Luft war nasskalt. Nina atmete tief durch.

»Nun haben wir sie also gefunden«, sagte Tony und riss seine Tür auf. »Ich bin gleich zurück. Brauch nur 'n bisschen frische Luft.«

Nina war dankbar, dass er sie eine Minute allein ließ. Sie musste den Sheriff oder jemand anderen anrufen, der hier zuständig war. Waren sie in einer Indianerreservation? Wahrscheinlich nicht. Sie musste jemanden anrufen.

Sie schloss die Augen, aber beim Bild von Heidi auf dem Bett öffnete sie sie wieder. Um das Stakkato ihres Herzschlags zu beruhigen, vergegenwärtigte sie sich den Anblick noch einmal auf der Suche nach Informationen, wodurch sie die Energie vom Herzen abzog und dem Kopf zuführte. Dort konnte sie besser damit umgehen. Kein Messer. Heidis Handtasche verschwunden. Die Bettdecke runtergezogen.

Den Tatort zu sichten würde sehr viel Arbeit bedeuten. Jim würde befragt werden. Aber nach so langer Zeit waren viele Hinweise verloren gegangen.

Heidi musste seit Wochen tot sein. Die Kälte hatte sie gut erhalten, sogar die blauen Flecken, aber die Ameisen hatten sie trotzdem gefunden.

Irgendwann hatte Jim aufgehört, nach Heidi zu fragen. Das fiel ihr jetzt erst auf. Zuerst hatten sich alle Gespräche um Heidi gedreht. Dann war es, als hätte er sie vergessen.

Sie vergessen? Oder selbst gefunden? Sie waren Mann und Frau. Vielleicht hatte Heidi nicht mehr daran gedacht, dass sie Jim vor Jahren mal von dem Wohnwagen erzählt hatte.

Nina biss sich auf die Lippen und versuchte, sich zu vergewissern, sich davon zu überzeugen, dass Jim es nicht gewesen sein konnte. Warum war sie sich dennoch so sicher?

Die Szene kehrte in allen Einzelheiten zurück. Scherben. Heidi hatte mit ihrem Angreifer gekämpft. Ein Nachttisch, geschlossene Schubladen, ein Buch mit einem Lesezeichen. Sie sah Heidis Körper, ihre Hand, die seitlich übers Bett hing.

Irgendetwas hatte gefehlt.

Sie starrte wie blind auf ihre eigene Hand, betrachtete die Nägel und Furchen und den neuen Diamanten, der selbst im Dunkeln an ihrem Finger zu funkeln schien.

Es war womöglich das Einzige im Wohnwagen gewesen, das mehr wert war als ein paar Dollar. Kein Dieb würde sich mit dem ältesten Wohnwagen im ganzen Park abgeben, nur um an Heidis Ehering aus getriebenem Gold zu kommen, den sie weiterhin getragen hatte, weil sie ihn mochte, auch wenn sie Jim nicht mochte.

Jetzt war Nina sich entsetzlich sicher.

Sie versuchte, sich ihre nächsten Schritte zu überlegen. Sie würde die Polizei anrufen. Sie würde die ganze Nacht aussagen müssen. Sie konnte nicht … sie musste sehr sorgfältig sein, um Jim nicht mit hineinzuziehen. Sie wusste eigentlich nichts.

Sie spürte es nur direkt im Solarplexus.

25

»Guten Morgen«, begrüßte Jim sie. »Fast ein Meter Schnee in einer einzigen Nacht! Wunderbares Wetter zum Skilaufen!«

Nina war bis halb drei morgens auf den Beinen gewesen. Sie

hatte mit der Polizei über Heidi gesprochen und überlegt, was zu tun sei. Sie hatte bis fünf in einem Zimmer im elften Stock des Circus Circus in Reno geschlafen, sich dann unten mit Tony getroffen und war zwei Stunden lang über schlecht geräumte Straßen in die Berge zurück nach Hause gefahren. Dort hatte sie sich umgezogen, etwas gegessen, Bob bei Matt angerufen und war dann zum Gericht gefahren.

Seit halb neun hatte sie in der Eingangshalle auf Jim gewartet. Allmählich hatte sie genug.

»Gehen wir in den Flur, da sind wir unter uns.« Sie bog mit ihm um die Ecke.

»Sie sehen müde aus. Ich hingegen fühle mich toll. Heute bringen wir es endgültig hinter uns.«

»Ich würde Sie gerne etwas fragen«, sagte Nina.

»Was denn?«

»Würden Sie bitte mal den Parka ausziehen, in dem Sie anscheinend wohnen?«

Überrascht und ein wenig belustigt zog Jim ihn aus. Darunter trug er ein langärmeliges blaues Baumwollhemd.

»Und wie steht es mit dem Hemd?«, fragte Nina.

»Doch nicht hier, oder? Was soll das eigentlich?«

»Ziehen Sie das Hemd aus, Jim. Hier ist niemand. Ich möchte Ihre Arme sehen. Bis hoch zur Schulter.«

»Wieso?«

»Weil Heidi mir vor ein paar Wochen erzählt hat, Sie hätten sich an dem Badezimmerspiegel geschnitten.«

»Ich habe Ihnen doch gesagt, dass ich den Spiegel nicht zerbrochen habe. Das war Heidi.«

»Ich möchte es mit eigenen Augen sehen.«

Er knetete den Parka. »Tun Sie das nicht«, sagte er leise und richtete die ganze Kraft seines Blickes auf Nina.

Sie versuchte vergeblich, die Drohung, die von diesen Augen ausging, zu verdrängen. »Ich muss es sehen, sonst ...«

»Was sonst?«, verhöhnte er sie.

»Sonst ändert sich unsere Beziehung, und zwar schlagartig.«

»Wir haben eine Abmachung, die bisher gut funktioniert hat. Sie sollten sich überlegen, ob Sie daran rütteln wollen.«

»Zeigen Sie mir Ihre Arme.« Sie machte nicht absichtlich Pausen zwischen den Wörtern. Der Satz kam einfach sehr bedeutungsvoll aus ihr heraus.

Er knetete weiter seine Jacke, als könnte er sie zu einem winzigen Klumpen zusammendrücken. »Sie glaubt mir, sie glaubt mir nicht.«

»Her mit den Armen!«, schrie sie.

»Scheiß drauf!«

»Jim, ich habe letzte Nacht Heidi gesehen.«

»Sie … Sie haben sie gefunden?« Seine Hände gefroren. Der Parka blähte sich auf und fiel zu Boden.

»Sie sah gar nicht gut aus. Sie ist tot, Jim. Das wissen Sie doch. Ich habe sie im Wohnwagen gefunden.«

»Wovon reden Sie eigentlich? In welchem Wohnwagen? Heidi würde sich nicht mal tot in einem Wohnwagen erwischen lassen.«

Und dann sah Nina das verräterische Zucken in seinem Mundwinkel.

Er fand es auch noch witzig!

»Sie sind ein Psychopath«, sagte Nina und wich zurück.

Jim tat, als dächte er darüber nach. »Das glaube ich nicht. Ich habe Heidi geliebt. Psychopathen empfinden nichts. Ich hab's nachgelesen. Ich empfinde viel Liebe und viel Hass.«

»Gut, es reicht!« Sie hob die Hand. »Sie brauchen es gar nicht abzustreiten.«

Jim verdaute ihre Worte, sie konnte genau sehen, wie es in ihm arbeitete. Er überlegte, was er mit ihr und ihren Informationen anfangen sollte. »Wissen die Bullen Bescheid?«

»Natürlich. Ich habe sofort die Polizei gerufen. Sie waren vor zehn schon am Pyramid Lake. Sie haben mich die halbe Nacht verhört.«

»Und was haben Sie ihnen erzählt?«

»Jetzt lassen Sie die Maske fallen, was, Jim?«

»Wie Sie meinen. Schließlich sind Sie meine Anwältin.«

»Ich habe ihnen gesagt, weshalb ich gekommen bin. Ich habe nicht meine Schweigepflicht gebrochen, falls Sie das meinen. Ich habe der Polizei nicht auf Ihre Kosten geholfen. Es ist ein anderer Bundesstaat, daher werden Sie vermutlich erst am Montag zum Verhör vorgeladen.«

»Es gibt keine Beweise«, meinte Jim. »Dafür kann ich garantieren. Niemand kann mich darauf festnageln, dass ich Heidi aufgeschlitzt habe.«

Seine Bemerkung raubte ihr den Atem, sie hatte das Messer mit keinem Wort erwähnt. »Warum, Jim?«

»Unterliegt diese Unterhaltung der Schweigepflicht?«

»Das kann ich nicht sagen. Aber sie steht wohl unter einem gewissen Schutz.«

»Dann nehme ich Sie beim Wort. Sie sind eine ethisch denkende Anwältin, darauf verlasse ich mich. Und Sie stecken voller Überraschungen, darum erinnert mich dieser Prozess auch an eine Achterbahnfahrt. Nichts fragen, nichts sagen, was? Sie wollen die Wahrheit doch gar nicht wissen.

Hm. Also, hypothetisch gesprochen und für den Fall, dass diese Unterhaltung nicht der Schweigepflicht unterliegt«, fuhr er lächelnd fort. »Warum hätte ich sie töten sollen? Ich habe sie doch geliebt, nicht wahr? Ich würde vermuten, dass sie den Fehler begangen hat, etwas Unverzeihliches zu sagen.«

»Und das wäre?«

»Dass sie meinen Vater bevorzugt. Dass er ihr lieber ist als ich!«

»Ihr Vater!«

»Sie war nicht in Alex verliebt«, erklärte Jim, »sondern in meinen Vater.«

Das musste Nina erst verdauen.

»Sie hat mir irgendeinen Scheiß erzählt, von wegen, sie habe sich meinem Vater zugewandt, weil sie mit mir unglücklich gewesen sei. Sie habe nicht gewusst, was Liebe ist, bis sie ihm begegnete. Sie war mir untreu und hat mich verlassen, aber ich hätte ihr beinahe alles verziehen. Unter diesen Umständen und in der kleinen erfundenen Geschichte, die ich Ihnen hier erzähle«, sagte er, als er sich an sein Spielchen erinnerte, »hätte ich ihr sogar angeboten, zu mir zurückzukommen.«

»Aber sie wollte nicht«, sagte Nina.

»Stimmt, sie wollte nicht. Es hätte mich eigentlich nicht schockieren dürfen. Tat es aber doch. Ihre Treue hatte mir einmal etwas bedeutet. Ich dachte, wenn wir richtig miteinander reden könnten, würde sie vielleicht erkennen, wie sehr ich sie liebe, und ihre Meinung ändern. Und dann wurde ich sehr, sehr wütend …«

»Verstehe.« Nina schaute zu Boden und atmete aus.

»Ich zerstöre nur ungern Ihre Fantasiewelt. Sie haben sich sehr bemüht, an meine Unschuld zu glauben. Ich habe jedes Schlupfloch geliebt.«

»Sie sind wirklich ein geschickter Lügner. Es fällt mir schwer, zu glauben, dass Sie etwas so … so …«

»Dass ich etwas so Gerechtes, so Richtiges tun könnte.«

»Aber warum? Warum Alex?«

»Weil mein Vater mit meiner Frau geschlafen hat«, sagte Jim.

Nina wich noch weiter zurück. Sein Hass stieß sie ab, obwohl er nicht gegen sie gerichtet war.

»Meine Mutter hat mich verlassen. Ich habe Jahre gebraucht, um mit diesem Verrat klarzukommen. Dann fand ich Heidi und dachte, alles würde gut. Ich habe mir mein Paradies hart erarbeitet. Ich war lange ein braver Junge.«

Er verstummte.

»Dann hat mein Vater … mit meiner Frau … geschlafen.«

Nina hob schützend die Hand vor die Augen.

»Marianne hat mir erzählt, Heidi würde mit einem anderen schlafen. Ich stellte sie zur Rede, weil ich es nicht glaubte, und

Heidi sagte, es sei wahr. Sie schlafe mit meinem Vater. Können Sie sich einen solchen Betrug auch nur annähernd vorstellen?«

Nina legte die Hand auf den Mund und starrte ihn an.

»Also … habe ich ihm Alex genommen. Mein Vater ist heute ein gebrochener Mann. Er wird nie darüber hinwegkommen. Und so soll es auch sein. Jetzt hassen Sie mich. Dabei hat sich nichts geändert! Sie haben nie an meine Unschuld geglaubt. Sie wollten nur so tun, damit Sie mich guten Gewissens verteidigen konnten.«

»Ich habe immer an Ihre Unschuld geglaubt! Lange Zeit, jedenfalls.«

»Nein, ganz aufrichtig waren Sie nie. Sie waren nicht so loyal, wie Sie hätten sein müssen.«

»Sie wollten mich benutzen, um Heidi zu finden.«

»Nun, Sie können sich auf die Schulter klopfen, dass Sie nicht rechtzeitig gekommen sind. Na los, das hier wird unserer Beziehung keinen Abbruch tun, jetzt stehen keine Lügen mehr zwischen uns. Holen Sie mich hier raus, dann sind Sie mich los.«

»Nein«, sagte Nina langsam. »Nein, Jim, ich glaube, das werde ich nicht tun.«

»Warum nicht?«

»Warum nicht? Weil Sie mich anwidern.«

»Na und?«

»Ich kann nicht weitermachen.«

»Jetzt mal ganz ruhig. Wir ziehen heute die Untersuchung durch. Wir wissen beide, dass der Richter mich gehen lässt. Dann sind wir quitt.«

»O Gott! Artie! Haben Sie Artie auch etwas angetan?«

»Der grauen Maus aus dem Büro über Ihrem? Der so verrückt ist nach seiner alten Schachtel von Ehefrau?«

»Haben Sie ihm gedroht, seiner Frau etwas anzutun?«

»Natürlich nicht.« Jim lächelte. »Keine Sorge, Artie hat einen Wink bekommen und sofort kapiert. Thema erledigt. Wir gehen jetzt rein, regeln die Sache und …«

»Nein, das werden wir nicht. Ich ersuche um eine Vertagung. Ich lege mein Mandat nieder. Dann können Sie sehen, wie Sie mit jemand anderem zurechtkommen.«

»Moment mal«, sagte Jim. Er schien ehrlich überrascht. »Wir haben doch schon darüber gesprochen. Wir müssen es heute durchziehen, damit die Anklage keine Zeit hat, etwas auf die Beine zu stellen. Und Sie können Ihr Mandat nicht niederlegen. Sie sind meine Anwältin, Sie kennen den Fall, Sie müssen sich darum kümmern.«

»Nein. Ich sage einfach, ich sei krank. Sie werden dadurch keine Nachteile erleiden. Aber ich gehe heute nicht vor Gericht.«

»Aber sicher doch«, meinte Jim. »Sie sind doch ganz wild darauf, ein bisschen Zeit mit Ihrer neuen Familie zu verbringen, was? Ich habe gehört, Ihr Junge ist gestern Abend von einer Reise zurückgekommen. Aber für eine so tolle Anwältin wohnen Sie ganz schön einsam.«

Nina schluckte. Er bedrohte ihre Familie.

»Ich will nur dafür sorgen, dass Sie Ihre Arbeit tun. Erledigen Sie die Voruntersuchung, dann können die mir nicht mehr wegen Alex kommen. Um die Sache mit Heidi mache ich mir keine Sorgen. Ich vermute, man wird Spuren finden, die zu meinem Vater führen. Also ziehen Sie jetzt einfach die Voruntersuchung durch, sonst wäre ich ganz furchtbar enttäuscht. Und dann kann ich gefährlich werden.«

Sie schloss die Augen.

»Und? Sind wir noch im Geschäft?«

»Okay.« Ihr blieb keine andere Wahl.

»Meine gute, ethisch denkende Anwältin«, sagte er. »Tun Sie Ihre Pflicht. Und keine Fehler.«

Sie wollte gehen.

»Ach, Nina, eins noch, damit Sie sehen, wie sehr ich darauf vertraue, dass Sie unsere Geheimnisse niemals enthüllen ...«

Er schob seinen Ärmel bis zur Schulter hoch.

Narben.

Barbara kam zu Nina, bevor Flaherty den Saal betrat. »Wir haben heute Morgen von Heidi Strong erfahren. Sie haben die Leiche gefunden?«

»Ja, wir haben nach ihr gesucht«, antwortete Nina, ohne Jim anzusehen, der neben ihr stand.

»Wenn wir ihn nicht wegen dieser Sache hier drankriegen, dann wegen ihr«, sagte Barbara mit einer Kopfbewegung zu Jim.

Jim seufzte und machte ein gekränktes Gesicht.

»Dieser Gedanke wird mir den heutigen Tag versüßen«, sagte Barbara, ohne auf ihn zu achten.

»Ihr Tod wird Ihnen nicht helfen«, entgegnete Nina. »Heidis Erklärung wird trotzdem nicht zugelassen.«

»Ich werde es jedenfalls versuchen, daran können Sie mich nicht hindern. Flaherty muss wissen, dass sie tot ist.«

»Es wird Ihnen nichts bringen«, wiederholte Nina. »Auch nach ihrem Tod gilt das Aussageverweigerungsrecht für Eheleute.«

»Ihr Anwälte seid wirklich das Allerletzte«, sagte Barbara verächtlich, kehrte ihr den Rücken und trat an ihren Tisch.

»Harte Worte«, sagte Jim, der die Szene zu genießen schien. Doch sie spürte seine Anspannung ebenso wie den prüfenden Blick seiner blauen Augen. Er würde sie heute auf Schritt und Tritt beobachten.

Nina erledigte den ganzen Morgen ihre Arbeit. Flaherty schaute sie ein paarmal neugierig an, als störe ihn etwas, doch sie führte das Kreuzverhör der Polizeizeugen gründlich und sorgfältig durch. Sie musste sich konzentrieren, immerhin ging es um ihre Familie.

Sie musste einfach nur ihre Arbeit machen.

Collier kam herein und setzte sich nach hinten. Barbara war

weiterhin wütend, obwohl sich diese Wut nur im harten Funkeln ihrer Augen offenbarte. Sie tat alles, um Flaherty von ihrem Standpunkt zu überzeugen, doch Nina konterte jeden Hieb. Flaherty wusste, wohin die Reise ging. Das wussten alle.

»Wir werden keine Verteidigung aufbauen, Jim«, sagte Nina in der Pause. »Wir gewinnen auch ohne Ginger und die anderen.«

»Wären sie keine zusätzliche Sicherheit?«

»Nein, eher ein Risiko. Barbara ist gut, und sie peitscht um sich wie ein verletzter Aal. Sie könnte ihnen die falschen Fragen stellen, und sie werden nicht lügen. Ich will damit sagen, dass Sie diese Zeugen nicht brauchen.«

»Ich hoffe, Sie kochen nicht Ihr eigenes Süppchen.«

»Nein!« Sie zwang sich, ruhig zu bleiben. »Sehen Sie denn nicht, dass ich mein Bestes gebe?«

»Sie kommen mir irgendwie halbherzig vor«, sagte er in einem leichten, neckenden Tonfall. »Aber ich bin willens, darüber hinwegzusehen, denn Sie wissen, dass Sie gewinnen müssen. Wie Sie das schaffen, ist Ihr Problem. Schön, gehen wir rein und bringen es hinter uns.«

Kurz vor Mittag war Barbara am Ende ihrer Ausführungen angelangt. Sie hatte nachweisen wollen, dass es einen Mord gegeben hatte und dass Jim der Mörder war. Das war ihr nicht gelungen.

Ihr größtes Problem bestand darin, dass es für die Annahme, Jim habe seinen Bruder töten wollen, keinerlei Beweise gab. Zwar musste sie Jim kein Motiv nachweisen, doch ihr Expertengerede über Muster und Fasern wirkte wenig überzeugend, weil es keinen ersichtlichen Grund gab, dass Jim Alex hätte schaden wollen.

Natürlich hatte sie sich bemüht, doch Kellys Aussage war nicht zugelassen worden, und Gina Beloit, die verärgerte Angestellte, die das Gespräch mit Jims Vater über Gene Malavoy mitgehört hatte, war praktisch bedeutungslos geworden. Philip Strong hatte man nicht vorgeladen, weil Barbara fürchtete, er könnte seinen Sohn entlasten, und Marianne wäre für die Anklage wenig hilfreich gewesen.

Collier hatte sich die ganze Zeit über nicht vom Fleck gerührt, und allmählich kam Nina eine Idee. Sie hing von Collier und seiner genauen Kenntnis des Falles ab.

»Ich habe keine weiteren Beweise, Euer Ehren«, sagte Barbara um zehn vor zwölf. »Ich beantrage, dass das Gericht eine Aussage zulässt, die am Tag nach dem Tod von Alex Strong bei der Polizei in South Lake Tahoe gemacht wurde.« Flaherty zog die Unterlagen hervor.

»Alte Sache«, flüsterte Nina Jim zu. Nun war der Augenblick gekommen, auf den sie den ganzen Morgen gewartet hatte.

Sie warf einen Blick zum Tisch der Anklage. Collier beugte sich über Barbaras Schulter und sagte ihr etwas ins Ohr. Dann drehte er sich um und ging hinaus.

Warum gerade jetzt? Was hatte er vor?, fragte sich Nina.

»Das Gericht sollte wissen, dass Heidi Strong, die als vermisst gilt, seit sie diese Erklärung abgegeben hat, letzte Nacht mit durchschnittener Kehle in einem Wohnwagen in Pyramid Lake ...« Weiter kam Barbara nicht.

Nina erhob sich. »Einspruch, Euer Ehren! Dies ist für den vorliegenden Fall nicht relevant, da die Erklärung weiterhin unzulässig ist. Das Aussageverweigerungsrecht für Ehegatten besteht auch nach dem Tod.« Sie zitierte einen Präzedenzfall. »Das bedarf keiner weiteren Erörterung.«

»Aber das Gericht will die Wahrheit herausfinden«, wandte Barbara ein. »In dieser Untersuchung sollen Tatsachen festgestellt werden. Das Gericht kann die Regeln lockern, falls dies im Interesse der Wahrheitsfindung ist.«

»Euer Ehren, es gibt gute Gründe für diese Regeln«, unterbrach Nina. »Und die Regel bezüglich des Aussageverweigerungsrechts für Ehegatten kann das Gericht nicht lockern. Wir nehmen dieses Recht für uns in Anspruch. Es handelt sich um ein vertrauliches Gespräch zwischen Mann und Frau. Selbst in der weniger formellen Voruntersuchung müssen die Regeln der Vertraulichkeit gelten. Warum? Wird einmal gegen ein Recht verstoßen, lässt sich dies nicht wieder gutmachen.

Gemäß Abschnitt neun-acht-fünf der Bestimmungen zur Beweisaufnahme gilt nur dann eine Ausnahme, wenn der Ehegatte, der das Recht innehat, darauf verzichtet. Dann darf der andere Ehegatte aussagen. Wir werden in diesem Fall nie und nimmer auf dieses Recht verzichten, Euer Ehren. Das möchte ich ein für allemal klarstellen.«

Sie sah Jim an. Er nickte erfreut. Sie hielt die Luft an. Jetzt kam es auf Barbara an.

Hatte sie Nina aufmerksam zugehört? Hatte sie gehört, dass Nina eine Ausnahme vom Aussageverweigerungsrecht für Ehegatten erwähnt hatte? Hatte sie den kleinen Fehler bemerkt?

Hatte Nina sie darauf gebracht, dass es in Wirklichkeit weitere Ausnahmen gab?

Collier wäre sofort darauf angesprungen. Barbara hingegen kannte sich in den für diesen Fall geltenden Gesetzen nicht so gut aus.

Zwischen Barbaras makellosen Augenbrauen erschien eine leichte Falte. Nina sah sie und hoffte, sie werde sich vertiefen, Barbara werde den Mund öffnen und das Richtige sagen …

Barbara schaute auf die Uhr. »Euer Ehren, könnten wir diese Diskussion vielleicht nach der Mittagspause fortsetzen? Ich habe um Punkt zwölf eine Telefonkonferenz in meinem Büro.«

»Mrs. Reilly?«, fragte Flaherty.

»Wir erheben Einspruch gegen diese Unterbrechung. Miss Banning ist in Bedrängnis und hofft, dass ihr während der Mittagspause etwas einfällt. Es gibt im Grunde keinen Anlass, diese Diskussion fortzusetzen. Wir haben nicht vor, eine Verteidigung vorzubringen, und sind bereit, dem Gericht nun die Entscheidung zu überlassen. Ziehen wir die Sache doch nicht in die Länge.« Sie betete, lass ihn so gut sein, wie er glaubt … er soll ihr Recht geben …

»Nun«, sagte Flaherty, »ich glaube, nach dem Mittagessen können wir noch zehn Minuten für diese Frage erübrigen. Immerhin ist das hier die zweite Runde in einem Mordfall. Die Sitzung wird auf halb zwei vertagt.«

Barbara verließ sofort den Saal. Im Flur sagte Jim mürrisch: »Sie zieht es wirklich in die Länge. Eigentlich müssten wir schon fertig sein.«

»Ich will es auch hinter mich bringen. Ich tue mein Bestes. Um halb zwei bin ich wieder da.«

»Wir könnten zusammen essen. Wäre doch eine nette Idee.«

Sie schob das Kinn vor. »Ich führe die Voruntersuchung. Aber Sie dürfen nicht erwarten, dass ich Sie auch noch anlächle, Sie Arschloch.«

»So dürfen Sie nicht mit mir reden.«

»Und Sie dürfen nicht meine Familie bedrohen.«

Er sah ihr nach.

Sie fuhr zum See, auf dem nach dem Schneesturm weiße Schaumkronen tanzten. Sie hatte getan, was sie tun konnte.

Nun lag alles bei Barbara. Die stellvertretende Staatsanwältin war neu im Strafrecht, man hatte ihr den Fall überstürzt übertragen, und sie hatte die juristischen Recherchen nicht selbst durchgeführt. Sie hatte Colliers alte Schriftsätze zur Frage des Aussageverweigerungsrechts für Ehegatten benutzt.

Andererseits war sie sehr klug. Wie klug? Das würde Nina bald herausfinden. Barbaras Stirnrunzeln war ihr nicht entgangen. Vermutlich hatte sie eine Entschuldigung fabriziert, um in ihrem Büro in der Beweismittelverordnung nachzulesen.

Jim hatte keine Ahnung, was lief, dessen war Nina sicher. Sie saß im Bronco, schaute hinaus auf den See und war krank vor Angst.

Halb zwei. Alle waren da. Barbara war hereinmarschiert, ohne sie eines Blickes zu würdigen. Auch Collier war wieder gekommen. Diesmal saß er auf dem zweiten Stuhl am Tisch der Anklage. Nina hoffte, dass sie die Mittagspause gemeinsam verbracht hatten. Sie gab sich ruhig, sogar ein wenig gelangweilt. Jim saß mit mürrischem Gesicht neben ihr und wartete ungeduldig auf seinen Freispruch.

»Wo waren wir?«, fragte der Richter. »Ach ja, zehn Minuten für die Frage der Erklärung von Heidi Strong.«

Barbara war schon aufgesprungen. »Darf ich fortfahren?«

»Bitte.«

»Wie gesagt, der Tod von Heidi Strong wirft ein völlig neues Licht auf die Zulässigkeit ihrer Aussage.« Eigentlich hatte Barbara das vorher nicht gesagt, holte es nun aber nach. »Betrachten wir diese Erklärung aus einem neuen Blickwinkel. Es gibt eine Ausnahme beim Aussageverweigerungsrecht für Ehegatten, die in dieser Sache bisher nicht anwendbar war. Jetzt schon.« Sie warf einen Blick auf ihre Notizen.

»Es gibt kein Aussageverweigerungsrecht, wenn sich die Aussage auf ein Verbrechen gegen den Ehegatten bezieht«, erklärte sie. »Ich zitiere den Fall *Die Vereinigten Staaten gegen Michaels*, in dem der Ehemann die Frau mehrmals bedrohte, bevor er sie einen Monat nach Beginn der Drohungen schwer misshandelte. Niemand hatte diese Drohungen gehört. Nur die Frau konnte dazu aussagen. Sie konnte das tun, weil sich das Verbrechen gegen sie selbst richtete. In einem derartigen Fall gilt das Aussageverweigerungsrecht nicht.«

Es war Barbaras Sieg, doch Nina würde ihr niemals dazu gratulieren können. Jetzt hieß es Ruhe bewahren.

»Warum sollte das im vorliegenden Fall relevant sein?«, fragte sie. »Der Angeklagte wird nicht des Mordes an seiner Frau beschuldigt. Mrs. Strong hätte wegen des Aussageverweigerungsrechts in diesem Prozess nicht als Zeugin auftreten können. Daher darf die Erklärung auch nicht als Beweis für die Rache an einer Zeugin angeführt werden. Das ist nur Schall und Rauch, Euer Ehren.« Etwas von Ninas Verzweiflung schwang ungewollt in ihrer Stimme mit. Auch gut. Vielleicht würde Jim es für Aufrichtigkeit halten.

»Ich möchte noch einen Schritt weiter gehen, Euer Ehren«, erklärte Barbara. »Wir haben festgestellt, dass auf das Aussageverweigerungsrecht verzichtet werden kann, wenn die Aussage dem Nachweis eines Verbrechens gegen den Ehegatten dienen soll. Meines Erachtens ist die Frage, ob Mr. Strong seine Frau getötet hat, im vorliegenden Fall nicht deshalb relevant, weil sie eine Zeugin gewesen sein könnte, sondern weil es ein Beweis für weitere ähnliche Verbrechen sein könnte.«

Sie hatte es geschafft. Weitere ähnliche Verbrechen – das war die richtige Theorie. Heidis Aussage hatte sich in etwas anderes verwandelt.

»Das Gericht wird sich erinnern«, fuhr Barbara fort, »dass wir gestern über den Antrag der Verteidigung auf Ausschluss von Beweismitteln bezüglich früherer böswilliger Handlungen gesprochen haben. Die Anklage hat bei diesem Antrag verloren. Die angeblichen böswilligen Handlungen lagen zu weit in der Vergangenheit.«

Flaherty nickte irritiert. Nina setzte ebenfalls eine verwirrte Miene auf.

»Ich beantrage, dass die Aussage von Heidi Strong zugelassen wird, weil sie als Beweis für eine *nachfolgende* böswillige Handlung dienen kann. Sie könnte gar nicht aktueller sein. Es ist relevant, weil damit nicht der schlechte Charakter oder eine Neigung des Angeklagten bewiesen wird, sondern die Tatsache, dass er im selben zeitlichen Rahmen ein weiteres ähnliches Verbrechen begangen hat. Schauen wir uns die Ähnlichkeiten an, Euer Ehren. Beide Male ein Familienmitglied. Beide Male große Brutalität.« Sie hielt inne. Flaherty dachte angestrengt nach. Nina schaffte es, erstaunt auszusehen.

Mach schon, Barb, dachte sie.

»Mal sehen, ob ich Ihren Argumenten folgen kann«, sagte Flaherty. »Es geht jetzt im Hauruck-Verfahren. Sie behaupten, das Aussageverweigerungsrecht für Ehegatten sei kein Problem mehr, da die Aussage jetzt als Beweismittel dafür gelte, dass Mr. Strong womöglich seine Frau getötet hat. Und zweitens behaupten Sie, dass die Frage, ob Mr. Strong dieses andere vorgebliche Verbrechen begangen hat, für die vorliegende Anklage relevant sei, weil sie als Beweis für weitere ähnliche Verbrechen dienen könnte. Soweit ich mich erinnere, können Beweismittel für weitere ähnliche Verbrechen nach dem Ermessen des Gerichts zugelassen werden, und zwar ungeachtet dessen, ob wegen der anderen Verbrechen eine Verurteilung vorliegt oder auch nur ein Verfahren eingeleitet wurde.«

»Das ist korrekt, Euer Ehren.«

»Euer Ehren«, meldete sich Nina. »Die Verteidigung ist überrascht angesichts dieses mündlichen Antrags, den ich nicht gründlich studieren konnte. Er sollte nicht zu diesem Zeitpunkt gestellt werden. Daher erhebe ich Einspruch gegen diesen Antrag.« Sie schwafelte los, dass es keine Ähnlichkeiten gebe, dass die Anklage durch ein Hintertürchen etwas Unzulässiges erreichen wolle und so weiter. Sie sagte die richtigen Dinge und hoffte, dass Flaherty nicht zuhörte. Schließlich hob er die Hand, um sie zu stoppen.

»Möchten Sie eine Vertagung beantragen, damit Sie darauf antworten können? Sie scheinen in dieser Frage sehr erfahren zu sein und haben viele Dinge bereits in Ihrem Schriftsatz erwähnt.«

Jim schüttelte heftig den Kopf. »Wir wollen keine Vertagung. Der Angeklagte hat schon genug durchgemacht. Wir wollen, dass heute entschieden wird.«

»Gut, wenn Sie keine Vertagung wünschen, werde ich jetzt über den mündlichen Antrag entscheiden.«

Nina blieb stehen. Sie wollte nicht neben Jim sitzen.

»Ich glaube, die Anklage hat ein überzeugendes Argument vorgebracht«, sagte der Richter. »Interessant daran ist, dass, wenn das Aussageverweigerungsrecht für Ehegatten wegfällt, dem Gericht großer Ermessensspielraum für die Fragen der Relevanz bleibt.«

»Hier geht es um eine Morduntersuchung!«, rief Nina. »Da dürfen keine Regeln gelockert werden!«

»Schon gut, ich habe genug gehört. Setzen Sie sich, beide. Ich unterbreche für zehn Minuten und lese in der Beweismittelverordnung und den Kommentaren nach.«

»Aber Euer Ehren!«, sagte Nina laut.

»Setzen Sie sich!«

Sie gehorchte. Der Richter verschwand. Barbara ging mit Collier auf den Flur. Die Protokollführerin bearbeitete ihre Fingernägel. Die Uhr tickte. »Nina?«, flüsterte Jim. Sie zuckte die Schultern und hoffte, dass er nicht auf ihre Hände schaute, die beinahe bluteten, so fest grub sie die Nägel hinein.

Aus zehn Minuten wurden fünfzehn.

Dann kam Flaherty herein und nahm auf der Richterbank Platz. »Gut, zurück zum Protokoll. Ich verlese einige Fälle, in denen es um nachfolgende böswillige Handlungen geht. Springen Sie nicht auf, Mrs. Reilly, das sind nur die Fälle, die bereits in den Schriftsätzen beider Parteien in Verbindung mit dem gestrigen Antrag angeführt wurden. Sie beide haben sie gelesen und zitiert.

Gestern war ich dagegen, Kelly Strongs Aussage über frühere bösartige Handlungen zuzulassen. Diese Handlungen lagen mehr als zehn Jahre zurück und hatten nichts mit Mord zu tun.

Nun liegt der Fall anders. Der Mord an einer dem Angeklagten nahe stehenden Person wurde nur wenige Wochen nach dem Tod des Opfers im vorliegenden Fall, das dem Angeklagten ebenfalls nahe stand, begangen. Die Beweismittel lassen auf ein ähnliches Vorgehen schließen – dass der Angeklagte nach gewaltsamer Rache an Familienmitgliedern strebt, die ihm in irgendeiner Weise geschadet haben.

Das Gericht wird sein Ermessensrecht ausüben und diese Erklärung zulassen, die vermutlich stichhaltige Gründe zu der Annahme liefert, dass der Angeklagte ein Verbrechen an seiner Frau begangen haben könnte, das wiederum eine ähnliche Vorgehensweise wie im vorliegenden Fall zeigt. Nun, das wäre die Einführung. Schauen wir uns jetzt die Erklärung an.«

Nina schüttelte den Kopf, gab sich unglücklich und resigniert. Barbara warf ihr einen verächtlich-triumphierenden Blick zu. Collier lehnte sich mit grimmiger Befriedigung zurück, während Jim sich auf die Lippen biss, als der Richter die Erklärung verlas.

ICH WEISS, WAS DU MIT ALEX GEMACHT HAST. Nina erinnerte sich an Heidis Haftnotiz, die Jim zerrissen hatte. Doch nun hörte Flaherty Heidis Aussage, die von der Geschichte mit dem Badezimmerspiegel und von Jims Wut auf seinen Bruder zeugte.

Nach dieser Verbindung hatte Flaherty gesucht. Das wurde klar, als er kurz darauf barsch sagte: »Das Gericht wird nun entscheiden.« Er las die Routinerede ab, die am Ende jeder Voruntersuchung stand, und sagte dann: »Das Gericht entscheidet, dass es stichhaltige Gründe zu der Annahme gibt, dass im vorliegenden Fall ein Mord begangen wurde, und dass es ebenso stichhaltige Gründe zu der Annahme gibt, dass der Angeklagte besagtes Verbrechen begangen hat.«

Die Protokollführerin lächelte Barbara zu. »Das sollte sie eigentlich nicht tun«, flüsterte Nina Jim zu. »Er hat jetzt den Prozess gegen Sie eröffnet.«

»Was?«

»Nächste Woche setze ich den Termin für die Verhandlung fest«, verkündete der Richter. »Sonst noch etwas, Miss Banning?«

Nina versuchte, ihr Zittern zu beherrschen, damit Jim nichts merkte, und hoffte, dass Barbara aufstand und sagte …

»Die Anklage beantragt, dass der Angeklagte umgehend in Gewahrsam genommen wird. Es wurden stichhaltige Gründe für ein brutales Verbrechen gefunden. Der Angeklagte steht vor einem Prozess. Zudem wurde ein weiterer Mord begangen, in den der Angeklagte vermutlich ebenfalls verwickelt ist.«

»Es gibt keine stichhaltigen Gründe!«, rief Nina stehend und in bittendem Ton, wobei sie hoffte, Flaherty möge sie nicht beachten.

»Mag sein, aber im Augenblick laufen die Ermittlungen, und es gibt genügend Gründe, die für eine Fluchtgefahr sprechen«, warf Barbara ein.

Sie machte es so gut, einfach fantastisch, man würde Jim gleich abführen – Nina brabbelte etwas, das wie ein Einwand klang.

Doch Flaherty war nicht so clever wie Barbara. Im letzten Moment beging er einen Fehler.

»Ich glaube, wir müssen einen offiziellen Termin zur Festsetzung der Kaution anberaumen«, sagte Flaherty.

Collier sprang auf. »Er stellt eine Gefahr dar! Das Gericht sollte ihn umgehend verhaften lassen!«

»Setzen Sie sich, Herr Staatsanwalt«, meinte Flaherty trocken. »Am Montagmorgen um acht Uhr höre ich mir Ihren Antrag an. Das ist ein Beschluss.« Er wischte sich die Stirn und verließ den Saal, während Nina wie betäubt stehen blieb.

»Es war Heidi«, sagte Jim. »Sie ist zurückgekommen, um mich heimzusuchen. Beschissenes Timing! Aber wir haben Zeit bis Montag. Was geschieht dann?«

»Keine Ahnung.«

»Kommen Sie mir nicht auf die Tour!«

»Ich werde versuchen, eine Kaution für Sie zu erwirken, aber … da ist die Sache mit Heidi. Es war schwer genug, Sie beim ersten Mal freizubekommen.«

»Wollen Sie mir sagen, die sperren mich ein?« Endlich war es an ihm, ängstlich auszusehen.

»Ich bin schon so weit gegangen, ich werde auch noch diesen Termin für Sie erledigen.«

Doch Jim dachte nicht an Montag. Er starrte abwesend ins Leere.

Ja, dachte sie, das Schwein will abhauen.

Lauf, lauf, du Schwein, dachte sie bei sich, bemüht, sich die Hoffnung nicht anmerken zu lassen. »Ich habe alles für Sie getan, Jim, das haben Sie selbst erlebt. Sie geben mir doch nicht die Schuld an dem, was eben passiert ist, oder?«

Er schaute sie eisig an. »Aber Sie haben nicht gewonnen.«

»Ich habe mein Bestes getan. Kommen Sie mir und meiner Familie nicht zu nahe. Ich werde geschützt. Kapiert?« Er hatte miterlebt, wie sie für ihn gekämpft hatte. Er hatte unmöglich merken können, dass sie Barbara auf die zweite Ausnahme gestoßen hatte.

Er gab keine Antwort. Dachte an seine Flucht. Er drückte ihr beinahe geistesabwesend die Hand, als wären sie ganz normale Leute, die sich voneinander verabschiedeten, und sie ließ es zu. In diesem Moment wusste sie, dass er sich aus dem Staub machen würde.

»Leben Sie wohl, Nina.« Er schenkte ihr sein schiefes Lächeln, hinter dem sich so viel verbarg, und sah ihr nach.

Im Bronco kauerte sie sich eine Weile zusammen, den Kopf auf die Brust gedrückt. Es war das Furchtbarste, was sie je vor Gericht erlebt hatte.

Sie hatte geschworen, ihn zu verteidigen.

Doch als er ihre Familie bedrohte, als sie sah, dass er das Ungeheuer auf dem Bild war und nicht das System, als sie sein wahres Gesicht sah, hatte sie ihn verraten.

Sie hatte den Fall absichtlich verloren.

Es war vorbei, und er hatte nichts gemerkt.

Um halb drei rief Collier Sandy an. »Haben Sie Nina gesehen?«

»Sie ist auf dem Weg zu Ihnen. Hat sich heute Nachmittag frei genommen.«

»Gut, und arbeiten Sie nicht zu viel. Heute ist Freitag.«

Barb kam an der offenen Bürotür vorbei. Sie wollte zu Henry, um ihm von ihrem Sieg zu berichten. Ihm war nicht danach, auf Henrys Sofa zu sitzen und den beiden zuzuhören. Also griff er sich einen Band von *Entscheidungen vor dem kalifornischen Berufungsgericht* und ging über den Hof zur Rechtsbibliothek.

Auf dem Parkplatz war nichts von Nina zu sehen. Er ging in den ersten Stock des Hauptgebäudes.

Strong stand an den Regalen und las in der Beweismittelverordnung. Als er Collier in der Tür entdeckte, sprang er auf und kam auf ihn zu.

Collier spannte die Muskeln an, bereitete sich auf einen Angriff vor, doch Strong wollte nichts von ihm. Er blieb stehen und sagte nur: »Ich wollte gerade gehen.«

»Nur zu«, sagte Collier und dachte bei sich, noch zwei Tage, weil Flaherty ein Schwachkopf ist.

Die beiden Männer streiften einander, und da sah Collier den wahren Jim Strong, sah die Grausamkeit und das Unglück und das zerstörerische Selbstmitleid. Er wich zurück. Strong schien zu lächeln.

Dann war er weg.

26

Es war vorbei. Jim erkannte eine Gelegenheit, wenn sich eine bot, und Nina war sich ziemlich sicher, ihn nie wiederzusehen.

Was nicht hieß, dass sie nicht vorhatte, sich zu schützen. Sie holte Bob ab, rief Sandy an, um ihr Bescheid zu sagen, dass sie für diese Woche Schluss gemacht hatte, und fuhr direkt zurück in Colliers Büro. Während Bob im Sekretariat wartete, setzte sie sich mit Collier hin.

Eine Weile sahen sie einander schweigend an.

»Du hattest Recht«, sagte sie. »Ich habe Angst vor ihm. Mehr kann ich nicht sagen.«

Das war alles, was sie sagte, und er drang nicht in sie nach Einzelheiten. Bevor sie zusammen sein Büro verließen, kümmerte Collier sich darum, dass ihnen für das Wochenende ein Streifenbeamter zugeteilt wurde.

»Ich bin da«, sagte er. »Wir sind vorsichtig. Aber was ist am Montag?«

»Das geht mich nichts an«, sagte Nina.

»Also, das sollte es aber … ach so! Er wird sich aus dem Staub machen, oder? Hat er dir das gesagt?«

»Nein.«

»Es ist mir egal, was Flaherty entschieden hat. Es ist mir im Moment auch scheißegal, was Henry sagt. Ich rufe Nevada an und sage ihnen, dass ihre Leute ihn zur Befragung in der Sache Heidi Strong abholen können. Das dauert mir alles viel zu lange.« Er sprach mit jemandem in Reno, dann sagte er ihr, sie würden Jim hochnehmen, sobald sie wussten, wo er sich aufhielt.

Vor dem Abendessen setzte Nina sich zu Bob auf die Couch vor dem Feuer, wo er sich wegen des Jetlag zusammengerollt hatte und eingeschlafen war.

Sie weckte ihn und hörte dem erschöpften Wortschwall genau zu, weil sie wusste, dass er kein zweites Mal von seinen Abenteuern in dem fremden Land erzählen würde.

Während sie sich unterhielten, warf Collier ab und zu eine Bemerkung ein, zog sich aber zurück, als das Gespräch sich Bobs Vater, Kurt, zuwandte. Er machte das Abendessen.

Überwältigt vor Erleichterung, mit Jim Strong fertig zu sein, fuhr Nina Bob über sein stachliges Haar.

Am Samstagmorgen hatte der Schneefall etwas nachgelassen. Schnee türmte sich hoch in den Türen, wehte unter Autos, in Mäntel, in Ohren. Bob und seine beiden Kumpel aus der Nachbarschaft lieferten sich in dem unter Schnee begrabenen Garten eine heftige Schneeballschlacht. Officer Floyd Drummond, der das Wochenende bei ihnen verbrachte, hatte draußen ein Auge auf sie.

Collier hatte die Pflichten des Wachpostens am Holztisch in der Nähe der Küchentür übernommen. »Hast du das gesehen?«, fragte er lachend, als Bob einen großen Schneeball warf. »Er hat ’nen guten Wurfarm.«

Zu Ehren eines Tages zu Hause kochte sie sogar – eine »Zufallssuppe« aus Kohl, Möhren, Zwiebeln, Kürbis und Tomatenstückchen, verfeinert mit Sahne und Hühnerbrühe. Collier saß über seinem gelben Schreibblock und brütete über ein paar Notizen, während er die Jungen durch das beschlagene Fenster beobachtete. Er hatte wirklich Spaß an ihnen. Sie hatten noch kein Wort über den Fall Strong gewechselt. Ninas einziger Gedanke war: Eines Tages bekommen wir ein Kind … Sie ging zu ihm.

»Das Wetter spielt ganz schön verrückt, was?«, sagte Collier. »So viel Schnee. Und noch mehr Schnee.«

Sie beugte sich über ihn und drückte ihm einen Kuss auf die Stirn. Er legte ihr die Arme um die Hüfte und lehnte den Kopf an ihren Bauch.

Sie blieben eine ganze Weile so stehen. Schließlich blickte Collier auf und sagte: »Ich glaube, dein Magen will dir sagen, dass er Hunger hat.«

»Stimmt.« Sie ging zum Herd, um den Eintopf zu probieren, und er schaute wieder aus dem Fenster. Das Licht betonte sein starkes Profil. Der Fall Strong hatte ihm berufliche Bestätigung gebracht. Jetzt konnte niemand mehr daran zweifeln, dass er wieder in Topform war. Sie sah ihn an und begehrte ihn und dachte an all die Nächte, die noch vor ihnen lagen.

Sie tat noch etwas Knoblauch in die köchelnde Suppe. Das Haus war hell und friedlich und warm.

Ein paar Minuten später klopfte Bob nass und strahlend an

die Tür, er wollte rein. Er zog sich um und stopfte seine völlig durchgeweichten Kleider in die Waschmaschine.

Collier nahm das Brot aus dem Ofen, und Bob holte Servietten. Officer Drummond aß mit ihnen zu Mittag.

Der Nachmittag ging vorbei, und der Abend. Sie blieben zu Hause. Collier erledigte ein paar Anrufe und berichtete, dass Jim sein Konto leergeräumt hatte und Freitagnacht nicht nach Hause gekommen war. Inzwischen war ein Haftbefehl auf ihn ausgestellt worden. Barbara war ins Gericht gefahren und hatte Flaherty davon überzeugt, dass Jim auf der Flucht war. Jim gehörte jetzt ihr, und das war gut so.

Sie sahen sich zusammen ein Jackie-Chan-Video an, Officer Drummond auf dem Stuhl neben der Couch.

In dieser Nacht rüttelte und zerrte der Wind an dem Haus, und vor der Haustür häufte sich der Schnee auf, sodass man nicht mehr hinauskam. Oben unter der Hudson-Decke flüsterten sie miteinander.

Sie wachte auf, weil ein Kiefernzapfen gegen das Fenster flog.

»Mach auf!«, rief Bob, »und bring 'ne Schaufel mit raus! Hier draußen liegen anderthalb Meter Neuschnee!«

Collier schnarchte weiter. Sie tastete auf dem kalten Fußboden nach ihren Pantoffeln, stand auf und zog einen dicken Bademantel an. Dann tappte sie zum Fenster und schob den Vorhang zur Seite.

Die Morgensonne beleuchtete eine Szenerie wie aus einem Märchen von Hans Christian Andersen.

Neue Schneeverwehungen reichten weiß und majestätisch bis zum Himmel hinauf wie eine Miniaturausgabe der Alpen. Kein Windhauch bewegte die Bäume. Der Hof war ein Stillleben in Weiß, Grün und Saphirblau, die Schatten scharf und frisch.

»Steh auf!«, sagte sie zu Collier und beugte sich über ihn, damit er sie festhalten und einmal küssen konnte, bevor sie die Treppe hinunterfloh. »Und zieh dich warm an! Heute gehen wir raus aus diesem Haus und probieren die witzigen Schneeschuhe aus, die du mitgebracht hast.«

»Bist du dir sicher, Nina?«, rief er von oben. Sie blieb am Fußende der Treppe stehen.

»Floyd begleitet uns. Er ist bewaffnet«, sagte sie. »Was meinst du?«

»Bob wäre begeistert«, sagte Collier. »Es wird schon in Ordnung sein. Ich rufe Barb an und lass sie wissen, wo wir sind.«

Sie fuhren mit dem Bronco den Highway 89 an der westlichen Seite des Sees entlang, Drummond folgte ihnen in seinem allradangetriebenen Polizeiwagen. Der Highway war geräumt worden, wahrscheinlich schon früh am Morgen, aber beim Anblick der weißen Hügel hüpfte Bob vor Aufregung auf der Rückbank hin und her. Die Landschaft sah unglaublich schön aus. Collier bog schließlich irgendwo im National Forest ab.

Vor ihnen lag ein breites Tal zwischen sanften Hängen. Am hinteren Ende erhob sich ein steiler Berg, der so jäh abfiel, dass Nina den Kopf in den Nacken legen musste, um die Spitze zu sehen. Die einzigen Spuren in dem weißen Meer waren die von Tieren.

»Sonnenbrille«, sagte Nina zu Bob.

»Klar.« Er setzte sie auf.

»Sonnenmilch.« Sie verteilte sie auf alle drei Gesichter.

Bob wand sich vor Ungeduld, als Collier systematisch die Schneeschuhe neben dem Auto stapelte und unter ein paar Decken nach Bobs neuem Snowboard kramte. Sobald das Snowboard aufgetaucht war, fuhr Bob zum nächsten Hügel davon.

»Bleib in der Nähe!«, rief Nina. »Und bleib mit dem Ding von dem Berg da weg.«

»Ach, Mom!«, rief er vergnügt. »Nichts, womit ich nicht klarkäme.«

»Nichts da«, sagte sie.

»Na gut«, sagte er in gespielter Empörung. Er machte sich davon, und Nina sah ihn eine Anhöhe hinaufstapfen. »Ich bleibe beim Wagen«, sagte Floyd Drummond. »So kann ich Sie alle drei im Auge behalten.« Er saß bei laufender Heizung im Bronco.

»Er wird immer stärker«, sagte Nina, die zuschaute, wie Bob den gegenüberliegenden Hang hinunterfuhr, während Collier seine Schneeschuhe festschnallte.

»Er wird erwachsen. Hier. Ich helfe dir.«

Mit Schreck sah sie, dass hinter ihnen und auf der anderen Straßenseite ein paar andere Autos vorgefahren waren. Oh, na gut, dachte sie. Das Tal ist groß genug für uns alle.

Sie waren hier am Scheitelpunkt der Wildnis, man konnte in alle Richtungen kilometerweit laufen. Bestimmt hatten sich die Autos innerhalb weniger Minuten geleert, und die Leute würden in den umliegenden Wäldern verschwinden.

»Was für ein Tag«, sagte sie und plagte sich ab, ihren Stiefel in den Schneeschuh zu bekommen. »Wir holen uns sicher einen Sonnenbrand.«

Sie machten sich auf den Weg quer über die verschneite Wiese. Collier führte sie einen Pfad hinauf, der das Tal durchschnitt. Von da, wo sie liefen, konnte Nina Bob beobachten, der damit zufrieden zu sein schien, unter Floyd Drummonds wachsamen Blicken immer wieder den gleichen Hügel hinunterzufahren. Drummond hatte auch sie im Blick, als sie zwischen den Bäumen am unteren Rand des Berges hindurchstapften.

Eine Stunde folgten sie einem eingeschneiten Pfad durch den strahlend hellen Sonnenschein und die kalten dunklen Schatten der hohen Bäume weg von der Straße, hinein in das Tal, bis sie im Schatten des Berges standen. Collier bemerkte so vieles, was Nina überhaupt nicht auffiel: Tierspuren, Pflanzen, die immer noch auf hohen nackten Felsen wuchsen, die Geräusche der Natur.

Schließlich setzte Nina sich keuchend auf einen Baumstamm. »Du hast mir nicht gesagt, wie mühselig es ist, mit diesen Dingern durch die Gegend zu laufen.«

Collier holte eine Flasche Wasser raus und reichte sie ihr. »Soll ich dir ein Geheimnis verraten?«, fragte er, während sie trank.

»Was?« Sie wischte sich mit dem rauen Stoff ihres Ärmels den Mund ab.

»Ich hab's noch nie vorher probiert.«

»Was! Aber ... und was war das dann die ganze Zeit?« Sie nickte in Richtung ihrer Spuren. »Oh, hier ist eine ausgezeichnete Stelle zum Abfahren. Lass uns den Hügel hier Schuss fahren. Ich dachte, du wüsstest alle möglichen Fachausdrücke. Ich dachte, du wärst ein richtiger Experte.«

Er schüttelte lachend den Kopf. »Ich hab einfach improvisiert«, sagte er.

»Na warte, du kleiner ...!« Sie griff sich eine Hand voll Schnee, drückte ihn zu einem Schneeball zusammen und traf ihn damit an der Schulter.

»Bitte reg dich jetzt nicht auf. Es hat dir doch Spaß gemacht, oder?«

»Meine Beine sind wie Pudding«, sagte sie. »Wir sind ein ganz schönes Stück bergauf gegangen«, fügte sie hinzu und sah sich um. Es stimmte, sie hatten ein Stück des unteren, sanfter abfallenden Berghangs erklommen. Nina schaute zwischen den Bäumen hindurch nach Bob und erhaschte auf der anderen Seite des Tals einen Blick auf seine gelbe Mütze. Braver Junge, dachte sie.

Sie zog die Schuhe aus und schüttelte den Schnee ab.

»Lass uns gehen«, meinte Collier. »Im Schatten ist es kalt.«

»Was ist das?«, fragte Nina und neigte lauschend den Kopf zur Seite. Sie sahen sich um, konnten aber niemanden sehen. Eindeutig ein Schneemobil.

»Verdammt«, sagte Collier. »Ich hasse den Lärm, den die Dinger machen.«

Nina zog ihre Schuhe an und stand auf. »Welchen Weg nehmen wir zurück?«

Er führte sie aus dem Wald hinaus auf das große Tal zu. Sie waren hoch am Berg, fast in der Mitte des steilen Hangs, der hinter ihnen weiter anstieg. »Lass uns zurück den anderen Weg nehmen«, sagte Nina nervös. »Hier leg ich mich bestimmt lang.«

»Wenn wir zur anderen Seite rübergehen, kommen wir auf einem neuen Weg zurück zur Straße.«

»Mom! Collier!«, rief Bob, der sie entdeckt hatte. »Seht mal!«

Er glitt auf seinem Snowboard einen Hügel hinunter, der auf den Berg zulief, und blieb an dessen Fuß stehen. Floyd traf ihn dort. Er schaute hinauf und winkte.

»Wow!«, riefen sie. In dem Augenblick hörten sie das Motorengeräusch des Schneemobils von der anderen Seite des Bergs näher kommen, immer noch ein Stück oberhalb von ihnen. Es kam in Sicht, so nah, dass Nina den rot-weiß-schwarzen Skiparka des Fahrers erkennen konnte.

»O nein«, sagte sie. »Komm, wir müssen runter. Schnell.«

Collier schaute aufmerksam nach dem Schneemobil, das am Rand des Schneefelds über ihnen stehen geblieben war, als würde der Fahrer sie beobachten. »Weißt du, wer das ist?«, fragte er.

»Jim Strong.«

»Ganz sicher?«

»Ich erkenne den Parka wieder.« Sie drehten sich um und folgten, so rasch wie es mit den Schneeschuhen möglich war, dem Weg, den sie gekommen waren.

Das Schneemobil fuhr los. Es sauste den Berg hinauf, hielt sich parallel zum Berg fast direkt über ihnen und röhrte auf die Bäume auf der anderen Seite zu, auf die auch sie zugingen.

Collier blieb stehen. »Was willst du machen? Jetzt fährt er da lang. Wir können ihm nicht aus dem Weg gehen, also sollten wir ihm gegenübertreten. Ich bin bei dir. Ich pass auf ihn auf.«

»Floyd!«, rief Nina. »Floyd!« Drummond sah, dass sie ihm zuwinkte, und dann entdeckte er das Schneemobil. Er machte sich auf den Weg zu ihnen, aber er war weit weg.

»Okay«, sagte Nina, die plötzlich sehr, sehr müde war. Ihre

Füße waren schwer und unbeholfen wie Bowlingkugeln, und sie erinnerte sich an die Bücher übers Bergsteigen, die sie einmal in einem Winter gelesen hatte. In großer Höhe brauchten Kletterer acht Atemzüge, um einen Schritt zu machen. Sie wollte nicht auf diesen zwischen den Bäumen knatternden Motor zugehen. Aber egal, wohin sie sich wandten, Jim war sehr viel schneller als sie und konnte ihnen leicht den Weg abschneiden. Sie atmete schnell und flach, um sich zu wappnen, als sie weiterstapften.

Jim Strong gab Gas und fuhr röhrend von ihnen weg den Berg hinauf.

»Gott sei Dank«, keuchte Nina. »Er fährt weg.«

»Er will eine Sturmmarke setzen«, bemerkte Collier, der ihn im Zickzackkurs den Hang hochfahren sah. Jim bewegte sich auf dem Schneemobil wie ein Ass. Als würde er ihnen ein paar Kunststückchen vorführen, um zu zeigen, wie gut er im Schnee war.

»Eine Sturmmarke setzen? Noch so ein erfundener Begriff?«, fragte Nina.

»Nein. Das ist, wenn man versucht, so hoch wie möglich den Berg hinaufzufahren, ohne umzukippen. Was hat er jetzt vor?«

Jim war inzwischen höher, als es Nina je für möglich gehalten hätte. Er war etwa sechzig Meter über ihnen, und saß immer noch auf dem Schneemobil. Plötzlich war es still.

»Vielleicht hat er ihn abgewürgt«, meinte Collier. »Jedenfalls ist der Motor aus.«

Ängstlich schaute sie nach unten und sah, dass Floyd immer noch ein gutes Stück seitlich unter ihnen hochkletterte.

Collier schaute nach oben, und auch ihr Blick wurde unwiderstehlich angezogen. »Collier«, sagte sie den Tränen nahe und zerrte an seiner Jacke. »Wir müssen schnell von hier verschwinden!«

Sie spürte die Kälte in die Ritzen zwischen Ärmel und Handschuhe dringen und die Beine hinaufkriechen. Ihre Nase war kalt und tat weh.

Vor Anstrengung keuchend und auf den Schneeschuhen mit dem Gleichgewicht kämpfend, drehte sie sich noch einmal um, um nach oben zu schauen.

Mit einem mächtigen Dröhnen erwachte der Motor wieder zum Leben. Das Schneemobil schnitt über ihnen im Zickzack durch den Schnee, während sie sich umdrehten und so schnell wie möglich den Berg hinunterhasteten. Jetzt wussten sie, was er vorhatte. Der ganze Schnee, Tonnen über Tonnen, die vom Himmel gefallen waren …

Der Berg wurde lebendig.

Sie bewegten sich, auch wenn sie stillstanden. Nina fuhr sich mit der Hand an den Hals, Collier reckte sich nach ihr, während er sich hinabbewegte, schneller und immer schneller.

Sie bewegten sich, weil sich das riesige Schneebrett, auf dem sie standen, oberhalb von ihnen gelöst hatte und den Berg hinunterglitt.

Eine Sekunde, die ihr wie eine Ewigkeit vorkam, sah Nina, wie der Schnee über ihnen in schwere, ziegelsteinartige Stücke brach, die mit unterschiedlicher Geschwindigkeit den Berg hinunterschossen. Sie waren mitten in dem Hang und rutschten mit ihm nach unten, ohne Ausweg. Sie sah, dass Jim auf der anderen Seite des Bergs verschwand.

Unter sich sah sie Bob auf seinem Snowboard.

Er sieht es, dachte sie, denn er fuhr zur Seite, auf die Bäume am Rand des Hangs zu.

Jim weiß alles über Schnee, dachte sie. Die Luft um sie herum verdunkelte sich mit Schneekristallen. Das Haar wurde ihr ins Gesicht gepeitscht. Irgendetwas traf sie am Rücken. Sie wurden immer schneller! Sie warf sich in Colliers Richtung, hielt ihn verzweifelt fest, machte sich auf alles gefasst.

Kein Geräusch. Kein Luftzug. Sie wurde von einer Wand aus Schnee nach vorn geworfen. Sie schoss, getragen von einer Flutwelle, kopfüber den Berg hinunter.

Sie prallte gegen etwas, einen Felsen oder einen Baum,

rutschte daran vorbei und war wieder im freien Fall, ohne die geringste Kontrolle, immer und immer wieder von Felsen getroffen, trotz der Schmerzen bei Bewusstsein. Wie im Meer versuchte sie, nach oben zu schwimmen, den Kopf hoch zu halten, damit sie atmen konnte ... aber der Schnee war so tief wie der Himmel, und sie ertrank ...

27

Sie erwachte in vollkommener Schwärze, in einer Dunkelheit, die so erstickend war, dass nicht ein einziger Lichtschimmer hindurchdrang. Sie erinnerte sich an Schläge gegen den Kopf – etwas hatte sie immer wieder getroffen, bis sie, benommen aber erleichtert, bewusstlos geworden war.

Also, etwas hatte sie geschlagen. Gut. Ein Anfang.

Die Schläge gegen den Kopf waren sicher für diese merkwürdige Benommenheit verantwortlich. Sie wusste nicht, wo sie war. Etwas Schweres drückte auf ihren Brustkorb.

Von allen Seiten eingezwängt, eingeschlossen und bewegungsunfähig, wusste sie weder, wo sie war, noch warum.

Aber ... warum fror sie so? Sie versuchte, die Bettdecke hochzuziehen, aber sie lag nicht im Bett. Sie wusste das. Sie schwebte zusammengekauert irgendwo in dieser eisigen Dunkelheit. Ihr Körper war träge, ein Eisklumpen in einer frostigen Höhle.

Sie versuchte zu atmen. Eiskalte Luft schnitt ihr in die Kehle, schal und feucht zugleich. Die hohlen Hände hielt sie ein paar Zentimeter vor dem Gesicht, und eine Lufttasche ermöglichte es ihr, langsam und keuchend zu atmen. Sie versuchte, die Luft im Mund aufzuwärmen, bevor sie sie in ihre Lungen ließ.

Denn ihre Lungen taten weh.

Das war bestimmt ein gutes Zeichen, dass sie ihre Lungen spüren konnte. Irgendwie dämpfte diese Überprüfung der

Wirklichkeit ihre ansteigende Panik. Sie versuchte, sich zu bewegen, aber das war unmöglich. Sie war eingekeilt und hatte nur den kleinen Luftraum vor ihrem Gesicht, den ihre Hände bildeten. Sie leckte sich die Lippen und versuchte zu schreien. Ihre Stimme kam zu ihr zurück, weich, gedämpft, fern.

Sie schlug die Augen in der Dunkelheit auf, aber Eiswasser tropfte hinein, also schloss sie die Lider und legte sie wie eine Decke über ihre kalten Pupillen. Sie versuchte, ein besseres Gefühl für ihren Körper zu bekommen. Sie wackelte mit den Zehen. Sie waren irgendwo unter ihr, eng umschlossen, wurden langsam steif.

Schnee, nicht weiß, sondern schwarz.

Sie war von Schnee umgeben. Schnee schmolz in den Ritzen ihrer Kleider. Schnee sickerte überall hinein und gefror auf ihren Lippen, als sie die Luft einatmete, die immer dünner und verbrauchter zu werden schien.

Sie wusste, wo sie war. Sie erinnerte sich an den freien Fall unter einer gewaltigen Schneewand, und Angst packte sie, als sie begriff, dass sie sterben konnte.

Noch war sie nicht tot. Sie schien vielmehr langsam zu ersticken.

Verzweifelt versuchte sie, ihre Hände wegzuschieben. Wenn sie nur ihren Atemraum vergrößern könnte, mehr Sauerstoff bekäme. Wenn sie nur …

Nichts bewegte sich.

Tränen gefroren an ihren Wangen, und sie schrie. Wieder war sie von ihrer leise maunzenden Stimme umgeben. »Hilfe!« Sie atmete tief ein, um lauter zu rufen, aber von dem Druck auf ihrer Brust musste sie husten.

»Hilfe!«, rief sie so laut wie möglich.

Sinnlos. Sie hörte nichts um sich herum, keine Vögel, keine Rettungsleute, keine Stimmen.

Kein Wind und auch kein sanftes Gleiten von Skiern. Nur ihr rauer Atem und das Klopfen ihres Herzens.

Unter den Augenlidern, in ihrem Kopf kehrten die Bilder zurück. Über sich sah sie einen Mann, der Hals über Kopf den Berg hinunterstürzte, und unter sich ein Snowboard, zerbrechlich wie ein Streichholz, auf die Bäume zurasen.

Nachdem sie eine Weile sinnlos gekämpft hatte, kam ihr der Gedanke, dass sie ihren Sauerstoff aufbrauchte. Sie hielt sofort inne. Doch das Keuchen hörte nicht auf, sondern ging weiter und weiter und weiter, denn sie war von Angst überwältigt. Sie dachte nur noch an eines: daran, dass ihr die Luft ausging. Ihre Brust hob und senkte sich.

Nach einer Weile erinnerte sie sich an einen Trick, mit dem sie in stressigen Zeiten leichter einschlief: die Atemzüge zählen, bis sie langsamer wurden.

Eins, zwei, drei, vier, fünf, sechs, eins, zwei, drei, vier, fünf, sechs ... eins ... zwei ... dreivierfünfsechs ... eins ... zwei ... drei ... vierfünf ... sechs ...

Sie merkte, dass sie ihre Beine im Schnee nicht bewegen konnte. Ihr rechter Ellenbogen hatte ein paar Zentimeter Platz, und die rechte Hand über ihrem Kopf schuf ihr ungefähr zehn Zentimeter Raum. Die Finger der rechten Hand konnten zucken, aber der Arm selbst schien von Eis umgeben zu sein. Die Luft war nicht sauber, sie war voller Eiskristalle. Sie musste stoßweise husten. Aber sie hatte Luft.

Sie schlug die eisverkrusteten Augenlider auf, nur um in die Furcht erregende Dunkelheit zu schauen.

Lebendig begraben.

Sie zählte bis sechs und weiter, dachte nur an die Zahlen. Und sie dachte an den Elefant Celebes, an die Frau auf dem Gemälde, die von panischem Schrecken gepackt vor dem Monster davonlief ...

Ihr war, als würde sich die Dunkelheit direkt über ihr ein wenig lichten.

Sie rief noch einmal, schonte ihre Energie und ihre Stimme.

Falls Bob oder Collier es geschafft hatten, würden sie Hilfe holen. »Haaalo! Haaalo!«

Was aus ihrem Mund kam, war mehr ein Stöhnen oder Wehklagen, obwohl sie sich doch bemühte, deutlich und hoch und klar zu rufen.

Während sie rief, dachte sie über ihren Tod nach. Ihr wäre es egal. Sie wäre ja tot. Das Sterben würde wehtun, aber irgendwann wäre es vorbei, und sie würde wissen, dass sie bald erlöst war. Sie dachte daran, wie ruhig Hitchcock wurde, wenn ihm beim Tierarzt die Schnauze zugebunden wurde, oder wie ruhig die Gazelle litt, wenn sie zwischen die Kiefer des Tigers geriet. Auch sie wurde angesichts der so viel größeren Macht, die sie gefangen hielt, immer ruhiger.

Sie rief weiter, dachte, dass es Bob bei Matt gut gehen würde. Sie hatte ihm im Laufe der Jahre so viel Liebe gegeben, dass er zurechtkommen würde. Es würde ihn nicht zerstören, sie zu verlieren. Collier – war er irgendwo in der Nähe begraben und rief? Sie schwieg und lauschte.

Eine dünne Stimme von weit her. Hatte sie sie wirklich gehört?

»Collier … Collier …«, rief sie. Lautere Stimmen. Der Schnee über ihr bewegte sich leicht. Entsetzt schrie sie: »Nicht!« Durch die Bewegung drückte der Schnee noch fester auf sie. Eiskristalle verstopften ihren Mund. Jetzt konnte sie weder rufen noch atmen.

Stimmen.

Der Schnee kam ins Rutschen, und nun war sie wirklich begraben. Als Nase und Mund sich mit Schnee füllten, erlebte sie die vollkommene Stille des nahenden Todes.

Eine Schaufel stieß an ihren Fuß. Sie glitt nach unten. Es war gar nicht so schlimm. Sie konnte es aushalten.

Aber jetzt tat es weh. Hände zerrten verzweifelt an ihren Haaren, packten ihre Schultern, um sie in den Griff zu bekommen, während sie erstickte und es ihr egal war.

Sie wurde grob aus ihrem Grab gezerrt, sie würgte und hustete …

Atmete. Jemand hielt sie in geduckter Stellung und klopfte ihr auf den Rücken, sodass sie ausspuckte. Ihre eisverkrusteten Haare hingen zu Boden.

Sie atmete mit offenem Mund. Sie drehte den Kopf weg, immer noch in Kauerstellung, blind in der Sonne.

Bob hockte vor ihr. Sie packte ihn und zog ihn an sich.

»Mom«, sagte er. Sie hielt ihn so fest, dass sie ihm beinahe die Rippen brach.

»Collier?«, fragte sie mit rauer Stimme. Sie drehte sich um zu Floyd Drummond und zwei anderen Männern, die sie noch nie zuvor gesehen hatte. Bob klopfte Schnee von ihr.

»Bob. Wo ist Collier?«

»Sie suchen ihn, Mom.«

»O nein! Nein!«

»Können Sie aufstehen?«, fragte einer der Männer. Bob und er nahmen jeder einen Arm. Langsam stand sie auf.

»Unglaublich«, sagte einer der Männer. »Sie hat nur ein paar Schrammen.«

»Mein Mann«, flüsterte sie und lehnte sich an Bob. Die Schneeschuhe waren längst verloren. Der glatte, weiche Schnee war von riesigen Schneeblöcken überrollt worden, viele davon größer als sie selbst. Sie war fast am Fuß des Bergs gelandet.

»Ich sehe die Rettungstruppe das Tal heraufkommen«, sagte einer der Männer. »Sie finden ihn.«

»Da war ein Schneemobil. Ein Mann hat die Lawine ausgelöst«, sagte Nina undeutlich mit ihren gefrorenen Lippen.

»Ich hab's ihnen gesagt«, meinte Floyd.

»Der ist längst verschwunden«, sagte der Mann. »Ich hab ihn gesehen, wie er seitlich rüberfuhr. Ich weiß nicht, wohin er ist. Ich hab das Ganze von der anderen Talseite aus beobachtet. Keine zehn Minuten, da waren Sie unten.«

Sie schüttelte stumm den Kopf. »Bob? Hast du gesehen, wo Collier gestürzt ist?« Er fuhr ihr übers Haar.

»Nein. Ich konnte ihn nicht sehen.« Der Schnee in ihrem Haar schmolz und lief an ihr herunter. Bob half ihr, die Jacke auszuziehen, und gab ihr seine.

Ein paar Minuten später tauchten viele Menschen auf. Nina wurde in eine Decke gewickelt. Der Berg wimmelte vor Menschen.

Zwei Stunden später fanden sie Collier rund hundert Meter von dort, wo Nina begraben gewesen war. Floyd rief vom Berg aus im Bronco an, wo sie immer noch saß, weil sie sich weigerte, irgendwohin zu gehen.

»Es tut mir sehr Leid«, sagte er. »Es war meine Schuld.«

»Lassen Sie ihn nicht sterben! Kämpfen Sie um ihn! Tun Sie was!«

»Sie sind dabei. Aber ...«

»Nein! Nein!« Sie klammerte sich an Bob. »Kämpfen Sie um ihn!«

Er war gefroren, mit Eis überzogen und verletzt. Sie weigerte sich zu glauben, dass er tot war.

Sie versuchten noch lange, nachdem sie eigentlich hätten aufhören sollen, ihn wiederzubeleben, und dann brachten sie ihn vom Berg runter und rasten mit ihm ins Boulder-Krankenhaus.

Nina wartete, in die Decke eingewickelt, in der Halle. Sie konnte es nicht glauben, schüttelte den Kopf und protestierte, er könne nicht tot sein, er käme zurück. Sie befahl ihnen immer wieder, etwas zu tun, bis ein Notarzt kam und ihr eine Spritze gab.

Erst später würde man ihr erklären, dass er längst tot gewesen war, als er mit dem Schnee am Talboden zur Ruhe kam.

Kurz darauf brachten Andrea und Matt sie weg von Collier und legten sie in dem Zimmer mit den gelben Bettdecken, in dem sie ihre erste Nacht in Tahoe verbracht hatte, ins Bett.

Als alle im Bett waren, und sie mit offenen Augen dalag und zur Decke blickte, fuhr ein Hauch durch ihr Zimmer, wehte zum Bett, drang am Kopf in sie ein und fuhr an der Wirbelsäule entlang durch sie hindurch, bis sie heftig zitterte. Sie spürte, dass er gekommen war, dass er immer noch bei ihr war.

Sie sprach mit ihm, fragte ihn noch einmal: Wie konntest du mich verlassen? Wie konntest du nur gehen? Bin ich verantwortlich? Es kam ihr vor, als wäre er über ihr und würde auf sie herabsehen. Ihr Körperschwerpunkt verlagerte sich unmerklich nach oben, in seine Richtung. Jetzt war ihr, als wäre er dort mit ihrer Mutter.

Schmerz schüttelte sie. Sie breitete die Arme weit aus und flehte ihn an, sie zu holen. Sie wollte zu ihnen hinaufgezogen werden und wieder mit ihnen vereint sein.

Sie war sich der Tragweite dieser Entscheidung bewusst. Sie bat um den Tod. Und sie meinte es ernst. Sie gab auf und lag nur da.

Aber der Tod nahm sie nicht. Ihr Herz hörte nicht auf zu schlagen, wie sie erwartet hatte. Collier und ihre Mutter verblassten. Sie blieb allein zurück.

Nie wieder würde jemand sie lieben. Nie wieder würde jemand sie »mein Liebling« nennen. Nie wieder würde jemand neben ihr liegen, wenn sie aufwachte.

Eine Träne nach der anderen rollte über ihre Wangen, feierliche, langsame Tränen, Tränen der Kapitulation.

Und dann schlief sie ein.

Am nächsten Tag, bleiern, erzählte sie der Polizei von Jim. Nicht alles, nur von den Drohungen und seinem gut zu erkennenden Parka. Sie sagten, Jim habe das Gebiet um den See mit Sicherheit verlassen, er sei nach Reno gefahren und von dort nach New York geflogen, wo sie seine Spur zunächst verloren hatten.

Die Zeit verging. Andrea half ihr, die Beerdigung vorzubereiten. Colliers Mutter würde kommen, um seinen Leichnam mit dem Flugzeug zum Familiengrab nach San Diego zu überführen. Colliers Ring würde für immer an ihrem Finger bleiben, genau wie ihrer.

An die Trauerfeier sollte sie sich später kaum noch erinnern. Ihr Herz war teilnahmslos. Sie bewegte sich wie ein Zombie.

Nach der Trauerfeier kamen in Colliers Wohnung viele Leute zusammen. Floyd Drummond weinte, und das ganze Polizeirevier und die versammelte Staatsanwaltschaft waren da. Barb sah abgespannt aus, als hätte auch sie geweint. Sie trat zu Nina und sagte: »Ich wünschte, er hätte Sie nie kennen gelernt.« Henry McFarland neben ihr sagte schnell: »Sie meint das nicht so, Nina. Niemand macht Ihnen einen Vorwurf«, und führte Barbara weg.

Ihr Vater kam von Monterey herauf und Colliers Freunde von der juristischen Fakultät aus San Diego. Paul war auch da, aber er sprach nur kurz mit ihr, sein Gesicht war wie Stein.

Den Leuten schien es gut zu tun, sie zu berühren. Sie ertrug es, denn es gab ihnen Trost. Collier hatte viele Freunde, die sie noch nicht kennen gelernt hatte. Er war von vielen geliebt und geschätzt worden.

Philip Strong trat zu ihr, als sie sich eben von Floyd verabschiedete.

Er hatte abgenommen und sah mager aus, man sah ihm seine Jahre jetzt deutlich an. Kaum zu glauben, dass dieser Mann seinem Sohn die Frau gestohlen und so viel Gewalt heraufbeschworen hatte.

»Kann ich mit Ihnen sprechen?«, fragte er höflich. Sie ließ sich von ihm zur Seite nehmen.

»Ich bin hier, um Ihnen zu sagen, dass ich an dem, was passiert ist, auch Schuld habe. Es tut mir unglaublich Leid. Ich werde das nie wieder gutmachen können oder … oder Ihnen zeigen können, wie sehr ich es bedaure.«

»Ich mache Ihnen keinen Vorwurf, Mr. Strong.«

»Ich werde nicht ruhen, bis Jim gefasst ist. Sollte er je nach Paradise zurückkommen, werde ich ihn der Polizei übergeben. Aber er wird es nicht wagen, sich hier noch einmal zu zeigen. Er ist für immer verschwunden, und ich bedaure die Welt, solange er in ihr herumstreift. Und doch ... verzeihen Sie mir ... doch bin ich sein Vater ... ich kann nicht anders, er tut mir auch Leid. Er muss leiden wie ein Wolf in der Falle, egal, wo er ist. Er kann nicht so weit weg sein, dass er nicht erkennt, dass er vollkommen versagt hat und es für ihn keine Hoffnung mehr gibt. Seien Sie mir bitte nicht böse. Ich weiß ... es muss Ihnen unglaublich vorkommen, dass ich behaupte, ich habe Mitleid mit ihm. Sie müssen ihn hassen.«

Als sie weder antwortete, noch ihm den Rücken zuwandte, schien Strong Mut zu fassen. »Es kommt mir vor, als könnten Sie zwischen Jims Lügen und meinem Schweigen einiges von dem, was passiert ist, gar nicht richtig verstehen. Ich würde es Ihnen gerne erklären.«

Sie seufzte.

»Vielleicht irre ich mich auch. Ich könnte es verstehen, wenn Sie Jims Namen nie mehr hören möchten.«

»Fahren Sie fort. Ich möchte hören, was Sie zu sagen haben.«

Den Blick auf seine Schuhe gerichtet, sagte Strong leise: »Er war anomal, schon als kleines Kind, ganz anders als meine anderen Kinder. Anomal, das ist ein grausames Wort, und ich habe es vorher noch nie in den Mund genommen, aber das war er, sogar schon als Baby in den Windeln, mit diesen blauen Augen, in denen ein beängstigendes Schimmern lag.

Er war stets aggressiv, schob Sachen aus dem Weg, machte alles kaputt – meine Frau hat versucht, mit mir darüber zu reden, aber ich fand für alles eine Entschuldigung: für seine Grausamkeiten, seine Lügen, sein Schuleschwänzen. Alex war der einzige Mensch, den Jim ertrug, ich nehme an, weil Alex zu ihm aufschaute. Alex war glücklich. Jim war vom ersten Tag an zornig.

Als Jim ins Teenageralter kam, machte sich meine Frau große Sorgen und schleppte ihn zu verschiedenen Psychologen. Jim konnte sie nicht ausstehen und beschwerte sich bei mir. Ich ergriff seine Partei. Man könnte wohl sagen, ich war sein Fürsprecher in der Familie.

Dann starb unser Hund. Alex erklärte meiner Frau, Jim habe damit geprahlt, er habe ihn überfahren. Ich habe Jim geglaubt, der das natürlich abstritt. Ich hatte einfach das Gefühl, wenn wir nur durchhielten, würde es sich eines Tages auswachsen.« Strong sah Nina an. »Er war mein Sohn. Ich wollte ihn schützen.

Dann geschah etwas Schreckliches. Kelly, die das Skifahren mehr liebte als wir alle zusammen, hatte auf dem Berg einen Unfall. Sie erlitt ernste Verletzungen. Und sie sagte, Jim sei hinter ihr aufgetaucht und habe sie gegen einen Baum gedrängt.«

»Und Sie haben Jim geholfen und nicht Kelly. Ich weiß, wie gut Jim lügt, Mr. Strong.«

»Ja.« Wieder ließ er den Kopf hängen. »Meine Frau bestand darauf, Jim in eine Anstalt einzuweisen, aber er flehte mich an, es nicht zu tun. Ich konnte ihm das nicht antun … konnte einfach nicht glauben, dass er zu so etwas fähig war. Andere Vorfälle kamen hinzu. Man könnte wohl sagen, die Familie brach im Laufe der Jahre auseinander. Es war wie ein Autounfall in Zeitlupe. Meine Frau zog mit Alex und Kelly nach Colorado und ließ sich von mir scheiden. Ich blieb in Paradise und versuchte, Jim unter Kontrolle zu bekommen.

Ich glaube, als die Familie wegging, bekam Jim Angst vor sich selbst. Der Verlust seiner Mutter machte ihm zu schaffen. Sie hatte jeglichen Kontakt mit ihm abgebrochen, und das setzte ihm so zu, dass er sich um hundertachtzig Grad drehte. Er schloss die Highschool ab, besuchte ein College und fing an, bei mir auf Paradise zu arbeiten.

Meine Frau starb, kurz bevor Alex das College abschloss, und er wollte herkommen und hier arbeiten. Er und Jim waren bei der Ski-Patrouille, es war, als seien sie nie getrennt gewesen. Alex fand sich mit Jims Stimmungen ab. Sie gingen zusammen aus, hatten Doppelrendezvous … ich dachte, Jim würde es schaffen.

Alex übernahm die Lodge, und Jim kümmerte sich ein paar Jahre lang um den Skibetrieb draußen. Beide heirateten. Heidi hatte es Jim wirklich angetan. Er schien zum ersten Mal im Leben glücklich zu sein.

Aber vor etwa einem Jahr kam Jim in mein Büro und warf mir vor, ich würde Alex bevorzugen. Er hatte den altbekannten Gesichtsausdruck. Ich machte mir große Sorgen.

Er wollte Alex' Job. Schließlich gab ich ihn ihm. Er war nicht gut darin. Er kam mit den Angestellten nicht gut zurecht, kümmerte sich nicht um die Kleinigkeiten, den Bürokram. Er blieb dran, aber es gab Probleme, und ich wusste, ich würde bald etwas unternehmen müssen.

Heidi kam immer wieder zu mir, da sie wusste, wie gut ich Jim kannte. Sie erzählte mir, Jim sei ihr gegenüber so ausfallend geworden, dass sie ihn verlassen wollte. Ich war sehr besorgt um ihre Sicherheit, um Jims Stabilität … ich war mir nicht sicher, was ich tun sollte. Ich versuchte, mit ihr zu reden, sie zum Bleiben zu überreden, und irgendwie … wir … wir …«

»Sie verliebten sich«, sagte Nina. Sie hörte aufmerksam zu, wollte begreifen, auch wenn es ihr keinen Trost bot.

»Diese Schuld werde ich den Rest meines Lebens nicht mehr los.« Er schloss die Augen.

»Fahren Sie fort, Mr. Strong.«

»Ich weiß nicht genau, wie Marianne es herausfand.«

»Sie hat eines Tages zufällig mit angehört, wie Heidi Sie vom Skiverleihraum aus angerufen hat«, sagte Nina. »Sie wusste allerdings nicht, mit wem Heidi sprach.«

»Marianne war vor Heidi mit Jim zusammen gewesen, und sie interessierte sich immer noch für ihn. Manchmal dachte ich, sie hat Alex nur geheiratet, um in Jims Nähe zu bleiben.«

»Würde mich nicht überraschen.«

»Sie hat Jim natürlich von Heidi erzählt. Sie wollte, dass Heidi ihn verlässt. Obwohl – oder vielleicht auch weil … sie dachte, sie könnte ihn auf ihre Seite ziehen … ist sie eine … eine …«

Nina nickte.

»Als Heidi nach Hause kam, zwang er sie zu sagen, wer es war. Er bedrohte sie und schüchterte sie so ein, dass sie bei ihm blieb. Sie musste ihm versprechen, mir nicht zu sagen, dass er Bescheid wusste. Ich nehme an, er überlegte noch, wie er sich rächen konnte. Ich wusste nichts, außer, dass Heidi plötzlich nicht mal mehr mit mir sprach. Jim verhielt sich vollkommen normal. Können Sie glauben, dass jemand so was tut?«

»Jim schon.«

»Alex starb ein paar Tage später, und ich dachte, es sei ein Unfall. Warum, um alles in der Welt, sollte Jim Alex etwas tun? Was hatte Alex mit Heidi und mir zu tun? Dann lief Heidi weg. Sie war überzeugt, dass Jim Alex umgebracht hatte. Aber ich habe ein letztes Mal den Kopf in den Sand gesteckt. Ich habe ihr gesagt, wir würden abwarten und sehen, was bei der polizeilichen Untersuchung herauskäme. Ich habe Jim in die Augen gesehen und wusste es nicht. Ich dachte, ich würde verrückt werden. Ich musste raus, aber ich hatte Angst, zu Heidi zu gehen.

Ich hätte sie retten können. Und Alex auch.«

»Wie?«, sagte Nina.

»Ich hätte sie retten können. Ich hätte Jim wegschicken können, als er sechzehn war.«

»Ich bezweifle, dass Ihnen das gelungen wäre«, sagte Nina leise. »Ich konnte meinen Mann nicht retten. Genau wie Sie habe ich versucht, jemanden zu kontrollieren, der völlig außer Kontrolle geraten war. Selbst wenn … wenn Sie und Heidi sich nicht ineinander verliebt hätten, hätte Jim irgendwann jemanden umgebracht.«

Strong ließ die Schultern hängen. Er sah alt aus. »Bitte, seien Sie nicht so nett zu mir«, sagte er. »Ich verdiene Ihre Freundlichkeit nicht. Es ist nur ein weiterer Schlag. Warum verachten Sie mich nicht? Ich habe sogar noch weggesehen, als Jim wegen des Mordes an Alex verhaftet wurde, und ich wusste, dass es Beweise gab. Die Wahrheit war so schrecklich, dass ich ihr nicht ins Gesicht sehen konnte. Und so fand auch meine strahlend schöne Heidi den Tod.«

Nina legte Strong die Hand auf die Schulter.

»Danke, dass Sie mir zugehört haben«, sagte er. »Mir ist jetzt klar, dass ich sogar diese selbstsüchtige und gefühlsduselige Beichte nur aus Eigennutz abgelegt habe. Sie sind eine gute Anwältin und ein feiner Mensch, und es tut mir sehr Leid, was meine Familie Ihnen angetan hat.«

Nina nickte.

»Wenn ich irgendwann mal etwas für Sie tun kann …«

Sie nickte noch einmal. Er nahm ihre Hand. Er runzelte die Stirn, als hätte er nicht sagen können, was er eigentlich meinte.

Eine unendliche Traurigkeit verband sie.

»So unglaublich viel Leid«, murmelte Philip Strong, als er davonging.

Collier war ihrer Berührung für immer entzogen, als trenne sie eine undurchdringliche Wand, aber nicht, als sei sein Geist erloschen. Der Hauch und das Zittern kamen jede Nacht. Sie ließ das Fenster geöffnet, um es ihm leichter zu machen.

Unsere Seelen wollen verflochten werden
Dass deine sich in meiner und meine sich in deiner verlor

Ihr Geist zog sich von der Welt zurück. Als sehe sie durch ein Schlüsselloch. Nichts war ihr mehr wichtig.

Das Groteske wurde Normalität. Am Tag nach der Beerdigung ging sie wieder zur Arbeit. Collier lag im Schnee ihres Geistes, während sie ihre Telefonnotizen durchsah und mit der Justizbeamtin telefonierte. Sandy kümmerte sich um die eingehenden

Anrufe, während Nina die Karten und Briefe las. Ginger schrieb: »Gib nicht auf. Wir brauchen dich.«

Sie machte eine Karte von Mrs. Geiger auf. Darin lag ein Scheck über dreißigtausend Dollar. Dazu schrieb sie: »Ich habe einen Job gefunden, ich mache die Buchführung in Cecil's Markt. Das ist das, was ich wirklich brauche, einen Job. Es war nicht richtig von mir, Ihr Geld zu nehmen. Gott segne Sie für das, was Sie getan haben.«

»Schick ihn zurück«, sagte sie.

»Aber …«

»Schick ihn einfach zurück.«

Ein Ermittler namens Sean Soundso rief an, um ihr zu sagen, dass er die Suche nach Jim koordinierte. Er war vielleicht in Miami gesehen worden. Sean teilte ihr mit, sie glaubten, dass Jim den Zuständigkeitsbereich des Gerichts schon verlassen hatte, bevor sie Collier gefunden hatten.

Die Zeitung lag auf dem Tisch. Der Verkauf des Paradise-Ski-Resorts an eine deutsche Aktiengesellschaft hatte ziemlich viel Aufsehen erregt.

Also hatten Marianne und ihr Stiefbruder Philip gezwungen, das Familienunternehmen zu öffnen, und Philip hatte aufgegeben und alles verkauft. Marianne und Gene waren mit einer Million Dollar in den Taschen auf dem Weg in die Alpen. Paradise würde nie mehr sein wie früher.

Gegen fünf Uhr kam Sandy herein und sagte: »Zeit zu gehen.«

»Okay.« Sie zog den Mantel an, nahm ihre Tasche und verließ hinter Sandy das Büro.

Es wurde bereits dunkel. Auf dem Wohnwagenplatz hinter dem Parkplatz sah sie Weihnachtsdekoration. Es war sehr kalt.

»Heute Abend lässt der Wind nach«, sagte Sandy. »Pass gut auf dich auf.« Sie wandte sich ab, aber dann kam sie zu Nina zurück und sagte: »Du musst tapfer sein.«

»Ich weiß. Ich geb mir Mühe.«

»Okay. Dann bis morgen.« Sandy stand neben ihrem Auto

und sah zu, wie Nina den Motor des Bronco anwarf und vom Parkplatz fuhr. Die Sterne kamen heraus, einer nach dem anderen, und es wurde kälter.

28

Schnee fällt auf meinen Traum
den wir zusammen träumten
Oh, warum kann Glück nicht andauern …

Der Wind setzte mit einem weichen Säuseln ein. Kurz darauf wehten von überall kleine Wirbelwinde. Die Kälte nahm die Nacht mit allem, was in ihr war, in ihre eisigen Hände.

Auf dem Pioneer Trail hatte Nina völlig unerwartet einen weiteren Panikanfall. Wieder spürte sie, wie sich das Entsetzen von da, wo sie es zu verstecken versuchte, nach oben schraubte. Wie ein Druck aufs Herz.

Der Wind nahm noch zu, bis der Himmel von einem schneelosen Sturm erfüllt war, der kalt und sauber und rein und tödlich in jede Spalte drang. Er brachte eine mörderische, unbarmherzige Kälte mit sich.

Während Nina den Wagen steuerte, kämpfte sie mit diesem Wirbel aus Entsetzen, Angst und Verlust. Sie konnte das Auto nur mit großer Mühe auf der Straße halten. Die Böen schoben den Bronco über die Fahrbahn wie ein Spielzeug.

Als ihr endlich einfiel, die Heizung einzuschalten, war ihr die Kälte schon in die Knochen gekrochen und ließ sie zittern. Im gleichen Augenblick kam ihr Jim wieder in den Sinn, irgendwie im Zusammenhang mit Bob.

Am Ende begriff sie, was Kelly, Marianne und Heidi ihr erzählt hatten. Wenn sie nur in der Lage gewesen wäre, sie richtig zu verstehen!

Er nimmt dir das, was du am meisten liebst, dachte sie. Voller Panik schlidderte sie über den Mittelstreifen.

Er hatte ihr bereits Collier genommen. Mittlerweile sollte er längst über alle Berge sein, in Belize oder an einem anderen, weit entfernten Ort, wo er sich verstecken konnte. Er hatte ihr ihre Liebe genommen.

Reichte ihm das?

Was wusste sie darüber, was in ihm vorging? Sie griff nach dem Autotelefon, rief zu Hause an und ließ es lange klingeln.

»O Gott«, sagte sie laut. Oh, bitte, Gott, nicht. Sie trat aufs Gas und raste nach Hause.

In der klaren Nacht meinte sie, bis in den Himmel hineinschauen zu können, die Sterne waren so nah, dass man sie fast knistern hörte. Wind peitschte über den See, wühlte die Wasseroberfläche auf und krönte die Wellen mit weißen Schaumhäubchen.

Mir ist so kalt, dachte Nina. Ich kann nicht glauben, wie kalt mir ist. An der Kreuzung Ecke Natoma Street bog sie zu schnell um die Kurve und schlidderte fast in einen alten grünen Travelall, der unter ein paar Bäumen in der Dunkelheit parkte.

Es muß ihm gut gehen. Unbedingt. Einen anderen Gedanken ertrug sie nicht. Das Zittern wurde unkontrollierbar. Sie klammerte sich ans Steuer, bog in die Kulow Street ab und fuhr in die Einfahrt.

Kein Licht. Eine Stille, die ihr vorkam wie der Tod. Sie sprang mit wehenden Haaren aus dem Wagen und wäre fast gestürzt. Sie hämmerte an die Tür. Keine Reaktion. Der eiskalte Wind hatte sie im Griff. Sie rief: »Bobby! Bobby!«, aber der Wind trug ihre Stimme davon.

Zitternd steckte sie in panischer Angst vor dem, was sie hinter der Tür finden würde, den Schlüssel ins Schlüsselloch. Dazu kam ein neues Gefühl der Gefahr.

Als sei etwas hinter ihr …

Sie stieß die Tür auf und rief: »Bist du da?« Dann lief sie, von Angst überwältigt, zu Bobs Zimmer.

Nichts, niemand, nur sein leeres Bett. In der Küche stieß sie gegen etwas, machte das Licht an …

Da sah sie den Zettel auf dem Küchentisch.

»Hallo, Mom. Tante Andrea hat mich abgeholt, damit ich nicht allein bin. Sie meint, du sollst rüberkommen, wenn du willst.«

Unter die Nachricht war ein Herz gekritzelt. Es ging ihm gut! Sie setzte sich an den Küchentisch und schluchzte erleichtert. Ein paar Minuten vergingen, bis die Tränenflut verebbte.

Schließlich stand sie zittrig auf und machte Feuer. Verdammt. Nur ein kleines Scheit. Sie musste noch mal raus, um Holz zu holen. Sie schloss die Augen und wappnete sich, bevor sie den Mantel und die tropfenden Stiefel wieder anzog. Die Taschenlampe, dann machte sie die Tür auf.

Der Wind schlug ihr ins Gesicht und warf sie fast um. Es musste die Front eines Höllensturms sein. Sie würde das Haus verriegeln, Andrea anrufen, einen Whiskey trinken und ins Bett gehen. Der Panikanfall hatte sie so müde gemacht … dass sie heute Abend nicht mehr zu Matt rübergehen wollte. Sie wollte nicht, dass morgen früh, wenn sie aufwachte, alle hörten, wie sie trauerte.

Als sie sich bückte, um den Arm voll Holz zu laden, glaubte sie, in der Ecke des Gartens zwischen den Bäumen eine Bewegung wahrzunehmen. Es erinnerte sie an den Tag in Paradise mit Philip Strong, als er erzählt hatte, er sehe Alex hinter jeder Ecke. Sie spähte eine Weile in den heulenden Wind, und das Gefühl einer drohenden Gefahr kehrte zurück. Würde es immer da sein? Wie sollte sie das aushalten? Schnell hob sie die Holzscheite auf und ging wieder ins Haus, schlug die Tür hinter sich zu, schloss ab und legte so schnell wie möglich den Riegel vor.

Sie hatte geglaubt, Mandeln zu riechen. Jetzt hatte sie schon Halluzinationen.

Sie stapelte das Holz neben dem Kamin, knüllte Zeitungspapier zusammen und zündete das Feuer an. Die hellen Flammen und die Wärme taten ihr gut. Dann ging sie in die Küche, um den Wasserkessel aufzusetzen. Sie kramte im Garderobenschrank herum und suchte ihre Fellstiefel und zog gleichzeitig eine Wolldecke mit raus. Als sie wieder in die Küche kam, fing der Kessel gerade an zu summen.

Das heiße Wasser goss sie über Kakaopulver, gab noch einen Schuss Old Bushmills dazu, stellte im Radio den Oldie-Sender ein und setzte sich, in die rote Decke eingewickelt, vors Feuer. Die Decke, die ihr Collier an dem Abend über die Beine gelegt hatte …

Dann rief sie Bob an und sprach mit Andrea, die sagte, Bob gehe es gut, und drängte sie, doch noch vorbeizukommen. »Heute Abend nicht«, sagte Nina. »Ich bleib lieber zu Hause.«

»Ruf an, wenn du uns brauchst«, sagte Andrea. »Matt kommt dich abholen, das weißt du.«

»Nein. Danke, dass ihr euch um Bob kümmert.«

»Ich find's nicht richtig, dass wir dich allein lassen.«

»Ich muss mich daran gewöhnen.«

Sie legte auf. Auch wenn der Wind durch den Kamin fegte, wärmte das Feuer den Raum allmählich auf, bis Nina schließlich aufhörte zu zittern. Langsam trank sie den heißen Kakao, die Hände um den warmen Becher gelegt.

Am Ende taten die warme Decke und der heiße Kakao ihre Wirkung, und die angespannten, verkrampften Muskeln entspannten sich. Der ganze Schrecken der letzten Monate ließ für ein paar Augenblicke nach. In Sicherheit, dachte sie. Er ist längst weg. Bob ist in Sicherheit. Ich bin in Sicherheit und wohlbehalten zu Hause.

Der Wind rüttelte an dem verschlossenen Holzhaus. Nina schmiegte sich in die Wolldecke und schlief erschöpft ein.

Du wirst zahlen, du Flittchen.

Du wirst winseln, dass ich dich töte.

In seinem Parka, die Kapuze auf dem Kopf, die Hände in dicken Skihandschuhen, beobachtete Jim das Haus. Er sah den Rauch, der vom Schornstein in den schwarzen Himmel stieg, und stellte sich vor, was sie drinnen machte. Der Junge war mit einer Frau weggefahren, als er gerade gekommen war, und die Frau hatte einmal auf sein Auto geschaut, aber er hatte seinen Parka angehabt und war am Haus vorbeigefahren.

Als die beiden weg waren, hatte er das Auto in einer Straße namens Hunkpapa geparkt und sich durch den Sturm zurück zum Garten gekämpft. Und gewartet.

Schlechtes Wetter machte ihm nichts aus. Es belebte ihn.

Er hatte ihr diesen Trick vor Gericht noch nicht heimgezahlt. Es hatte eine Zeit gebraucht, bis ihm richtig bewusst geworden war, wie ungeheuerlich ihr Betrug war. Sie war die schlimmste Verräterin von allen, schlimmer als Heidi, schlimmer als sein Vater. Sie hatte sogar geglaubt, sie könnte ihn an der Nase herumführen. Als ob er sie nicht durchschaute.

Ihn traf keine Schuld.

Jetzt hatten sie ihn alle verlassen, und er hatte nichts als eine leere nagende Höhle in der Seele. Höhle in meiner Seele, wiederholte er in Gedanken, Höhle in meiner Seele, Richter der Verräter, nimmt dir das, was du am meisten liebst, und nimmt dich noch mit dazu …

Das Nagen war jetzt in seinem Bauch. Er krampfte sich zusammen und verspannte sich, bis ihm übel wurde. Gott, er wurde bei lebendigem Leibe aufgefressen!

Er hatte Heidi bekniet, zu ihm zurückzukommen, aber sie hatte ihn nicht verstanden. Er wollte sie doch gar nicht mit dem Messer bearbeiten. Daran war sein Vater schuld.

Sobald er mit Nina fertig war, musste er verschwinden, auch wenn er noch nicht am Ende war. Nächstes Jahr war Kelly dran, die gegen ihn ausgesagt hatte. Und sein Vater natürlich.

Niemand würde ihm entkommen. Und das nächtliche Nagen würde aufhören.

Eine gute Stunde verstrich, während er draußen fror. Genug Zeit für sie, sich den Bademantel anzuziehen, zu essen oder was sie auch tun mochte. Ihre Wachsamkeit hatte nachgelassen.

Er war sensibel, was Frauen anging. Er hatte das Gefühl, dass sie schlief.

Langsam schob er sich zwischen den Bäumen am Holzstapel hindurch, dann blieb er in der Deckung der stürmischen Dunkelheit stehen. Der Schnee reflektierte genug Sternenlicht. Verdammt kalt! Er suchte nach einer Möglichkeit, ins Haus zu kommen.

Sie machte es ihm so leicht, dass er fast beleidigt war. Sie hatte den Riegel an der Hintertür nicht richtig vorgeschoben. Geräuschlos und methodisch stemmte er das Schloss mit einem Brecheisen auf. Ein Kinderspiel.

Mach dich bereit, zu sterben, du Flittchen, dachte er. Wut wallte in ihm auf und wärmte ihn.

Sie würde betteln, verflucht.

Er drehte den Knauf.

Etwas Hartes und Scharfes traf ihn am unteren Ende des Rückens durch den Parka hindurch. Es musste ein Ast sein, den der Wind durch die Luft getragen hatte, aber als seine Hand sich fester um den Türknauf schloss, spürte er, dass das Harte tiefer ging und ihm den Atem raubte. Er wandte den Kopf und sah einen Fremden, einen großen blonden Mann, dessen Kopf von Sternen bekränzt wurde, mit einem schrecklichen Gesicht. Er versuchte zu schreien, aber er brachte keinen Ton heraus. Der Mann hatte eine Hand aus Eisen auf seinen Mund gedrückt. Und dann, ungläubig, durchdrang ihn ein weiterer, vernichtender Schmerz wie ein Speer, wie ein Pfeil, wie ein Dolch. Er hatte grauenhafte Schmerzen, als die Klinge in seinen Körper fuhr, in seine Wirbelsäule, und Tränen aus seinen Augen stürzten und die Kälte, mein Gott, die Kälte …

»Rhapsodie in einer Sturmnacht, du Scheißkerl«, flüsterte der Mann. »Das Messer in der Wunde noch mal umdrehn.«

Er spürte, dass der Schmerz ihn zerriss, und wollte schreien, aber er bekam keine Luft mehr. Er wollte die Höllenqualen beenden, die sich durch ihn hindurchwanden, aber es gab keinen Weg zurück zu dem Wind und den Sternen und der Nacht.

»Ah …!«

Er wurde hinabgezogen in die lautlose Hölle, die auf ihn wartete.

Das Telefon holte Nina mit seinem Klingeln in das vom Feuer erhellte Wohnzimmer zurück. Noch etwas benommen vom Tiefschlaf, hielt sie sich den Hörer ans Ohr.

»Hallo. Ich bin's, Paul. Ich wollte dir nur sagen, dass ich an dich gedacht habe.«

Pauls Stimme war so beruhigend. Sie fing an zu schwatzen, erzählte ihm alles Mögliche. Paul hörte geduldig zu.

»Ich weiß, Honey, ich weiß«, sagte er ein ums andere Mal.

»Sie sagen … die Polizei ist sich sicher, dass Jim weg ist. Nirgends eine Spur von ihm. Aber ich bin immer noch … heute Abend auf dem Heimweg hatte ich einen richtigen Panikanfall. Ich dachte, Bob sei vielleicht in Gefahr, aber es geht ihm gut. Ich mache so weiter, gehe irgendwo lang, und dann … es ist einfach …«

Schweigen am anderen Ende der Leitung. Dann sagte Paul: »Du brauchst dir keine Sorgen mehr um ihn zu machen, Nina.«

»Aber wie kann ich mir sicher sein? Ich weiß nicht, ob ich mit dieser Angst leben kann, Paul. Mit der Trauer kann ich leben, aber nicht mit ständiger Angst. Ich weiß nicht, was ich tun soll.«

»Er kommt nicht mehr zurück, Nina. Das garantiere ich dir.«

Sie antwortete nicht, sie dachte: Ich will das gerne glauben, aber wie könnte ich?

»Hör mir zu, Nina«, sagte Paul auf eine eigentümlich nachdrückliche Art. »Du wirst nie wieder etwas von ihm sehen oder hören.«

»Du klingst so sicher«, sagte Nina. »Weißt du, wo er ist?«

Die Leitung knisterte, und sie dachte daran, wie weit weg Paul war, auf der anderen Seite des Kontinents. Sie vermisste ihn schrecklich.

»Paul? Bist du noch da.«

»Ja, ich bin hier.«

»Weißt du, wo er ist?«

»Ich will verdammt sein, wenn ich es weiß«, sagte Paul.

In dieser Nacht, allein in ihrem Bett, warf Nina den Kopf auf dem tränenfeuchten Kissen hin und her.

Vielleicht ertrug ihr Herz einfach keinen Schmerz mehr. Vielleicht hatte der Berggott sie schließlich in seine Arme geschlossen und tröstete sie und schickte sie zurück zu einem Augenblick vor langer Zeit, als sie glücklich gewesen war.

Im Traum war sie wieder ein Kind, lief an einem sonnigen Tag in die Brandung des Pazifiks, ihre Eltern hinter ihr. Sie war ein kleines Mädchen voller Freude, einer Freude, die früher da gewesen war und die mit der Zeit wieder zurückkommen würde.

Danksagung

Allen, die uns beim Schreiben dieses Buches geholfen haben, möchten wir unsere Dankbarkeit bekunden. Patrick O'Shaughnessy, unser Bruder und Partner in der Anwaltskanzlei Rucka, O'Boyle, Lombardo & McKenna in Salina, hat einen konstruktiven Vorschlag zum Ausgang der Geschichte gemacht und uns zudem wie immer die männliche Perspektive erklärt. Vor allem aber hat seine Begeisterung und sein Sinn für Humor unsere Charaktere lebendiger werden lassen.

Wir danken Heather Mansoori aus dem kalifornischen Walnut Creek für ihre Hilfe bei der Diskussion medizinischer Fragen.

Maggie Crawford, unsere taktvolle Lektorin bei Delacorte Press, hat wesentlich dazu beigetragen, verschiedene Elemente stärker hervorzuheben. Ihre unermüdlichen Anstrengungen haben uns gezwungen, das Buch eine Ebene höher anzusiedeln. Wir wurden von allen Mitarbeitern der Delacorte Press unterstützt, vor allem von der Verlegerin, Carole Baron, und wir möchten all denen in der Herstellung, im Marketing, im Vertrieb und in der Pressestelle danken, die hinter den Kulissen zum Erfolg beitragen.

Nancy Yost, unsere Agentin bei Lowenstein Associates, Inc., war stets ansprechbar, stets reizend, stets verständnisvoll. Auch sie hat kreative Vorschläge zur Verbesserung des Buches gemacht.

Unseren Familien möchten wir dafür danken, dass wir während des Schreibens nicht abgehoben haben und zufrieden blieben: Andy, Brad, Cory, June und Connor.

Unsere Cousine aus Memphis, Helen Pearce, hat ein witziges Internet-Anagramm beigesteuert, das uns so sehr gefallen hat, dass wir es hier benutzt haben. Und unser Cousin aus Atascadero, Tim Tuck, auch unter dem Namen Michael A bekannt, steuerte die Verse bei, die in Kapitel 13 zitiert werden und aus dem Lied »Kevorkian Lips« © 1998 Walter Beeyt Project stammen.

Schließlich möchten wir den vielen Lesern danken, die uns per E-Mail ihre Freude an unseren Büchern übermittelt haben. An dieser Unterstützung und an ihren guten Wünschen liegt uns besonders.